रंग राची

मीराँबाई की संघर्ष-यात्रा

सुधाकर अदीब

लोकभारती प्रकाशन
पहली मंजिल, दरबारी बिल्डिंग, महात्मा गाँधी मार्ग, इलाहाबाद-1

लोकभारती प्रकाशन
पहली मंजिल, दरबारी बिल्डिंग, महात्मा गाँधी मार्ग
इलाहाबाद-211 001

वेबसाइट : www.lokbhartiprakashan.com
ईमेल : info@lokbhartiprakashan.com

शाखाएँ : 1-बी, नेताजी सुभाष मार्ग, दरियागंज
नयी दिल्ली-110 002
अशोक राजपथ, साइंस कॉलेज के सामने
पटना-800 006 (बिहार)
36-ए, शेक्सपियर सरणी
कोलकाता-700 017

प्रथम संस्करण : 2015
द्वितीय संस्करण : 2016

वेस्टर्न प्रिंटर्स
इलाहाबाद द्वारा मुद्रित

RANG RAACHI
by Sudhakar Adeeb

ISBN : 978-93-5221-015-2

मूल्य : ₹ 600

स्त्री
और स्त्री के
अस्तित्व मात्र को समर्पित,
जो इस सृष्टि में
एक बेहतर मनुष्य
होकर भी
सतत संघर्षरत है...

महीयसी महादेवी वर्मा ने मीराँबाई को 'मध्ययुगीन नारी के विद्रोह का प्रतीक' और 'कृष्णभक्ति आन्दोलन की समर्थ नायिका' कहा था। प्रो. नामवर सिंह अपने एक लेख में अवगत कराते हैं कि गांधी जी ने मीराँ को 'प्रथम सत्याग्रही' कहा था।

भक्तिमती मीराँ का जन्म सन् 1504 ई. में हुआ था। यह अधिकांश विद्वानों का मत है। किन्तु मीराँ के जीवन का अन्त कैसे हुआ? यह स्वयं में एक रहस्य है। किंवदन्ती है कि मीराँ अपने द्वारका-प्रवास के दौरान रणछोड़ जी के सुप्रसिद्ध मन्दिर में अपने आराध्य की मूर्ति में सदेह विलीन हो गयीं। उनमें समा गयीं। यह घटना सन् 1547 ई. की मानी जाती है।

किन्तु कुछ विद्वानों का मानना है कि मीराँबाई ने राजस्थान से अपने परिजनों के बुलावे को अस्वीकार कर पुनः भव-बन्धन में जाना उचित नहीं समझा और वह वृन्दावन के बाद गुजरात से भी चुपचाप निकल गयीं। क्योंकि मीराँ को उनके गिरधरगोपाल गोप-गोपियों का सन्ताप हरने वाले लोकनायक सरीखे शुरू से दिखते थे। अतः अपने प्रियतम की राह पर वह भी अपने जीवन के अन्तिम दिनों में निकल पड़ीं।

इसके विपरीत कुछ का यह भी मत है कि मीराँ ने जिस सामन्ती व्यवस्था का विरोध किया, अन्त में वह उसी व्यवस्था की शिकार हुईं। उन्हें दीन-दरिद्र-दलितों को एकजुट करता देख और उनमें अतिशय लोकप्रिय होता देख उनके विरोधियों ने उनकी हत्या करवा दी। इसीलिए उनके पार्थिव शरीर का भी कुछ अता-पता नहीं चला।

मीराँ के जीवन के अन्तिम हिस्से पर यह जो रहस्य का आवरण पड़ा है उसका भी एक समाधान इस उपन्यास में है। कदाचित् मेरे पाठक मुझसे सहमत हो सकें। फिर भी इतना तो स्पष्ट है कि मीराँ को साधु-सन्तों, भक्तों और जनसाधारण में नारायण का वास दिखता था। वह एक ऐसी स्त्री थीं जो कि एक राजकुल में जन्मीं और दूसरे राजकुल में ब्याही गयीं। उन्होंने सामन्ती व्यवस्था का वैभव और तिरस्कार दोनों भोगा, सहा और उसे तृण सम त्याग दिया। कृष्ण तो स्वयं ही मीराँ के भीतर समाये हुए थे। वह क्या उनमें समातीं? हाँ, कृष्ण का कीर्त्तन करती वह जन-जन में जीवनपर्यन्त बिचरीं।

कृष्ण नाम संकीर्त्तन के सहारे मीराँ ने भारत के दीन-दुखियारे समाज को उसी तरह एक सूत्र में पिरोने का काम किया जैसा कि उस भक्ति आन्दोलन के युग में दूसरे सन्त करते आये थे। जो कार्य दक्षिण भारत में रामानुज कर चुके थे और जो

कार्य रामानन्द ने उत्तर भारत में किया। जो कार्य कबीर, रैदास, चैतन्य और नरसिंह मेहता सरीखे अनेक सन्त एवं कविगण अपने-अपने तरीकों से करते आये थे, वही कार्य सन्त मीराँ ने अपने तरीके से किया।

परन्तु मीराँ की महानता इन सबसे अलग है। दूसरे भक्त-सन्त जनसमर्थक थे और जनसाधारण में से ही आये थे। अतः सामन्ती व्यवस्था के वैभव और विभेद के प्रति उनके मन में अरुचि होना नितान्त स्वाभाविक बात थी। जबकि मीराँ तो स्वयं ही सामन्ती व्यवस्था का अंग थीं। यदि चाहतीं तो वह भोग-विलासमय जीवन अपना सकती थीं। पर नहीं। वह बालपन से कृष्णार्पिता थीं। अतः उन्होंने वैभवपथ को त्यागकर साधना पथ को अपनाया। पुरुषप्रधान समाज में एक तथाकथित अबला स्त्री होकर भी उन्होंने उस निर्मम व्यवस्था का सात्त्विक विरोध किया जो कृष्ण के वास्तविक गोप-समुदाय से उनके मिलन में बाधक थी।

साधु-संगत के लिए मीराँ ने घर-द्वार तक छोड़ दिया और उस आध्यात्मिक संसार को अपनाया जहाँ वास्तविक अर्थों में छल-प्रपंचों, भोग-विलास एवं विद्वेष से दूर उनके गिरधरनागर का वास था। आम जन को उनके दुःख-कष्ट और अभावों भरे जीवन में भगवद्भक्तिरस के संचार द्वारा सुसंस्कारित कर राहत देने के सेवाकार्य में मीराँबाई अपने जीवन की अन्तिम साँसों तक जुटी रहीं। यही था सन्त मीराँ का अथक अनुपम संघर्ष।

द्वापर में श्रीकृष्ण को वृहत्तर लोकहित में लोक से दूर ज़ाना पड़ा था। एक बार जो उन्होंने ब्रज मण्डल छोड़ा तो फिर पलटकर नहीं देखा। वे युग निर्माण में आगे ही आगे बढ़ते गये और एक दिन द्वारकाधीश बने। यहाँ तक कि अपनी राधा और प्रिय गोपियों को भी पीछे ब्रज में कलपता छोड़ गये। उन्हीं गोपियों में से कोई एक कलिकाल में मीराँ के रूप में अवतरित हुई, जिसने कृष्ण की मूर्ति अपने मन में बसायी और उन्हें जन-जन में खोजा। मीराँ ने सच्चे अर्थों में लोक को अपनाया था। वस्तुतः कृष्ण दीवानी मीराँ अपने साँवरे के रंग में रँगी, उनकी मधुरा भक्ति का आस्वाद लेती, लोकजीवन में ऐसी रमीं कि आज भी उनके पद लोकमन को झंकृत करते रहते हैं।

कृष्णमयी मीराँ की भावभूमि तक पहुँचना और उसमें रमना हम ज़ैसे सांसारिक प्राणियों के लिए सरल कार्य नहीं है। परन्तु प्रयास तो किया ही जा सक़ता है। इस भावभूमि में प्रवेश हेतु मैंने मीराँ विषयक जो भी साहित्य आज सुलभ है, उसका गहन अध्ययन किया। सर्वश्री व्योमकेश भट्टाचार्य, राजेन्द्र शंकर भट्ट, बलदेव वंशी, विश्वनाथ त्रिपाठी, लालबहादुर सिंह चौहान, परशुराम चतुर्वेदी, कल्याणसिंह शेखावत, ब्रजेन्द्रकुमार सिंहल, देवकिशन राजपुरोहित आदि अनेक विद्वानों द्वारा प्रणीत मीराँ-साहित्य का पारायण किया। विभिन्न इतिहास ग्रन्थों में मीराँ के काल के इधर-उधर बिखरे सूत्रों को एकत्रित किया, यद्यपि उनमें मीराँ कहीं नहीं मिलतीं। इतिहासकारों को राजा-महाराजाओं से ही फुर्सत नहीं रहती थी। इसके अतिरिक्त मेरे

द्वारा मीराँ जी के जीवन से जुड़े चित्तौड़, भीलवाड़ा, अजमेर, पुष्कर, मेड़ता, वृन्दावन, द्वारका आदि स्थलों की समय-समय पर की गयी यात्राओं ने भी मेरी सीमित जानकारी को विकसित किया।

इसी क्रम में मुझे अनेक विद्वान् मनीषियों से भेंट और उनसे चर्चा का सौभाग्य भी प्राप्त हुआ। उनमें 'कथा' पत्रिका के सम्पादक श्री अनुज और 'मीरायन' जैसी मीराँ जी पर ही केन्द्रित अद्भुत पत्रिका के सम्पादक श्री सत्यनारायण समदानी का मैं विशेष रूप से उल्लेख करना चाहूँगा। प्रियवर अनुज जी ने मीराँ पर केन्द्रित 'कथा' का एक अत्यन्त महत्त्वपूर्ण विशेषांक मई, 2012 में निकाला था, जिसे पढ़कर मीराँ पर उपन्यास लिखने की मुझे प्रथम प्रेरणा मिली। फिर हम दोनों ने मिलकर सन्त मीराँबाई पर एक राष्ट्रीय संगोष्ठी का आयोजन उत्तर प्रदेश हिन्दी संस्थान, लखनऊ और कथा, नयी दिल्ली के संयुक्त तत्त्वावधान में जयपुर (राजस्थान) में फरवरी, 2014 में किया। इसी अवसर पर मुझे मीराँबाई की लीलास्थली चितौड़गढ़ में भ्रमण और चित्तौड़ निवासी समदानी जी से अविस्मरणीय भेंट का भी सौभाग्य प्राप्त हुआ। श्री समदानी से इतनी आत्मीयता हुई कि मीराँ विषयक अनेक जिज्ञासाओं के समाधान तथा राजस्थानी संस्कृति को जानने-समझने हेतु मैं उन्हें लखनऊ से भी दूरभाष पर अक्सर चित्तौड़ में तंग करने लगा। परन्तु उनकी मुझ पर उदारता कभी कम नहीं हुई।

वृन्दावन में स्थित मीराँ-मन्दिर में मेरी उस मन्दिर के प्रधान सेवायत श्री प्रद्युम्न प्रताप सिंह से भेंट भी उल्लेखनीय है। यह मन्दिर प्रद्युम्न जी के पूर्वजों द्वारा बनाया गया है और उन्हीं की सन्तति इस मन्दिर की पीढ़ी-दर-पीढ़ी देखभाल करती आ रही है। यह मन्दिर उसी स्थान पर स्थित है जहाँ कभी मीराँ जी ने कुछ वर्ष वृन्दावनवास किया था। प्रद्युम्न जी ने मुझे बताया कि इस मन्दिर में मीराँबाई के वे शालग्राम विराजित हैं जिन्हें वह चित्तौड़ से लायी थीं और वृन्दावन से जाते समय उनके पूर्वजों को सेवा हेतु सौंप गयी थीं। यह वही शालग्राम हैं, जो उस साँप की पिटारी से प्रकट हुए थे जो राणा मेवाड़ ने मीराँ जी को सर्पदंश से मरवाने हेतु भेजी थी, जिनके बारे में मीराँ जी कहती हैं कि—

नाग-पिटारी राणाँ जी भेजी, हो गयो सालगराम।

'रंग राची' उपन्यास के लेखन के क्रम में मीराँ जी के इतिहास के अनुसन्धानकर्त्ता विद्वान् प्रो. कल्याणसिंह शेखावत तथा श्री ब्रजेन्द्रकुमार सिंहल का मैं विशेष अनुग्रही हूँ। मैंने उन्हें पढ़ा, उन्हें सुना और उनसे बहुत-कुछ ग्रहण किया। शेखावत जी से मीराँ के इतिहास की एक समझ मुझे मिली और सिंहल जी से मीराँ के जीवन को तर्कसंगत ढंग से निरखने-परखने का अन्दाज़ मिला। इसी क्रम में मीराँ जी के जीवन से जुड़े अनेक प्रसंग जो इतिहाससम्मत नहीं पाये गये हैं, उन्हें पूर्व लेखक भले ही व्यक्त करते आये हो मैंने 'रंग राची' में नहीं रखा है। उदाहरण के लिए मीराँ जी का सन्त रैदास की शिष्या होना, मुग़ल शासक अकबर का तानसेन के साथ मीराँ

जी का भजन सुनने आना, मीराँ जी का गोस्वामी तुलसीदास जी के साथ किया गया कथित पत्राचार आदि।

सन्त मीराँबाई और महाराणा सांगा समकालीन भी थे और परस्पर पुत्रवधू एवं श्वसुर भी। अतः महाराणा सांगा की ऐतिहासिक पृष्ठभूमि में राजपूतों के जुझारू जीवन को चित्रित करने से मेरे इस उपन्यास को बड़ा बल मिला। इस विषय में परम विद्वान् श्री राजेन्द्र शंकर भट्ट का मीराँ और सांगा पर उनका अत्यन्त श्रमसाध्य लेखन मेरा पथप्रदर्शक बना। इसके लिए उनके प्रति आभार के जितने भी शब्द हो सकते हैं, कम पड़ जायेंगे।

इस उपन्यास के प्रणयन में अनन्त विभूषित मेरे परम पूज्य गुरुदेव पण्डित रामकृष्ण पाण्डेय 'आमिल' जी का अजस्र आशीर्वाद, पूजनीया श्री श्री माँ ज्योतिर्मयी की भावपूर्ण भंगिमा, अनन्त उपकारी मेरी जीवनसंगिनी शोभा कौल अदीब की सतत स्नेहमयी प्रेरणा, कथाकार समीक्षक डॉ. अमिता दुबे के अमूल्य सुझाव, अभिन्न गुरुभाई संजय मालवीय का बौद्धिक विमर्श, अनुजवत् पद्मकान्त शर्मा 'प्रभात' एवं प्रियवर श्यामकृष्ण सक्सेना का अप्रतिम सहयोग और असंख्य पाठकों का मुझ पर अब तक अभिव्यक्त विश्वास मेरे पाथेय रहे हैं। इस उपन्यास के लेखन के दौरान, समाज को दिशाबोधक कविताएँ देनेवाले हिन्दी के वरिष्ठ एवं वरेण्य कवि आदरणीय उदय प्रताप सिंह जी के आशीर्वाद एवं मार्गदर्शन ने भी मेरे मनोबल में असीम अभिवृद्धि की।

यह ऐतिहासिक उपन्यास सन्त कवयित्री मीराँबाई के संघर्षमय जीवन की महागाथा है। मीराँ के असाधारण जीवन चरित्र को समझने के क्रम में मीराँबाई के संघर्ष के साथ-साथ उनकी सोच को भी हम पर्याप्त निकटता से महसूस कर सकें, इस पुस्तक में इतना प्रयास मैंने अवश्य किया है।

सन्त मीराँ अपने महागान के माध्यम से जन-जन में व्याप्त हैं और साहित्यपर्यन्त रहेंगी। स्त्री-अस्मिता के लिए उनका प्रतिरोध उनके समय में जितना कण्टकाकीर्ण था, आज भी स्त्रियों के लिए कोई कम चुनौती भरा नहीं है। आज भी सामाजिक मान्यताएँ एवं अवधारणाएँ स्त्री को पुरुष से बराबरी करने में अनेक बाधाएँ खड़ी करती रहती हैं। मीराँ जिस सामन्ती युग में जन्मीं-पलीं-बढ़ीं और ब्याही गयीं वह परम्पराओं और मर्यादाओं के बन्धन में स्त्री को पूरी तरह से जकड़े हुए था। इसके बावजूद मीराँ अपने समय में जितनी उपेक्षिता होकर भी सक्रिय थीं, इस दृष्टि से वह आज और अधिक प्रासंगिक एवं ऊर्जा प्रदायक हो गयी हैं।

—सुधाकर अदीब

लखनऊ
दीपावली, कार्तिक अमावस्या, गुरुवार,
वि. संवत् 2071 तदनुसार
23 अक्टूबर, 2014 ई.

आरोह

रंग राची

1

पिया बिन सूनौ छै म्हारौ देस

चित्तौड़गढ़ के कुम्भा-महल में हंगामा मचा हुआ था। दास-दासियाँ भयभीत-से इधर-उधर भाग रहे थे। न जाने किस पर आफ़त आन पड़े? राजकुँवर विक्रमादित्य का क्रोध एवं हठ सबके भय का मूल कारण था।

युवराज कुँवर रत्न सिंह को खबर की गयी थी। वह दरबार से उठकर भागे हुए आये थे। पिता महाराणा सांगा किसी युद्ध में चित्तौड़ से बाहर गये हुए थे। उनकी अनुपस्थिति में राज्य का सामान्य कामकाज उनके द्वितीय पुत्र रत्न सिंह ही देखते थे। ज्येष्ठ भ्राता भोजराज की मृत्यु के पश्चात् अब वे ही युवराज थे। फलतः उनके कन्धों का भार बढ़ गया था।

राजकुँवर विक्रमादित्य की हरकतों को वह जानते थे। उन्हें पता था कि विक्रम जब गुस्साता था तो अक्सर पगला जाता था। महल की चीज़ों को उठाकर इधर-उधर पटकने लगता...चीखना-चिल्लाना और विध्वंस करना यही एकमात्र लक्ष्य सामने दिखता उसे...तब जो भी उसके आगे आ जाता उसकी ख़ैरियत नहीं। फिर चाहे ...वह काँच का कीमती-से-कीमती सामान हो या फिर कोई मामूली बर्तन...या उससे भी नाजुक किसी व्यक्ति का आत्मसम्मान...विक्रमादित्य किसी को नहीं बख़्शता था।

हाड़ी रानी माँ कर्मावती का लाड़ला था विक्रमादित्य। बचपन से उसे सिर चढ़ा रखा था उन्होंने। उनका दूसरा बेटा उदय सिंह और भी छोटा था अभी। पर विक्रम की अपेक्षा फिर भी काफी सीधा और भला था। मगर यह विक्रमादित्य...? अभी तो यह दस बरस का ही है और इतनी उद्दण्डता?...इतनी तरुणाई में यह हाल है तो आगे चलकर युवावस्था में क्या हाल होगा इसका?...

सोचते-विचारते कुँवर रत्न सिंह राजमहल के रनिवास में पधार चुके थे। मीराँ को दासी और अनन्य सखी ललिता ने आकर यह सूचना दी थी। उन्हें देवर जी के आ जाने की सुनकर थोड़ी तसल्ली हुई थी।

तभी कुम्भा-महल से वहाँ की एक दासी चम्पा भागती हुई आयी। उसने हाँफते हुए मीराँबाई से कहा–"बाई सा!...विक्रम कुँवर सा ने स्वयं को अपने कक्ष में बन्द कर लिया है और वे भीतर का सारा सामान तहस-नहस कर रहे हैं। महारानी कर्मावती द्वार पीट रही हैं पर वह द्वार खोलने को तैयार नहीं हैं। बड़ी रानी माँ और युवराज कुँवर रतन सिंह सा आपको बुला रहे हैं।"

अब लो छोटे देवर जी के फ़साद के बाद सासू माँ और बड़े देवर जी की भी सुनो।...मीराँ ने मन-ही-मन सोचा पर प्रत्यक्ष में कुछ न बोलीं। उन्हें याद है कि आज ही सुबह उद्यान में टिके उन जोगी बाबा को यह विक्रमादित्य कंकड़ फेंक-फेंककर तंग कर रहा था। मीराँ पूजा के फूल लेने निकली थीं। वृद्ध साधु को इस तरह एक बालक द्वारा सताया जाना उन्हें बहुत बुरा लगा। उन्होंने देवर को ऐसा करने से मना किया। इस पर विक्रमादित्य बोला–"यह भिखारी यहाँ तीन दिन से टिका पड़ा है। जाता क्यों नहीं यहाँ से? यह हमारा राजमहल है कोई अनाथालय नहीं।"

मीराँ को साधु का अपमान स्वयं का अपमान-सा लगा था। अपमान तो था ही। उस जोगी बाबा का भी अपमान और साथ में पारिवारिक सम्बन्धों की मर्यादा का भी। कितना वाचाल है यह लड़का? इसे न तो घर की मर्यादा का लिहाज है न बाहर की। मीराँ को क्रोध शीघ्र नहीं आता था। बात यदि केवल उनके स्वयं के मान-अपमान की होती तो वे शायद सिर झटक भी देतीं। पर द्वार पर आये साधु का अपमान। वह भी एक ऐसा जोगी-फकीर जिसने राजमहल के अतिथिगृह में ठहरना भी स्वीकार नहीं किया। मात्र उद्यान में एक कोने में एक वृक्ष के नीचे कुछ दिन को अपना नितान्त अस्थायी ठिकाना बनाया।

"खबरदार कुँवर सा!...इससे आगे एक शब्द भी नहीं। जाइये भीतर।...जाइये यहाँ से।"

इतना सुनना था कि कुँवर विक्रमादित्य वहाँ से पैर पटकता चल दिया। जाते-जाते उस साधु को आँख तरेरकर बोला–"ए बुड्ढे!...अपना बोरिया-बिस्तर बाँध और शीघ्र यहाँ से चला जा। जा रहा हूँ अभी तो...किन्तु लौटकर तुझे देखता हूँ।"

मीराँ ने जाकर साधु बाबा से क्षमा माँगी और उनसे एक बार पुनः अतिथिगृह में चले चलने की विनती की। पर बात बिगड़ चली थी। वह वृद्ध साधु कुछ ही देर में अपना झोला-चिमटा-कमण्डल आदि सहेजकर वहाँ से चुपचाप चले गये।...

इसके बावजूद विक्रम को इतने भर से सन्तोष नहीं हुआ। मीराँ भाभी ने कैसे उस बाहरी आदमी के सामने मुझे डाँटा? कहाँ वह भिखारी? और कहाँ मैं एक राजकुँवर?...सबसे बड़ा तो यह विक्षोभ उभरा विक्रमादित्य के मन में। सोच-सोचकर वह उस दिन घण्टों घुटता रहा अपने भीतर। उसने अपनी माँ रानी कर्मावती से मीराँ भाभी की शिकायत भी की। ऊपर से उस प्रसंग में सच्ची-झूठी कुछ और बातें भी

जड़ीं। किन्तु छोटा बेटा उदय सिंह भी उद्यान में खेल रहा था, जब यह घटना घटी थी। कर्मावती ने उदय से भी सत्यता जाननी चाही। नन्हें उदय ने निश्छलता से तोतले शब्दों में जो हुआ था माँ को बता दिया। विक्रम ने प्रतिवाद किया। परन्तु माँ ने उदय की ही कही बात का भरोसा किया और विक्रम को डाँटा। बस...माँ का अपने प्रति यह अविश्वास-भरा रोष विक्रम से सहन नहीं हुआ और उसके धैर्य का बाँध फूट पड़ा। इसी के पश्चात् उसने चीख-चीखकर आसमान सिर पर उठा लिया। इस पर साथ के कक्षों से बड़ी रानी माँ कुँवरबाई सोलंकिनी जी, दूसरी रानी माँ धनाबाई राठौड़ी और विक्रम की बुआ ऊदाँबाई सब-के-सब अपने कक्षों से निकल पड़े। सबको एक साथ आया देखकर विक्रम का क्रोध और भी भड़क उठा और वह रोता-चीखता भागकर अपने शयन-कक्ष में जा घुसा। भड़ाक से द्वार भीतर से बन्द कर उसने भीतर-ही-भीतर ऊधम काटना शुरू कर दिया।...

मीराँबाई ने चम्पा को कोई उत्तर नहीं दिया। कहीं नहीं जायेगी वह इस बार। एक बालक की मान-मनौती इतनी महत्त्वपूर्ण है क्या? वह भी जो इतना उद्दण्ड और अनुशासनहीन है। अगर वह बिगड़ा हुआ है और फिर भी उसकी जिद के आगे सभी आत्मसमर्पण करने को प्रस्तुत हैं तो आज मीराँ का भी यह हठ है कि उसे इस पचड़े में कतई नहीं पड़ना।

मीराँबाई अपने श्यामसुन्दर के नये वस्त्र पहले की भाँति सिलती रहीं।...

इतने दिनों बाद तो इन वस्त्रों को सिलने का अवसर मिला है...मेरे श्यामसुन्दर मेरे गिरधर पुराने वस्त्रों में कितने मलिन और उदास-से दिखते थे। यह भी क्या बात हुई?...महल के दास-दासियाँ तक नित नये और उजले वस्त्र धारण करें और मेरे प्रियतम इतने-इतने दिनों तक उन्हीं-उन्हीं वस्त्रों में रहें? हे री पतिता मीराँ! तू सच में कितनी हृदयहीन है। आखिर यह बात तूने इतने दिन बिसरायी कैसे?...तुझे साधु-संगत इतनी भायी कि अपने गिरधरगोपाल को, अपने श्रीकृष्ण सखा को तू ठीक से पहनाना-ओढ़ाना भी भूल गयी?...क्या सोच रखा है तूने अपने-आपको? मुरलीमनोहर क्या तेरे गुलाम हैं? और तू बड़ी भारी रानी है?...धिक्कार है तुझे...

मीराँ अपने-आपको कोस रही थीं। स्वयं में डूबती जा रही थीं वह और उनके नेत्रों से अश्रु मोतियों की भाँति झर रहे थे।

"चलिये न बाई सा! अन्यथा रानी माँ मुझे मार डालेंगी।"—दासी चम्पा ने मीराँ से पुनः कहा।

"नहीं आ सकती मैं। देखती नहीं मैं इनके वस्त्र सिल रही हूँ। जाकर कह दे कि मीराँ गिरधर जी की सेवा में है। नहीं आ सकती इस समय।"—मीराँ ने कहा।

"पर बाई सा! सभी तो बुला रहे हैं आपको।"

"कह दिया न...नहीं आ सकती। जो करना हो कर लें।"—मीराँ ने आवेश में इतना और कहा।

''मैं कैसे कह सकती हूँ बाई सा!–'' चम्पा घिघियाकर बोली–'' आप न चलीं तो सारा ताप मुझ ही पर टूटेगा।''

''क्यों? तू तो सबसे निकट है बड़ी सासू माँ के। कोई तुझे हाथ लगाकर तो देखे।...जाकर कह दे उनसे कि मीराँ मना कर रही है। देवर सा रत्न सिंह के सामने न पड़ना। वह सब सँभाल लेंगी।''

''पर बाई सा!–''

''कहा न...नहीं आऊँगी मैं...श्यामसुन्दर के इन वस्त्रों को सिले बगैर।''

सुई में से धागा निकल गया। मीराँ फिर से धागे को सुई के छेद में डालने लगीं।

...मेरे श्याम सखा को देखो तो कितने दुःखी-से दिख रहे हैं...वे भी जानते हैं कि उनकी मीराँ पर क्या बीत रही है इन दिनों...

चम्पा दासी कक्ष से जा चुकी थी। कुछ देर तक अन्य कोई आहट नहीं हुई। लगा जैसे किसी आँधी अथवा लू के झोंके से आये कूड़े को गिरधरगोपाल ने किसी झाड़ू से बुहारकर कक्ष से बाहर कर दिया हो।

मीराँ मन-ही-मन जैसे स्वयं से बातें करने लगीं-आज सुबह से मेरे प्रियतम भूखे-प्यासे थे...किसी को भी उनकी फिकर नहीं थी...कौन सुधि लेता उनकी मेरे सिवा...जब किसी को मेरी ही सुधि नहीं तो मेरे गिरधर जी की तो बात और भी दूर की है।...

राजकीय उद्यान में एक मयूर करुण स्वर में अपनी प्रियतमा को टेर रहा था। उसकी मयूरी कहीं दूर उड़कर किसी वृक्ष के झुरमुट में जा छिपी थी और इधर मीराँबाई सोच रही थीं–

मैं भी तो अपने मनसखा से कितनी दूर चली जाती हूँ...हिये में भले ही उनका प्रतिबिम्ब लिये हुए...पर मेरे प्रियतम रहते तो मेरे ही इस कक्ष में हैं...अकेले और प्रतीक्षारत...मेरी आस लगाये...कि कब यह दासी आयेगी और आकर मुझे खिलायेगी. ..मेरी सेवा करेगी...मेरे बिना तो ये कुछ भी नहीं आरोगते...जल तक ग्रहण नहीं करते।...क्या करूँ जी!...तुम्हारी यह दासी अब किसी काम की नहीं रही...एकदम नालायक हो चली है...अपने-आपको न जाने क्या समझने लगी है?... ज्ञानी-मानी-अभिमानी...भक्तिन।

भक्तिन?...अरे नहीं-नहीं...वह तो बड़ी दूर की बात है। ज्ञान और वैराग्य की माँ है भक्ति तो। वह मुझ पापिन में भला कहाँ से निवास करेगी?...भक्तिन-वक्तिन कहाँ?...श्याम प्यारे! मैं तो आपके चरणों की एक दासी भी कहाने लायक नहीं हूँ।...अपने को भक्त कहना तो स्वयं कान्हा जी की भक्ति का अपमान है...

अरे! यह क्या श्यामसुन्दर!!...आप तो वास्तव में रूठ गये?...जान गये कि आपकी यह दासी मीराँ...आपकी यह चेरी वास्तव में भक्तिहीन, गुणहीन और मलिन है...ज्ञान-ध्यान से कोसों दूर...वैराग्य इसके वश की बात नहीं। राजकुल की मर्यादा

चाहे उसे कितना ही ठुकराये पर यह उसे त्यागने को तैयार नहीं हो सकती...आप सोचते होंगे कि—अरे! इन महलों का ऐशोआराम छोड़कर यह स्त्री भला कहीं करील के कुंजों में मेरे साथ रमण करने को चलेगी?...यह खोटी भी है और निखट्टू भी...इससे तो मेरी वृन्दावन की वे गोपिकाएँ भलीं जो मुझे ताना भी मारती हैं और मुझ पर अपना सब-कुछ वारती भी हैं...मुझ पर सर्वस्व न्योछावर करेगी क्या यह राजकुल की सुविधाओं में पली स्त्री?...इसे तो सुविधाजनक भोग चाहिए...हाथ-पैर न हिलाना पड़े और प्रसाद सीधे मुख में...

क्यों क्या गलत कह रहा हूँ मैं? स्वर्ण-रजत के पात्रों में खानेवाली यह छोरी भला मुझ ग्वाले के साथ केले के पत्ते पर दही-भात क्यों खाने लगी? कहाँ वे सीधी-सादी ग्वालिनें और कहाँ यह राजरानी मीराँ? इसके साथ भला मेरा निर्वाह कहाँ सम्भव है?...

नहीं...ऐसा न कहिये स्वामी! श्यामसुन्दर ऐसा न कहिये... रुक जाइये राजाधिराज महाराज...हे मुरलीमनोहर! हे गिरधर! हे वृन्दावन बिहारीलाल! हे द्वारकाधीश!!... यह आप किधर को चले? मुझ अबला को छोड़कर...?

और मीराँ प्रभु के वस्त्र सीती-सीती अपने प्रियतम को अपने प्रति निष्ठुर जानकर रो पड़ीं। आँसुओं से नेत्र इतने धुँधले हो गये कि हाथ की सुई उँगली में चुभ गयी और रक्त की कुछ बूँदें छलक पड़ीं। पर मीराँ को इसकी कोई परवाह नहीं। उनके श्याम सलोने सरताज यदि इस तरह रूठकर चले जायेंगे तो उनके लिए उससे बड़ी और कोई बात दूजी नहीं होगी। मीराँ गा उठीं—

छोड़ मत जाजो जी महाराज।
महाँ अबला बल म्हारो गिरधर, थे म्हारा सरताज।...

हे गिरधर! आप मुझे छोड़कर मत जाइये। आप चले जायेंगे तो मैं कहीं की न रहूँगी। आप ही तो मेरे वास्तविक स्वामी हैं। मेरे इहलोक के स्वामी जो कहलाते थे कुँवर भोजराज...महाप्रतापी महाराणा संग्राम सिंह जी के सबसे बड़े सुपुत्र...वे तो कबके मुझे छोड़कर स्वर्ग सिधार चुके हैं। मुझ अभागिन को वे इस धरती पर निपट अकेली छोड़ गये हैं।

क्या सुख मिला मुझे उनसे परिणय करके? मात्र सात वर्ष ही तो रहा भोजराज कुँवर सा और मेरा साथ। उसके बाद इतनी युवनाई में मिला है मुझे यह लम्बा वैधव्य।

सुना है कि लोग कहते हैं मैं अपने सुहाग को खा गयी। कितना घिसा-पिटा मुहावरा है यह? एक स्त्री का अपने सुहाग को खा जाना। कोई यह क्यों नहीं कहता कि सुहाग स्त्री को खा गया है?...एक विवाहित पुरुष खाता ही तो रहता है अपनी स्त्री को सारा जीवन...तिल-तिल कर...पल-प्रतिपल...सोखता रहता है वह अपनी ब्याहता स्त्री को...उसके तन-मन को... उसकी सारी युवनाई को...उसके समस्त

सौन्दर्य को...उसकी समस्त ऊर्जा को...इच्छाओं को...और कुचलता रहता है उसके समूचे अस्तित्व को...उसके मान को...सम्मान को और उसके वर्तमान को...और फिर यदि वह इस संसार को पहले छोड़कर चल दिया तो ध्वस्त कर जाता है वह स्त्री के भविष्य को भी...

यद्यपि मेरे भोजराज वैसे नहीं थे। पर थे तो वह पुरुष ही। एक सम्पूर्ण अधिकार-सम्पन्न पुरुष। चाहते तो बलात् मुझसे अंग-संग कर सकते थे। पर गिरधरगोपाल से मेरे बालपन में हो गये विवाह की बात सुनकर और उनके प्रति मेरा पूर्ण समर्पण देखकर वह थोड़े ही समय में स्वयं ही पीछे हट गये। भोजराज का यह महात्याग मुझ मीराँ के तप से कहीं बड़ा था। मीराँ के लिए तो यह घोर आश्चर्य का विषय भी था और घोर आत्मग्लानि का भी। पर राजमहल के वासियों और दास-दासियों के लिए तो जैसे पूर्णतः अविश्वसनीय था। मेड़ता में जब मेवाड़ के राजकुँवर भोजराज मुझसे सगाई से पूर्व पहली बार मिले थे...अपनी बुआ गोरज्या देवी से मिलने आये थे...मेरी ताई सा गोरज्या देवी...मेवाड़ नरेश महाराणा सांगा की बहन और मेरे ताऊ सा बीरमदेव जी की पत्नी...तो मेड़ता में उन्होंने मुझे वचन दिया था कि यदि उनका-मेरा वैवाहिक सम्बन्ध होता है तो वह सांसारिक लोगों के लिए भले ही एक पति-पत्नी का सम्बन्ध होगा किन्तु दाम्पत्य सुख के लिए वह कभी भी मुझे मेरी इच्छा के बिना हाथ भी न लगायेंगे।...कुँवर भोजराज ने अपना वह वचन जीवनपर्यन्त निभाया। भले ही कितना अल्पजीवन मिला उन्हें...आत्मीयता एवं ग्लानि के अनेक क्षणों में मैं भले ही उनसे लिपटकर उनका हालचाल पूछती पर वह स्वयं ही कुछ ही क्षणों में मुझे स्वयं से विलग कर देते और स्थिरचित्त हो जाते... कहते—मीराँ अपने वास्तविक पति गिरधरगोपाल का स्मरण करो। मैं तो बस तुम्हारा एक सच्चा मित्र और शुभचिन्तक हूँ।...सँभालो अपने-आपको।...

साक्षात् देवता थे मेरे भोजराज। स्वर्ग से निकाले गये किसी यक्ष अथवा गन्धर्व सरीखे। मैं नाहक समझती हूँ कि मैं परमधाम वृन्दावन की कोई निष्कासित-शापित गोपिका हूँ और अपने श्याम सखा का चिर-सान्निध्य प्राप्त करने के लिए प्रायश्चित्त करने को इस धराधाम पर भेजी गयी हूँ। परन्तु मेरे भौतिक पति भोजराज तो मुझसे भी कहीं आगे निकले। इसी से मैं जैसे-जैसे उनके निकट गयी उनमें अपने श्रीकृष्ण प्रभु का ही दर्शन करने लगी। मेरे लिए एक समय वह आया जब श्रीकृष्ण में मुझे भोजराज नजर आते और भोजराज में मेरे कृष्ण। परन्तु विधिना को हमारा यह अलौकिक प्रेम और ऐसा अनोखा संग-साथ सम्भवतः अधिक नहीं भाया। इसी से जब अन्त में भोजराज ने मुझसे आँखें फेरीं तो जैसे सदा-सर्वदा के लिए ही फेर लीं।...

पिता महाराणा सांगा के साथ और कभी-कभी उनके निर्देशों पर अकेले भोजराज युद्ध भूमि में चले जाते। एक बार एक विद्रोह को दबाने के लिए भोजराज राजाज्ञा

पर सैन्य बल लेकर निकले। जब लौटे तो रणक्षेत्र से क्षत-विक्षत होकर लौटे। अनेक उपचार चले। कोई घाव ऐसा अन्दरूनी लगा था जो उनके लिए प्राणघातक सिद्ध हुआ। उन्होंने तब मुझे कुछ दिन भी नहीं दिये। बस वैद्यराज, कुँवर सा, राणा सा, मुसाहिब और सेवकगण ही उन्हें मर्दाने भाग में घेरे रहते। उन दिनों मुझे सबने किसी अवांछनीय वस्तु की तरह उनसे दूर कर दिया। विक्रमादित्य और उदय सिंह की माता रानी कर्मावती, छोटी सासू माँ और ननद ऊदाँबाई परस्पर मिलकर मेरी अपनी सासू माँ और रानियों में सबसे बड़ी सासू माँ महारानी सोलंकिनी जी, भोजराज की माता को यह समझाने में सफल हो गयी थीं कि गृहप्रवेश के समय मीराँ ने कुलदेवी की पूजा करने से इन्कार कर जो अपशकुन किया था, युवराज भोजराज पर यह संकट उसी का दुष्परिणाम है। अतः इन दिनों इस मेड़तणीं का साया भी युवराज कुँवर भोज पर न पड़ने दिया जाये। भोजराज को कोई ओषधि, कोई राजवैद्य, कोई तन्त्र-मन्त्र अथवा झाड़-फूँक बचा न सका और आखिरकार वे भरी जवानी में ही चल बसे। राजकुल की उन्हीं स्त्रियों ने फिर कहा कि उजड़ गया इस अभागिन का सुहाग...

पर मैं जानती हूँ गिरधर जी! आप तो बचपन से हो न मेरे वास्तविक सुहाग ...फिर मेरा सुहाग भला कैसे उजड़ सकता था? वह तो मेरे साँवले-सलोने प्रियतम के रूप में आपमें ही बसा है...अजर-अमर है वह...

इसलिए हे श्याम सखा! आप मुझे छोड़कर मत जाओ...कभी न जाना...क्योंकि आप ही तो मेरी शक्ति हो...मेरा बल हो। जब गजराज का बल ग्राह की जकड़बन्दी में क्षीण होने लगा तो चक्र सुदर्शन लेकर आप ही चतुर्भुज नारायण रूप में साक्षात् पधारे थे। उस हाथी के प्राणों की रक्षा आपने ही की थी क्योंकि विपत्ति में वह आपको और केवल आपको ही पुकार रहा था...अपनी सूँड़ में कमल का एक पुष्प लेकर। ऐसे में मुझ अबला की लाज भी आप ही को रखनी है महाराज!...चाहे मैं कितनी भी गुणहीन हूँ परन्तु आप क्योंकि गुणों की खान हैं आपको मुझ शरणागत की भी लाज रखनी ही होगी—

महाँ गुणहीन गुणागर नागर, म्हाँ हिवड़ा रो साज।
जग तारण भो भीत निवारण, थे राख्यो गजराज।...

वास्तव में अवसाद के क्षणों में मीराँ के लिए ब्रजराज की शरण के अतिरिक्त और कौन-सा सुरक्षित स्थान था? उन जैसी स्त्रियों का सहारा परमेश्वर ही तो होते हैं—

हार्‌याँ जीवण सरण रावली, कठे जावाँ ब्रजराज।
मीराँ रे प्रभु और न कोई, राखो अब तो लाज।

मीराँबाई को मालूम नहीं पड़ा और जाने कब वह रोते-रोते ध्यान में चली गयीं। प्रत्यक्ष में वह श्यामसुन्दर के वस्त्रों पर ही गिरकर सो गयीं।

कुछ ही कालावधि बीती होगी कि अचानक क्या हुआ? कोई उन्हें जोर-जोर से झकझोर रहा था।

"उठिये जीजा! उठिये...महारानी सा आयी हैं।"

मीराँ की आँखें खुलीं तो देखा कि सुकन्या उनकी निजी दासी और प्रिय सखी उन्हें पास खड़ी झकझोर रही थी। सामने सासू माँ रानी कुँवरबाई सोलंकिनी जी तमतमाया चेहरा लिये खड़ी थीं। उनके पीछे रनिवास की दो दासियाँ चम्पा और चमेली भी सहमी हुई-सी खड़ी थीं।

"वहाँ इतना हंगामा हो रहा है और इधर रानी जी सोयी पड़ी हैं? विक्रम ने सारा महल सिर पर उठा रखा है। मैंने बुलाया तुम नहीं आयीं। राजकुँवर रत्न सिंह के बुलावे पर भी नहीं आयीं। आख़िर चाहती क्या हो तुम?" महारानी माँ आवेश में काँपती हुई कह रही थीं।

बहूरानी मीराँबाई के केश खुले हुए थे। शरीर पर पहने वस्त्र भी नींद की हालत में अस्त-व्यस्त हो चले थे। सासू माँ को देखकर वे उठ खड़ी हुईं। परन्तु मुख से कुछ न बोलीं। शान्त रहना ही उन्होंने उस अवसर पर सर्वाधिक उचित समझा।

"सुन लो मीराँ!...कहे देती हूँ मैं...आज से तुम्हारा महल के बाहर जाना-वाना बन्द। महाराणा सा युद्धक्षेत्र में गये हुए हैं। युवराज रत्न सिंह का हुक्म है कि महल की कोई स्त्री महाराणा जी के चित्तौड़ वापस लौटने तक भवन के बाहर नहीं जायेगी। तुम्हारे बारे में निर्णय अब स्वयं महाराणा सा करेंगे।"

महाराणा सा से तात्पर्य था सोलंकिनी जी का-महाराणा संग्राम सिंह। संक्षिप्त नाम महाराणा सांगा। मीराँ के श्वसुर। इसके बाद जिस प्रकार महारानी सोलंकिनी जी दासियों चम्पा-चमेली के साथ तेहे में आयी थीं, उसी प्रकार पैर पटकती हुई मीराँ जी के महल से चली गयीं।

उनकी अपनी सास सोलंकिनी जी ने आज चम्पा-चमेली-सुकन्या और उनकी परम सखी ललिता के सामने जिस तरह उनसे बात की और उनके पास से जिस तरह से उन्हें और भी बुरे-भले वचन कहती-बड़बड़ाती वे वहाँ से गयीं उस सबने मीराँ के हृदय को असीम वेदना पहुँचायी। मीराँ जान गयीं कि कुलवधू की लाज की रत्ती भर भी परवाह नहीं रह गयी थी अब सासू माँ के भी मन में और उनकी पूजा-अर्चना-साधु-संगत सबमें खोट-ही-खोट दिखायी पड़ती है इन ससुराल पक्ष के लोगों को। आज यदि पति भोजराज जीवित होते तो क्या उन्हें ये दिन देखने को मिलते?

मीराँ गिरधरगोपाल की मूर्ति के सामने जा बैठीं। सामने पड़ी चौकी पर रखे एक भोजपत्र पर लिखने लगीं मोरपंख की कलम से—

पिया बिन सुनौ छै म्हारो देस।
ऐसो नी कोइ पीव मिलावै, तन मन वारूँ असेस।

थारे कारण बन-बन डोलूँ, ले जोगण रो भेस।
अवधि बदीती अजहूँ न आये, पण्डर हो गया केस।
मीराँ रे प्रभु कब रे मिलोगे, तज दियो नगर नरेस।

मीराँ अपने मन के जंगल में अनेकानेक बार डोलतीं। जोगन का भेस धरे। मन-ही-मन उन्होंने नगर और नरेश का त्याग तो कब का कर दिया था। भौतिक रूप से भले ही मीराँ चित्तौड़गढ़ में अपने ससुराल में राणा परिवार में निवास कर रही थीं, परन्तु मन से वह घर-गृहस्थी--राजकीय वैभव और सांसारिक बन्धनों का परित्याग कर चुकी थीं। वह संसार में होते हुए भी इस संसार में नहीं थीं। किन्तु यह सब तत्कालीन सांसारिक प्राणियों के गले हरगिज़ नहीं उतरता था। क्योंकि वे रूढ़िग्रस्त मान्यताओं को मानते थे। वंशगत मर्यादाओं को मानते थे। स्त्रियों के लिए पारम्परिक बन्धनों को मानते थे।

मीराँ की समवयस्क सखी ललिता मीराँ की बालपन की सखी थी। वह मीराँ से उम्र में दो वर्ष बड़ी थी। थी तो वह एक दासी पुत्री। छुटपन से मीराँ की सेवा में रही। परन्तु थी वह मीराँ की परम सखी ही। मीराँ तो फिर भी थोड़ी-बहुत चंचल थीं। परन्तु ललिता बहुत धीर-गम्भीर और शालीन लड़की थी। मीराँ के स्वभाव, मीराँ की पसन्द-नापसन्द, मीराँ के कृष्णानुराग से जितनी ललिता परिचित थी, संसार का शायद ही कोई दूसरा प्राणी मीराँ को जानता-समझता होगा।

यह ललिता ही थी जो मीराँ के हर दुःख-सुख में सदा उनके निकट रहती थी। यह ललिता ही थी जो मीराँ के आहार-निद्रा और आरोग्य का हरदम ध्यान रखती थी। यह ललिता ही थी जिसे मीराँ ने अपने विवाह के उपरान्त अपने साथ ससुराल में ले जाने हेतु गिरधरगोपाल की मूर्ति के बाद स्वयं चुना था। गिरधर जी यदि मीराँ के प्राणाधार थे तो ललिता मीराँ की इस जगत् की सर्वाधिक राजदार एवं अपनी।

ललिता ही वह स्त्री थी जो मीराँ के गाये भजनों को सुनती-गुनती-कण्ठस्थ करती और एकान्त क्षणों में उन्हें सावधानी से लिपिबद्ध कर लिया करती थी। मीराँ ने गुरु से शास्त्रविद्या के साथ-साथ शास्त्रीय गायन की विद्या को प्राप्त किया था। ललिता ने तो वह गायन कला मीराँ के स्वर की आवृत्ति कर-करके काफी हद तक पा ली थी। यदि कोई ललिता को गाते सुनता तो कह नहीं सकता था कि उसे संगीत की बारीकियों का ज्ञान नहीं। गायन प्रतिभा ललिता सखी में जन्मजात ही थी। उसका स्वर आरोह-अवरोह इतना सधा हुआ था कि वह गाते समय मानो सिद्ध गायिकाओं के अत्यन्त निकट प्रतीत होती। वस्तुतः मीराँ ही ललिता की गायन विद्या की गुरु थीं। शास्त्रों का भी पर्याप्त ज्ञान ललिता को मीराँ ने ही करा दिया था। अपने गुरु

से जो कुछ मीराँ सीखतीं उसका अभ्यास एवं उल्लेख अपनी प्रिय सखी ललिता से वे अवश्य करतीं।

इस तरह बचपन से ललिता मीराँ के दादा जी राव दूदा के महल में मीराँ के साथ पल-बढ़कर वस्तुतः मीराँ की प्रतिच्छाया-सी बन चुकी थी।

मीराँ भजन लिखती गयीं—

पिया बिन सूनौ छै म्हारो देस...

और संग-संग गाती भी गयीं। उनके नेत्रों सै आँसू बह रहे थे और उन बहते आँसुओं को मीराँ बीच-बीच में अपने आँचल से पोंछती जाती थीं। कहीं भोजपत्र पर गिरकर वे लिखाई को खराब न कर दें।

ललिता चुपचाप दूर खड़ी मीराँ की एक-एक चेष्टा को देख रही थी। वह एक पात्र में जल भर लायी थी। परन्तु मीराँ के भजन सृजन और गायन में स्वयं व्यवधान नहीं बनना चाहतीं थी।

भजन पूरा हुआ—

मीराँ रे प्रभु कब रे मिलोगे,
तज दियो नगर नरेस।

ललिता ने आगे बढ़कर मीराँ को सहारा देकर उठाया। धरती पर बिछे आसन के पास से ललिता मीराँबाई सा को उनकी शय्या तक ले गयी। वहाँ बैठाकर अपने हाथों से जल पिलाया। मीराँ ने पात्र अपने कर में ले लिया और दो घूँट पीकर सखी ललिता को वापस दे दिया। मन कुछ स्वस्थ हुआ।

तभी द्वार के बाहर से उन्हें एक पुरुष स्वर सुनायी दिया—"क्या मैं भीतर आ सकता हूँ?"

ललिता ने कहा—"युवराज कुँवर रत्न सिंह सा..."

मीराँ यह सुनते ही उठ खड़ी हुईं। देवर जी पर दृष्टि पड़ते ही उन्होंने अपने खुले केशों को आँचल से ढक लिया और कहा—

"पधारो कुँवार सा!"

"भाभी सा!...क्षमा करना मैं आपको बुलाना नहीं चाहता था...पर कुँवर विक्रमादित्य के कारण आपसे कुछ कहना चाहता था...सो आपको बुलावा भेजवाया था।"—रत्न सिंह ने कक्ष में प्रवेश कर कहा।

"कोई बात नहीं कुँवर सा। मैं आ जाती पर...छोटे कुँवर की उद्दण्डता के कारण मैं नहीं आयी। मुझे देखते तो वे न जाने और क्या-क्या करने लगते?"

"भाभी सा! आप तो जानती हैं कि बाबो सा महाराणा समर में गये हुए हैं। उनके न रहने पर यह लड़का और कितना बेकाबू हो जाता है। वैसे भी बहुत उजड्ड और इठी स्वभाव का है। महाराणा के रहते समय ही यह कुछ काबू में रहता है।"

मीराँ आगे कुछ न बोलीं। कमरे में कुछ देर खामोशी रही। रत्न सिंह एक तिपाई पर बैठ गये थे और मुँह घुमाये कुछ सोच रहे थे। मीराँ अपने देवर के संकोच में अपने स्थान पर ही जड़वत् खड़ी थीं। उन्हें लगा कि देवर जी कुछ कहना चाह रहे हैं पर बोल नहीं पा रहे। रत्न सिंह अपने सभी भाई-बहनों में सबसे अलग स्वभाव के थे। अपनी माता रानी धनाबाई राठौड़ी की तरह शान्त और सौम्य। मीराँ का वह बहुत सम्मान करते थे। मीराँ जानती थीं कि रत्न सिंह किसी बात से सहमत न भी हों तो भी प्रतिवाद में यदि कुछ कहेंगे तो भी अपनी स्वभावगत शालीनता नहीं छोड़ेंगे। इस बीच देवर-भाभी के वार्त्तालाप के मध्य ललिता मीराँ का वह हस्तलिखित भजन का भोजपत्र सहेजकर कक्ष से कब की बाहर जा चुकी थी।

जो भी हो यद्यपि देवर सा रत्न सिंह मँझले देवर विक्रमादित्य के दुष्ट स्वभाव के एकदम विपरीत आचरणवाले व्यक्ति थे। पर थे तो वह भी एक राजपुरुष ही। बात तो उन्हें भी अच्छी या बुरी लग सकती थी।

मीराँ की भी बात उन्हें कुछ-न-कुछ बुरी लगती ही होगी। परन्तु मीराँ यह भी जानती और समझती थीं कि रत्न सिंह को जो कुछ कहना होता वह उनकी सासू माँ महारानी सोलंकिनी जी से कहते। स्वयं उनसे कुछ न कहते। सीधे-सीधे तो कभी भी नहीं।

पर आज वे आये हैं तो उनकी अवश्य कोई विशेष मजबूरी होगी। और फिर वही हुआ। रत्न सिंह ने तनिक गला खँखारकर मीराँ जी से कहा—

"घणीं खम्मा भाभी सा!...आपसे कुछ अरज करना चाह रहा हूँ।"

"हाँ-हाँ कहिये कुँवर सा!...क्या कहना चाहते हैं?" —मीराँ बोलीं।

रत्न सिंह भाभी से नजरें न मिलाकर सामने दीवार की ओर फिर से देखने लगे और बोले—

"मैं आपसे यह सब न कहता भाभी सा! पर आज दरबार में बात चल गयी कि राजकुल की मर्यादा विखण्डित होती दीख रही है। स्वर्गीय कुँवर भोजराज की स्त्री मीराँबाई राजमहल की दहलीज लाँघकर मन्दिरों में नाचती-गाती फिर रही हैं...वह भी न जाने कहाँ-कहाँ से आये साधुओं और भिक्षुक-मण्डली के लोगों बीच और आप लोग इस सब पर प्रतिबन्ध नहीं लगाते। यदि कल को कोई ऊँच-नीच हो गया तो कौन उत्तरदायी होगा?"

"तो?"—इस पर मीराँ के मुख से निकला।

मीराँ के मुख से निकले इस एक प्रश्नवाचक शब्द को सुनकर रत्न सिंह उत्तेजना और ग्लानि से भर गये। वह कहने लगे—"मन्त्रिपरिषद् ने तब आपके लिए यह दायित्व मुझे सौंप दिया। कहने लगे कि कुल की मर्यादा को सँभालने का कार्य कुल के लोगों का ही है। और..."

"और?...आगे क्या?"—मीराँ ने अधीरता से पूछा।

“और...मन्त्रिपरिषद् में विचार हुआ। फिर एक मत से फैसला हुआ कि चित्तौड़गढ़ के मठ-मन्दिरों की सघन तलाशी ली जाये। वहाँ जो भी बाहरी और अज्ञात साधु-सन्त टिका हो उसे वहाँ से बहिष्कृत किया जाये।”

“बहिष्कृत मतलब?”

“मतलब उन लोगों को चलता किया जाये।”

“यह तो साधुओं के साथ बड़ा अन्याय होगा।”

“अब यह न्याय हो अथवा अन्याय...मन्त्रिपरिषद् का यही निर्णय है... राज-दरबार का निर्देश है।”

“बिना राजा की मोहर के राज-दरबार का निर्देश कैसा?”—मीराँ ने विरोध जताते हुए कहा।

“राजा की अनुपस्थिति में मन्त्रिपरिषद् ही सर्वोच्च होती है। महाराणा सांगा की अनुपस्थिति में राज-दरबार में उसी का आदेश अन्तिम होता है।”

“कुँवर सा! आपको क्या लगता है कि यह आदेश उचित है? एक स्त्री की ख़ातिर लोकमर्यादा की दुहाई देना और उसका दण्ड पूरे साधु समाज को देना कौन-सा न्याय होगा?...क्या आप इसे मानेंगे?”

“मानना होगा भाभी सा। मुझे भी और आपको भी...हम सभी को मानना होगा...आपको तो इसका विशेष ध्यान रखना होगा...जब तक कि महाराणा युद्ध भूमि से वापस न आ जायें और वे इस सम्बन्ध में कोई अन्यथा निर्णय न ले लें आपको—”

कहते-कहते संकोच में रत्न सिंह चुप हो गये। वह सिर झुकाकर नीचे भूमि की ओर देखने लगे। देवर का इस तरह अचानक चुप लगा जाना मीराँबाई को और भी व्याकुल कर गया। वह बोलीं—

“देवर सा! आप चुप क्यों हो गये? मेरे लिये क्या हुकुम है? खुलकर कहिये—”

“मात्र महाराणा सा की वापसी तक आप धैर्य धरें और...भाभी सा! तब तक आप कृपया महल से बाहर न पधारें।”

“कुँवर सा?”—मीराँ ने कहा और वह इसके आगे अवाक् रह गयीं।

“बस...इतना ही कहने आया था मैं। चलता हूँ। खम्मा घणीं।”

इतना कहकर कुँवर रत्न सिंह उठकर तेजी से कक्ष से बाहर निकल गये। मीराँ जी से आज पहली बार उन्होंने इतने आदेशात्मक स्वर में कोई बात कही थी। राज-व्यवस्था अच्छे इन्सानों को भी कितना विवश कर देती है। रत्न सिंह युवराज होकर भी अपनी भाभी मीराँ के सम्मुख शर्मिन्दा ही तो थे। इसे जितना वह समझ रहे थे मीराँ उससे पहले से इस बात को जानती थीं। ऐसे में मुरलीमनोहर पर उनकी निर्भरता ही उन्हें ऐसे अनुभवों के बावजूद थोड़ा सहारा देती थी।

इस घटना के बाद मीराँ कई दिनों तक अपने महल से बाहर नहीं निकलीं। चित्तौड़ के किसी मन्दिर में नहीं गयीं। किसी भय के कारण नहीं। बल्कि उस

आशंका और दर्द के कारण कि कहीं उन्हें मन्दिरों में किसी साधु को अपमानित होता न देखना पड़े। क्या पता महाराणा सांगा के सैनिक किसी साधु अथवा फकीर को कहीं धकियाते या घसीटते हुए उन्हें दिख जायें और तब वह पता नहीं क्या कर बैठें?

कलेजे पर पत्थर रखकर वह अपने गिरधरगोपाल की घर ही में नित्य पूजा अनमने मन से करती रहीं। पूजा-अर्चना करते हुए मीराँ कभी-कभी अटपटा आचरण करने लगतीं तो ललिता और सुकन्या वहाँ साज-सँभाल करने का प्रयत्न करतीं। वह मीराँबाई को सहज करने का हर सम्भव प्रयास करतीं।

मीराँ कभी महल के बाहर निकलकर झरोखे के पास...चित्तौड़गढ़ की प्राचीरों के पार...तलहटी में बिखरे खेत-खलिहानों और बिखरी-छितरी मानव आबादी को देखतीं। अधिक व्यग्र होतीं तो सीढ़ियाँ चढ़कर महल की छत पर चढ़ जातीं। निरभ्र आकाश को ताकतीं और उसासें भरतीं। ललिता और सुकन्या मीराँ जी के इस विचलित स्वरूप के चलते हरदम उनके पीछे-पीछे चला करतीं। उन्हें एक पल के लिए भी वे अकेला न छोड़तीं। ऐसे ही करते-कराते कितने ही दिन बीत गये।...

यदि यह बात राजा ने कहीं होती तो शायद मीराँ कुछ प्रतिवाद करतीं। परन्तु यह सब तो उनसे युवराज ने कहा था। महाराणा सांगा चित्तौड़ से बाहर थे। यह व्यवस्था उनकी दी हुई नहीं थी। दरबार की थी। युवराज ने तो केवल व्यवस्था में निहित सन्देश को मीराँ तक पहुँचाया था। रत्न सिंह वैसे भी उनके प्रिय देवर थे। अब मीराँ के पति भोजराज के अवसान के बाद वे युवराज की भूमिका में थे। कितने संकोच और हड़बड़ी में मन्त्रिपरिषद् का निर्णय सुनाकर वे उनके पास से चले गये थे। मीराँ युवराज कुँवर रत्न सिंह की मजबूरी को समझती थीं। एक बार यदि महाराणा सांगा ने मीराँ पर इस प्रतिबन्ध की बात कही होती तो वह उनसे अधिकारपूर्वक अपना विरोध अवश्य जतातीं—परन्तु कुँवर रत्न सिंह से कुछ और कहना-सुनना व्यर्थ था। जब उनके हाथ में ही कुछ नहीं था। नीतिगत निर्णय के समक्ष उनके हाथ बँधे हुए थे। उन्हें उसका क्रियान्वयन सुनिश्चित होने भर देना था। इस व्यवस्था को उलट देने की क्षमता यदि किसी में थी तो केवल महाराणा सा में थी। मीराँ अवश्य उनके आने पर अपनी बात कहेंगी उन्होंने सोच रखा था। अपने मन को बहला लिया था किसी तरह उन्होंने।

कें...यों!...कें...यों...!!

—कोई मयूर अपनी मयूरी को रह-रहकर पुकार रहा था। खिड़की के पार आकाश में काली घटाएँ घुमड़ने लगी थीं।

कुछ ही देर में नीचे हरे-भरे बगीचे में वर्षा की फुहार नृत्य करने लगी। सुखद वायु का झोंका मीराँ के कक्ष में खिड़की के रास्ते घुस आया। तन और मन सिहर उठा।

मीराँ ने अपने गिरधर जी को...उनकी मोहनी मूरत को पूजा-स्थल से गोद में उठा लिया और उन्हें खिड़की के उस पार फैली उन्हीं की बनायी मनोहारी प्रकृति के दर्शन कराने लगीं।—

"देखिये कान्हा जी! बरखा की बूँदियाँ कितनी प्यारी हैं...आपकी इस मधुर मुस्कान से भी प्यारी...आपसे अधिक इसलिए...क्योंकि...आकाश से बरस-बरसकर वे आपका अभिनन्दन जो कर रही हैं।"

कें...यों!!...कें...यों!!!

—अब सामने एक नाचता हुआ सुन्दर-सा मोर दिखने लगा। उद्यान की ओर से वह मीराँ-महल के निकट आ गया था। हरी-हरी घास पर नाचता हुआ वह सुन्दर मोर...अपने स्थान पर स्थिर मयूर पंख खोले...पूरी तरह से उठाये हुए...फिर गोल-गोल घूमता...खड़े-खड़े नर्तन करता हुआ। अर्द्ध वृत्ताकार खुले हुए मोरपंखों के मध्य असंख्य गोल-गोल चित्ताकर्षक वलय दृश्यमान थे। उन वलयों में नीलवर्णी सुन्दर चकत्ते भी थे जो श्रीकृष्ण के श्याम वर्ण की अनुभूति कराते थे।

"गिरधर जी!...अहा वह देखिये...वह मयूर भी आपका अभिनन्दन कर रहा है। शायद उसे पता चल गया है कि आप यहाँ हैं...मेरी गोद में और यहाँ से आप उस पर कृपादृष्टि डाल रहे हैं।...वर्षा में भीगता हुआ वह मोर तभी अपनी प्रिया को भी पुकारना...भूल गया है...देखिये...देखिये प्रभु! वह वहाँ से हमें ही देख रहा है...हम दोनों को...

"मेरा अहोभाग्य! कि हमारे इस प्रणय बन्धन का...वह मयूर...वह उपवन...वे मनभावन मेघ...वर्षा की बूँदें...वृक्ष...गुल्म...लता...और इस चित्तौड़ की धरती का कण-कण साक्षी है...चलिये श्यामसुन्दर। मैंने आपको बहुत देर कष्ट दिया। अब आप अपने सिंहासन पर विराजो।"

मीराँ ने श्यामसुन्दर की मूर्ति को उनके स्थान पर धीरे से विराजमान करा दिया और उनकी मोहनी छवि पर रीझकर उनके समक्ष अनायास नृत्य करने लगीं। वे क्या रीझीं अपने कान्हा जी को ही स्वयं पर मानो रिझाने लगीं। उस एकान्त में वह दोनों ही तो वहाँ अकेले थे। मीराँबाई और उनके कान्हा जी। उस कक्ष में एकदम अकेले। तब वहाँ द्वैत भी था और अद्वैत भी...कहने को तो भक्त और भगवान् दोनों अलग-अलग थे। परन्तु जहाँ तक उनकी परस्पर प्रीति का प्रश्न था वह उनमें एक ही थी। उस प्रीति ने उन्हें एक कर दिया था। मीराँ की भावधारा उनके अन्तर्मन में बह चली थी...

उस दशा में उनके पैर उनके वश में नहीं रहे...उनके हाथ उनके वश में नहीं रहे।...उनका मन सजे-धजे अपने ओंठों से मुरली लगाये खड़े हुए...नहीं मीराँ जी के साथ नाचते हुए...नटवरनागर से एकाकार हो चला। मीराँ मुरलीमनोहर के हृदय में समायी हुई थीं और मुरलीमनोहर मीराँ के हृदय में...कृष्ण सम्मुख भी थे और अपनी आराधिका के भीतर भी...मीराँ के हृदय में तो वे जन्म-जन्मान्तर से विराजे हुए थे।

थे क्या, हैं...और सदा रहेंगे...

हिरदा तें टरत नाहीं मूरति नागर नट की।...

अब उनके हृदय में जो निवास कर रहा है वह भला वहाँ से कैसे निकल सकता है? वे दोनों तो कबके एक हो चुके हैं। मीराँ मानो जानती थीं कि उनकी जो देह है वह तो केवल देखने भर की है...सच कहा जाये तो वह तो इस देह से बिलकुल परे जा चुकी हैं। कृष्ण ही उनकी देह हैं, उनकी आत्मा हैं और मीराँ जो भी हैं, जैसी भी हैं, बस कृष्ण की ही हैं।

नहीं-नहीं अब मैं—मैं कहाँ...मीराँ आत्मचिन्तन कर रही थीं...मैं भी तो कृष्ण ही हूँ...परन्तु कौन समझेगा मेरी बातों को? सब मुझे पागल दीवानी मतिभ्रष्ट समझते हैं।...समझते रहें...आखिर सब-के-सब बेचारे माया के पाश में जो जकड़े हैं। माया ने ही इन नादानों को मायावी बना दिया है। ये चाहे कितने ही कठोर हों सब-के-सब दया के पात्र हैं।...

अरे मैं तो भूल ही गयी...जन्माष्टमी निकट आ रही है। वह पुनीत पर्व जब मेरे गिरधरगोपाल का जन्म हुआ था मथुरा में...वासुदेव जी यमुना पार कराकर गोकुल ले गये थे और छोड़ आये थे उन्हें नन्दबाबा और यशोदा मैया के घर...कंस के भय से...

दुष्ट कंस वैसे तो मेरे कान्हा जी का क्या कर लेता? पर एक पिता का चिन्ताग्रस्त मन...कोई संकट न आने देना चाहते होंगे वह अपने नन्हें-से लाल पर...यमुना जी भी उन लालों के लाल के चरण छूने को अकस्मात् बाढ़ पर आ गयीं...वासुदेव सिर पर एक सूप में कान्हा जी को धरे उफनाती यमुना जी को पार करते बड़े साहस के साथ ही किसी भाँति चले जाते थे...डूबने-डूबने को हो गये...

मूसलधार वर्षा...उफनाती नदी...नन्हें कृष्ण न भीगें यह सोचकर वासुकी नाग ने पीछे से फन काढ़ लिया...अहा! क्या अद्भुत दृश्य रहा होगा...मेरे कन्हैया अभी-अभी जन्मे तिस पर भी पल भर को चैन नहीं पाया और...और देखो तो चल पड़े पहले ही दिन एक अज्ञात यात्रा पर?...मीराँ विचार-सरणी पर गतिमान् थीं... -साधु-सन्तों से तो बाद में सुनीं पर सबसे पहले धाय माँ से सुनीं ऐसी अनेक कथाएँ बचपन में ही। धाय माँ किशोरी देवी...जिन्होंने माँ के रहते मेरी देखभाल की। और उनके न रहने पर दादा जी राव दूदा की छत्रच्छाया में मुझे माँ से भी बढ़कर प्यार

मिला। यही नहीं, अपनी एकमात्र पुत्री ललिता से भी बढ़कर धाय माँ किशोरी देवी मेरे श्रीकृष्ण कन्हाई की अनेक कथाएँ मुझे बालपन से ही सुनाया करती थीं...आखिर वृन्दावन की ग्वालिन जो ठहरीं...मेड़ता में सुनाती थीं कृष्णकथा के अनेक प्रसंग। मेड़ता...जहाँ मैं जन्मी-पली और बढ़ी...धाय माँ किशोरी देवी वृन्दावन से ब्याहकर मेड़ता में आयी थीं कभी।

मुझे वह बताती थीं कि उनके सास-ससुर और पति वर्षों पहले एक बार मेड़ता राज्य से उत्तर भारत के तीर्थों की यात्रा पर गये थे। वे प्रयाग गये। काशी गये। घूम-फिरकर हरिद्वार गये और अन्त में मथुरा एवं वृन्दावन पहुँचे।

धाय माँ बताती थीं कि उनके ससुरालवाले वृन्दावन की जिस धर्मशाला में ठहरे थे उसी के बाहर वह...अर्थात् किशोरी देवी मन्दिरों में चढ़ाने हेतु फूल बेचा करती थीं। सुन्दर, दुबली-पतली, गोरी-सी एक युवती। ऊपर से नाम भी किशोरी। मेड़ता से आये उन लोगों को किशोरी बहुत भा गयी।

बातचीत चली तो वृन्दावन में एक परिचित भी निकल आये। उन्होंने मध्यस्थता की। फलतः किशोरी जी की मँगनी मेड़ता से पधारे इस परिवार के उस बाँके राठौड़ राजपूत युवक से हो गयी जिसका नाम ही संयोग से मोहन सिंह था।

एक दिन इस तरह किशोरी देवी मोहन सिंह से ब्याहकर वृन्दावन से मेड़ता आ गयीं। अपना पीहर, माता-पिता और वृन्दावन की गलियों को छोड़कर। सैकड़ों कोस दूर। एक स्त्री की यही तो नियति है...अगर धाय माँ किशोरी देवी और उनकी पुत्री ललिता मेरे जीवन में न होतीं तो माँ के महाप्रयाण के बाद मेरा क्या होता?...मेरे पितामह राठौड़ शिरोमणि राव दूदा, ताऊ सा युवराज कुँवर बीरमदेव, ताई सा गोरज्या देवी, मेरे पिता रतन सिंह जी सभी मेरी देखभाल अवश्य करते किन्तु वह लालन-पालन राजसी तौर-तरीकों तक ही सीमित होता...

यदि धाय माँ न होती तो मेड़ता के आराध्य चतुर्भुजनाथ जी के मन्दिर के दर्शन आदि तो मुझे प्राप्त थे, पर ब्रजभूमि के कण-कण में बसी मेरे मुरलीमनोहर की जो प्रेमा भक्ति है वह फिर संस्कार रूप में अपनी अनगिन कथाओं के साथ मेरी इतनी अल्पायु में मुझ तक कैसे पहुँच पाती?...बड़ा होने पर हम पोथी-पुराणों के माध्यम से प्रभु की लीलाओं और उनके सन्देशों को अवश्य ग्रहण करते हैं, परन्तु जो कुछ लोकमुख से हमें प्राप्त होता है उस कृपा-प्रसाद का तो कहना ही क्या?...वह तो दुर्लभ ही होता है न...उसकी निर्मलता-कोमलता-सहजता की तुलना क्या किसी धीर-गम्भीर प्रवचन के श्रवण अथवा श्रमसाध्य अध्ययन से प्राप्त ज्ञान से की जा सकती है?...

किशोरी देवी धाय माँ का अर्थ था वृन्दावन और वहाँ के गोपाल, गोवर्धन पर्वत, यमुना तट, गोप-गोपिकाएँ और बरसानेवाली राधा रानी। उन सबके मध्य मेरे श्याम-सुन्दर की अनगिन लीलाएँ। ललिता मेरी सबसे प्रिय सखी किशोरी देवी धाय माँ की एकमात्र पुत्री थी। ललिता उन्हें माई कहकर पुकारती थी। इसी से मैं भी

उन्हें माई ही कहने लगी। अधिक लाड़ आता या मुझे जिद करनी होती तो माई री सुन...माई री! यह...माई री! वह...

माँ के रहते तो धाय माँ ने मुझे पालने-पोसने में मेरी माँ की सहायता-सेवा की ही। जब मैं पाँच बरस की रही हूँगी तब माँ के देहान्त के पश्चात् तो वह पूरी तरह ललिता की माई की भाँति मेरी भी माई बन गयीं। मेरे पिता रत्न सिंह अधिकतर दादू सा राव दूदा जोधावत के राजकाज की देखभाल में बाहर ही रहते। दादू सा पूजा-पाठ में अधिकांश समय बिताते। माई के होते वह मेरी देखभाल के प्रति काफी निश्चिन्त रहते।...

जैसे-जैसे जन्माष्टमी निकट आ रही थी राजमहलों में बेचैनी बढ़ती जा रही थी। त्योहार और उत्सव तो आनन्द और उल्लास का कारण होते हैं, परन्तु जब कोई पर्व किसी के उन्माद का कारण बन जाये और वह उन्माद घर-परिवार-कुटुम्ब की मान-मर्यादा को ठेस पहुँचानेवाला हो तो कुटुम्बियों का चिन्तातुर हो जाना स्वाभाविक है। श्रीकृष्ण प्रभु के जन्मोत्सव का यह पर्व जैसे-जैसे आता-जाता रनिवास में विशेष चिन्ता परिव्याप्त होती जाती। मीराँ की सासू माँ सोलंकिनी जी भक्तिमती बहू-मीराँबाई के उन दिनों कृष्णभक्ति में और बौरा जाने की आशंका से ग्रस्त हो चुकी थीं। ऊपर से महाराणा सांगा की सबसे प्रिय रानी और मीराँ की छोटी सास कर्मावती अनेक मनगढ़न्त परिकल्पनाओं द्वारा मीराँ की सगी सास और अपनी जेठानी सोलंकिनी जी की चिन्ताओं को अग्नि में घृत की भाँति उभारने में लगी थीं।

मीराँ के देवर युवराज कुँवर रत्न सिंह की माता अर्थात् मीराँ की मँझली सासू माँ धनाबाई अत्यन्त सज्जन स्त्री थीं। वह मीराँ से पूर्ण सहानुभूति रखती थीं। युवाकाल में विधवा हो चुकी मेड़तणीं मीराँ यदि श्रीकृष्ण को अपना सब-कुछ मानकर उनकी प्रेममयी भक्ति में अहर्निश डूबी रहती हैं तो इसमें आखिर बुराई क्या है? धनाबाई का ऐसा मानना था। साथ ही यह भी कि क्या एक स्त्री को अपने दुःख-कष्टों के निवारण हेतु ईश्वर की शरण में जाने का भी अधिकार नहीं? कोई स्त्री पति के रहते कुपथगामिनी हो तो वह नरकगामिनी होगी। परन्तु यदि कोई पति के स्वर्गवासी हो जाने पर किसी पर पुरुष का मुख देखे तब भी यह समाज उसे नरक का ही भागी मानता है जबकि किसी विधुर पुरुष के लिए ऐसा कोई प्रतिबन्ध नहीं होता। ...फिर मीराँ कौन-सा पाप कर रही है? वह तो सर्वथा उचित मार्ग पर ही है। अपनी ओर से भी और समाज की सोच से भी। फिर भी पुरुषों से अधिक राजमहल की ये स्त्रियाँ ही मीराँ को कुविचारपूर्वक देखती हैं। बेचारी मीराँ...

मीराँबाई का चित्तौड़गढ़ में महल से बाहर आना-जाना बन्द हो चुका था। एक दिन मीराँबाई ने सोचा कि चित्तौड़गढ़ के भीतर साधु-भक्तों का प्रवेश इन दिनों निषिद्ध है तो क्यों न गढ़ के बाहर के किसी मन्दिर में चलकर सत्संग किया जाये। फिर एक-दो बार उन्होंने सुबह-सुबह गढ़ के बाहर के एक कृष्ण-मन्दिर में जाना चाहा। पहले दिन तो पालकी के सेवकों ने ही इन्कार कर दिया। अगले दिन मीराँ एक डलिया में फूल चुनकर लुटिया में जल और तुलसीदल लेकर पैदल ही बड़े सवेरे अपने महल से निकल पड़ीं तो मुख्यद्वार तक पहुँचते-पहुँचते वहाँ के द्वारपालों ने उन्हें रोक दिया। ललिता और सुकन्या भी मीराँबाई को रोकती-टोकती पीछे-पीछे दौड़ी चली आ रही थीं। मीराँ उन्हें भी चकमा देकर निकल आयी थीं। अब वह उनकी पुकार को अनसुनी कर चपल गति से अपनी ही धुन में आगे-आगे बढ़ी जा रही थीं।

बड़े फाटक तक पहुँचीं तो प्रातःकालीन पाली का मुख्य द्वारपाल उनके सामने आया। उसने हाथ जोड़कर उनसे 'घणीं खम्मा' कहा और फिर चट्टान की तरह सामने खड़ा हो गया। मीराँ परदा तो करती नहीं थीं। न ही श्वेत वस्त्र पहनती थीं। कभी पीला, कभी नीला और कभी हरा परिधान धारण करतीं। फूलों के विविध रंगों पर आधारित साड़ी को मीराँ 'कुसुम्बी सारी' कहा करती थीं। उनके कान्हा जी को भी पीताम्बर और प्रकृति का हर एक रंग प्रिय है। वह उनके शाश्वत सुहाग हैं। अतः मीराँ को विधवाओं के परम्परागत श्वेत परिधानों से भी काफ़ी चिढ़ थी।

मीराँ ने उत्तेजित स्वर में कहा—"हटो सामने से...मुझे कान्हा जी के मन्दिर जाना है। कहीं भागी नहीं जा रही हूँ..."

पता नहीं यह अन्तिम वाक्य उनके मुख से क्यों निकला? कहीं भागी नहीं जा रही हूँ...स्त्री पिंजरे की चिड़िया ही तो है पुरुषों के संसार में...जब तक कुँवारी रही पिता के पिंजरे में कैद...मायके से सुसराल जाते समय वह पिंजरा एक पिता उस चिड़ी के पति के हाथों में थमा देता है कि ले जा अब इसे तू पाल-पोस, दाना चुगा और अपने आँगन में टाँग दे...कहने को कह तो गयीं मीराँ परन्तु साथ ही मन-ही-मन सोच में भी पड़ गयीं। मैंने ऐसी बात इस द्वाररक्षक से क्यों कही? मैं कहीं भागी नहीं जा रही हूँ...वह तो मात्र एक राजसेवक है। राजाज्ञा का पालन करना उसका धर्म है। केवल अपना कर्त्तव्य निर्वाह ही कर रहा है। आखिर जो आदेश उसे ऊपर से मिले होंगे उन्हीं का तो वह पालन करेगा?

मीराँ ने अपने लिये सोचा कि इतना कहने से भी काम चल सकता था मुझे कान्हा जी के मन्दिर के दर्शन हेतु जाना है...अथवा केवल यह कि मुझे जाना है। मेरा मार्ग छोड़ो।...पर नहीं...द्वारपाल से कहा कि कहीं भागी नहीं जा रही हूँ।...बेचारा शंका न करता तो भी करने लगता कि कहीं...वास्तव में मीराँबाई सा पूजा के बहाने महलों से भागी तो नहीं जा रहीं?...जीविका और जीवन दोनों को संकट में डाल देगी

यह राजकुल की स्त्री।...तभी तो और अड़ गया वह—"नहीं राणी सा!...आपको यहाँ से आगे जाना मना है।"

"किसने मना किया?"

"महाराणी सा और युवराज कुँवर सा का हुक्म है म्हारे को।"

—कहकर मुख्य द्वारपाल सिर झुकाकर और नीची नजरें करके खड़ा हो गया था। "पर मैं तो जाऊँगी।"—मीराँ ने कहा और उसके बराबर से कटकर निकलना चाहा। इस पर चार द्वारपाल भाले लेकर उसके पीछे से और आ गये। अपने भालों को भूमि पर डण्डवत् टेककर वे चारों और भी तनकर खड़े हो गये। एक दीवार की भाँति।

सुबह से मीराँ ने एक बूँद जल तक ग्रहण नहीं किया था। उत्तेजना और अपमान से वह विचलित हो गयीं। एकाएक उन्हें कमजोरी-सी महसूस हुई। उनके अंग-प्रत्यंग शिथिल हो चले और आँखों के सामने अँधेरा छा गया। मीराँ खड़े-खड़े गिरने को हुईं। पूजा की सामग्री हाथों से छूटकर भूमि पर गिर पड़ी।

वह तो ऐन वक्त पर ललिता और सुकन्या उनके पीछे आ पहुँची थीं। किसी तरह गिरते-गिरते सँभाल लिया उन्होंने मीराँबाई को और दोनों जनी सहारा देकर उन्हें महल के मुख्य भवन की दिशा में वापस ले चलीं। एक द्वाररक्षक पूजन-सामग्री उठाकर पीछे-पीछे चल दिया।

मुख्य द्वारपाल ने आवाज़ लगायी। कहीं से एक पालकी का आनन-फानन में प्रबन्ध हुआ। बेहोश मीराँबाई को पालकी में लिटाकर ललिता साथ बैठी। सुकन्या ने द्वारपाल से लुटिया और फूलों की डलिया ले ली और कहारों के पीछे-पीछे वह मीराँ-महल की ओर चल पड़ी।

बड़ी मुश्किल से मीराँ अपने महल के कक्ष में पहुँचायी गयीं। दोनों दासी-सखियों ने उन्हें पलँग पर लिटा दिया। सुकन्या भागकर मीराँ के लिए केसरयुक्त दूध ले आयी। मीराँ होश में आ चुकी थीं। उन्होंने वह दूध पीने से इनकार कर दिया। भला मोहन प्यारे को भोग लगाये बिना वह अपना मुख जूठा कैसे कर सकती थीं?

ललिता और सुकन्या दोनों जनी मीराँ से दूध पीने के लिए हठ करने लगीं। तब मीराँ ने कहा—"जाकर यह दुग्धपात्र मेरे गिरधरगोपाल के सामने रख दो...वे पी लेंगे तो मैं पी लूँगी।"

सुकन्या दुग्धपात्र मीराँबाई सा गिरधरगोपाल के विग्रह के समक्ष रखकर दूसरे कामों के लिए चली गयी। ललिता मीराँ के सिरहाने बैठकर उन्हें पंखा झलने लगी।

बड़ी आयी मान-अपमानवाली...अपने-आपको कृष्ण समर्पिता समझती है... भक्तिन समझती है...श्याम सखा के चरणों की दासी कहती है...पर तेरे भीतर से

यह सांसारिक मान-अपमान का भाव गया नहीं अब तक? उच्च कुल में जन्म का...कुलीनता का...आभिजात्य वर्ग की नारी होने का गुमान अभी निकला नहीं मन से तेरे?

इतना अहंकार कि कैसे उस तुच्छ द्वारपाल ने मार्ग रोक लिया तेरा? उसकी इतनी धृष्टता?...स्वयं को रोकते-रोकते तेरे मन में उस विचार ने एक विषैले सर्प के समान अपना फन आखिर काढ़ ही लिया? द्वाररक्षकों द्वारा दीवार बनकर तुझे आगे बढ़ने से रोक लेने पर तेरा अहंकार इतनी तीव्रता से तेरी कुण्ठा और हताशा में बदला कि तुझे अपने तन-मन की सुध-बुध ही न रही?...

...यही कुछ चल रहा था न तेरे मन में? धिक्कार है मीराँ तुझ पर और तेरे इस अभिमानी स्वरूप पर...

मीराँ की अन्तररात्मा मानो एकान्त में अब उन्हें धिक्कार रही थी। रह-रहकर धिक्कार रही थी। जब उनकी आँखें खुलीं तो उन्होंने देखा कि ललिता सिरहाने बैठी पंखा झल रही है और दूसरे हाथ से उनका मस्तक सहला रही है।

मीराँ के उठकर बैठते ही ललिता सामने ठाकुर जी के समक्ष दौड़ गयी। वहाँ रखा दुग्ध प्रसाद का पात्र उठा लायी। आग्रह करके मीराँ को पिलाने लगी। मीराँ ने इस बार मना नहीं किया और कटोरी हटाकर वह गुनगुना केसर की सुगन्ध से युक्त दूध पीने लगीं।

तभी सुकन्या भी वहाँ आ गयी। बोली—"आप क्यों इस तरह स्वयं को कष्ट देती हैं जीजा! जब जानती हैं कि राजमहल के नियम-कायदे आपको आपके मन के अनुसार चलने नहीं देंगे। फिर भी?..."

मीराँ चुपचाप रजत पात्र में प्रस्तुत हुआ दूध पीती गयीं। उनके शान्त मुखमण्डल को देख सुकन्या और आश्वस्त हुई। मीराँबाई के कक्ष में कुछ पल मौन छाया रहा। फिर साहस जुटाकर सुकन्या ही बोली—

"यह अपना मेड़ता तो है नहीं...न ही वहाँ जैसी यहाँ स्वतन्त्रता है। वहाँ तो आपके दादू सा भी कृष्णभक्त थे। शालग्राम की पूजा घर में होती थी और चतुर्भुजनाथ जी का पूजन मन्दिर में हुआ करता था। ताऊ सा बीरमदेव भी उन्हें सिर नवाते थे...सारा राजपरिवार भक्तिरस में डूबा रहता था और यहाँ का क्या? यहाँ तो देवी-पूजन का विधान है...वह भी ऐसी देवी भवानी जो खीर-प्रसाद या नारियल नहीं लेतीं...बकरा चढ़ता है उनकी पूजा में। अथवा ये सिसोदिये एकलिंगनाथ महाराज के उपासक हैं।

ललिता अब तक चुप थी। सुकन्या को पटर-पटर बोलते देखकर उसने उसे आँख से इशारा किया, परन्तु बोलने के आवेग में सुकन्या इतना और बोल गयी—

"तो तुम्हीं बताओ ललिता जीजा! क्या मैं गलत कह रही हूँ?"

"नहीं। तुझे भला गलत कौन कह सकता है? पर अब तू बस दो पल को शान्त रह। जरा मीराँ को आराम कर लेने दे।"

"नहीं ललिता!...कहने दे उसे! तुम दोनों के सिवा यहाँ मेरा है ही कौन?"—अब मीराँ बड़ी देर बाद बोलीं।

"क्यों? आपके श्याम सखा से भी बढ़कर है कोई यहाँ?"—ललिता ने प्रतिप्रश्न किया।

"वह तो पूरे विश्व के हैं री..." मीराँ ने एक दीर्घ श्वास छोड़कर कहा।

"परन्तु संसार में वे सबसे पहले आपके हैं...क्या यह हम नहीं जानतीं?—" अब फिर से सुकन्या बोल पड़ी और फिर बोलती ही चली गयी—

"श्याम सुन्दर तो जीजा के हृदय के इतने निकट हैं कि संसार का कोई अन्य देवी-देवता उनके सम्मुख ठहर ही नहीं सकता।...जभी तो विवाह के बाद जब पहली बार आपकी डोली चित्तौड़गढ़ में पधारी तो आपने कुलदेवी के मन्दिर में ले जाये जाने पर उनकी पूजा से भी इन्कार कर दिया था। कहा था कि अपने गिरधरगोपाल के सिवा मैं किसी अन्य को नहीं पूजती।...हंगामा मच गया था सारे राजमहलों में नववधू की इस बात पर।"

इस पर मीराँ जी ने कहा—

"अरे पगली।...कुलदेवी की पूजा से मुझे कोई उजरदारी न होती...वह तो मैंने वहाँ रस्सी बाँधकर घसीटे जाते कुछ बकरों को देख लिया था। इस ललिता से पूछा था यह सब क्या है? तो यह मेरे कान में बोली कि यहाँ पर कुलदेवी को पशुबलि दी जाती है। बस यह सुनकर वितृष्णा-सी हुई मन में।...और गोद में थामे अपने मुरलीमनोहर को कसकर जकड़ लिया था मैंने...रक्त और मांस-मज्जा के मध्य भला मेरे माखन-मिसरी खानेवाले पावन पाहुने का क्या काम?...इसी से मन्दिर के भीतर जाने से इन्कार कर दिया था मैंने। सासू-माँओं और ननद ऊदाँ सहित घर की स्त्रियों ने व्यर्थ ही बात का बतंगड़ बना दिया।"

ललिता ने इस पर जोड़ा—"वह तो महाराणा सा और जीजू सा ने स्थिति सँभाल ली और मीराँ को वहाँ से लिवा लाये।"

सुकन्या बोली—"ठीक कहा...पर वह पहला और आखिरी अवसर था दीदी के वास्ते। बकरे की बलि की सुनी तो फिर पलटके न देखा कुलदेवी के मन्दिर की ओर...जब जीजू सा युद्ध में आहत हुए तो महलों की स्त्रियों ने यहाँ तक कहा कि यह सब कुलदेवी के अपमान का फल है। खासकर हाड़ी रानी कर्मावती ने..."

"अब बस भी कर।"—ललिता ने सुकन्या की वाचालता पर लगाम लगा दी।

मीराँ फिर भी कहने लगीं—"कई अवसर आये जब मुझसे कुलदेवी के मन्दिर चलने को कहा गया। परन्तु कभी व्याधि का बहाना बनाकर बच गयी। कभी अशुद्ध होने की बात कहकर।"

"पर मीराँ जीजा! जे बताओ म्हारे को...जीजू कुँवर सा ने कभी जोर नहीं दिया आप पे देवी मन्दिर चलने को?"

"नहीं री...इस बारे में बहुत भले थे मेरे भोजराज कुँवर सा। जान गये कि जीव-हत्या मीराँ से सही न जायेगी। इसको तो भगवान् श्यामसुन्दर ही प्रिय हैं। सो तेरे जीजा कुँवर ने कभी भी मुझ पर जोर नहीं डाला। उलटे माँ सा और अपने भाई-पिता आदि को समझा दिया कि मीराँ पूर्णतः शाकाहारी है। रक्त और मांस देखकर उसे मूर्च्छा आ जाती है। मीराँ को कुलदेवी मन्दिर में ले जाना नाहक फजीहत कराना होगा।"

मीराँबाई की यह बात सुनकर सुकन्या जोर-जोर से हँस पड़ी। लगता था कि जीजू सा कुँवर भोजराज के और भी कोई दबे-ढके प्रसंग उसे याद आ गये और वह उठकर हँसती हुई रसोई की ओर चली गयी।

ललिता ने भी मीराँ को कुछ देर के लिए अकेला छोड़ दिया। एकान्त में मीराँ आज अपने दिवंगत प्रिय पति की स्मृतियों में खो चलीं। भोजराज...कितना मान रखते थे वे अपनी मीराँ का...

मेरे कुँवर सा!...कहाँ चले गये आप?...इतनी कच्ची युवनाई में मुझे चित्तौड़ के इतने बड़े गढ़ में अकेला छोड़कर...आपके बिना अब यह गढ़ नहीं एक कारागार बन चुका है मेरे लिये...इस कारागार में इस तरह इतनी जल्दी छोड़कर क्यों चल दिये आप...?

यह भी न सोचा कि आपकी यह ब्याहता स्त्री अपना एकाकी जीवन किसके भरोसे काटेगी?...वह तो मेरे ये श्यामसुन्दर न होते साथ मेरे तो मैं तो कब की मर-खप गयी होती।...कहते हैं कि मेरे ब्रजचन्द्र गोपियों के संग महारास रचाते हुए एक से अनेक हो जाया करते थे।...जितनी गोपियाँ उतने ही कृष्ण... किसी को भी नृत्य करते समय कृष्णदेव के अभाव का अनुभव न हो...हर स्त्री यही समझे कि परमपुरुष उसी के साथ हैं।...पल भर की भी दूरी... पल भर का भी बिछोह किसी प्रिया को महसूस न होने पाये...इसी से यदि सांसारिक पति के स्थान पर इस दासी मीराँ को भी एक अलौकिक पति का संसर्ग प्राप्त हो तो इसमें भला क्या अनुचित है?...

2

मन रे परस हरि के चरण

लाल पत्थरों के उस विशाल गढ़ में मरुभूमि की महीनों खाक छानकर सिसोदियों का सूर्य वापसी कर रहा था। महाराणा संग्राम सिंह का चित्तौड़गढ़ में होना शत्रुओं को जितनी राहत देता था उतना ही मेवाड़ की प्रजा को आह्लाद।

आस-पास के हजारों प्रजाजन स्त्री-पुरुष-बाल-वृद्ध शौर्य के मूर्तिमान् प्रतीक अपने उस नरसिंह के दर्शन करने को किले के बाहर और भीतरी मार्ग के दोनों ओर कोलाहल करते और महाराणा सांगा की जय-जयकार करते खड़े थे और मेवाड़ की सेना, जो युद्धभूमि से अनेक जत्थों की शक्ल में अपने महाराणा के पीछे-पीछे लौट रही थी, उस पर निरन्तर पुष्प वर्षा करते सब-के-सब एक अजीब-सी सनसनी का अहसास कर रहे थे।

ये बाँके राजपूत नौजवान, अपनी-अपनी माताओं के रणबाँकुरे लाल जब युद्ध के मैदान में तलवारें, भाले और ढाल लेकर शत्रु से भिड़ते होंगे तो इनकी वीरता के समक्ष स्वयं काल भी घबरा जाता होगा।

कोई ऐसी-वैसी सेना नहीं है यह। स्वयं इसका महानायक ऐसा है जिसने युद्धों में ही अपना अधिकांश जीवन जिया है कभी हाथी तो अक्सर घोड़ों की पीठ पर सवार होकर और कभी-कभी ऊँट पर चढ़कर गर्म रेत के बवण्डरों को पार करते हुए असंख्य शत्रुओं की छातियों का रक्त बहाकर उनके मुण्डों को धड़ से विलग करते हुए न जाने कहाँ-कहाँ किन-किन दिशाओं में मेवाड़ राज्य की विजय-पताका फहरायी है।

अनगिनत घाव सहे हैं इन सिसोदिया कुल शिरोमणि ने अपने शरीर पर। किन्तु आज तक कभी हार नहीं मानी है। दस-बीस-तीस नहीं...अस्सी से अधिक घाव चिह्नित हैं आज भी उनकी देह पर। एक आँख बचपन में ही भाई पृथ्वीराज ने छीन ली थी। एक हाथ एक युद्ध में जा चुका था। एक पैर घुटने में तीर लगने से बेकार हो चुका था। दूसरा पैर सही-सलामत था। किन्तु इस पर भी वे कहते हैं कि—"अगर यह दूसरा पैर भी कट जाये तो मेरे वीरो! मेरे जुझारू साथियो!! तुम मुझे घोड़े की

पीठ पर बैठा देना। जब तक मेरी इस इकलौती भुजा में बल रहेगा, मेरी भवानी तलवार कभी भी निरर्थक और निस्तेज नहीं होने पायेगी।''

चित्तौड़गढ़ का सिंहद्वार। महाराणा सांगा के अनेक पूर्वजों में सर्वश्रेष्ठ महाराणा कुम्भा के विजय-स्तम्भ को अपने भीतर हृदयस्थल पर धारण किये यह ऐतिहासिक किला। किले के सिंहद्वार पर महाराणा संग्राम सिंह का वह विशालकाय हाथी पहुँचा तो लम्बे सफर की थकान से काफी श्लथ था। फिर भी उस लम्बी-मोटी सूँड़वाले भारी हौदे और तामझाम से सजे गजराज ने सूँड़ उठाकर एकाएक चिंघाड़ मारी। मानो कह रहे हों चित्तौड़गढ़वासियो! तुम्हारे 'हिन्दुवा सूर्य' को मैं तुम्हारे सिंहद्वार तक ले आया हूँ।

अपने अतुलित शौर्य के कारण महाराणा सांगा को हिन्दुवा सूर्य कहा जाता था। हाथी की चिंघाड़। उसके द्वारा अपनी सूँड़ उठाकर चित्तौड़गढ़ को अभिवादन के उस महादृश्य को देखकर लाल पत्थरों की प्राचीरों से घिरे उस राजमार्ग पर एकत्रित जनता झूम उठी।

गगनभेदी नारे और भी उत्साह से गूँजने लगे—

''महाराणा सांगा की जय''
''मेवाड़ की वीर सेना की जय''
''जिये-जिये हिन्दुवा सूर्य''
''चित्तौड़ नरेश की जय''
''सिसोदिया कुलभूषण की—''
''जय!...जय!!...जय!!!''

पंक्तिबद्ध घुड़सवारों का एक जत्था कुछ क्षण पूर्व उस राजसी गजराज के आगे-आगे गढ़ में प्रवेश कर महाराणा के आगमन की सूचना दे चुका था। राजमार्ग के दोनों ओर पलक पाँवड़े बिछाये फूलों की वर्षा करते अपने युद्धवीर सिंहसम सम्राट् के स्वागत में प्रजाजन खड़े हुए थे। नगाड़ों की धमक और तुरहियों के मांगलिक स्वर आकाश को गुंजायमान कर रहे थे।

हृदयों की धड़कनें तीव्र हो चली थीं। उल्लास के वे क्षण धमनियों का रक्त उस समय बिना युद्ध के ही तीव्रगति से संचरित कर रहे थे। स्त्रियों ने आज विशेष साज-शृंगार किया था। उनके रणबाँकुरे घर लौट रहे थे।

किन्तु चित्तौड़गढ़ की चिड़ियाँ आज शान्त थीं। वृक्षों की डालों पर सहमीं-सिमटीं चुपचाप मेवाड़ की सेना का आगमन वह भी निरख-परख रही थीं।...चित्तौड़ की चिड़ियाँ। सामान्य दिवसों में अपने में मगन। निरन्तर कलरव करनेवाली। रंग-बिरंगी चिड़ियाँ आज वृक्षों की डालियों पर मूक दर्शक बनी बैठी थीं।

नीचे वृक्षों की आड़ी-तिरछी छाँवों के मध्य चित्तौड़गढ़ का अत्यन्त व्यस्त राजमार्ग उस पर बहता हुआ सशत्र सैन्य-सैलाब। राजमार्ग के दोनों किनारों पर हाथ उठाकर

जय-जयकार करते असंख्य नर-नारी। चिड़ियों के लिए भी यह अच्छा-खासा नजारा था। गिलहरियों भँवरों और दूसरे कीट-पतंगों के लिए भी यह एक अद्‌भुत नुमाइश थी।

मनुष्यों के समूह आज उनके लिए कौतूहल का विषय बने हुए थे। वे आदमी जो सुबह होने पर अँगड़ाई लेकर मुख में दातून दबाये बोलते-बतियाते इधर-उधर बेफिक्री के आलम में विचरते रहते थे आज कैसे अनुशासित-से उत्तेजना की पराकाष्ठा में चीख-पुकार करते सारे वातावरण को चहुँओर गुँजा रहे थे। घोड़ों की टापें पत्थर की मजबूत सड़क पर समवेत स्वर उठाते हुए ऐसी ठकर-पकर मचाये थीं कि उन्हें सुन-सुनकर सभी पशु-पक्षियों की साँसें उनके हलक में अटककर रह गयी थीं।...

"महाराणा सांगा की जय!!"
"मेवाड़ के वीर लड़ाकों की जय!!"

सेना के काफिलों की अन्तिम मंजिल थी चित्तौड़गढ़ के वे राजमहल जहाँ उनके महाराणा का निवास था। महीनों बाद लौटे थे महाप्रतापी सांगा। सारे सैन्यदल अपने महानायक को उसके राजसी निवास तक छोड़ने आये थे। उसके बाद सेना का विसर्जन होना था।

और भी कई काम थे। सभी सेनानायकों को युद्ध में बलिदान दे चुके अपने सैनिकों की अन्तिम निशानियों, उनके सिरस्त्राण आदि के साथ रक्षा और कोषाध्यक्ष का कार्य देख रहे प्रधान सभासदों से भेंट कर उनके समक्ष सदा के लिए सो गये वीरगति प्राप्त वीरों के नाम दर्ज कराने थे।

हुतात्मा सैनिकों के परिजनों के नाम उनके अन्तिम स्मृतिचिह्नों के साथ उनकी वीरता के प्रमाणपत्र राजसी मोहर के साथ और परिवार के तात्कालिक भरण-पोषण के लिए कुछ स्वर्णमुद्राएँ राजकोष से निर्गत होनी थीं। फिर यह सब-कुछ विशेष वाहकों के द्वारा भेजकर मृतक सैनिकों के परिजन उनके माता-पिता-पत्नी-सन्तानों को सौंपा जाना भी एक प्रमुख दायित्व था।

इस दायित्व को पूरा करने का प्रयोजन कर ही सेनानायक अपने घरों को वापस लौट सकते थे। जबकि सैनिक अपना वेतन और साथ में एक माह का अग्रिम वेतन लेकर अगले दिन ही वापस लौट जाने थे। चित्तौड़गढ़ के भोजनालयों में सभी के भोजन का महाप्रबन्ध था। रात्रि का भोजन किले के बाहर की छावनियों में बनना था। विशाल सेना। व्यापक प्रबन्ध। युद्धों को लड़ना-जितना टेढ़ा कार्य था। उनके आगे-पीछे के प्रबन्ध उनसे भी अधिक टेढ़े थे।

राजमहल के बाहर अलग ही दृश्य था। भाट और चारण सिसोदियों की विरुदावली बखान रहे थे। रंग-बिरंगे परिधानों में। अँगरखा कमरबन्द कसे और धोती पहने। सिर पर छींटदार पगड़ी धरे। उच्च स्वर में गा रहे थे सब-के-सब। और

दमामड़ियाँ अर्थात् नर्तकियाँ पाँवों में घुंघरू बाँधे रंग-बिरंगे घाघरा-चोलियों के परिधानों में स्वागत मुस्कान बिखेरती घूम-घूमकर नाच रही थीं।

सांगा नाम फ़कीर का है
सांगा ही शमशीर का।
घाव सहे जी अणगिण जिसणें
ऐसे नरसिंह वीर का।।

सिसोदियों की शान निराली
लाखा मोकल से बलशाली।
राणा कुम्भा धमक बनायी
राणा रायमल्ल की छवि छायी।।

सांगा नाम फ़कीर का है
सांगा ही शमशीर का।
घाव सहे जी अणगिण जिसणें
ऐसे नरसिंह वीर का।।...

छप - छप - छप - छप
शोणित पीती सांगा की तलवार है।
सन-सन-सन-सन उड़ती नभ में
तीरों की बौछार है।।

सांगा नाम फ़कीर का है
सांगा ही शमशीर का...

राजपूतों को जोश दिलाते गायक गा रहे थे। उनके वादक उनका साथ देते निरन्तर अपने ढोल, खँजड़ी और सारंगी बजा रहे थे-धम-धम-धम-धम...छम-छम-छम-छम ...ढमक-डमक-दम...ढमक-डमक...

राजमहल की सीढ़ियों पर आरती का थाल सजाये तिलक-रोली चन्दन-कुमकुम लिये वीर ललनाओं-सी दर्जनों स्त्रियाँ खड़ी थीं। सबके आगे रानियाँ और राजकुमारियाँ। सोलंकिनी जी, धनाबाई, कर्मावती, उदाँबाई, अन्य तमाम रानियाँ और राजकुँवरि। परन्तु मीराँ उस स्त्री-समूह में नहीं रखी गयी थीं। महारानी सोलंकिनी जी और रानी कर्मावती की आज्ञानुसार उस अपशकुनी का विजयी महाराणा के महल-प्रवेश के स्वागत-क्षणों में वहाँ पधारना वर्जित था।

हाथी झुकाया और बैठाया गया। एक ओर हाथी के विशाल पेट से सटाकर लकड़ी की चौकी रखी गयी जिसमें कई पाँवदान बने थे। महाराणा चौकी को पकड़कर हाथी की पीठ पर रजत और स्वर्णजटित हौदे से धीरे-धीरे नीचे उतरे। एक सेवक से अपनी एक बैसाखी लेकर बायीं काँख में दबायी और स्वागत-समूह की ओर बढ़ चले।

रानियों ने आगे बढ़कर उत्साहपूर्वक युद्ध से विजयी होकर पधारे महाराणा का स्वागत किया। मस्तक पर तिलक, अक्षत लगाया। आरती, स्वागत-गान, पुष्पवर्षा...

राजकुँवरों ने पाँव छुए। युवराज कुँवर रत्न सिंह सबसे आगे थे। जैसे ही झुके महाराणा सांगा ने उन्हें हृदय से लगा लिया। विक्रमाजीत और छोटे कुँवर उदय सिंह टुकुर-टुकुर पिता को देखते रहे।

"मीराँ कहाँ है?"—स्वागत-समूह को देखकर महाराणा ने अचानक प्रश्न किया। किसी ने उत्तर नहीं दिया।

"कहाँ है बीनड़ी?"—महाराणा ने फिर उच्च स्वर में पूछा।

"होगी अपने महल में..." रानी कर्मावती ने उपेक्षाभाव से कहा। महाराणा की त्योरी थोड़ी चढ़ी।

"भाभी सा...अपने महल में आपके स्वागत की प्रतीक्षा में हैं बाबो सा!"—कुँवर रत्न सिंह ने शीघ्रता के साथ कहा।

इस पर महाराणा ने कहा—"तो फिर सबसे पहले उधर ही चलते हैं। आओ।"

महाराणा सांगा स्वागत-समूह को भेदते हुए मीराँ-महल की ओर चल दिये। कुँवर रत्न सिंह साथ हो लिये। तब महाराणा की पुत्री ऊदाँबाई ने कहा—"मैं भी साथ चलूँ बाबो सा?"

"आ जा बेटी! तू भी आ जा—महाराणा बोले। इस बार उनका स्वर अपेक्षाकृत कोमल था।

कुम्भा-महल से मीराँ-महल की दूरी बहुत निकट भी नहीं थी। बहुत दूर भी नहीं। परन्तु महाराणा, कुँवर सा और बाई सा को साथ-साथ चलते हुए लगा जैसे कि वे कहीं किसी बहुत दूर देश में जा रहे हैं।

पाटवीपुत्र भोजराज का असामयिक निधन महाराणा को आज भी सर्वाधिक सालता था। मेरा परम आज्ञाकारी पुत्र...मेरा सबसे बड़ा और सुयोग्यतम बेटा भोज मुझे छोड़कर चला गया। गेरी पुत्रीसम बीनड़ी मीराँ की माँग सूनी कर उसे तो जीवनभर का आघात दे गया। फूल-सी बच्ची मीराँ कहीं की न रही। वह तो उसके कृष्ण सखा यदि उसके चिरसखा न होते तो न जाने क्या होता उस लड़की का...

अब वह अपने इसी ससुराल में बेगानी है। इन स्त्रियों को क्या कहूँ? पति के साथ सती न हुई वह बेचारी तो अभागिन, मनहूस, अशुद्ध-छायावती, कुलनासी और न जाने क्या-क्या घोषित कर डाला है इन्होंने उसे।...नहीं आने दिया होगा उसे। या फिर स्वयं ही नहीं आयी होगी। समझदार तो है ही...परम स्वाभिमानी भी है...आखिर राव बीरमदेव की भतीजी और वीर रतन सिंह की पुत्री जो ठहरी...मेड़ता की राठौड़ी है...कोई ऐसी-वैसी कन्या थोड़े ही है...

सोचते-विचारते महाराणा सांगा मेड़तणी मीराँ के महल की ड्योढ़ी तक जा पहुँचे। मीराँ को जैसे आभास था कि उसे पुत्री के समान बेहद चाहनेवाले उसके पितासम महाराणा उससे मिलने अवश्य आयेंगे। ऐसा हो नहीं सकता कि उसे आशीर्वाद दिये बिना वे युद्धभूमि से लौटकर सीधे अपने महल में चले जायें। कहते हैं सदा—"मीराँ अब तू ही मेरी बहादुर बेटी भी है और मेरा बिछुड़ा बेटा भोज भी।"

मीराँ कहती—"बाबो सा! वह तो मैं हूँ पर...आप बार-बार उन्हें याद कर अपने को दुःख क्यों देते हैं?"

इस पर सांगा कहते—"तू नहीं जानती। जब मैं उसका नाम लेकर तुझे देखता हूँ तो तेरे मुख में ही मुझे उसकी छवि दिखायी देने लगती है। इससे मुझ बूढ़े होते पिता के हृदय को एक ऐसी ठण्डक पहुँचती है, जिसे शब्दों में बयान नहीं किया जा सकता।"

"बूढ़े हों आपके शत्रु। आप किधर से बूढ़े हैं। हजार हाथियों का बल है मेरे बाबो सा में!..." मीराँ जब ऐसा कुछ कहती तो महाराणा सांगा के मुख से वह गगन-भेदी अट्टहास निकलता जिससे चित्तौड़ दुर्ग की सुदृढ़तम दीवारें भी हिल जातीं।

"स्वागत मेवाड़ के सूर्य और मेरे परमवीर बाबो सा! लीजिये प्रसाद! कान्हा जी को दूध-पेड़ा का आज जो भोग लगाया था वह आपको स्मरण करके ही तो..." पीत परिधान में सौम्यता और शुचितापूर्ण सौन्दर्ययुक्त मीराँ। चेहरे पर जैसे कोई अलौकिक तेज। गौर वर्ण। मृगनयनी। नमित दृष्टि। हाथ में चाँदी की छोटी-सी तश्तरी में प्रसाद और भगवान् के चरणों में चढ़े कुछ पुष्प लिये। एक ऐसी स्त्री जिसे देखते ही मन में अनायास पवित्रता बोध उत्पन्न हो जाता था।

मीराँ ने आगे बढ़कर महाराणा सांगा का अपने हाथों मुँह मीठा कराया। उनके शीश पर कृष्ण भगवान् के चरणों से उठाये दो पुष्प रखे। दासियाँ ललिता, सुकन्या एवं अन्य महाराणा सा पर पुष्पों की पंखुड़ियों की वर्षा करने लगीं। महाराणा के साथ कुँवर रत्न सिंह, ऊदाँबाई और मीराँबाई सभी के सिरों पर रंग-बिरंगे पुष्पांश बालों में अटककर उनके रूप-स्वरूप को और भी द्विगुणित करने लगे।

मिष्टांन्न खिलाकर मीराँ ने झुककर श्वसुर सांगा के पाँव छुए। ननद ऊदाँ को गले लगाकर स्नेह जताया। देवर रत्न सिंह ने भाभी मीराँ के पाँव छुए। तब मीराँ ने उसके सिर पर ममतामय स्पर्श किया।

महाराणा सांगा के दोनों हाथ मीराँ बीनड़ी को आशीर्वाद के लिए जो उठे तो देर तक उठे ही रहे।

मीराँ ने कहा—"बाबो सा!...आपकी अपनी इस बिटिया पर हमेशा से अनन्य कृपा रही है। आपने कुम्भश्याम जी के निकट मुरलीमनोहर जी का मन्दिर स्वयं

बनवाकर अपनी मीराँ बेटी को सौंपा है। किन्तु वहाँ आपके पीछे चित्तौड़ की जनता का प्रवेश बन्द कर दिया गया है। आपकी मन्त्रिपरिषद् को मीराँबाई का भजन-सत्संग शायद पसन्द नहीं। क्या आपकी भी ऐसी ही आज्ञा है?''

महाराणा सांगा ने कहा–''नहीं। ऐसा कैसे हो सकता है? मैं देखता हूँ।'' और फिर अगले दिन से चित्तौड़ के सभी मन्दिरों के कपाट सभी भक्तों और स्वयं मीराँबाई के लिए खोल दिये गये।

रानी कर्मावती महाराणा सांगा की सबसे युवा और प्रिय रानी थी। वह कामिनी भी थी और मानिनी भी। बिलकुल वैसी ही जैसी कभी राजा दशरथ के लिए रानी कैकेयी हुआ करती थी। महाराणा यदि कभी झुकते थे तो केवल अपनी कर्मावती रानी के ही भ्रूसंकेत पर। बाकी किसी रानी अथवा परिवारवाले में इतनी शक्ति नहीं थी कि वह महाराणा सांगा के किसी निर्णय अथवा विचार में सेंध लगा सके।

रानी कर्मावती अत्यन्त चतुर महिला थी। वह जानती थी कि पिछले दिनों उसके पुत्र विक्रमादित्य के उपद्रव की शिकायत युवराज कुँवर रत्न सिंह अवश्य करेंगे। मीराँ बीनड़ी भले ही महाराणा सा से इस विषय में कुछ न कहे परन्तु दास-दासियों में यह इधर काफी चर्चित हो चला है। विक्रम की नादानियाँ वास्तव में दिनोंदिन बढ़ती ही जा रही हैं। आखिर कितने दिन ऐसी बातें छिपी रह सकती हैं।

मँझली रानी धनाबाई राठौड़ी तो गऊ स्त्री हैं। चाहकर भी कभी अपने पुत्र रत्न सिंह का पक्ष नहीं लेतीं। न ही कुछ कहती हैं। उन्हें वैसे भी क्या कुछ कहना? भोजराज के देहान्त के बाद उनका अपना बेटा रत्न सिंह वैसे ही युवराज पद पा चुका है। होशियार हैं!...

परन्तु बड़ी महारानी सोलंकिनी जी का क्या ठिकाना। बेटा भोजराज असमय ही गुजर गया। ले-देकर एक बेटी है ऊदाँबाई और एक बीनड़ी है मीराँबाई। ऊदाँ ठहरी पराये घर की और ये बीनड़ी मीराँ? वह भी उनके किसी काम की नहीं। उसे तो अपने कान्हा जी की पत्थर की मूर्ति से ही कभी अवकाश नहीं। उन बेचारियों की क्या सेवा करेगी? हरदम मन-ही-मन सन्तप्त रहती हैं। इसलिए कहीं महारानी सोलंकिनी ही कुछ कह-सुन न बैठें। इससे तो उत्तम होगा कि महाराणा लम्बी अवधि बाद लौटे हैं आज...तपे-तपाये बैठे हैं। कामदेव के बाणों से बिंधे हुए। मुझे ही इस अवसर का पहले-पहल लाभ उठा लेना चाहिए। किन्तु देह स्पर्श बाद में...अपनी बात पहले।...

कर्मावती ने आज मादक श्रृंगार किया था। उन्मत्त स्त्री देह के भीतर छिपी एक सुनहरी नागिन मानो रह-रहकर फुफकार रही थी। आज महाराणा सा की खैरियत नहीं थी।

राजपूतों में उन दिनों बहुविवाह की कुरीति का प्रचलन था। महाराणा सांगा भी इसके अपवाद नहीं थे। उनकी 28 रानियाँ थीं। जिनमें कुँवरबाई सोलंकिनी, धनाबाई राठौड़ी और हाड़ी रानी कर्मावती ही सबसे प्रमुख थीं। उन दिनों हिन्दू और मुस्लिम दोनों ही शासक वर्ग में एक से अधिक पत्नियाँ रखना आम बात थी। हिन्दू राजाओं के रनिवासों में और मुस्लिम सुल्तानों के हरम में दर्जनों अथवा सैंकड़ों रानियाँ, बेगमें, दासियाँ, लौंडी राजपुरुष की सेवा हेतु रहा करती थीं। सुन्दर और युवा स्त्रियाँ शासकों-सुल्तानों की कमजोरी भी होती थीं और कूटनीतिक आवश्यकताओं को पूर्ण करने का माध्यम भी। अनेक राजा-रजवाड़े परस्पर वैवाहिक सम्बन्ध अनेक अवसरों पर अपनी राजनीतिक एवं सामरिक शक्ति को बढ़ाने के लक्ष्य से भी किया करते थे।

उस रात्रि में आरामदेह शय्या पर बराबर में लेटे हुए महाराणा संग्राम सिंह से रानी कर्मावती ने निवेदन किया–

"स्वामी!...आप चिरंजीवी हों।"

इस पर महाराणा ने विनोद की मुद्रा में कहा–

"और आप दिन-प्रतिदिन और अधिक सौन्दर्यशालिनी!"

"क्या महाराज आप भी...?" कर्मा महाराजा के निखरे केशों में उँगलियाँ फिराती तनिक इठलाकर बोली–

"पहले मेरा एक निवेदन सुनिये।"

"आज्ञा करें महारानी..."

"रत्न सिंह कुँवर अब मेवाड़ के युवराज हैं।"

"हाँ तो..."

"युवराज होने के नाते भविष्य में...वे ही महाराणा मेवाड़ की पदवी सँभालेंगे।..."

कहकर कर्मा चुप हो गयी। वह पूर्ववत् महाराणा के केशों में उँगलियाँ फिराती रही। उसका यूँ चुप हो जाना महाराणा को अखर गया।–

"आगे बोलिये। क्या कहना चाहती हैं आप?"

"यदि आप नाराज न हों तो कुछ कहूँ।"

"हाँ-हाँ कहिये। साफ़-साफ़ कहिये कर्मा!–"

"मेरे दोनों पुत्र विक्रमादित्य और उदय सिंह अभी छोटे बालक हैं। इसलिए मेरी विनती है कि यदि आप ही के हाथों उन्हें भी अलग से कोई जागीर मिल जाये तो उनके लिए हितकर रहेगा।"

"क्या कहती हो?"

"ठीक कहती हूँ मैं महाराणा सा!...भविष्य किसने देखा है? यदि आपने इनके बारे में अभी से कुछ प्रबन्ध नहीं किया तो रत्न सिंह के मेवाड़ के सिंहासन पर बैठ जाने पर यदि उसकी अपने इन सौतेले छोटे भाइयों पर कृपा न हुई तो फिर इस निर्मम संसार में ये बेचारे जाने कहाँ-कहाँ मारे-मारे फिरेंगे?..."

"कर्मा!...परन्तु। अपना रत्न ऐसा तो नहीं...।"

"सत्ता और पद का मोह नाते-रिश्तों को कितना मानता है वह आपसे अधिक कौन जानता होगा। आप भूल गये अपने पुराने दिन?"

महारानी कर्मावती ने चतुराई से महाराणा सांगा की सबसे दुखती रग पर ठीक समय पर हाथ रख दिया था। महाराणा को अपने ही भाइयों के किशोरावस्था में दिये शत्रुता के कई आघात सहसा याद आ गये। महाराणा कामिनी की चितवन से बिंधे ही हुए थे ऊपर से बुरे दिनों की अप्रिय यादें। बोले–

"प्रिये!...तो तुम स्वयं ही अपनी पसन्द की कोई जागीर यदि मन में हो तो बताओ।"

"सोच लीजिये स्वामी! यदि मैं बताऊँगी तो फिर आपको वह देनी पड़ेगी। इसलिए न...आप स्वयं ही बता दीजिये–" कहते हुए कर्मावती ने महाराणा के चौड़े वक्ष पर अपना सिर रख दिया। उसकी उत्तप्त साँसें महाराणा को पुनः बेचैन करने लगीं।

कामातुर संग्राम सिंह ने कर्मा से कहा–"महारानी तुम ही बताओ। जो जागीर तुम कहोगी उसे मैं दोनों बालकों के नाम कर दूँगा।"

इस पर अपनी चिबुक महाराणा के वक्ष में गड़ाकर कर्मावती ने सहसा प्रस्ताव रखा–

"मेवाड़ नरेश!...यदि आप वास्तव में कोई अच्छी जागीर हमारे विक्रम और उदय को देने की इच्छा रखते हों...तो मैं उससे जुड़ी खेती की सारी जमीनें, बाग, खलिहान और ग्राम भी चाहूँगी। एक जागीर है तो पर्याप्त सुरक्षित भी है और उचित आमदनीवाली भी...मेरी समझ में होगी।"

"उस जगह का नाम तो बताओ?"

"रणथम्भौर का कोट।"

"हम्मम...रणथम्भौर!!...सोच लो।"–महाराणा ने थोड़ा विचलित होने के बावजूद कहा।

"सोच लिया है मैंने...खूब सोच लिया है।"

"अच्छा...अपने भाई बूँदी के कुँवर सूरजमल हाड़ा से भी सलाह कर लो।"

"मुझे मालूम है...भइया मेरे निर्णय से असहमत न होंगे। हमें भरोसा है कि हम माँ-बेटों का जीवन रणथम्भौर के किले में सुखपूर्वक कट जायेगा।"

"सुखपूर्वक?..." कहकर महाराणा सांगा ने अपना चिर-परिचित अट्टहास किया। हँसकर बोले–

"सुखपूर्वक?" कट जायेगा...? ऐ कर्मा!...राजपूतनी!! क्या आज तक कभी किसी राजपूत सन्तान को फूलों की सेज नसीब हुई है। हम तो सदा से तीर-तलवारों के मध्य जीते-मरते-साँस लेते हैं...सुख?...सुख वास्तव में किस चिड़िया का नाम है?"

"आपकी छत्रच्छाया जब तक है मैं स्वयं को सुखमय ही अनुभव करती हूँ। करूँगी। अन्यथा एक क्षत्राणी... उसे कब क्या करना है इसे भी भलीभाँति जानती है...आप उसकी चिन्ता न करें महाराज।"

"ठीक है ठीक है महारानी!...मुझे तुम्हारी यह माँग स्वीकार है। परन्तु रणथम्भौर का प्रबन्ध किसे दिया जाये?...बालक तो अभी छोटे हैं। जागीर को सँभालेगा कौन? आखिर इन बालकों को भी तो अभी किसी संरक्षक की आवश्यकता है?..."—सांगा ने कहा।

रानी कर्मावती अत्यन्त बुद्धिमान् थी। उसने पहले से ही सब-कुछ सोच-विचार कर रखा था। झट बोली–

"मेरे भाई कुँवर सूरजमल को इन बालकों का संरक्षक बना दिया जाये महाराज और रणथम्भौर का किला उसके परगनों सहित उन्हीं की देखरेख में सौंप दिया जाये तो फिर इस जागीर की मजबूती में कोई शंका या सन्देह शेष नहीं रह जायेगा।"

"बात तो तुम ठीक कहती हो रानी सा। तो फिर सूरजमल को बूँदी से वार्त्ता हेतु बुला लिया जाये..."

"उसकी आवश्यकता नहीं पड़ेगी स्वामी! कल वह दरबार में आपसे भेंट हेतु बूँदी से स्वयं ही पधार रहे हैं। उन्हें आपके आगमन की सूचना है।"

"ओह...तो कल सूरजमल से भी उनकी सहमति ले ली जायेगी।"

राणा संग्राम सिंह ने चित्तौड़गढ़ में फिर अगले दिन ही खुला दरबार किया। बूँदी नरेश के छोटे भाई सूरजमल उपस्थित हुए। उनके सम्मुख सांगा ने घोषणा की–

“सूरजमल हाड़ा! हम रणथम्भौर का किला तुम्हारे प्रिय भानजों और हमारे दो पुत्रों कुँवर विक्रमादित्य और कुँवर उदय सिंह को देते हैं। साथ में उसके सभी परगने भी।...यह दोनों बालक अभी छोटे हैं। इसलिए उनके हाथ और यह जागीर हम तुम्हारे सुपुर्द करते हैं।”

“पर महाराणा सा!...” सूरजमल हाड़ा ने अपनी प्रसन्नता को छिपाते हुए, ऊपर से गम्भीर बने रहकर, सिर झुकाकर कहा। उसने मन-ही-मन अपनी चतुर बहन रानी कर्मावती को दाद दी। अप्रत्याशित घटित हो चला था।

महाराणा कह रहे थे—“इन बालकों के समस्त हितों की सुरक्षा तुम्हारे जिम्मे होगी और इनकी माता हाड़ी रानी कर्मावती तुम्हारी प्रिय बहन अब से इनके साथ ही रणथम्भौर में आती-जाती रहकर वहाँ इनकी परवरिश करेंगी।...”

दरबार में महाराणा सांगा द्वारा एकाएक लिये गये निर्णय से सन्नाटा छा गया। किसका साहस जो महाराणा के इस स्वतः निर्णय पर उठकर कुछ बोल सके।

“...हम खूब सोच-समझकर यह निर्णय कर रहे हैं। एक तो बूँदी रणथम्भौर के निकट ही है। दूसरे...हमें तुम पर इस बारे में पूरा विश्वास है। आख़िर यह बालक तुम्हारे अपने रक्त सम्बन्धी और भानजे जो हैं। कर्मावती पर तुम्हारा कितना स्नेह और अनुग्रह है वह भी हम भलीभाँति जानते हैं। इसलिए कुँवर सूरजमल!...तुम्हें यह जिम्मेदारी सँभालनी ही होगी।”

राजदरबार में युवराज रत्न सिंह भी मौजूद थे। पिता ने कभी उनसे इस विषय में चर्चा तक नहीं की और आज अचानक भरे दरबार में मेवाड़ के विभाजन का इतना बड़ा फैसला सुना दिया। और नहीं तो क्या? यह राज्य का विभाजन ही तो था। वह भी महाराणा द्वारा अपने ही जीते-जी।...जागीर भी दी तो रणथम्भौर? देना ही था तो रानी कर्मावती के पुत्रों को और कहीं के परगने दे देते...अच्छे-से-अच्छे उपजाऊ और अच्छे-से-अच्छे राजस्व आमदनीवाले कुछ गाँववाले दूसरे परगने दे देते। पर दिये भी तो वे परगने जिनके साथ जुड़ा है रणथम्भौर-जैसा शानदार दुर्ग...रणथम्भौर का कोट!!...ओह वह किला जो कि लगभग अजेय है और स्वयं में बेहद मजबूत...यह बाबो सा को अचानक हो क्या गया?

बात केवल राजकुँवर रत्न सिंह को चुभी हो, ऐसा नहीं। अनेक वरिष्ठ दरबारियों को भी लगा कि महाराणा सा हर महत्त्वपूर्ण निर्णय लेने से पूर्व सभी सभासदों से उस विषय में भलीभाँति विचार-विमर्श करते हैं। सबकी सलाह लेते हैं और तब कोई निर्णय लेते हैं। पर यहाँ तो आज इन्होंने राजनीतिक एवं सामरिक दृष्टि के इतने बड़े विषय की पूर्व चर्चा किये बिना ही सीधे-सीधे इतना बड़ा निर्णय सुना दिया।...

सत्ता के लिए पिता-पुत्र, भाई-भाई, राजा और सामन्तों तक में होड़ होती आयी है। इतिहास गवाह है कि अगर राजा जरा भी लापरवाह या शिथिल हुआ तो उसे

अपने ही किसी रक्त सम्बन्धी अथवा किसी अत्यन्त निकट के विश्वासपात्र ने धोखा दिया और आघात पहुँचाया। असावधानी हुई नहीं कि राजसिंहासन गया हाथ से। सिंहासन ही क्या कभी-कभी तो राजा की हत्या ही उनके अति महत्त्वाकांक्षी उत्तराधिकारियों ने कर डाली।...

इसी सिसोदिया राजवंश की पिछली अनेक पीढ़ियों में क्या ऐसे रक्तरंजित अध्यायों की कोई कमी है। महाराणा कुम्भा के पिता महाराणा मोकल अपने राज्यलोभी चाचा के हाथों मारे गये। स्वयं महाराणा कुम्भा अपने बागी ज्येष्ठ पुत्र उदय सिंह के द्वारा मारे गये। उदय सिंह को जब जबरन गद्दी से हटाया गया तो उसके भाई रायमल्ल राणा मेवाड़ बने। महाराणा रायमल्ल के सामने ही उनके तीन बेटे एक-दूसरे की जान के दुश्मन बन गये। उनमें सबसे छोटे इन संग्राम सिंह ने जो हम सबके आज महाप्रतापी महाराणा हैं क्या कोई कम झंझावात झेला है? फिर भी अतीत से इन्होंने कोई खास सबक नहीं लिया लगता शायद...।

दरबार में अचानक ऐसा असाधारण प्रस्ताव महाराणा मेवाड़ रख देंगे इसकी कल्पना बूँदी के कुँवर सूरजमल को भी नहीं थी। यद्यपि अपनी प्रिय बहन कर्मावती के विचारों और उसकी महत्त्वाकांक्षाओं की जानकारी उन्हें थी। कर्मावती एक-दो अवसरों पर उनसे अपने पुत्रों के लिए अलग जागीर लेने की चर्चा कर चुकी थी। परन्तु वह रणथम्भौर माँग बैठेगी और महाराणा सांगा मान भी जायेंगे यह तो उन्होंने भी अनुमान नहीं किया था। पता नहीं युवराज कुँवर रत्न सिंह से भी महाराणा सा ने इस बाबत कोई विचार-विमर्श पहले से किया है अथवा नहीं? इस बात की भी जानकारी सूरजमल को नहीं थी। क्या कहें? कुछ समझ नहीं पड़ता था।...

दुविधा और दुश्चिन्ताओं की मनाःस्थिति में सूरजमल ने तब दरबार में कहा कि—"महाराणा सा!...एक अरज है।...हम तो मेवाड़ की राजगद्दी के चाकर हैं। जो कोई भी इस गद्दी पर बैठता है उसका हुकुम बूँदी की रियासत के सिर माथे रहता है। जो कोई मेवाड़ नरेश होगा उसके हम ताबेदार रहेंगे। पर महाराणा हुकुम घणीं खम्मा...क्या युवराज रत्न सिंह की भी इसमें रजामन्दी है?...मेरा मतलब है कि रणथम्भौर का किला और उसकी जागीर...आज अगर आपके हुकुम से उसके लिए मैं विक्रम और उदय का हाथ पकड़ू तो कहीं रत्न सिंह युवराज कुँवर को यह नागवार तो न गुजरेगा? अगर कल को..."

इस पर महाराणा सांगा ने युवराज कुँवर रत्न सिंह की ओर देखा और कहा—"तुम्हारी क्या राय है रत्न सिंह? बोलो! तुम्हारे दोनों छोटे भाइयों को भरण-पोषण के लिए हम रणथम्भौर का दुर्ग और उसके परगने कुँवर सूरजमल के संरक्षण में दे रहे हैं। क्या यह तुम्हें स्वीकार है?"

रत्न सिंह ने इस पर अपनी भावनाओं पर नियन्त्रण रखकर पिता सांगा से कहा—"आप मेवाड़ के अधिपति हैं। भला इसमें मेरी स्वीकृति-अस्वीकृति का क्या प्रश्न? बाबो सा!...जिसमें आपकी खुशी वही मेरी भी खुशी।"

रत्न सिंह जानता था कि उसके पिता जितने उदार और दयालु हैं उतने ही कठोर भी। यदि कोई निर्णय ले लिया तो ले लिया। अपने किसी शत्रु को भी किसी अवसर पर क्षमा करना चाहें तो ऐसा करने से उन्हें कोई रोक नहीं सकता। इसलिए यदि अपने किसी सगे-सम्बन्धी को वह अपनी इच्छा के विरुद्ध आचरण करता पायें तो उसे दण्ड देने से चूकनेवाले भी नहीं। नाहक उनकी इच्छा के विरुद्ध इस समय बोलना आफत मोल लेना हो सकता है। दरबार में भी विवाद की स्थिति उत्पन्न हो सकती है। अपने द्वारा मनोनीत युवराज के इन्कार या असहमति की भनक भी यदि महाराणा को लगी तो इसे वह अपने हृदय पर ले सकते हैं और यह बात उन्हें अपमानित कर सकती है। कहीं महाराणा सा वास्तव में रुष्ट हो गये तो क्या पता उसे वे युवराज पद से ही अपदस्थ न कर बैठें। यदि न भी किया तो भी अनावश्यक रूप से वह अपने पिता की नजरों से गिर जायेगा। इसकी भी वह कल्पना नहीं कर सकता था। अतः रत्न सिंह ने पिता के आगे और कुछ नहीं कहा।

परन्तु बूँदी के कुँवर सूरजमल हाड़ा को इतनी बात से सन्तोष न हुआ। उसने सांगा से कहा—''यह बात कुँवर सा बतौर एक पुत्र अपने पिता से कह रहे हैं। परन्तु मुझे मेवाड़ के युवराज के रूप में भी उनकी आज्ञा इस जागीर को दिये जाने के पीछे चाहिए। ताकि भविष्य में इस फैसले पर उन्हें कोई उज्रदारी न रहे।''

इस पर महाराणा संग्राम सिंह ने पुनः रत्न सिंह से कहा—''बोलो भई युवराज रत्न!...रणथम्भौर दिये जाने में सूरजमल हाड़ा तुम्हारी भी रजामन्दी चाह रहे हैं। तुम्हें मंजूर है?''

इस पर रत्न सिंह ने सूरजमल की ओर मुख करके कहा—''आप महाराणा सा के आदेश का पालन करें। उनका जो निर्णय है वही मेरा भी है। आप सँभालिये रणथम्भौर को और हमारे भाइयों विक्रमादित्य और उदय को भी। मुझे बड़ी खुशी होगी।''

इस तरह रणथम्भौर की सनद महाराणा सांगा की आज्ञानुसार राजकुँवर विक्रमादित्य सिंह और राजकुँवर उदय सिंह नाबालिग बालकों के नाम लिख दी गयी। हाड़ा वंश के सूरजमल, बालकों के मामा दोनों राजकुमारों के साथ जाकर रणथम्भौर के सुदृढ़ दुर्ग में उनके संरक्षक बनकर रहने लगे और इस तरह मेवाड़ राज्य के भीतर ही इनका अलग अस्तित्व कायम हो गया। हाड़ी रानी कभी रणथम्भौर तो कभी चित्तौड़ में रहने लगीं। यह अपने-आपमें एक प्रकार का राज्य विभाजन ही था। भले ही मेवाड़ का औपचारिक विभाजन न हो।

युवराज कुँवर रत्न सिंह के मन में अपने सौतेले भाइयों से जो विद्वेष रहा होगा उससे कहीं अधिक सम्पत्ति के इस विभाजन से पनपा असन्तोष उन भाइयों के मामा सूरजमल के प्रति आन्तरिक घृणा के रूप में मन-ही-मन घर कर गया। किसी के प्रति चरम असन्तोष की भावना ही आगे चलकर दुर्भावना को जन्म देती है। दुर्भावना

का स्थायित्व घृणा को जन्म देता है। घृणा वैर की जन्मदात्री है। वैर अथवा शत्रुता का स्थायीभाव व्यक्ति के स्वयं के लिए भी और उसके प्रतिद्वन्द्वी के लिए भी समान रूप से घातक होता है।

—

बात मीराँ तक भी पहुँची। बात थी भी असाधारण। महाराणा सांगा ने अपने अल्पवयस्क बेटों और युवराज के मध्य राज्य का बँटवारा कर दिया था। छोटी-मोटी जागीर नहीं, रणथम्भौर का विशाल दुर्ग अपने जीते-जी विक्रम, उदय और उनकी माता हाड़ी रानी कर्मावती के नाम कर दिया था। न किसी से पूछा न ताछा। रातों-रात न जाने हाड़ी रानी ने उन पर क्या जादू किया कि रणथम्भौर मानो स्वर्णथाल में किसी पकवान की भाँति परोसकर सांगा ने उसके सगे-सम्बन्धियों के आरोगने के वास्ते रख दिया। चित्तौड़ में...जन-जन में उस पूरे दिन वही चर्चा का सबसे बड़ा विषय था। सुकन्या यह खबर मीराँ के लिए लायी। मीराँ अपने गिरधरगोपाल की मध्याह्न सेवा में जुटी थीं। जब वह पूजन-अर्चन से निवृत्त हुईं तो सुकन्या ने वह खबर उन्हें सुनायी।

"अच्छा!...तो उससे तुझे क्या?"—मीराँ ने सभी दासियों को प्रसाद बाँटते हुए शान्त भाव से कहा।

"अरे जीजा!...आप ही बताइये क्या यह कोई मामूली बात है? युवराज रत्न सिंह सा के होते छोटे राजकुँवरों विक्रमादित्य और उदय सिंह को अलग से इत्ती बड़ी जागीर?...क्या इससे भाइयों के बीच आगे चलकर वैमनस्य नहीं पनपेगा?...आज तो महाराणा सा सबके ऊपर हैं। कल उनके बाद गद्दी के दो अलग-अलग दावेदार खड़े हो गये तो?...

"चुप पगली!...महाराणा सा ने क्या पता यही सोचकर ही दूसरे बेटों के लिए अलग व्यवस्था की हो कि उनमें भाईचारा बना रहे?"—मीराँ ने कहा।

"आप ठीक कहती हैं..." महाराणा सांगा सा के पिता महाराणा रायमल्ल ने अगर गद्दी का विवाद अपने जीते-जी सुलझा लिया होता और कुँवर पृथ्वीराज को युवराज घोषित कर बाकी पुत्रों को भी उनके हिस्से की सम्पत्ति समुचित जागीरों के रूप में उनमें बाँट देते तो वैसा व्यर्थ का रक्तपात न हुआ होता।"—इस बार ललिता ने मीराँ के कथन की पुष्टि की।

"हाँ मेवाड़ के भाग्य में कई अनहोनियाँ बदी थीं। आज वह जो चित्तौड़गढ़ में हमारे पूर्वजों के गौरव का प्रतीक विजय-स्तम्भ खड़ा है क्या कभी किसी ने सोचा कि उसके महान् निर्माता महाराणा कुम्भा जैसे परम प्रतापी राजा की उन्हीं का पाटवी पुत्र उदय सिंह कभी नृशंस हत्या करेगा और तब मेवाड़ की गद्दी को कलंकित कर उस पर बैठेगा।..."

—मीराँ यह कहकर खामोश हो गयीं। उनकी परम सखी ललिता को यह सोचकर चिन्ता हुई कि नाहक मीराँबाई के सामने अप्रिय प्रसंग छेड़ा गया जिससे वह पुनः अवसादग्रस्त हो गयीं। इसलिए अपनी भूल को अब ललिता को ही सुधारना था। बोली—"छोड़िये मीराँ...क्यों न हम कल महाराणा कुम्भा का बनाया वह विजय-स्तम्भ देखने चलें?"

"हाँ सखी!...तुम ठीक कहती हो। रोज हम यहाँ महल की छत पर खड़ी होकर उसे दूर-दूर से देखते हैं। कभी पास जाकर नहीं देखा। दो-तीन बार पास से तो गुजरी मैं...पर फिर भी उसे छूकर नहीं देख सकी। कितना विशाल और सुन्दर है न?"—सुकन्या चहकी।

"हाँ...मीराँबाई सा चाहेंगी तो हम उसे निकट से देख भी सकेंगी और छू भी सकेंगी। क्यों बाई सा! दिखायेंगी न आप हमें विजय-स्तम्भ?"—ललिता ने कहा।

"तुम सब जब चाहो उसे देख सकती हो।"—मीराँ ने स्नेह के साथ कहा।

"कब?"

"चाहो तो कल ही।"

"आप दिखायेंगी हमें?"—सुकन्या फिर चहकी।

इस पर मीराँबाई ने कहा—

"न बाबा! मेरा वहाँ क्या काम? एक बार देख चुकी हूँ उसे तुम्हारे जीजू सा के साथ?"

"तब तो आपका हमारे साथ वहाँ चलना और भी आवश्यक है। भोजराज जीजू सा ने आपको विजय-स्तम्भ के बारे में बहुत-कुछ बताया होगा।...आपके साथ चलने पर आप हमें भी बतायेंगी तो हमारा उस ऐतिहासिक इमारत को देखने का आनन्द दुगना हो जायेगा।"—सुकन्या ने बात खत्म की।

अन्य कई दासियों ने भी कल प्रातः विजय-स्तम्भ मीराँबाई सा के साथ में देखने की इच्छा प्रकट की। मीराँबाई ने सबको स्वीकृति प्रदान कर दी। तय हुआ कि कल प्रातः कलेवा के बाद विजय-स्तम्भ देखने चला जायेगा।

विजय-स्ताम्भ चित्तौड़गढ़ में वास्तव में एक दर्शनीय स्मारक है। मीराँ के साथ आये दास-दासियों का दल मीराँ जी को अपने सुरक्षा घेरे में लिये-दिये अगली सुबह वहाँ जा पहुँचा था। मीराँ जी ने अपने महल से विजय-स्तम्भ तक जाने के लिए पालकी से जाना स्वीकार नहीं किया। वह चित्तौड़गढ़ के मार्गों के दोनों ओर स्थित प्राकृतिक सुषमा को निहारते हुए जाना चाहती थीं।

ललिता-सुकन्या ने विशेष आग्रह किया कि पालकी ले ली जाये। लोग क्या कहेंगे? मीराँ ने कहा—"कहने दो। जिसे जो कहना हो कहे। मीराँ को किसी का डर नहीं पड़ा है...इन वृक्षों की शाखाओं पर तोतों और मैनाओं को देखो...मीराँ इन्हीं की तरह उन्मुक्त रहना चाहती है..."

विजय-स्तम्भ ज्यों-ज्यों निकट आता गया इन पदयात्रियों का उत्साह बढ़ता गया। चित्तौड़गढ़ दुर्ग की पाँच सौ फीट ऊँची पहाड़ी पर गर्व से सिर उठाये खड़ा महाराणा कुम्भा की याद दिलाता एक अनोखा स्तम्भ। एक शानदार कलात्मक इमारत। मेवाड़ और राजपूताने के अद्भुत पराक्रम का प्रतीक। दूर-दूर से लोग इसे देखने आते हैं।

चित्तौड़ के किले से मीलों दूर यदि तलहटी से भी कोट की प्राचीरों को देखें तो उसमें सिर उठाये महाराणा कुम्भा का यह गर्वोन्नत स्तम्भ अलग से सिर उठाये नज़र आता है। मन करता है कि अभी दौड़कर इसके निकट पहुँच जाओ। किले के सात द्वार पार करो। घुमावदार सर्पीले रास्ते पर चलकर कुम्भा-महल और मीराँ-मन्दिर से आगे जाने पर दर्शन देता है यह विजय-स्तम्भ।

मीराँ ज्यों ही विजय-स्तम्भ के स्मारक स्थल में दाखिल हुईं वट वृक्ष के नीचे बैठे लंगूरी वानरों के एक झुण्ड पर उनकी दृष्टि पड़ी। उनमें से अपनी लम्बी दुम उठाये दो-तीन काले मुख और श्वेत रोएँदार बालों से युक्त वानर इधर-उधर शान्ति से घूम-फिर रहे थे। अधिकांश लंगूर अपनी जगह चुपचाप बैठे हुए थे। मीराँ को देखकर लंगूरों का ऊँचा-तड़ंगा मुखिया इस महिला-समूह की ओर बढ़ा। सभी स्त्रियाँ घबराकर ठिठक गयीं। वह लंगूर सामने आकर मीराँ जी के आगे निश्चिन्तता से बैठ गया। मीराँ ने उससे कहा—

"क्या बात है कपिराज?"

वानर कुछ न बोला। बस एक हाथ मीराँ की ओर बढ़ा दिया। मानो वर्षों से उसकी उनसे जान-पहचान हो। और मीराँ भी ऐसी, जैसे कि इस घटना का पूर्वानुमान लगाकर ही घर से चली हों। अपनी धोती की छोर में बँधा एक केला खोलकर उन्होंने लंगूर को पकड़ा दिया। लंगूर ने मार्ग छोड़ दिया और किनारे बैठकर आदमियों की तरह केले का छिलका छीलकर खाने लगा। स्त्रियों का दल यह तमाशा देखकर चकित हुआ। फिर सब-की-सब खिलखिलाकर हँस पड़ीं।

साथ चल रहे पुरुषों में से एक व्यक्ति से मीराँ ने कहा—"दीवान जी!...जरा कहीं से चना मँगाकर इन वानरों को खिला दीजिये।"

सब लोग अब महाराणा कुम्भा द्वारा स्थापित कराये गये विजय-स्तम्भ के पक्के चबूतरे की ओर आगे बढ़ गये। सीढ़ियाँ चढ़कर उस अद्भुत स्मारक को देखने के वास्ते।

दस फीट ऊँचे और 47 फीट लम्बे वर्गाकार चबूतरे पर खड़ा है यह विजय-स्तम्भ। विजय-स्तम्भ 122 फीट ऊँचा है। यह नौ मंजिलों की एक भव्य इमारत है। महाराणा कुम्भा ने इसे सन् 1440 ई. में बनवाना शुरू किया था और यह आठ वर्षों में बनकर पूर्ण हुआ। जब तक यह बन नहीं गया इस पर सैकड़ों मजदूरों और दर्जनों कारीगरों ने रात-दिन काम किया। पत्थर ढोये और इसके चहुँ ओर तथा भीतर की भित्तियों

पर अनेक उत्कृष्ट मूर्तियों को छेनी तथा हथौड़ियों के द्वारा अत्यन्त कलात्मक ढंग से उकेरा।

ठठक-ठन्न...ठक्क-टक्क...ठन्न-ठन्न...श्रम साधना और कलात्मक कारीगरी ने महाराणा कुम्भा के इस विजय-स्तम्भ को स्थापत्य कला का अनुपम स्वरूप एवं सौन्दर्य प्रदान किया। दिन-रात अपना खून-पसीना बहाकर उन श्रमिक कलाकारों ने यह यादगार चौकोर और विशाल मीनार खड़ी की। यह विजय-स्तम्भ महाराणा कुम्भा ने मालवा-विजय के उपलक्ष्य में निर्मित कराया था।

मीराँ जो अपने पति के साथ एक बार पहले कभी आ चुकी थीं अब वह इस समय साथ आयी ललिता, सुकन्या तथा अन्य स्त्रियों के लिए एक विशिष्ट मार्गदर्शक बन गयी थीं। मीराँ कह रही थीं–

"इसकी दीवारों को गौर से देखना...धीरे-धीरे आराम-आराम से...तब तुम सब जान पाओगी कि यह हमारी सभ्यता और संस्कृति की कितनी ढेरों छवियाँ समेटे हैं अपने-आपमें...

"मेवाड़ के कलाकारों की कारीगारी का कमाल तो तुम्हें इन तमाम मूर्तियों में देखने को मिलेगा ही, साथ ही, महाराणा कुम्भा सा की कितनी व्यापक सोच और गहन अध्ययन था तुम उसको भी जान सकोगी।...भारत की धार्मिक परम्पराओं, लोकाचार और मानव-जीवन के प्रति कैसा अनुराग था उनके मन में...अन्यथा क्या कभी ऐसी भाँति-भाँति की मूर्तियाँ इस विजय-स्तम्भ में अपना स्थान बना पातीं?...

"क्या नहीं है यहाँ? पुराणों के काल के, रामायण और महाभारत-युग के और मेवाड़ के अंचल के जन-जीवन की बोलती हुई-सी झाँकियाँ इन छोटी-बड़ी मूर्तियों में प्रदर्शित हैं। अनेक देवी-देवताओं की मूर्तियाँ देखो...ब्रह्मा, विष्णु, महेश, उमा-महेश्वर, लक्ष्मी-नारायण, यह देखो शिव का अद्‌भुत रूप इसे अर्द्धनारीश्वर कहते हैं...यहाँ देखो त्रिदेव एक साथ...और इधर यक्ष, किन्नर, गन्धर्व सभी तो हैं यहाँ...कल्पना करो कि इन सुन्दर मूर्तियों को इनके मूर्तिकारों ने अपनी छेनी-हथौड़ी से कितने कौशल से उकेरा होगा।"

विजय-स्तम्भ की पहली मंजिल के द्वार पर ही भगवान् विष्णु की एक दर्शनीय प्रतिमा है और विष्णु के दशावतार की मूर्तियाँ भी स्थित हैं।

राजमहल की स्त्रियाँ विजय-स्तम्भ की सीढ़ियाँ चढ़ती गयीं और विस्फारित नेत्रों से दीवारों पर निर्मित मूर्तियों को देखती गयीं। स्त्री-पुरुषों द्वारा विविध ऋतुओं का आनन्द लेने के दृश्य, अस्त्र-शस्त्र से युक्त योद्धा...वाद्ययन्त्रों सहित कलाकार, नृत्य करते युगल, जीवन के विविध पक्षोंवाली मूर्तियाँ।

मंजिल-दर-मंजिल देखते गये सब लोग। कुल मिलाकर 157 सीढ़ियाँ हैं इसके भीतर। घूमती हुई ये सीढ़ियाँ मीराँ और उसकी सखी-सम दासियों को अन्तिम अर्थात्

नौवीं मंजिल तक ले गयीं। आगे-पीछे कुछ सैनिक भी अंगरक्षक के रूप में चल रहे थे। जनसाधारण को कुछ देर के लिए विजय-स्तम्भ स्मारक के बाहर ही रोका जा चुका था। आखिर महाराणा परिवार की एक रानी इस समय यहाँ भ्रमण पर थी। इस बारे में मीराँबाई को यह बताया नहीं गया था। उन्हें पता चलता तो शर्तिया कहतीं—"किसी को न रोकिये। आने दिया जाये सबको। चित्तौड़ सबका है। यह स्मारक जनसाधारण के लिए ही तो उनकी प्रेरणा हेतु हमारे प्रपितामह ने बनाया है। यह देन भले ही राजा की हो परन्तु धरोहर तो जनता-जनार्दन की ही है। उन्हीं के खून-पसीने से और वसूली गयी धनराशि से मिले कर से ही तो यह बनाकर खड़ी की गयी है।"

अन्तिम मंजिल से बाहर सम्पूर्ण चित्तौड़गढ़ के अनेक मनोहारी दृश्य बिखरे पड़े थे। ऊँचाई से देखने पर धरती और भी कितनी आकर्षक दिखती है। वातायनों से टकराती ठण्डी हवा ने तन-मन को एकाएक विभोर कर डाला।

मीराँ काफी देर तक खुली आँखों से सारे वातावरण को देखती एवं आनन्दित होती रहीं। फिर वह कुछ देर को भूल गयीं अपने कालखण्ड और समय की रफ्तार को...मन के अश्व पीछे मुड़कर भागने लगे। विजय-स्तम्भ के जनक अपने श्वसुर महाराणा संग्राम सिंह के पितामह महाराणा कुम्भा के युग में जा पहुँचीं मीराँ... विजय-स्तम्भ से उत्तर दिशा में दिखायी दिया उन्हें वह कुम्भा-महल। मीराँ देख रही हैं कि उस महल के प्रांगण में भाँति-भाँति के उत्सव चल रहे हैं। शूरवीर महाराणा कुम्भा मालवा-विजय करके लौटे हैं...चारण लोग उनकी कीर्त्ति का बखान कर रहे हैं...विरुदावली गा रहे हैं...किस तरह अपने वीर राजपूतों के साथ महाराणा ने अपनी शक्तिशाली तलवार के करतब के द्वारा शत्रुओं के दाँत खट्टे कर दिये...महाराणा कुम्भकर्ण उर्फ़ कुम्भा की राजसभा में महलों, मन्दिरों, जल कुण्डों और कुछ नवीन दुर्गों के निर्माण योजनाओं के प्रस्ताव पारित हो रहे हैं...उनके सामन्त उन्हें सलाह देते हैं कि मालवा और गुजरात को जिस प्रकार से महाराणा ने भारी पराजय दी है वह कोई साधारण विजय नहीं है। अतः इस विजय का कोई स्थायी प्रतीक चिह्न भी बनना चाहिए...एक ऐसा स्तम्भ जो दिल्ली के सुल्तान कुतुबुद्दीन ऐबक की कुतुबमीनार को मात भी दे दे।...बनेगा।...अवश्य बनेगा। शीघ्र बनेगा ऐसा विजय-स्तम्भ!!...राणा कुम्भा अपने उत्साही सभासदों को आश्वासन देते हैं।...

वास्तव में प्रपितामह कुम्भा कितने सर्वगुणसम्पन्न विद्वान् थे। शस्त्र एवं शास्त्रों के साथ-साथ शिल्प और संगीत के भी परम ज्ञाता। कुम्भा-महल की बारहदरी में संगीत की महफिलें सजती रही होंगी। कुम्भा ने संगीतराज, संगीत रत्नाकर, संगीत मीमांसा, सुरप्रबन्ध तथा रसिक प्रिया-जैसे ग्रन्थ रचे थे जो दर्शाते थे कि उन्हें शास्त्रीय संगीत का कितना विशद ज्ञान था। वीणा की धुन और मृदंगों की थाप मीराँ को अपने कानों में सुनायी देने लगी...। कुम्भा का युग कला और संगीत का स्वर्ण-युग ऐसे

ही नहीं कहा जाता था। उनके व्यक्तित्व की ऊँचाई इसी से स्वयंसिद्ध है कि महाराणा कुम्भा ने मेवाड़ की सीमाओं के विस्तार हेतु तथा मेवाड़ के शत्रुओं को सबक सिखाने हेतु जहाँ एक ओर असंख्य लड़ाइयाँ लड़ीं वहीं दूसरी ओर स्थापत्य, साहित्य और संगीत में भी उनका अविस्मरणीय एवं व्यापक योगदान रहा है। धन्य हैं मेवाड़ की कीर्त्ति के इतिहासपुरुष महाराणा कुम्भा...यह शानदान विजय-स्तम्भ तो उनकी एक प्रतिच्छाया मात्र है। जो दिशा वे मेवाड़वासियों को दिखा गये वह सदियों तक उनका मार्गदर्शन करती रहेगी।...

मीराँ को सहसा याद आया कि वापस भी चलना है। गृह-मन्दिर में गिरधर गोपाल के राजभोग का समय हो रहा है।

"चलो चला जाये!..." मीराँ ने कहा और उनके साथ आयी स्त्रियाँ विजय-स्तम्भ की सीढ़ियाँ उतरने लगीं। धीरे-धीरे...सँभलकर मीराँ ने कहा। आगे-आगे मीराँ जी की दासियाँ। पीछे-पीछे मीराँ, ललिता और सुकन्या। साथ में पीछे-पीछे सुरक्षा सैनिक।

स्मारक के चबूतरे से उतरकर जब मीराँ बाहर के खुले स्थान में सीढ़ियाँ उतरीं तो उन्होंने देखा कि सामने कुछ दूरी पर अपने कुछ सैनिकों के साथ दीवान जी अपने हाथों लंगूरों को चने डाल रहे थे। लंगूर-समाज उन्हें कृतज्ञता ज्ञापित करता हुआ बड़ी शालीनता से वह चना-चबेना ग्रहण कर रहा था। वैसे भी, काले मुँहवाले बन्दर लाल मुँहवाले नटखट बन्दरों की अपेक्षा काफी सभ्य होते हैं।

. .

जब से मीराँ विजय-स्तम्भ को पुनः देखकर लौटी थीं मन-ही-मन काफ़ी उद्विग्न थीं। परम प्रतापी महाराणा कुम्भा के शौर्य का वह महान् प्रतीक आज चित्तौड़गढ़ की शोभा बढ़ा रहा है। अपना मस्तक उन्नत किये शताब्दियों के लिए खड़ा है खड़ा रहेगा। परन्तु शूरवीर प्रपितामह कुम्भा आज कहाँ हैं? उनकी हत्या करनेवाला वह कुल कलंक उदय कहाँ है? ससुर जी सांगा के वे दोनों राज्यलोभी दुष्ट भ्राता पृथ्वीराज और जयमल आज कहाँ हैं?...माटी के पुतले माटी से उठे और एक दिन माटी में ही मिल गये...

मीराँ जी को ऐसे में अपने पीहर पक्ष और अपने बचपन की भी बड़ी याद आयी। तत्कालीन मेड़ता नरेश राव दूदा जोधावत उनके पितामह ज़िन्हें वह सबसे अधिक प्यार करती थीं। जिन्होंने उनको अपनी उँगली पकड़कर चलना सिखाया...जिन्होंने उनमें भक्ति के संस्कार दिये...जिन्होंने चारभुजानाथ के मन्दिर में और मेड़ते के पोखरों, तालाबों, बागों और महलों के कोने-कोने में उन्हें श्रीकृष्ण के हर जगह निवास करने की समझ दी...जिन्होंने शास्त्र और संगीत की अच्छी-से-अच्छी शिक्षा ग्रहण करने की उन्हें छूट दी...जिन्होंने उनकी पदरचना को बाल्यकाल से ही प्रोत्साहित

किया और उनके गायन और नृत्य को अपने सिर-आँखों पर बिठाया...जिन्होंने कभी किसी के यह कहने को स्वीकार नहीं किया कि बालिका का इस प्रकार सबके सामने मन्दिर में भजन, गायन और पैरों में घुँघरू बाँधकर नृत्य करना लोकमर्यादाओं के विरुद्ध है। यह भी कि राजपूत परम्पराओं के तो यह कतई खिलाफ जाता है। लड़की को एक दिन ससुराल जाना होता है। उसका इस प्रकार खुलेआम नाचना-गाना कौन सामन्ती परिवार पसन्द करेगा? मीराँ को इस तरह सिर चढ़ाना क्या उचित है...?

मीराँ के पितामह राव दूदा ने तो ऐसी कोई भी आपत्ति नहीं मानी। सदैव हँसकर टाल गये। कहते रहे कि मीराँ बहुत उच्चकोटि की आत्मा है। इसे कोई विकार कभी छू भी नहीं सकता। फिर यह तो कृष्णार्पिता है। इसे मैं इसके जन्म से ही इसके माता-पिता की सहमति से योगेश्वर श्रीकृष्ण के चरणों में अर्पित कर चुका हूँ। जब मेरे पुत्र रतन सिंह और मेरी स्वर्गवासी बीनड़ी को मीराँ की भगवद्‌भक्ति में कोई आपत्ति नहीं हुई तो फिर अन्य किसी की आपत्ति फिजूल है। मीराँ गिरधरगोपाल की अभिन्न छाया है। अतः वे ही सदैव उसे उचित मार्ग दिखायेंगे और उसका मार्ग प्रशस्त भी करेंगे...जहाँ परमपुरुष होंगे वहीं उनकी भक्तिमयी छाया भी वास करेगी...।

मीराँ की माँ झाली रूपकुँवरि उनके छुटपन में ही दिवंगत हो चुकी थीं। एक दिन पितामह दूदा भी नहीं रहे। मीराँ का विवाह देखने की उन्हें महती इच्छा थी। परन्तु 75 वर्ष की आयु में राव दूदा गोलोकवासी हो गये। मीराँ का ब्याह तो उनके देहावसान के एक वर्ष बाद उनके ताऊ सा राव बीरमदेव दूदावत ने कराया। ताई सा गोरज्या देवी का उस गठबन्धन में विशेष स्नेहमय योगदान था। अपने ही भाई महाराणा संग्राम सिंह के ज्येष्ठ पुत्र कुँवर भोजराज से मीराँ का ब्याह कराया था उन्होंने।

यह सन् 1516 ई. की बात है। ब्याह के बाद पिता रतन सिंह दूदावत, ताऊ सा बीरमदेव दूदावत और ताई सा गोरज्या देवी आदि पीहर पक्ष के लोगों ने बड़े भारी मन से मीराँ को मेड़ता से चित्तौड़ के लिए विदा किया था। आज वर्षों बाद पिता रतन सिंह का अश्रुविह्वल चेहरा मीराँ की आँखों के सामने फिर कौंधा...

मीराँ आज भी यह विनिश्चय नहीं कर पाती थीं कि अपने पितामह और अपने पिता दोनों में वह किसे अधिक प्यार करती थीं? मातृविहीना मीराँ को धाय माँ किशोरी देवी ने बड़े जतन से पाला था। पर माँ तो माँ होती है। वह तो सदा अपनी सन्तान को अपने हृदय का टुकड़ा मानती है...भला उसकी कमी कैसे पूरी की जा सकती है? और पिता रतन सिंह-जैसे भावुक पिता...परन्तु एक परमवीर योद्धा और परम वैष्णव भक्त के रूप में राव दूदा पितामह का भव्य व्यक्तित्व और उनका वह भरपूर प्यार-दुलार जब मीराँ को स्मरण हो आता तो मीराँ को ममतामयी माँ की मूरत और पिता की सूरत भी नेपथ्य में जाती-सी प्रतीत होतीं।

दादू सा गये...माँ सा गयीं और ससुराल में हर बात पर उसका पक्ष लेनेवाले मीराँ के सांसारिक जीवनसाथी कुँवर भोजराज भी मात्र सात वर्ष का दाम्पत्य निभाने के बाद सदा-सदा के लिए उनसे बिछुड़ गये।...

इस मृत्युलोक को मायालोक यूँ ही तो नहीं कहा जाता। असली संसार तो कहीं और है। फिर भी इस धरती पर मनुष्य न जाने किस गर्व में जिधर देखो मारा-मारा फिरता है। पता नहीं वह उस अविनाशी श्रीकृष्ण प्रभु को क्यों नहीं भजता?

सायंकाल का समय। कुम्भश्याम-मन्दिर के परिसर में ही बने मीराँ-मन्दिर में भक्तों की भीड़ में बीचोंबीच मीराँबाई भजन करती अपनी सुध-बुध बिसराये नाच रही थीं—

भज मन चरण कँवल अबिनासी।
जेताई दीसे धरनि गगन बिच, तेताइ सब उठि जासी।
कहा भयो तीरथव्रत कीन्हें, कहा लिए करवत कासी।
इस देही का गरब न करना, माटी में मिल जासी।...
यो संसार चहर की बाजी, साँझ पड्याँ उठि जासी।
कहा भयो है भगवा पहर्याँ, घर तज भये संन्यासी।
जोगी होय जुगति नहिं जानी, उलटि जनम फिर आसी।
अरज करौं अबला कर जोरे, स्याम तुम्हारी दासी।
मीराँ के प्रभु गिरधरनागर, काटो जम की फाँसी।

मीराँबाई का यह नृत्यगान आज मन्थर गति से चल रहा था। किन्तु भक्तगण फिर भी झूम-झूम जा रहे थे मीराँबाई के इस नवीन पद पर। मीराँबाई स्वयं में गहरे डूबी हुई थीं। अपने इस पदगायन में वह लोगों को सरल शब्दों में गूढ़ ज्ञान दे रही थीं। भक्ति का चोला था किन्तु ज्ञान की सिखावन थी और मीराँ के शब्द इतने अर्थपूर्ण किन्तु सटीक थे कि सुननेवालों के मन पर सीधा असर करते थे। वह परम ज्ञान आसानी से भक्तों के पल्ले पड़ने लगता, जिसे वेद, पुराण, शास्त्र के बड़े-बड़े ज्ञाता अपने लम्बे-चौड़े प्रवचनों द्वारा भी इतनी सरलता से लोगों को समझा नहीं पाते थे।

मीराँ यही तो कह रही थीं कि—हे मन! तू परमेश्वर के, जो अविनाशी एवं शाश्वत है, चरण-कमलों को भज। उनकी वन्दना कर। इस धरती और आकाश के मध्य जो कुछ भी दिखायी देता है वह सब उठ जानेवाला है। अर्थात् समाप्त हो जानेवाला है। नश्वर है। अतः तुझे तीर्थ और व्रत इत्यादि से भी क्या मिलनेवाला है? कुछ मूर्ख व्यक्ति सुना है काशी जाकर आरे से कट मरते हैं, मोक्ष की अभिलाषा में। उससे भी कुछ हासिल नहीं होनेवाला। अपनी मानव देह का गर्व किसी को नहीं करना चाहिए। क्योंकि आखिर तो इसे माटी में मिल जाना है। यह सांसारिक चहल-पहल नितान्त अस्थायी है। जीवन की साँझ होने पर समाप्त हो जायेगी। जैसे

दिन होने पर चिड़ियाँ चहचहाती हैं और साँझ होने पर उनका चहकना बन्द हो जाता है।...

मीराँ स्पष्ट रूप से श्रोताओं को यह भी चेता रही थीं कि भगवा वस्त्र पहन लेने से अथवा गृहत्याग करके संन्यासी हो जाने से भी कोई लाभ नहीं। बड़े-बड़े योगी योग-साधना के बाद भी यह मर्म नहीं जान पाते कि गिरधरगोपाल को भजे बिना सारे उपक्रम ...सारे प्रयास व्यर्थ हैं। फिर से जीव को लौट-लौटकर जन्म-मरण के चक्कर में आना पड़ता है।...मीराँबाई इसी से स्वयं को अबला की भाँति प्रस्तुत कर अपने श्याम से विनती कर रही हैं कि हे गिरधरनागर! तुम अपनी इस दासी की यम की फाँस को काट दो...उसे मोक्ष प्रदान करो। आवागमन के बन्धनों से मुक्त कर दो।

नृत्य करते-करते मीराँ के नेत्रों से अश्रुओं की गंगा-यमुना बह रही है। अनेक भक्तगण भी उनके तेजोमय मुखारविन्द पर झरते उन अश्रुबिन्दुओं को अपलक निहारते भावविभोर हुए जाते हैं।

साँझ घिरती जाती है। मन्दिर में भजन-कीर्त्तन गहराता जाता है। सभी नर-नारी 'गोविन्द-गोविन्द' गाने लगते हैं। मीराँबाई थककर भूमि पर भक्तों के मध्य बैठ जाती हैं। उनकी ध्यान-समाधि लग जाती है। ललिता और सुकन्या मीराँ के अगल-बगल बैठी सतर्क हैं। कीर्त्तन की आवृत्ति तेज हो जाती है। मृदंग-मँजीरे-गायन के स्वर मन्दिर में विराजमान मुरलीमनोहर की मूर्ति पर सारे भक्त निछावर हुए जाते हैं।

श्रीकृष्ण भगवान् की जय!...गोपीवल्लभ गिरधरगोपाल की जय!!...के सामूहिक घोष के साथ अन्त में सारे स्वर शान्त हो जाते हैं।

कुछ भक्तगण उठकर जाने को होते हैं। तभी अनेक नर-नारियों के पैर ठिठक जाते हैं। नेत्र मूँदे भक्तिमयी मीराँबाई बैठे-बैठे एक और मन को छूनेवाला पद गाने लगती हैं। इस बार प्रभु की अनेक लीलाएँ जो उन्होंने अपने अनन्य भक्तों के कष्ट हरने के लिए समय-समय पर की थीं। मीराँ उन लीलाओं को एक-एक कर कृतज्ञ स्वर में बखान करती हैं—

मन रे परस हरि के चरण।
सुभग शीतल कमल कोमल, त्रिविध ज्वाला हरण।
जिन चरण प्रहलाद परसे, इन्द्र पदवी धरण।
जिन चरण ध्रुव अटल कीने, राखि अपनी शरण।
जिन चरण ब्रह्माण्ड भेट्यो, नख शिखौ श्री भरण।
जिन चरण काली हि नाथ्यो, गोप लीला करण।
जिन चरण धार्‌यो गोवर्धन, गरब मधवा हरण।
दासि मीराँ लाल गिरधर, अगम तारण तरण।

मीराँ-मन्दिर में भक्तों और भक्तवत्सल के अनेक आख्यानों को इस प्रकार सुनकर जो पढ़े-लिखे श्रोता थे उनके मानस में उन अन्तर्निहित कथाओं के न जाने कितने पन्ने पलट गये। जो बेचारे अनपढ़ और गरीब थे उनके मन में प्रभु की उन लीलाओं को भलीभाँति जान लेने की नवीन ललक जाग उठी।

मीराँबाई अपने पीहर में व्यासपीठ पर बैठे कथावाचकों से श्रीहरि की दिव्य लीलाओं का नित्य श्रवण किया करती थीं। स्वयं भी भागवत, रामायण इत्यादि पढ़ा करती थीं। विवाहोपरान्त ससुराल आयीं तो सन्तों-साधुओं का दर्शन क्रम थोड़ा कम अवश्य हो गया, परन्तु समाप्त नहीं होने पाया। उनकी भगवद्भक्ति में पति भोजराज कभी भी आड़े नहीं आये। सन्त-दर्शन कथा-श्रवण के उनके आग्रहों को भी अनेक बार अपने अल्प दाम्पत्यकाल में उन्होंने पूरा किया। यह बात और है कि पति के स्वर्गवास के बाद मीराँ साधु-सन्तों के महल में पधारने पर उनके सत्कार और सत्संग का खुलकर लाभ उठाने लगीं। श्वसुर सांगा से मिली जागीर की आय ने मीराँ को पर्याप्त आत्मनिर्भरता प्रदान कर ही दी थी।

पहले मीराँ सन्तों को सुनती थीं। फिर सन्तगण उन्हें दूर-दूर से सुनने को आने लगे। अब तो सांगा के समय में मीराँबाई के लिए सत्संग और भजन का यह विकास-काल था। यह वह समय था कि मीराँ के भजन एक कण्ठ से दूसरे कण्ठ तक जाकर जन-जन में गाये जाने लगे थे।

अनेक दीन-हीन-दुखियारे-दरिद्र जन और आदिवासियों तक का कण्ठहार बने मीराँ के ये पद उन्हें अपने अभावग्रस्त और श्रमरत जीवन में अभूतपूर्व आध्यात्मिक सम्बल और संघर्ष हेतु नित्यप्रति आत्मिक शक्ति प्रदान करने लगे थे।

यह वह समय था जब अलौकिक ईश्वर की भक्ति उनके कृष्ण स्वरूप के प्रेम में एक दीवानी की भाँति डूबी मीराँ को मेवाड़ का लोक सहज रूप से अपनाने लगा था। महलों की रानी मीराँबाई साधारण जन को भौतिक त्राण से मुक्ति दिलाने का एक अद्भुत माध्यम बन चुकी थीं।

उनकी ख्याति दूर-दूर तक साधु-सन्तों और लोकगायकों के माध्यम से सुवासित होने लगी थी। जिन मैले-चीकट वस्त्रधारियों की पहुँच चित्तौड़ के महलों तक असम्भव थी; उन्हें सब में समभाव रखनेवाली ममता की प्रतिरूप, भक्तिमती मीराँ का सत्संग उनको कृष्णमन्दिर में प्रवेश के उपरान्त सदैव अनुपम शान्ति प्रदान करता था। क्योंकि अपने मुरलीमनोहर के मन्दिर में नित्य सन्ध्या-आरती के समय मीराँ सर्वसुलभ थीं।

3

मेरे तो गिरधरगोपाल दूसरा न कोई

मनुष्य जब कभी निरंकुश हो जाता है और कोई आकस्मिक कदम ऐसा उठा लेता है जिससे उसके किसी आत्मीय के हृदय को ठेस पहुँच जाती है तो उसका एकान्त कभी-न-कभी उसे अवश्य धिक्कारता है। यदि इसे धिक्कारना न भी कहें तो आत्मालोचन तो कहना ही पड़ेगा।

महाराणा सांगा ने अपने तीन पुत्रों की उपस्थिति में अपने सबसे बड़े पुत्र जो कि साम्राज्य का उत्तराधिकारी और उनका पाटवी पुत्र भी था को उपेक्षित कर अपना अतिरिक्त स्नेह दो अल्पवयस्क पुत्रों पर उँड़ेल दिया था। उन्होंने उन्हें बिना किसी से भी सलाह-मशविरा किये राज्य का एक अत्यन्त विशाल और सामरिक रूप से भी संवेदनशील भाग जागीर की शक्ल में सौंप दिया था।

जागीर भी दे देते तो कोई बात नहीं। रणथम्भौर-जैसे दुर्ग को देने की वह सार्वजनिक घोषणा समस्त मेवाड़ के लिए आकस्मिक भी थी और अप्रत्याशित भी। ऐसे में एक आज्ञाकारी पुत्र अपने मनमौजी पिता से भरे दरबार में कहता भी तो क्या कहता। विरोध कर नहीं सकता था। सिर झुकाकर उस बलात् निर्णय को स्वीकार ही कर सकता था। दरबार में सबके सामने पीछे हट जाना ही श्रेयस्कर था। कुँवर रत्न सिंह ने वही किया। परन्तु उसके चेहरे के जबरन छिपाये जाते भावों और उसके स्वर के ठण्डेपन ने महाराणा सांगा को यह अहसास अवश्य दिला दिया कि मानो एकाएक वह युवराज रत्न सिंह के सम्मुख कुछ छोटे पड़ गये हों। एक पिता अपने पुत्र की नजरों में गिर जाये इससे बुरी बात और क्या हो सकती है? क्षत्रिय के मुख से निकला वचन भी मिथ्या नहीं हो सकता। वह भी परम विख्यात महाराणा सांगा के मुख से निकला वचन। निकला हुआ तीर वापस कब मुड़ता है? रणथम्भौर तो गया विक्रमादित्य-जैसे महा बिगड़ैल किशोर और उदय सिंह-जैसे मासूम बच्चे के पाले में। कहीं मेरी हठधर्मिता के फलस्वरूप युवराज रत्न सिंह भी अपना पाला अलग न कर ले।...

नहीं...रत्न ऐसा नहीं है...वह कभी भी मेरा विरोध नहीं करेगा। परन्तु उसके हृदय के भीतर तो मतभेद की एक विभाजक रेखा आज खिंच ही गयी है।...

महाराणा सांगा राजकीय उद्यान के एक सिरे पर एक पत्थर की चौकी पर निपट अकेले बैठे यही कुछ सोच रहे थे। सूर्यास्त का समय था। उद्यान के वृक्षों की फुनगी से डूबते हुए सूरज की बची-खुची सुवर्ण रश्मियों की लाली धूमिल पड़ती जा रही थी। आकाश में पंछी चहचहाते हुए अपने बसेरों की ओर लौट रहे थे।

महाराणा के अंगरक्षक बहुत दूर-दूर खड़े थे। आधों की पीठ उनकी ओर थी जो सुरक्षा कारणों से दूर-दूर तक चौकन्नी दृष्टि रख रहे थे। आधे उनकी ओर तथा आस-पास के ख़ामोश वातावरण पर नजर रखे थे। महाराणा से सब-के-सब इतनी दूर थे कि यदि महाराणा जोर से भी किसी अन्य व्यक्ति से बोलते-चालते तो उन दूर खड़े अंगरक्षकों में से किसी को कुछ सुनायी नहीं देता।

महाराणा सांगा का हृदय भीतर से डूबा-डूबा जाता था। उन्होंने सन्देशवाहक भेजकर युवराज कुँवर को बुलवा भेजा था। अपने महल के कक्ष से निकलकर पिता का आदेश सुनने के वास्ते कुछ ही देर में रत्न सिंह दौड़ा चला आया।

"क्या है बाबो सा! आप इस तरह यहाँ एकान्त में क्यों बैठे हैं?"—आते ही रत्न सिंह ने सांगा से प्रश्न किया।

"कोई बात नहीं है पुत्र!...आओ तनिक देर अपने पिता के पास बैठो।"

रत्न सिंह समझ गया कि पिता इस समय भावुक अवस्था में हैं। अतः वह उनके चरणों में घास पर ही बैठ गया।

"अरे नहीं बेटा!...नीचे नहीं मेरे निकट बैठो।"—सांगा ने पुत्र को कन्धे से पकड़कर बराबर बैठाना चाहा। परन्तु—"नहीं बाबो सा! मैं यहीं ठीक हूँ"—कहकर रत्न सिंह ने पिता का आग्रह टाल दिया।

रत्न सिंह ने देखा कि पिता के नेत्र किंचित् सजल हैं। हा विवशता! तू नाहरों को भी खून के आँसू रुला देती है। पाषाण के मध्य से भी आर्द्रता बनकर फूट पड़ती है।...

कुँवर रत्न सिंह ने सिर झुका लिया। उसके नेत्र पिता के नेत्रों में देखने का साहस नहीं कर सकते थे अब। घास के तिनकों को उसके लापरवाह हाथ तोड़ने लगे। एक-एक करके।

"अपना ज्येष्ठ भाई याद है तुझे?—" महाराणा के मुख से यूँ ही निकल गया। वह कहना कुछ चाहते थे और कह कुछ गये। पिता का इतना कहना था कि रत्न सिंह के सम्मुख जैसे पूरा ब्रह्माण्ड घूम गया।

कैसे भूल सकता है वह जीवन का सबसे दारुण दृश्य...भोजराज भइया जिन्हें रत्न सिंह अपने प्राणों से अधिक प्रेम करता था। जिनके बिना रत्न सिंह ने आगे के अपने जीवन की कोई कल्पना ही नहीं की थी...

कुँवर भोजराज का पार्थिव शरीर कुम्भा-महल की मर्दानी ड्योढ़ी में चिरनिद्रा में धरती पर सो रहा था। सम्पूर्ण चित्तौड़ की प्रजा अपने राजकुँवर के अन्तिम दर्शनों

को उमड़ पड़ी थी। कुम्भा-महल में गढ़ के मार्ग से पंक्तिबद्ध होकर आने-जानेवालों का ताँता बँधा हुआ था। देवताओं को चढ़ाये जानेवाले सारे पुष्प आज दिवंगत भोजराज की मृतदेह के लिए समर्पित थे। एक ऐसा राजकुँवर जो कर्त्तव्यनिष्ठा, सदाचरण और सद्व्यवहार की मिसाल था। जो शौर्यवान् भी था और धर्मात्मा भी। जिसकी तलवार युद्ध के मैदान में शत्रुओं पर बिजली बनकर गिरती थी परन्तु जो मन्दिर में माधव कृष्णमुरारी की कथा सुनते हुए आँसुओं-ही-आँसुओं रो पड़ता था। इतना सहृदय था जो। ऊपर से महाराणा सांगा का पाटवी पुत्र...

उधर भीतर रनिवास में महल की स्त्रियाँ बीनड़ी मीराँ को घेरे फ़र्श पर बैठी क्रन्दन कर रही थीं। वह चीत्कार करती रोती-बिलखतीं, बैन करतीं, चित्तौड़गढ़ में हुई इस असामयिक जवान मौत की हृदयविदारक कहानी कहे जा रही थीं। वे मीराँ को उसके दुर्भाग्य और भरी जवानी में वैधव्य-प्राप्ति के दारुण दुःख के लिए सान्त्वना के शब्दों की मार से निरन्तर विचलित करने का सारा जतन कर रही थीं।

मीराँ इन सबके मध्य पत्थर हो चली थीं। रोयीं तो वह भी थीं किन्तु छिपकर। भोजराज के एक युद्ध में घायल हो जाने के पश्चात् किसी अन्दरूनी ज़ख़्म के कारण लम्बी प्राणलेवा बीमारी के दिनों में मीराँ अनेक बार रोयी थीं। पर उस दिन फिलहाल उनके आँसू सूख चले थे। मीराँ को उसकी सासू माँ कुँवरबाई सोलंकिनी दिवंगत भोजराज की माता और महल की अनेक स्त्रियाँ, जिनमें उनकी ननद ऊदाँबाई और भोजराज की एक विमाता रानी कर्मावती भी शामिल थीं, यह समझाने लगीं कि वैधव्य के जीवन से कहीं बेहतर है कि वह अपने पति की मृतदेह के साथ सती हो जायें। क्योंकि कुँवर सा जीते-जी मीराँ को बहुत चाहते थे और वह स्वयं उनकी भलमनसाहत, उनके सच्चरित्र, उनके स्वयं के प्रति पूर्ण समर्पण और यहाँ तक कि उनके आराध्य देव कान्हा जी के प्रति भी अनन्य भाव रखते थे तो ऐसा निराला पति मीराँ को एक जन्म में तो क्या सात जन्मों में भी नहीं मिल सकता था।

ननद ऊदाँ का कहना था कि—भोजराज की अन्त्येष्टि के साथ मीराँ का सती होना न केवल उसे पति के साथ सीधे स्वर्गारोहण करायेगा वरन् वह अगले सात जन्मों तक कुँवर भोजराज-जैसे सज्जन और देवतुल्य पति को अपने जीवनसाथी के रूप में पुनः प्राप्त कर सकेंगी। सती-प्रथा के बारे में शास्त्रों और पुरोहितों की यह सुस्थापित मान्यता है। ननद ऊदाँ यह भी कह रही थी कि—ईश्वर पुनर्जन्म, कर्मवाद इत्यादि के विषय में मीराँ का अध्ययन स्वयं में अनुपम है। अतः वह इस विषय में स्वयं विचारकर सती होने का निर्णय ले सकती हैं और नारी-समाज के समक्ष एक उच्चादर्श प्रस्तुत कर सकती हैं।

छोटी सासू माँ हाड़ी रानी कर्मावती कह रही थी कि—"ऊदाँ सत्य कहती है। पति के बिना स्त्री का जीवन व्यर्थ है। सौभाग्यशालिनी स्त्रियों की मर्यादा इसी में है कि यदि पति शत्रु से घिरकर अन्तिम रूप से मृत्यु का वरण करने हेतु

आत्मबलिदान हेतु युद्धरत हो 'साके' के लिए निकले तो उसकी वीर ललनाएँ जीते-जी शत्रु के हाथ में पड़ने और अपनी लाज गँवाने की परिस्थिति उत्पन्न होने पर अग्निकुण्ड में 'जौहर' की रस्म निभाकर स्वयं को दहन कर लें।..." मीराँ की अपनी सास कुँवरबाई सोलंकिनी जी का भी कहना था कि—"पति की आकस्मिक मृत्यु पर कुलशीला एवं धर्मपरायणा स्त्री का कर्त्तव्य है कि वह उसकी चिता के साथ भस्म होकर 'सती' हो जाये।...यह राजपूत स्त्रियों के लिए सर्वश्रेष्ठ आचरण है। इससे बड़ा आदर्श कृत्य और कोई हो ही नहीं सकता। इसलिए मीराँ को मेरे लाल भोज की मृत्यु पर सती हो ही जाना चाहिए।"

ऐसे में दुस्साहस कर मीराँ की बालसखी दासी ललिता ने कहा—"पर ऐसे उदाहरण अब इधर और हमारे मेड़ता में तो नहीं दिखते कि हर स्त्री पति को खो देने पर सती हो ही जाती हो।"

"क्यों रानी पद्मिनी को पाने जब अलाउद्दीन आया था तब इस चित्तौड़गढ़ में जौहर नहीं हुआ था क्या?" एक स्त्री ने प्रतिवाद किया।

"मैं जौहर की नहीं सती-प्रथा की बात कर रही हूँ।"—ललिता ने दबे स्वर में अन्तिम प्रतिवाद किया।

"क्यों अनेक उदाहरण हैं। यशवीर देव की बीनड़ी...ब्रह्म सिंह की विधवा ने भी अपने मर्द की अकाल मृत्यु के बाद स्वयं को सती कर लिया था...और...और भी कई राजपूत स्त्रियाँ हैं जिन्होंने..."

"स्वयं को सती किया या फिर यों कहो कि जिन्हें सती होने पर विवश कर दिया गया था?"—अचानक शोकसन्तप्त मीराँ ने सिर उठाकर लम्बी निःश्वास छोड़ते हुए मुखर शब्दों में सारी औरतों के बीच ऐसा कहा।

"हैं...हैं..." सास कुँवर बाई और ननद ऊदाँबाई दोनों के मुख से एक साथ विस्मयबोधक हुंकार-सी निकली। मीराँबाई को घेरे स्त्रियाँ अकबकाकर एक-दूसरे का मुख देखने लगीं। अलग-थलग खड़ी रानी कर्मावती, जो फिलहाल मौन थी, वह भी विस्मय से मीराँ की ओर देखने लगी।

"मैंने बहुत सुना है इस सती-प्रथा के बारे में।" मीराँ अब निर्विकार भाव से किन्तु दृढ़ शब्दों में आगे कह रही थी—"मैं इस तथाकथित आदर्श परम्परा से बिलकुल सहमत नहीं हूँ। एक जवान विधवा को इस धरा का सबसे बड़ा बोझ और कुलकलंक समझा जाता है। उसे पुरुषों के इस सभ्य समाज में लोलुप दृष्टियों से बचा पाना बहुत कठिन माना जाता है। स्त्री का रूपसौन्दर्य उसका सबसे बड़ा शत्रु और पतन का कारक समझा जाता है। लेकिन पुरुषों की लम्पटता अथवा मर्यादा ऐसे में कोई विचारणीय बात नहीं होती।...पतिविहीन स्त्री समाज के पतन का कारण बनेगी। उसका शरीर, उसका युवापन, उसकी देह की लोनाई का आकर्षण समाज

को अनायास लुभायेगा...पुरुषों को पथभ्रष्ट करेगा...इसलिए उसे सती देवी की महिमा से मण्डित कर जबरन अग्नि में भस्म कर दो..."

"जबरन?...क्या अनर्गल बोल रही है तू मीराँ...कुछ होश-हवास है तूझे—?" महारानी कुँवरबाई बोलीं। उत्तेजना के कारण सासू माँ का मुख लाल हो गया।

"हाँ सासू माँ!...मैं बिलकुल सही कह रही हूँ...सोच-विचारकर कह रही हूँ... और मेरा यह चिन्तन एक दिन का नहीं है...राजपूताने का इतिहास साक्षी है...इस बारे में बहुत पढ़ा-सुना है मैंने...सती नारी के पीछे जिस गौरव की बात करते हैं हमारे पुरुष समाज के मार्गदर्शक उसके पीछे एक बहुत बड़ा छलावा है...षड्यन्त्र है... कितनी स्त्रियाँ इस क्रूर प्रथा की बलिवेदी पर भेंट चढ़ा दी गयीं यह कह-कहकर कि पति के साथ सती हो जाने का मार्ग उन्होंने स्वेच्छा से चुना है...हो सकता है एक-दो नासमझ स्त्रियों ने भावना में बहकर ऐसा मार्ग स्वयं स्वीकार कर भी लिया हो,..परन्तु अधिकतर अभागिनें बलात् उस मार्ग पर ढकेली गयीं और वह भी सोलह शृंगार कराकर...नशे के लिए अफ़ीम का पानी पिलाकर अथवा मद्यपान कराकर.. .लोग-बाग उसकी सुध-बुध छुड़ाकर गाजे-बाजे-ढोल-मृदंग और जयघोष के साथ ले जाकर उसको चन्दन की चिता पर बैठा देते हैं मृत पति की देह के साथ...घी, शहद, कर्पूर और हवन-समिधा की बौछार कर...फिर एक व्यक्ति धीरे से घीस्नात लकड़ियों पर आग छुआ देता है और चिता में धू-धू करती तथाकथित सती स्त्री अथवा स्त्रियाँ जल उठती हैं...क्योंकि राजपुरुष तो अनेक पत्नियों को सौभाग्य प्रदान करनेवाले भी होते हैं न...और वे निरीह सती नारियाँ देखते-ही-देखते अग्नि की ज्वाला में घिरकर भस्म हो जाती हैं और संसार के लिए 'सती माता' बन जाती हैं।"—कहकर मीराँ जी चुप हो गयीं।

सारा एकत्रित स्त्री-समुदाय मीराँबाई के इन वचनों को सुनकर हतप्रभ हो गया। किसी से कुछ कहते नहीं बन रहा था। कुछ देर बाद मीराँ निश्चयात्मक स्वर में पुनः बोलीं—"नहीं बनना ऐसी 'सती माता' मुझे...क्योंकि अव्वल तो मैं इस गर्हित प्रथा से सहमत ही नहीं हूँ जो सारा जीवन घर-गृहस्थी और देहबन्धन में खटनेवाली स्त्री पर ज़ुल्म की हद है...मैं इसे...बिलकुल स्वीकार नहीं कर सकती और यही नहीं. ..मेरा यह मानना है कि इसे किसी भी समझदार स्त्री को स्वीकार नहीं करना चाहिए।...

दूसरे जहाँ तक कुँवर सा के स्वर्गवासी होने का प्रश्न है तो यह संसार मिथ्या है, क्षणभंगुर है...और यह शरीर नाशवान् है... जो यहाँ जन्मा है उसे यह देह त्यागकर एक दिन वहीं वापस जाना है... जहाँ से वह पधारा है... आत्मा परमेश्वर का अंश है... यह उसके पास से इहलोक में आती है और जो कुछ कर्म उसे इस संसार में दायित्व रूप में कान्हा जी सौंपते हैं उन्हें पूरा कराकर उसे पुनः अपने पास बुला लेते हैं। कुँवर भोजराज जिस लोक से आये थे आत्मस्वरूप में वे वहीं वापस लौट चुके

हैं...बाहर मर्दाने में उनका नाशवान् शरीर ही शेष है जो अब अन्तिम यात्रा की प्रतीक्षा कर रहा है...जितने अश्रु उनके प्रति समर्पित होने थे हो लिये। अब तीसरी बात यह...कहते-कहते मीराँ एकाएक चुप हो गयीं। उसने एक हिचकी ली और अश्रुओं का रुका हुआ बाँध अन्तिम रूप से फूट चला।

"तीसरी बात क्या?–" अब अधीरता के साथ ऊदाँबाई चीखी।

मीराँ भिंची-भिंची आवाज़ में गठरी बनी रोती रहीं।

"बोलो भाभी सा...तीसरी बात क्या?"–ऊदाँ ने मीरा को झकझोरा।

इस पर मीराँबाई अचानक सिसकना बन्द कर चुप हो गयीं। उन्होंने अपने दोनों करों से अपने दोनों नेत्र पोंछे और शून्य की ओर जैसे निहारती बोलीं–"जब तक मेरे भौतिक पति मेरे भोज जीवित थे मैंने अपने मुरलीमनोहर और इनमें कोई अन्तर नहीं किया। बल्कि अपने मुरलीमनोहर को ही निरन्तर इनमें निवास करता जाना और माना। क्योंकि हम सभी जब तक हमारा यह पंचभौतिक शरीर है तभी तक यहाँ हैं। हम सबमें कान्हा जी ही निवास करते हैं।...मेरा इनसे ब्याह हुआ। संसार का जो नियम है मैंने उसका निर्वाह किया। अब यह संसार के सभी बन्धनों से मुक्त हो गये हैं। अब मैं भी मुक्त हूँ।...मैं तो पहले भी कान्हा जी की ही ब्याहता थी और आज भी उन्हीं की ब्याहता हूँ और सदा रहूँगी। क्योंकि मुरलीमनोहर अनन्त लीलाधाम अविनाशी अनश्वर गिरधरगोपाल ही वास्तविक अर्थों में मेरे पति हैं।...वह नित्य हैं शाश्वत हैं अजर-अमर हैं...वही मेरे एकमात्र जीवनाधार हैं...मैं उन्हीं मोरमुकुटधारी की पत्नी हूँ।" यह कहकर एक बार मीराँ ने वहाँ स्थित स्त्री-समूह पर एक समग्र दृष्टि डाली और अपने कथन में इतना और जोड़ा कि–

"आप सब यहाँ मुझे विधवा बता रही हैं? यह बहुत बड़ी भूल है आप सबकी। न-न...जिस स्त्री का पति स्वयं अनन्त ब्रह्माण्ड का रचयिता हो वह भला कभी निराश्रिता हो सकती है? अथवा वैधव्य को प्राप्त हो सकती है? मेरे सरताज तो वहाँ मेरे कक्ष में अकेले हैं...सुबह से मैंने उनकी कोई सुध-बुध नहीं ली है। निराश्रित तो वे हो जाते हैं मेरे बिना। अब चलती हूँ मुझे उनके पास जाना है..." एकाएक यह कहकर खड़ी हो गयीं मीराँ। खड़ी होकर ज्यों ही एक पग चलने को हुईं तो कमजोरी में तनिक लड़खड़ायीं। तब तक ललिता और सुकन्या ने दौड़कर थाम लिया और सहारा देकर उन्हें उनके कक्ष की दिशा में ले चलीं।

सारी शोकाकुल स्त्रियाँ मीराँबाई की उस दीन दशा और साथ में अटपटे-से आक्रामक व्यवहार को देखती-सुनती असमंजस और सन्नाटे की स्थिति में पहुँच गयी थीं। तब किसी ने धीरे से कहा–"बावली हो गयी है बेचारी..." और फिर सब-की-सब स्त्रियाँ ज़ोर-ज़ोर से रो पड़ीं।

महल के भीतर हाहाकार मचा था और महल के बाहर लोगों का ताँता बँधा हुआ था। लोग महाराणा संग्राम सिंह जी से भेंट कर रहे थे। परन्तु अधिकांश के मुँह से

बोल नहीं फूट रहे थे। राजमहल का सबसे बड़ा चिराग, महाराणा का सबसे बड़ा पुत्र जिसे आगे चलकर चित्तौड़गढ़ की गद्दी सँभालनी थी अपने शूरवीर पिता के जीते-जी भरी जवानी में चल बसा था। इतना बड़ा वज्रपात हुआ था महाराणा सांगा पर जिसकी भरपाई कठिन थी। मेड़ता से मीराँ के पीहरवालों के आने की प्रतीक्षा थी। उधर मीराँबाई अपने महल के शयन-कक्ष में अपने प्रियतम श्रीकृष्ण की प्रतिमा के सामने मानो स्वयं को सान्त्वना देती-सी उन कठिन क्षणों में अपने दुर्भाग्य को भुलाकर गा उठीं—

मेरे तो गिरधरगोपाल दूसरा न कोई।
जाके शिर मोर मुकुट मेरे पति वोई।
शंख चक्र गदा पद्म कण्ठ माला सोई।
भगत देख राजी हुई जगत् देख रोई।
अँसुवन जल सींच-सींच प्रेम बेल बो:ई।
भाई छोड्या बन्धु छोड्या, छोड्या सगा सोई।
साधु सँग बैठ-बैठ लोक लाज खोई।
प्रेम की मथनिया कर जुगत सों बिलोई।
दधि मथ घृत काढ़ लियो डार दई छोई।
अब तो बात फैल गयी जाने सब कोई।
मीराँ हरि लगन लागी होनी हो सो होई।

यह जीवन का एक ऐसा मोड़ था, जहाँ पहुँचने के पश्चात् गृहस्थ मीराँ अब सन्त मीराँबाई बनने की दिशा में अनायास प्रवृत्त हो चली थीं। सन्तों का सान्निध्य उन्हें पहले भी सुखद लगता था। इसके लिए उन्हें सास-ननद और समाज के कर्त्ता-धर्ताओं के प्रत्यक्ष और परोक्ष तानों को जब-तब सुनने की आदत भी पड़ चुकी थी। परन्तु मीराँ किसी का प्रतिवाद नहीं करती थीं। यद्यपि उन्होंने सांसारिकता से मथकर आध्यात्मिक सुख का घृत काढ़ लिया था और मायामोहरूपी छाछ को संसार में भूले-भटके लोगों के लिए ही छोड़ दिया था। भोजराज कुँवर के महाप्रस्थान के बाद मीराँ ने स्वयं को पूरी तरह से मानसिक रूप से तैयार कर लिया कि अब चाहे जो होना हो सो हो, वह तो अब केवल और केवल श्रीहरि को ही भजेंगी।

इधर मीराँबाई सा को उनके कक्ष में ललिता के साथ छोड़कर सुकन्या भागी-भागी उधर गयी जिधर उसका पति चन्दन सिंह शोकाकुल पुरुष समाज में महाराणा सांगा सा के निकट खड़ा था। एक अन्य सेवक उसे उधर से आता दिखा। सुकन्या ने कहा कि वह शीघ्रता से चन्दन सिंह को इस तरफ भेज दे।

चन्दन सिंह सुकन्या के पास आया। सुकन्या ने उसे अलग से जाकर शीघ्रता से भीतर रनिवास में चल रहे प्रपंच के बारे में बताया कि किस तरह महारानी सोलंकिनी और ऊदाँबाई इत्यादि कुल की पुत्रवधू मीराँबाई सा को अपने पति की

चिता के साथ सती हो जाने के लिए उकसा रही हैं। चन्दन सिंह ने विस्फारित नेत्रों से पत्नी की ओर देखकर पूछा—

"फिर?"

सुकन्या ने कहा—"फिर क्या...मीराँबाई सा ने कतई मना कर दिया है और वह अपने शयन-कक्ष में चली गयी हैं...अपने मुरलीमनोहर से अपना दुःख-दर्द कहने..."

"तो मेरे को काहे बुलाया?"

"इसलिए कि मुझे भय लग रहा है...कहीं ये घर की औरतें मिलकर मीराँबाई सा को सती करने का कोई और खुड़पेंची जतन न कर दें। तुम तो जानते ही होगे कि इस दुनिया में औरत ही औरत की सबसे बड़ी दुश्मन होवे है। अगर कोई नार किसी दूजी पर एक बार सनक गयी तो समझो कि दूजी नार को रसातल तक ले जाने में भी गम नहीं करती।"

"बस-बस समझ गया...अब तू जा। मैं महाराणा सा के पास जाता हूँ। एकलिंग नाथ की दुहाई। देखता हूँ कि कुछ गड़बड़ न हो।"

यह कहकर चन्दन सिंह भागा-भागा फिर से उलटी दिशा में लौट गया। वह शोक-स्थल पर पहुँचकर थम गया। फिर भीड़ के मध्य मार्ग खोजकर धीरे-धीरे महाराणा सांगा के निकट पहुँचा।

सान्त्वना देनेवालों का ताँता लगा हुआ था। कुछ दूरी पर भूमि पर फूलों से ढका कुँवर भोजराज का शव चिरविश्राम की मुद्रा में पड़ा था। उसके निकट से गुजरनेवाले निरन्तर फूलों की पंखुड़ियाँ बिखेरते और प्रणाम करते महाराणा के सामने से चुपचाप गुजर रहे थे। महाराणा एक काष्ठ की चौकी पर सिर झुकाये बैठे थे। उनके सारे अश्रु नेत्रों में सूख चुके थे। हृदय भारी था और जिह्वा ख़ामोश। चन्दन सिंह ने अवसर देखकर महाराणा के कान में कुछ कहा।

महाराणा ने सिर उठाकर चन्दन सिंह की ओर देखा। उनके माथे पर त्योरियों के कुछ बल चढ़े। वे उठ खड़े हुए। फिर उन्होंने अपने पास खड़े अपने द्वितीय पुत्र कुँवर रत्न सिंह को अपने स्थान पर उस चौकी पर बैठाया और कहा—"तुम यहाँ अब मेरी तरफ़ से देखो। मैं अभी आता हूँ।"

कहकर महाराणा सांगा चन्दन सिंह के साथ भीतर रनिवास की ओर चल दिये। उनके उठकर चलते ही उनके चार अंगरक्षक भी उनके चारों ओर ढाल बनकर साथ में चल पड़े।

रनिवास के महलों में महाराणा के पधारने पर हलचल मच गयी। जो जहाँ पर था आदर से एक पग पीछे हटकर खड़ा हो गया। दासियों ने शोकाकुल स्त्री-समूह के समक्ष सूचना दी—"महाराणा सा पधार रहे हैं।" सारी बाहर से आयी स्त्रियाँ सिर ढककर उठ खड़ी हुईं और उस बड़े-से केन्द्रीय कक्ष में एक ओर छुई-मुई-सी दीवार

की ओर सिमट गयीं। महारानी सोलंकिनी जी, रानी कर्मावती, राजकुँवरि ऊदाँबाई आदि कुछ राजकुल की स्त्रियों ने भीतर प्रवेश करते महाराणा सांगा महाराज का स्वागत किया। चन्दन सिंह और महाराणा के सभी अंगरक्षक बाहर ड्योढ़ी पर रुक गये।

"यह मैं क्या सुन रहा हूँ?"—महाराणा की त्योरियाँ चढ़ी हुई थीं। वह कहने लगे—

"बीनड़ी मीराँ को सती होने को क्यों कहा जा रहा है? किससे पूछकर?"

पटरानी सोलंकिनी जी महाराणा के क्रोध को जानती थीं। जब वे क्रोध में होते तो उत्तर में एक शब्द भी सुनना पसन्द नहीं करते थे। बाद में उनसे चाहे जो कह-सुन लो। पुत्री ऊदाँ को तो जैसे साँप सूँघ गया। वैसे महलभर में वह सारा दिन चाहे जितना इतरा ले पिता के प्रतापी व्यक्तित्व और उनके अहसानों के समक्ष वह इतनी दबी रहती थी कि उनके सामने उससे कुछ कहते न बनता। पुत्री जब तक कुँवारी रहती है पिता की दुलारी रहती है। परन्तु विवाह के उपरान्त वह चाहे जितनी दुलारी बिटिया हो सामाजिक दृष्टि से परायी ही जाती है। उस पर यदि कुयोग से पुनः अपने पिता के घर आकर आश्रय लेना पड़े तो उसकी स्थिति और भी शोचनीय हो जाती है। ऊदाँबाई इसे भलीभाँति समझती थी।

और क्यों न समझती? धूमधाम से पूर्ण राजसी वैभव से उसका विवाह ईडर के राठौड़ रायमल से हुआ था। राजपूत राजाओं के परस्पर वैमनस्य और सत्ता-लिप्सा के चलते ऊदाँ का पति रायमल भी संकटग्रस्त हुआ। रायमल को उसके काका भीमा जी ने ईडर राज्य की गद्दी से उतार दिया। तब वह अपनी प्राणरक्षा के निमित्त अपने श्वसुर महाराणा संग्राम सिंह जी के पास पत्नी ऊदाँबाई के साथ आकर रहने लगा। मीराँबाई जब कुँवर भोजराज से ब्याहकर सन् 1516 में मेड़ता से चित्तौड़गढ़ आयीं तो पहले से पिता के घर निवास कर रही ननद ऊदाँबाई ने भी महल की अन्य स्त्रियों के साथ नवविवाहित जोड़े की आरती उतारी थी।

भाभी मीराँ के साथ प्रारम्भ में ऊदाँ के सम्बन्ध बहुत मधुर रहे। परन्तु शीघ्र ही मीराँ के अतिशय भक्तिमय स्वरूप को देखकर सांसारिक प्रकृति की ऊदाँ मीराँ से मतभेद रखने लगी और धीरे-धीरे परोक्ष प्रताड़ना में उसने महारानी सोलंकिनी जी, रानी कर्मावती और महल की कुछ दूसरी स्त्रियों के कान मीराँ के खिलाफ़ भरने शुरू कर दिये। परन्तु ऊदाँ चालाक भी बहुत थी। राजकाज की ऊँच-नीच को समझती थी। वह जानती थी कि महाराणा सांगा मीराँ के प्रति बहू से अधिक पुत्री का भाव रखते हैं। वैसे भी रिश्ते में वह मीराँ के ताऊ सा राव बीरमदेव जी के साले लगते थे। उनकी बहन गोरज्या देवी वीरमदेव को व्याही थी अब मीराँ के पुत्रवधू बन जाने से मेड़ता और मेवाड़ राजघरानों के मध्य दोहरा सम्बन्ध हो चला था। ऊदाँ स्त्री-समाज

में भाभी मीराँ के विरुद्ध चाहे कुछ भी कहे, परन्तु अपने पिता अथवा दूसरे पुरुषों के समक्ष भी ऐसी-वैसी चर्चा भूल से न करती थी।

अचानक पधारे महाराणा सांगा के समक्ष ऊदाँबाई के मुख में ताले पड़ गये। महारानी सोलंकिनी जी से भी कुछ बोलते नहीं बन रहा था। एक छोटी रानी कर्मावती ही ऐसी थी जिन पर महाराणा जी की आसक्ति सर्वाधिक थी। वे ही कुछ कह सकती थीं।

"बोलिये। उत्तर दीजिये। सब-की-सब चुप क्यों हैं?"

तब हाड़ी रानी कर्मावती ने कहा–

"मीराँ से किसी ने सती होने को नहीं कहा। युवराज कुँवर के इस प्रकार से चले जाने से हम सभी जनीं सदमे में हैं...किसी ने कोई बात कह दी होगी और स्वेच्छा से सती हो जानेवाली कुछ कुल ललनाओं की थोड़ी बातचीत चल पड़ी थी। मीराँ कहने लगी कि..."

"क्या कहने लगी?" महाराणा ने उत्तेजना में बात काटी और कहा–"आप समझती हैं कि इन बातों के बाद हम अपने बहनोई राव बीरमदेव जी और अपने समधी रतन सिंह जी को आखिर क्या मुख दिखायेंगे? आनेवाले हैं कुछ ही घड़ी में वे लोग...मीराँ के कुछ कहने-न-कहने से क्या होता है? आप लोगों ने ऐसी बात छेड़ी भी कैसे?" महाराणा का स्वर और भी ऊँचा हो गया।

इस पर महारानी सोलंकिनी जी ने इतना ही कहा–"शान्त हो जाइये। आप चाहें तो मीराँ से इस सम्बन्ध में स्वयं भी पूछ लीजिये।"

इस पर महाराणा सांगा को अहसास हुआ कि उस विशाल कक्ष में पारिवारिक स्त्रियों के अलावा और बहुत-सी बाहर की स्त्रियाँ भी मौजूद हैं। इस अन्तर्कलह की बात अन्त्येष्टि से पूर्व यदि बाहर फैल गयी तो भाँति-भाँति की चर्चाएँ मेवाड़ में फैल जायेंगी। अनावश्यक रूप से समाज में वितण्डावाद उत्पन्न हो जायेगा। चित्तौड़गढ़ में पाटवी राजकुँवर के अन्तिम संस्कार की गरिमा भी इससे प्रभावित होगी। महाराणा चुप हो गये। फिर महाराणा के इशारे पर सोलंकिनी जी, कर्मावती और ऊदाँबाई उनके पीछे-पीछे मीराँ के निवास-स्थल की ओर बढ़ चले।

मीराँ के कक्ष तक पहुँचते-पहुँचते उन्हें मीराँ के भजन की एक पंक्ति बार-बार आवृत्ति करती सुनायी देने लगी–

"मेरे तो गिरधर गोपाल दूसरा न कोई...
जाके शिर मोर मुकुट मेरे पति वोई...।"

महाराणा के मन में संशय जागा। इन पंक्तियों का क्या अर्थ हुआ? मोर मुकुट-धारी श्रीकृष्ण को अपना वास्तविक पति माने बैठी मीराँ आखिर क्या चाहती है? जीवन? अथवा जीवन से मुक्ति? मृत्यु? अथवा जीते जी इस लौकिक संसार से मुक्ति?

अब वे पुत्री मीराँ से क्या कहें? जो पति की नाशवान् काया से मुख फेरकर अविनाशी ब्रह्मस्वरूप कृष्ण में लौ लगाये इस तरह गाते-नाचते आत्मविभोर हो चुकी है। महाराणा सांगा ठिठक गये। वह मीराँ को उसकी उस तन्मयता से छुड़ाकर बाहर नहीं लाना चाहते थे। मीराँ के कक्ष के बाहर खड़ी दो दासियों ने उन्हें प्रणाम किया। वे भागकर भीतर जाने को हुईं कि महाराणा ने कहा—"ठहरो।" और हाथ के संकेत से उन्हें भीतर जाने से रोका। फिर पलटकर उन्होंने पुत्री ऊदाँ से घूरकर कहा—

"सच-सच बता...क्या कहा था बीनड़ी ने?"

ऊदाँबाई सहम गयी। पिता से बोली—

"भाभी सा ने इन्कार कर दिया था सती होने से। कहा था कि इस प्रथा में उन्हें कोई विश्वास नहीं।"

उधर मीराँ गाते-गाते चुप हो गयी थीं। अब इसे संयोग कहें या उसका दिग्दिगन्त को सम्बोधन, मीराँ पुनः एक पद गाने लगीं—

गिरधर गास्यां सती न होस्यां, मन मोह्यो घननामी।
जेठ बहु नातो नहीं राणा जी, म्हैं सेवग थे स्वामी।।...

मीराँ के मधुर कण्ठ से निकली यह पीर-भरी आवाज़ महाराणा सांगा के कलेजे तक को चीरती चली गयी। मीराँ, उनकी विधवा पुत्रवधू, जिस शील को अपना व्रत और शृंगार बताकर यह आत्मनिवेदन कर रही थी वह अत्यन्त मार्मिक था। महाराणा नहीं जानते थे कि उनकी पुत्री सम यह वधू, जिसकी आयु अभी मात्र बीस वर्ष की थी इतनी अल्पायु में ऐसा वज्रपात सहकर भी कैसे इतनी मन और आचरण से स्थिर थी और इतने ज्ञान-विवेक की बातें कर रही थी। सांसारिकता को धता बताकर ही तो वह कह रही थी कि हे राणा जी! अब मेरा आपसे 'ज्येष्ठ बहु' का नाता नहीं है। मुझे आप अपना 'एक सेवक' और स्वयं को 'स्वामी' जानिये। अर्थात् मुझ पर वैसी कृपा करिये जैसी एक सेवक पर उसका स्वामी करता है।

महाराणा भावुकता के सागर में डूब-से गये। मीराँ कह रही थीं कि—

चोरी करां न जीव सतावां, काईं करसी म्हारो कोई।
हस्ती चढ़ि गधे नहिं चढ़स्यां, या तो बात न होई।...

यह मीराँ अपने गायन में स्पष्ट कह रही थीं कि मैं न चोरी करती हूँ न किसी जीव को सताती हूँ। अतः मैं निश्चिन्त हूँ कि मेरा कोई क्या बुरा करेगा। यह भी भला कोई बात हुई कि हाथी पर बैठकर फिर कोई गधे की सवारी करे...महाराणा सांगा समझ गये कि मीराँ सती होने जैसे सांसारिक ढकोसलों में विश्वास नहीं रखती। मीराँ आध्यात्मिकता के उस उच्च धरातल पर विद्यमान है जहाँ उसने गिरधरगोपाल को साक्षात् ईश्वर को ही अपना पति, अपना स्वामी और अपना सर्वस्व स्वीकार लिया है। उसके लिए अब सब-कुछ कृष्णमय है। दीन-दुनिया, राज-काज, समाज, नाते सभी-कुछ उसके लिए तुच्छ हैं। मीराँ के ऐसे उच्चकोटि के विचार

सांगा-जैसे विशाल हृदय के महामानव ही समझ सकते थे। साधारण नर-नारी भला मीराँ को क्या जानें?

"सुन लिया?...बस तो फिर कान खोलकर सुन लो तुम सब...मीराँ सती नहीं होगी। उसे इस विषय में कोई-कुछ नहीं कहेगा।"—महाराणा ने उच्च स्वर में अपना निर्णय सुना दिया।

मीराँ की सासों और ननद ने सुना। मीराँ की दासियों ने सुना। उस उद्यान में बसनेवाले पशु-पक्षियों ने सुना। राजमहल की दीवारों ने सुना। सम्पूर्ण चित्तौड़गढ़ पर पसरे हुए नीले आकाश ने सुना।

सम्पूर्ण धरती-आकाश-वायु-वृक्ष-वनस्पति और चराचर जगत् के जीव जहाँ तक मीराँ की आवाज़ पहुँचती थी, जो बहुत देर से उसके गिरधरगोपाल से दाम्पत्य की दुहाई के साथ-साथ उसी के श्रीमुख से यह भी सुन रहे थे कि—

अब तो बात फैल गयी जानत सब कोई...
मीराँ हरि लगन लागी होनी हो सो होई...

सभी ने राणा सांगा की उस ललकार को सुना।

उस दिन महाराणा संग्राम सिंह मीराँ की चारित्रिक दृढ़ता और उसके उस मुखर संकल्प को उसके गायन के रूप में सुनकर काफी-कुछ निश्चिन्त हुए। उन्होंने मीराँ को उसकी अपनी इच्छानुसार आगे का जीवन जीने देने का कड़ा फैसला ले लिया। यहीं नहीं, उन्होंने मीराँ के विचारों का मन-ही-मन समर्थन भी किया यह सोचकर कि इस पतिविहीना लड़की के सम्मुख अभी एक पहाड़-जैसी ज़िन्दगी पड़ी है। आज भोजराज होता तो उन्हें कोई फ़िकर न होती। पर इस रूढ़िग्रस्त समाज और इन सीमित सोच की स्त्रियों की कृपा पर यदि इसे छोड़ा गया तो न जाने इसका क्या हो? बात मेड़ता तक पहुँचे और उन राठौड़ों से भी हम सिसोदियों के सम्बन्ध नाहक खराब हों। यही सब सोचकर सांगा ने मेड़तणीं मीराँ बहू के लिए लाखों की वार्षिक आमदनीवाली 'पुर' तथा 'मांडल' की जागीरें उसके नाम लिख दीं। सच ही तो है कि बिना आर्थिक स्वतन्त्रता के स्त्री की क्या स्वतन्त्रता?

अपनी जागीर की आमदनी से मीराँ ने अपने स्वर्गवासी पति भोजराज की आत्मा की सद्‌गति के निमित्त मुरलीधर का एक छोटा-सा मन्दिर चित्तौड़गढ़ के भीतर ही बनवाया। उस मन्दिर का पुजारी उन्होंने पण्डित गजाधर को नियुक्त किया और उन्हें 2000 बीघा भूमि दान में दी। पण्डित गजाधर मीराँ के शिक्षा गुरु थे जिन्हें वह अपने विवाह के उपरान्त आग्रहपूर्वक अपने ससुराल चित्तौड़ साथ में लेकर आयी थीं इस अनुरोध के साथ कि आप मेरे परमपूज्य शिक्षक, मार्गदर्शक एवं संरक्षक हैं आपके विशद अध्ययन का प्रसाद अभी भी आपकी शिष्य मीराँ को चाहिए। मीराँ गजाधर पण्डित जी का प्रवचन अब भी जब-तब सुनती थीं।

रत्न सिंह को यह भी याद आया कि भइया भोजराज की अन्त्येष्टि के बाद महाराणा संग्राम सिंह पुत्र-शोक में एकान्त में बैठे थे। उन्होंने किसी को भी उनसे मिलने-जुलने देने से मना कर रखा था। दास-दासियों की हिम्मत नहीं थी जो उनके कक्ष में प्रवेश कर पातीं। भूखे-प्यासे महाराणा की सुधि लेने को महारानी सोलंकिनी जी कलेजे पर पत्थर रखे स्वयं उनके कक्ष में जलपात्र और केसरयुक्त दुग्ध लेकर एक बार जाकर लौट चुकी थीं। महाराणा ने जल ग्रहण कर लिया था किन्तु दुग्ध पात्र वैसे-का-वैसा लौटा दिया था। उन्होंने सोलंकिनी जी से कहा था कि उन्हें अकेला छोड़ दिया जाये। उस एकान्त में पत्नी ने पति को समझाने के लिए दो-चार शब्द कहे परन्तु महाराणा कुछ न बोले।

सांगा ने फिर एक लम्बी ख़ामोशी के बाद एक ओर अपराधिनी-सी खड़ी महारानी को, जिनकी जिह्वा पर ताले पड़ चुके थे, अपने एक हाथ के इशारे से और सिर हिलाकर मनुहार की मुद्रा में बाहर जाने का आग्रह किया।

सोलंकिनी जी सजल नेत्रों से खून के आँसू पीती राजकक्ष से बाहर आ गयीं। कुछ देर बाद उन्होंने युवराज रत्न सिंह को बुलवा भेजा। रत्न सिंह से महारानी ने कहा—"अब हम सब तो हार चुकी हैं। तेरे बाबो सा अपने कक्ष में अकेले बैठे हैं रूठे हुए। सुबह से न कुछ खाया है न पिया है...जा बेटा! अब तू ही उन्हें सँभाल सकता है। और किसी की तो पहुँच है नहीं उन तक। उनकी कठोर आज्ञा के आगे।"

रत्न सिंह पिता सांगा के पास गये। अकेले। माँ का दिया कुछ खाने-पीने का सामान और वैद्य जी की दी हुई तनाव-मोचन की ओषधि की एक छोटी-सी डिब्बी एक थाल में लेकर वह पिता के पास गये। एक सेवक भी उनके साथ राजकक्ष तक गया। वह सेवक सारी सामग्री कक्ष में एक तरफ तिपाई पर रखकर चुपचाप वापस निकल गया।

रत्न सिंह चुपचाप पिता के समक्ष खड़े हो गये।

महाराणा ने शय्या से लेटे-लेटे पुत्र से कहा—"बैठो रत्न।..."

रत्न सिंह पिता के पैताने बैठ गये। ऊँचे गाव तकिये पर अधलेटे महाराणा ने कहा—"भोजराज के जाने से जो शून्य उत्पन्न हो गया है अब उसे तुम्हें ही भरना है।"

"कैसी बात करते हैं बाबो सा!...आपके रहते क्या कभी हमारे जीवन में शून्य हो सकता है?"—रत्न सिंह ने पिता से कहा—"यह मैं मानता हूँ कि बड़े भइया का यूँ असमय हमें छोड़कर चला जाना हम सबके लिए एक बहुत बड़ा वज्रपात है। परन्तु हम सब जानते थे उनकी उस लम्बी और असाध्य रोग से जूझती देह को एक दिन उस कठिन पीड़ा से मुक्ति मिलनी ही थी। काल के आगे किसका वश चलता है आखिर?...पर मेवाड़ की कीर्त्ति तो आज आपसे है...आपका इस तरह अवसादग्रस्त होना...देखें तो अब हमें और अधिक कमजोर बना रहा है।"

"मैं अवसादग्रस्त नहीं हूँ पुत्र!...न—न। मैं तो कुल-कलह के हमारे पूर्व के अनेक कटु अनुभवों से चिन्तित हूँ। राजकुँवर भोजराज जब तक जीवित थे मैं काफी हद तक निश्चिन्त था। जो हुआ सो हुआ। अतीत में...मेवाड़ ने चाहे जितना काले और अन्धकारमय दिन देखे हों आन्तरिक कलहों और सत्ता-मोह में हुए रक्त सम्बन्धों के पतन और नीचताओं के...किन्तु मेवाड़ के गौरवशाली इतिहास और इस राजपूताने की उच्चतम परम्पराओं के उजले दिनों की भी कोई कमी नहीं है...और मैंने अपने जीवन में कालिमा की जगह हमेशा लालिमा को ही प्रमुखता दी है...तुम सभी भाइयों में अपने पुरखों के जो-जो उच्च आदर्श हैं, उन्हीं पर आधारित संस्कारों को मैंने तुममें रोपने का प्रयत्न किया है...अन्यथा राज-परिवारों में सत्ता के लिए होनेवाले कुचक्रों और उसमें हमारे सामन्तों की भी प्रत्यक्ष अथवा परोक्ष भागीदारी कैसे-कैसे गुल खिलाती है उसे ध्यान में रखने पर मन सिहर उठता है...वह मन जो शत्रुओं पर शस्त्रों का निर्मम प्रहार करते अथवा स्वयं पर उन्हें सहते कभी विचलित नहीं होता...अपनों की कालसर्प-सी महत्त्वाकांक्षाओं के सिर उठाने पर टूक-टूक होने लगता है। इस अभिशाप को अपने पूर्वजों को सहते देखा है मैंने...और बहुत-कुछ स्वयं भी सहा है..."

कहते-कहते महाराणा सांगा एकाएक चुप हो गये। मौके की नज़ाकत को समझते हुए रत्न सिंह ने पिता को शान्त कराने हेतु उन्हें वैद्य जी की ओषधि देना और उससे भी पहले उन्हें कुछ जलपान करा देना आवश्यक समझा और इस हेतु वे पिता के समक्ष आग्रहपूर्वक चेष्टारत हो गये।

थोड़ी ना-नुकुर के पश्चात् महाराणा संग्राम सिंह ने पुत्र के आग्रह को स्वीकार कर लिया। उन्होंने थोड़ा जलपान ग्रहण किया। फिर रत्न सिंह के हाथ से ओषधि लेकर खायी। जलपात्र से पुनः थोड़ा जल लेकर विश्राम किया।

महाशोक की स्थिति में सर्वोत्तम होता है कि या तो हम वर्तमान के अपने दायित्वों में स्वयं को व्यस्त कर दें और धीरे-धीरे इस कष्टप्रद मनःस्थिति से स्वयं को बाहर खींचने में लगें। अन्यथा दूसरा उपाय यह है कि हम अपने अतीत के कुहासे में छिपे तमाम जीवनानुभवों को जिन्हें हम जानते हैं अथवा जो विभिन्न स्रोतों से संचित हो हम तक पहुँचते हैं उन्हें खँगालें और उनके आलोक में हम अपने भविष्य का मार्ग निर्धारित करें।

महाराणा सांगा की आशा का केन्द्र कुँवर भोजराज, मेडतणीं मीराँ का सुहाग, मेवाड़ का उदीयमान सूर्य असमय ही अस्ताचल में डूब चुका था। अब आशा की किरण-जैसा दूसरा राजपुत्र रत्न सिंह सांगा की आँखों के सामने था। बाह्य शत्रुओं

से घिरे मेवाड़ की सुरक्षा के लिए महाराणा स्वयं को पर्याप्त सक्षम मानते थे परन्तु गृहकलह की सम्भावनाओं अथवा आशंकाओं को वह अपने कठिनाई से अर्जित आत्मगौरव और मेवाड़ महाराज्य के लिए सबसे बड़ी चुनौती मानते थे। उनका अवचेतन इस समस्या के प्रति हमेशा सजग रहता था। एकाधिक पत्नियाँ और उनसे उत्पन्न बड़ी संख्या में पुत्र राजसत्ता की स्पर्द्धा में सुदीर्घकाल से चिन्ताकारक रहे हैं। इसे लेकर सांगा भी कोई कम बेचैन आत्मा न थे। क्योंकि ऐसे दाम्पत्य बन्धन चाहे राजनीतिक कारणों से होते हों, चाहे व्यक्तिगत सौन्दर्यलिप्सा अथवा कामेच्छा की पूर्ति के निमित्त, महाराणा सांगा भी इसके अपवाद न थे। उन्होंने भी 28 विवाह किये थे और विभिन्न पत्नियों से उनके सात पुत्र थे। सम्पत्ति के अधिकार अथवा उत्तराधिकार की स्पर्द्धा को लेकर कब-क्या-कहाँ-कोई नया संकट खड़ा हो जाये इसे राजमहलों का कोई भी छोटा-बड़ा निवासी निश्चय से नहीं कह सकता था।

बहरहाल सांगा इस समय अपने युवराज सरीखे पुत्र से, जिसकी औपचारिक घोषणा अभी नहीं हुई थी, बहुत शान्त भाव से कह रहे थे—"बेटा रत्न सिंह!...यह बातें कभी मैंने तुम्हारे बड़े भाई भोजराज से कही थीं। आज तुमसे कहता हूँ। ध्यान से सुनना। क्यों कह रहा हूँ? ताकि तुम समझ सको कि हमारे पुरखों ने क्या गलतियाँ कीं जिनसे हमें किस प्रकार से बचना है...क्योंकि हमारे अच्छे कर्म हमारी मृत्यु के बाद हमारे साथ जाते हैं और उनकी सुगन्धित कीर्त्ति इस धरा पर रह जाती है और हमारे पाप कर्म भी हमारे साथ परलोक जाते हैं और उनकी दुर्गन्ध भी इहलोक में व्याप्त हो जाती है...मैं समझता हूँ कि तुम मेरी बातों का सार ग्रहण करोगे और थोथा जो कुछ भी होगा उसे सूप की भाँति उड़ा दोगे।..."

रत्न सिंह ने कहा—"आप निश्चिन्त रहें बाबो सा। मैं अपनी अल्पबुद्धि से जितना समझ सकूँगा अवश्य पाने की कोशिश करूँगा। आपका एक-एक शब्द इस समय मेरे लिये ब्रह्मवाक्य है।"

इसके पश्चात् मेवाड़ के अधिपति सांगा ने जो कुछ कहा वह इस प्रकार था—

"मेवाड़ की राजधानी यह चित्तौड़ का दुर्ग अपने सीने में अनेक रहस्यों और कहानियों को छिपाये है। उनमें से एक कथा है रानी पद्मिनी के अप्रतिम सौन्दर्य और उसके कारण दिल्ली के सुल्तान अलाउद्दीन खिलजी के चित्तौड़गढ़ पर किये गये सर्वविनाशक आक्रमण की।"

"चित्तौड़ के किले में उन दिनों रावल रत्नसेन का राज था। उनकी रानी पद्मिनी अत्यन्त रूपवती थी। इतनी रूपवती कि उसकी ख्याति पूरे राजपूताने में कानोंकान हर किसी तक पहुँची हुई थी। वही ख्याति किसी घर के भेदी दुश्मन ने एक दिन दिल्ली सल्तनत के शक्तिशाली सुल्तान अलाउद्दीन ख़िल्जी के कानों तक पहुँचा दी। फिर एक दिन मेवाड़ राज्य की धन-सम्पदा को लूटने और रानी पद्मिनी को हासिल करने के लिए अलाउद्दीन ने अपनी शक्तिशाली सेना के साथ दिल्ली से

आकर चित्तौड़गढ़ को घेर लिया। कई दिन घेरा पड़ा रहा। परन्तु रत्नसेन ने अलाउद्दीन के समक्ष समर्पण नहीं किया।

''कहते हैं कि आखिरकार हार-थककर दिल्ली के सुल्तान को अपनी राजधानी वापस लौटना पड़ा। परन्तु चित्तौड़ विजय न कर पाने की टीस उसके मन में बनी रही। अलाउद्दीन ने फिर चित्तौड़गढ़ को जीतने और पद्मिनी को अपहृत करने के लिए चित्तौड़ पर दूसरी बार चढ़ाई की। पहले से कहीं विशाल सेना लेकर इस बार उसने आक्रमण किया। चित्तौड़गढ़ का इस बार का घेरा बहुत सख्त था जो कि कई महीने चला। क्योंकि अलाउद्दीन इस बार काफी रसद और साजो-सामान लेकर तैयारी के साथ आया था।

सुल्तान अलाउद्दीन पद्मिनी की एक झलक देखने को बेताब था। अव्वल तो वह उसे पाना ही चाहता था। परन्तु अगर ऐसा सम्भव न हो तो वह उसके रूप को कम-से-कम एक बार निहारकर स्वयं को सन्तुष्ट अवश्य करना चाहता था।...रावल रत्नसेन तक ऐसे समाचार इस बन्द दुर्ग की मजबूत दीवारों से छन-छनकर किसी तरह भीतर पहुँच रहे थे। मालगुजारी की लेन-देन सम्बन्धी सन्धि के भी प्रस्ताव शत्रु पक्ष की ओर से आ रहे थे। रत्नसेन किन्तु झुकने को तैयार न थे।

''आखिरकार एक दिन अलाउद्दीन का विशेष दूत घोड़े पर सवार होकर सफेद झण्डा उठाये चित्तौड़गढ़ के मुख्य द्वार पर आया। दूत ने भीतर कहलवाया कि वह सुल्तान का खास सन्देशा लेकर आया है। खबर रत्नसेन तक भेजी गयी। रत्नसेन की आज्ञा मिलने पर गढ़ का फाटक खोला गया। दूत ने घोड़े सहित प्रवेश किया। राजपूत सिपाहियों का दल रत्नसेन के पास उस सन्देशवाहक को लेकर पहुँचा। उसने रावल को बताया कि उसके आला हुजूर सुल्तान अलाउद्दीन रानी साहिबा पद्मावती का बस एक बार दीदार करना चाहते हैं। बस इतनी-सी फ़र्माइश कबूल कर ली जाये। उसके बाद दिल्ली की फ़ौज बिना किसी लड़ाई के उलटे पाँव दिल्ली लौट जायेगी।

''विचित्र प्रस्ताव था यह। साथ ही अपमानजनक भी और बहू-बेटियों की मर्यादा और राजपूती उसूलों के पूरी तरह ख़िलाफ भी। अपनी धर्मपत्नी का मुख एक पर पुरुष को इस तरह दिखाना। वह भी एक विधर्मी और शत्रु को? रावल रत्नसेन खून का घूँट पीकर रह गये। इससे पहले कि वह सुल्तान के दूत से इन्कार करते उनके कूटनीतिज्ञ कुछ दरबारियों ने अलग ले जाकर रत्नसेन को समझाया कि एक शर्त पर सुल्तान को पद्मावती रानी का दर्शन कराया जा सकता है, वह भी दूर से, कि वह गढ़ में अकेला आये और वह भी निःशस्त्र।

''हमारे भाट और चारणों के गायन पर विश्वास करें तो वे कहते हैं कि अलाउद्दीन ने यह शर्त मान ली। अपने चुनिन्दा अंगरक्षकों से घिरा हुआ अलाउद्दीन चित्तौड़ के किले में आया। दुर्गरक्षकों की भारी सुरक्षा-व्यवस्था के बीच

ये लोग किले के भीतर पद्मिनी-महल तक लाये गये। पाद्मना-महल के द्वार से काफी पहले ही सुल्तान अलाउद्दीन के अंगरक्षकों को एक जगह आँख पर काली पट्टी बाँधकर पद्मिनी-महल में ले जाया गया।

"रानी पद्मिनी को उसके एक विशिष्ट जल-महल में रखा गया। यह जल-महल एक बावड़ी के बीचोंबीच स्थित है। वहाँ तक नाव के माध्यम से ही पहुँचा जा सकता है। तुम्हें मालूम ही है कि उद्यानों से बीच होता हुआ एक कक्ष ऐसा है जिसके एक झरोखे से वह जल-महल दिखता है। उसी खास कमरे में आँख पर पट्टी बाँधे सुल्तान अलाउद्दीन को लाया गया। कमरे के भीतर और बाहर सशस्त्र राजपूत सैनिक पहरा दे रहे थे। रावल रत्नसेन उस सिरफिरे सुल्तान के साथ-साथ चल रहे थे। कमरे के बीचोंबीच लाकर रत्नसेन के आदमियों ने सुल्तान की आँखों की पट्टी खोली।

"फिर एक दर्पण के माध्यम से झरोखे के पार जल-महल की सीढ़ियों पर बैठी रानी पद्मिनी का बावड़ी की स्वच्छ जलराशि में हिलता-उतराता चेहरा अर्थात् उसका प्रतिबिम्ब दूर से सुल्तान को दिखाया गया। उस अनिन्द्य सौन्दर्य को देखकर उस सिरफिरे सुल्तान की तो आँखे चौंधिया गयीं। तत्काल पुनः आँखों पर पट्टी बाँधकर उस कम्बख़्त को पद्मिनी-महल से बाहर ले जाया गया।

"यवन अंगरक्षकों को पहले ही किले के फाटक से बाहर कर दिया गया था। सुल्तान अलाउद्दीन को रावल रत्नसेन स्वयं अतिथि को बाहर तक छोड़ने की औपचारिकतावश चित्तौड़गढ़ के मुख्यद्वार तक गये। बस यहीं उनसे भारी गलती हो गयी।

"उन्होंने आते-जाते शत्रु के साथ अतिथि धर्म का पूरा पालन किया। परन्तु सुल्तान ने किले से बाहर आये रावल रत्नसेन को धोखे से बन्दी बना लिया। सुल्तान के सैनिक तब बलपूर्वक उन्हें अपने साथ यवन छावनी में ले गये।

"यह सुनते ही सम्पूर्ण चित्तौड़गढ़ में कोहराम मच गया। बाहर शत्रुओं की विशाल सेना छावनी डाले पड़ी थी। उसका घेरा बहुत सख्त था। शत्रु अत्यन्त दुर्दान्त था। जबकि उसके मुकाबले में चित्तौड़गढ़ के भीतर सैन्यबल अत्यन्त सीमित था। यदि राजपूत अपने राजा को उसी समय छुड़ाने निकलते तो किले के भीतर प्रजा, जिसमें राजकुल की महिलाओं से लेकर साधारण प्रजाजन के सभी स्त्री-पुरुष, बच्चों और बूढ़ों की जान-माल इज्जत-आबरू खतरे में पड़ जाती और ऐसे में भी यदि न निकलें तो मेवाड़ का गौरव और उसके राजा की जान ही संकट में आ पड़ी थी।

"बात रानी पद्मिनी तक पहुँची। बताते हैं कि रानी जितनी रूपवती थी उतनी ही बुद्धिमती भी। पद्मिनी को सुल्तान का चुनौती-भरा सन्देश मिला कि या तो वह चुपचाप सुल्तान के पास चली आये या फिर रत्नसेन को मृत्युदण्ड दे दिया जायेगा। निर्णय के लिए रानी को चौबीस घण्टे का समय दिया गया। इस पर रानी ने कुछ

विश्वासपात्र सामन्तों और रावल के सेनानायकों गोरा तथा बादल से एकान्त में मन्त्रणा की और दूत से कहलाया कि—उसे अपने पति की प्राण-रक्षा हेतु सुल्तान का प्रस्ताव मंजूर है और वह सुल्तान के समक्ष आत्मसमर्पण करने को राजी है। मगर उसकी दो शर्तें हैं—पहली यह कि रानी अकेली नहीं आयेगी बल्कि वह अपनी 800 दासियों को भी लायेगी। दूसरी यह कि वह अपने पति से एकान्त में एक घण्टा भेंट करना चाहेगी। उसके बाद ही वह सुल्तान को अपने-आपको सौंपेगी।

''सुल्तान ने सोचा कि वह तो चकोर की मानिन्द एक चकोरी की चाहत लिये था। यहाँ तो पूरा चिड़ियों का झुण्ड ही बिना कुछ किये-धरे हाथ लग रहा है। उसने फौरन हाँ कर दी। वीरों के वीर लड़ाके गोरा और बादल सहित स्त्री वेश में आठ सौ जियाले राजपूत डोलियों में बैठकर अपने अस्त्र-शस्त्र छिपाये चित्तौड़गढ़ से बाहर आये? डोलियाँ अलाउद्दीन के सैनिकों की कड़ी सुरक्षा-व्यवस्था में उसकी छावनी में ले जायी गयीं। प्रधान राजसी डोली को उस खेमे में ले जाया गया जहाँ रावल रत्नसेन को कैद में रखा गया था। गोरा और बादल ने राजसी डोली में से उतरकर झटपट रत्नसेन के बन्धन काट दिये और उन्हें बताया कि किले के भीतर सारी राजपूत स्त्रियाँ जौहर कर रही हैं। अब साके का समय आ गया है। रत्न!...तुम जानते ही हो कि जब कोई उपाय नहीं बचता है तब आत्मस्वाभिमान की रक्षा हेतु लड़ते-लड़ते प्राणोत्सर्ग कर देने के अन्तिम प्रयत्न को हम राजपूत पुरुष 'साके' की संज्ञा देते हैं।

''उधर चित्तौड़गढ़ के भीतर महाराणा कुम्भा द्वारा स्थापित विजय-स्तम्भ के निकट महारानी पद्मिनी ने 'जौहर' के लिए अनेक विशाल अग्निकुण्ड प्रज्वलित कराये और अपनी लज्जा और मेवाड़ के गौरव की रक्षा का कठोर संकल्प लेकर जीते-जी अग्निदाह को अंगीकार किया। कहते हैं कि रानी पद्मिनी सहित 16000 स्त्रियाँ उस जौहर की ज्वाला में कूदकर भस्म हो गयीं। इधर दुर्ग के बाहर सब-के-सब 800 बहादुर राजपूत हजारों की संख्यावाली सुल्तानी फ़ौज से लड़ते-लड़ते कट मरे। उस युद्ध में रावल रत्नसेन ने भी युद्धरत होकर वीरगति को प्राप्त किया।

''दुष्ट अलाउद्दीन हाथ मलता रह गया। रानी पद्मिनी उसके हाथ न आयी। क्योंकि पद्मिनी स्वयं तो गयी नहीं थी। अपनी जगह उसने गोरा और बादल को स्त्री वेश में डोली में बैठाकर राजसी डोली में भेजा था। पद्मिनी तो दुर्ग में ही जौहर की ज्वाला में समा गयी थी। उसके बाद सुल्तान की फ़ौज ने दुर्ग में घुसकर जनसाधारण का कत्लेआम किया और राजसी खजाने सहित सब-कुछ लूटकर सारा-कुछ तबाह कर डाला।

''चित्तौड़-विजय कर अलाउद्दीन उसे अपने एक पुत्र खिज्र खाँ की निगरानी में छोड़कर, उसी के नाम पर चित्तौड़गढ़ को खिज्राबाद नाम देकर, दिल्ली वापस लौट गया। खिज्र खाँ आठ बरस तक यहाँ रहा जब तक वह रहा गढ़ को ध्वंस ही करता रहा। जितने मन्दिर गढ़ के भीतर-बाहर उस समय थे उन्हें वह जितना तोड़ सका

तोड़ा। अनेक मजबूत प्रस्तर के मन्दिर जिन्हें वह नहीं तोड़ सका उनकी दीवारों पर निर्मित मूर्तियों के आँख-नाक-मुँह आदि को ही जहाँ-जहाँ विखण्डित करा पाया विखण्डित कराया।"

अपने पुत्र युवराज रत्न सिंह को इस तरह महाराणा सांगा ने चित्तौड़गढ़ पर हुए अलाउद्दीन खिल्जी के सन् 1303 ई. में हुए हमले का किस्सा सन् 1523 ई. में सुनाया। उस दिन रत्न सिंह को अपने प्रतापी पिता महाराणा सांगा से और भी बहुत-सी जानकारियाँ मिलीं।

जैसे कि अलाउद्दीन के आक्रमण के बाद मेवाड़ जर्जर होता गया। इसकी सीमाएँ विद्रोहों और स्वार्थलिप्साओं में सिमटती गयीं। बिखरता गया और खण्ड-खण्ड होता गया मेवाड़। तब राणा हम्मीर सिंह (सन् 1326-1364 ई.) मेवाड़ के प्रथम उद्धारकर्त्ता हुए। चित्तौड़गढ़ को, अलाउद्दीन ने विजय के आठ वर्ष बाद खिज्र खाँ को वापस बुलाकर, मारवाड़ के राजा मालदेव को दे दिया। फिर चित्तौड़गढ़ उनसे राणा हम्मीर सिंह ने छीना और वह मेवाड़ की सीमाओं का अपने सुदीर्घ शासनकाल में निरन्तर विस्तार करते रहे। सांगा ने पुत्र को बताया कि सिसोदियों के असली पूर्वज राणा हम्मीर सिंह ही थे। पूज्यवर हम्मीर सिंह प्रारम्भ में सिसोद नामक एक छोटी-सी जागीर के शासक हुआ करते थे। सिसोद के नाम पर ही उन्होंने अपने कुल का नाम सिसोदिया रखा। राजकुँवर रत्न सिंह ने इस प्रकार जाना कि वह लोग तभी से सिसोदिया राजपूत कहे जाते हैं।

सिसोदिया राजघराने में एक-से-एक प्रतापी राजा हुए। हम्मीर से लेकर उनके उत्तराधिकारी पुत्र राणा खेता फिर राणा लाखा और कुछ अन्य। उसी कड़ी में बड़े-बड़े संग्रामों में विजयी होनेवाले थे राणा मोकल।

और फिर राजपूत रत्नशिरोमणि सबसे वीर महाराणा कुम्भा (सन् 1433-1468 ई.) जिनका यशस्वी राज्यकाल मेवाड़ के शासनकाल का अब तक का सबसे स्वर्णिम काल था। महाराणा सांगा के पितामह कुम्भा ने 35 वर्ष मेवाड़ पर राज्य किया और राजपूती यश-पताका को अपने शौर्य और असाधारण योग्यता से आकाश तक पहुँचा दिया। चित्तौड़गढ़ में उनके कीर्त्ति-स्तम्भ और विजय-स्तम्भ तथा उनके द्वारा स्थापित अनेक मन्दिर एवं महल आज भी तत्कालीन स्थापत्य कला के जीते-जागते सबूत हैं। चित्तौड़ के किले में मनोरम वीथिकाएँ, बाग-बगीचे और बारहों मास वर्षा जल से भरी रहनेवाली स्वच्छ जल की अनेक बावड़ियाँ महाराणा कुम्भा की ही देन हैं।...

संगीत, मूर्तिकला, साहित्य क्या नहीं सँवरा महाराणा कुम्भा के कार्यकाल में...रहे मेवाड़ के शत्रु...वह सब तो अनेक बार उनकी तलवार की धार और अपूर्व शौर्य के आगे ध्वस्त ही नहीं हुए, एकदम निस्तेज हो गये।

रत्न सिंह ने सोचा कि आज तो बाबो सा ने चित्तौड़ पतन और उत्थान की विविध कथाएँ सुनायीं परन्तु उस दिन अपनी कहानी सुनाते-सुनाते अचानक मौन हो गये थे। वह न जाने किन कुचक्रों और अभिशाप की बात कह रहे थे?

मीराँबाई अपने महल की छत पर खड़ी थीं। आज वह बहुत दिनों बाद सीढ़ियाँ चढ़कर प्रातःकाल ही छत पर आ गयी थीं और चित्तौड़गढ़ की सुदृढ़ प्राचीर के उस पार फैली हुई विस्तृत और चित्र सरीखी धरती को विहंगम दृष्टि से निरख रही थीं। दूर-दूर तक फैले हुए हरे-भरे खेत...वृक्षों से आच्छादित रमणीक बाग... झोंपड़ियाँ...घर और कुछ खलिहान...इधर-उधर भ्रमण करती कुछ मानवाकृतियाँ... इक्का-दुक्का पशु...आकाश में विचरते कुछ पक्षी...कुछ तोतों का समूह...एक-दो मयूरों के स्वर...किले की ऊँचाई से सब-कुछ नेत्रों को भला लगता था।

सुकन्या और ललिता मीराँ के साथ थीं। वे इन दिनों मीराँ को एक क्षण के लिए भी अकेली नहीं छोड़ती थीं। यद्यपि वे मीराँ के हृदय की कोमलता के साथ-साथ उनके मस्तिष्क की दृढ़ता से भी भलीभाँति परिचित थीं। परन्तु उनकी शारीरिक दुर्बलता से चिन्तित रहती थीं। भोजराज के स्वर्गारोहण के बाद से मीराँ की अन्यमनस्कता, उनका अधिकतर अपने में ही सिमटे रहना अस्वाभाविक न था। परन्तु इन दिनों अपने खान-पान और शयन के प्रति वह जितनी लापरवाह हो चुकी थीं वह उनके स्वास्थ्य के लिए अत्यन्त हानिकारक था। सुकन्या को विशेषकर इसी की सबसे अधिक चिन्ता लगी रहती। सुकन्या ने कई दिनों से रात्रि में अपने घर जाने का क्रम भी स्थगित कर दिया था। वह अपने वस्त्रादि घर से उठा लायी थी और रात्रि में भी मीराँ के शय्या के निकट भूमि पर चटाई बिछाकर सोती थी।

महल की छत पर प्रातः वेला में सुखद समीर मीराँबाई के खुले केशों को उड़ा रही थी। परन्तु वह दूर क्षितिज पर दृष्टि गड़ाये मानो अपने श्यामसुन्दर को ही खोज रही थीं। सुकन्या मीराँबाई के निर्विकार चेहरे को टकटकी लगाये देख रही थी।

ललिता ने एक चौकी छत की पश्चिमी दीवार से सटाकर बिछा दी थी। वह मीराँबाई का हाथ पकड़कर उन्हें ले गयी। चौकी पर बैठाया और स्वयं भी उनके निकट बैठ गयी। सुकन्या भी आकर मीराँ के सामने भूमि पर ही घुटना मोड़कर बैठ गयी।

सुकन्या ने कहा—"जीजा!...मैं तो डर गयी थी। उस दिन बहुत जब महारानी सा और ऊदाँबाई ने आपसे..."

ललिता ने सुकन्या को कड़ी दृष्टि से देखा। सुकन्या चुप हो गयी।

मीराँ जैसे अपने-आपमें वापस आयीं।—

"हाँ बोल...क्या कह रही थी तू?"

"कुछ नहीं मीराँ!...यह पगली तो जब जो चाहती है अण्ड-बण्ड बका करती है—" —ललिता ने कहा।

"नहीं बोलने दो उसे...सुकन्या तू निर्भीक होकर कह...क्या कहना चाहती थी?"—मीराँ ने कहा। परन्तु सुकन्या ने सिर झुका लिया।

मीराँ ने पुनः कहा—"देख बात को या तो प्रारम्भ नहीं करते। यदि प्रारम्भ करते हैं तो उसे पूरा करते हैं। कोई भी विचार अनर्गल नहीं होता। जिज्ञासा ही अधूरे ज्ञान को पूर्ण करती है। तू कह..."

"जीजा! उस दिन जब लुगाइयों ने आपसे सती हो जाने के लिए कहा तो मुझे बहुत बुरा लगा...बुरा तो बाद में लगा...उस समय तो मैं बहुत डर गयी थी।"

मीराँ ने इस पर एक दीर्घ निःश्वास खींची और शून्य में देखते हुए कहने लगीं—"स्त्री की स्थिति इस संसार में उसके जन्म से लेकर मृत्यु तक निरन्तर नाना प्रकार की अग्नि-परीक्षाओं में गुजरते रहने के समान है। सारे दोषों की जनक समझकर स्त्री को ही सारी मर्यादाएँ वस्त्रों-उपवस्त्रों की भाँति ओढ़ायी जाती हैं।... स्त्री माता और भगिनी के रूप में प्रणम्य है किन्तु वही स्त्री पुत्री और पत्नी के रूप में नाना प्रकार के संकटों का कारण है...पुरुष ने जो अपनी समाज-व्यवस्था बनायी है उसमें स्त्री को उसने केन्द्र में रखते हुए भी उसे कोई विशेष अधिकार नहीं दिये हैं। स्त्री को न तो खुलकर सबके सामने बोलने की कोई स्वतन्त्रता है...न ही सम्पत्ति और राजकाज में उसकी कोई भागीदारी है...देखा जाये तो संसार में स्त्री केवल सन्तानोत्पत्ति और श्रम का एक माध्यम है...पुरुष जो उसे पहना-ओढ़ाकर साज-शृंगार कराकर रखता है उसके पीछे भी उसकी बड़ी दूर की सोच है। स्त्री तिजोरी में रखी हुई एक मूल्यवान् वस्तु से अधिक कुछ नहीं। अब जो व्यवस्थाओं की सीमाएँ हैं उसी में आपको रहना है। पुरुष द्वारा निर्धारित सीमाओं का अतिक्रमण अवज्ञा, अवहेलना और अमर्यादित आचरण, सामाजिक अवमानना में गिना जाता है।"

"किन्तु जीजा! किसी स्त्री को जीते-जी आत्मदाह के लिए प्रेरित और विवश करना?"—सुकन्या ने कहा।

"नादान हैं ये लोग। नहीं जानते कि ऐसा करके संसार के समक्ष ये कौन-सा महान् आदर्श प्रस्तुत कर रहे हैं?...आत्मबलिदान का? कोई मुझे बताये कि जो जीवन परमात्मा ने दिया उसे अपने ही हाथों नष्ट करनां क्या उस परमात्मा का अपमान नहीं? उसकी बनायी सृष्टि का उपहास नहीं?...यदि सती हो जाना पतिव्रता होने का प्रतीक है तो यह पुण्य व्रत एकतरफा क्यों? फिर किसी स्त्री के कालकवलित हो जाने पर उसके पति महाशय भी उसकी चिता के साथ क्यों नहीं आत्मदाह कर लेते? जीवनभर साथ देनेवाली पत्नी भी तो जीवनसंगिनी ही होती है। जैसे कि एक पति को स्त्री का जीवनसाथी कहा और माना जाता है। हमारे धर्म में अर्द्धनारीश्वर की परिकल्पना की गयी है। स्त्री और पुरुष को एक-दूसरे का पूरक कहा गया है। फिर

शरीर रहते उसे नष्ट करने की परम्परा एक के लिए ही क्यों?...वस्तुतः मैं सती हो जाने को आत्महत्या का दूसरा स्वरूप मानती हूँ। यह जीवन के संघर्षों से पलायन का परिचायक है। आत्महत्या पाप है। पाप ही नहीं यह जघन्य पाप है। इसे अपनानेवाले, इसके लिए किसी को उकसानेवाले अथवा विवश करनेवाले सभी महापापी होते हैं और ईश्वरीय विधान में हर पाप के लिए एक दण्डविधान है जिसे प्रकृति के हाथों में प्रभु ने सौंप रखा है। प्रकृति ऐसे अविवेकपूर्ण और पापपूर्ण कृत्यों का प्रतिकार अवश्य लेती है। आज नहीं तो कल। कल नहीं तो परसों। किन्तु अज्ञानी लोग इसे नहीं समझते। परम्पराओं और प्रथाओं का यह अर्थ नहीं होता कि आँख पर पट्टी बाँधकर उन्हें अनिवार्य रूप से स्वीकार किया जाये। क्या उचित-अनुचित है उसे व्यावहारिकता की कसौटी पर भी कसा जाना चाहिए। निर्णय लेते समय अपने ज्ञानचक्षु खुले रखने चाहिए। समय बदलता रहता है। मान्यताएँ और अवधारणाएँ भी जीवन-संघर्षों की जटिलताओं के अनुसार समय-समय पर व्यावहारिकता की दृष्टि से खुले मन से परखी जानी चाहिए।

"इसी चित्तौड़गढ़ में रानी पद्मिनी की जौहर की कथा अनेक मुखों और जिह्वाओं से कही-सुनी जाती है। स्त्रियों ने इसे आत्मगौरव और पुण्यलाभ की उच्चतम सीढ़ी समझ लिया है। मैं कहती हूँ जब दिल्ली में बैठे सुल्तान ने हम पर आक्रमण किया तो पद्मिनी सहित हजारों स्त्रियाँ जौहर की अग्नि में जल मरीं। क्यों नहीं उन्होंने हाथों में तलवार लेकर शत्रु सैनिकों पर रणचण्डी के रूप में युद्धक्षेत्र में धावा किया? यदि वह सब-की-सब अपने पुरुषों के साथ मरने-मारने के लिए दुर्ग से एक साथ निकल पड़तीं तो शत्रु पक्ष की ओर भी प्रबल हानि हुई होती। या तो शत्रु के पाँव उखड़ गये होते अन्यथा इस स्थिति में प्राणोत्सर्ग करने से स्त्रियों की लज्जा भी शेष रहती और मेवाड़ का गौरव भी कई गुना बढ़ जाता। हम क्या कोई ढोर डंगर हैं जो निरीहतापूर्वक अपनी गर्दनें कटवा लें अथवा शूकरों की भाँति किसी की कुबुद्धि के शिकार बन जायें?—"

उस दिन सुकन्या और ललिता को मीराँ का एक दूसरा ही रूप देखने को मिला। राधा के भीतर समायी हुई दुर्गा के उन्होंने साक्षात् दर्शन किये। चित्तौड़ के मीराँ-महल के शीर्ष पर विराजमान मीराँबाई एक ऐसा सूर्य थीं जो कभी-कभी बादलों को चीरकर सहसा ऐसा प्रकट होता है कि अपने ताप से वह देखते-ही-देखते नभ-जल-थल सभी को तपाने लगता है।

ललिता-सुकन्या के शिथिल नाड़ीतन्त्र में ऊष्म रक्त का प्रवाह होने लगा। उन्हें समझ में आया कि स्त्री को तभी तक निर्बल समझा जाता है जब तक वह स्वयं ही अपने-आपको निर्बल मानती है। यह निर्बलता मन का ही एक निर्बल भाव है। अवसर आने पर इसे एक पल में झटककर परे किया जा सकता है। परन्तु उसके लिए परम आवश्यक है अपने भीतर एक मजबूत आत्मबल का होना।

4

दरस बिन दूखन लागे नैन

सांगा के दरबार में रघुवीर सिंह राणावत सबसे बुजुर्ग सामन्त थे। वह अपने युवाकाल में महाराणा कुम्भा के राजस्व मन्त्री रहे। राज्य के करों को जमा कराने और कृषकों की दशा-दिशा देखने-भालने के उत्तरदायित्व का उन्होंने वर्षों निर्वाह किया। अपनी जागीर के घोड़ों और सैनिकों को उन्होंने कुम्भा के द्वारा लड़े जानेवाले युद्धों में पूरी निष्ठा के साथ प्रस्तुत किया। स्वयं भी एक-दो युद्ध लड़े। परन्तु उनकी योग्यता और राजस्व कार्य में गहरी पकड़ को देखते हुए कुम्भा ने उन्हें युद्धक्षेत्र से दूर राजकाज के विषयों में अधिक समय देने के लिए प्रायः मुक्त रखा। रघुवीर सिंह अपने समय के उन दो-चार अत्यधिक ईमानदार और विश्वासपात्र मन्त्रियों में गिने जाते थे जो कि वस्तुतः राजा की आँख और कान होते हैं।

जब सन् 1468 ई. में महाराणा कुम्भा की उन्हीं के अति महत्त्वाकांक्षी और बे-लगाम ज्येष्ठ पुत्र उदय सिंह उर्फ ऊदा ने नीचतापूर्ण ढंग से हत्या कर दी और मेवाड़ राज्य की बागडोर हाथिया ली तो बहुत-से सामन्त राजदरबार से अलग हो गये। अपने पाँच वर्ष के पतनशील शासनकाल में ऊदा सामन्तों और प्रजा की घृणा का पात्र बना रहा। उस दौरान रघुवीर सिंह राणावत चित्तौड़ का राजदरबार त्यागकर काशी चले गये। वहाँ कुछ काल रहने के उपरान्त उन्होंने तीर्थाटन किया और प्रायः निर्वासन का जीवन जिया। लगभग तीन वर्ष बाद जब वे अपनी जागीर में लौटे उस समय उनकी आयु लगभग पचास वर्ष की रही होगी। जब राणा उदय सिंह को राज्यच्युत करके मेवाड़ की गद्दी पर उसके भाई रायमल्ल को बैठाया गया तब, महाराणा कुम्भा के पुराने विश्वासपात्र सामन्तों की राणा रायमल्ल ने खोज-खबर की। रघुवीर सिंह राणावत को भी उनकी जागीर से बुलवाया गया और पुनः मन्त्री के रूप में उच्च पद दिया गया।

उन्हीं रघुवीर सिंह की उम्र अब महाराणा सांगा के समय में लगभग पंचानबे वर्ष की थी। अब वह किसी मन्त्री पद की जिम्मेदारी में तो नहीं थे परन्तु महाराणा सांगा के प्रमुख सलाहकारों में से एक थे। इस प्रकार रघुवीर सिंह जी अपने श्वेत केशों और

बड़ी-बड़ी श्वेत दाढ़ी-मूँछों और बड़ी-सी राजपूती पगड़ी में एक ऐसे चलते-फिरते भव्य व्यक्तित्व थे जिन्होंने कुम्भा से सांगा तक का एक बहुत विस्तृत और विरल उतार-चढ़ाव-भरा युग देखा था। युवराज रत्न सिंह उन्हें काका कहते थे। उन्हें पता था कि भइया भोजराज को भी उनका बहुत आशीर्वाद और स्नेह प्राप्त था। उन्हीं की देखादेखी रत्न सिंह भी अवसर मिलने पर काका रघुवीर सिंह के पास जाया करते थे और उनके अनुभव सुनते थे।

पिता के पास से लौटने के बाद कुँवर रत्न सिंह का मन बहुत उद्विग्न था। विशेषकर उनकी इस बात पर कि हमारे पूर्वजों ने अभिशाप सहा और सांगा ने स्वयं भी बहुत-कुछ सहा। परन्तु पिता यह सब कहते हुए बात को टाल गये और उन बातों का उन्होंने खुलासा नहीं किया। न ही यह बताया कि वह कौन-सी चिन्ता है जो उन्हें खाये जा रही है।

काका रघुवीर सिंह तो स्वयं में एक चलता-फिरता मेवाड़ का इतिहास थे। उनसे बेहतर इन बातों पर कौन प्रकाश डाल सकता था। रत्न सिंह को चिन्ता थी कि आगे राज्य का दायित्व यदि कभी उनके कन्धों पर आया तो उन्हें राजसत्ता से जुड़े अतीत के रहस्यों को सुलझाये बिना वर्तमान में सुचारु रूप से राज्य संचालन कर पाना सरल न होगा।

"काका प्रणाम!"—रत्न सिंह ने उद्यान के एक कोने में बैठे रघुवीर सिंह जी को खोज निकाला और विनम्र भाव से उनके निकट जा पहुँचे।

"आओ कुँवर सा!...यशस्वी भव।"

रघुवीर सिंह ने बहुत अपनत्व से रत्न सिंह को अपने निकट उस प्रस्तर की चौकी पर वृक्षों की घनी छाँव में बैठा लिया।

"काका एक बात मन को बहुत दुखा रही है।"

"क्या?"

"बाबो सा का निरन्तर चिन्तामग्न रहना...

भइया भोजराज की मृत्यु के बाद मुझसे मेवाड़ का अतीत बताने लगे और राजपरिवारों ने कुचक्रों की बात कहकर अपनी बात टाल गये। थोड़ा-बहुत ऊदा काका के बारे में सुना है मैंने। पर पूछने पर कोई भी अधिक चर्चा नहीं करता। आप कृपया मुझे कुछ बतायेंगे?"

"क्या करोगे कुँवर सा यह सब जानकर?"

"मैं...मैं चाहता हूँ कि मैं उन गलतियों से शिक्षा लूँ और उन्हें दुबारा नहीं होने दूँ।"

"बेटा! इसके लिए ही तो सांगा ने तुम्हें बहुत धर्माचरण के साथ पाला-पोसा और बड़ा किया है। कोई सज्जन पिता नहीं चाहता कि जो कष्ट उसने सहे वे उसकी सन्तानों को भी सहन करने पड़ें।..."

"वही तो काका! तभी तो मैं वह सब-कुछ जानना चाहता हूँ। जीवन के शुक्ल पक्ष के साथ-साथ उसका कृष्ण पक्ष भी।"

"ओह! क्या विडम्बना है? हे हरि!...तुम तो स्वयं साक्षात् कृष्ण के रूप में अवतरित हुए। फिर भी तुम उस महाभारत को रोक न पाये। बल्कि उसके नियामक और मार्गदर्शक बनकर रह गये।"—काका रघुवीर सिंह ने कहा।

रत्न सिंह ने देखा कि वयोवृद्ध काका रघुवीर सिंह अपना चेहरा उठाकर आकाश में किसी को तलाश रहे हैं। उस विधाता को जिसने यह सारा संसार रचा? उसी को जिसने सारे प्रपंचों का भी विधान किया? रत्न सिंह ने स्वयं को कुछ देर को संयत कर लिया। वह जानता था कि भावावेग से भरे इन्सान को बार-बार छेड़ना ठीक नहीं। काका को भी समय लगेगा खुलने में। क्या पता अधिक अधीरता दिखाने पर वे मौन ही हो जायें बाबो सा सांगा की तरह। फिर क्या हासिल होगा?

रत्न सिंह को लेकिन अधिक देर तक प्रतीक्षा नहीं करनी पड़ी और काका रघुवीर सिंह जी ने अतीत की पोथी के पन्ने पलटने शुरू कर दिये—

"क्या जानना चाहते हो कुँवर रत्न सिंह? मैंने सब देखा है...सब नहीं तो बहुत-कुछ तो देखा ही है...तुम्हारे बाबो सा सांगा को उनके बालपन से देखा है...आज भी देख ही रहा हूँ इन नेत्रों से...जब मैं युवा था तो तुम्हारे पिता के पितामह अर्थात् तुम्हारे प्रपितामह महाराणा कुम्भकर्ण जी गोलोकवासी के दरबार में एक मामूली हैसियत के सेवक के रूप में उपस्थित हुआ फिर उन्हीं की कृपा से देखते-देखते राज-दरबार का एक बड़ा पदधारक बन गया...कुम्भा हुकुम ने वास्तव में मुझे बड़ा मान दिया...इन्हीं आँखों ने उनका उत्कर्ष देखा और इन्हीं आँखों ने उन्हें..."

—कहकर काका हाँफने से लगे।

"काका! बस-बस...अब आप शान्त हो जाइये। मुझे आपसे और कुछ नहीं पूछना। आप स्वस्थचित्त होकर पूज्य प्रपितामह कुम्भा के बारे में...उनके प्रतापी जीवन के बारे में ही बताइयेगा। मैं फिर आ जाऊँगा।"

रत्न सिंह उठने को हुए।

"नहीं कुँवर सा!...अब आये हो तो सब सुनकर ही जाओ। इन उखड़ी हुई साँसों का क्या भरोसा? कब ये अचानक बन्द हो जायें।..."

"ऐसा मत कहिये काका! आपको अभी..."

"कोई खास बात नहीं कुँवर सा! आज नहीं तो कल तुम स्वयं ही विभिन्न स्रोतों से जान जाओगे। पर मुझे भय है कि भूतकाल की बातों के स्रोत कितने शुद्ध और भरोसे लायक हैं इस बात का कोई ठिकाना नहीं होता। जो बातें मैं तुम्हें बताऊँगा वह या तो मेरी आँखों-देखी होंगी या अपने समय में ठोंक-बजाकर परखी हुई।"

"जी काका सा...वह तो है।"—रत्न सिंह ने पूर्ण विश्वास के साथ सिर हिलाया।

इसके बाद रघुवीर सिंह कहने लगे--

"तेरे पर बाबा कुम्भा...अरे यह तो हम सामन्तों का उन्हें प्यार से दिया नाम है...महाराणा कुम्भकर्ण सिंह असली नाम था उनका...जैसा नाम उसके ठीक विपरीत सारा जीवन...बहुत कम विश्राम करनेवाले ऐसे तेजस्वी वीर...सारा जीवन लड़ते-लड़ते ही बीता महाराणा कुम्भा का जीवन..." कहकर हँस पड़े काका। आगे बताने लगे—"उनके पिता राणा मोकल से उन्हें मेवाड़ का जो राज्य मिला उसे अपने बाहुबल से उन्होंने ऐसा बढ़ाया...ऐसा बढ़ाया जो कोई पहले न कर सका था...मेवाड़ का गौरव धरती से आकाश तक फैल गया कुम्भा के समय में।...उनके समय में राजपूताने की जो सीमा थी उससे वे बाहर निकले। उन्होंने मालवा के सुल्तान महमूद को सारंगपुर के घनघोर युद्ध में पराजित किया और मालवा को रौंदकर रख दिया। उसके लिए कुछ ऐसा अपमानजनक घटित हुआ कि छह बरस तक महमूद सिर न उठा सका। परन्तु बदले की आग उसके मन में जलती रही। वह अपनी हार का प्रतिशोध लेने स्वयं मेवाड़ के कुम्भलगढ़ पर चढ़ दौड़ा। परन्तु पुनः महाराण कुम्भा के हाथों पिटकर उसे वापस भागना पड़ा। कुल मिलाकर महमूद ने मेवाड़ पर पाँच बार आक्रमण किये और हर बार महाराणा के हाथों मुँह की खायी।

"जब वह कायर जान गया कि अकेला कुम्भा का सामना नहीं कर सकता तो उसने अपना एक दूत गुजरात के सुल्तान कुतुबुद्दीन के पास भेजा। महमूद ने कुतुबुद्दीन से यह पेशकश की कि गुजरात और मालवा की सेनाएँ मिलकर महाराणा कुम्भा को हरायें। दोनों दुश्मनों ने सोच-विचार करके हाथ मिला लिये। इस सन्धि के बाद एक सोची-समझी रणनीति के अन्तर्गत दोनों शत्रु सेनाओं ने मेवाड़ पर दो तरफ से एक साथ आक्रमण किया। महाराणा कुम्भा का भी जवाब नहीं...उन शूरवीर ने पहले से ऐसी सैन्य तैयारियाँ कर रखी थीं और उनका गुप्तचर तन्त्र ऐसा विकसित था कि उन्होंने गुजरात और मालवा के इन दोनों ही यवन आक्रमणकारियों को मुँहतोड़ जवाब दिये और फिर महाराणा की सेनाओं ने मेवाड़ की धरती से उन्हें उनकी सीमा के भीतर दूर तक खदेड़कर ही दम लिया...शत्रुओं को ऐसा पराजित किया...ऐसा पराजित किया कि उनके बहुत बड़े-बड़े भूभागों को मेवाड़ में शामिल करके उन्हें हमेशा के लिए निस्तेज कर दिया।"

"हाँ काकां! ऐसा ही एकबार कुछ कह रहे थे बाबो सा भी।"—कुँवर रत्न सिंह ने फ़र्माया।

बूढ़े रघुवीर सिंह बताते गये—"कुम्भा ने मालवा और गुजरात के सुल्तानों को हराया। नागौर को भी विजित किया। मेवाड़ राज्य की सीमाओं ने दिल्ली सल्तनत के भी कुछ राज्यों तक विस्तार पाया।...अब महाराणा कुम्भा से गलतियाँ कहाँ हुईं? यह सोचनेवाली बात है।...सच तो यह है कि राजसत्ता बहुत बुरी चीज है। इसे काबू में रखना हो तो स्वयं पर नियन्त्रण और साथ ही एक सीमा तक ही उदारता बरतना

बहुत जरूरी है। एक सीमा तक मैं इसलिए कह रहा हूँ कि सज्जनता की भी एक हद होनी चाहिए। परन्तु स्वार्थपरता पर भी लगाम लगनी चाहिए। सन्तुलन बिगड़ने पर राजवंश में कुलघातियों को पनपते देर नहीं लगती।

"कुम्भा जब गद्दी पर बैठ गये तो उन्होंने अपने छोटे भाई खेमकरण को अलग से कोई जागीर नहीं दी। इस पर धैर्य खोकर एक दिन खेमकरण ने बड़ी-सादड़ी पर बलपूर्वक अधिकार कर लिया। कुम्भा ने फ़ौज भेजकर खेमकरण को वहाँ से निकाल बाहर किया। अब भाई ही भाई का शत्रु बन गया। वह भागकर मालवा के सुल्तान की शरण में उसकी राजधानी माण्डू जा पहुँचा। उसने सुल्तान महमूद से अपनी विपदा कही।...इससे पहले कि मालवा का सुल्तान कोई कदम उठाता कुम्भा को गुप्तचर ने खबर दी कि उसके बागी छोटे भ्राता खेमकरण ने सुल्तान महमूद की शरण ली है और मेवाड़ के खिलाफ माण्डू में कुछ खिचड़ी पक रही है। उत्तेजित महाराणा कुम्भा ने पहले ही मालवा पर चढ़ाई कर दी और युद्धक्षेत्र में वैरी को धूल चटा दी। अभी तक तो भाई ही वैरी था। इस युद्ध के बाद ही तब मेवाड़ का एक और प्रबल वैरी बनकर उभरा था महमूद खिलजी।...मेरी बात समझ रहे हो न तुम!...

"कुम्भा महाराज ने पैंतीस बरस मेवाड़ पर राज्य किया। पैंतीस बरस किसी महाराणा के लिए बहुत बड़ा राज्यकाल है। पाटवी पुत्र था कुँवर उदय सिंह। कुम्भा के बाद राजकाज उसी को मिलना था। परन्तु वह धैर्य न धर सका। बुरी संगत में था। बहुविवाह किये हुए महाराणा कुम्भा उम्र बढ़ने के साथ-साथ भोग-विलास में अधिक रमने लगे थे। अनेक स्त्रियाँ और उनकी अनेक सन्तानें। छोटी-बड़ी महत्त्वाकांक्षाएँ तो होती ही हैं। ऐसे में राजा जब थोड़ा अस्वस्थ रहने लगता है तो कुचक्रों और षड्यन्त्रों का सिलसिला राजमहलों के भीतर-बाहर ज़ोर पकड़ने लगता है। राजा को हरदम चौकन्ना और सावधान रहना चाहिए। कभी-कभी प्रमाद मृत्युकारक होता है। राजकुँवर ऊदा की बुद्धि भ्रष्ट हो गयी और एक दिन उसने मेवाड़ के सिसोदिया वंश के प्रतापी सूर्यरूपी अपने पिता को ही राहु की भाँति ग्रस लिया। उनकी हत्या कर मेवाड़ का कुल कलंक बन गया उदय सिंह। पितृहन्ता। नर-पिशाच...हत्यारा...पापी..."

कहते-कहते काका रघुवीर सिंह राणावत फिर से हाँफ और काँप उठे। कुँवर रत्न सिंह ने उन्हें सहारा दिया।

"बस काका! बस...आगे का बयान फिर कभी। चलिये मैं आपको आपके आवास तक पहुँचा देता हूँ।"

इसके बाद काका रघुवीर सिंह ने अगले दिनों में युवराज रत्न सिंह को मेवाड़ के इतिहास के बारे में बहुत-कुछ बताया।...

कुल कलंक उदय सिंह ने कुम्भा को मारकर मेवाड़ की राजगद्दी, जो वैसे भी उसी को मिलती, ज्येष्ठ पुत्र होने के नाते प्राप्त की थी। केवल यहीं तक वह नहीं

रुका। राज्यारोहण के उपरान्त उसने अपने पिता के परिश्रमपूर्वक बढ़ाये हुए मेवाड़ राज्य को विखण्डित-विसर्जित करने के भी अनेक कुकृत्य किये।

हत्यारा ऊदा सिसोदिया राजवंश के नाम को डुबोनेवाला एक निकृष्टतम वंशज था। इसीलिए मेवाड़ के दरबारियों से लेकर आम नागरिक तक उससे घृणा करते थे। महाराणा कुम्भा ने तलवार के बल पर राज्य के शत्रुओं को दबा दिया था। ऊदा ने राज्य के शत्रुओं की संख्या में अभिवृद्धि कर दी।

ऊदा जानता था कि जनता और सामन्त दोनों उसके विरोधी हैं। पितृहत्या के जघन्य अपराध को वे कभी क्षमा नहीं करेंगे और आन्तरिक रूप से वह इतना कमजोर है कि यदि बाहरी शत्रु चित्तौड़ पर धावा बोल दें तो शायद ही कोई सामन्त उसकी सहायता को खड़ा हो। चाटुकारों की सहायता से युद्ध नहीं जीते जाते। प्राणोत्सर्ग के लिए समर्पित सैनिक ही राजा को युद्ध जिताते हैं और उसका झण्डा बुलन्द करते हैं।

ऐसी संकटग्रस्त स्थितियों में ऊदा ने निकटवर्ती राज्यों के राजाओं को अपने अनुकूल बने रहने के लिए मेवाड़ की भूमियाँ देनी शुरू कर दीं। वैसे ही जैसे कभी भूखे भेड़ियों से स्वयं को बचाने के लिए कोई मनुष्य उन्हें मांस और हड्डियाँ फेंककर उन्हें उन्हीं में व्यस्त रखता है।

हजारों राजपूत सैनिकों के बलिदान के बाद जो सीमा-विस्तार महाराणा कुम्भा ने किया था उस भूमि के टुकड़े-टुकड़े कर राणा उदय सिंह पड़ोसी राज्यों में लुटाने लगा।

कुम्भा ने आबू प्रदेश पर अपने राज्यकाल में कब्जा कर लिया था। वह सर्वोच्च पर्वतीय प्रदेश उदय सिंह ने सिरोही के देवड़ा राजाओं को लौटाकर अपने लिये अभयदान प्राप्त कर लिया। अजमेर का तारागढ़ दुर्ग मारवाड़ के राव जोधा के हाथ में जाने दिया। इसी कायर ऊदा के शासनकाल में मेड़ता के शासक मीराँ के पितामह राव दूदा ने साँभर नामक एक समृद्ध नगर पर अधिकार कर लिया था और मेवाड़ के अधिकारियों को वहाँ से खदेड़ दिया था। बदले में उदय सिंह ने राव दूदा के विरुद्ध कोई युद्ध अभियान नहीं छेड़ा। इस तरह लगातार मेवाड़ के गौरव को रसातल में जाते देख मेवाड़ के अनेक पुराने सामन्त फिर एकजुट हो गये। उन्होंने एक ओर चालाकी से उदय सिंह के लिए वन में शिकार का प्रबन्ध कर उसे राजी किया और फिर उसे शिकार पर ले गये। दूसरी ओर उन्होंने ससुराल ईडर में रह रहे उदय सिंह के छोटे भाई रायमल्ल जी को चित्तौड़ बुलवाया और ऊदा के शिकार पर रहते ही चित्तौड़ की गद्दी पर बैठाकर उनका राजतिलक कर दिया।

दुष्ट उदय सिंह को आखेट के मोर्चे पर जब तक यह सब पता चला तब तक बहुत देर हो चुकी थी। अब मेवाड़ का सारा सामन्तवर्ग और सेना नये राणा रायमल्ल के साथ थी, और उदय सिंह सत्ता से अकस्मात् बेदखल हो चुका था। उदय सिंह

ने अपने चुनिन्दा साथियों के साथ चित्तौड़गढ़ में प्रवेश भी करना चाहा परन्तु उसे और उसके समर्थकों को मार-काटकर खदेड़ दिया गया। रक्तरंजित दशा में ऊदा अपनी जान बचाकर भागा। उसके बाद वह अपने दो पुत्रों सैंसमल और सूरजमल के साथ अपनी ससुराल सोजत चला गया।

उदय सिंह की बदनामी ने उसे सोजत में भी चैन से रहने नहीं दिया। फिर वह बीकानेर गया। परन्तु मेवाड़ से बहिष्कृत ऊदा को वहाँ भी आश्रय न मिल सका। तब हर तरफ से हताश-निराश ऊदा मेवाड़ के पुराने शत्रु मालवा के सुल्तान के पास जा पहुँचा। माण्डू में जाकर उसने मेवाड़ की गद्दी पुनः उसे दिलाने हेतु तत्कालीन सुल्तान गयासुद्दीन से सन्धि-प्रस्ताव रखा।

गयासुद्दीन उसी सुल्तान महमूद का बेटा था जिससे पाँच बार महाराणा कुम्भा का मुचैटा हुआ था और हर बार मालवा के उस सुल्तान को पराजय का मुख देखना पड़ा था। इन युद्धों में प्रथम बार तो कुम्भा की सेना ने महमूद को गिरफ्तार भी कर लिया था और उसे पकड़कर मेवाड़ नरेश के सम्मुख लाया गया। किन्तु उदार हृदय महाराणा कुम्भा ने सुल्तान महमूद को अर्थदण्ड देकर मुक्त कर दिया।

अपमान का वह दंश सारी उम्र महमूद ने सहा था। पिता का वह अपमान उसके पुत्र गयासुद्दीन के कलेजे में भी नासूर की तरह चुभता था। जब उदय सिंह ने उससे चित्तौड़ पर आक्रमण कर हाल ही में राणा बने रायमल्ल को अपदस्थ करने और स्वयं को बतौर एक दोस्त एवं शासक वहाँ पुनः गद्दी पर बैठाने में मदद की पेशकश की तो सुल्तान गयासुद्दीन को लगा कि पुराने अपमान का बदला लेने का उससे अच्छा मौका फिर न मिलेगा।

गयासुद्दीन अपने बाप के द्वारा मेवाड़ पर किये गये आक्रमणों में उनके साथ ही था। उसने कुम्भा की शक्तिशाली फ़ौज के सामने हार की ज़िल्लत उठाते मालवा की फ़ौज को देखा था। अब जबकि उसी मेवाड़ का एक राज्य-बहिष्कृत राणा उसके सामने याचक की भाँति आया था, यह बात गयासुद्दीन के लिए बहुत उत्साहवर्द्धक थी।

सुल्तान गयासुद्दीन से मदद का आश्वासन मिलने पर ऊदा उर्फ़ उदय सिंह ने स्वयं ही मैत्री-सम्बन्ध को और प्रगाढ़ करने के उद्देश्य से अपनी एक पुत्री का विवाह सुल्तान से करने का भी प्रस्ताव किया। जिस पर गयासुद्दीन थोड़ी ना-नुकुर के बाद राजी हो गया। कहते हैं कि एक और अनर्थ होने से पूर्व प्रकृति ने हस्तक्षेप किया। जब ये ऊदा इस प्रकार की नीच सन्धिवार्त्ता करके अपने शिविर को लौट रहा था तब मार्ग में ही उस पर आकाशीय बिजली गिरी और वह वहीं मर गया।

उन्हीं दिनों उदय सिंह के नालायक पुत्र सैंसमल और सूरजमल भी वहीं थे। अपने पिता का अन्तिम संस्कार कर वे भी मेवाड़ की गद्दी पर अपना हक जताकर सहायता हेतु गयासुद्दीन के पास गये। फलतः मेवाड़ से बदला लेने के लिए

लालायित उस सुल्तान ने इसी बहाने मेवाड़ पर आक्रमण कर दिया। मेवाड़ के नये शासक राणा रायमल्ल ने भी इस बार अपने पिता महाराणा कुम्भा की भाँति इन शत्रुओं का वीरतापूर्वक सामना किया और दुश्मनों को हराकर अपने राज्य की धरती से खदेड़ दिया।

इस युद्ध के फलस्वरूप पास-पड़ोस के अन्य शत्रु राणा रायमल्ल से दब गये और रायमल्ल निर्भीकतापूर्वक राज्य करने लगे। इसके बाद भी मालवा का वह सुल्तान चुप नहीं बैठा। उसने प्रतिशोध के इरादे से अपने बाप की भाँति दो बार फिर मेवाड़ पर आक्रमण किये और दोनों बार मुँह की खायी। मेवाड़ की सेना ने मालवा की सेना को भयंकर मार-काट के बाद पूर्व की भाँति हर बार परास्त किया।

राणा रायमल्ल सुल्तान मालवा से अन्तिम युद्ध में स्वयं सेना का नेतृत्व कर रहे थे। इस लड़ाई में उनके पाँच पुत्र शामिल थे। इनमें पृथ्वीराज, जयमल और संग्राम सिंह सबसे बड़े थे। पृथ्वीराज और संग्राम सिंह एक माता से उत्पन्न सगे भाई थे। परन्तु पृथ्वीराज को उनका सगा छोटा भाई संग्राम सिंह बालपन से नहीं सुहाता था जबकि विमाता से उत्पन्न जयमल को वह भाई के तौर पर अपने ज्यादा करीब पाता था। यद्यपि इस सफल युद्ध अभियान में यह तीनों पुत्र अपने पिता राणा रायमल्ल के बड़े सहायक सिद्ध हुए, परन्तु आगे चलकर यही तीनों पुत्र उनके लिए सबसे बड़ा सिरदर्द भी साबित हुए।

चित्तौड़गढ़ का सुदृढ़ किला लाल पत्थरों का बना है। यों तो पहाड़ी पर बनाया गया यह किला 5000 वर्ष पहले महाभारतकालीन पाण्डवों द्वारा सर्वप्रथम निर्मित बताया जाता है। उसके बाद समय-समय पर अनेक राजाओं ने इसमें अपना योगदान दिया। मौर्यवंशीय राजाओं से लेकर राजपूतों फिर परमारों और पुनः अनेक राजवंशों के राजपूतों ने इस दुर्ग पर अपने-अपने भुजबल से अधिकार किया और अपने हिसाब से किले में निर्माण कार्य कराये। विध्वंस, निर्माण और विध्वंस के अनेक दौरों से गुजरकर चित्तौड़ का किला आज भी अनोखी शान के साथ खड़ा है।

यह 700 एकड़ में बसा हुआ एक सुदृढ़ चाहरदीवारी से घिरा मनोरम भूभाग है। आज की नाप-जोख के हिसाब से कहें तो इसकी विशालता का अनुमान इस हिसाब से लगाया जा सकता है कि यह 13 किलोमीटर लम्बा और 2.5 किलोमीटर चौड़ा किला है। किला हरे-भरे अनेक उद्यानों, बावड़ियों, महलों, मन्दिरों, भवनों और पहाड़ी मार्गों से संयुक्त है। नीले आकाश के नीचे लाल पत्थरों से बने भव्य भवनों, प्राचीरों, बुर्जियों और शिखरों के चहुँ ओर प्रकृति की छटा निराली है। किले के ऊपर उद्यानों और मार्गों के दोनों ओर नाना प्रकार के पेड़-पौधे और पुष्प पाये जाते हैं।

वृक्षों को ही लें तो नीम, पीपल, बरगद, बेल, बेर, कीकर के वृक्षों से लगाकर किले के ढलान और तलहटी में करौंदा, बबूल, शमी, धोकड़ा, अड़ूसा इत्यादि के नाना प्रकार के जंगली झाड़ मिलते हैं। ये वृक्ष और वनस्पतियाँ सूर्य के प्रकाश में पवन द्वारा उड़ायी गयी धूल से आच्छादित होकर भी अत्यन्त सुखद लगती हैं। जब ये वर्षाकाल में धुलकर हरियाली की सुषमा से संयुक्त हो जाती हैं तब तो और भी सुन्दर हो जाती हैं। इनमें निवास करनेवाली नाना प्रकार की चिड़ियों की चहचहाहट तथा मोरों की पुकार ऐसा समाँ खींचती हैं कि लगता है कि चित्तौड़गढ़ में आकाश से स्वर्ग सीधा उतर आया हो।

मीराँ-महल कुम्भा-महल से थोड़ी ही दूर स्थित है। कुम्भा-महल में उन दिनों महाराणा सांगा का निवास था। अन्य महलों में विभिन्न रानियाँ अपनी दास-दासियों की देख-रेख में निवास करती थीं।

राजा का जीवन कभी भी सुरक्षित नहीं होता। अपने विश्वासपात्र अंगरक्षकों और अनुचरों के घेरे में राजा का निवास होता है। राजसत्ता में षड्यन्त्रों की सम्भावनाएँ हरदम मौजूद रहती हैं। अतः जो भी राणा या महाराणा होता उसके अंगरक्षक और अनुचर भी किले में ही निवास करते थे। उनके लिए दुर्ग के भीतर आवासीय भवनों का बन्दोबस्त किया जाता था। सांगा के समय में भी चित्तौड़गढ़ में यही व्यवस्था थी।

मीराँबाई अपने महल में रहतीं। गिरधरगोपाल का नियम से आराधन-पूजन करतीं। उनके महल से कुछ दूर पर एक विशाल मन्दिर था—कुम्भश्याम जी का मन्दिर। सन्ध्या समय मीराँ अपनी सखियों के साथ जाकर वहाँ पूजन और कीर्त्तन करतीं।

निज निवास में विराजित गिरधरगोपाल जी की भोग-आरती उत्थान-शयन समस्त प्रकार से उनका आराधन मीराँ का नित्य का नियम था। सेविकाएँ उन्हें फूल चुनकर देतीं। वे स्वयं अपने हाथों से पुष्पहार बनातीं और उसे अपने कृष्ण भगवान् की मूर्ति को पहनातीं। एकादशी का व्रत रखतीं। विभिन्न पर्वों पर निर्जल और निराहार व्रत रखने का भी उपक्रम करतीं। बिना अपने कृष्ण कन्हाई को भोग लगाये कुछ भी न खातीं। मीराँ गृहस्थ जीवन में भी पूर्ण तपस्विनी थीं। यह उनकी दिनचर्या से स्पष्ट था।

महल में पधारनेवाले साधु-सन्तों का मीराँ ऐसा स्वागत-सत्कार करतीं कि उसे वे आजीवन भूल न पाते। साधु-महात्माओं में मीराँबाई वस्तुतः अपने अनन्य मनमोहन कृष्ण का ही दर्शन करतीं।

मीराँ कहतीं कि मेरा साँवरा मेरा प्रियतम तो मेरे ही भाँति एक जोगी है। मैं जन्म-जन्म से उसके लिए भटक रही हूँ और वह भी मेरी खोज में रत है। दुर्दैव से मैं इस मायालोक में आ पड़ी हूँ। इसलिए मैं सदैव अपने जोगी उस मनमोहन के

लिए विरहाग्नि में जलती रहती हूँ। जब कोई सन्त पुरुष पधारता है तो एक प्रकार से वह उस जोगी परम ब्रह्म का ही पावन अंशरूप होता है।

उसका जितना भी आदर-सत्कार किया जाये, कम है। किसी सन्त का आगमन जितना सुखद होता है, उसका प्रस्थान उतना ही दुःखदायी। इसे ये दुनियादार इन्सान नहीं समझ सकते। उन्हें तो सन्त-समागम में भी खोट नजर आती है। आती है तो आये। मैं इस कुत्सित सोच से डिगनेवाली नहीं। मेरे लिये जो सन्तजन आदरणीय हैं सो हैं। उनकी सेवा उनका स्वागत मेरा धर्म है। मेरा आनन्द है। मेरा अधिकार है। यह मीराँ उसी में मगन है।

हरिभजन, हरिकीर्त्तन, हरि सुमिरन और हरि दर्शन मीराँ को उनकी इच्छा और प्रयास से सन्तों के आवागमन के फलस्वरूप जब-तब प्राप्त होता रहता। मीराँ के भक्तिभाव और सन्तों के प्रति उनके अत्यधिक श्रद्धाभाव की चर्चा दूर-दूर तक फैल गयी थी। वस्तुतः चित्तौड़ में पधारकर कुछ दिन प्रवास करनेवाले सन्त, योगी, वैरागी, फकीर ही संसार भर में उसे प्रचारित-प्रसारित करने लगे थे।

मीराँ को सन्तों के मिलन से कभी कोई असुविधा या परेशानी नहीं होती थी। राजकुँवरि से राजरानी तक की जीवन-यात्रा में सन्तजन, भगवद्भक्त मीराँ को सदा से प्रिय थे। उन्होंने अपने मायके मेड़ता में पितामह राव दूदा से यही तो शुभ संस्कार अर्जित किये थे जिनका उनके पति कुँवर भोजराज ने भी कभी विरोध नहीं किया। साधु-सेवा, साधु-पूजन भोजराज के जीवित रहते भी होता था। परन्तु तब यह यदा-कदा हो पाता था। आखिर मीराँ का गृहस्थ जीवन जो ठहरा। घर-परिवार के प्रति मीराँ के दायित्व उसे इस ओर इतना अवकाश नहीं देते थे। भोजराज के पश्चात् मीराँ का एकाकी और लम्बा जीवन अब साधु-संगत के लिए उन्हें समय-ही-समय देने लगा। मोरमुकुटधारी कृष्ण और जटाजूटधारी जोगियों के मध्य उनके लिए अब जैसे कोई विभेद न रहा। मीराँ हर पल सन्तों के दर्शन और उनकी सेवा हेतु प्रतीक्षारत रहने लगीं। वे गातीं—

जोगियो आनि मिल्यो अनुरागी।
संसा सोक अंग नहिं त्रिसना, दुबध्या सबही त्यागी।
मोर मुकुट पीताम्बर सोहे, स्यामबरन बड़भागी।
जनम जनम को साहिब म्हारो, वाही सों लो लागी।
अपना पिव सों हिल मिल खेलाँ, हरि दरसन अनुरागी।
मीराँ के प्रभु गिरिधर नागर, अब भई मैं सुभागी।

इस प्रकार सन्तों में हरि दर्शन करने लगी थीं मीराँ। उनके प्रियतम उन्हें उन्हीं में झलकते दिखते। मीराँ भजन गाते-गाते सन्तों के सम्मुख इकतारा और खड़ताल बजाकर अक्सर नृत्य करने लगतीं। ऐसे में उन्हें अपने तन-मन की सुधि न रहती।

नाचते-नाचते वह कई बार तो समाधि में चली जातीं और एकाएक खड़ी-खड़ी ढह जातीं। ललिता-सुकन्या आदि उनकी सखियाँ-सेविकाएँ उन्हें सँभालतीं। मीराँ अपने गिरधरनागर की सहचरी बन स्वयं को परम सौभाग्यशालिनी पाने लगी थीं।

महल में दिनोंदिन बढ़ती साधु-सन्तों की आमदरफ्त और उनके मीराँ-महल के आस-पास के कक्षों में प्रवास से लेकर उद्यानों तक में साधुओं, जोगियों और भक्तों के पड़नेवाले डेरों से एक ओर चित्तौड़गढ़ की सुरक्षा-व्यवस्था बाधित होने लगी, दूसरी ओर महलों और रनिवासों में यह सब चर्चा और चिन्ता का विषय अलग से बन गया।

राजमहलों की स्त्रियाँ अब जानना चाहती थीं कि वास्तव में मीराँबाई किस मिट्टी की बनी हैं? इसके लिए एक ओर उनकी ननद ऊदाँबाई को उनसे सीधी बातचीत के बहाने उन्हें भीतर से टटोलने के लिए लगाया गया था, दूसरी ओर उन पर चम्पा और चमेली नामक रनिवास की दो चतुर दासियों को सारा हाल-हवाल जानने के लिए बतौर जासूस छोड़ दिया गया था। मीराँ कब क्या करती हैं? क्या खाती हैं? किससे मिलती हैं? क्या-क्या बोलती-कहती हैं? उसकी एक-एक हरकत की ख़बर राजमाताओं तक पहुँचती। उनकी सास सोलंकिनी जी से अधिक उनकी सौतेली सास कर्मावती रानी इन बातों में रुचि रखती थीं।

"तुम तो उनके बारे में सब जानती होगी। आखिर दो-तीन बरस बड़ी हो न उनसे?"—चम्पा ललिता से पूछ रही थी।

"क्या यह मीराँबाई सा बचपन से ही ऐसी थीं?"—चमेली का प्रश्न था।

चम्पा और चमेली इस समय एकान्त में मीराँ-महल के पिछवाड़े दुर्ग की दीवार से सटी बैठी थीं और ललिता को घेरे हुई थीं। दोपहर का समय था। बहुत तेज पुरवा चल रही थी। मीराँ-महल में मीराँबाई सा का ध्यान लग गया था। अब वे घण्टा-दो घण्टा से पूर्व ध्यान से बाहर न आनेवाली थीं। सुकन्या को उनके पास छोड़कर वह तीनों वहाँ से आ गयी थीं। मीराँ-महल में दो सेविकाएँ और भी देखभाल में थीं। ललिता ने बताया—

"अलग तो थी हीं यह दूसरी लड़कियों से।... मीराँ एकदम अलग थीं सबसे ...बचपन से ही अपने-आपमें ही कहीं खोयी रहतीं...जब उनकी सखियाँ खेलने-कूदने में लगी होतीं तो ये मेड़ता के चारभुजानाथ मन्दिर में हो रहे किसी प्रवचन में अथवा श्रीकृष्ण की लीलाओं को देखने-सुनने में निमग्न रहतीं। जहाँ दूसरी सखियाँ अपने आनेवाले गृहस्थ जीवन की कल्पनाओं में बहकर सांसारिक बातें करतीं और हँसी-ठिठोली करतीं वहीं मीराँ मुझसे एकान्त में बड़ी गम्भीरता से भगवान् श्रीकृष्ण की चर्चा करतीं...उनसे मिलने की अभिलाषा व्यक्त करतीं। मैं कहती कि बाई सा अभी आपकी उम्र ही क्या है इतना और भगवान् के बारे में चिन्ता करने की? तो वे उलटे कहतीं कि भगवान् की चिन्ता करने की क्या कोई उम्र होती है?

"मीराँ की माँ सा भी बहुत भक्तिमती थीं। पर वे मीराँ को दूसरी माँओं की भाँति घर-गृहस्थी के काम-काजों की ओर भी आकर्षित करने की चेष्टा करती थीं। लेकिन इनका मन उन सब कामों को देखने में कम रमता। जब राव दूदा इनके पितामह इन्हें मन्दिर ले जाते, साधु-सन्तों का दर्शन कराते, सत्संग-पूजन आदि में अपने साथ बैठाते तो यह बहुत प्रसन्न रहतीं और बड़े मनोयोग के साथ श्रवण-कीर्त्तन और पूजन में लगी रहतीं।...कभी कोई भगवत् चर्चा हो तो मीराँ का उत्साह देखते ही बनता। उनके नेत्रों की ज्योति तब मानो सौगुना बढ़ जाती। किन्तु जब घर में सामान्य दिनचर्या में होतीं तो यह शान्त और एकाकी जीवन ही बितातीं।"

"और वह क्या था? वही जो बाई सा कभी-कभी शालग्राम के ऊपर गाया करती हैं।"

—चमेली ने अचानक कुरेदा।

इस पर ललिता सखी हँस पड़ी। कहनी लगी—

"एक बार सखियों के साथ मीराँ खेल रही थीं। कहीं से उन्हें भूमि पर पड़ा हुआ एक गोल चिकना काला पत्थर मिल गया। मीराँ ने लाकर उसे अपनी माँ सा को दिखाया। माँ सा ने कहा अरी ये तो शालग्राम हैं। इनमें भगवान् का वास है। मीराँ ने पूछा मेरे कृष्ण कन्हाई इनमें हैं? माँ सा बोलीं हाँ री बिटिया इसमें कृष्ण हैं इसी में राम हैं...भगवान् के जितने भी रूप हैं शालग्राम के भीतर सभी हैं...यह उन्हीं को मिलते हैं जो पूर्व जन्म से ही इनमें प्रीति रखते हैं। इनका बड़े प्रेम से पूजन करना चाहिए। नित्यप्रति स्वयं स्नान कर इन्हें भी स्नान कराना चाहिए। फिर इन्हें साफ कपड़े से पोंछकर चन्दन लगाना चाहिए। सिंहासन पर बैठाकर इनको पुष्प, अगरु और नैवेद्य समर्पित करना चाहिए। बिटिया अनेक वैष्णव-भक्तों ने इन्हीं शालग्राम की पूजा करके ईश्वर को पाया है।...नन्हीं मीराँ पर माँ सा की उस सिखावन का भी बड़ा प्रभाव पड़ा और वे उसी दिन से उनकी पूजा करने लगीं।"

"उस समय इनकी क्या आयु रही होगी?"—चम्पा ने पूछा।

"यही कोई पाँच बरस की। उसी के दो बरस बाद की बात है जब उन्होंने मेड़ता में एक बारात देखी और माँ से जिज्ञासा की और माँ का उत्तर सुनकर भगवान् श्रीकृष्ण को ही अपना पति मान लिया था। ये प्रसंग तो हम उन्हीं के मुख से अनेक बार सुन चुकी हैं।"

"तो क्या मीराँबाई सा पाँच बरस की आयु से ही भक्तिमती हो गयी थीं?"

"और क्या? भक्ति का वह बीज जो बचपन में पड़ा था आज उनके युवाकाल में एक भरा-पूरा वृक्ष बन चुका है।"

"और गिरधरगोपाल की वह सुन्दर मूर्ति जिसे मीराँ पीहर से लेकर यहाँ ससुराल में पधारीं? वह कब मिली थी उन्हें?"

"दस बरस की आयु में मिली थी कान्हा जी की वह मूर्ति उन्हें।...मीराँबाई सा ने उन्हें ही अपनी गोद में लेकर विवाह के अवसर पर सातों फेरे लिये थे। आखिर ये मुरलीधर श्रीकृष्ण ही तो मीराँ के अविनाशी और सत्य-सनातन पति हैं।"

"अच्छा तो फिर वह मूर्ति कौन-सी थी जो सात साल की आयु में उनकी गोद में थी जिसे बारात देखकर आयी मीराँबाई सा की माँ सा ने इंगित कर कहा था—यही तो हैं तेरे दूल्हे राजा।"

"वह?...अरी वह तो लड्डूगोपाल थे...कान्हा जी की नन्हीं-सी मूरत...एक माटी की मूरत...माटी की मूरत कितने दिन साथ रहती है?...संयोग से वह उन्हीं दिनों विखण्डित हो विसर्जित हुई जब यह गिरधरगोपाल उन साधु-महात्मा से मीराँ को प्राप्त हुए।...

"जानती हो तुम सब? इसके पीछे भी एक सच्ची घटना है। मीराँ तब दस बरस की थीं और पण्डित गजाधर जी से शिक्षा ग्रहण कर और अनेक सन्त-महात्माओं का संकीर्त्तन सुनकर स्वयं भी पदरचना करने लगी थीं। परम बुद्धिमती तो थीं ही मीराँ। ...जब वह साधु महात्मा मेड़ता पधारे और कुछ दिन चारभुजानाथ मन्दिर के भवन में रहे। साधू बाबा नित्यप्रति इस अति सुन्दर मुरलीधर की मूर्ति का विधिवत् पूजन करते। उस समय मीराँ बड़ी ललक से उन्हें निहारा करतीं। जाने को हुए तो वह मूर्ति उनसे माँग बैठीं। साधू बाबा ने देने से मना किया तो मान-मनुहार करके रो-धोके तूफान खड़ा कर दिया। भयभीत हो साधू बाबा मूर्ति को लेकर भाग चले। तब मीराँ ने अपने महाशोक के अतल में छलाँग लगा दी। महल में वापस आकर रोते-धोते वह अपने कक्ष में घुसकर बिस्तर पर जा पड़ीं। घण्टों कक्ष से बाहर न निकलीं। जब निकलीं तो उन मुरलीमनोहर के दर्शन-बिना दुखते-नयन और छाती में विरह की जो करैंत फिर गयी थी उसी का गान उनके मुख पर था—

दरस बिन दूखन लागे नैन।
जब से तुम बिछड़े मोरे प्रभुजी कबहु न पायो चैन।
शब्द सुनत मेरी छातियाँ कपै, मीठे लागे बैन।
एक टगटगी पंथ निहारूँ, भई छमासी रैन।
बिरह बिथा कासूँ कहु सजनी, बह गयी करवत ऐन।
मीराँ के प्रभु कबर मिलोगे, दुख मेटन सुख दैन।

"भक्त हृदय की पुकार जब इतनी गहरी हो, व्यथा की अभिव्यक्ति जब इतनी गहरी हो, तभी वह अपने लक्ष्य पर मारक असर करती है। मीराँ की यही पुकार अनन्त ब्रह्माण्ड के नायक परमात्मा तक पहुँची होगी और तब स्वयं परमात्मा ही ने उस साधु को स्वप्न में यह आदेश दिया होगा कि जाओ मीराँ को मेरा वह विग्रह देकर आओ जो कि तुम्हें प्राणों से भी प्रिय है, क्योंकि वह बालिका मुझे इस धरा धाम पर

अत्यधिक प्यारी है। यदि तुम मेरी निकटता चाहते हो तो जाओ मुझे तत्काल उसके निकट पहुँचाकर आओ। मेरे इसी मूर्ति स्वरूप में।

वे साधु-महात्मा भागे-भागे मीराँ के पास गये और अपने माधव की मूर्ति मीराँ को देकर उन्होंने स्वयं माधव को पा लिया। जबकि मीराँ इन माधव की मूर्ति से जुड़कर जैसे स्वयं को ही पा गयीं।''

कुँवर रत्न सिंह जब से वयोवृद्ध रघुवीर सिंह राणावत से मिले थे सिसोदिया वंश का इतिहास जानने के लिए सदा बेचैन रहते थे। अपने पिता महाराणा सांगा के जीवन-संघर्ष को जानने की उन्हें अत्यधिक उत्सुकता थी।

रघुवीर सिंह राणावत विगत कई दिनों से अपनी जागीर गये हुए थे। कुँवर रत्न सिंह बेसब्री से रघुवीर काका सा की प्रतीक्षा कर रहे थे।

उन्हें मालूम था कि कितने संघर्षों के बाद और अपने ही दो-दो बड़े भाइयों की दुश्मनी झेलने के बाद कितनी मुश्किल से उनके पिता संग्राम सिंह मेवाड़ के उत्तराधिकार को पा सके थे, एक ऐसा उत्तराधिकार, जो राजवंश का तृतीय पुत्र होने के नाते परम्परागत रूप से उनका था भी नहीं, जिसकी उन्हें अभिलाषा भी नहीं थी। दैवयोग से ही सही, किन्तु उस उत्तराधिकार ने जबरन उनका वरण किया था।

काका रघुवीर सिंह जब चित्तौड़ लौटे तो आगे की कहानी जानने को रत्न सिंह स्वयं उनके आवास पर गये। काका रघुवीर सिंह ने मेवाड़ के युवराज की अच्छी आवभगत की और फिर आगे का किस्सा बयान किया–

''राणा रायमल्ल के ग्यारह स्त्रियों से विवाह हुए। इन ग्यारह रानियों से उन्हें चौदह पुत्र प्राप्त हुए। पुत्रियाँ तो बहुतेरी। पुत्रों में पृथ्वीराज सबसे बड़ा था। उससे छोटा था एक अन्य माँ से उत्पन्न जयमल। संग्राम सिंह पृथ्वीराज का सगा छोटा भाई था जो कि आयु के लिहाज से तीसरे स्थान पर था।''

''तब स्पर्द्धा कहाँ से शुरू हुई?''

किशोरावस्था में एक दिन तीनों राजकुमारों ने अपनी-अपनी जन्मपत्रियाँ एक ज्योतिषी को दिखायीं। ज्योतिषी बोला ग्रह तो पृथ्वीराज और जयमल के अच्छे हैं परन्तु राजयोग तो संग्राम सिंह का ही बनता है। इसलिए मेवाड़ का अगला राणा संग्राम सिंह ही होगा।

''यह बात पृथ्वीराज को बहुत अखरी। उसने आव देखा न ताव उसी समय छोटे भाई संग्राम सिंह पर हमला कर दिया। दोनों भाई गुत्थम-गुत्था हो गये। संग्राम सिंह ने किसी तरह स्वयं को छुड़ाया तो पृथ्वीराज ने तलवार खींचकर संग्राम सिंह पर एक निर्मम वार किया। संग्राम वार तो बचा गया परन्तु तलवार का सिरा उसकी एक

आँख को छू गया और वहाँ से रक्त बहने लगा। तब तक रायमल्ल के चाचा सारंगदेव ने वहाँ आकर बीच बचाव किया। सारंगदेव घायल संग्राम सिंह को अपने घर ले गये। वहाँ उनकी चोटिल आँख का उपचार कराया। परन्तु उस आँख की ज्योति जाती रही।

"तीनों भाई इतने से ही शान्त न हुए। तुम्हारे पिता संग्राम सिंह प्रारम्भ से ही शान्त स्वभाव के सन्तुलित और विवेकवान् व्यक्ति थे। उन्होंने ही एक दिन पृथ्वीराज और जयमल से कहा कि आप दोनों मेरे बड़े भाई हैं और मुझ पर नाहक सन्देह करते हैं। मुझे राज्याधिकार की कोई लालसा नहीं है। फिर भी मेरा सुझाव है कि इस सम्बन्ध में हमारे मध्य कोई मनमुटाव न रहे। इसलिए आइये क्यों न हम भीमलगाँव चलें जहाँ की पुजारिन अपनी सटीक भविष्यवाणियों के लिए बहुत प्रसिद्ध है। जो बात वह हम तीनों के लिए कहे उसे हम सब मान लें। बुजुर्ग सारंगदेव ने भी तेरे पिता सांगा की इस बात का समर्थन किया।...

"पृथ्वीराज और जयमल ने यह प्रस्ताव स्वीकार कर लिया। तब वे लोग भीमलगाँव की उस पुजारिन के पास गये। वे लोग पुजारिन बीरी से मिले। बीरी ने कहा अब शाम का समय हो गया है। तुम्हारे मन में जो है उसे लेकर कल सुबह देवी के मन्दिर में पधारना। तभी मैं कुछ बता सकूँगी। तीनों भाई सारंगदेव के साथ तब अपने ठिकाने पर आ गये।

वह रात बड़ी बेचैनी से काटी इन सबों ने। फिर भोर में ही नहा-धोकर देवी-मन्दिर में जा पहुँचे। अभी वे हाथ जोड़कर देवी माता के दर्शन कर ही रहे थे कि पुजारिन बीरी निकट की वाटिका से फूल चुनकर पधारी। उसने तीनों राजपुत्रों के मस्तक देखे और उनसे उनके नाम पूछे। फिर वह देवी माँ का प्रसाद उन्हें देती हुई सारंगदेव से बोली—

"ये तीनों बालक राजसिंहासन पर अधिकार को मन में लेकर आये हैं। पृथ्वीराज और जयमल के सिर पर काली छाया है। यह छोटा संग्राम ही मेवाड़ का भविष्य होगा।"

—कहकर पुजारिन मन्दिर में देवी पर पुष्पार्पण करने गर्भगृह के भीतर चली गयी। और फिर इधर जो प्रचण्ड उत्तेजना इस भविष्यवाणी से उत्पन्न हुई उसने भाइयों-भाइयों के मध्य पुनः तलवारें खिंचवा दीं।

"इस बार पृथ्वीराज और जयमल दोनों ने ही सांगा पर शस्त्र उठा लिये। यह देखकर चाचा सारंगदेव सांगा की तरफ हो गये। ऐसी विकट तलवारें चलीं कि उस मन्दिर में ही चारों राजपूतों का रक्त बहने लगा। उस लड़ाई में पृथ्वीराज और सारंगदेव इतने घायल हो गये कि दोनों अचेत होकर धरती पर गिर गये। सांगा को भी कई घाव लगे। जयमल उससे भिड़ा हुआ था। अन्ततः सांगा अपनी प्राणरक्षा के लिए वहाँ से भागा। वह घोड़े पर सवार होकर उस भीमलगाँव से निकल लिया।

''यद्यपि घायल तो जयमल भी था। परन्तु उसने सोचा कि पृथ्वीराज और सारंगदेव तो लगता है गिरकर मर ही गये हैं। यह संग्राम अभी जिन्दा है। यदि इसको मैं मार लूँ तो मेवाड़ का वारिस मैं ही कहलाऊँगा। इस पुजारिन की वाणी को झूठा करने का इससे अच्छा अवसर दोबारा शायद ही मिले। अतः वह भी घोड़े पर सवार होकर सांगा का पीछा करने लगा।

''तब घायल, खून से तरबतर, भागते हुए सांगा को मार्ग में एक स्थान पर राठौड़ बीदा जैतमालोत मिला। वह अपने बन्धु-बान्धवों के साथ पास के रूप नारायण मन्दिर में दर्शन वास्ते आया था। उसने घायल सांगा को घोड़े से उतारकर उसको सँभाला। तब तक खून का प्यासा जयमल अपने साथियों सहित वहाँ आ धमका। उसने सांगा को उसके हवाले करने को कहा। परन्तु बीदा राठौड़ ने शरणागत की रक्षा के सिद्धान्त को अपना धर्म मानकर घायल सांगा को अपने कुछ साथियों सहित गोड़वाड़ की ओर रवाना किया और स्वयं जयमल से ढाल-तलवार लेकर भिड़ गया। बीदा और जयमल के मध्य विकट लड़ाई हुई। उसमें बीदा ने अपने कई साथियों सहित उसी स्थल पर बलिदान दे दिया। रे रत्न!...यह होती है राजपूत की आन।

''जयमल वहाँ से निराशा की हालत में कुम्भलगढ़ के दुर्ग में आ गया। पृथ्वीराज और सारंगदेव भी लौटे और उनका उपचार हुआ। बात राणा रायमल्ल के पास पहुँची। उन्हें वह सब सुनकर भारी क्रोध हुआ। क्रोधावेश में रायमल्ल ने ज्येष्ठ पुत्र पृथ्वीराज को देश निकाला दे दिया। जो लड़का अपने पिता के जीते-जी अपने राज्याधिकार की महत्त्वाकांक्षा में अपने छोटे भाई के प्राणों का शत्रु हो सकता है तो वह अवसर मिलते ही अपने पिता को भी मार सकता है। महाराणा कुम्भा के ज्येष्ठ पुत्र उदय सिंह ने भी तो कुम्भा की हत्या की थी। यह बहुत पुरानी बात भी न थी।

''पृथ्वीराज अपने पिता से अलग चित्तौड़गढ़ छोड़कर कुम्भलगढ़ में रहने लगा। फिर पृथ्वीराज ने अपने बाहुबल से कई गाँव की जागीरें अपने कब्जे में कर लीं। उसका सौतेला भाई जयमल भी, जिसे वह अपने सगे भाई संग्राम से अधिक पसन्द करता था, पृथ्वीराज के साथ ही कुम्भलगढ़ में निवास करने लगा था।

''नियति के सामने किसी का वश नहीं चलता। बड़े-बड़े सूरमा काल की गति में मिट्टी में मिल जाते हैं और धूल धूसरित कर दिये गये मनुष्य नियति के ही खेल से उठकर ऐसी चमक बिखेरते हैं जैसी किसी ने कल्पना भी न की हो। तीन भाई तीन प्रकार का भाग्य लिखाकर मेवाड़ में जन्मे थे। तीनों का उतार-चढ़ाव भी नियति ने ही तय कर रखा था।

''राणा रायमल्ल अपने इन तीनों पुत्रों को नियन्त्रित रख पाने में एक पिता की हैसियत से असफल रहे। वह अपने पिता महाराणा सांगा के जतन से समेटे और अपने अयोग्य एवं पितृहन्ता भाई उदय सिंह द्वारा बिखेरे गये साम्राज्य को भी पुनः एकजुट कर पाने में असफल रहे। उदय सिंह उर्फ ऊदा के पंचवर्षीय शासनकाल

में आबू, तारागढ़ और साँभर के जो इलाके मेवाड़ से अलग हो गये थे, रायमल्ल ने उन्हें फिर से हासिल करने का प्रयास ही नहीं किया। अपने पैंतीस वर्ष के लम्बे शासनकाल में रायमल्ल प्रायः भोग-विलास-भरी राजसी जिन्दगी ही जीते रहे। उनके प्रमाद से आस-पास के छोटे-छोटे राजा सिर उठाने लगे और उनमें मेवाड़ की धरती हथियाने की होड़-सी लग गयी। मालवा के सुल्तान ने रणथम्भौर, टोडा, बूँदी पर कब्जा कर लिया। इसी तरह चाकसू, सीकर, नरेना और अजमेर भी मेवाड़ के अधिकार-क्षेत्र से जाते रहे।

"राणा रायमल्ल अपने बेटों के पारस्परिक वैमनस्य और निकट अतीत के अपने पिता के साथ हुए हादसे से इतने आक्रान्त थे कि वह हताशा और दुविधा की दशा में न तो बाहरी शत्रुओं से मेवाड़ की रक्षा हेतु ठीक से खड़े हो सके और न अपने पारिवारिक झगड़ों को ही सुलझा सके। इसी ऊहापोह में अपने ज्येष्ठ पुत्र पृथ्वीराज को उन्होंने न तो विधिवत् अपना उत्तराधिकारी घोषित किया और परिस्थितिवश एक बार जब उन्हें उसे बहिष्कृत करना पड़ा तो न ही दोबारा वे उसे अपना ही सके।"—इस तरह बूढ़े सामन्त रघुवीर सिंह से रत्न सिंह को अनेकानेक जानकारियाँ प्राप्त हुईं।

वास्तव में संग्राम सिंह जो आगे चलकर महाराणा सांगा के रूप में मेवाड़ के सिरमौर बने और जिनकी धाक राजपूताने से निकलकर अन्त में आगरा और दिल्ली के निकट तक जा पहुँची उनका प्रारम्भिक जीवनकाल अत्यन्त रोमांचक एवं संघर्षमय था। भाई जयमल जब भाई संग्राम सिंह को पकड़ नहीं सका और उधर सबसे बड़े भाई पृथ्वीराज को चित्तौड़ से निकाल दिया गया तो इन दोनों दुष्ट भाइयों की स्थिति एक-जैसी हो गयी। तोको और न मोको ठौर। दोनों कुम्भलगढ़ में आकर साथ-साथ रहने लगे। अपने पिता राणा रायमल्ल के साये से बहुत दूर।

उन दिनों मेवाड़ का एक वीर सामन्त सुरताण मेवाड़ नरेश से प्राप्त बदनौर की जागीर में रहता था। उसकी बहन तारा एक अत्यन्त सुन्दर युवती थी। उसके रूप की प्रसिद्धि चारों ओर फैली हुई थी। तारा केवल रूपसुन्दरी ही नहीं थी, वह एक अत्यन्त वीर स्त्री भी थी। शस्त्रविद्या में अत्यन्त निपुण। विशेषकर धनुर्विद्या में तो अद्वितीय रूप से पारंगत थी। वह सरपट दौड़ते हुए घोड़े की पीठ पर बैठकर धनुष संचालन करती थी और उसका तीर कभी भी लक्ष्य भेद से चूकता नहीं था। सामन्त सुरताण को अपनी उस बहन तारा पर बहुत गर्व था।

यह दोनों भाई-बहन जयपुर राज्य के अधीन रही टोडा की जागीर के सोलंकी शासक श्याम सिंह की सन्तान थे। टोडा को दिल्ली सल्तनत के सुल्तान सिकन्दर लोदी के अजमेर के सूबेदार मल्लू खाँ के कृपापात्र लल्ला ख़ाँ ने बलपूर्वक हथिया लिया था। इससे टोडा के राव श्याम सिंह को वहाँ से भागकर राणा मेवाड़ की शरण में आना पड़ा। तब इन्हें बदनौर की जागीर मेवाड़ नरेश ने प्रदान की। श्याम सिंह

के निधन के बाद से उसका पुत्र सुरताण बदनौर का जागीरदार था और तारा उसकी इकलौती प्रिय बहन थी। वह कुँवारी थी और अपने भाई के साथ रहती थी।

सुरताण और तारा दोनों भाई-बहन के मन में उनके बचपन के दिनों की यादें ताजा थीं। उनका बचपन जिस टोडा कस्बे में बीता था उसका उनके पिता के हाथों से शत्रु के हाथों निकल जाना उनके हृदय में अक्सर शूल की भाँति चुभता था। पिता समेत पूरे परिवार का यों दरबदर होकर टोडा से बदनौर में आ बसना उनके अतीत के गौरव को भी ठेस पहुँचाता था। इससे भाई-बहन दोनों के मन में एक गहरी कसक हरदम बनी रहती। विशेषकर तारा के लिए तो जैसे टोडा को पुनः प्राप्त करना जीवन-मृत्यु-जैसा एक प्रश्न बन चुका था। अपनी इस बलवती आकांक्षा की पूर्ति के लिए तारा ने एक दिन यह संकल्प लिया कि वह किसी ऐसे ही वीर पुरुष से विवाह करेगी जो टोडा की वह छोटी-सी जागीर जीतकर उसे उस पर न्योछावर कर दे।

तारा की सुन्दरता के चर्चे कुम्भलगढ़ में अपने भाई पृथ्वीराज के साथ निवास कर रहे जयमल तक पहुँचे। उन चर्चाओं को सुनकर जयमल तारा के प्रेम में पागल हो गया। जब उसका हृदय उसके वशीभूत न रहा तो उसने सामन्त सुरताण को सन्देश भेजवाया कि वह उसकी बहन तारा से विवाह करना चाहता है। उधर से उत्तर आया कि तारा का कहना है कि यदि जयमल टोडा जीतकर उसे दिला दे तो तारा उसकी हो जायेगी। जयमल ने वचन दिया और कहलवाया कि वह टोडा विजय हेतु युद्ध में जाने को तैयार है। पर युद्ध में जाने से पूर्व वह तारा से एक बार मिलना और उसकी एक झलक देखना चाहता है।

सुरताण ने अपनी बहन की ओर से कहलाया कि यह बात राजपूतों की परम्परा के विरुद्ध है। लड़की का मुख विवाह से पूर्व वर को नहीं दिखाया जाता है। जयमल को बड़ा बुरा लगा। एक तो उसने तारा के संकल्प का मान रखकर वचन दे दिया और टोडा विजय अभियान हेतु जाने को राजी हो गया, ऊपर से यह सुरताण, मेवाड़ का अधीनस्थ जागीरदार, उसे अपनी बहन से मिलवाने में भी आनाकानी की धृष्टता कर रहा है। जयमल ने पुनः कहलवाया कि सुरताण ने मेवाड़ का नमक खाया है और उसके स्वर्गीय पिता श्याम सिंह जी ने भी। इसलिए तारा के विषय में जैसा कहा जा रहा है वैसा ही वह करे।

इस पर सुरताण ने अपने साले सांखला रतन को भेजकर दृढ़ता से अन्तिम उत्तर जयमल को दिया कि विवाह-पूर्व तारा को देखने-दिखाने का उसका प्रस्ताव उसे बिलकुल नामंजूर है। जयमल यह दुराग्रह छोड़ दे और पहले अपना वचन पूर्ण करे। इस पर जयमल ने कहा कि अब इसका फैसला उसकी तलवार ही करेगी।

सांखला रतन ने कुम्भलगढ़ से लौटकर जयमल की सेना की तैयारी और बदनौर पर उसके सम्भावित हमले की बात बतायी। मेवाड़ की शरण में ही तो था सुरताण

और उसका परिवार। यह सोचकर सुरताण ने बदनौर की जागीर छोड़कर जाना, राजकुँवर जयमल से युद्ध करने की अपेक्षा, बेहतर समझा। बैलगाड़ियों में सब सामान लाद-फाँदकर सुरताण और उसके कुटुम्बीजन बदनौर से निकल पड़े।

जयमल जब सैन्य दल-बल के साथ बदनौर पहुँचा तो उसे वहाँ सुरताण, तारा या अन्य कोई लड़ाका राजपूत नज़र नहीं आया। लोगों से पूछा तो जिस ओर उन लोगों के प्रस्थान का ज्ञान हुआ, जयमल उसी दिशा में उनका पीछा करने निकल पड़ा। अब वह सुरताण को दण्डित कर सुन्दरी तारा को पा लेना चाहता था। कामान्ध और क्रोधित जयमल साँझ होते-होते उन पलायन करनेवालों का एक गाँव से दूसरे गाँव तक पीछा करता रहा। जहाँ से कोई सुराग मिलता जयमल उसी दिशा में दल-बल सहित पुनः आगे बढ़ जाता।

उत्तेजनावश रात्रि हो जाने पर सुरताण के एक सम्भावित पड़ाव की ओर मशालों की रोशनी में भी वह आगे बढ़ता गया। इस तरह बदनौर से लगभग मीलों आगे वह अकड़सादा नामक गाँव तक जा पहुँचा। वास्तव में यही जगह सुरताण और उसके साथियों का रात्रिकालीन ठिकाना थी।

सुरताण की पत्नी ने तब अपने भाई सांखला रतन सिंह से कहा—"देख तो तेरे राव जी थककर सोये पड़े हैं। मशालों की वह पाँत नजदीक आ रही है। कहीं वैरी जयमल तो निकट नहीं आ रहा? जा मेरे बीरन! रोक उसे।"

यह सुनकर सांखला रतन की भुजाएँ फड़कीं। बहन के सोहाग का प्रश्न था। युवा राजपूती रक्त। वह नौजवान तुरन्त घोड़े पर सवार हुआ एक हाथ में बरछा लिये और दूसरे से घोड़े की लगाम थामे।

जयमल की सेना जिधर से गुजर रही थी सांखला रतन वहाँ जा पहुँचा। पेड़ों की आड़ में खड़ा रहा। जयमल को दूर से एक रथ में बैठा आता देखा उसने। रथ के निकट आते ही थोड़ा बढ़कर उसने अचानक जुहार लगायी—"जयमल कुँवर सा! ...सांखला रतन का मुजरा पहुँचे।" और हाथ का बरछा पूरी ताकत से जयमल की छाती में दे मारा। इस प्रकार जयमल पुत्र राणा रायमल्ल वहीं रथ से भूमि पर गिरकर ढेर हो गया। उसके प्राण पखेरू उसी क्षण उड़ गये। यह देखकर जयमल के सैनिकों ने सुरताण के साले सांखला रतन को भी घेरकर वहीं मार डाला।

अब क्योंकि यह पूरा घटनाक्रम बिना मेवाड़ नरेश राणा रायमल्ल की अनुमति के जयमल के कहने से हुआ था, जयमल और सांखला रतन के मारे जाने पर, दोनों ही पक्षों के सैनिकों ने परस्पर मार-काट के बजाय उस घटनाक्रम को बिना खून-खराबे के वहीं विराम देना उचित समझा। अगले दिन सूर्योदय के बाद दोनों राजपूत योद्धाओं का अन्तिम संस्कार उसी गाँव में ससम्मान सम्पन्न कर दिया गया।

जयमल की सेना सिर लटकाये कुम्भलगढ़ लौट गयी और सुरताण पुनः बदनौर लौट आया। सुरताण ने तब सारा वृत्तान्त लिखकर राणा रायमल्ल को भेजा। रायमल्ल

ने पुत्रशोक के बावजूद अपने उस पुत्र के द्वारा राजपूत-परम्परा के विपरीत एक राजपूत कन्या के शील के विरुद्ध किये गये दुराग्रह को विचारकर इस प्रकरण का वहीं पटाक्षेप कर दिया। अपने सामन्त सुरताण के विरुद्ध राणा रायमल्ल ने कोई कार्यवाही नहीं की।

तारा की कहानी यहीं समाप्त नहीं होती है। उसके भाग्य में अन्ततः जयमल के भाई वीर पृथ्वीराज की अंकशायनी होना बदा था। कुछ समय बीता। पृथ्वीराज ने जयमल के छूटे वचन और तारा के सौन्दर्य पर विचारकर अब स्वयं उस परम सुन्दरी तारा को वरण करने का संकल्प किया। एक सन्देश उसने तारा को भेजा कि उसे उसकी अभिलाषा और अपने मृत भाई का अधूरा वचन याद है। यदि तारा उससे विवाह को सहमत हो तो पृथ्वीराज यह वचन देता है कि या तो वह टोडा तारा को दिलवायेगा अन्यथा वह सच्चा राजपूत नहीं।...तारा ने पृथ्वीराज पुत्र राणा रायमल्ल की वीरता के अनेक चर्चे सुने थे। उसने हाँ कह दी। उसके बाद शुरू हुआ एक नया अभियान।

एक ही स्त्री ने दो पुरुषों में अपने लिये चाहत जगायी। एक भाई जिसके पीछे अपनी जान गँवा बैठा उसी के प्रति दूसरा भाई भी बाद में आसक्त हुआ और विचित्र बात यह कि उस स्त्री से शत्रुता मानने के बजाय उसे अपना हृदय भी दे बैठा। जयमल जिस वचन को पूरा किये बिना अपनी हठधर्मिता के चलते प्राण गँवा बैठा था, पृथ्वीराज ने उसी वचन को पूरा करने के वायदे के साथ उस अपूर्व सुन्दरी तारा का हाथ माँग लिया। तारा भी पृथ्वीराज के आकर्षण में ऐसी बँधी कि उसे सीधे-सीधे हाँ कर बैठी।

दोनों की परस्पर मिलन की उत्कट चाह उन्हें एक-दूसरे के निकट ले आयी। टोडा विजित होने से पहले ही पृथ्वीराज और तारा एक-दूसरे के प्रेम में टूटकर एक-दूजे के हो गये। दोनों का विवाह भी सम्पन्न हो गया। परन्तु जिस बुनियाद पर दोनों ने खड़े होकर एक-दूसरे का हाथ थामा था वह लक्ष्य दोनों की नाक का सवाल था। एक ऐसा अधूरा संकल्प जिसे शीघ्रातिशीघ्र पूरा किया जाना था।

पृथ्वीराज ने अपने पाँच सौ चुनिन्दा राजपूत सवारों के साथ टोडा के लिए प्रस्थान किया। उसकी नवविवाहिता लड़ाका पत्नी तारा भी उसके साथ थी। तारा ने पृथ्वीराज से आग्रह किया था कि चाहे कैसी भी परिस्थितियाँ हों, इस अभियान में वह हरदम उसके साथ रहेगी। कमाल की तीरन्दाज़-घुड़सवार तो वह थी ही। पति के साथ अपने ही चिर-प्रतीक्षित लक्ष्य को प्राप्त करने के अवसर पर अब वह स्वयं पीछे कैसे रह सकती थी? सिंह के साथ सिंहनी। दोनों जब मिलकर शिकार करते हैं तो उनका वार कभी ख़ाली नहीं जाता।

सब-के-सब जोश से भरे हुए टोडा पहुँचे। जिस दिन उनका उस कस्बे में आगमन हुआ उन दिनों मोहर्रम के दिन चल रहे थे। उस दिन वहाँ चौक में ताजिया आया हुआ था। पृथ्वीराज अपने सवारों को पास के एक बाग में ही पीछे छोड़कर अपने एक साथी और तारा को लेकर ताजिये के जलूस में शामिल हो गया।

उन दिनों दिल्ली में सिकन्दर लोदी का राज था। उसी का अफगान सरदार लल्ला खाँ टोडा का हाकिम था। लल्ला खाँ जलूस में शामिल होने के लिए अपने खास लिबास में अपने महल से बाहर आया। ताजिये का जलूस इस समय उसी के इन्तजार में उसके महल के सामने ठहरा हुआ था।

भीड़भाड़ में कुछ दूरी पर एक ओर अलग से दिख रहे तीन अजनबियों पर हाकिम लल्ला खाँ की नजर पड़ी। एक खूबसूरत हिन्दू औरत और दो नंगे सिर के बलिष्ठ-से मर्द। घोड़ों पर सवार। उसने साथ के लोगों से पूछा कि ये तीनों अजनबी घुड़सवार कौन हैं? जब तक लोगों का ध्यान उन तक जाता पृथ्वीराज और तारा ने लल्ला खाँ पर निशाना लगा दिया। उसकी छाती में पृथ्वीराज का भाला और गर्दन में बहादुर तारा का सनसनाता तीर आकर घुस गया। लल्ला खाँ देखते-ही-देखते वहीं मरकर धराशायी हो गया।

हाकिम टोडा का काम तमाम करते ही तीनों आक्रमणकारी अपने घोड़ों को एड़ लगाकर नगर के मुख्य द्वार की ओर भाग निकले। सामने एक विशालकाय हाथी मार्ग में खड़ा हुआ था। इसलिए वहाँ से निकल पाना कठिन प्रतीत हो गया था। तारा ने म्यान से तलवार खींचकर हाथी की सूँड़ पर दे मारी। आधी सूँड़ क्षत-विक्षत होकर कटकर भूमि पर गिर पड़ी। दर्द से बिलबिलाया हाथी इधर-उधर दौड़कर बाज़ार में आफ़त ढाने लगा। आते-जाते लोगों को कुचलने लगा। दुकानों के अग्रभागों को तहस-नहस करने लगा। देखते-ही-देखते घायल हाथी की दहशत से बाजार में भगदड़ मच गयी। मिट्टी के भाँड़े, सब्जियाँ, अनाज, मुर्गा-मुर्गी, इन्सान जो भी हाथी की जद में आया तबाह होता चला गया।

इसी आपाधापी में पृथ्वीराज, तारा और उनका वह तीसरा साथी बिना किसी रुकावट के वहाँ से निकलने में कामयाब हो गये। अभी वे भागकर कुछ ही दूर गये होंगे कि उनके बाकी सभी सैनिक साथी भी वहाँ आ गये। पीछे से आ रहे टोडा के अफगान सिपाहियों पर इन सबने मिलकर हमला बोल दिया। बात-की-बात पर राजपूतों ने मुट्ठीभर अफगानों को मार भगाया। उनके झपाटे में जो भी अफगान सिपाही आये उन्हें काट डाला गया। वैसे में टोडा में इस तरह के अचानक हमले का सामना करने को उस समय कोई तैयार न था। मुहर्रम के उस माहौल में अफगान सिपाहियों का प्रतिरोध ज्यादा देर ठहर नहीं सका। टोडा पर पृथ्वीराज सिंह और वीरांगना ताराबाई का कब्जा हो गया। पृथ्वीराज की कसम पूरी हुई और तारा का बचपन से देखा गया स्वप्न मूर्तरूप में परिणत हो गया।

टोडा की वह छोटी-सी जागीर अजमेर के सूबेदार मल्लू ख़ाँ की मातहती में थी। खबर जब अजमेर पहुँची तो मल्लू खाँ सूबेदार की आँखों के सामने हाकिम टोडा लल्ला खाँ का चेहरा घूम गया। यह कमज़र्फ़ राजपूत टोडा को इस तरह छीन लेने की हिमाकत कैसे कर बैठे? यह सोचकर अपने सैन्य दल-बल के साथ टोडा पर पुनः अधिकार करने के इरादे से मल्लू खाँ ने अजमेर से कूच कर दिया। पृथ्वीराज चौकन्ना था। उसके गुप्तचरों ने मल्लू खाँ के इरादों की सूचना पहले ही उसे दे दी थी। पृथ्वीराज और तारा दुश्मन को टोडा के नजदीक आने देना नहीं चाहते थे। इसलिए पृथ्वीराज ने स्वयं ही अपनी सेना सहित आगे बढ़कर सूबेदार मल्लू खाँ को थामने का फैसला किया।

राजपूत सेना आगे बढ़ी। इस बार वह पहले से अधिक तैयारी के साथ आयी थी। उनके हौसले आसमान छू रहे थे। अजमेर के निकट ही शत्रुओं से उसकी भिड़न्त हुई। भीषण लड़ाई हुई। तारा पृथ्वीराज के साथ रहकर इस युद्ध में भी बड़ी वीरता से लड़ी। राजपूतों की तलवारें, पृथ्वीराज के अस्त्र-शस्त्रों के प्रहार और तारा की बाणवर्षा ने शत्रु पक्ष को बुरी तरह आहत किया। इस युद्ध में अनेक राजपूत लड़ाके भी काम आये। किन्तु विजय पृथ्वीराज की सेना के ही हिस्से में आयी। मल्लू खाँ मारा गया और उसकी सेना के पाँव रणक्षेत्र से उखड़ गये। भागते हुए अफगान सैनिकों का राजपूतों ने पीछा किया और उन्हें अजमेर की ओर खदेड़ दिया।

इसके बाद पृथ्वीराज का यश दूर-दूर तक फैल गया। एक सहस्र और राजपूत लड़ाके उसके ध्वज के नीचे आ गये। चारण और भाट उसकी वीरगाथा का जयगान राजपूताने में जगह-जगह करने लगे। इस गायन में सुन्दरता और वीरता की अद्भुत मिसाल वीरांगना ताराबाई की मनमोहक कथा भी शामिल हो चुकी थी।

कर्मों का विधान भाग्यरेखा से भी शायद प्रबल होता है। व्यक्ति जिस ऊँचाई तक पहुँचने की योग्यता रखता है कभी-कभी उसका कोई एक अविवेकपूर्ण कृत्य ही उसके उत्कर्ष में बाधक बन जाता है। यहीं आकर यह अहसास होता है कि भाग्यरेखा भी व्यक्ति के सत्कर्मों और अपकर्मों से अप्रभावित हुए बिना नहीं रहती।

पृथ्वीराज जितना सुयोग्य और वीर पुरुष था यदि उसने अपने छोटे भाई संग्राम सिंह उर्फ़ सांगा पर ईर्ष्या-द्वेषवश प्राणघातक हमला न किया होता, वह भी एक नहीं दो-दो बार, तो ज्येष्ठ पुत्र होने के नाते मेवाड़ की गद्दी का तो वह स्वाभाविक उत्तराधिकारी था ही, एक दिन वह राणा बनकर उस गद्दी को अवश्य सुशोभित करता। परन्तु अपने कर्मों का फल उसे राज्य बहिष्कृत होकर भोगना पड़ा। अब जो भी उसका जीवन था उसके निजी पौरुष और बाहुबल पर ही निर्भर करता था। उत्तराधिकार स्वरूप उसे कुछ नहीं मिलना था।

इसके बावजूद अपने बाहुबल से पृथ्वीराज ने मेवाड़ के शत्रुओं के बहुत-से इलाके दबा लिये और अपनी कर्मठता को अनेक बार सिद्ध किया। वह इतनी

चपलगति से युद्धरत होकर एक स्थान से दूसरे स्थान पर पहुँच जाता था कि विरुदावली में उन दिनों चारण-भाट उसे 'उड़णा पृथ्वीराज' कहकर गाने लगे थे। अर्थात् वह उड़नेवाला ऐसा वीर था जो कि दौड़ लगाते सैनिकों से भी आगे था।

परन्तु कोई कितना भी वीर हो काल सबकी कहानी एक दिन पूरी कर देता है। पृथ्वीराज की एक बहन आनन्दाबाई सिरोही के राव जगमाल को ब्याही थी। उसका यह बहनोई बहुत क्रूर था। वह आनन्दाबाई को बहुत सताता था। उसकी सौतों के बहकावे में आकर आये दिन उसका घोर उत्पीड़न करता था। हद तो तब हो गयी जब एक बार वह अपनी इस पत्नी आनन्दाबाई के हाथ पर अपने पलँग का एक पाया रखकर उस पलँग पर लेट गया और मदिरा के नशे में यह कहकर सो गया कि—"बड़ा बहादुर कहलाता फिरता है तेरा भाई पृथ्वीराज आजकल...बुला ले अब उसे ज़रा अपनी सहायता के लिए।"

दुःख और विपत्ति की उन घड़ियों में भी आनन्दाबाई अपने पति के उन अत्याचारों को रो-रोककर सहती रही। किन्तु अपने दुःख का कोई समाचार भाई पृथ्वीराज के पास नहीं भेजवाया। परन्तु कहते हैं कि अन्याय जब सारी सीमाओं को लाँघ जाता है तब वह किसी के छिपाये नहीं छिपता। पृथ्वीराज तक यह बात किसी तरह पहुँच ही गयी कि उसका मदान्ध बहनोई राव जगमाल उसकी प्रिय बहन आनन्दा की हथेली पर अपने पलँग का पाया धरकर रात में सोता है। ऊपर से उसे भाई पृथ्वीराज के नाम का उलाहना भी देकर उसे शारीरिक और मानसिक दोनों प्रकार से यातनाएँ देता और अपमानित करता रहता है।

यह सुनकर 'उड़णा पृथ्वीराज' का रक्त उबल गया और वह अपने सैन्यदल सहित तेज़ रफ्तार भरता हुआ सिरोही राज्य में जा पहुँचा। आधी रात का समय था। साथ के सैनिकों को पृथ्वीराज ने सिरोही के बाहर छोड़ दिया और वह अकेला ही राव जगमाल के भहल में घुस गया।

जाकर देखता क्या है कि उसकी बहन आनन्दाबाई तो एक दासी की भाँति फ़र्श पर पड़ी सो रही है और राव जगमाल राजसी ठाठ-बाट में बेशकीमती पलँग पर फैलकर सोया पड़ा है। म्यान से तलवार निकालकर पृथ्वीराज ने सोते हुए जगमाल को लात से एक ठोकर मारी और कहा कि—" रे कायर!...मेरी बहन को तकलीफ देकर तू ऐसा मस्त पड़ा सोता है। ले आज तुझे जान से मार देता हूँ कमीने कुत्ते!!"

बहन आनन्दाबाई अचानक इस तरह प्रकट हुए अपने भाई पृथ्वीराज की सिंह-समान गर्जना सुनकर जाग पड़ी। जगमाल जब तक खड़ा होता-होता उलटे आनन्दाबाई ने ही भाई पृथ्वीराज के पाँव पकड़ लिये और अपने सोहाग के प्राणों की भीग माँगने लगी। पृथ्वीराज बहन की प्रार्थना पर द्रवित हो गया। उसने कहा कि—"केवल एक शर्त पर इस दुष्ट को क्षमा करूँगा मैं।"

"क्या?—" जगमाल घिघियाया।

"तू मेरी बहन की जूतियाँ अपने सिर पर रखकर उसके सामने खड़ा हो और उससे अपने किये की माफ़ी माँग...और फिर मेरे सामने उसके चरण छू।"

मरता क्या न करता। आँखों से अंगारे बरसाते हुए आतंक की प्रतिमूर्ति पृथ्वीराज के सामने राव जगमाल ने वही सब किया जो वह चाहता था। अपनी पत्नी आनन्दाबाई से क्षमा याचना की। यही नहीं उसने पृथ्वीराज को आश्वासन दिया कि वह आगे से अपनी पत्नी को कभी प्रताड़ित नहीं करेगा। उसके दुःख-सुख का सदा ध्यान रखेगा। पृथ्वीराज की भावना का मान रखेगा।

किन्तु यह सब कहते हुए भी जो अपमान का घूँट राव जगमाल को अपने ही राजमहल में अपने साले के सम्मुख पीना पड़ा था वह उसके भीतर गहरे पैठ गया।

उसने कपटपूर्वक एक दिन के लिए पृथ्वीराज को राजमहल में ही रोक लिया। अगले दिन उसने बड़े आदर-सत्कारपूर्वक कुँवर पृथ्वीराज सिंह को कलेवा कराया। पेट भरकर खा-पी चुकने के बाद उसने पृथ्वीराज को सिरोही से कुम्भलगढ़ के लिए विदा किया। पाचक चूर्ण के नाम पर उसने पृथ्वीराज को तीन गोलियाँ दीं और उन्हें घण्टे-घण्टे भर के अन्तर से खाने को कहा। उन गोलियों में विष था। कुम्भलगढ़ के निकट पहुँचते-पहुँचते पृथ्वीराज ने तीनों गोलियाँ क्रमशः तीन घण्टों में खा डालीं और मार्ग में ही उसके प्राण पखेरू उड़ गये। जब मृत पृथ्वीराज का शव तारा के सम्मुख पहुँचा तो पति पर प्राण न्योछावर करनेवाली ताराबाई ने स्वयं ही सती हो जाने का अतिशय भावुक निर्णय लिया और जीते-जी पति की चिता के साथ भस्म होकर वह हमेशा के लिए राजपूताने की एक किंवदन्ती बन गयी। कहते हैं कि इस सती दाह में पृथ्वीराज की पन्द्रह अन्य पत्नियों ने भी तारा के मार्ग का अन्धानुकरण किया था।

दो भाई असमय काल कवलित हुए। राजसत्ता उनके लिए छलावा ही सिद्ध हुई। एक शस्त्राघात से मरा। दूसरा विषपान से। जबकि तीसरा छोटा भाई संग्राम सिंह उन्हीं दिनों निर्वासन का जीवन जीता हुआ एक अत्यन्त साधारण व्यक्ति के रूप में विविध कष्टों, अभावों के मध्य जूझ रहा था। संग्राम सिंह का वह अभूतपूर्व संघर्ष उसे किस दिशा में ले जायेगा? यह वह स्वयं भी नहीं जानता था।

5

मैं तो गिरधर के घर जाऊँ

नवनीत सम था मीराँ का मन। किन्तु वज्र से भी सुदृढ़ मस्तिष्क था उनका। भावना में राधा का प्रतिरूप और संकल्प में दधीचि सरीखी। एक ऐसी स्त्री जो कोयल की कूक को सुनकर कृष्ण विरह में विह्वल हो उठती थी। किन्तु यदि कोई अन्यायपूर्ण प्रस्ताव आता तो उसे अस्वीकारने में तनिक भी संकोच न करती।

जब ब्याह कर चित्तौड़ आयीं तो कुलदेवी की पूजा के लिए कहा गया। मीराँ अपने गिरधरगोपाल की सेवा में थीं। एक सखी ने आकर बताया कि राजमाता सोलंकिनी जी कुलदेवी की पूजा हेतु बुला रही हैं।

मीराँ ने पूछा—"क्या होता है उसमें?" बताया गया कि—विधि-विधान से पूजन होता है और स्त्रियाँ अपने-अपने सोहाग की दीर्घायु की प्रार्थना करती हैं। फूल, पान, नैवेद्य और नाना प्रकार की सामग्री को अर्पित किया जाता है। साथ ही बलि दी जाती है।"

मीराँ ने कहा—"बलि? क्या नारियल की बलि दी जाती है?"

उत्तर मिला—"अरे नहीं बाबा...पशुबलि दी जाती है। सिसोदिया राजकुल की पुरानी परम्परा है।"

इस पर मीराँबाई ने कुलदेवी की पूजा में जाने से स्पष्ट रूप से मना कर दिया। उनका तर्क था कि वह अकारण जीवहत्या में विश्वास नहीं करतीं। अपनी अभिलाषाओं की पूर्ति के लिए किसी निरीह प्राणी का रक्त बहाकर प्रसाद पाना उनके आराधन-पूजन का लक्ष्य नहीं हो सकता। वह बस अपने मुरलीधर की पूजा करती हैं। उन्हें जो माँगना होता है वह बस उन्हीं से माँगती हैं। बात रनिवास में पहुँची। ऊधम मच गया।

सास सोलंकिनी जी ने पुत्री ऊदाँ को मीराँ बहू को समझा-बुझाकर लाने को भेजा। ननद ऊदाँबाई ने आकर भाभी मीराँ को समझाया। कहा कुलदेवी का पूजन तो अनिवार्य होता है। न करने से अहित होगा। मीराँ अपने निर्णय पर अडिग रहीं। कहा कि—"मैं पूजा में पशुबलि के विधान के विरुद्ध हूँ।" ऊदाँ ने कहा कि—"यह

तो कुल की प्राचीनकाल से चली आयी परम्परा है। इसे बदला नहीं जा सकता।''

मीराँ ने कहा कि—''मैं ऐसी किसी परम्परा का हिस्सा नहीं बन सकती। क्षमा चाहूँगी। आप लोग जाइये। मेरी ओर से कुलदेवी को प्रणाम कर लीजियेगा।''

ऊदाँ बिफरकर बोली कि—''ऐसा कैसे हो सकता है? अपने सोहाग के लिए प्रार्थना देवी माँ के सामने स्त्री को स्वयं करनी होती है। न जाने से अपशकुन होगा।''

मीराँ ने कहा कि—''मैं जगत् के पालनहार इन पीताम्बरधारी श्याम सखा की दासी हूँ। इनके रहते शकुन और अपशकुन कैसा? जो भी करते हैं कल्याण ही करते हैं। ऊदाँ जाओ। तुम लोग हो आओ। मैं इनकी आराधना छोड़कर और कहीं जानेवाली नहीं।...''

कालान्तर में जब कुँवर भोजराज नहीं रहे, सती होने से इन्कार कर मीराँ राजमहल की स्त्रियों के मध्य बबूल की वह काँटों-भरी झाड़ी बन चुकी थीं जिसके निकट जाना भी कष्टप्रद था और जिसकी ओर देखना भी सिहरन-भरा अनुभव।

ललिता और सुकन्या मीराँ जी से ही जानना चाहती थीं कि उन्होंने आखिर किस विचार से कुँवर जी के दाह-संस्कार में सती होना अस्वीकारा था? इस पर मीराँ जी नेत्र मूँदे सखियों से कह रही थीं—

''यह मानव-जीवन चौरासी लाख योनियों में भटकने के बाद प्राप्त होता है। शास्त्र कहते हैं। ऋषि-मुनियों का कहना है। अतः देह चाहे वह मनुष्य हो चाहे कोई अन्य जीव-जन्तु-पशु-पक्षी-कीट-पतंग यह ईश्वर की देन है और मनुष्य की देह तो प्रभु का अनुपम वरदान है। इसे निरुद्देश्य नष्ट करना महापाप है। मुझे यह तर्क नहीं जँचता कि पति की मृतदेह के साथ भस्म हो जाने से स्वर्ग की प्राप्ति होती है अथवा वही पुरुष स्त्री को जन्म-जन्मान्तर तक प्राप्त होता है अतः विधवा का सती हो जाना ही श्रेयस्कर है।...क्यों की जाये जीते-जी आत्महत्या? जो जीवन हमें परमात्मा ने दिया है उसे हम ऐसी अविवेकपूर्ण मान्यताओं के सम्मुख क्यों अग्नि की भेंट चढ़ा दें? हम जन्म-जन्मान्तर तक इस नश्वर संसार में आवागमन के लिए तैयार ही क्यों हों? उस शाश्वत श्रीकृष्ण का वरण क्यों न करें जिसे पाकर मोक्ष की प्राप्ति हो जाती है। श्रीकृष्ण का गोलोक ही सर्वश्रेष्ठ निवास योग्य स्थान है। यह हाड़-मांस-रक्त-मज्जा के जीवधारियों का संसार देखने में चाहे जितना सुन्दर हो वास्तव में परलोक से सुन्दर नहीं है। इसे अपनी अन्तर्दृष्टि से मैं जानती हूँ।...

''तब तो जीजा! जब भी अवसर मिले इस संसार को छोड़ देना चाहिए...'' सुकन्या ने तनिक विनोदपूर्ण ढंग से हँसकर कहा।

मीराँ गम्भीर ही रहीं। उन्होंने कहा—''नहीं प्रिय सखी!...जीवन के मध्य जीवन को छोड़ देना कायरता है और ईश्वरीय विधान के प्रति असम्मान भी। हमें किसी-न-किसी निमित्त इस संसार में भेजा गया है। सृष्टि में हम सभी का कुछ-न-कुछ योगदान वांछित है। उसे पूर्ण करने के उपरान्त जब कान्हा जी चाहेंगे

स्वयं हमें अपने पास बुला लेंगे। हम उनसे अपना विरह तो कह सकते हैं। मिलन की अभिलाषा तो कर सकते हैं। परन्तु स्वयं मरकर अर्थात् आत्महत्या कर उनका सामीप्य प्राप्त करना? ऐसा सोचना भी अनाचार है पाप है।"

ललिता ने कहा—"मीराँबाई सा! हम सब बहुत डर गयी थीं कि कहीं आप कुँवर सा के साथ देह त्यागने को हाँ न कर दें। वास्तव में आपने जो किया बहुत साहस का काम था वह। यह राजमहल की पत्थर की दीवारें और यह सामन्त लोगों का समाज अपने रीति-रिवाजों पर कितना कठोर है यह हम सभी जानते हैं।"

मीराँ ने खुली आँखों अत्यन्त स्नेह के साथ ललिता और सुकन्या की ओर देखा और कहा—

"महाराणा सांगा सा तो बहुत उदार हैं। वह अपने बाल्यकाल से अत्यन्त धैर्यवान् और मानवता का श्रेष्ठ उदाहरण रहे हैं। यदि वे ऐसे न भी होते तो भी मैं ऐसी अमानवीय परम्परा को स्वीकार न करती।"

"वह तो है जीजा...आप भी अपने फैसलों में कितनी पक्की हैं यह हम सब जानती हैं। पर जीजा!...महाराणा सा के बालपन के बारे में आप क्या जानती हो?"—सुकन्या चपल थी। अवसर का लाभ उठाना जानती थी।

मीराँ अब अत्यन्त सहज थीं। वह पूरे होशोहवास में थीं। सखियों की किसी भी जिज्ञासा की पूर्ति को तत्पर थीं। विहँसकर बोलीं।—"मायके में पितामह दूदा और ससुराल में कुँवर सा ने बहुत-कुछ बताया था इनके बारे में। दूदा के कथनानुसार महाराणा सांगा महाराज ने बचपन में बड़े कष्ट उठाये। उनके सगे भाई ही उनके खून के प्यासे हो गये राजगद्दी पर उत्तराधिकार की किसी भविष्यवाणी को लेकर। फिर एक दिन सब-कुछ छोड़-छाड़कर बनवासी हो गये यह...राजमोह वैभव महत्त्वाकांक्षा किसी से भी कुछ लेना-देना नहीं था इनका..."

उधर युवराज रत्न सिंह सांगावत अपने पिता के प्रारम्भिक जीवन-संघर्ष की कथा वयोवृद्ध रघुवीर सिंह राणावत से नित्य सुन रहा था।...

"भाइयों के अन्याय और प्रहार को दो-दो बार झेला राजकुँवर संग्राम सिंह ने। उनका अपना सगा बड़ा भाई पृथ्वीराज सिंह तो उनके खून का प्यासा था। जबकि एक अजनबी राजपूत राठौड़ बीदा ने उन्हीं संग्राम सिंह की प्राणरक्षा में स्वयं का बलिदान दे दिया। उसके साथी संग्राम को बचाकर गोड़वाड़ ले गये। लेकिन संग्राम अपने भाइयों के ही हाथों प्राणघात के अनुभव से टूट-से गये। पुनः स्वयं पर प्राणघातक हमले को झेलने का खतरा भी ऊपर से मँडरा रहा था। राजपूतों के साथ रहने से पकड़े जाने की आशंका भी थी। इसलिए संग्राम सिंह ने उन राजपूतों को

भी शीघ्र ही छोड़ दिया और फिर वह अपनी पहचान छिपाकर इधर-उधर भटकने लगे।...

"कुछ दिन एक पशु चरानेवाले गड़रिये के यहाँ चाकरी की। वह गड़रिया उस पर हरदम नज़र रखता था। जब देखो तब बुरा-भला कहता था। एक दिन गड़रिया भोजन करते हुए संग्राम को डपटकर बोला—जब देखो तब भकर-भकर खाता रहता है। काम का न काज का, ढाई मन अनाज का। सूखे निवालों और चटनी पर पल रहे एक राजकुँवर से ऐसे कटु शब्द सहे न गये और फिर एक दिन बिना बताये उन्होंने उस गड़रिये का घर भी छोड़ दिया।...

"एक सामन्त के घर पहरेदारी करने लगे। नौकरी में पूरा जी लगाते। स्वामी को कष्ट न हो। दूसरे सेवकों की अपेक्षा अधिक सजग रहते। स्वामी को वर्षा-धूप-ताप का जरा भी कष्ट न हो उसके लिए हरदम तत्पर रहते। वह सामन्त संग्राम के गुणों से बहुत आकर्षित हुआ। उसे लगा कि यह लड़का असाधारण है। अवश्य किसी अच्छे कुल का है। उसने एक दिन ईश्वर की सौगन्ध देकर संग्राम से उनका सही-सही परिचय पूछा। संग्राम सिंह सौगन्ध के आगे झूठ नहीं बोल सके। उन्होंने राणा मेवाड़ का पुत्र होने की ज्यों ही बात कही उस सामन्त का सिर घूम गया। राणा मेवाड़ का पुत्र मेरे घर पहरेदार की नौकरी पर? बहुत लज्जा व्यक्त की उनके स्वामी ने और क्षमा माँगी अनजाने में राजकुँवर से अपनी सेवा लेने की। ऊपर से संग्राम की आवभगत शुरू कर दी। उन्हें राजसी वस्त्र और स्वर्णाभूषण दिये और सम्मानपूर्वक भोजन कराया। अतः वह दिन भी संग्राम सिंह का उस हवेली में अन्तिम दिवस बन गया। मध्य रात्रि में संग्राम ने वह घर छोड़ दिया।

"संग्राम सिंह उसके बाद कुछ दिन भूखे-प्यासे इधर-उधर भटकते रहे। उन दिनों अजमेर के निकट श्रीनगर के राव कर्मचन्द का चारों तरफ बड़ा दबदबा था। वह एक ऐसा बहादुर लुटेरा था जो जिधर निकल जाता उधर लूट-पाटकर सोना-चाँदी ले आता। लोग उसे धन न होने पर अनाज-पानी देकर ही जान छुड़ाते। अजमेर में सूबेदार तो दिल्ली का था मगर था वह निकम्मा। इलाके में इन दिनों जिसकी लाठी उसकी भैंस थी।

"लूटपाट करके कर्मचन्द ने बड़ी दौलत इकट्ठी कर ली थी। उसने दो-तीन हजार सिपाही और घोड़े अपने साथ जोड़ लिये थे। अस्तित्व रक्षा के लिए संग्राम सिंह को तब एक अप्रिय निर्णय लेना पड़ा। उन्होंने अपने तन के आभूषण बेचकर अपने लिए एक घोड़ा खरीद लिया। भरे पूरे नौजवान तो थे ही वह। जुगत बैठाकर किसी तरह कर्मचन्द के सिपाहियों में शामिल हो गये।

"कैसे दिन रहे होंगे वह? मेवाड़ का भावी राणा मेवाड़ की ही भूमि पर एक लूट-पाट करनेवाले राजा के साथ जघन्य कृत्यों में साथ देने को विवश था। जब लुटेरे

लूटपाट के लिए निकलते तो कलेजे पर पत्थर रखकर सांगा भी सबके साथ निकलते। धनवानों को लूटने में तो वह उनका साथ देते। परन्तु किसी किसान को लूटते समय वह अपने साथियों को रोकता। यदि फिर भी वे न मानते तो स्वयं पीछे हट जाता। घोर दुविधा और आत्मधिक्कार भरे दिन थे वे सांगा के लिए।

"धीरे-धीरे सब-कुछ सांगा के बर्दाश्त के बाहर निकल गया। एक गरीब किसान को लूटने से मना करने पर एक लुटेरे ने उस किसान की जवान कन्या को घसीटकर अपने घोड़े पर टाँग लिया। उस पर सांगा ने तलवार खींचकर उस लुटेरे सिपाही को चुनौती देकर कहा–

"अरे ओ मेवाड़ के कलंक!...तू राजपूत होकर भी नीच इन्सानों-जैसी हरकत करता है। धिक्कार है तुझे। अरे ऐसी जवाँमर्दी ही दिखानी है तुझे तो आ...मेवाड़ के इस अभागे पूत से दो-दो हाथ कर।"

"दोनों प्रतिद्विन्द्वियों में ठन गयी। तलवारों से तलवारें भिड़ीं। ढालों से ढालें। दो-दो हाथों की इस लड़ाई में वह लुटेरा सांगा के हाथों मारा गया। उसके बाद उस कृषक-कन्या को घायल सांगा ने उसके पिता को बाइज्जत लौटा दिया।

"बाकी किसी लुटेरे की सांगा से भिड़ने की हिम्मत नहीं पड़ी। वैसे भी बिना आज्ञा आपस में लड़ने पर राव कर्मचन्द उन्हें दण्ड देता। सब-के-सब सांगा को घेरे हुए राव कर्मचन्द तक ले गये। पूरा किस्सा बयान किया। उस समय सांगा का चेहरा पूरी तरह पश्चात्तापविहीन एवं पूर्ण तेजोमय था। क्षत्रिय रक्त पूरी गति से उसकी रगों में दौड़ रहा था। सूर्य की किरणें वृक्षों से छन-छनकर संग्राम सिंह के गर्वोन्नत मुख को और भी तेजस्वी दर्शा रही थीं। राव ने ऐसा सजीला नौजवान अपने दल में कभी अपने आगे खड़ा ग़ौर नहीं फ़र्माया था।

"कौन है तू?..." कर्मचन्द ने पूछा।

"आपका एक सेवक हुकुम।"

"कुछ नाम भी है तेरा"

"संग्राम सिंह"

"कौन संग्राम सिंह? पूरा परिचय दे लड़के।"

"मैं सिसोदिया राजपूत हूँ...संग्राम सिंह नाम है मेरा...इससे अधिक अपना क्या परिचय दूँ? आपकी आज्ञानुसार सभी काम तो मैं कर ही रहा हूँ।"

यह सुनकर और सामने खड़े युवक की दृढ़ एवं तेजस्वी मुखमुद्रा देखकर कर्मचन्द को शक हुआ कि कहीं यह मेवाड़ के राणा रायमल्ल का बहुत दिनों से लापता वह तीसरा बेटा तो नहीं...राजकुँवर संग्राम सिंह? फिर भी मन की बात गोपनीय रखते हुए कर्मचन्द ने सांगा से कहा–"मेरा कहा यदि तुम सब करते हो तो फिर मेरे उस सैनिक को क्यों मारा तुमने जो किसानों से वसूली पर गया था तुम सबके साथ?"

"वसूली नहीं हुकुम! कार्य तो दरअसल यह लूट-पाट का है...फिर भी जिसका नमक हम खाते हैं उसका हक हमें अदा करना ही होता है। मेरी इतनी ही अरज है कि गरीब किसानों को बख्श देना चाहिए। खैर.. मैंने उसे मना किया फिर भी वह मरदूद एक अबला की लाज पर हाथ डाल बैठा। मैंने मेवाड़ के मान-अभिमान का वास्ता दे उसे ललकारा। नहीं माना। मेरे हाथों मारा गया। अगर यह मेरा गुनाह है तो आप जो चाहे मुझे सजा दे सकते हैं हुकुम!"

राव कर्मचन्द सब-कुछ सुनकर देर तक कुछ न बोला। आँखों में आँखे डाले सांगा को देखता रहा। फिर बोला—"सच-सच बताओ कहीं तुम मेवाड़ नरेश राणा रायमल के छोटे पुत्र संग्राम सिंह तो नहीं।"

सांगा इस पर असत्य न कह सका। उसने स्वीकारोक्ति में सिर हिलाया और कहा—

"जी हाँ...मैं वही हूँ।"

"तो बेटा! तुम्हें हमारे साथ इस तरह छिपकर रहने की क्या आवश्यकता थी? हम भी राजपूत हैं और हमें मालूम है कि राणा के बड़े बेटे राजकुँवर पृथ्वीराज आपसे शत्रुता मानते हैं। किन्तु सच जानिये यदि वह कभी आपकी खोज-खबर में यहाँ आयेंगे तो हम अपनी पूरी शक्ति से उनका मुकाबला करेंगे और आपका बाल भी बाँका न होने देंगे।"

सांगा ने तब कर्मचन्द से आज्ञा चाही। कहा कि वह अपनी खातिर भलेमानुस राठौड़ बीदा और उसके जाँबाज साथियों की भाँति किसी अन्य का नाहक नुकसान या प्राणोत्सर्ग नहीं चाहता है। फिर भी राव कर्मचन्द ने संग्राम सिंह की एक न सुनी। वह पूरे सम्मान के साथ उन्हें अपने साथ अपनी राजधानी श्रीनगर ले गया। अपने राजमहल के अतिथिगृह में रखा। यही नहीं कर्मचन्द ने कुछ ही दिन के अन्तराल में अपनी एक पुत्री का विवाह भी सांगा से कर दिया।

काका रघुवीर सिंह से युवराज कुँवर रत्न सिंह को और भी बहुत-कुछ जानने को मिला। उन्होंने अन्त में बताया कि—यह समाचार शीघ्र ही सांगा के घोर शत्रु और भाई पृथ्वीराज तक पहुँचा। इसे सुनकर वह राव कर्मचन्द पर बड़ा क्रोधित हुआ और यथाशीघ्र उस पर चढ़ाई करने की योजना बनाने लगा। परन्तु यह पृथ्वीराज का दुर्भाग्य ही था जो उसे श्रीनगर जाने से रोककर पहले सिरोही लिवा ले गया जहाँ उसकी बहन उसके बहनोई के हाथों बेतरह सतायी जा रही थी। बहन की मान रक्षा करने निकला था पृथ्वीराज। बदले में वापस यात्रा में उसे बहनोई के हाथों दिया विष खाना पड़ा और एक अद्वितीय योद्धा और मेवाड़ के प्रतापी राजवंश का वह हत-भाग्य सबसे बड़ा राजकुँवर देखते-ही-देखते अकाल मृत्यु को प्राप्त हो गया।

इस प्रकार चित्तौड़ में एक के बाद एक दो पुत्रों जयमल और पृथ्वीराज के निधन के समाचार राणा रायमल्ल को मिले जो कि उन्हें बेहद दुःख पहुँचानेवाले थे। तीसरे

पुत्र संग्राम सिंह का भी कुछ अता-पता नहीं था। ऐसे में जब एक दिन वृद्ध पिता राणा रायमल्ल को अपने उस खोये हुए सांगा के जीवित होने और उसके श्रीनगर राज्य में राव कर्मचन्द के यहाँ सकुशल होने का सुखद समाचार मिला तो वह अत्यन्त प्रसन्न हुए। अपने एक पत्र के साथ उन्होंने अपना एक प्रतिनिधि-मण्डल राव कर्मचन्द को भेजा और उनसे राजकुँवर संग्राम सिंह को सम्मानपूर्वक मेवाड़ की राजधानी चित्तौड़ भेजने का आग्रह किया। राजाज्ञा थी और वह भी सुखद एवं सकारात्मक। कर्मचन्द स्वयं राणा के पुत्र संग्राम सिंह को लेकर चित्तौड़ आया।

घर वापसी के मार्ग में जहाँ-जहाँ से संग्राम सिंह का क़ाफ़िला गुज़रा मेवाड़ की जनता की ओर से आह्लादपूर्वक एवं फूलों की वर्षा के साथ उनका भव्य स्वागत किया गया। यह वर्षों से प्रतीक्षित वह अवसर था जबकि मेवाड़ अपने किसी राजकुँवर का नहीं बल्कि होनेवाले पाटवी राजकुँवर का स्वागत कर रहा था। राजकुँवर संग्राम सिंह जिन्हें आगे चलकर महाराणा सांगा बनना था और मेवाड़ के गौरव को दूर-दूर तक फैलाना था।...

सन् 1509 ईस्वी में महाराणा संग्राम सिंह अपने पिता राणा रायमल्ल की मृत्यु के बाद मेवाड़ राज्य की राजगद्दी पर बैठे। इससे पूर्व लगभग 10 वर्षों तक उन्हें अपने जीवन की सुरक्षा के लिए सतत संघर्ष करना पड़ा था। त्रेतायुग के श्रीराम को परिस्थितियोंवश वनगमन करना पड़ा था, जबकि उनके भाई उनका अतुलनीय सम्मान करते थे। द्वापरयुग के पाण्डवों को कौरव भ्राताओं ने छलपूर्वक वनवास दिया था। कलियुग में तो हद ही हो गयी। भाई ही भाई के खून के प्यासे हो चले। सत्ता की चाह जो न कराये सो थोड़ा है।

संग्राम सिंह को भी अपने सगे बड़े भाई पृथ्वीराज सिंह के कारण दर-दर भटकने को मजबूर होना पड़ा। इसीलिए किशोरावस्था प्रारम्भ होने से पूर्व से ही वैभव-विलास से कोसों दूर एक आम नागरिक का कष्टप्रद जीवन जिया था उन्होंने। इससे उन्हें ऐसे विरल अनुभव और सहज मानवोचित सामाजिक संस्कार मिले जो कि परम्परागत कट्टर सोच से हटकर एक सामान्य मनुष्य के भीतर ही पनपते हैं। राजकुल में जन्म लेने के बाद भी एक अत्यन्त साधारण जीवन के साथ उनके जीवन की शुरुआत हुई। इन अनुभवों ने उनमें जुझारूपन की अद्भुत क्षमता विकसित की। मँझले कद के, गठे बदन के, भरे-भरे मुखमण्डलवाले, गेहुँए रंग के आजानु बाहु सांगा वीरता की साक्षात् प्रतिमूर्ति थे।

राज्यारोहण के आगे का उनका जीवन और भी काँटों-भरा था। परन्तु अब राजसत्ता की शक्ति और वैभव से सम्पन्न थे वह। साथ ही वह अपना और अपने पुरखों का अतीत भूले नहीं थे। वह अतीत जिसमें राणा कुम्भा की पराक्रमपूर्ण

ऊँचाइयाँ भी थीं और चाचा पितृहन्ता उदय सिंह तथा ज्येष्ठ भ्राता पृथ्वीराज सिंह के वैमनस्य की पतनपूर्ण क्षुद्रताएँ भी विद्यमान थीं। पितामह राणा कुम्भा के अत्यन्त परिश्रम और शौर्य के साथ बढ़ाये गये साम्राज्य का उनके उत्तराधिकारियों चाचा उदय सिंह और तत्पश्चात् स्वयं के पिता राणा रायमल्ल की शिथिलता के कारण बिखराव एवं विखण्डन का भी अहसास था उन्हें। अतः उन्होंने मेवाड़ के खोये हुए गौरव और बिखर चुके भूखण्डों को पुनः प्राप्त करने का दृढ़ संकल्प लेकर राज्य करना प्रारम्भ किया।

मेवाड़ की गद्दी पर सांगा जब बैठे तो उनके समक्ष कई समस्याएँ एवं चुनौतियाँ थीं। बिखरे हुए मेवाड़ का पुनर्गठन करना, मेवाड़ की सीमाओं को बाह्य आक्रमणों से बचाने के उपाय करना, सेना का विस्तार करना और उस सबके लिए राज्य की आर्थिक व्यवस्था को सुदृढ़ करना। सांगा इन सभी कार्यों की सिद्धि के लिए प्राणपण से जुट गये। वे अपने सामन्तों और सलाहकारों से मन्त्रणा करते थे और उन्हें पूर्ण सम्मान देते थे।

महाराणा कुम्भा के बाद उनके ताऊ सा राणा उदय सिंह के पाँच वर्ष के कलंकपूर्ण कार्यकाल में और उसके बाद उनके पिता राणा रायमल्ल के पैंतीस वर्षीय सुदीर्घ कार्यकाल में मेवाड़ अपनी शक्ति खोता चला गया था। मारवाड़ के राठौड़, आमेर के कछवाहा और हाड़ौती के चौहान अपनी-अपनी सीमाओं का विस्तार करते गये और मेवाड़ सिकुड़ता गया। शासन की बागडोर सँभालने के बाद सांगा ने सबसे पहले राजपूत अतिक्रमणकारियों को पराजित कर मेवाड़ के भूभाग उनसे पुनः छीनने का काम किया।

महाराणा सांगा ने सर्वप्रथम युद्ध का शंखनाद कर अजमेर पर आक्रमण किया और उस पर अधिकार कर लिया। उसके बाद ही शुरू हुआ मेवाड़ की सीमाओं के विस्तार और उसके प्राचीन गौरव को पुनः हासिल करने का दौर।

अजमेर पर सीधा आक्रमण कर सांगा चाकसू की ओर बढ़े। अजमेर को जागीर के रूप में उन्होंने अपने दुर्दिनों में सहायक रहे श्वसुर श्रीनगर के कर्मचन्द पँवार को दे दिया। फिर चाकसू को जीतकर उसे पूरणमल की जागीर में मिला दिया। सांगा की इन प्रारम्भिक विजयों के बाद ही राजपूताने में उनके शौर्य एवं साहस का डंका बजने लगा। परिणामस्वरूप मारवाड़, सिरोही, बूँदी, रामपुरा और बाँगड़ के शासक स्वेच्छा से सांगा के अनुकूल हो गये। राजस्थान के बाहर ग्वालियर, सीकरी, रायसेन, चन्देरी और कालपी आदि के शासक भी महाराणा सांगा का लोहा मानने लगे। इन शासकों ने मेवाड़ अधिपति के सम्मान में बहुमूल्य भेंटें दीं और कई ने तो उन्हें बाकायदा कर देना भी प्रारम्भ कर दिया।

राजपूताने का सबसे शक्तिशाली राज्य मेवाड़। राजे-रजवाड़ों का उच्चस्तरीय जीवन। तब मेवाड़ के जनसाधारण का जीवन कैसा था? ग्रामों और बस्तियों में

नर-नारियों का दैनिक जीवन ब्रह्म वेला में प्रातः 4.00 बजे से कुछ पहले ही प्रारम्भ हो जाता था। दैनिक नित्यकर्म से मुँह अँधेरे निवृत्त हो जाने के बाद घर की स्त्रियाँ आटा पीसने बैठ जातीं। प्रतिदिन दैनिक उपयोग के हिसाब से जाँता-चक्की पर एक-दो सेर अनाज पीसा जाता। इसके बाद स्त्रियाँ कुएँ से पानी भरकर लाने का काम करती थीं। पुरुष लोग खेती-किसानी के लिए पौ-फटते ही हल-बैल तथा अन्य मवेशियों को लेकर खेतों की ओर निकल पड़ते थे। दिनभर काम करने के बाद गोधूलि वेला में सायंकाल 5-6 बजे तक घर वापस आते। स्त्रियाँ घर-गृहस्थी का काम निबटाने के बाद दोपहर के समय घरों से निकलकर अपने पति का हाथ बँटाने उनके खेतों पर पहुँच जातीं। वे साथ में उसके लिए दिन का भोजन भी ले जाती थीं, जो प्रायः जौ अथवा मक्के की रोटी, चटनी-भाजी और छाछ हुआ करता था। वृद्ध स्त्रियाँ इस मध्य घर में छोटे बच्चों की देखभाल करती थीं। बच्चे जब थोड़े बड़े हो जाते तो गाय चराने का काम करने लगते थे।

कृषक शाम को जब घर लौटते तो पशुओं का चारा अथवा ईंधन की लकड़ी साथ में लेते आते। खेती के व्यस्त दिवसों में सिंचाई के लिए अथवा पकी फसल की वन्य पशुओं से रक्षा के लिए कृषकों को रात्रि में भी अपने खेतों में मचान डालकर चौकस रहना पड़ता। दिन में तो कागभगोड़ा अथवा बिझुका अपने दोनों हाथ फैलाये सिर पर हँड़िया लटकाये उनकी थोड़ी-बहुत सहायता कर ही देता था। फसल की कटाई के समय क्या स्त्री और क्या पुरुष, परिवार के सभी सदस्यों को, खेतों-खलिहानों में जुटना पड़ता था।

दूसरे काम-धन्धों में लगे लोग लोहार, बढ़ई, कुम्हार, रँगरेज, भड़भूजे इत्यादि अपने-अपने कार्यों में दिनभर लगे रहते।

शाम को अपने कार्यों से फुर्सत पाकर लौटे ये साधारण जन जगह-जगह बैठकर परस्पर आपबीती कहते-सुनते। खेल-कूद, किस्से-कहानियाँ, भजन-कीर्त्तन और नृत्य ही राजपूताने के आम नागरिकों के मनोरंजन के साथी थे। सर्दियों में अलाव के चारों ओर बैठकर शीत से बचना और बतकही करना भी उनके जीवन का अंग था। नगरों का जीवन भी सोलहवीं शताब्दी ईसवी के उन दिनों में कोई बहुत बेहतर नहीं था।

राजस्थान की धरती उन दिनों बड़ी श्रमसाध्य थी। यात्राएँ करना आसान कार्य नहीं था। अधिकतर आवागमन के मार्ग कच्चे अथवा पथरीले अथवा रेतीले थे। इन्हीं मार्गों से बनजारे भैंसों द्वारा खींची जानेवाली गाड़ियों से, गाडूलिया लुहार बैलगाड़ियों से, रेबारी लोग ऊँटों के ज़रिये, कुम्हार तथा ओड़ लोग खच्चर व गधों पर माल लाने-ले जाने का काम करते थे। और भी दुर्गम स्थानों पर जहाँ पशुओं द्वारा ढुलाई सम्भव नहीं थी सामान ढोने का कार्य मेहनती मजदूर अपनी पीठों पर करते थे।

लम्बी दूरियों पर माल ढुलाई का कार्य चारण, बनजारा, गाडूलिया लुहार-जैसे लड़ाकू जाति के व्यक्ति किया करते थे। व्यापारिक काफिले बैलगाड़ियों के अथवा

ऊँटों के समूह में चला करते थे। ये काफिले बालद कहलाते थे। मार्गों की सुगमता-अगमता के साथ-साथ तत्कालीन यात्रियों की जीवटता का अनुमान इसी बात से लगाया जा सकता है कि उन दिनों घोड़ों पर एक दिन में 50 मील की यात्रा की जा सकती थी। बैलगाड़ी, गधे, खच्चर आदि एक दिन में 25-30 मील की ही दूरी तय कर पाते थे और ऊँटों द्वारा दिनभर में अधिकतम 22 मील की दूरी तय करना सम्भव था।

यह था मध्य युग। यह था तत्कालीन हिन्दुस्तान। यह था तब का राजस्थान। उसमें यह था मेवाड़ का वह राज्य जहाँ चित्तौड़ में विराजमान थे महाराणा सांगा और उनकी भक्तिमती पुत्रवधू मीराँ।

मीराँ की डोली जब अपनी सखियों-दासियों-सुरक्षासैनिकों के साथ चित्तौड़गढ़ के बाहर किसी मन्दिर अथवा तीर्थ के लिए निकलती तो मीराँ की दृष्टि इन आम-जनों पर पड़ती। वह उन्हें बहुत गौर से देखतीं। कभी-कभी तो डोली रुकवाकर किसी बस्ती में चली जातीं। साथ में सखियों के साथ। वहाँ की स्त्रियों से वार्त्तालाप करने का प्रयास करतीं। उनके जीवन को समझने की चेष्टा करतीं।

मीराँ देखतीं कि अभावों में पलनेवाली वे सामान्य स्त्रियाँ उनकी अपेक्षा फिर भी काफी स्वतन्त्र थीं। वे कामकाजी थीं। अपने बड़े-बूढ़ों के सामने घूँघट की ओट में रहतीं किन्तु कहीं भी आने-जाने में अपेक्षाकृत अधिक मुक्त थीं।

मीराँ के तीर्थाटन में उन दिनों पुष्कर तीर्थ का बड़ा महत्त्व था। वह अक्सर वहाँ जाकर ब्रह्मकुण्ड में स्नान कर ब्रह्मा जी के उस एकमात्र महातमवाले मन्दिर के दर्शन का सौभाग्य प्राप्त करतीं और वहाँ एक भवन में कुछ दिन निवास करतीं। इससे उनके भजनानन्दी मन को बड़ी शान्ति मिलती। महाराणा सांगा अपनी बहू मीराँ के इस आग्रह को कभी नहीं टालते थे। अपनी बीनड़ी मीराँ की पीहर की यात्रा अथवा पुष्कर आदि तीर्थों की यात्रा के समय उनके साथ जाने के लिए पर्याप्त सुरक्षासैनिकों एवं आवश्यक संसाधनों का बन्दोबस्त करते।

ऐसी ही पुष्कर से चित्तौड़ की एक वापसी यात्रा के दौरान मार्ग में मीराँ को गायन करता हुआ एक साधु मिल गया। एक वटवृक्ष के नीचे वह साधु बड़ा तन्मय होकर गा रहा था। श्वेत वस्त्र पहने मध्यम आयु का वह फ़कीर सन्त रैदास का एक सुप्रसिद्ध पद गा रहा था—

प्रभु जी!...
तुम चन्दन, हम पानी।
जा की अंग-अंग बास समानी।।
प्रभु जी!!...
तुम घन बन, हम मोरा।
जैसे चितवत चन्द चकोरा।।

मीराँबाई इकतारे पर गाये जा रहे इस सुमधुर भजन को सुनकर स्वयं को रोक न सकीं। उन्होंने पालकी रुकवायी और निकल पड़ीं उसमें से। सारा ग्रामीण जनसमूह उस साधु को घेरे भूमि पर बैठा-बैठा आनन्द से सिर हिला रहा था। मीराँ धीरे-धीरे समीप गयीं और जाकर नेत्र मूँदे उन साधु-महात्मा के निकट ही कुछ पीछे वटवृक्ष के उस चबूतरे पर बैठ गयीं। इकतारे पर साधु बाबा उँगली धरते मस्ती में अनवरत गा रहे थे—

प्रभु जी!...
तुम दीपक, हम बाती।
जा की जोति बरै दिन राती।।
प्रभु जी!!...
तुम मोती, हम धागा।
जैसे सोनहि मिलै सुहागा।।
प्रभु जी! प्रभु जी!! प्रभु जी!!!...

सुनते-सुनते मीराँ जी की समाधि लग गयी। यह देख उनकी मुख्य सेविकाएँ ललिता और सुकन्या उनके निकट जाकर उनके चरणों में बैठ गयीं। शेष दास-दासियाँ दूर वृक्षों की झुरमुट में खड़े रहे। दो-तीन सैनिक भी चुपचाप उन श्रोता ग्रामवासियों के पीछे बैठकर सब-कुछ सतर्क दृष्टि से देखते-सुनते रहे।

साधु-महाराज ने अन्तिम पंक्तियाँ गायीं—

प्रभु जी!!!...
तुम स्वामी, हम दासा।
ऐसी भगति करै रैदासा।।

मीराँ अब तक गहन समाधि में आ चुकी थीं। उन्होंने अपने दोनों हाथ अपनी गोद में रख लिये थे। बायें करतल में दायाँ करतल कमलवत् रखा हुआ था। नेत्र मुँदे हुए थे। माथे पर चन्दन प्रातः स्नान के समय से ही लगा हुआ था। मुख झुका था। केश खुले थे। सिर का आँचल तनिक सरक गया था। दोनों आलथी-पालथी लगाकर मीराँ उस चबूतरे पर निश्चल बैठी थीं।

भजन समाप्त हुआ। रैदासी सम्प्रदाय के वे सन्त पुनः एक और भजन गाने लगे। उनका इकतारा पूर्ववत् अपनी खास धुन बजाने लगा—

प्रभु जी! संगत सरन तिहारी।
जग-जीवन राम मुरारी।।...
गली-गली को जल बहि आयो,
सुरसरि जाय समायो।
संगत के परताप महातम,
नाम गंगोदक पायो।।...

भक्तगण झूमने लगे। सीधे-सादे भोले-भाले ग्रामीण। नगरों और महानगरों के छल-प्रपंच से दूर। कठिन परिश्रम करनेवाले नर-नारी। अज्ञान के अन्धकार में घिरे, वैभव और बड़ी-बड़ी सुख-सुविधाओं से दूर। दो जून की रोटी-रोजी के लिए अपना खून-पसीना बहानेवाले मनुष्य। पशुओं से तनिक ही बेहतर जीवन जीनेवाले लोग। किन्तु फिर भी परम सन्तुष्ट और स्वाभिमानी। एक वृद्ध इकतारे की धुन पर सत्संग की महिमा का बखान सुनकर उठ खड़ा हुआ और दोनों हाथ आकाश में उठाकर झूमता हुआ नृत्य करने लगा। नृत्य क्या करने लगा अपने स्थान पर ही खड़ा-खड़ा गोल-गोल घूमने लगा।

स्वाति बूँद बरसै फनि ऊपर,
सीस बिषै होइ जाई।
ओही बूँद कै मोती निपजै,
संगत की अधिकाई।।...

मीराँ के ध्यानस्थ सिर में अचानक एक झटका आया और उनका सिर का पल्लू पूरी तरह गिर गया। सुकन्या ने उसे ठीक करने को उठाना चाहा किन्तु ललिता ने उसका हाथ पकड़कर उठने नहीं दिया। ऐसे में प्रभुभक्तिरस में डूबी अपनी स्वामिनी की तन्द्रा भंग करना उचित न था।

साधु महाराज गा रहे थे—

तुम चन्दन, हम रेंड़ बापुरे,
निकटु तुम्हारे आसा।
संगत के परताप महातम,
आवै बास सुबासा।।

अब क्या था? मीराँ के नेत्र स्वतः खुल गये। वह उठकर नृत्य करने लगीं। उनकी खड़ताल तो वीणा के साथ पालकी में ही छूट गयी थी। वह दोनों हाथों से चुटकी बजाकर नाचने लगी थीं। यह देखकर पूरे ग्रामीण समूह की निगाहें मीराँबाई की ओर घूम गयीं। सब ठगे-से इस परम सुन्दरी साध्वी को, इस परम तेजोमय अज्ञात स्त्री को देखने लगे। सबको अपने पीछे अचानक किसी को देखते हुए देखकर उन रैदासी सन्त ने भी गाते-गाते पीछे घूमकर देखा। मीराँ का अनुपम भक्तिमय स्वरूप देखकर वे भी विभोर हो गये। पुनः इन पंक्तियों को दोहराने लगे—

संगत के परताप महातम,
आवै बास सुबासा।...
संगत सरन तिहारी प्रभु जी।
संगत सरन तिहारी।
जग-जीवन राम मुरारी।।
संगत सरन तिहारी...

अब नृत्य करती हुई मीराँ भी उन सन्त के स्वर-में-स्वर मिलाकर गाने लगीं–

संगत सरन तिहारी प्रभु जी।...
संगत सरन तिहारी...
जग-जीवन कृष्ण मुरारी
जग-जीवन कृष्ण मुरारी
संगत सरन तिहारी...

इकतारा बजता रहा। रैदासी साधु ने तब वह पद पूर्ण किया–

"जाति भी ओछी, करम भी ओछा,
ओछा कसब हमारा।
नीचे से प्रभु ऊँच कियो है,
कह रैदास चमारा।।"

और मेड़ती मीराँ के हृदय में सन्त रैदास जिन्हें उन्होंने कभी नहीं देखा था, की एक अदृश्य छवि श्रद्धा की छाया की भाँति उतर गयी। मेड़ता की पुत्री और मेवाड़ की पुत्रवधू, दो-दो राजकुलों की राजकुँवरि मीराँ, भले ही अब पतिहीना थीं पर श्रीकृष्ण की अनन्य भक्ति के नाते वह अभी भी परम सुहागिन थीं। वस्त्र भले ही सादे पहनती हों किन्तु गले में मंगलसूत्र, हाथों में चूड़ियाँ और माथे पर बिंदिया वह अवश्य धारण करती थीं। क्योंकि उनके पति तो स्वयं अजर-अमर अविनाशी गिरधरगोपाल थे।

मीराँ जी की आज्ञा हुई कि आज हमारा भी डेरा इसी ग्राम में पड़ेगा। सो किसकी हिम्मत जो उनके निर्णय पर प्रतिप्रश्न कर दे? ग्रामवासियों ने दबे स्वर से इस अज्ञात साध्वी का परिचय जानना चाहा तो एक सैनिक ने ग्राम के मुखिया को बुलाकर धीरे से कहा–

"मेवाड़ के महाराणा सा की बड़ी बहू हैं मीराँबाई सा...ध्यान रहे। कोई गड़बड़ न हो।"

इसके बाद तो सब-के-सब मीराँ के साथ आये दल की आवभगत में लग गये। मीराँ अब तक उन रैदासी सन्त के पास जा बैठी थीं।

"आप कहाँ से पधारे हैं महाराज?"–मीराँ ने उनसे पूछा।

"देवि!...हम काशी से आये हैं। रैदासपन्थी हैं। सन्त रैदास जी के तुच्छ शिष्य।"

"ओह! कितने मीठे बोल हैं और कितना मीठा गाते हैं आप महाराज?"...क्या शुभ नाम है आपका?"

"हमारा नाम हरिया है...पर हमारे गुरुदेव ने हमें हरिदास नाम दे दिया है।"

"आपके गुरुदेव तो वास्तव में परमपद को प्राप्त कोई ऋषितुल्य महात्मा प्रतीत होते हैं। कैसे हैं वे? इन दिनों क्या काशी में ही हैं।" मीराँ ने पूछा। सुनकर सन्त हरिदास की आँखें भर आयीं। एक मार्मिक मुस्कान के साथ बोले–

"अब?...अब तो वे हमारे हृदय में निवास करते हैं।"

"मतलब?–" मीराँ ने आश्चर्य से पुनः कहा।

"देह छोड़ चुके हैं गुरुवर...आज से कोई बारह-तेरह वर्ष पूर्व। यों समझिये कि गुरुदेव रैदास विक्रम संवत् 1433 में जन्मे थे और 130 वर्ष की आयु में अपनी लीला समेटकर 1563 संवत् में बेगमपुरा को चले गये..."

"बेगमपुरा?–" मीराँबाई ने और भी आश्चर्य से जानना चाहा।

सन्त हरिदास हँसे। कहा कि–"हमारे गुरुवर ईश्वर के परमधाम को बेगमपुरा कहते थे। उनके बेगमपुरा में न कोई दीन है न दरिद्र, न कोई ऊँचा है न कोई नीच ...परमानन्द-ही-परमानन्द है...प्रकाश-ही-प्रकाश है क्योंकि बेगमपुरा तो स्वर्ग से भी उच्च स्थान है, जहाँ साक्षात् परमात्मा का वास है।"

"वाह!...क्या कहने।"–मीराँ जी के श्रीमुख से निकला और उन्होंने नेत्र मूँदकर दोनों हाथ जोड़कर सिर झुकाये-झुकाये अदृश्य एवं ब्रह्मलीन सन्त रैदास को प्रणाम किया।

"देवि!...आपका शुभ परिचय?"–हरिदास जी से भी अब रहा न गया। पूछ बैठे। मीराँ ने एक क्षण कुछ सोचा। फिर अत्यन्त कोमलता के साथ नेत्र झुकाये-झुकाये ही उत्तर दिया–

"मैं स्वर्गीय कुँवर भोजराज जी की ब्याहता हूँ और मुरलीमनोहर श्रीकृष्ण की चरणदासी..."

अब तक सुकन्या से रहा न गया। चपलतापूर्वक बोल पड़ी–"मेवाड़ नरेश राणा सांगा जी की कुलवधू हैं ये...हमारी स्वामिनी मीराँबाई सा।"

इतना सुनते ही वे साधु-महात्मा तत्काल उठकर खड़े हो गये। करबद्ध झुककर उन्होंने मीराँ को नमन किया और कहा–"धन्य-धन्य...पूज्य मीराँबाई जी! परम सौभाग्य हमारा जो आपने हमें यहीं दर्शन दे दिये...अरे! आप ही के दर्शनों की अभिलाषा लिये तो हम चित्तौड़ जा रहे थे...हमें क्या पता था कि परम भक्तिमती मीराँ जी का हमें बीच मार्ग में ही यूँ चलते-चलते इस तरह दर्शन हो जायेगा।"

विनम्र हरिदास जी को नमन करते देख मीराँ भी तुरन्त खड़ी हो गयीं और उनसे अधिक झुककर उन्हें प्रणाम कर बोलीं–

"भक्त शिरोमणि!...आप हमें इस प्रकार से लज्जित न करें। मैं तो सन्तों के मार्ग पर पड़ा हुआ एक धूल का कणमात्र हूँ। आपके स्वर में साक्षात् कान्हा जी की मुरली का माधुर्य था जिसे सुनकर हम यहाँ खिंचे चले आये।"

तब तक गाँव के मुखिया ने मीराँबाई को दण्डवत् किया और उनसे ग्राम में अपने आवास पर पधारने का अनुरोध किया। मीराँबाई ने कहा कि वह तो मात्र साधु-संगत के लिए यहाँ रुकी हैं। अतः सन्त हरिदास जी के इस ठिकाने को छोड़कर कहीं न जा सकेंगी। इस पर मुखिया ने कहा कि–"कल से यह महात्मा जी यहाँ पधारे हैं, किन्तु इन्होंने भी हमारा आग्रह स्वीकार नहीं किया।"

इस पर मीराँ जी ने विहँसकर कहा कि—"रमता जोगी बहता पानी। उनसे अधिक छेड़छाड़ नहीं करनी चाहिए। जो कुछ सेवा हो यहीं कर सकते हैं।"

मुखिया ने कहा कि—"सो तो हमारा परम सौभाग्य है ही राणी सा!"

इसके बाद लगभग पूरा गाँव ही वहाँ उमड़ पड़ा और चित्तौड़ की राजकुँवरि मीराँबाई के दर्शन लाभ करने लगा। उनका फल-फूल-मिष्टान्न और पूड़ी-पकवान से सत्कार करने लगा। गाँव की आबादी से कुछ दूर इस प्राकृतिक स्थल पर देखते-ही-देखते एक मेला-सा लगा गया।

रात्रि होने पर वहाँ अनेक मशालें जल गयीं। अब भक्तिमति मीराँ जी ने भजनों का समाँ बाँध दिया। उन्होंने आग्रहपूर्वक बाबा हरिदास जी से उनका इकतारा माँग लिया। वह पुलककर इकतारे के तार को अपने दाहिने हाथ की तर्जनी से छेड़ने लगीं। ललिता पालकी से मीराँ की वीणा लेकर आयी और खड़ताल भी। मीराँबाई सा ने कहा—"रहने दे...आज वीणा के स्थान पर यह एकतारा ही प्रभु का गुणगान करे।"

मीराँ दाहिने हाथ में रैदासी सन्त का वह इकतारा और बायें हाथ में अपनी खड़ताल लेकर गाने लगीं—

करना फकीरी क्या दिल गीरी,
सदा मगन मन रहना जी।
कोई दिन बाड़ी तो कोई दिन बँगला,
कोई दिन जंगल रहना जी।
कोई दिन हाथी कोई दिन घोड़ा,
कोई दिन पाँवों से चलना जी।
कोई दिन गादी कोई दिन तकिया,
कोई दिन भूमि में पड़ना जी।
कोई दिन खाना तो कोई दिन पीनाँ,
कोई दिन भूखे ही मरना जी।
कोई दिन पहनाँ तो, कोई दिन ओढ़ा,
कोई दिन चिथरा पथरना जी।
मीराँ कहै प्रभु गिरधर नागर,
ऐसा कूँता करना जी।

गाते-गाते अलमस्ती में मीराँबाई खड़ी होकर नाचने लगीं। अनायास ही इस राजमहिषी ने प्रजाजन की जैसे किसी दुखती रग पर हाथ धर दिया था। वह उन्हीं के जीवन को तो गा रही थीं। एक राजकन्या होकर भी कितना सादा रूप, कितना साधारण परिधान और साधारण लोगों के दुःख-कष्टों की कैसी अच्छी समझ। कैसा अलौकिक तेज इनके भाल पर। और मुख से फूल की तरह झरते भजन के बोल। इकतारे की धुन। खड़ताल की खटखट करती झन्कार। रैदासी बाबा का इकतारा जब मीराँबाई सा ने ले लिया तो ललिता द्वारा लायी गयी उनकी वीणा बाबा जी ने थाम

ली और वह भी सिर धुनकर उस वीणा को झंकृत करने लगे। समस्त भक्त-मण्डली अपने करों से ताल-पर-ताल देने लगी। भक्त मीराँ की देखा-देखी कुछ ग्रामीण स्त्रियाँ भी उठकर वहाँ नृत्य करने लगीं। एक अद्भुत समाँ अपने-आप बँध गया। आनन्द-ही-आनन्द सर्वत्र।

फिर भजन समाप्त होने पर मीराँ जी बैठ गयीं। बाबा हरिदास ने कहा—"देवि! एक भजन और..." अपने आँचल से मुख पर उछल आये स्वेद बिन्दु मीराँ ने पोंछे। सुकन्या निकट खड़ी होकर उन्हें एक हाथ का पंखा झलने लगी।

अब मीराँबाई ने सहजमुद्रा में बैठकर अपनी वीणा उठायी और अलाप को साधकर गाने लगीं। उनके नेत्र मुँद गये। मस्तक पर रेखाएँ बल खा उठीं। मीराँ का इस बार कण्ठ से निकला स्वर अत्यन्त करुण था। ऐसा लगा कि जैसे कलेजे को चीरकर रख देगा। पूरा जनसमुदाय पहले मन्त्रमुग्ध हुआ। फिर जैसे-जैसे मीराँ गाती गयीं लोगों के नेत्र भरने लगे। किसी-किसी के तो अश्रु भी छलक पड़े। विरह! हाय यह कैसा विरह? मीराँ ने कुछ ही अरसे पहले अपना पति खोया है। उन्होंने स्वयं को कृष्ण की भक्ति में पूरी तरह विलीन कर लिया है—

मैं तो गिरधर के घर जाऊँ।
गिरधर म्हारो साँचो प्रीतम, देखत रूप लुभाऊँ।
रैन पड़े तब ही उठा जाऊँ, भोर भये उठि आऊँ।
रैन दिना वा के संग खेलूँ, ज्यों त्यों ताहि रिझाऊँ।
जो पहरावे सोई पहरूँ, जो दे सोई खाऊँ।
मेरी उनकी प्रीत पुरानी, उन बिन पल न रहाऊँ।
जहाँ बिठावे ताहीं बैठूँ, बेचे तो बिक जाऊँ।
मीराँ के प्रभु गिरधरनागर, बार-बार बलि जाऊँ।

ऐसा अपूर्व सत्संग। दो सन्तों का अद्भुत मिलन। उस ग्राम के निवासियों ने शायद ही ऐसा दृश्य अपने गाँव में कभी देखा होगा। सब पर अजस्र सौभाग्य की वर्षा-सी वहाँ उस रात्रिवेला में हो रही थी। मीराँ ने बाबा हरिदास जी से प्रार्थना की कि वह चित्तौड़ जा ही रहे थे। कल प्रातः साथ में ही प्रस्थान करें।

हरिदास जी ने अगली सुबह सहर्ष चित्तौड़ के लिए प्रस्थान किया। उसके बाद कुछ दिन वे मीराँबाई के दिव्य आतिथ्य में चित्तौड़गढ़ में उनके अतिथिगृह में रहे। फिर उन्होंने भक्तिमती मीराँ से उनकी निशानी के रूप में उनकी वीणा ले ली और काशी लौट गये। मीराँ ने सन्त रविदास की समाधि पर चढ़ाने और भण्डारे के लिए भेंटस्वरूप कुछ सामग्री और स्वर्णमुद्राएँ बाबा को सौंपीं और जिस इकतारे पर वह सन्त रैदास के हृदयस्पर्शी भजन गाया करते थे, आग्रहपूर्वक उनका वह पवित्र इकतारा उनसे ले लिया।

अब आगे से मीराँ के स्वर में और भी माधुर्य और करुणा का सम्मिश्रण हो आया। रैदास से उन्होंने गुरुदीक्षा तो नहीं ली। ले भी कैसे सकती थीं? रैदास तो

वर्षों पूर्व परमधाम को जा चुके थे। भव बन्धनों से ऊपर उठकर वह रैदास चमार से सन्त रविदास बन चुके थे। एक महान् सन्त जिसका जाति, धर्म, भेदभाव, राग-द्वेष से कोई सरोकार नहीं होता। उन्हीं सन्त रविदास से कभी महाराणा कुम्भा की एक पत्नी झाली रानी ने कई दशकों पूर्व गुरुदीक्षा ली थी। वह सौभाग्य तो मीराँ नहीं ले सकीं, किन्तु उनके एक परमशिष्य से वह दुर्लभ इकतारा प्रसादस्वरूप मीराँ ने अवश्य प्राप्त कर लिया, जो सन्त रविदास के असंख्य पुनीत पदों के गायन का साक्षी था। चित्तौड़ के सत्संग में सन्त मीराँबाई ने सन्त रैदास के उन परम शिष्य से दिवंगत रैदास के जीवनवृत्त को जाना और उनके अनेक सुमधुर पदों को सुना। उनमें से कुछेक तो मीराँ जी को कण्ठस्थ भी हो गये। यह स्थूल से सूक्ष्म का अलौकिक सम्पर्क था।

गोलोकवासी सन्त रविदास के ही शब्दों में कहें तो ईश्वरधाम का दूसरा नाम था बेगमपुरा। उन महात्मा के कल्पनाजगत् का सर्वोच्च आध्यात्मिक लोक...

"बेगमपुरा सहर को नाऊँ, दुख अन्दोह नहीं तिहि ठाऊँ।
ना तसवीस खिराजु न मालु, खउफु न खता न तरस जवालु।
अब मोहि खूब वतन गह पायी, उहाँ खैरि सदा मेरे भाई।
काइमु दाइमु सदा पातिसाही, दोम न सेाम एक सो आही।
आबदानु सदा मसहूर, उहाँ गनी बसहि मामूर।
तिउ तिउ सैल करहि जिउ भावै, मरहम महल न को अटकावै।
कहि रविदास खलास चमार! जो हम सहरी सु मीत हमार।"

एक ऐसे राज्य की कल्पना जिसका राजा भी आदर्श है और जिसके नागरिक भी आदर्श। जहाँ सर्वत्र विशुद्ध प्रेम सभी निवासियों के हृदय में एक-दूसरे के लिए स्थायी रूप से विद्यमान है। तभी तो सन्तशिरोमणि रैदास अथवा रविदास जी अन्त में कहते हैं कि–"जो हम सहरी सु मीत हमार।" अर्थात् जो भी बेगमपुरा में निवास करनेवाला हमशहरी है, वहाँ का नागरिक है, वह मेरा मीत है। मेरा प्रिय है। काश! ऐसी भावना इस संसार में भी हर मनुष्य की दूसरे मनुष्य के प्रति होती। मनुष्य स्वर्ग में वास्तविक सुख की कल्पना के स्थान पर, इस धराधाम को ही स्वर्ग बनाता और इसे ही बेगमपुरा का स्वरूप प्रदान करता।

सात बरस का संक्षिप्त दाम्पत्य जीवन। जब तक मीराँ और भोजराज का संग-साथ रहा। उनके जीवन में चाहकर भी कोई प्रत्यक्ष हस्तक्षेप नहीं कर सका था। जो-जो बातें मीराँ को उचित या रुचिकर न लगतीं सुसराल पक्ष के लोगों से वह स्पष्ट मना कर देतीं। अपने बचाव के लिए वह अपने गिरधरगोपाल, मुरलीधर, श्यामसखा, श्रीकृष्ण मुरारी को आगे कर देतीं। उन्हीं का आलम्बन-अवलम्बन अनुबन्ध-प्रबन्ध उनकी सर्वोच्च प्राथमिकता और उनका सर्वोच्च कर्त्तव्य हुआ करता। गिरधरगोपाल के उत्थान, शृंगार, भोग, पूजन, भजन, आरती, प्रसाद, शयन में मीराँ की व्यस्तता

अनेक संकटों के निवारण का बहाना बनतीं। जहाँ कहीं मीराँ को निरुत्तर होते अथवा सास-ननद-परिवार-समाज के नातों अथवा बन्धनों, रीति-रिवाजों के आगे मजबूर होते कुँवर भोजराज देखते वे स्वयं आगे बढ़कर मीराँ के सामने की वह बाधा दूर कर देते। आवश्यकता पड़ने पर वह अपनी पत्नी की ढाल भी स्वयं बन जाते और समक्ष खड़े दुविधाकारी प्रस्ताव को मीराँ के सामने से खूबसूरती से मोड़कर उन्हें आसन्न संकट से उबार लेते।

मीराँ की साधु-संगत, सत्संग, मन्दिरदर्शन इत्यादि का क्रम किन्तु कुँवर भोजराज के जीवनकाल में थोड़ा सीमित था।

सन् 1523 ई. में भोजराज के असामयिक निधन के बाद पग-पग पर साथ देनेवाले परम स्नेहिल परम शुभेच्छु पति का वह साया मीराँ के सिर से उठ गया। जैसे किसी रेगिस्तान पर कुछ काल के लिए मेघाच्छादित आकाश मन्द-मन्द शीतल समीर और बीच-बीच में प्रत्याशित मेह की फुहार छोड़कर वहाँ विचरती किसी मृगी को सुखद प्राकृतिक अनुकूलता की अनुभूति कराता चले ऐसा सहयोग और समर्पण था कुँवर भोजराज का भक्तिमयी मीराँबाई के लिए।

अचानक उनका तिरोधान मीराँ के जीवन में दृश्यान्तर कर शीतलता प्रदान करनेवाले मेघों को उड़ा ले गया। निरभ्र सामाजिक आकाश कालरूपी मार्तण्ड के प्रकोप से अब पुनः तपने लगा था और चित्तौड़ की धरती को भी अब अपने निर्बाध ताप से धधका रहा था।

मीराँ का कृष्णभक्ति में उन्मुक्त भाव से नाचना-गाना पहले भी राजमहल की स्त्रियों से लेकर राजपूत समाज के रूढ़िग्रस्त मानसिकतावाले पुरुष वर्ग को भला कहाँ सुहाता था? अब तो घर, मुहल्लों-टोलों में अनेक जगह उनकी आलोचना होने लगी। सामन्तों द्वारा भी दबे स्वर में दरबार में परस्पर चर्चा होने लगी। शुरू-शुरू में किसी की हिम्मत महाराणा सांगा से उस बाबत कहने की नहीं पड़ी। फिर एक दिन उन्होंने ही दो सामन्तों की परस्पर मीराँ के विषय में कुछ नकारात्मक चर्चा को सुन लिया। महाराणा दरबार में आज अचानक आ गये थे। कभी-कभी वे बिना पूर्व सूचना के भी आ जाते थे। आते समय प्रतिहारियों को इशारे से चुप करा देते कि महाराणा सा मेवाड़ दरबार में पधार रहे हैं, यह उद्घोष वे न करें।

महाराणा जी को अचानक अपने मध्य पाकर सभी दरबारी शान्त हो गये और अपने-अपने सिंहासनों से उठ खड़े हुए। सभी ने सम्मानपूर्वक झुककर अपने महाराज का अभिवादन किया। सांगा राजसिंहासन पर जाकर विराजमान हो गये। दोनों ओर खड़े दास उन्हें पंखे झलने लगे।

"यहाँ राजकुँवरि मीराँ पर कुछ चर्चा हो रही थी...ज़रा मैं भी जानना चाहूँगा।...

राव हेमसिंह शेखावत ने तनिक संकोच के साथ अपनी बात रखी—"खम्मा घणीं महाराणा सा!...बहूरानी सा की भक्तिभावना से तो हम सभी भलीभाँति परिचित हैं। श्रीकृष्ण भगवान् की भक्ति और उनके चरण-कमलों में उनका अनन्य अनुराग सर्वविदित है। वे साधु-सन्तों की भी बड़ी सेवा और सत्कार करती हैं। यह सब अपनी जगह ठीक ही है परन्तु..."

"परन्तु?...परन्तु क्या शेखावत जी?"—महाराणा सांगा ने बड़ी-बड़ी आँखों से हेमसिंह शेखावत को टटोला। शेखावत चुप रह गये। तब सांगा ने सरदार नाहरसिंह कछवाह से कहा—"नाहरसिंह जी! आप ही कुछ बोलिये। चर्चा आप दोनों के मध्य हो रही थी। आप मेरा स्वभाव जानते हैं। मैं आप सभी सभासदों को अपना सहोदर मानता हूँ। यहाँ हम सबमें कोई विभेद नहीं। विशेषकर यह राजसभा तो ऐसी बैठक हैं जिसमें राजहित में कोई भी बात हर किसी से मित्रवत् कही-सुनी जा सकती है।"

"घणीं खम्मा राणा सा!...बात यदि राजनीति या राजकाज की ही हो तब तो ठीक है। पर यहाँ बात राजपरिवार की कुलमर्यादा से जुड़ी है और साथ ही मेवाड़ राज्य की सुरक्षा-व्यवस्था से भी।" नाहरसिंह कछवाह ने विनम्रता से कहा।

"कोई बात नहीं। आप इस विषय में जो भी अनुकूल अथवा प्रतिकूल बात हो उसे खुलकर कहिये। मेरा संकोच कदापि न करिये। मेवाड़ का हित तो हम सबके लिए सर्वोपरि है।"

"महाराज! शेखावत जी हमारे वरिष्ठ हैं। आप यदि उन्हें ही आज्ञा दें तो।..."

"हाँ हाँ क्यों नहीं...राव हेमसिंह शेखावत! बताइये। क्या बात है?"

इस पर शेखावत कहने लगे—

"अन्यथा न लें महाराणा सा...इधर राजकुँवरि मीराँबाई ने जो भक्तिमार्ग अपनाया है वह कुँवर भोजराज के बिछुड़ने के बाद से पूर्णतः एकाकी है। यह मार्ग उनके लिए कितना निरापद है अथवा नहीं इस पर कुछ टीका-टिप्पणी करने के हम अधिकारी नहीं हैं। परन्तु मेवाड़ के लिए उसे निरापद अथवा खतरे से रहित हम नहीं मान सकते।"

"वह कैसे?"—महाराणा सांगा ने पूछा।

"इन दिनों साधु-सन्तों का आवागमन चित्तौड़ के मीराँ-महल में बहुत बढ़ गया है। कई-कई दिन वे यहाँ प्रवास करते हैं। अतिथिगृह जब भर जाते हैं तो कई साधुओं, फकीरों और मलंगों का डेरा आस-पास के बागीचों तक में पड़ जाता है। भोजन-भण्डारे-भजन-गायन-नृत्य सो सामूहिक रूप से अलग। न जाने कहाँ-कहाँ के आदमी जटा-जूटधारी, भगवा वस्त्रधारी, धवल अँचलाधारी, चिमटा-कमण्डलधारी जब देखिये आ-आकर चित्तौड़गढ़ के भीतर धूनी रमाया करते हैं। महाराज की ओर से कोई निषेधाज्ञा न होने के कारण प्रहरी और सुरक्षाबल भी किंकर्त्तव्यविमूढ़ हैं।...यदि

किसी ने कह दिया कि हम साधु हैं और बड़ी दूर से कृष्णभक्तिमती मीराँबाई सा से भेंट करने आये हैं तो उन्हें सादर भीतर तक जाने का मार्ग गढ़ के मुख्य प्रवेश-द्वार से ही दे दिया जाता है।...महाराज तनिक विचार करें यदि कभी कोई...शत्रु कोई वैरी राजपूत...कोई दुष्ट यवन साधुवेश में चित्तौड़गढ़ में प्रवेश कर गया तो इस कोट की क्या गोपनीयता रह जायेगी?...सारा हाल-हवाल जानकर गढ़ का अन्दरूनी खाका बनाकर यदि वह शत्रु सकुशल बाहर चला गया तो क्या यह मेवाड़ की राजधानी शत्रुओं के लिए अजेय रह जायेगी?"

राजदरबार में कुछ देर को सन्नाटा पसर गया। सारे सामन्त-सभासद बगलें झाँकने लगे। शेखावत जी ने ठण्डे लोहे पर ही करारी चोट मार दी है। जाने अब क्या हो? महाराणा चिन्तामग्न हो अपनी अधपकी दाढ़ी पर हाथ फेरने लगे। इस परिस्थिति की तो उन्होंने वास्तव में कोई चिन्ता पूर्व में न की थी। उन्होंने पूछा कि—"क्या सभी साधु बिना किसी पूछताछ के राजमहलों तक आने दिये जाते हैं?"

"नहीं महाराणा सा! सभी को उचित पूछताछ के बाद कुम्भश्याम मन्दिर तक दर्शन लाभ के लिए आने की अनुमति पूर्व की भाँति है। किन्तु जो भी साधु-सन्त मीराँबाई सा से भेंट की इच्छा व्यक्त करते हैं इन्हें निर्बाध रूप से उन तक जाने दिया जाता है।"

"परन्तु उसमें भी तो हमारी पुत्रवधू की अनुमति उनसे ली जाती होगी?"

यह कहकर सांगा ने अब अपने युवराज रत्न सिंह की ओर देखा। "नहीं बाबो सा!...इसमें तनिक कठिनाई है। भाभी सा मीराँ का यह पूवदिश हो चुका है कि उनसे मिलने आने की अभिलाषा रखनेवाले किसी भी साधु-संन्यासी को उनके महल तक आने से रोका न जाये।" रत्न सिंह ने पिता से कहा।

राजसभा के उस विचार-विमर्श से चिन्तित हो मेवाड़ नरेश सांगा ने ही तब उसका हल निकाला। कुम्भश्याम के मन्दिर के प्रांगण में ही एक ओर एक अन्य जीर्ण-शीर्ण-सा मन्दिर था जो कभी नरसिंह भगवान् का मन्दिर हुआ करता था। कालक्रम में वह उपेक्षित हो गया था। उसमें मन्दिर के कुछ पुजारीगण अपना आवास बनाये हुए थे।

सांगा ने उस मन्दिर का जीर्णोद्धार कराया और उस मन्दिर को भव्यता प्रदान कर, उसमें मुरलीमनोहर की मूर्ति प्राणप्रतिष्ठित कराकर, उसे मीराँबाई को ही सौंप दिया और कहा कि—"बेटी! चित्तौड़ में साधु-सन्तों का आगमन तुम्हारी भक्ति और श्रीकृष्ण प्रभु के प्रताप से बढ़ चला है। अच्छा होगा कि तुम अपना सत्संग और सार्वजनिक भजन आदि यहीं किया करो और जो भी साधु-संन्यासी चित्तौड़ में पधारें उनका भी स्वागत और प्रवचन यहीं आयोजित करो।"

मीराँ बुद्धिमान् तो थी हीं। राजकाज और सुरक्षा की कूटनीतिक विवशता को बिना कहे ही समझ गयीं और उन्होंने अपने श्वसुर की आज्ञा को शिरोधार्य कर लिया।

तब से कुम्भश्याम मन्दिर के परिसर में स्थापित वह मुरलीमनोहर का मन्दिर धीरे-धीरे मीराँ-मन्दिर के नाम से ही विख्यात हो चला। अब मीराँ प्रत्येक सायंकाल को वहाँ दर्शन और सन्त समागम का लाभ उठाने लगीं। भक्तिमार्गी सन्तों और भक्तिरस का अवगाहन करनेवाले नर-नारियों का जमावड़ा अब कुम्भश्याम और मीराँ-मन्दिर के इर्द-गिर्द तक सिमट गया। तदनुसार ही चित्तौड़गढ़ के सुरक्षाकर्मियों ने उन लोगों का आवागमन गढ़ के मुख्य द्वार से मीराँ-मन्दिर और कुम्भश्याम मन्दिर के संयुक्त परिसर तक निर्धारित कर लिया।

इस प्रकार चित्तौड़गढ़ की सुरक्षा की दुश्चिन्ता का साँप भी मर गया और लाठी भी नहीं टूटने पायी। अन्यथा स्वाभिमानी और हठी मीराँ को कोई साधु-संगत करने और उनकी नित्य आराधन की दिनचर्या से कौन रोक सकता था? वह भी तब, जब उन्हें महाराणा सांगा-जैसे सहृदय पितातुल्य श्वसुर का वरदहस्त प्राप्त था।

नित्यप्रति प्रातःकाल का समय मीराँ अपने स्नान-ध्यान और पूजन में लगातीं। अपने गिरधरगोपाल को शयन से उठाकर पहले उन्हें तैयार करतीं। उनका विधिवत् पूजन करतीं। उसके बाद किसी-किसी दिन जाकर गजाधर पण्डित जी द्वारा सेवित स्वयं के बनवाये छोटे-से श्रीकृष्ण मन्दिर के भी दर्शन करतीं। भगवान् का भोग लगने के बाद ही जलपान ग्रहण करतीं। सायंकाल वह कुम्भश्याम के प्रांगण में स्थित मीराँ-मन्दिर में जाकर घण्टों दर्शन-भजन-कीर्त्तन-नर्तन-सत्संग का लाभ उठातीं। वस्तुतः मीराँ जी वहाँ अपने परम प्रिय मुरलीमनोहर का दर्शन करने जातीं और वहाँ एकत्रित साधु एवं कृष्णभक्त कृष्णार्पिता मीराँबाई का दर्शनलाभ कर धन्य-धन्य होते।

बारहों मास...चैत-बैसाख-जेठ-आषाढ़-सावन-भादों-क्वार-कार्तिक-अगहन-पूस-माघ-फागुन...यह क्रम चला ही करता। मिलन और विरह के गीत गातीं मीराँ। जिनमें विरह के गीत उन्हें अधिक भाते...जिन्हें प्रायः वह अपने एकान्त क्षणों में भी गातीं। उनके पद सभी ऋतुओं की अगवानी करते।

सावन में तपती धरती की प्यास बुझानेवाले काले कजरारे बादल जब आकाश में घुमड़ते तो भक्त मीराँ को भी अपने प्रियतम श्रीहरि के आगमन का आहट होने लगती और वह आनन्द मंगल गान करने लगतीं—

बरसे बदरिया सावन की, सावन की मन भावन की।
सावन में उमग्यो मेरो मनवा, भनक सुनी हरि आवन की।
उमड़-घुमड़ चहुँ दिशा से आया, दामिन दमकै झर लावन की।
नन्हीं नन्हीं बूँदन मेहा बरसे, शीतल पवन सोहावन की।
मीराँ के प्रभु गिरधर नागर, आनन्द मंगल गावन की।

मीराँ-मन्दिर के मण्डप में मीराँ नृत्य कर रही हैं। मन्दिर प्रांगण में मेह बरस रहा है। भक्त नर-नारी विशेषकर आम प्रजाजन जो कुम्भश्याम-मन्दिर में दर्शनार्थ आये हैं, आँखें फाड़-फाड़कर गौरवर्ण की एक अनिन्द्य सुन्दरी साध्वी को साधु-मण्डली

के मध्य नाचता-गाता देखकर चकित हैं। अनेक नर-नारी प्रांगण में भी खड़े-खड़े भीग रहे हैं। किन्तु घाघरा-चोली पहने, सिर पर चूनर ओढ़े नृत्य-गान मगन मीराँबाई को छोड़कर कोई जाने को तैयार नहीं है। अनेक तीर्थयात्री जन जो पहली बार आये हैं उनके नेत्रों के सम्मुख एक अलौकिक-सी स्त्री की यह अभूतपूर्व भक्ति-भंगिमा है।...

चित्तौड़गढ़ में और गढ़ के बाहर फागुन माह में होलिकोत्सव चल रहा है। चारों ओर अबीर-गुलाल और रंगों की बहार है। नर-नारी एक-दूसरे पर प्रेम-प्रीतिपूर्वक पिचकारियों से बौछार कर रहे हैं। कहीं केसरमिश्रित भंग छानी जा रही है। तो कहीं ढोल-मँजीरे पर मस्ती में लोग गा-बजा रहे हैं। नाच रहे हैं। सामूहिक हर्ष नाद सारे संसार को सिर पर उठाये हुए हैं। ऐसे में कृष्ण दीवानी मीराँ को तो केवल अपने ब्रह्मस्वरूप प्रियतम से ही दिव्य होली खेलनी है। वह अपने महल के एकान्त में गा रही हैं—

फागुन के दिन चार रे, होली खेल मना रे।
बिन करताल पखावज बाजै, अनहद की झनकार रे।
बिनु सुर राग छतीसूँ गावे, रोम रोम रंग सार रे।
शील सन्तोष की केसर घोली, प्रेम-प्रीत पिचकार रे।
उड़त गुलाल लाल भये बादल, बरसत रंग अपार रे।
घट के सब पट खोल दिये हैं, लोकलाज सब डार रे।
होली खेल प्यारी पिय घर आये, सोइ प्यारी पिय प्यार रे।
मीराँ के प्रभु गिरधर नागर, चरण कमल बलिहार रे।

6

आली री मेरे नयना बान पड़ी

मीराँबाई का पीहर राठौड़ राजपूतों के एक सुप्रतिष्ठित कुल में था। मेड़ता के राव दूदा जोधावत मीराँ के पितामह थे, जिनकी छत्रच्छाया में ही मीराँ पलीं-बढ़ीं। राव दूदा परम वैष्णव थे। उनका जन्म सन् 1440 ई. में हुआ था। वह वीरता और भक्ति का आदर्श संगम थे। मेड़ता नगर उन्होंने ही पुनः बसाया था और उससे जुड़े अपने छोटे-से राज्य को उन्होंने अपने खून-पसीने से सींचा था। मेड़ता अजमेर से 20 कोस पश्चिम और जोधपुर से 40 कोस पूरब में स्थित है।

मेड़ता प्राचीन नगर था। काल के अन्तराल में धीरे-धीरे यह उजाड़ और निर्जन हो गया। खँडहरों का एक ऐसा समूह जहाँ मनुष्यों ने वास करना सदियों से छोड़ दिया था। जोधपुर नगर के संस्थापक राव जोधा ने अपने दो पुत्रों बरसिंह तथा दूदा से कहा कि वे जायें और मेड़ता को पुनः आबाद कर अपना भविष्य स्वयं उज्ज्वल करें।

मेड़ता को बसाने और आस-पास के प्रदेशों को शत्रुओं से छीनकर ही दोनों भाई अपने भावी जीवन को शक्तिसम्पन्न कर सकते थे। इसलिए जोधपुर नरेश राव जोधा जी ने बरसिंह और दूदा को बहुत-सी सेना के साथ ही उस अभियान पर भेजा था।

दूदा ने मालवा के सुल्तान मोहम्मद खिलजी और अजमेर के शासक से मेड़ता और उसके समीपस्थ स्थानों को अपने बाहुबल से जीता और एक नया राज्य स्थापित किया। उनके पराक्रमी भाई बरसिंह ने उन युद्धों में बराबर का साथ दिया। फिर दोनों ही पराक्रमी राजपूतों ने सन् 1461 ई. में मेड़ता के कोट की नींव रखी। कुछ ही वर्षों में मेड़ता का दुर्ग बनकर तैयार हुआ। वहाँ उन्होंने एक चतुर्भुजनाथ का मन्दिर भी बनवाया और कई कूप व तालाब भी खुदवाये।

कुछ काल तक बरसिंह और दूदा साथ रहे। परन्तु दूदा भी एक महत्त्वाकांक्षी राजपूत थे। उनकी बढ़ती महत्त्वाकांक्षाओं को ध्यान में रखकर बड़े भाई बरसिंह जोधावत ने उन्हें रायण की जागीर देकर वहाँ रहने को भेज दिया। परन्तु इस छोटी-सी जागीर से दूदा जोधावत सन्तुष्ट होनेवाले नहीं थे। अतः वह बीकानेर राज के

संस्थापक अपने अन्य भाई राव बीका के पास चले गये। इस तरह दूदा जी मेड़ता में न रहकर बीकानेर निवासी हो गये।

बरसिंह को अजमेर के सूबेदार मल्लू खान ने धोखे से जहर दिलाकर मरवा दिया। उसके बाद बरसिंह का नालायक बेटा सीहा मेड़ता की गद्दी पर बैठा। घोर शराबी, ऐयाश और अकर्मण्य। उसके समय में मेड़ता कमजोर पड़ता गया। वहाँ से शासन-सूत्र ढीले पड़ने का समाचार जोधपुर पहुँचा। जोधपुर में उस समय राव सातल जोधावत का राज था। सातल की साम्राज्यवादी कुदृष्टि मेड़ता राज्य पर लग गयी। वह उसे जोधपुर राज्य में मिलाने के लिए तैयारियाँ करने लग गया।

इसकी जानकारी बरसिंह की विधवा पत्नी तथा सीहा की माता को लग गयी। वह समझदार क्षत्राणी थी। उसने तब बीकानेर से अपने देवर राव दूदा को बुलवाया। सीहा की माँ ने तब सीहा और दूदा जी के बीच मध्यस्थता कर मेड़ता राज्य की आधी आय दूदा और आधी आय सीहा को प्राप्त होने का समझौता कराया।

इस प्रकार राव दूदा प्रथम बार मेड़ता राज्य के आधे भाग के राजा बने। वस्तुतः दूदा उस समय कहने को आधे राव थे, किन्तु वास्तविकता में राज्य के सारे राजनैतिक, प्रशासनिक, सैनिक और आर्थिक अधिकार राव दूदा के ही हाथों में थे। राव सीहा तो हरदम शराब के नशे और रागरंग में डूबा रहता था।

यह आधी-अधूरी विचित्र प्रशासनिक व्यवस्था केवल दो वर्ष तक ही चल सकी। राव दूदा से तब और अधिक सहा न जा सका। एक दिन राव सीहा बरसिंहोत महाशय नशे में धुत्त गहरी नींद में सोये पड़े थे। राव दूदा के इशारे पर उन्हें उसी खाट पर सावधानीपूर्वक बाँध दिया गया। फिर रातोंरात राव दूदा के आदमियों ने खाट सहित सीहा को रायण की उसी जागीर में पहुँचा दिया, जो कभी उसके बाप ने दूदा जी को बख्शी थी।

रायण पहुँचकर जब सीहा की कुम्भकर्णी नींद टूटी तो उसे बताया गया कि उसे मेड़ता से निष्काषित कर दिया गया है। अब अगर कभी वह दोबारा मेड़ता में दिखायी दिया तो उसकी बोटी-बोटी काट डाली जायेगी। राव सीहा स्वभाव से नितान्त भीरु और शरीर से भी कमजोर व्यक्ति था। अतः उसने अपने शक्तिशाली काका राव दूदा से भिड़ना हितकर नहीं समझा और परिस्थितियों के सामने सिर झुकाकर रायण की जागीर में ही पड़े-पड़े अपना शेष जीवन काट दिया।

परन्तु नयी पीढ़ी जब जवान होती है तो उसकी रगों में युवा रक्त नयी रफ्तार से दौड़ता है। राज्य निष्कासित सीहा के तीन पुत्र थे—जैसा, गांगा और भोजा। वे पिता के अपमान ही ज्वाला में होश सँभालने के दिनों से ही जल रहे थे। मेड़ता का छिना हुआ राज्य उन्हें किसी दुःस्वप्न-सा निरन्तर सालता रहता था। किन्तु राव दूदा की वीरता, उनके बाहुबल और कुल के बड़े-बूढ़े होने का लिहाज कर जैसा, गांगा और भोजा तीनों भाई खामोश रहते। जब तक राव दूदा जीवित रहे तीनों भाई कुछ

न कर सके। तीनों भाई अलग-अलग ग्राम-समूहों के जागीरदार बनकर रहे। इनमें भोजा सीहावत कुड़की का जागीरदार था।

सन् 1515 ई. में राव दूदा का स्वर्गवास हो गया। उनके बाद उनके ज्येष्ठ पुत्र बीरमदेव दूदावत मेड़ता राज्य के राव बने। तब सीहा के तीनों कसमसाते हुए पुत्रों ने राव बीरमदेव से कहा कि मेड़ता की गद्दी हमारी है। उसे या तो शान्तिपूर्वक हमें लौटा दो नहीं तो उसे बलपूर्वक हम तुमसे प्राप्त कर लेंगे। राव बीरमदेव ने इन्कार कर दिया। इस पर जैसा, गांगा और भोजा ने जोधपुर नरेश राव मालदेव गांगावत से सहायता माँगी। मालदेव एक अत्यन्त साम्राज्यवादी मनोवृत्ति का शासक था और जोधपुर के समक्ष मेड़ता-जैसे स्वतन्त्र और फलते-फूलते राज्य के अस्तित्व से ही चिढ़ता था। राव बीरमदेव से उसका निजी वैर भी था।

यह वैर भी एक विचित्र-से राजसी हठ को लेकर उत्पन्न हुआ था। पशु मेलों में पशुओं की बिक्री होती थी। अच्छी नस्ल के पशुओं को प्राप्त करने में लोगों में होड़ रहा करती थी। राजे-रजवाड़े पशु मेलों में जानवरों की लड़ाई सार्वजनिक मनोरंजन हेतु आयोजित करते थे और जीते हुए पशु को प्राप्त करने के लिए परस्पर प्रतिस्पर्द्धा करते थे। एक ऐसी ही प्रतिस्पर्द्धा में मेड़ता के राजकुमार बीरमदेव और जोधपुर के राजकुमार मालदेव उपस्थित थे। हाथियों की लड़ाई चल रही थी। अन्तिम लड़ाई में कुँवर बीरमदेव का एक विशालकाय हाथी विजयी रहा। उस हाथी पर कुँवर मालदेव का दिल आ गया। मालदेव ने वह हाथी बीरमदेव से माँग लिया। मेड़ता के कुँवर बीरमदेव ने हाथी देने से इन्कार कर दिया। इसी पर दोनों राठौड़ नवयुवकों में तलवारें खिंच गयीं। उपस्थित कुलीन लोगों ने दोनों राजकुमारों में बीच बचाव कराया। वह हाथी तो मालदेव न ले जा सका। परन्तु इस घटना को लेकर ऐसा भयानक वैमनस्य मालदेव गांगावत के मन में घर कर गया कि उसी दिन से उसने बीरमदेव दूदावत को बर्बाद कर डालने की कसम खा ली। मेड़ता का पतन अब मालदेव के जीवन का मानो चरम लक्ष्य बन गया।

जिन दिनों सीहा के राज्यलोलुप तीनों पुत्रों ने राव मालदेव से सम्पर्क किया और मेड़ता को राव बीरमदेव से छीनने की इच्छा प्रकट की, मालदेव ने उन्हें तुरन्त चने के झाड़ पर चढ़ा दिया। उसके बाद मालदेव तीनों भाइयों को चिट्ठियाँ लिख-लिखकर उकसाने लगा कि मेड़ता का राज्य तो तुम्हारा ही है। तुम बीरमदेव को वहाँ से खदेड़ दो। मेरा पूर्ण समर्थन तुम्हारे साथ है। नतीजा यह कि मुट्ठी भर सैनिकों के साथ तीनों सीहा पुत्रों ने मेड़ता पर धावा बोला। राव बीरमदेव के समक्ष किन्तु ये टिक न सके और हारकर युद्धक्षेत्र से भागे। कुछ दिनों बाद पुनः सैन्यबल एकत्रित करके इन्होंने मेड़ता पर दोबारा चढ़ाई की। इस बार जोरदार युद्ध हुआ। सैकड़ों वीर दोनों ओर से हताहत हुए। तीनों सीहावत भाई भी बुरी तरह घायल हो गये। फिर राव बीरमदेव की सेना ने इन्हें जैतगढ़ तक खदेड़कर दम लिया। उसके बाद तीनों भाई

वहीं सुदूर किसी क्षेत्र में जाकर रच बस गये। इसके परिणामस्वरूप सीहावतों की रायण तथा कुड़की आदि अनेक जागीरें मेड़ता के अधीन हो गयीं। इनमें से राव बीरमदेव दूदावत ने कुड़की की जागीर, जिसमें बाजोली आदि 12 गाँव शामिल थे अपने छोटे भाई रतनसिंह दूदावत को सन् 1517 ई. में प्रदान कर दी।

कुड़की की जागीर जब तक रतन सिंह के हाथ में आयी तब तक उनकी इकलौती पुत्री मीराँबाई मेवाड़ अधिपति महाराणा सांगा के ज्येष्ठ पुत्र कुँवर भोजराज से विवाह कर चित्तौड़ जा चुकी थीं। विवाह के बाद जब कभी मीराँ का पीहर आना हुआ तो वह मेड़ता आते-जाते अपने पिता की जागीर कुड़की के कोट और उनके महल में भी कुछ अवधि के लिए ठहरती रहीं। भक्तिमती मीराँबाई की पूजा-अर्चना से कुड़की के मन्दिर और वहाँ के विग्रह भी इस प्रकार समय-समय पर सेवित और आनन्दित हुए।

मीराँ के हाथों रोपे गये तुलसी के पौधे आज भी कुड़की के मन्दिरों में कभी मुर्झाते नहीं। सदैव हरे-भरे रहकर अपनी पवित्र मुस्कान बिखेरते रहते हैं। मीराँ के कीर्त्तन-नृत्य और पायल की ध्वनियाँ कुड़की के भवनों तथा कण-कण में बसी हुई हैं, उसी तरह जैसी कि उनके जन्मस्थल और बाललीलास्थल मेड़ता के महलों में परिव्याप्त हैं।

अब हम महाराणा सांगा के कालखण्ड में फिर वापस लौटते हैं। मीराँबाई एक दिन अपनी परम सखियों ललिता और सुकन्या के साथ राजकीय उद्यान के एक कोने में शान्त भाव से बैठी थीं। तभी सुकन्या ने अपने चंचल नेत्रों को झपकाते हुए मीराँबाई सा से कहा—"जीजा! आज आप हमें अपने मायके और बालपन के कुछ हाल-हवाल सुनाइये। यह ललिता तो सब-कुछ जानती है। मैं ही इतनी भाग्यवान् नहीं हूँ।"

यह सुनकर मीराँ हँस पड़ीं। कहने लगीं—"यह सुकन्या कितनी सयानी है। देख रही है इसको तू ललिता?...कब यह किसका कान काट ले कुछ कहा नहीं जा सकता।"

"ओ जीजा!...आप भी न। मेरी भला क्या मजाल जो किसी के कान काट सकूँ। ललिता जीजा से कित्ती छोटी हूँ। अभी तक इन्होंने वह विद्या सिखायी ही नहीं मुझको।"—सुकन्या ने मुँह बनाकर अब ललिता से चुहल की।

"अच्छा ठीक है मेरी माँ।...अब चुप भी कर। आप भी न मीराँ!...आपने इसे बहुत सिर चढ़ा रखा है। आपके पीछे यह घड़ी-घड़ी मेरा मगज खाती रहती है।... पचास प्रश्न सुबह और पचास शाम मुझसे पूछती है। आज आप इसे जितना बन पड़े अपने बालपन के बारे में स्वयं ही बता दीजिये। मेरा विश्वास कम करती है यह बावली।"

कुछ देर बाद सुकन्या के विशेष आग्रह पर सन्त मीराँ अपने बालपन की बातें सुनाने लगीं। मीराँ कहने लगीं—

"इस मन की गति को क्या कहूँ?...कितना चंचल है यह। पल में यहाँ तो छिन भर में सैकड़ों कोस दूर जाने कहाँ-कहाँ यह उड़ा-उड़ा फिरता रहता है। अभी मैं ससुराल के नित-नये झगड़ों से न उबर पायी हूँ और आज यह चंचल मन है कि पवन गति से मुझे मेरे पीहर में खींचे लिये जा रहा है...

"मुझे अपने सगे-सम्बन्धियों से अपने पूर्वजों के बारे में जो जानकारी मिली उसी के हवाले से कहूँगी। मेरे परबाबा थे राव जोधा जी! उन्होंने ही जोधपुर नगर बसाया था। वहाँ के राज्य के बड़े प्रतापी राजा हुए थे। राठौड़ों के सिरमौर उनके सुपुत्र राव दूदा जी मेरे बाबा थे। उन्होंने मेड़ता नगर बसाया और इस प्रकार एक अलग राजपूती राज्य के राजा बने। राव दूदा जी के पाँच सपूत हुए—बीरमदेव, रायमल, रायसल, रतन सिंह और पीचांण। मेरे ताऊ सा बीरमदेव का सबसे अधिक प्यार और दुलार मुझे मिला। क्योंकि मेरे पिता रतन सिंह अधिकतर युद्धों में और मेड़ता राज्य के राजकीय प्रबन्धों में व्यस्त रहते थे। वह बड़े जुझारू योद्धा थे। एक मोर्चे से लौटते। कुछ दिन घर रहते। राज्य की जागीरों की देखभाल करते। यहाँ-वहाँ जाते। फिर से राजपूताने में कहीं युद्ध का नक्कारा बजता तो पिता रतन सिंह की फिर से सेवाएँ ली जातीं और वह कवच, कुण्डल, शिरस्त्रांण, ढाल, तलवार, भाला लिये मेड़ता के वीर सैनिकों के साथ अपने पिता अथवा ज्येष्ठ भ्राता की आज्ञा पाकर निकल पड़ते। घोड़े की पीठ पर सवार। रक्त की सरिताओं को पार करने हेतु। मेरी माँ के हृदय पर उस समय क्या बीतती होगी? यह तो वही जानती होंगी।...

"अधिकतर अवसरों पर मेवाड़ के सिसोदिया राजपूतों की सहायता को निकलते थे मेड़ता के राठौड़ वीर। मेरे पिता रतन सिंह उनमें प्रमुख थे। पहले ताऊ सा बीरमदेव युद्धों में जाया करते थे। परन्तु जब मेरे पिता इस योग्य हुए तो ताऊ सा मेड़ता राज्य की देखभाल के लिए रुकने लगे और मेरे पिता रतन सिंह को ही मेरे एक अन्य काका रायमल के साथ युद्धों में भेजा जाने लगा।

"मेरे नाना का नाम कैलन सिंह था। उनकी पुत्री थीं कुसुम कुँवरि। वही मेरे पिता रतन सिंह जी को ब्याही थीं। अर्थात् मेरी माँ, जिन्होंने मुझे जन्म दिया। मेरी पूजनीया माँ परम वैष्णव भक्त थीं। भगवान् विष्णु की पूजा-अर्चना में उनका जो समय बीतता उससे बचा उनका सारा समय मेरे लिये समर्पित था। माँ मुझे बहुत प्यार करती थीं। वह मेरी प्रथम गुरु थीं। मेरी समस्त बालसुलभ जिज्ञासाओं के समाधान की कुंजी थीं। मैं उनसे ऊटपटाँग जितने भी प्रश्न करती, माँ बिना झुँझलाये बड़े ही सहज भाव से उनका उत्तर देतीं। चतुर्भुज नारायण की सेवा-भक्ति ने माँ को एक ऐसा शान्त और स्थिर स्वभाव दे दिया था कि बस देखते ही बनता था। अतिशय

दुलार मान-मनुहार के चलते और अपने माता-पिता की इकलौती सन्तान होने के नाते मैं थोड़ी जिद्दी और मनमाने स्वाभाव की हो गयी थी।

"तब मैं कोई पाँच-सात बरस की बालिका रही हूँगी। एक दिन पड़ोस में एक बारात आयी। गाजे-बाजे के साथ। सजी-धजी बारात के आगे अनेक नर्तक और नर्तकियाँ नृत्य करते चल रहे थे। उनके पीछे-पीछे शानदार राजपूती पोशाकों में असंख्य पुरुषों का समूह था सिर पर पगड़ी बाँधे। कमर में तलवार और कटार खोंसे। हाथों में मोतियाहार लपेटे। पीछे-पीछे एक हाथी पर एक सजीला-सा नौजवान सबसे चमकीली पोशाक में बैठा बड़ा सुन्दर-सा चला आता दिखता था।

मैं छज्जे पर चढ़ी घर की दासियों के साथ वह धूम-धामवाली बारात बड़े कौतूहल से देख रही थी। मेरे लिये ठाठ-बाट से निकली किसी भी बारात को देखने का यह पहला अनुभव था। मैंने दासियों से पूछा कि–"यह सबसे पीछे ऊँचे सिंहासन पर हाथी पर बैठा सजा-धजा लड़का कौन है?"

इस पर सभी दासियाँ खिलखिलाकर हँस पड़ीं। उनमे से एक बोली–"दूल्हा!"

मैंने कहा–"दूल्हा?...वह क्या होता है?"

मेरे भोले प्रश्न पर वे सभी युवतियाँ फिर और जोर से हँसीं। उनमें से दूसरी बोली–"दूल्हा वह जो दुल्हन को ब्याह ले जाता है।"

"दुल्हन? वह कौन होती है?"

"दुल्हन लड़की को कहते हैं।"

"और दूल्हा?"

"दूल्हा माने लड़का।...जैसा कि यह बाँका छैला।"

उसने हाथी सवार उस सजे-धजे दूल्हे की ओर इशारा किया। एक तीसरी बोली–"जानती हो मीराँ! हर लड़की एक दिन दुल्हन बनती है। तब उसका दूल्हा इसी तरह आता है और उसे ब्याहकर उसके ससुराल अर्थात् अपने घर ले जाता है।"

"घर क्यों ले जाता है?"–मैंने पूछा।

तो वे सब पुनः खिलखिलाकर और जोर से हँस पड़ीं। इस बार उनकी हँसी इतनी तेज थी कि नीचे गाजे-बाजे के साथ चलते बराती भी सिर उठाकर हमारी ओर ऊपर देखने लगे। तब सारी दासियाँ वहाँ छत पर से पीछे हट गयीं। मैंने एक से पूछा–"क्या मेरा भी ब्याह होगा?"

"हाँ जब तुम बड़ी हो जाओगी।"

"तो मेरा दूल्हा कौन होगा?"

अब सब-की-सब चुप। मर्यादा का बोध उन्हें शायद तब हुआ होगा। सोचा होगा कि अगर अब कुछ उलटा-सीधा मुँह से निकल गया तो यह राजकन्या अपने माँ-बापू-दादा-दादी से जाने क्या कहेगी? और तब उन्हें न जाने कौन-सा दण्ड भुगतना पड़े?

"बोलो न...मेरा दूल्हा कौन होगा?"

मेरे बार-बार दोहराने पर कोई दासी सँभलकर बोली—"अब यह तो राणी सा ही बता सकती हैं।"

मैं भागकर माँ के पास चली गयी। माँ पूजागृह में बैठी चतुर्भुज नारायण की छोटी-सी मूर्ति के समक्ष दीप जलाकर माला जप रही थीं।

मैंने वही प्रश्न उनके सामने दोहराया।

"मेरा दूल्हा कौन होगा माँ सा?"

माँ मुस्कुरायीं और संकेत से मुझे आश्वस्त किया कि वह शीघ्र ही बतायेंगी। एक दासी उनके नेत्रों का संकेत पाकर मुझे गोद में उठाकर बाहर ले गयी। उसी समय मुझे अपनी उस छोटी-सी प्रतिमा का स्मरण हो आया जिसे मैंने अपनी अलमारी में उस बीचवाले खाने में, जहाँ तक मेरा हाथ पहुँचता था, पधरा रखा था। मेरे नन्हें से कृष्ण कन्हाई...लड्डूगोपाल जी...कितने सुन्दर कितने प्यारे थे वह...संसार में उनसे सुन्दर मुझे कोई बालक नहीं दिखा था। उन्हें मैं उन्हीं दिनों पुष्कर के मेले से लायी थी। मेरे माता-पिता मुझे लेकर उस मेले में गये थे। पुष्कर के बाजार में एक जगह सुन्दर-सुन्दर मिट्टी के खिलौने बिक रहे थे। रंग-बिरंगे हाथी, घोड़े, ऊँट, गाय, गुजरियाँ, गणेश जी और बहुत-सारी देव मूर्तियाँ। उन्हीं में दिख गये मेरे वे बालकृष्ण। अत्यन्त मनोहर अत्यन्त सुन्दर। तब मेरे आग्रह पर पिता जी ने वे गोविन्द गोपाल जी मेरे लिये मोल ले लिये। उन्होंने कहा कि और भी खिलौने ले लो मीराँ। मैंने कहा कि बस...मुझे यही चाहिए।"

मीराँ जी आगे कहने लगीं—

"तो उस दिन जब माँ ने मुझे दासी के साथ कुछ देर को पूजागृह से विदा कर दिया तभी मुझे उस दूल्हे की सूरत याद करके अपने उन कान्हा जी की प्यारी-सी सूरत याद आ गयी। मैंने अपने वस्त्रों की अलमारी खोलकर उसमें से कान्हा जी को निकाल लिया और उनके साथ खेलने लगी।

थोड़ी देर बाद माँ वहाँ आयीं। बोलीं—

"मीराँ!...क्या पूछ रही थी तू?"

"माँ सा मैंने अभी एक बारात देखी।"

"अच्छा..."

"उसमें एक सुन्दर-सा दूल्हा भी था।"

"वह तो होगा ही—" माँ ने विहँसकर कहा।

"माँ...फिर मेरा दूल्हा कौन होगा?"

"पता नहीं..." माँ ने आँखें बन्द करके कुछ सोचा।

"बताओ न माँ!...मेरा दूल्हा कौन होगा?"

मैंने दायाँ हाथ बढ़ाकर माँ का आँचल पकड़ लिया और बायें हाथ से कान्हा जी की मूरत को सहेजे रही।

माँ ने नेत्र खोले और वह हँसीं। हँसकर बोलीं—"ये क्या हैं तेरे दूल्हे राजा?"

"कहाँ?"—मैंने कहा।

"अरे पगली...यही तो हैं तेरे दूल्हा...कृष्ण-कन्हाई जिन्हें दिन-रात तू उठाये-उठाये फिरती है।"

माँ का संकेत कान्हा जी की उसी नन्हीं-सी मूर्ति की ओर था। मैंने कान्हा जी को देखा। उनकी सूरत को उठाकर अपने दोनों नेत्रों के समक्ष मैं और निकट ले आयी। कान्हा जी वास्तव में मुझे देख रहे थे। मुझे लगा कि मेरी आँखों में वे एकटक झाँक रहे थे। मुझे यह भी लगा कि कान्हा जी ने मुझसे कहा—

"हाँ मीराँ! मैं ही तो हूँ तेरा दूल्हा।...

मैं तेरा ही तो हूँ...सिर्फ तेरा।"

और उसी पल मानो मेरा कृष्ण जी से ब्याह हो गया। मेरा उनसे जनम-जनम का नाता उस दिन अचानक फिर से जुड़ गया।

श्यामसुन्दर के नेत्रों से छूटा वह तीर मेरे बालपन में ही मेरे नयनों में ऐसा आ गड़ा कि अब तक नहीं निकसा है। मैं तो उसी पल से गिरधर के हाथों बिक गयी हूँ। वह माधुरी मूरत ऐसी हृदय में गड़ गयी है कि मैं तब से निरन्तर उन श्यामसुन्दर की ही राह निहारती रहती हूँ...हे सखि! अब मैं तुमसे क्या कहूँ मेरे पग स्वयमेव नृत्य करने लगे हैं। मुख से गान स्वयं...—

आली री मेरे नैना बान पड़ी।
चित चढ़ी मेरे माधुरी मूरत, हिवड़े आन गड़ी।
कब की ठाढी पंथ निहारूँ, अपने भवन खड़ी।
अटक्यो प्राण साँवरा प्यारा, जीवन मूल जड़ी।
मीराँ गिरधर हाथ बिकानी, लोग कहें बिगड़ी।

...अब यह लोक...यह संसार भले ही यह कहता रहे कि मीराँ बिगड़ गयी है...पतिता हो गयी है...कहे तो कहे। मैंने अपने साँवरे प्रीतम श्रीकृष्ण से प्रीत जोड़ी है। मैं उनकी चेरी हो गयी हूँ। उनके नाम पर बिक गयी हूँ। जिसे जो कहना हो कहे। कृष्ण ही अब तो मेरे स्वामी हैं और मैं उनकी दासी हूँ। हूँ क्या? न जाने कितने जन्मों से मैं उन्हीं की तो हूँ।...

इस बारातवाली घटना को कुछ माह नहीं बीते होंगे कि माता अचानक व्याधिग्रस्त हुईं। कुछ दिन उनकी चिकित्सा-वैद्यकी वगैरा हुई। फिर वह हमारे कुटुम्ब में सबको रोता-बिलखता छोड़कर चल बसीं।

मृत्यु क्या होती है? मैं छोटी-सी बालिका तब भला क्या जानती-समझती? कभी देखी होती मृत्यु तभी तो समझती। मैंने माँ सा को आँख मूँदकर चिर निद्रा में सोते

हुए देखा। जबकि घर की शेष स्त्रियों को रोते हुए देखा। लोगों को माता की काया को राजसी शय्या से उतारकर नंगी जमीन पर लिटाते देखा। उसी अवसर पर मैंने अपने पिता को पहली बार बिलख-बिलखकर रोते देखा। मेरे पिता जिन्हें परिवार का सबसे बहादुर बेटा माना जाता था, जिनके शौर्य के बखान करते पूरे मेड़ता के लोगों की जीभ नहीं थकती थी, उन्हीं रतन सिंह दूदावत को मेड़ता के गढ़ में लोगों ने बालकों की भाँति फूट-फूटकर रोते देखा।

मैं छोटी-सी कन्या आश्चर्यचकित होकर अपने बाबो सा को देर तक रोता-बिलखता देखती रह गयी। लोग उन्हें जाने क्या-क्या समझा रहे थे? उनकी पीठ सहला रहे थे। बाबो सा भूमि पर एक खम्भे से टिककर बैठ गये थे।

ऐसे में मुझसे न रहा गया। मैं बाबो सा के पास गयी। मैंने दोनों हाथों से उनके आँसू पोंछे। बाबो सा ने बिलखते हुए मुझे अपने अंक में भींच लिया। मुझे लगा कि जैसे वास्तव में कुछ बहुत बुरा हो गया है। मैं सोच रही थी कि—ये माँ उठती क्यों नहीं हैं?...सोये जा रही हैं...सोये जा रही हैं। आँखें बन्द हैं...मुख कितना शान्त है...होंठों पर हलकी-सी मुस्कान है। अभी लगता है कि गाढ़ी निद्रा में हैं...थोड़ी देर में जाग जायेंगी।...महल में आने-जानेवालों का ताँता लगा हुआ है...तभी सभी को माँ के शयन-कक्ष से बाहर कर दिया गया है...मुझे भी एक दासी बाहर ले गयी...मैं पलटकर देखती हूँ...माँ ठीक उसी तरह बिना हिले-डुले भूमि पर लेटी सो रही हैं और कक्ष में अब कुछ घर की स्त्रियाँ ही रह गयी हैं...

मैंने उस दिन उसके बाद माँ को सोलह सिंगार किये हुए रंग-बिरंगे सुन्दर परिधान में चिरनिद्रा में सोते देखा था। फूलों और मालाओं के घेरे में...अगर-चन्दन की सुवास में लिपटे हुए...फिर कुछ देर बाद पुरुष उन्हें कन्धों पर उठाकर "राम नाम सत्य है...गोविन्द नाम सत्य है..." कहते हुए घर से कहीं बाहर ले चले। स्त्रियाँ माँ को जाता देखकर और ज़ोर-ज़ोर से रोने लगीं। मैं तब भी जीवन की नश्वरता का रहस्य ठीक से नहीं जान पायी।

"मेरी माँ सा को ये सब लोग कहाँ ले जा रहे हैं?"—मैंने कइयों से पूछा। कोई उत्तर नहीं मिला। सब को रोता देख मैं भी जोरों से रोने लगी। जाती हुई अपनी माँ की ओर भागी। तभी मुझे घर की स्त्रियों ने पकड़ लिया और उन तक जाने से रोक दिया।

किसी ने कहा—"कहाँ जाती है पुत्री?...तेरी माँ सा तो भगवान् के घर गयीं।"

मैंने पूछा—भगवान् का घर कहाँ है?" यह सुनकर सभी जनी फिर से हू-हू करके रो पड़ीं। मैंने सोचा यह सब कैसा हाहाकार है? आज इन सबों को हो क्या गया है?

मेड़ता के दुर्ग में माँ ने एक छोटा-सा मन्दिर बनवाया था। माँ सा का यह नित्य पूजनवाला मन्दिर हमारे भवन के निकट ही था। माँ नित्य प्रातः स्नानकर उसमें पूजन-अर्चन हेतु जाया करती थीं। मुझे भी अपने साथ माँ ले जातीं। मैं माँ से कहती

कि—"मैं अपने कान्हा जी को भी मन्दिर में ले चलूँ?" माँ सा अत्यन्त सहज भाव से कहतीं—"ले चल। वही तो उनका असली घर है।"

मैं कूदती-फाँदती लड्डूगोपाल की माटी की मूरत लिये माँ सा के पीछे-पीछे मन्दिर में प्रवेश कर जाती। माँ के साथ आयी एक सखी पूजा का सामान माँ के सामने सजा देतीं। माँ ताजे फूलों की माला बनाकर अपने मन्दिर के भगवान् जी को पहनातीं।

उसकी देखा-देखी मैं भी सुई-धागे में फूल गूँथकर माला बनाना सीख गयी। नन्हीं-मुन्नी एक माला बनाती और मन्दिर में विराजमान ठाकुर जी के चरणों के पास अपने गिरधर जी को खड़ा करके वह माला उनके कण्ठ में पहनाती। माँ मुझे ऐसा करते देखकर निहाल हो जातीं। माँ भगवान् जी का भजन गातीं तो मैं भी उनके स्वर-में-स्वर मिलाती।

गाते-गाते मैं आनन्द में डूब जाती और पता नहीं कैसे मैं स्वयं ही खड़ी होकर नृत्य करने लगती। महल में नर्तकियों को संगीत की धुन पर नृत्य करते बहुत बार मैंने देखा था। राजपुरुष उन नर्तकियों को देखकर बड़े प्रसन्न होते थे और हाथ उठाकर उनकी सराहना करते थे।

मेरे मन में कभी यह भाव आया कि यदि मैं भी अपने कान्हा जी के सामने ऐसे ही मधुर स्वर में गाऊँ और नृत्य करूँ तो कान्हा जी भी कितने प्रसन्न होंगे। गिरधर-नागर को रिझाने का वह सिलसिला बालपन से ही प्रारम्भ हुआ था। आज तक चला आ रहा है—

श्री गिरधर आगे नाचूँगी।
नाँचि नाँचि पिय रसिक रिझाऊँ, प्रेमी जन को जाचूँगी।
प्रेमप्रीति के बाँधि घूँघरू, सुरत काछनी काछूँगी।

मैं अपने मोहन की प्रीत को जाँचने में अपने इसी भावनृत्य के द्वारा ही तो सफल हुई। ये पाँव में तो मैंने अपने घुंघरू बहुत बाद में पहने अपने प्रियतम के वास्ते। परन्तु नृत्य करते हुए मेरी उनसे जो लौ लगी वह अनिर्वचनीय है।

अब जबकि मेरे जीवन में एकमात्र वही अवलम्ब हैं...मेरे ही क्या वे तो समस्त जगत् का आधार हैं...यह रहस्य मेरे सामने खुल गया है और मैं सारी लोक-लाज और कुल की मिथ्या मर्यादा तजकर उन्हीं की होकर रह गयी हूँ। संसार के यह झूठे टण्टे मैंने एक नहीं अपने पास रहने दिये। परन्तु अपने प्रियतम श्रीकृष्ण को एक क्षण के लिए भी नहीं भुलाया। क्योंकि मेरे प्रियतम के रंग में यह अकिंचन मीराँ सदा-सदा के लिए रँग जो गयी है—

लोक लाज कुल की मरजादा, या में एक न राखूँगी।
प्रीतम पल छिन ना बिसराना, मीराँ हरि-रंग राचूँगी।

जब माँ सा का देहान्त हो गया और बापू सा अकेले हो गये तो मेरे दादू सा राव दूदा को मेरी बड़ी चिन्ता हुई। इतनी छोटी-सी लड़की अब किसके सहारे रहेगी? इसका पिता रतन सिंह भी लड़ाई के मोर्चों पर चला जाता है। ऐसे में धाय माँ किशोरी देवी ने मुझे अपनी पुत्री...इस ललिता से भी अधिक ममता देकर सँभाला।... कहते-कहते मीराँबाई के नेत्र सजल हो आये।

दादू सा राव दूदा और ताऊ सा बीरमदेव दोनों मुझसे बहुत प्रेम करते थे। एक बात बताऊँ? जयमल जो ताऊ सा बीरमदेव का सुपुत्र है वह तो मुझ पर जान छिड़कता था। जयमल मुझसे आयु में चार वर्ष छोटा है। मैं उनकी सबसे प्रिय बहन हूँ न। वह मेरी तरह मेरे कान्हा जी से बड़ा नेह मानने लगा था। हम दोनों साथ-साथ खेला करते थे। मेरे कान्हा जी, हम दोनों भाई-बहन के बीच साझा आकर्षण का केन्द्र हुआ करते थे। जयमल भइया के लिए उसकी मीराँ जैसे आँख की पुतली थी।

मेरे बाबा सा राव दूदा जी वृद्ध हो चले थे। वह शालग्राम जी की नित्य पूजा और सेवा करते। प्रातःकाल वह स्नान करके गंजी-धोती पहनकर पैरों में खड़ाऊँ पहनकर खट-खट करके मन्दिर में जाते और वहाँ शालग्राम जी को नहलाते-धुलाते, उनकी सेवा करते। छोटे-से शालग्राम। काले-काले एक बड़े जामुन के फल के आकार के। मैं सोचती ये कैसे भगवान् हैं? बाबा सा एक स्वच्छ वस्त्र से स्नान से भीगे हुए शालग्राम जी को पोंछते। फिर उन पर ताजा घिसा हुआ चन्दन लगाते। उन्हें उनके छोटे-से स्वर्ण-सिंहासन पर पधराते। पुष्प चढ़ाते। धूप-दीप दिखाते और संस्कृत के कुछ श्लोक पढ़ते।

मैंने एक दिन बाबा सा से पूछा ही लिया—

"ये कैसे भगवान् हैं?"

"कैसे से तात्पर्य मीराँ बिटिया?"

बाबा साहब ने उलटे मुझी से प्रतिप्रश्न कर लिया।

"बाबा सा!...भगवान् जी ये कैसे हुए? इनके न तो मुँह है, न आँख-नाक-कान हैं, न ही हाथ-पाँव हैं...बस गोल-गोल जामुन-जैसे तो हैं ये।"

"नहीं मीराँ!...ये जामुन नहीं हैं। ये शालग्राम भगवान् हैं।"

"शालग्राम?"

"हाँ ये भी बिलकुल तेरे कान्हा जी जैसे हैं..."

"कान्हा जी जैसे हैं?...कान्हा जी तो नहीं हैं ये।"

"ये कान्हा जी ही हैं...बस समझ ले तेरे कान्हा जी बहुत नन्हें-से स्वरूप में इनके भीतर विराजमान हैं..."

"इनके भीतर?"

"हाँ बिटिया...इनके भीतर ही समाये हुए हैं।"

"इनके भीतर कैसे समा सकते हैं? वह तो ये हैं...मेरे कान्हा जी मेरी गोदी में। ये देखिये।"

मैंने अपनी प्रिय बालकृष्ण की मूर्ति बाबा सा को आगे बढ़ाकर दिखायी। बाबा सा हँस दिये। बोले—"अभी तू छोटी है। बड़ी होगी तो सब जान जायेगी। यह तो सिर्फ प्रभु की मूरत है। प्रभु तो संसार के कण-कण में निवास करते हैं। हर मनुष्य और हर जीवधारी के हृदय में निवास करते हैं। पूजा तो हम केवल अपने मन की शान्ति के लिए करते हैं। चाहे कृष्ण की करें। चाहे राम की करें और चाहे शालग्राम की या फिर हमारे मन्दिर में विराजमान चतुर्भुजनाथ जी की।..."

उन्हीं दिनों मुझे भी एक दिन खेलते-खेलते एक शालग्राम जी मिल गये। नन्हें-से। मैंने माँ सा से उनके बारे में पूछा तो उन्होंने भी दादू की तरह उनकी महिमा का बखान किया। तब से वे मेरे शालग्राम जी भी मेरे छोटे-से पूजागृह में पधार गये।

राव दूदा जू मेड़ता के शासक थे। परन्तु उनकी बढ़ती उम्र में राज्य का सारा काम-काज उनके नाम पर उनके बड़े बेटे बीरमदेव मेरे ताऊ सा ही देखते थे। अन्य भाई भी जब युद्धक्षेत्र में न होते तो उनका हाथ बँटाते थे। अपनी-अपनी जागीरों की देखभाल किया करते थे। मेरे बाबो सा रतन सिंह तो आधा समय मेवाड़ के महाराणा की सहायता में और आधा समय मेड़ता की विभिन्न जागीरों की देखभाल में बिताते। वे मुझे दादू सा और ताऊ सा की देख-रेख में छोड़कर निश्चिन्त हो चले थे।

मेवाड़ और मेड़ता के राजवंशों में पुराना सम्बन्ध था। मुझे बताया गया कि ताऊ सा बीरमदेव दूदावत का विवाह चित्तौड़ के महाराणा रायमल कुम्भावत की पुत्री गोरज्या कुमारी से हुआ था। ताई सा गोरज्या कुमारी इस तरह महाराणा सांगा रायमलोत की बहन थीं। मेरे ताऊ सा बीरमदेव और महाराणा सांगा के मध्य जीजा-साले का सम्बन्ध था। फिर मेड़ता और चित्तौड़ कैसे घनिष्ठ मैत्री के बन्धन में न बँधते। इसी से दोनों राजवंश सदा से एक-दूसरे के सहायक रहे हैं।

ताऊ सा की भाँति ताई सा भी बहुत अच्छी थीं। उन्होंने बड़ी ममता के साथ मेरी देखभाल की।

परन्तु मैं फिर कहूँगी कि सबसे अधिक वात्सल्य की वर्षा जो मुझ पर हुई वह मेरी वृन्दावनवाली धाय माँ किशोरी देवी की ओर से मुझ पर हुई। किशोरी देवी प्रायः साये की भाँति मेरे आस-पास विद्यमान रहतीं। वह तभी हटतीं जब मैं परिवार के बड़े-बूढ़ों के आस-पास होती। उन्हें जाने क्यों हरदम मेरी चिन्ता लगी रहती?

मैं धाय माँ से कहतीं कि बगीचे में बालकों के बीच गेंद तड़ी का खेल चल रहा है। मैंने छत से देखा है। मैं भी उनके साथ खेलने जाऊँगी। उस पर धाय माँ मुझसे कहतीं कि न बिटिया। बालकन के साथ नाय खेला जावे है। तू बस बिटियन के साथ खेला कर। मैं कहती कि क्यों? कान्हा जी भी तो बालक हैं। धाय माँ कहतीं कि कान्हा जी की बात और है। वह तो बस लीला करत रहे। कोई गलत काम न

करते भये। मैं कहती गलत काम क्या होता है? धाय माँ कहती मेरा सिर!...अब तू जा। यहीं छत पर बैठकर अपने कान्हा जी से खेल। मैं कहती कि मुझे भी गेंद खेलनी है। इस पर धाय माँ मुझे कहीं से एक नयी गेंद लाकर दे देतीं। मैं और मेरे कान्हा जी तब उस गेंद को उछालने-गिराने में मगन हो जाते।

दिन-महीने-साल इसी तरह बीतते गये और मैं बड़ी होती गयी। मुझे अपने भीतर होनेवाले शारीरिक परिवर्तनों के आभास होने लगे। अनेक चीजों का अर्थ मैं नहीं समझ पाती थी। बड़ों से पूछने में संकोच होता और सखियाँ-दासियाँ जो बतातीं कुछ खुलकर न बतातीं। मैं एक राजकन्या थी। शायद इसलिए कोई कुछ साफ-साफ बताकर अपने बताये पर अपने नाम की मोहर न लगवाना चाहती होगी कि कहीं राजपरिवार के समक्ष उसकी पेशी न हो जाये। उसे लेने के देने न पड़ जायें। राजपूतों का मर्यादायुक्त वातावरण।...उनका सख्त मिजाज...

मेरे कान्हा जी की जगह अब मेरे पूजागृह में रहा करते थे मेरे मुरलीमनोहर गिरधरनागर। वे अति सुन्दर श्रीकृष्ण प्रभु, जिनकी मूर्ति मुझे चित्तौड़ पधारे उन महात्मा से हाल ही में प्राप्त हुई थी। अब मैं वास्तव में सयानी हो गयी थी। 10-11 बरस की एक बढ़ती हुई लड़की। भला अब कान्हा जी से गुड्डे-गुड़ियों की भाँति कैसे खेल पाती? क्योंकि मेरे वे मिट्टी के कान्हा जी तो एक दिन विखण्डित हो गये। उन्हें मेड़ता के एक सरोवर में विसर्जित करना पड़ा। मैं उनके वियोग में खूब रोयी। उसके दूसरे दिन ही मेरे अहोभाग्य से इन श्रीकृष्ण प्रभु की सम्मोहक मूर्ति की पूजा करनेवाले वे महात्मा मेड़ता के गढ़ में पधारे थे। मेरी प्रबल इच्छा के आगे अपने आराध्य की वह मूर्ति उन्हें मुझे सौंपनी ही पड़ी।

अब तो मैं नियमित रूप से प्रातः और सन्ध्या इनकी पूजा करने लगी। ठीक अपनी स्वर्गवासी माँ की भाँति, दादू सा की भाँति। चतुर्भुजनाथ मन्दिर के पुरोहित जी की भाँति। वह मन्दिर जो अत्यन्त सुन्दर था। जिसमें ठाकुर जी निवास करते थे। जो चारों ओर से तुलसी के पौधों से घिरा था। जहाँ अगर-चन्दन-धूप की सुवास रहा करती थी। घण्टा-शंख-घण्टियों की चित्ताकर्षक एवं सुमधुर ध्वनियाँ गुंजायमान हुआ करती थीं। जहाँ शान्ति-ही-शान्ति थी। जहाँ आनन्द-ही-आनन्द था।

ऐसे में मुझे धाय माँ द्वारा वर्णित वृन्दावन याद आ जाता था। वृन्दावन जिसे मैंने देखा तो न था। पर धाय माँ के श्रीमुख से कृष्णलीलाओं के जो मनभावन वृत्तान्त सुने थे वे मुझे स्वप्न-सरीखे खुली आँखों के समक्ष नाचते-से दिखते।

यमुना जी का तट है। उसमें निर्मल नीर बह रहा है। स्नान कर लो तो सारा शरीर निर्मल हो जाये। आहा...

चालो मनवा जमना के तीर।
वा जमना रो निरमल पानी, सीतल होय सरीर।

मेरे कान्हा जी अपने भइया बलदाऊ जी के साथ यमुना-तट के किनारे-किनारे वंशी बजाते और कुछ-कुछ गाते हुए टहल रहे हैं। आहा...क्या न्यारी शोभा है उनकी। मस्तक पर मोर मुकुट और शरीर पर पीताम्बर शोभायमान है। कानों में हीरे जटित कुण्डल झिलमिला रहे हैं। मीराँ तो वैसे ही अपने प्रभु गिरधरनागर के चरण-कमलों में सिर दिये बैठी है।...

बंसी बजावे गावे कान्हो, संग लिया बलवीर।
मोर मुगट पीताम्बर सोहे, कुण्डल झलके हीर।
मीराँ रा प्रभु गिरधर नागर, चरण कमल में सीर।

मैं 12 वर्ष की होने को आयी। मेरी सखियाँ मुझसे कहती थीं कि मैं बहुत सुन्दर हूँ। सुन्दरता क्या होती है? क्या दूधिया गोरेपन को ही सुन्दरता कहते हैं? लेकिन मेरे कृष्ण तो एकदम साँवले हैं। क्या उनसे भी कोई सुन्दर है विश्व में?

क्या नयन-नक्श के सन्तुलन को सुन्दरता कहते हैं? सखियों के अनुसार मेरी आँखें, नासिका, होंठ, चिबुक, कान, ग्रीवा सब-कुछ चित्रलिखित-सी मनोहर है। तो उससे क्या? मेरे श्यामसुन्दर के कमल-नयनों को ही कोई देखे तो बस देखता रह जाये। इतने बड़े-बड़े और गहराई से युक्त मदमाते नयन हैं मेरे प्रियतम के कि एक बार जो उनमें उलझा तो उसका सारा अस्तित्व भँवर में फँसी नौका के समान उन्हीं में समा जाता है। उन कमल-नयनों में कभी यशोदा मैया, राधा, गोपिकाएँ, गौवें, जमुना जी, वृन्दावन तो क्या पूरा ब्रजमण्डल एक-एक करके समा गया था। श्यामसुन्दर के नेत्र ही सौन्दर्य के समस्त अवयवों और उपमानों पर भारी हैं।...फिर भी सखियो! यदि उनकी मुझ चरणरज को तुम सुन्दर कहती हो तो यह तुम्हारी नादानी नहीं तो और क्या है?

जो भी हो, मैं बालिका रो किशोरी हो गयी तो मेड़ते में जिरो देखो एक ही फिक्र सबके सिर पर सवार होने लगी कि अब मीराँ का ब्याह हो जाना चाहिए।...

अरे! यह मीराँबाई तो बालपन से ही अपने कृष्ण मुरारी जी की ब्याहता हो चुकी थी। कृष्ण के पति रूप में वरण हो जाने के पश्चात् फिर किसी सांसारिक युवक से परिणय की क्या आवश्यकता?

समझते नहीं थे लोग। सखियाँ-सहेलियाँ दास-दासियाँ, धाय माँ, ताई सा, ताऊ सा, बाबो सा और दादू सा।

मैं अपने दादू सा की ही भाँति ताऊ सा की भी अत्यन्त दुलारी थी। एक ऐसी लाडली कन्या जिसके बिछोह की उन्होंने भी कभी कल्पना न की होगी। पर हमारे

समाज में कन्या को प्राचीन काल से पराया धन मानने की परम्परा जो ठहरी। एक दिन उसे विदा करना हर माता-पिता भाई-बन्धु अपना सबसे अनिवार्य कर्त्तव्य समझते हैं। मेरे दादू सा राव दूदा जोधावत की भी यह सबसे बड़ी अभिलाषा थी कि वे अपने हाथों अपनी पौत्री मीराँ के हाथ पीले कर उसे उसके पति के घर विदा करें।

परन्तु हरि इच्छा बलवान्। मेरे विवाह से एक वर्ष पूर्व ही दादू सा राव दूदा अपनी स्नेहमय छाया से हम सबको वंचित कर स्वर्ग सिधार गये। प्राणप्रिय मीराँ का अपने सामने ब्याह करने का उनका स्वप्न अधूरा रह गया।

दादू सा कुछ दिन तीव्र ज्वर से पीड़ित रहे। वैद्यों के सारे औषधिक उपाय विफल हो गये। जाने कैसा ज्वर था वह? उतरने का नाम ही नहीं लेता था। मेड़ता नरेश राव दूदा कमजोर होते चले गये। शय्या से उठकर चलने-फिरने की शक्ति तक जाती रही। तब एक दिन उन्होंने अपने समस्त पुत्रों को बुलवाया और कहा—"लगता है कि मुझे चारभुजानाथ के परम धाम का निमन्त्रण आ गया है।"

ताऊ सा बीरमदेव जी से न रहा गया। बोले—"ऐसी अशुभ बात क्यों कहते हैं पिता जी?"

राव दूदा ने अपनी बड़ी-बड़ी श्वेत दाढ़ी के मध्य छिपी किंचित् पीड़ायुक्त मुस्कान के साथ कहा—"अब तुम्हें ही मेड़ता राज्य को सँभालना है। मेरे बाद तुम अपने सभी भाइयों और कुल-कुटुम्बियों सभी का ध्यान रखना। सबसे पिता-समान स्नेह रखना। स्नेह ही सहयोग को प्राप्त करता है।...मैं अपने सामने अपनी इस देवी-समान पौत्री मीराँ का विवाह देखना चाहता था। परन्तु लगता है कि ठाकुर जी को यह मंजूर नहीं।...मेरे पास अब समय बहुत कम है। जरा मुझे चारभुजानाथ जी के मन्दिर तक ले चलो। अन्तिम बार उनके दर्शनों का नेत्रलाभ कर लूँ..."

—यह सुनकर उनके सभी पुत्र, पुत्रवधुएँ और परिजन शोक सन्तप्त हो रो पड़े। स्त्रियों ने अपने अश्रुपात के दौरान मुँह पर आँचल रखकर रुदन के स्वरों को बरबस रोका। कई तो स्वयं को विवश पाकर कक्ष से बाहर चली गयीं।

मेरे पिता रतन सिंह जी अभी कुछ ही देर पहले बाहर के दौरे से वापस आये थे। पिता के वचनों को सुनकर स्वयं को रोक न सके और पिता के शरीर से स्नेह और दुःख के आवेग में लिपट गये। उनके नेत्रों से अश्रुओं की धारा बह चली। राव दूदा की आँखों की कोरों से भी जलरेखा लुढ़क पड़ी।

उन बोझिल क्षणों में शेष पुरुष समाज ने किसी तरह स्वयं को संयत किया। झटपट राजसी पालकी मँगवायी गयी। रुग्ण दादू सा को उसमें बैठाया गया। तब मैंने सहमते हुए कहा—"मैं भी दादू सा के साथ मन्दिर जाऊँगी।"

पालकी में दादू सा के सहारे और देखभाल के लिए मेरी उपस्थिति को उपयोगी मानकर ताऊ सा ने मुझे अनुमति प्रदान कर दी।

फिर वह पालकी दादू सा और मुझे लिये-दिये मेड़ता के राजमहल के चारभुजानाथ के मन्दिर को चल दी। यह दुर्लभतम अवसर था पिता की सेवा का। राव दूदा के समस्त पुत्रों ने सभी कहारों को पालकी से पृथक् कर दिया और स्वयं पालकी में काँधा लगा दिया। वे पिता को चारभुजानाथ जी के दर्शन कराने उनके प्रिय मन्दिर की ओर चल पड़े।

मन्दिर दर्शन के बाद जब राव दूदा वापस हुए तो उनकी इस सर्वाधिक दुलारी पौत्री मीराँ ने पालकी से उतरकर राव दूदा को आवाज़ दी—''आँखें खोलिये दादू!...घर आ गया।''

परन्तु उसके दादू ने फिर आँखें नहीं खोलीं। क्योंकि वे तो अपने जीवन की इस अन्तिम देव-दर्शन-यात्रा में ही अनन्त-यात्रा पर निकल पड़े थे।...दादू सा चले गये तो उनका मेरे हाथ पीले करने का वह स्वप्न भी उनके साथ चला गया। अगले वर्ष उनका वह अधूरा स्वप्न मेरे ताऊ सा राव बीरमदेव ने पूरा किया। इसमें ताऊ सा का साथ सभी भाइयों ने दिया। मेरे बाबो सा रतन सिंह भी उन दिनों किसी रणक्षेत्र इत्यादि में नहीं थे। उनके साथ बैठकर ताऊ सा ने मेरे विवाह के बारे में परामर्श किया।

अपने साले मेवाड़ नरेश महाराणा सांगा के ज्येष्ठ पुत्र भोजराज सांगावत को उन्होंने मेरे लिये पसन्द किया। दरअसल मेरे लिये महाराणा सांगा की ओर से ही सर्वप्रथम यह प्रस्ताव आया था कि वह मुझे अपनी पुत्रवधू बनाना चाहते थे। इस पर ताऊ सा राव बीरमदेव का भी मानना था कि इससे मेड़ता और चित्तौड़ का राजनैतिक और सामरिक गठबन्धन और मजबूत हो जायेगा। उत्तर भारत और आस-पास से विधर्मी शत्रुओं का जो संकट आये दिन राजपूताने पर मँडराया करता है, उससे निपटने में दो राजवंशों की यह एकजुटता भविष्य में बड़ी काम आयगी। क्योंकि राजपूतों में भी मतभेद और वैमनस्य कोई कम नहीं होते। खासकर जोधपुर राज्य तो मेड़ता को जैसे अपनी जागीर समझता था। उसके उत्तराधिकारी अपने पूर्वजों-जैसी उदार दृष्टि नहीं रखते थे। राव जोधा के बाद राव सातल। राव सातल के बाद राव सूजा जी। उनके बाद राव गांगा। गांगा के बाद उनका अत्यन्त महत्त्वाकांक्षी पुत्र मालदेव जोधपुर राज्य का शासक हुआ।

पर ताऊ सा थे बहुत दूरदर्शी। शायद उन्हें आनेवाले संकट के दिनों का पूर्वाभास बहुत पहले हो चला था। इसलिए उन्होंने अपने भाइयों से मन्त्रणा की और मेरा विवाह चित्तौड़गढ़ के महाराणा सांगा के सुपुत्र कुँवर भोजराज से सहर्ष तय कर दिया। ताई सा गोरज्या कुमारी तो इस सम्बन्ध से इतनी गद्‌गद हुई कि उन्होंने मेरी सौ-सौ बलइयाँ लीं। आखिर उनकी लाडली मीराँ उनके मायके को ही तो अपना ससुराल बनाने जा रही थी। अवश्य ही अब मेड़ता और चित्तौड़ के बीच दोहरी नेहडोर बँध जायेगी।

ताऊ सा बीरमदेव अब मेड़ता के राजा थे। घर के सबसे बड़े थे। किन्तु जब सबने मिलकर मेरा ब्याह तय कर दिया और मुझसे पूछा भी नहीं तो मैं खूब रोयी। ताऊ सा, ताई सा मुझे मनाने आये तो मैंने उनसे साफ मना कर दिया कि मैं चित्तौड़गढ़ हरगिज़ नहीं जाऊँगी। मेरा ब्याह बालपन में ही मेरी माँ सा की आज्ञा से जगदीश्वर श्रीकृष्ण से हो गया है। मैं उन्हीं का नाम-जप करती हूँ। उन्हीं का गुण गाती हूँ। उन्हीं के साथ सोती हूँ और उन्हीं के साथ जागती हूँ।...मैं और किसी से विवाह नहीं करूँगी। ताई सा ने कहा कि—''मीराँ ऐसे नहीं कहते। हर लड़की को एक-न-एक दिन ससुराल जाना ही पड़ता है। मैं भी तो कभी अपने चित्तौड़ के पीहर से एक दिन यहाँ मेड़ता तेरे ताऊ सा के घर आयी थी।''...

''तो क्या यह आवश्यक है कि हर लड़की के साथ ऐसा ही हो? मैं क्या बोझ हूँ आप सब पर जो मुझे अपने से इतनी निर्ममता से काटकर अलग कर देना चाहते हैं?''—कहकर मैं पुनः बुरी तरह रोने लगी। ताऊ सा ने मेरे सिर पर हाथ फेरा। वे कुछ न बोले। जानते थे मीराँ अतिशय व्यथित है। इस समय इससे कुछ भी कहना व्यर्थ है।

सायंकाल बाबो सा मेरे पास आये। वह सूनी आँखों से मुझे देर तक निहारते रहे। मुझे उनकी आँखों में एक बेबसी, लाचारगी, करुणा के अनेक भाव उठते-गिरते प्रतीत हुए। थोड़ी देर में मुझे लगा जैसे पिता की आँखें अनन्त में विलीन हो चुकीं मेरी माँ सा की आँखों में बदल चुकी हैं। पिता अब केवल पिता नहीं रह गये थे। वे मेरे सिर पर हाथ फेरते हुए मेरी माँ का ही प्रतिरूप बन गये थे। उन्होंने मुझसे केवल इतना ही कहा—''जाना तो पड़ेगा ही।''

उनके स्वर में प्रत्यक्ष रूप से झलकती दृढ़ता के पीछे एक याचना भी छिपी हुई थी जिसे केवल मीराँ, उनकी इकलौती पुत्री ही समझ सकती थी।

मीराँ चाहे कितनी भी हठी हो...कितनी भी स्वार्थी हो परन्तु वह अपने निरीह पिता को कोई दुःख नहीं दे सकती थी। मेरे बापू सा को देखा जाये तो जीवन में कौन-सा सुख उन्हें मिला? माँ से विवाह होने के बाद एक पुत्र हुआ। माता-पिता ने उसका नाम रखा-गोपाल। कुछ ही वर्ष जीवित रहकर वह पुत्र मृत्यु के गाल में समा गया। फिर बहुत मनौती और पूजा-पाठ के उपरान्त मैं जन्मी। बाबो सा रतन सिंह अपनी पुत्री को भी ठीक से गोद में खिला न पाये। आये दिन युद्ध की ज्वालाओं में वे घोड़ा दौड़ाते यहाँ से वहाँ दौड़ते रहते थे। न जाने कितने मृतक उन्होंने रणभूमि में देखे होंगे और अपने शरीर पर भी अनगिनत घाव सहे होंगे। सात वर्ष की हुई मैं तो पत्नी को खो दिया। उसके बाद अपने पिता राव दूदा जी को। अब उन्हें अपनी एकमात्र पुत्री के विवाह की जिम्मेदारी निर्वाह करनी थी। मीराँ अपने बाल्यकाल की स्मृतियों में डूबती गयीं और सखियों से उनका बखान करती गयीं।...महाराणा सांगा के पुत्र भोजराज से इस विवाह सम्बन्ध को लेकर बात पक्की की जा चुकी है। वचन

भंग राजपूती आन के खिलाफ है। मेरे पिता, ताऊ सा और मेड़ता की प्रतिष्ठा दाँव पर है। पिता इससे अत्यन्त दुःखी हैं।...मैंने आज तक उनका कौन-सा दुःख बाँटा है जो स्वयं उनके दुःख का कारण बनूँ? यही सब सोचकर मैंने स्वयं को फिर नियति के हवाले कर दिया।

मैंने अपने पिता से बस इतना ही कहा—"बाबो सा! जैसी आपकी इच्छा...पर मेरे कान्हा जी, जो यहाँ मन्दिर में विराजमान हैं वह भी मेरे साथ चित्तौड़ जायेंगे।"

यह सुनकर भीगे नेत्रों से मेरा मुखड़ा देखकर बापू सा हँस पड़े। मेड़ता में बधाइयाँ बजने लगीं। मेरा ब्याह धूम-धाम से हुआ। चित्तौड़ से राजसी बारात आयी। इसमें महाराणा सांगा अपने दूसरे पुत्रों और सगे-सम्बन्धियों एवं सैनिक दल के साथ स्वयं पधारे। महाराणा का प्रसिद्ध हाथी विक्रम मेड़ता के महल के सिंहद्वार से भीतर नहीं आ पा रहा था। इतना विशालकाय था वह। हाथी पर बैठे दूल्हे भोजराज जी, मेरे होनेवाले सरताज को आखिर हाथी से नीचे उतारकर कन्या के द्वार पैदल कैसे लाया जा सकता था। राजपूती आन-बान-शान जो ठहरी।

हाथी आ भी जाता महावत के इशारे पर, तो हाथी का हौदा सिंहद्वार में अड़ जाता। उस पर सजीले दूल्हे का फिर क्या होता?...सिंहासन पर तना छत्र भी अड़-लड़कर टूट जाता।...

समाधान यह निकला कि हाथी नीचे न किया जायेगा। मुख्य द्वार का ऊपरी सिरा तोड़ दिया जाये।...और फिर मेड़तावालों को अपना सिंहद्वार विखण्डित करवाना पड़ा। उसके बाद ही पूरी-की-पूरी बारात भीतर प्रवेश पा सकी।

सखियाँ-सहेलियाँ मुझसे इस बीच मेड़ता-महल की छत पर खड़ी-खड़ी मजाक करने लगीं..."मीराँ! ऐसा कर कि हम कुँवर जी से कहे देती हैं कि वे अपना हाथी लौटा ले जायें...बारात जितनी भीतर आ चुकी है उसकी ज्योंनार करके हम सब उसे भी वापस भेज देंगी। कुँवर जी जैसे आये हैं वैसे ही खाली हाथ लौट जायेंगे तो कितना आनन्द आयेगा न...?"

मैंने कहा—"ठीक कहती हो तुम सब। कान्हा जी ऐसा ही करें तो मुझे भी बहुत आनन्द हो।"

इस पर सब-की-सब के मुख से निकला—"धत्त।"

और तब न चाहते हुए भी उस दिन मेड़तणीं मीराँ चित्तौड़ के कुँवर भोजराज की हो गयी। विवाह के उन सात-फेरों की लाज अब मीराँ को निभानी थी। भले ही मन से वह अपने मनमोहन साँवरे की ही आज भी थी और जन्म-जन्मान्तर तक रहेगी।

जब मैं दुल्हन के रूप में पहली बार चित्तौड़गढ़ पहुँची तो वहाँ के निवासियों, प्रजाजन और परिवार के लोगों ने युवराज कुँवर सा और मेरा भव्य स्वागत किया।

महल के द्वार पर महाराणी माँ सा आरती का थाल सजाये राजसी परिधान में सजी-धजी महल की अनेक स्त्रियों के साथ स्वागत में खड़ी थीं।

हमारे ऊपर अक्षत और फूलों की वर्षा चहुँ ओर से हो रही थी। महाराणा सांगा मेरे श्वसुर सा हमारे आगे-आगे चल रहे थे। हम दोनों नव विवाहित पति-पत्नी धीरे-धीरे महल में प्रवेश कर रहे थे। मेरे कान्हा जी उस समय भी मेरी दोनों हथेलियों पर खड़े मेरे साथ-साथ चल रहे थे। उस समय मोरमुकुटयुक्त उनकी भी छवि निराली थी। एकदम विवाह के समय दूल्हा-दुल्हन के साथ चलनेवाले किसी सहबाला की तरह।

स्त्रियाँ मंगलगीत गा रही थीं नयी बहू और वर के स्वागत में। पार्श्व में अनेक वाद्य यन्त्र बज रहे थे।

महारानी माँ सा कुँवरबाई सोलंकिनी जी ने सबसे पहले महाराणा जी की आरती उतारी। फिर कुँवर भोजराज और मुझ मीराँ बहुरिया की। उनके बराबर में खड़ी एक अन्य रानी धनाबाई राठौड़ी माँ सा ने फिर हमारी आरती उतारी और कहा—"ये हैं तुम्हारे देवर कुँवर रत्न सिंह तथा यह दो छोटे देवर कुँवर विक्रमादित्य और उदय... ।"

इन्हीं बालकों के साथ उनकी माँ हाड़ी रानी कर्मावती भी खड़ी थीं। एक फीकी-सी मुस्कान लिये। उन्होंने भी हमारी आरती उतारी।

कुँवर विक्रमादित्य ने उसी समय ढिठाई से पूछा—"यह आपकी गोद में क्या है?"

मैंने कहा—"मेरे गिरधर जी।"

प्रथम दृष्टि में ही वह बालक मुझे कुछ-कुछ उद्दण्ड लगा। वह मेरे हाथ से मेरे गिरधरगोपाल को अचानक छीनने की चेष्टा करने लगा। बोला—"लाइये...इस मूर्ति को मुझे दे दीजिये। मैं इसे मन्दिर में पुजारी जी को दे आता हूँ।"

मैंने कान्हा जी को अपनी मुट्ठी में और भी सख्ती से जकड़ लिया और कहा—"नहीं ये मेरे साथ ही रहेंगे...जैसे हमेशा रहते हैं।"

महाराणा सा ने कुँवर विक्रमादित्य को डाँटा—"छोड़ो विक्रम इसे और...हटो पीछे।" विक्रम कुँवर बुरा-सा मुँह बनाकर तब पीछे हट गया। नन्हा देवर उदय सिंह अभी बहुत मासूम था। वह हम सबको टुकुर-टुकुर देखता रह गया।

इसके बाद ननद उदाँबाई से मेरा परिचय कराया था। बहुत प्रसन्न मुस्कान के साथ उसने भी अपने नव-विवाहित भइया-भाभी की आरती उतारी। उसके बाद महल में प्रवेश हुआ। नव विवाहित वर-वधू के साथ की जानेवाली अनेक रस्में सम्पन्न हुईं और इस तरह हमारा वैवाहिक जीवन प्रारम्भ हुआ।

मेरे कुँवर जी मेरे रूप-लावण्य में डूबकर अनेक दिन अपनी दैनिक दिनचर्या को भूले रहे। मुझे प्रारम्भ में तो सब-कुछ बड़ा अटपटा लगा। जीवनसाथी के साथ

सहवास युवावस्था में किस स्त्री को न सुहाता होगा, यदि पति उसकी भावनाओं का ध्यान भी रखे और उसे उचित मान दे। मैं इस बात में बहुत भाग्यशाली थी कि मेरे वे एक अत्यन्त मर्यादित आचरणवाले उदारहृदय पति थे। इसीलिए मेरे कान्हा जी के होते, मेरी उनसे इतने वर्ष निभ गयी। उनकी जगह कोई अन्य प्रकार का व्यक्ति होता तो मेरी उससे एक दिन भी न निभती। उनको अपनी मीराँ का भी खयाल था और उसके कान्हा जी का भी। दाम्पत्य जीवन के दौरान वह कभी भी मेरी प्रातः-सन्ध्या की पूजा में व्यवधान अथवा विघ्न न डालते थे। इसलिए मैं दोनों समय स्नान करके अपने कान्हा जी की सेवा, भोग एवं आरती अवश्य करती थी। उन्हें अपना भाव-भजन अवश्य सुनाती थी।

कभी-कभी मन में पश्चात्ताप भी होता। पश्चात्ताप इस बात का होता कि मेरे आराध्य प्रभु श्रीकृष्ण के लिए जो मेरा नित्यप्रति का सारा समय था उसमें विवाह के बाद सेंध लग गयी थी। मेरे जीवन के एक बड़े हिस्से को मेरे भौतिक पुरुष ने मेरे आध्यात्मिक पुरुष से बाँट लिया था। हथिया लिया था। मीराँ जो केवल श्रीकृष्ण की अनन्य दासी बनकर रहना चाहती थी, उसकी साँसों पर अब एक राजपुरुष का अधिकार था। मैं चाहकर भी विवश थी। केवल सुबह-शाम ही अपने मोहन प्रियतम का श्रीमुख देख पाती थी। अब जो भी था जैसा भी था उसे स्वीकार करना मेरी नियति थी।

स्त्री को पुरुष सत्ता बार-बार नियति चक्र में ढकेलती है। उसे अपनी परिस्थितियों से समझौता करने पर बाध्य करती है। कभी पिता कभी पति तो कभी पुत्र या फिर कोई और दूसरा। पिता का मुख देखकर पति के घर आयी। अब पति का मुख देखकर मुझे अपने गिरधर जी से घण्टों विमुख होना पड़ता। इस अस्थि-चर्म की देह की खातिर अपनी आत्मा को नाहक गिरवी रखना पड़ता। मेरे गिरधर जी बेचारे अपने सूने पूजागृह में घण्टों मेरी प्रतीक्षा किया करते।

जब मेरे भोजराज मेरे साथ अभिसार की मुद्रा में होते हैं तो अक्सर मुझे मेरे कृष्ण की वह मोहनी छवि मेरे नेत्रों के मध्य तैरती-सी दिखती। यह भी एक विचित्र-सी स्थिति थी। पता नहीं मैं पतिता ही ऐसा अनुभव करती थी या अन्य स्त्रियाँ भी कभी ऐसा महसूस करती होंगी। अनेक बार होता कि मैं अपने इनमें और अपने कान्हा जी में कोई भेद न कर पाती।

शयन-कक्ष के बाहर घनघोर वर्षा हो रही है। खिड़की के पार चमकती बिजली के मध्य धारासार जलवृष्टि जारी है। आकाश को बादलों ने घेर रखा है।...कोयल भी बीच-बीच में किसी आम्रवृक्ष पर अपने पंख सिकोड़े बैठी कुहुक पड़ती है।...और इधर उन्होंने मुझे सेज पर अपने भुजबन्ध में जकड़ रखा है।...ऐसे में ये भाव मन में मेरे उद्वेलन उत्पन्न कर रहे हैं। कभी इनको लेकर भी अपने श्याम सखा के लिए गाऊँगी...

बादल रे थे जल भर आज्यो।
झर-झर बूँदाँ बरसाँ आली, कोयल सबद सुनाज्यो।
गाज्याँ बाज्याँ पवन मधुरयो, अम्बर बदराँ छाज्यो।
सेज सवाँर्‌या पिय घर आस्याँ, सखियाँ मंगल गास्यो।
मीराँ रे प्रभु हरि अविनासी, भाग भल्याँ जिन पास्यो।

इस तरह भौतिक देह धारिणी इस मीराँ ने अपने वैवाहिक जीवन में प्रेम, अभिसार और रमण की अनुभूतियों से भी जो पाया उसे अपने कृष्ण कन्हाई को समर्पित कर दिया। भाव-सुमनों के रूप में। पावस ऋतु के इस सुरम्य वातावरण में भी मेरे मन में मेरे प्रभु अविनाशी श्रीकृष्ण से महामिलन की कामना ने ही अन्तिम आकार ग्रहण किया था।

मैंने सुना कि चित्तौड़ के कुम्भश्याम मन्दिर में उन दिनों वृन्दावन से कोई सन्त पधारे थे। आजकल उनके द्वारा भक्तजन के मध्य श्रीमद्‌भागवत कथा बाँची जा रही थी। दूर-दूर से रसिकजन कृष्णभक्ति अमृत का पान करने खिंचे चले आते थे। मैंने कुँवर भोजराज से कहा—

"सुनिये जी! मैं कुम्भश्याम में पधारे महात्मा जी का दर्शन करने जाना चाहती हूँ। वृन्दावन से आकर चित्तौड़ में श्रीकृष्णलीला का गान कर रहे हैं। उसका श्रवण करना चाहती हूँ।"

इस पर कुँवर जी ने कहा—"तुम्हारे तो कृष्ण कान्हा यहीं मन्दिर में विराजमान हैं। काहे को कष्ट कर इतनी दूर जाओगी? तुम कहो तो मैं ही इन श्रीकृष्ण के सम्मुख बैठकर भागवत बाँच दूँ। और तुम मुझे सुन लो। फिर..." कहकर कुँवर जी विनोदपूर्वक मुस्कुराये।

मैंने कहा—"रहने दीजिये आप...आप जैसे पुरुष वीरभूमि में तलवार भाँजते ही फबते हैं। मुझे आपको साधु-सन्त नहीं बनाना।"

"इच्छा जी!...हमारी मीराँ रानी सा हमें अपने लिये बचाकर रखना चाहती हैं।"

"अपने लिये नहीं मेवाड़ के लिए। मेरे लिये तो मेरे कान्हा जी ही पर्याप्त हैं।" मेरे मुख से निकल गया। मैंने चेहरा घुमाकर दाँतों से अपनी जिह्वा काटी।

कुँवर जी जोर से हँस पड़े। बोले—"चोरी पकड़ी गयी!...भई हम जानते हैं कि आपके हृदय में हमसे पहले आपके कान्हा जी समाये हुए हैं।...जब तक आपका उनसे मेल-मिलाप न करा दिया जाये तब तक अपने लिये कोई अवसर नहीं।... कहिये कब चलेंगी भागवत सुनने?"

मैं यह सहज रूप से आया प्रस्ताव सुनकर खुशी से फूली न समायी। राजपूत राजवंश का एक राजकुँवर महल के बाहर किसी मन्दिर में कृष्णकथा सुनाने अपनी

नवविवाहिता पत्नी को ले जाने को तैयार है। पति के साथ उसकी स्त्री तो कहीं भी जा सकती है। अकेली भले ही न जाने पाये। विशेषकर विवाहिता स्त्री। ऊपर से यदि वह राजसी अथवा सामन्ती घराने की हुई तब तो कतई नहीं।

कुँवर भोजराज जब स्वयं कुम्भश्याम जी के दर्शन कराने, सन्तवाणी सुनाने ले जायेंगे तो फिर कौन रोकने-टोकनेवाला। मैंने प्रफुल्ल वदन उनसे कहा—"कल प्रातः सूर्योदय के तत्काल बाद।...पता चला है कि वृन्दावन के वे आचार्य सूर्योदय के ठीक एक घण्टे के बाद कथा प्रारम्भ करते हैं।"

कुँवर जी ने कहा कि—"ठीक है"—और वे अपनी महारानी माँ सा से आज्ञा लेने चले गये। मैं प्रसन्नता के आवेग में अपने कान्हा जी की मूरत के सामने गाने लगी—

मेरे पाँव जो थिरकने शुरू हुए तो मस्ती के आलम में मानो अपने कृष्ण कन्हाई के समक्ष ही मैं नाच-नाचकर कुछ लजाती, कुछ घबराती और कुछ-कुछ धैर्य और विश्वास से भरकर मैं अपने रूप का शृंगार भी साथ-ही-साथ करती गयी—

ओढ़ूँ लज्या चीर, धीरज को घाघरो।
समता काँकड़ हाथ, सुरति कौ मूँदड़ौ।
अँगिया है बिसवास, चूड़ो चित ऊजलो।
दुलड़ी दिल दरियाव, साँच को दोवड़ो।
दाँता इम्रत-मेख, दया को बोलबौ।
उबटणौं गुरुज्ञान, ध्याँन को धोइबौ।

मैं बड़ी सौभाग्यशालिनी थी जो मुझे मेड़ता में पण्डित गजाधर-जैसे सद्गुरु मिले जिन्होंने मुझे शास्त्रों का ऐसा शुद्ध ज्ञान कराया कि मेरे अन्तर्मन के कपाट खुल गये। प्रियतम श्रीकृष्ण से उनकी लीलागान के माध्यम से कल होनेवाली दिव्य भेंट की कल्पना ने मुझे एक अद्भुत सात्त्विक ब्रह्मानन्द की स्थिति में पहुँचा दिया था और मैं अपनी तरंग में झूम-झूमकर गा रही थी—

नकबेसर हरिनाँव, काजल म्हारै धरम कौ।
बिन्दलो जग उजियार, तिलक ततसार कौ।
ग्यान अँगूठी कान, जुगति का झूठणाँ।
जेलड सील सन्तोष, नरत का घूघरा।
पटली ब्रह्म-ग्याँन, हरी बर राखड़ी।
पहरि सुवागणि नारि, झरोखै आ खड़ी।
पतिबरता की सेज, साहिब जी पधारिया।
मीराँ हरि की सरण, परम पद पाइया।

मैं सोच रही थी कि कल भोजराज मुझे जब मन्दिर दर्शन को ले जायेंगे तो मैं सोलह शृंगार कर निकलूँगी। लौकिक शृंगार इनके लिए और ऐसा आध्यात्मिक शृंगार मेरे मुरलीमनोहर चितचोर के लिए।

मेरी सखी ललिता मेरे साथ मेरे पीहर से आयी थी। मुझे नाचते-गाते हवा में इतराते देखकर मेरे उस विशाल शयन-कक्ष में आ गयी। तब मैं उसके दोनों हाथों को पकड़कर एक वृत्त में गोल-गोल घूमने लगी। ललिता भी हँसकर मेरा साथ देने लगी। जब मैं थमी तो सुकन्या बोली–

"क्या बात है जीजा!...आज आप बहुत प्रसन्न हैं। आज क्या जीजू सा ने आपको कोई बड़ा उपहार दिया है?"

"हाँ!...बड़ा नहीं। बड़े से भी बड़ा..."

"सच्ची?...बताइये फिर।"

"तेरे जीजू सा मुझे कल प्रातः चित्तौड़ के सबसे बड़े कुम्भश्याम जी के मन्दिर में दर्शन और कृष्णकथामृत का पान कराने ले जा रहे हैं। वह भी स्वयं।"

तब तक कुँवर भोजराज लौट आये। आते ही बोले–"आज्ञा मिल गयी।" ललिता और सुकन्या कक्ष से बाहर निकल गयीं। यह मेरी ससुराल आने के पश्चात् महलों से बाहर की पहली यात्रा थी। एक लघु यात्रा। पिंजरे की सोनचिरैया कल सुबह पहली बार चित्तौड़गढ़ की वीथियों में विचरेगी और मन्दिर में हरिदर्शन पायेगी।

और मैं अगली प्रातः कुम्भश्याम जी के मन्दिर युवराज कुँवर के साथ गयी। वहाँ मेरे मनमोहन की मूरत इतनी सुन्दर थी कि दर्शन पाते ही मैं अपनी सुध-बुध खो-सी गयी। श्रीकृष्ण की उस रूपमाधुरी पर मैं लुभा गयी। सुन्दर शरीर, कमल की पंखुड़ियों के समान नेत्र, बाँकी चितवन मेरे नेत्रों में समा गयी। यमुना जी के तट पर कान्हा गाय चराते हैं। मीठे स्वर में मुरली बजाते हैं। मैंने अपना तन-मन-धन सब-कुछ गिरधर पर न्यौछावर कर दिया है। मैं उनके चरण-कमलों में रम गयी हूँ।...

> म्हा मोहन रे रूप लुभानी।
> सुन्दर बदन कमल दल लोचन, बाँका चितवन नैना समानी।
> जमना किनारे कान्हा धेनु चरावाँ, बंशी बजावाँ मिट्ठा बानी।
> तन मन धन गिरधर पर वाराँ, चरण कँवल बिलमानी।

भागवत की कथा माधवाचार्य जी के श्रीमुख से उस दिन सुनी। मेरे कान्हा जी की दिनचर्या सुनकर मैं रोमांचित हो गयी। वृन्दावन से पधारे उन आचार्य सन्त का लीलावर्णन इतना रोचक एवं हृदयग्राही था कि सुनकर भक्तगण धन्य-धन्य हो गये। मेरे कुँवर सा भी बहुत श्रद्धा भाव से उन्हें सुनते रहे। रही मैं?...तो मैं तो तब जैसे एक अलौकिक संसार में मन-ही-मन विचरण करने लगी...

श्रीकृष्ण अपने भइया बलराम जी के साथ वन में गउएँ चरा रहे हैं। सुन्दर वन है। निर्मल जलाशय है। उनमें अनेकानेक कमल खिले हुए हैं। कृष्ण-बलराम की युगल जोड़ी के साथ उनके अनेक ग्वाल सखा गउओं को हाँक रहे हैं। वन में वनस्पतियों और पुष्पों के ऊपर जगह-जगह भँवरे गुंजार कर रहे हैं।...अनेकानेक पक्षी अपने समूहों में कलरव कर रहे हैं।

ऐसे में कान्हा जी अपनी वंशी पर एक मधुर धुन छेड़ देते हैं। गोप सखा आनन्दविभोर हो जाते हैं। गउएँ भी कान्हा जी की ओर मुख करके उन्हें निहारने लगती हैं। मृगशावक, मयूर और दूसरे पक्षी भी उनकी मुरली की धुन पर उनकी ओर खिंचे चले आते हैं। गोपिकाएँ ब्रज की वीथिकाओं से कृष्ण की मुरली का पूर्वानुमान कर उसके आकर्षण को विचारकर सब-कुछ छोड़-छाड़कर वृन्दावन में दौड़ी चली आती हैं।

वंशीवादन करते बालक श्रीकृष्ण की छवि अद्‌भुत है। उनका परम सखा मनसुखा रंग-बिरंगे पुष्पों की सुगन्धित माला उनके गले में पहना देता है। वह नित्य एक माला अपने प्रिय सखा कृष्ण कन्हाई के लिए स्वयं बनाता है। इधर-उधर से सुन्दर विविध रंगों के पुष्प चुनकर। मनसुखा उन्हें वह माला अपने किसी नित्य संकल्प के रूप में धेनुचारण और वंशीवादन के समय पहनाना नहीं भूलता। मनसुखा अपने सभी ग्वालबाल मित्रों से कहता है—''कृष्ण हमारे मुखिया हैं...हमारे राजकुमार हैं...बल्कि नहीं वह तो हमारे राजा हैं। हम सबमें विशिष्ट हैं। हम सबके प्राणाधार और अनन्य प्रियतम हैं। अतः हमें उनको आदर, सम्मान और स्नेह देना अनिवार्य है। यह माला उसी का प्रतीक है।''

उस वैजयन्ती माला को धारणकर सिर में मोरपंख सजाये सजीले कृष्ण और भी सज जाते हैं। उनका रूपमाधुर्य, सलोना मुखमण्डल कोटि-कोटि कमलों को तब लजाने लगता है।...साँवले कृष्ण पीताम्बर धारण किये हुए हैं। उनके बड़े भइया बलदाऊ जी के गोरे शरीर पर नीलाम्बर शोभायमान है। सूर्य और चन्द्रमा मानो एक साथ उदित हो गये हों और सम्पूर्ण जड़-चेतनमय इस सृष्टि को अपने संयुक्त प्रकाश से प्रकाशित कर रहे हों।...

गोपिकाएँ ब्रज के कोने-कोने से कान्हा जी की मधुर मुरली की तान के सहारे उनकी ओर भागी चली आती हैं। मुरलीधर कृष्ण उन्हें दूर से त्रिभंगी मुद्रा में वंशीवादन करते दिख जाते हैं। कृष्ण के नेत्र मुँदे हुए हैं। उँगलियाँ मुरली के छिद्रों पर थिरक रही हैं। कृष्ण इतने तन्मय होकर मुरली की तान छेड़े जा रहे हैं कि उन्हें भी अपने आस-पास का जैसे कोई भान नहीं रह गया है।...गोपिकाएँ वृक्षों के तनों के पीछे छिप जाती हैं। वे ज्यों-ज्यों कृष्ण और उनके ग्वाल सखाओं के निकट आती हैं दबे पाँव निःशब्द ही आती हैं कि कहीं मोहन प्यारे की तन्द्रा भंग न हो जाये। वंशी का वह मोहक वादन कहीं बीच ही में थम न जाये।...

वृन्दावन का वह कोना इन अपूर्व क्षणों में साक्षात् वैकुण्ठ में परिवर्तित हो चला है। आचार्य जी द्वारा श्रीमद्‌भागवत का वह प्रसंग धाराप्रवाह चल रहा था और मैं भी उसमें पूर्णतः निमग्न हो चली थी।

एकाएक माधवाचार्य जी राधाकृष्ण का संकीर्त्तन करने लगे। मैं पूरी तरह भाव में आ गयी। भूल गयी स्थान को समय को और स्वयं को और पहुँच गयी गोचारण

एवं वंशीवादन करते अपने श्रीकृष्ण के मध्य और लगी उनके समक्ष घूम-घूमकर नृत्य करने। नाचती गयी...नाचती गयी...नाचती गयी।

तभी मुझे एक झटका-सा लगा। मेरी आँखें खुलीं। देखा मेरे पति कुँवर भोजराज लाल मुख किये मेरे समक्ष खड़े हैं। मेरा एक हाथ पकड़े उसे झटकते। घबराये और झेंपे हुए-से।

"चलो मीराँ!...घर चलो।"—वह कह रहे थे।

फिर वे लगभग घसीटते हुए उस कृष्ण-मन्दिर से मुझे ले चले। मैं आधी होश में थी और आधी भाव में। फिर भी उस भक्त-मण्डली में कई जोड़ी आँखों को अपनी ओर मैंने घूरता-हुआ-सा पाया। लोग अवाक् और विस्मय में थे। उस दिन उन्होंने चित्तौड़गढ़ में सिसोदिया राजवंश की किसी जवान कुलवधू को पहली बार इस तरह सार्वजनिक रूप से उन्मुक्त नृत्य करते हुए देखा होगा।

कुँवर जी की हड़बड़ी और उनके चेहरे का वह अपमान, यूँ देखा जाये तो, बड़ा स्वाभाविक था। मेरे कारण उन्हें भी अपनी प्रजा और आम लोगों के सामने इस तरह नीचा देखना पड़ा था। मैं चुपचाप कुँवर जी के पीछे-पीछे एक अपराधिनी की भाँति अपने महल की दिशा में लौट पड़ी।

डोली में जाकर बैठ गयी। कुँवर जी अपने घोड़े पर सवार हो गये। आगे-आगे चल दिये। कहार लोग मेरी राजसी डोली को उठाये कुँवर भोजराज के पीछे तेज कदमों से लौट पड़े।

उस दिन के बाद मुझ मीराँ के साथ ससुराल के लोगों का व्यवहार बदल गया। बदल क्या गया? कह सकते हैं कि बदलने का शुभारम्भ हो गया।

महारानी माँ सा मुझसे अब पहले की अपेक्षा सँभल-सँभलकर बोलने लगीं। पहले जैसे वे मीराँ बीनड़ी को हँसते-हँसते कुछ भी कह देती थीं, अपनी बेटी की तरह। वैसा व्यवहार उनका मेरे प्रति न रहा। अब वह मुझसे बहुत तोल-मोलकर बोलने लगीं। बल्कि यों कहूँ कि मेरे ही कुछ कहने पर वह मुझसे अति संक्षेप में बात करती थीं। मेरी सासू माँ अपनी ओर से कभी कुछ भी पहल न करतीं।

देवर कुँवर रत्न सिंह और घर के दूसरे पुरुष सदस्य सब अपने काम-से-काम रखने लगे थे। घर की दूसरी स्त्रियों ने मेरे कक्ष में आना ही छोड़ दिया था। मैं ही कभी-कभी किसी बहाने से उनके शयन-कक्षों में चली जाती जब घर के पुरुष सदस्य वहाँ न होते।

अलबत्ता ननद ऊदाँबाई का उन दिनों मेरे कमरे में आना-जाना बढ़ गया। वह मुझसे पहले की तरह बोलती-बतियाती। पर हर बार आते-जाते मुझसे जाने क्यूँ यह प्रश्न करती—"भाभी सा!...आपकी तबीयत तो ठीक है न?"

मैं कहती—"हाँ" और सोचती कि मेरी तबीयत को क्या हुआ है? यह ऊदाँ ऐसा क्यों पूछती है?

यही हाल कुछ-कुछ घर की सेविकाओं का भी था। सुबह-सुबह कोई आती और भीगे बादाम ले आती छीलकर। साथ में कालीमिर्च के एक-दो दाने और मिसरी की एक-दो डली। यह कहकर कि महारानी सा ने भेजा है। खास आपके लिए। खा लीजिये।...

कोई आती। कहती चलिये आपको बाहर महल के उद्यान में ताजी हवा खिला लाऊँ। मन अच्छा हो जायेगा। मैं कहती मेरा मन तो वैसे ही अच्छा है। अपने श्याम-साँवरे के ढिग बैठती हूँ मन वैसे ही चंगा हो जाता है। वह सेविका कहती। नहीं दीदी कभी-कभी हरी घास पर भी नंगे पाँव टहलना चाहिए। उससे सेहत अच्छी रहती है। खासकर बड़े सवेरे जब दूब घास की नोकों पर ओस की बूँदें मोती की तरह चमक रही हों। मैं कहती कि अब तो देर हो गयी है। फिर कभी।

मैं महल की अटारी पर चढ़कर बाहर दूर चित्तौड़ के बाजार की ओर देखने लगती मन बहलाने को, कि पीछे से कई सेविकाएँ भी अटारी पर चढ़ आतीं। उनमें से कई इधर-उधर आँखों पर हाथ का साया बनाकर ताकने लगतीं। मैं लोगों को उनके बाहर के संसार में पत्थरों के इस किले के पार आते-जाते देखती...ऊँटों पर सवार यात्रियों को पंक्तिबद्ध हो गुजरता देखती। बाजार में हाट लगाये दुकानदारों से सौदा खरीदते साधारण स्त्री-पुरुषों को देखती। चम्पा और चमेली नामक दो दासियाँ विशेषकर मेरे अगल-बगल खड़ी हो जातीं और कहतीं—क्या देख रही हैं जीजा!...लगता है आजकल कुँवर जीजू सा के साथ मन नहीं लग रहा है?

मैं जब कोई उत्तर न देती तो कुछ देर में वे मुँह बनाकर वहाँ से चली जातीं। मैं सोचने लगती कि वास्तव में कुँवर सा उस दिन मन्दिर से मुझे लौटा लाने के बाद से कितने उदास-उदास-से हैं। मैंने उनकी उदासी का कारण जानने की एक बार चेष्टा भी की तो बोले—

"कुछ नहीं मीराँ...बस वैसे ही।"

मैंने कहा कि—"क्या आप मुझसे रुष्ट हैं? कोई भूल हुई?"

"अरे नहीं! ऐसी कोई बात नहीं है।" बहुत खोदने पर अन्ततः इतना ही कहा—"राजकुल में रहने के कारण हर व्यक्ति को एक सीमा में बँधकर रहना पड़ता है। उसकी मर्यादाएँ प्रजाजन के जीवन से कुछ अलग होती हैं।"

मैंने कहा—"मैं जानती हूँ कुँवर सा! पर आप ऐसा क्यों कहते हैं कि राजकुल में रहने के कारण...? हम तो शुरू से राजकुल का ही हिस्सा हैं। जब मायके में थे तब भी। अब जब ससुराल में हैं तब भी।"

कुँवर भोजराज बोले—"जब तक हम जीवित रहते हैं तभी तक हमारा राजा या रंक होना जगजाहिर होता है। आँख मुँदने के बाद ये बन्धन निरर्थक हो जाते हैं।

इन्हें मैं समझता हूँ। पर...खैर छोड़ो मीराँ! तुम इन सब बातों को। मुझे तुमसे कोई शिकायत नहीं है।"

इसके बाद हमारे ये...हमारे बीन्द मुस्कुराकर मेरे सामने से अन्यत्र चले गये। यह इनकी खास अदा थी। जब बात को बीच में ही छोड़कर वे चल दें तो समझो कि उस विषय में आगे वे और कुछ कहना-सुनना नहीं चाहते। बस खत्म करो बात को।

ससुर सा अधिकतर युद्धों में बाहर-बाहर रहते अथवा कूटनीतिक यात्राओं पर। लेकिन जब भी घर आते मुझे बहू के बजाय अपनी बेटी सम ही स्नेह देते। मँझले देवर सा विक्रमादित्य की उद्दण्डता पहले की भाँति कायम थी। छोटे देवर उदय सिंह तो अभी बहुत छोटे ही थे।

•

चित्तौड़गढ़ में हमारा जीवन सुरक्षित एवं समस्त सुविधाओं से संयुक्त था। पूर्वजों ने इसके निर्माण में बड़ा धन लगाया था। महाराणा सांगा भी इसके सौन्दर्यीकरण और देखरेख के प्रति भरसक प्रयत्नशील रहते थे।

गढ़ की प्राचीरों की सुदृढ़ता परकोटों, कंगूरों, अटारियों, मन्दिरों और उन पर उत्कीर्ण देवी-देवताओं की विभिन्न मुद्राओं में आकर्षक मूर्तियाँ। सब-कुछ बड़ा सुन्दर था। लड़ते हुए हाथियों समेत अनेक ऐसे दृश्य चित्तौड़गढ़ के निर्माताओं की कलात्मक अभिरुचि का प्रदर्शन करते और आगन्तुकों का ध्यानाकर्षित करते थे।

किन्तु इन सबके मध्य भी कुछ सूनापन था जो मुझे कचोटता था। मेरे मुरलीमनोहर का अभाव। उनका जो स्वरूप मेरे निजी पूजागृह में था मैं बाहर खुले में भी उनके विविध रूपों में दर्शन करना चाहती थी। मैं उनकी कथा और संकीर्त्तन को नित्यप्रति सुनने को आतुर थी।

उस दिन कुँवर जी मुझे ले तो गये कुम्भश्याम जी के मन्दिर में। आचार्य जी की भागवत कथा भी सुनायी। परन्तु श्रवणामृत का पान करते-करते श्रीकृष्ण की बाललीला में निमग्न होने की जैसे ही अनुभूति प्रारम्भ हुई वैसे ही मैं जगहँसाई की पात्र बनकर घसीटकर गढ़ के राजमहलों में वापस ले आयी गयी।

लानेवाले भी कौन? मेरे जीवनसंगी, मेरे पतिदेव, मेरे परम सनेही, कुँवर भोजराज स्वयं। जिन्होंने आज तक कभी मुझे किसी बात के लिए नहीं टोका था, मेरी पूजा-अर्चना में कभी हलका-सा भी व्यवधान उपस्थित न होने दिया था, मेरी भक्ति-भावना का जो बड़ा लिहाज किया करते थे, उस मन्दिर में अपनी मीराँ को आमजन के सामने अचानक नाचता देखकर अपना धैर्य खो बैठे और खींचकर उस भक्त-मण्डली से अपने साथ महल में वापस ले आये।...मुझे लगा कि क्या मुझसे

कोई मानव-हत्या-जैसा कोई बड़ा अपराध हो गया है कि मुझे एक बन्दी की भाँति मन्दिर से महल के एकान्त में घसीट ले जाया गया? वह एकान्त जो मेरे लिये शान्ति का विश्राम का स्थल हुआ करता था, उस दिन पहली बार अपने जीवन में मुझे किसी बन्दीगृह का-सा बेचैनी-भरा एकान्त स्थल लगा।...

चित्तौड़गढ़ का वह किला जो कि अब तक मेरा ससुराल था एकाएक मुझे एक सुदृढ़ कारागार में ढलता प्रतीत हुआ। मीराँ तू अब इस सामाजिक कारागार की बन्दिनी है। अगर साहस हो तो इससे बाहर निकलकर दिखा। और निकलेगी क्यों? निकलने की आवश्यकता भी क्या है? जैसे सारी ब्याहता-स्त्रियाँ और कुँवारी कन्याएँ अपने घरों में पुरुषों के संरक्षण में रहती हैं वैसे ही तुझे भी रहना पड़ेगा। इसमें सोचना क्या है? इसमें नया क्या है? शताब्दियों से तो चली आ रही है यही प्रथा हमारे समाज में। वस्तुतः स्त्री तो आदिकाल से परतन्त्र ही है। जो स्त्री स्वतन्त्रता का स्वप्न देखती है, वह मिट जाती है। अथवा मिटा दी जाती है।

ये पत्थरों के महल, पत्थरों का गढ़, पत्थरों के हृदयवाले लोग। राजपूतों का कुटुम्ब तो वैसे भी पाषाण व्यक्तित्वों का एक समूह हैं। इसमें भावना, संवेदना, भक्ति, आत्मविसर्जन के लिए किसी के पास अवकाश ही कहाँ है?

पर मेड़ता में, मेरे मायके में स्थितियाँ फिर भी काफी-कुछ भिन्न थीं। पिता अवश्य युद्धों में प्रयाण अथवा राज्य के विभिन्न हिस्सों की देख-रेख में व्यस्त रहते, किन्तु मेरे दादू सा परम वैष्णव होने के नाते भक्तिरस का आचमन और उसका प्रसार करने की दिशा में बड़े उदार थे। मेरे ताऊ सा, अन्य काका और उनके परिवार भी अध्यात्म, सत्संग में काफी रुचि लेते थे।

एक बार सात दिन की भागवत का आयोजन दादू सा ने राजमहल के भीतर ही एक प्रांगण में कराया था।

मैं तब बालिका थी। अपने कान्हा जी की सखी तो बालपन से हो चुकी थी। मैंने वह भागवत की सप्त दिवसीय कथा बड़े चाव से सुनी। सुबह-शाम नियम से। कथा और कीर्त्तन में मेरी तल्लीनता देखकर घर-भर के सदस्य आश्चर्यचकित थे। संकीर्त्तन के समय कई बार भावमय होकर मैं स्वतः नाची भी। दादू सा, दादी सा, ताऊ सा, ताई सा किसी ने भी इस पर एतराज न किया। धाय माँ किशोरी देवी ने तो मुझ कृष्ण दीवानी मीराँ की अनेक बार बलइयाँ भी लीं। सबके सामने। कृष्ण-भक्ति के रसामृत का तब मैंने उन दिनों जी-भरकर पान किया था।...

दुर्गों और महलों के मध्य सरोवर, वाटिका और मोरों के मध्य कुछ लंगूरी बन्दरों का विचरण भी एक अजीब-सा रहस्यपूर्ण वातावरण सृजित करता था। मन्दिर की घण्टियाँ, शंख और घण्टों के नाद इन पाषाणखण्डों में एक अद्भुत जीवन्तता का संचार करते थे।

धूप-दीप-नैवेद्य-फल-नारियल और पूजन-अर्चन के साथ भागवत कथा का पाठ जब नैमिषारण्य से पधारे वे साधु-महात्मा करते तो सारा तन-मन एकाएक पवित्र एवं प्रफुल्लित हो जाता।...

"ॐ नमो भगवते वासुदेवाय...भक्तजन! आपने कृष्णलीला के अनेक सुन्दर प्रसंग सुने हैं...आज हम भगवान् के साहस और पौरुष के प्रसंगों की चर्चा करेंगे..."

कबूतर दुर्ग की प्राचीरों में उसके छेदों और सुरक्षित स्थानों में अपनी शरणस्थली बनाये रहते। प्रातः फड़फड़ाकर गगन में उड़ते। साँझ को अपने बसेरो पर सारे कबूतर लौट आते। सरोवरों में मछलियाँ इधर-उधर जल में विचरण करतीं। लोग जब आटे की गोलियाँ बनाकर जल में डालते तो सारी मछलियों में उन्हें निगलने की होड़ मच जाती। तब मालूम पड़ता कि जल की गहराइयों में छिपी हुई कितनी सारी हैं वे।...

इसी प्रकार के अनेक स्थल चित्तौड़गढ़ के मेरे ससुराल में भी थे और ऐसे ही कुछ मेड़ता में। पर यहाँ बात मेड़ता की हो रही है। खासकर उन दिनों की जब मेरा विवाह नहीं हुआ था और मैं अपने पिता-ताऊ सा-दादू सा सबकी आँखों का तारा थी। जयमल भइया की प्रिय बहना थी और अनेक सखियों-सहेलियों की स्नेह भाजन थी। तब की मीराँ इतनी परवश न थी। उसे इतने बन्धन न थे। वे बन्धन जो विवाहोपरान्त हर स्त्री को विवश होकर झेलने ही पड़ते हैं।

नैमिष के महात्मा श्रीकृष्ण के लोकनायक स्वरूप का बहुत अच्छे-से वर्णन कर रहे थे।...

"बाल श्रीकृष्ण अद्‍भुत और असाधारण थे। उन्होंने अपने शैशवकाल में ही वात्सल्य को कलंकित करनेवाली पूतना राक्षसी का स्तनपान करते-करते ही उसके प्राण हर लिये। आयी थी दुग्धपान कराने के बहाने यशोदानन्दन को विषपान कराने। परन्तु पूतना का छल उसी पर भारी पड़ गया। समूचे गोकुलवासियों ने देखा वह मोहिनी स्त्री अपने विशाल मूल राक्षसी वेश में पछाड़ खाकर गिरी हुई मृत हो चुकी है और कन्हैया किलकारी भरते हुए उसके वक्षःस्थल पर बैठे ताली पीट-पीटकर मुस्कुरा रहे हैं...

इसी तरह कान्हा ने बवण्डर का रूप धरकर आये तृणावर्त का, बगुला वेशधारी बकासुर का, अजगर वेशधारी अघासुर का और न जाने कितने छद्‍म वेश में आये दानवों का खेल-खेल में संहार कर उन्हें सुरलोक पहुँचा दिया। नन्दनन्दन की लीला अपरम्पार थी। वे दुष्टों का संहार कर धरती माता का बोझ तो हलका करते थे, कृपालु इतने थे कि जिसे अपने हाथों मारते उसे सद्‍गति ही प्रदान करते। नरक की यात्रा नहीं कराते थे। स्वर्ग का ही मार्ग दिखाते थे..."

मैंने पूछा—"ऐसा क्यों?"

महात्मा जी ने मेरी ओर देखा। वे मुस्कुराये। सभामण्डप में श्रीकृष्ण कथामृत का पान कर रहे समस्त श्रोतागण ने भी मेरी ओर देखा। दादू सा ने स्नेह से मेरे कन्धे पर हाथ रखा। महात्मा जी बोले—

"बिटिया! यह संसारचक्र बड़ा विचित्र है। भगवान् ने यह व्यवस्था की है कि प्रत्येक मनुष्य अपने-अपने कर्मों के अनुसार उसका फल चखता है। जो स्त्री अथवा पुरुष अच्छे कार्य करते हैं उन्हें भगवान् अच्छा फल देते हैं। जो व्यक्ति बुरे कर्म करते हैं उन्हें बुरे परिणाम भोगने पड़ते हैं।...प्रभु जब-जब धरती पर अन्याय, अनाचार और पाप बहुत बढ़ जाते हैं तो स्वयं अवतार लेकर यहाँ पधारते हैं और अत्याचारियों और दुष्टों को अपने हाथों दण्ड देते हैं। परन्तु ऐसा करते हुए जब वह सीधे-सीधे इस कर्मचक्र में हस्तक्षेप करते हैं तो वे जिनका वध करते हैं उनके पाप कर्मों का भी साथ-ही-साथ विनाश कर देते हैं। वह उसे पाप-पंक से उबारकर उसका उद्धार कर देते हैं। श्रीकृष्ण के हाथों मारे जाने पर दुरात्माओं को भी परमगति ही मिलती है..."

उन महात्मा जी के श्रीमुख से मैंने श्रीमद्भागवत की अनेक कथाएँ सुनीं। तब प्रथम बार अपने प्राणवल्लभ कान्हा जी की अनुपम लीलाओं का मुझे यत्किंचित् ज्ञान हुआ...वह उनका कालिया नाग का मान मर्दन करना...कालिया नाग को यमुना जी छोड़कर समुद्र की ओर प्रस्थान करने का आदेश देना और इस तरह यमुना जल के विषाक्त जल को पुनः ब्रजवासियों, गोपों और गउओं के पान हेतु अमृतसम बना देना...वह उनके द्वारा वृन्दावन में दावानल का आकस्मिक प्रकोप हो जाने से उस भयंकर जंगल की आग से समस्त वन्य जीवों समेत मनुष्यों, गउवों और साथ में सम्पूर्ण वृन्दावन को भस्म होने से बचा लेना...महात्मा जी का कहना था कि श्रीकृष्ण प्रभु उस दावाग्नि को अपने श्रीमुख में पी गये...इस बात पर मैंने बहुत विचार किया...तब अपने उस शैशवकाल में मैं भी यही मानती थी कि मेरे गिरधरगोपाल साक्षात् ईश्वर थे। वे ऐसा कर भी सकते थे। उनके सामने जब बड़े-बड़े असुर टिक न सके तो फिर यह वन में लगी अग्नि क्या बड़ी बात थी? पी सकते थे। पर जैसे-जैसे मेरी आयु बढ़ी और मुझे इस जगत् के कठोर यथार्थ अनुभव होने लगे मेरी चिन्तनधारा और अधिक विकसित हुई।

मैं अब सोचने लगी कि श्रीकृष्ण प्रभु ब्रह्मस्वरूप थे। किन्तु जगत्-कल्याण की खातिर जब उन्होंने मनुष्य अवतार लिया तो मानव की भाँति रहना-सहना और संकट के क्षणों में मानवता को उबारने के साथ-साथ उसे दिशा देना भी उनका कर्त्तव्य और आचरण रहा होगा। श्रीकृष्ण ने अपने बाल-सखाओं ग्वाल-बालों को उस दावानल से निपटने के लिए उद्यम करने को अवश्य प्रेरित किया होगा। यमुना जी के जल से, मटकों से, बाल्टियों से और जो भी संसाधन आग बुझाने हेतु उनके पास रहा होगा उस वनाग्नि को शान्त कराने हेतु उन्हें एकजुट अवश्य किया होगा। श्रीकृष्ण की ललकार उस दावानल पर काबू पाने हेतु निरन्तर धरती से आकाश तक गूँज रही होगी।

प्राणों का उत्सर्ग कर देने की हद तक उठे हाथ विकट-से-विकट संकटों का समाधान कर डालते हैं। परन्तु उनके पीछे कृष्ण और बलराम-जैसे महानायकों की दृढ़ संकल्पशक्ति भी चाहिए होती है।

ललिता मीराँ की पक्की सहेली थी। थी तो वह उनकी मुख्य सेविका परन्तु उससे भी बढ़कर वह उनकी अन्तरंग सखी थी। मीराँ के भावजगत् के सबसे करीब और इसी नाते उनके जीवनवृत्त के भी अत्यधिक निकट। मीराँबाई कब सोती हैं...कब जागती हैं...कब हँसती हैं और कब रोती हैं...उन्हें क्या प्रिय है और क्या अप्रिय...ललिता सब जानती थी। भले ही उनके मनोभावों की तह तक पहुँचना उसके लिए किसी भी अन्य सांसारिक प्राणी की तरह थोड़ा दुष्कर हो, परन्तु दूसरों की अपेक्षा वह इतनी समझ तो रखती ही थी कि मीराँ किस क्षण भावजगत् की अतल गहराइयों में चली जायेंगी और उनकी उस अतल पैठ से वापसी कब सम्भव होगी? अथवा वह अन्तराल कितना और अधिक खिंच सकता है?

मीराँ ललिता को उसी प्यार से पुकारती थीं जैसे कभी राधा जी अपनी प्रिय ललिता सखी को पुकारा करती होंगी। अब जब मीराँ जी के पास एक ललिता थी तो उनके पास विशाखा सखी भी थी। थी तो वह सुकन्या, जो कुछ ही बरस पहले चन्दन सिंह से ब्याहकर चित्तौड़गढ़ आ गयी थी और जिसे सौभाग्य से मीराँ का संग-साथ मिल गया। मीराँ सुकन्या को दूर होने पर अथवा अधिक लाड़ आने पर प्रायः विशाखा पुकारा करती थीं। चन्दन सिंह मीराँ के साथ मेड़ता से आये सैन्यदल के सरदार त्रिभुवन सिंह का युवा एकलौता पुत्र था। वह चित्तौड़ की सेना में इन दिनों सैन्य प्रशिक्षण ले रहा था। उसकी पत्नी सुकन्या उर्फ़ मीराँ जी की विशाखा स्वभाव से बड़ी चंचल थी। साथ-ही-साथ अत्यन्त स्नेहिल भी। वह मीराँ के खाने-पीने से लेकर उनकी हर छोटी-मोटी आवश्यकताओं का ध्यान रखती थी। जबकि ललिता मीराँ के पीहर मेड़ता से थी और अपेक्षाकृत काफ़ी धीर-गम्भीर थी। वह नित्य व्यवहार में एक प्रकार से मीराँबाई सा की हमसाया थी। कुँवर भोजराज के देहावसान के उपरान्त ललिता और सुकन्या ही मीराँ के सबसे निकट थीं। चित्तौड़गढ़ के मीराँ-महल में यों तो किसी बात की कमी नहीं थी। मीराँ-महल में और भी अनेक दासियाँ और सेविकाएँ थीं। परन्तु मीराँ के राजसी पद का लिहाज कर सब अपने दायरे में सिमटी नित्य का काम-काज किया करती थीं। ये ललिता और सुकन्या ही थीं जिन्हें सेविका से अधिक मीराँ की सहेली का-सा दर्जा प्राप्त था।

मीराँ-महल तिमंजिला बना हुआ था। परन्तु मीराँ ने उसके अधिकांश भागों को अपनी सेविकाओं को दे रखा था। मीराँ स्वयं सामने के एक छोटे-से कक्ष में रहती

थीं। चित्तौड़ और राजपूताने के दूसरे भवनों में मन्दिरों के शिल्प जितने वैभवशाली हुआ करते थे आवासीय भवन उतने ही सादगीपूर्ण होते थे। मीराँ का भवन भी एक जगह तिमंजिला और साथ ही भूतल पर कुछ छोटे कक्षोंवाला था। उन्हीं भूतल के एक कक्ष में वैधव्य के उपरान्त साध्वी मीराँबाई निवास करती थीं, अपनी छोटी-सी कान्हा जी की प्रतिमा के साथ जो उनके गिरधरगोपाल भी थे और अमरत्व को प्राप्त उनके वास्तविक पति भी। कुँवर भोजराज के साथ मीराँ का गठबन्धन जग के दिखावे हेतु हुआ था जिसे मीराँबाई ने हृदय से कभी पूरी तरह स्वीकारा नहीं था, परन्तु जिसकी लाज कुँवर सा के जीते रहते उन्होंने सदा निभायी। कौन कहता है कि मीराँबाई ने दाम्पत्य-सम्बन्धों का निर्वाह नहीं किया?

कौन कहता है कि मीराँबाई अपने श्यामसुन्दर के रंग में बचपन में ऐसी रँगी कि उन्होंने अपने लौकिक पति को उसके जीते-जी त्यागा हुआ था? ललिता सब जानती थी। सुकन्या भी जानती थी। उनकी अन्य परिचारिकाएँ भी समझती थीं। मीराँ ने राजकुँवर भोजराज जी से कभी मुख नहीं मोड़ा। उन्हें सदैव सम्मान दिया। उनके प्रति एक पत्नी के रूप में वह समर्पित भी रहीं। परन्तु मीराँ का भक्त स्वरूप इतना असाधारण था कि कुँवर सा मीराँ जी के साथ समागम के कुछ अवसरों के बाद आत्मग्लानि से भर गये और वह विक्षुब्ध अथवा विरक्त होने के स्थान पर इतने श्रद्धानुरक्त हुए कि वह मीराँ के कृष्णमय होने की राह में स्वयं ही बाधक होने से बचने लगे। वह मेवाड़ के शत्रुओं से युद्ध करने, आखेट में जाने और राजदरबार के कार्यों में सहयोग देने में अधिक-से-अधिक अपने दिन-महीने-साल व्यतीत करने लगे।

मीराँ से भोजराज का साथ भी संयोग से अल्पावधि का ही रहा। मात्र सात वर्ष। इन संग-साथ के बाद के अनेक वर्षों में उदार हृदय एवं शौर्यवान् भोजराज जितना भी समय मीराँ के साथ बिताये उनका व्यवहार एक अत्यन्त शालीन पुरुष का रहा जो अपनी धर्मपत्नी के मान-सम्मान और उसके सुख-दुःख का पूरा ध्यान रखता है। उससे भी अधिक, जितना उसकी स्त्री उसका ध्यान रखती है। एक अनुपम दाम्पत्य सम्बन्ध था मीराँ और भोजराज के बीच। उसे शब्दों में व्यक्त करना सरल कार्य नहीं है। उनका लौकिक प्रेम विवाह के एक वर्ष के भीतर ही कब परस्पर आध्यात्मिक प्रेम की सीढ़ियाँ चढ़ने लगा, वह जान ही नहीं पाये। शायद इसका कारण दोनों के मध्य विराजमान जगन्नियन्ता श्रीकृष्ण ही थे, जिन्होंने दोनों को ऐसी समझ और गति-मति प्रदान कर दी थी जो एक-दूसरे की हर प्रकार से पूरक थी। सहयोगी, समर्थक और सार्थक थी।

मीराँ का कृष्ण के प्रति पूर्ण समर्पण भोजराज की मीराँ की कृष्णभक्ति के सम्मुख समस्त प्रकार से हथियार डाल देनेवाला सिद्ध हुआ। मीराँबाई तो अपनी अटूट आस्था के कारण सिद्ध थीं ही, कुँवर भोजराज मीराँ का सान्निध्य पा विदेह जनक की भाँति परम सिद्ध हो गये। उनमें ऐसा अभूतपूर्व परिवर्तन आया जो शीघ्र ही चित्तौड़गढ़ के

महलों के सगे-सम्बन्धियों और साधारणजन सभी के लिए अत्यन्त विस्मयकारी और चर्चा का विषय बना।

बात राजमहलों से छनकर भोजराज के प्रतापी पिता महाराणा संग्राम सिंह तक पहुँची। यद्यपि पिताश्री भी एकलिंगनाथ शिव जी के भक्त थे पर सैकड़ों युद्धों में अतुलनीय पराक्रम का प्रदर्शन कर चुके महाराणा सांगा एक आँख, एक हाथ और एक पैर गँवाकर असंख्य घावों के निशान अपनी काया में समेटे अपने पुत्र से अधिक सांसारिक और व्यावहारिक थे। महाराणा ने कुँवर भोजराज को बुलवाया और उनसे पूछा–

''जो कुछ मैं आजकल सुन रहा हूँ क्या वह सत्य है?''

''क्या बाबो सा?''

''यही कि तू भी मीराँ के रंग में रँगकर जोगी बन चुका है?''

''क्या आपको मेरे कर्त्तव्यहीन होने का कोई प्रमाण मिला है? क्या मैं राजसभा में नहीं आता? क्या अपने किसी दायित्व में शिथिलता प्रस्तुत करता हूँ?'' भोजराज ने तनिक विचलित होकर पिता से अनेक प्रतिप्रश्न कर डाले।

महाराणा ने अपनी घनी दाढ़ी पर हाथ फेरते हुए कहा–''नहीं बेटा! ऐसा तो कुछ नहीं है। परन्तु सुना है कि अपना समय तू भी बीनड़ी के साथ कम बिताकर उसके आराध्य गिरधरगोपाल जी के साथ और साधु-सत्संग में अधिक व्यतीत करने लगा है।''

भोजराज इस पर चुप रहे। ''इधर व्यायामशाला में भी तेरा आना-जाना कम दिखता है।''

''व्यायामशाला की अपेक्षा युद्धाभ्यास में इन दिनों अधिक समय देता हूँ मैं बाबो सा।''

''अच्छा?...ऐसा क्यों?''

''मालवा, गुजरात, माण्डू इत्यादि राज्यों से शत्रुओं की तैयारियों की खबरें आती रहती हैं जिन्हें मुझसे बेहतर आप जानते ही हैं...''

''उसके लिए मैं और रत्न सिंह तेरा छोटा भाई हैं न?''

''परन्तु बाबो सा!...ज्येष्ठ पुत्र का भी तो कुछ कर्त्तव्य होता है। और आपने कितने युद्ध किये हैं। अब आपको भी तो विश्राम की आवश्यकता है।''

''विश्राम...'' एक निःश्वास छोड़कर युवराज कुँवर भोजराज से उनके पिता महाराणा सांगा बोले–''इन छोटे-मोटे शत्रुओं से तो फिर भी निपटा जा सकता है। परन्तु मुझे चिन्ता है उत्तरी भारत की उस प्रबल शक्ति की जो हमारे साम्राज्य के लिए एक स्थायी संकट है। दिल्ली सल्तनत की लोदी हुकूमत। इससे सुरक्षात्मक नीति अपनाते रहने की अपेक्षा मुझे लगता है कि अब आक्रामक रणनीति बनाने का समय आ गया है।...आनेवाले दस साल हमारे लिये बहुत गम्भीर हैं। भगवान् एकलिंगनाथ हमारी सहायता करें।''

"तभी तो बाबो सा!...मैं भी सोचता हूँ कि हमें शक्ति और भक्ति दोनों का ही वरण करना होगा।"—भोजराज ने कहा।

एक ओर युद्ध। दूसरी ओर परम शान्ति। एक ओर सामरिक योजनाएँ। दूसरी और भावभक्ति। इन्हीं सबके मध्य ललिता सखी मीराँबाई के कक्ष के सामनेवाले मीराँ-महल के तिमंजिले भवन के भूतल पर रहती थी। प्रथम तल पर मीराँ जी की आवश्यकता की समस्त वस्तुएँ थीं और सबसे ऊपरी दूसरे तल पर कुछ अन्य प्रधान सेविकाएँ रहती थीं।

शेष सेविकाओं के रहने के आवास चित्तौड़गढ़ में कुछ दूरी पर थे जहाँ से वे प्रातः तैयार होकर मीराँ की सेवा में आया करती थीं। सुकन्या भी चित्तौड़गढ़ के एक आवासीय छोर पर अपने पति चन्दन सिंह के साथ रहती थी। परन्तु वह बहुत सवेरे उठकर नहा-धोकर सज-सँवरकर मीराँ-महल में आ जाती। मीराँ जी को प्रातः का दुग्ध यदि ललिता सुलभ कराती जिसे मीराँ गिरधरगोपाल को अर्पण कर, भजन-गायन के उपरान्त, ग्रहण करतीं तो उनकी इस विशाखा के आ जाने पर मीराँ का सात्त्विक अल्पाहार रसोई में तैयार होता जिसे सुकन्या मीराँबाई सा को बड़े प्रेम से लाकर अपने हाथों अर्पण करती।

मोरों और हिरनों से संयुक्त पास के उद्यान में वृक्षों और कुंजों में पक्षियों का मधुर कलरव प्रातः वेला को जब अत्यन्त सुखमय बना रहा होता, मीराँ अपनी सखियों ललिता और सुकन्या के साथ बैठकर उनके द्वारा प्रस्तुत जलपान ग्रहण करतीं। वह अपनी सखियों के संग उस जलपान का वितरण कर उनके साथ-ही-साथ खातीं और रात्रि में कृष्ण समागम और अपने स्वप्न के अनुभवों को साझा करतीं।

ललिता और सुकन्या के लिए यह दुर्लभ क्षण होते। क्योंकि यह वह समय होता जब मीराँबाई अपने-आपमें होतीं। पूर्ण जागृत। आत्मविस्मृति से कोसों दूर। ममतामयी...करुणामयी...एक पूर्ण निश्छल सखी सरीखी।

जब दोनों सखियाँ मीराँ जी की वाणी से निःसृत एक-एक शब्द को बहुत ध्यान से सुनतीं और उनके अर्थ को ग्रहण करने हेतु प्रतिक्षण लालायित रहतीं। यह वह दिव्य अवसर होता जो चौबीस घण्टे में प्रायः उसी समय एक बार आनेवाला होता था। मीराँ कब क्या अनुभव सुनायेंगी?...क्या अलौकिक दृश्य दिखायेंगी?...किस अनुभूति को मात्र उनसे साझा करेंगी? उसका रहस्य उसका महत्त्व केवल मीराँ की ललिता और सुकन्या ही जानती थीं। इसलिए वह पल सीप में सँजोये मोती-से लगते थे उन्हें, जो दूसरों को सागर तल में गहरा गोता लगाने पर किसी-किसी को मिलते हैं। पर उन दोनों का तो वह अद्वितीय सौभाग्य था जो उन्हें वे अमूल्य पल मीराँ जी की परमकृपा से सहज ही सुलभ हो जाते थे। मीराँ की बातों का रहस्य ललिता-सुकन्या किसी से न कहतीं। उन्हें भय था कि कहीं कस्तूरी की दुर्लभ सुगन्ध से, उन टटके और अछूते अनुभवों से, वह किसी अज्ञात अभिशापवश अचानक वंचित न हो जायें।

7

नहिं ऐसो जनम बारम्बार

मेवाड़ के उत्तर में भी शत्रु थे। मेवाड़ के दक्षिण में भी शत्रु थे। सांगा क्रमशः दोनों दिशाओं में जूझे। उनकी सेनाओं ने अनेक सैन्य अभियान किये। जोधपुर के राठौड़; डूँगरपुर, सिरोही, बाँसवाड़ा, ईडर के राव एवं रावल; देवलिया के नरेश इन सबने मिलकर सांगा पर चढ़ाई की। सांगा ने सबको मुँहतोड़ उत्तर दिया। उन्हें जीतकर उसके बावजूद उनकी भूमि उन्हें लौटा दी तथा उन सबको अपने अधीन कर लिया।

अम्बेर को जीतकर उसके राजा को दे दिया। बूँदी का राज्य सुरजन राव को दिया। खींचीवाड़ा अपने अधीन किया। रामपुर और उमरकोट के राजपूतों को भी अपना मातहत बनाया। जयकच्छ के यादवों को जूनागढ़ में पराजित किया। मेवाड़ की सीमाओं का विस्तार कर दिल्ली के निकट जा पहुँचे। चौरगढ़ और देवगढ़ फतह करके 250 हाथी प्राप्त किये और एकमुश्त खजाना हासिल किया। इसी तरह महाराणा सांगा ने अपनी तलवार के बल पर गोंडवाना, नरवर और ग्वालियर छीन लिये। अपने अधीन आनेवाले रावों को सांगा ने रावत की उपाधि दी। अपना परचम जैसलमेर तक लहराया।

उस ज़माने में सत्ता के संघर्ष में अनेक राजा-रजवाड़े तबाह थे। भीतरी और बाहरी सभी प्रकार के दाँव-पेच चला करते थे। ऐसे में महाराणा कुम्भा के समय से ही मेवाड़ की गुजरात से प्रतिद्वन्द्विता थी। महाराणा सांगा को भी गुजरात का सुल्तान मुजफ्फरशाह खटकता था। परन्तु कूटनीतिक दृष्टिकोण से सांगा ने अब तक सीधे गुजरात पर आक्रमण नहीं किया था।

गुजरात की सीमा पर ईडर नाम का एक छोटा-सा राठौड़ राजपूतों का राज्य था। ईडरवाले मेवाड़ और गुजरात दोनों राज्यों के दबाव में रहते थे। कभी इधर से तो कभी उधर से मदद लिया करते थे।

ईडरगढ़ का राजा भाण जब स्वर्ग सिधार गया तो उसका ज्येष्ठ पुत्र सूर्यमल ईडर की गद्‌दी पर बैठा। परन्तु डेढ़ वर्ष बाद ही सूर्यमल की भी मृत्यु हो गयी। उस समय

उसका पुत्र रायमल्ल अल्पवयस्क था। रायमल्ल से महाराणा सांगा की पुत्री ऊदाँबाई का विवाह हुआ था। रायमल्ल जब एक बार चित्तौड़गढ़ आया हुआ था तब ईडर की राजगद्दी पर उसके अधिकार को दरकिनार कर उसका चाचा भीम राजा बन बैठा। उत्तराधिकार की उस उठापटक में महाराणा सांगा ने हस्तक्षेप किया। सांगा ने कुछ ही दिनों बाद ईडर पर आक्रमण कर दिया और भीम को अपदस्थ और निर्वासित कर अपने दामाद रायमल्ल को गद्दी पर बैठा दिया।

निर्वासन के दौरान भीम की मृत्यु हो गयी तब उसके पुत्र भारमल ने ईडर की गद्दी पर अपना दावा ठोंका। इसी चक्कर में सांगा की गुजरात के सुल्तान मुजफ्फरशाह की फ़ौजों से टक्कर हुई। क्योंकि भारमल पुत्र भीम को मुजफ्फरशाह का समर्थन प्राप्त था। मुजफ्फरशाह का सिपहसालार निजामुलमुल्क भारमल को अपने साथ लेकर ईडर आया। तब ईडर नरेश रायमल्ल ने निजामुलमुल्क की सेना का मुकाबला किया। इस जोरदार टक्कर में आखिरकार गुजरात की भारी सेना के दबाव में रायमल्ल को पीछे हटना पड़ा और वह भागकर बीजापुर के पहाड़ों में चला गया। भारमल को इस तरह ईडरगढ़ की राजगद्दी मिल गयी।

लेकिन निजामुलमुल्क के मन में यह अन्देशा बना रहा कि रायमल्ल अपने अधिकार के लिए फिर से ईडर पर हमला कर सकता है। इसलिए उसने अपनी सेना की टुकड़ियों सहित रायमल्ल का पीछा किया। रायमल्ल भी अपनी सेना सहित पहाड़ों से निकल आया। दोनों पक्षों में भीषण युद्ध हुआ जिसमें भारी जनहानि के बाद निजामुलमुल्क को वहाँ से भागना पड़ा। किन्तु लौटकर उसने भारमल को मिला राज्य सुदृढ़ करने में उसकी सहायता की। फिर गुजरात के सुल्तान मुजफ्फरशाह ने अपने सिपहसालार निजामुलमुल्क को वापस बुलवा लिया।

अब केवल सौ सिपाही गुजरात की सेना के ईडरगढ़ की रक्षा के लिए मलिक बाखन के नेतृत्व में वहाँ रह गये। तब एक बार रायमल्ल ने अचानक हमला कर उनमें से सत्ताईस सिपाहियों को मार गिराया परन्तु वह ईडर पर कब्जा नहीं कर सका। अन्ततः उसे महाराणा सांगा की शरण में जाना पड़ा।

इस प्रकार गुजरात का सुल्तान भारमल पुत्र भीम को ईडर की गद्दी पर बैठाना चाहता था। जबकि रायमल्ल पुत्र सूर्यमल्ल गद्दी का पुराना हकदार था और उसे महाराणा मेवाड़ का समर्थन प्राप्त था। दोनों परस्पर लड़ते रहते और एक-दूसरे को अपदस्थ करते रहते थे। इसीलिए एक दिन उनके आकाओं में भिड़न्त होनी निश्चित थी। अन्ततः सांगा ने अपनी शक्तिशाली सेना के साथ ईडर पर आक्रमण किया। और गुजरात के सुल्तान की सैन्य सहायता प्राप्त भारमल को हटाकर ईडर की गद्दी पर रायमल्ल को पुनर्स्थापित कर दिया। इसके बाद मेवाड़ अधिपति ने अपनी विजयी सेना के साथ आर-पार का फैसला करने के इरादे से अहमदनगर की ओर कूच कर दिया।

मार्ग में अहमदाबाद, गुजरात से आयी सेना की टुकड़ियों में से असाउलमुल्क की सेना ने मेवाड़ की सेना से भिड़ने का दुस्साहस किया। लेकिन उस मुचैटे में सुल्तानी फ़ौज का एक भी सिपाही ज़िन्दा न बच सका। इस लश्कर का सारा साज़ो-सामान और कई हाथी सांगा की सेना के हाथ लगे।

महाराणा की सेना ने अहमदनगर के किले को आखिरकार चारों ओर से घेर लिया। मुसलमानों ने किले के फाटक बन्दकर किले के भीतर से ही राजपूतों से लड़ाई प्रारम्भ की। इस लड़ाई में सांगा की ओर से डूँगर सिंह चौहान और उसके बेटे कान्ह सिंह और उनके भाई-बन्धुओं ने बड़ी वीरता दिखायी। डूँगर सिंह पहले बाँगड़ में रहता था। वह सांगा की सेवा में आ गया था। उसकी वीरता के किस्से पहले ही मशहूर थे। सांगा ने डूँगर सिंह को बदनौर की जागीर दी थी। जहाँ उसने बड़ा विकास कार्य किया और तालाब, बावड़ियाँ और महल बनवाये थे।

मेवाड़ की सेना अहमदनगर के किले के सामने जब आयी तो पाया कि सामने लोहे के विशाल फाटक थे जिन पर पैनी नोकवाले भालों के अग्रभाग जड़े हुए थे। डूँगर सिंह चौहान महाराणा सांगा के हरावल दस्ते में सबसे आगे था। किले के बाहर तैनात दुर्गरक्षकों के सैन्य दस्तों से डूँगर सिंह की भिड़न्त हुई जिसमें वह बुरी तरह घायल हो गया। उस प्रारम्भिक लड़ाई में उसके कई भाई-बेटे और सैनिक मारे गये। डूँगर सिंह के बेटे कान्ह सिंह ने तब सर्वोच्च वीरता दिखायी।

किले का सिंहद्वार तोड़ने के लिए जब महावत द्वारा हाथी आगे बढ़ाया गया तो वह उस पर जड़े नोकीले भालाग्रों के कारण उन पर अपना सिर टकराने को तैयार नहीं हुआ। उस समय उन भालों से सटकर कान्ह सिंह अपनी पीठ देकर खड़ा हो गया और उसने महावत को ललकारा कि "हाथी हूलो।"

महावत ने अंकुश से हाथी के मस्तक पर दोबारा-तिबारा चोटें कीं। हाथी ने कान्ह सिंह के शरीर पर सिर टकराकर उस सिंहद्वार को जोरदार टक्कर दी और द्वार टूट गया। राजपूत सैनिक भरभराकर किले में प्रवेश कर गये और उन्होंने मुसलमान सेना को काट डाला। राणा सांगा की सेना का अहमदनगर दुर्ग पर कब्जा हो गया। इस प्रकार वीर कान्ह सिंह ने अपना बलिदान देकर भी उस विजय-कीर्त्ति को हासिल किया। इस विजय में मेवाड़ की सेना के हाथों शत्रु की सेना के कई हाथी-घोड़े, अस्त्र-शस्त्र और माल-असबाब की प्राप्ति हुई।

सांगा के सरदारों ने उसे सलाह दी कि अहमदाबाद, अहमदनगर से सिर्फ तीस कोस दूर है। क्यों न हम उस पर भी चढ़ाई कर दें। परन्तु दूरदर्शी सांगा ने अपनी सैन्य शक्ति को और अधिक खपाना मुनासिब नहीं समझा। वह बड़नगर और बीसलनगर तक जाकर चित्तौड़ वापस आ गये।

एक प्रकार से सांगा ने गुजरात के सुल्तान को हराया भी और फिर भी उसके इलाकों पर उन्होंने अधिकार नहीं किया। अब इसे उनकी सामरिक भूल कहें अथवा

कूटनीतिक चातुर्य? शायद इसमें मेवाड़ राज्य के विस्तार से अधिक वह अपने सैन्य-बल को आगे आनेवाले कठिन समय के लिए सुरक्षित रखने का विचार मन में रखते रहे हों!

मालवा का मुस्लिम राज्य, जिसकी प्राकृतिक सौन्दर्य से घिरी राजधानी माण्डू थी, भी पहले तो दो भाइयों महमूद खिलजी और मुहम्मद खिलजी के बाद सत्ता-संघर्ष का अखाड़ा बना। पूर्वी मालवा का एक शक्तिशाली राजा चन्देरी का मेदनीराय इस संघर्ष में सुल्तान महमूद की सहायता को आगे आया। मेदनीराय ने महमूद को मालवा की गद्दी पर प्रतिष्ठित कर सुदृढ़ता से बैठाया और स्वयं उसका वज़ीरेआज़म बना। दूसरा भाई मुहम्मद गुजरात के शाह की सहायता के लिए भागकर गया। परन्तु गुजरात के सुल्तान की सेनाएँ मेदनीराय के रहते सफल न हो सकीं। धीरे-धीरे मेदनीराय की शक्ति बढ़ती गयी और एक दिन महमूद माण्डू के सिंहासन पर एक कमजोर सुल्तान मात्र रह गया।

मालवा में आये इस शक्ति असन्तुलन एवं अन्तरिक विघटन के दौर के समय महाराणा सांगा मेवाड़ की गद्दी पर बैठ चुके थे। सांगा अपनी तलवार का लोहा राजपूतों में मनवा चुके थे। मालवा के सुल्तान महमूद की अपने वज़ीरेआज़म मेदनीराय से खटपट हो गयी। महमूद ने गुजरात के शाह से सहायता की गुहार लगायी जबकि मेदनीराय सहायता पाने के लिए महाराणा सांगा के दरबार में जा पहुँचा। अन्ततः सन् 1517 की एक लड़ाई में महाराणा सांगा ने मालवा के सुल्तान महमूद को हराया और उसे उसके एक पुत्र सहित बन्दी बनाकर अपने साथ चित्तौड़ ले गये। फिर उस राज्यविहीन महमूद खिलजी और उसके पुत्र को सांगा ने छह महीने बन्धक रखने के बाद छोड़ दिया। बदले में सांगा ने महमूद से हीरों-जवाहरातों से जड़ा उसका ताज और एक बेशकीमती कमरपट्टा भी हासिल कर लिया। इस प्रकार चन्देरी समेत पूर्वी मालवा महाराणा सांगा की अधीनता में आ गया।

दिल्ली सल्तनत पर उन्हीं दिनों इब्राहीम लोदी का राज्य शुरू हुआ। इब्राहीम नौजवान था और अपने दादा बहलोल एवं पिता सिकन्दर लोदी की भाँति सुयोग्य नहीं था। उसका व्यवहार अपने अधीनस्थ अफगान सरदारों के साथ भी अच्छा नहीं था। इब्राहीम उत्तर भारत से मध्य भारत में अपना साम्राज्य-विस्तार करना चाहता था परन्तु अपनी सल्तनत में आये दिन होनेवाले आन्तरिक विद्रोहों से ही त्रस्त था। ऊपर से उसका अपने मातहतों से बुरा व्यवहार उसके खुद के हित में नहीं था। वह राजपूताने की ओर बढ़ना चाहता था, परन्तु तेजी से उभरता हुआ मेवाड़ का महाराणा सांगा उसके मार्ग की सबसे बड़ी बाधा था।

फिर भी इब्राहीम लोदी ने मियाँ मक्खन के नेतृत्व में एक शक्तिशाली सेना मेवाड़ पर हमला करने को भेजी। महाराणा सांगा ने दिल्ली सल्तनत की इस फ़ौज को सन् 1517 ई. में परास्त कर दिया। घमासान युद्ध हुआ जिसमें महाराणा सांगा

ने अपना एक हाथ गँवा दिया और उनका एक पैर भी घाव लगने से बेकार हो गया। परन्तु उस युद्ध में इब्राहीम लोदी की सेना का भीषण संहार हुआ। मियाँ मक्खन और उसके बचे-खुचे सैनिक युद्धभूमि से जान बचाकर भाग खड़े हुए।

यह वह समय था जब महाराणा सांगा के मेवाड़ राज्य की राजधानी चित्तौड़ में उनके ज्येष्ठ पुत्र कुँवर भोजराज की पत्नी और सांगा की पुत्रवधू मीराँबाई एक वर्ष पूर्व सन् 1516 ई. में ब्याहकर आ चुकी थीं। सांगा तब भी अपने शत्रुओं से लोहा लेने के वास्ते विभिन्न युद्धक्षेत्रों में अत्यधिक व्यस्त रहा करते थे। ईडर का निर्णायक युद्ध भी सन् 1520 ई. में इसी भाँति हुआ था। महाराणा सांगा ने इसके बाद इब्राहीम लोदी की नाक में दम कर दिया और उसकी दिल्ली सल्तनत के दक्षिण के अनेक इलाके विजित कर मेवाड़ में मिला लिये। अपने इस विजय-अभियान में वह आरा के काफी निकट तक जा पहुँचे।

सांगा ने अपना सन्देशवाहक भेजकर काबुल के बादशाह बाबर को हिन्दुस्तान आने का न्योता दिया और दिल्ली के सुल्तान इब्राहीम लोदी पर आक्रमण हेतु उसे उकसाया। अपने द्वारा भेजे गये सन्धि-प्रस्ताव में सांगा ने बाबर को यह वचन दिया कि वह दिल्ली की गद्दी हासिल करने में उसे अपनी तरफ से सैन्य सहायता करेंगे। वह सहायता इस प्रकार से होगी कि जैसे ही दिल्ली पर बाबर आक्रमण करेगा इधर आगरा पर सांगा अपनी राजपूत सेनाओं सहित धावा बोल देंगे। दिल्ली सल्तनत बाबर की हो जायेगी और फिर बाबर उत्तर भारत में तथा राणा सांगा मध्य भारत में निर्द्वन्द्व राज करेंगे।

दरअसल इसके पीछे महत्त्वाकांक्षी राणा संग्राम सिंह की दूर की सोच यह थी कि बाबर काबुल-कन्धार से इतनी दूर आकर दिल्ली में तैमूर की तरह लूट-पाटकर एक दिन वापस लौट जायेगा। उस हाल में उसके द्वारा शासित दिल्ली और आगरा पर जब भी अवसर मिला शक्तिशाली सांगा अपना अधिकार जमा लेंगे। परन्तु सांगा का यह निर्णय उनके लिए आगे चलकर आत्मघाती सिद्ध हुआ।

बाबर और सांगा के भाग्य भी विचित्र थे। एक सारा जीवन अपने वतन में लगातार हारता और ठोकरें खाता रहा फिर भी बेगाने मुल्क में जाकर जीत गया। जीता ही नहीं उसने एक शक्तिशाली साम्राज्य की नींव भी डाल दी। दूसरा ऐसा जो सारा जीवन एक अद्‌भुत विजेता रहा। जिधर का भी रुख किया उसके शत्रुओं ने उसके सम्मुख धूल चाटी। परन्तु अन्त में जिसे एक निर्णायक एवं दुर्भाग्यपूर्ण पराजय का मुख देखना पड़ा। इतना ही नहीं अपने जीवन के अन्तिम दिनों में जिसे उसके अपनों ने ही अपने हाथों अकाल मृत्यु प्रदान की। एक धूमकेतु चमकदार नक्षत्र बनकर उन्मुक्त गगन में चमका। दूसरा प्रचण्ड मार्तण्ड होने पर भी एक दिन असमय ही अस्त हो गया।

उन दिनों महाराणा संग्राम सिंह की कीर्त्ति का बखान करते हुए तत्कालीन भाट और चारण कभी थकते नहीं थे। उनके प्रताप के गीत राजपूताने की गली-गली में गाये जाते थे। कुछ इस प्रकार कि जिनका अर्थ हुआ करता था—मेवाड़ के पूर्व में

दिल्ली सुल्तान इब्राहीम लोदी का बढ़ना नामुमकिन है...गुजरात का मुजफ़्फ़रशाह पश्चिम दिशा की ओर नहीं आ सकता...मालवा का महमूदशाह खिलजी मेवाड़ के दक्षिण की ओर आने का साहस नहीं कर सकता...क्योंकि महाराणा सांगा ने तीनों के हाथ-पैर बाँध दिये हैं।...

काबुल और कान्धार का बादशाह बाबर इस बीच भारत के उत्तर-पश्चिम सीमान्त क्षेत्रों में सन् 1519 ई. से चार बार आक्रमण कर चुका था। दिल्ली सल्तनत पर इब्राहीम लोदी का राज था। इब्राहीम लोदी चाहता था कि वह हिन्दुस्तान में एक शक्तिशाली एवं केन्द्रीकृत साम्राज्य बनाये। उसके उन प्रयासों ने अनेक अफ़गान सरदारों और राजपूत राजाओं को चौकन्ना कर दिया। पंजाब का सूबेदार दौलत खाँ लोदी अफ़गानों में काफी शक्तिशाली था और प्रायः एक स्वतन्त्र शासक-जैसी हैसियत रखता था। दौलत खाँ लोदी को नौजवान इब्राहीम लोदी का उत्कर्ष आँखों में खटका। मगर उस चालाक सूबेदार ने एक ओर इब्राहीम के दरबार में सलाम बजाने के लिए अपने बेटे को अनेक उपहारों और स्वर्ण अशर्फियों के साथ भेजा, दूसरी ओर वह अधिक-से-अधिक पंजाब के सरहदी इलाकों को दबाकर अपनी सैन्य शक्ति को मजबूत करने में जुटा रहा।

सरहदी किलों और आस-पास के इलाकों को जीतने-हथियाने और गँवाने के मामले में बाबर और दौलत खाँ के बीच चूहे-बिल्ली का खेल कई बरस चला। बाबर के लिए यह मुसीबतों-भरे दिन थे। वह हिन्दुस्तान की ओर चार कदम बढ़ाता कि बीच में उसके अपने राज्यों में विद्रोह खड़े हो जाते, जिनके चलते वह बार-बार आता और अपने मुल्क में उसे वापस लौटना पड़ता घरेलू विद्रोहों को कुचलने के लिए। खासकर बाबर के अधीन कन्धार राज्य में अक्सर विद्रोह हो जाते जिनसे उसे लौट-लौटकर जूझना पड़ता।

बाबर के उन प्रारम्भिक हमलों के दौरान एक बार अति महत्त्वाकांक्षी दौलत खाँ लोदी ने अपने पुत्र दिलावर खाँ के नेतृत्व में एक प्रतिनिधि-मण्डल बाबर से मिलने हेतु उसके मुल्क में भेजा। उसके द्वारा बाबर को यह सुझाया गया कि दिल्ली का सुल्तान इब्राहीम लोदी निरंकुश किन्तु अनुभवहीन है। उसे अपने अमीरों का समर्थन भी प्राप्त नहीं है। इसलिए अगर बाबर आकर दिल्ली की गद्दी पर कब्जा कर ले तो यहाँ की अकूत दौलत उसके अख्तियार में आ सकती है। लगभग इसी समय महाराणा सांगा का सन्देशवाहक भी बाबर को दिल्ली सल्तनत पर आक्रमण का निमन्त्रण देने के लिए पहुँचा।

दौलत खाँ लोदी की सोच यह थी कि पंजाब के इलाकों तक अपने पैर फैलाकर बाबर दिल्ली फतह के बाद वापस काबुल-कन्धार को कूच कर जायेगा। ऐसे में इब्राहीम की पराजय के बाद दिल्ली की सल्तनत उसकी हो जायेगी। परन्तु दूसरों के लिए खोदी खाईं में कभी-न-कभी स्वयं के भी गिरने का खतरा हमेशा बना रहता है।

भारत में परम्परागत युद्ध करनेवाले अफगानों और राजपूतों को यह नहीं मालूम था कि उनका पाला इस बार बाबर-जैसे नयी तकनीकी से लैस एक विचित्र शत्रु से पड़नेवाला है।

बाबर छोटी उम्र से ही अपने राज्यों में होनेवाले विद्रोहों और युद्धों में निरन्तर व्यस्त रहकर एक कुशल सैन्य संचालक बन चुका था। उसने अपने अनेक शत्रुओं से लड़ते-लड़ते उनकी अनेक युद्ध कलाएँ सीख ली थीं। तुर्क, मंगोल, उजबेक, ईरानी और अफ़ग़ान उसके विरोधी भी थे और अप्रत्यक्ष रूप से युद्धकला के प्रशिक्षक भी। उनकी अनेक फ़ौजी चालों को बाबर ने चतुराई से अपना लिया था।

उजबेकों से उसने 'तुलगमा' का इस्तेमाल करना सीखा। तुलगमा सेना का वह अश्वारोही दस्ता होता था जो कुशल तीरन्दाज़ सैनिकों द्वारा संचालित होता था। यह तीरन्दाज़ अश्वारोही भारी तादाद में सेना के दाहिने और बायें भागों के किनारे पर खड़े रहते थे। जब युद्ध शुरू होता तो चक्कर काटकर शत्रु दल के किनारे-किनारे जाकर उसके पृष्ठभाग पर तीरों की बौछार से शत्रु पक्ष पर मारक हमला करते थे। तुलगमा फ़ौज का इस प्रकार एक अत्यन्त घातक हिस्सा हुआ करता था।

बाबर ने मंगोल और अफ़ग़ानों से सेना के एक भाग को आरक्षित फ़ौजी दस्तों की तरह रखने और उनके सही समय पर दुश्मन के विरुद्ध इस्तेमाल की चालें भी सीखीं। यह छिपे हुए फ़ौजी दस्ते पस्त होती हुई दुश्मन की फ़ौज की कमर तोड़ने में आकस्मिक रूप से प्रयोग किये जाते थे और कभी-कभी ये उनकी रसद सामग्री के हिस्सों को भी तबाह करने के लिए पूर्व योजना के अनुसार प्रयोग में लाये जाते थे। इस आरक्षित फ़ौज को 'कोतल' कहा जाता था।

उसने ईरानियों से बन्दूकों को युद्ध में इस्तेमाल करना सीखा। अपने सजातीय तुर्कों से उसने तेज़ घुड़सवार सैनिकों के दस्तों का सफल संचालन सीखा। इनके अतिरिक्त अपनी सेना के अगले दस्तों की रक्षा के लिए ज़ंजीर से बँधी हुई गाड़ियों की कतार खड़ी करना, शक्तिशाली तोपख़ाने का इस्तेमाल इत्यादि बाबर की सैन्य शक्ति के प्रमुख आधार थे।

बाबर को सौभाग्य से उस्ताद अली नामक एक अत्यन्त कुशल तुर्क तोपची की सेवाएँ प्राप्त हुईं। बाबर ने उसे अपने तोपख़ाने की कमान सौंप दी। उस्ताद अली ने तोपख़ाने में अधिकाधिक तोपें ढलवाने, गोला बारूद का निर्माण करने और बन्दूकचियों की फ़ौज खड़ी करने में बाबर की बड़ी मदद की। विस्फोटक बारूद और उनके हथियारों का प्रयोग ईरानियों ने तुर्कों से ही सीखा था और बाबर ने यह कला सर्वप्रथम ईरानियों से प्राप्त की। तुर्क तोपची उस्ताद अली के मुग़ल सेना से जुड़ जाने के कुछ वर्ष बाद बाबर को मुस्तफ़ा नामक एक अन्य तोप विशेषज्ञ की भी सेवाएँ प्राप्त हो गयीं। यह उसके लिए सोने में सोहागा था।

मार्ग की अनेक बाधाओं को पार करता हुआ बाबर जब सन् 1526 ई. में पानीपत पहुँच गया तो उसने अपने 12,000 सैनिकों, अश्वारोहियों, बन्दूकचियों, तीरन्दाज़ों और तोपख़ाने और रसद-तम्बू-कनात-घोड़ा गाड़ियों इत्यादि समेत वहाँ अपना शिविर डाल दिया।

बाबर ने अपने गहन अनुभवों के आधार पर पानीपत के युद्ध के मैदान में बड़ी सावधानी के साथ व्यूह रचना की। उसने अपनी फ़ौज की सात सौ बैलगाड़ियों के बैल खुलवाकर उनकी कई पंक्तियाँ दाहिने से बायें आगे-पीछे क्रम से समानान्तर रूप में उन्हें खड़ा कराया। इन कतारबद्ध गाड़ियों को गीली खाल से बने रस्सों से दो-दो गाड़ियों को आपस में बाँधकर अपनी फ़ौज की मोर्चाबन्दी के रूप में आगे खड़ा करा दिया था।

इन गाड़ियों को जो परस्पर रस्सों में सटाकर बाँधा गया था उनके समूहों के बीच-बीच में उसने चौड़े गलियारे छोड़ रखे थे जिसमें से होकर मुग़ल सैनिक आगे निकलकर दुश्मन की फ़ौज पर आक्रमण कर सकें। इसी रक्षात्मक पंक्ति के पीछे बाबर का आग उगलनेवाला तोपख़ाना था। तोपख़ाने पर अपने तोपचियों के साथ बाबर का प्रधान तोपची उस्ताद अली दाहिनी ओर तथा दूसरा मुख्य तोपची मुस्तफ़ा बायीं ओर मुस्तैद था। भालों और बन्दूकों से लैस अनेक सैनिक तोपों की जोड़ियों के बीच और उनके इर्द-गिर्द चौकस हालत में लगाये गये थे, ताकि तोपचियों को सुरक्षा मिल सके।

बाबर के इस सुदृढ़ तोपख़ाने की दीवार के पीछे उसके अग्रगामी सैनिकों का जमावड़ा था। उनके पीछे बाबर की मुख्य सेना थी जिसके केन्द्र में बाबर खुद सर्वोच्च सेनानायक के रूप में उपस्थित था। इस मरकज़ी फ़ौज के दो हिस्से थे। दाहिना भाग और बायाँ भाग। फ़ौज का दाहिना भाग कटे हुए पेड़ों तथा मिट्टी की दीवार और खाइयों से सुरक्षित रखने के इन्तज़ाम किये गये थे। इस दाहिने सैन्य भाग पर दाहिनी ओर कुछ दूरी पर तुलगमा फ़ौज को तैनात किया गया था। इसी तरह सेना के बायें भाग पर कुछ दूरी पर बायीं ओर दूसरी तुलगमा फ़ौज को खड़ा किया गया था। तीरों से लैस ये अश्वारोही तुलगमा में अगले आदेश की प्रतीक्षा में रहते थे। बाबर के साथ उसका बड़ा पुत्र हुमायूँ इस पानीपत के युद्ध में शामिल था। बाबर ने सेना के दाहिने पार्श्व में पीछे की तरफ़ अब्दुल अज़ीज़ के सैन्य संचालन में अनुभवी घुड़सवारों की एक कोतल सेना को भी व्यवस्थित किया हुआ था।

कहा जाता है कि युद्ध के दिन इब्राहीम लोदी की फ़ौज में एक लाख सैनिक और एक हज़ार हाथी थे। किन्तु यह ग़ौर करने लायक बात है कि उस काल में सेना के साथ कई शिविर-रक्षक, नौकर-चाकर और गाड़ीवान वग़ैरा चला करते थे। उस हालत में इब्राहीम की असल फ़ौज 40,000 सैनिकों से ज़्यादा की नहीं रही होगी।

उनमें भी अनेक भाड़े के सैनिक थे। अनेक सैन्य दस्ते अल्प-प्रशिक्षण प्राप्त सैनिकों से संयुक्त थे। इब्राहीम स्वयं एक नवयुवक था, जिसे युद्धों का अनुभव नहीं था। उसकी सेना परम्परागत युद्ध कला के अनुसार चार भागों में विभक्त हो मैदान में खड़ी थी—अग्रगामी दल, केन्द्रीय दल, दाहिना दल और बायाँ दल। इब्राहीम की सेना में कोई तोपख़ाना नहीं था। उसके सैनिक तोपों की मार से अनभिज्ञ थे।

पानीपत के मैदान में 12 अप्रैल, 1526 ई. को दोनों तरफ़ की सेनाएँ आकर छह कोस की दूरी पर डट गयीं। लेकिन आठ दिन तक किसी ने भी आक्रमण की पहल नहीं की। दोनों बादशाह एक-दूसरे की शक्ति का आकलन करते रहे और युद्ध का मनसूबा बाँधते रहे। इस बीच दोनों दल अपने-अपने सैन्य शिविरों में जमे रहे।

सातवें दिन बाबर की फ़ौज की एक छोटी टुकड़ी टोह लेती हुई इब्राहीम लोदी के डेरों तक जा पहुँची। बाबर के सैनिकों ने उस विशाल सैन्य छावनी पर कुछ तीर इत्यादि बरसाकर उकसानेवाली हरकतें कीं, परन्तु इब्राहीम के आदमियों पर उसका कोई असर नहीं हुआ। उन्होंने लौटकर सारा किस्सा बाबर के समक्ष बयान किया।

इस पर बाबर के कुछ हिन्दुस्तानी सलाहकारों ने उससे कहा कि—"अफ़ग़ान क़ौम एक ख़तरनाक और जुझारू क़ौम है। दिन में उन्हें हमला करके हरा पाना आसान नहीं। उन पर रात में हमला किया जाये तो कामयाबी मिल सकती है।

अपने अमीरों से सलाह-मशविरा कर तब बाबर ने अपने एक सिपहसालार ख़्वाजा मेंहदी से कहा कि वह चार-पाँच हज़ार सैनिकों के साथ इब्राहीम के डेरे पर रात ही में हमला करे। मुग़ल सैनिकों को उनके ख़ेमों के बाहर निकालकर रात्रि में ही हमले के लिए तैयार कराया गया। पहले तो वह चुस्ती के साथ एकत्रित ही नहीं हुए। जब रवाना हुए तो दुश्मन के विरुद्ध रात में कोई कारगर हमला करने की स्थिति में ही नहीं रहे। प्रातःकाल हो गया। तब भी उनकी हिम्मत दुश्मन के शिविर के नज़दीक जाने की नहीं हुई। आख़िर एक बहुत बड़ी सेना का डेरा था सुल्तान इब्राहीम लोदी का वह शिविर। हाथी-घोड़े और हज़ारों सैनिक।

जब काफ़ी सवेरा हो गया तो इब्राहीम लोदी की अफ़ग़ान फ़ौज हाथियों पर सवार हुई और उसने अपने घुड़सवार और पैदल सैनिकों के अनेक जत्थों के साथ बाक़ायदा ढोल-नगाड़े बजाते और हू-हा करते हुए लड़ाई के लिए कूच किया।

यह देखकर रात भर के थके-माँदे बाबर के टहलुवा सैनिकों में दहशत फैल गयी और वे जैसे-तैसे इब्राहीम के उमड़ते हुए लश्करों पर तीरों की बौछार करते हुए उलटे-पाँव भाग खड़े हुए। तब इब्राहीम लोदी के सैनिकों ने दूर तक उनका पीछा किया। बाबर के यह फ़ौजी ख़्वाजा मेंहदी की अगुवाई में वापस भागते नज़र आये। जब बाबर को इस घटना की ख़बर मिली कि उसके भेजे फ़ौजी दस्ते को इब्राहीम की फ़ौज वापस खदेड़ रही है तो उसने हुमायूँ को उसके लश्कर के साथ डेढ़ कोस

आगे भेजा। बाबर ख़ुद अपनी मुख्य सेना के साथ डटा खड़ा रहा। उसने सेना को मुस्तैद किया और युद्ध के लिए तैयार रहने का हुक्म दिया।

उधर वापस भागकर आते ख़्वाजा मेंहदी के लश्कर और हुमायूँ के लश्कर की बीच रास्ते में मुलाक़ात हुई। उन्होंने पलटकर पीछा करती दुश्मन की फ़ौज को देखा। दुश्मन की फ़ौज तब उसी ओर थम गयी। यह लोग भी इधर थम गये। फिर दोनों दल अपने-अपने शिविरों में बिना लड़े वापस लौट गये। यह बिना ख़ून चाटे तलवारों की अपनी-अपनी म्यानों में ख़ामोश वापसी थी।

यद्यपि बाबर की सेना में उस दिन कोई हताहत नहीं हुआ लेकिन उसका एक फ़ौजी सरदार मोहम्मद अली जंगजंग दुश्मन के एक घातक बाण से अवश्य घायल हो गया। घाव गम्भीर तो नहीं था मगर बाबर का वह योद्धा आगे आनेवाले पानीपत के युद्ध के लायक नहीं रहा।

आठवाँ दिन उसके बाद लगभग घटनाविहीन व्यर्थ में गुज़र गया। मगर रात में बाबर को इब्राहीम द्वारा हमला किये जाने की उड़ती-सी ख़बर मिली। बताया गया कि दुश्मन की फ़ौज कूच कर चुकी है। तब बाबर ने सबको रातोंरात चौकन्ना कराया। अपना एक द्रुतगामी अश्वारोही दल ख़बर की हक़ीकत जानने के लिए इब्राहीम के सैन्य शिविर की ओर रवाना किया। ख़बर झूठी निकली। उस दौरान एक-दो घण्टों तक बाबर के डेरों में लोग अस्त्र-शस्त्र धारण किये हुए ख़ामोंख़्वा शोरगुल करते रहे। फिर किसी तरह वह अनिश्चय-भरी रात कटी।

भोर की नमाज़ के समय जब इतना उजाला हो गया कि एक चीज़ दूसरी चीज़ से अलग और साफ़ दिखायी देने लगे, तभी बाबर के मोर्चे पर आगे तैनात किये गये पहरेदारों ने ख़बर दी कि दुश्मन युद्ध के लिए तैयार होकर बाक़ायदा आगे बढ़ता चला आ रहा है।

बाबर भी तुरन्त जिरह-बख़्तर और लोहे का टोप पहनकर घोड़े पर सवार हो गया। उसके सभी सिपहसालार भी हथियार और जिरह-बख़्तर वग़ैरा धारण कर लड़ाई के लिए तैयार हो गये। सारी बाबरी फ़ौज अब सावधान की मुद्रा में आ गयी।

बाबर की फ़ौज का बायाँ भाग हुमायूँ के नेतृत्व में था। दायाँ भाग मोहम्मद सुल्तान मिर्ज़ा की कमान में था। मध्य भाग में चिन तिमूर सुल्तान और खलीफ़ा अपने प्रधान सेनानायक बाबर की सहायता में उसके साथ थे। मुग़लिया फ़ौज के अगले हिस्से का सिपहसालार खुसरो गोकुलताश था और उसका पिछला हिस्सा अब्दुल अज़ीज़ रिसालदार की कमान में था।

बाबर ने सेना के दाहिने बाज़ू पर छँटे हुए तीरन्दाज़ घुड़सवारों को वली किजल की अगुवाई में तुलगमा में लगा रखा था। सेना के बायें बाज़ू पर कारकोज़ी की अगुवाई में तुलगमा की दूसरी ख़तरनाक टुकड़ी थी। दोनों तुलगमा को यह हुक्म था

कि ज्यों ही दुश्मन की फ़ौज काफ़ी क़रीब आ जाये त्यों ही चक्कर लगाकर उसके पीछे पहुँचा जाये और तीरों की बौछार द्वारा उस पर भीषण आक्रमण कर दिया जाये।

पानीपत का यह युद्ध इस प्रकार 21 अप्रैल, 1526 को छिड़ ही गया। इब्राहीम लोदी ने तेज़ गति से बाबर के मोर्चे पर आक्रमण करने का हुक्म दिया था। मगर तेज़ी से आगे भागती सेना में जब मोर्चे के नज़दीक जाकर बाबर की किलेबन्दी-जैसी व्यूहरचना को देखा तो उसे चकराकर अकस्मात् ठहर जाना पड़ा।

इब्राहीम की फ़ौजें अब काफ़ी नज़दीक आ चुकी थीं। रणनीति के मुताबिक बाबर के दोनों तुलगमा दस्तों ने तेज़ी से दोनों किनारों से बढ़कर दुश्मन के पृष्ठभाग को छेंक लिया और उनके अश्वारोही उस पर पीछे से घातक तीर बरसाने लगे। उसी के बाद सामने की ओर से दुश्मन पर दहाड़ता हुआ बारूदी हमला हुआ। बाबर की तोपें ज़बरदस्त गोलाबारी करने लगीं। इससे अफ़ग़ानों की सेना में हलचल मच गयी। उधर हाथी पर सवार इब्राहीम लोदी ने अपनी फ़ौजों को बायीं ओर बाबर की सेना पर आक्रमण का आदेश दिया। तब बाबर ने तुरन्त अपनी कोतल सेना को आगे बढ़ाया। इस फ़ौज ने तिरछी जा रही इब्राहीम की फ़ौज को काटना शुरू कर दिया। तब तक दोनों फ़ौजों के सभी दस्ते परस्पर भिड़ चुके थे।

पानीपत के मैदान में घमासान युद्ध हुआ जो सुबह से दोपहर तक चलता रहा। तोपों के हमले से अफ़ग़ान सैनिक बौखला गये। अनेक राजपूत सैनिक भी ग्वालियर नरेश विक्रमाजीत के नेतृत्व में इब्राहीम लोदी की सेना में बाबर की फ़ौजों से वीरतापूर्वक लड़े, परन्तु इस युद्ध में बाबर के रणकौशल से चारों ओर से घिरकर इब्राहीम की सेना परास्त हुई। उसके हजारों सैनिक और सेवक मारे गये और हजारों बन्दी बना लिये गये।

पानीपत के इस युद्ध में बाबर की फ़तेह हुई। इब्राहीम लोदी और उसके 15000 सैनिक युद्ध में मारे गये। बाबर के हुक्म से जानकार लोगों द्वारा लाशों के समूहों में इब्राहीम लोदी के शव की शिनाख़्त की गयी। फिर बाबर के समक्ष उसके दुश्मन इब्राहीम लोदी का सिर काटकर लाया गया। राजपूत नरेश विक्रमाजीत भी इस युद्ध में वीरगति को प्राप्त हुआ। इस तरह उस अनुभवहीन नवयुवक सुल्तान इब्राहीम लोदी के साथ ही दिल्ली सल्तनत का सदियों पुराना सियासी सितारा डूब गया और दूर देश से आया एक मुग़ल बादशाह ज़हीरुद्दीन मुहम्मद बाबर इस तरह हिन्दुस्तान का बादशाह बन गया।

मेवाड़ अधिपति महाराणा सांगा की कीर्त्ति कोई कम न थी। सांगा जिन्होंने सन् 1517 ई. में दिल्ली के सुल्तान इब्राहीम लोदी की सेनाओं को धूल चटायी थी। सांगा

जिन्होंने सन् 1519 में मालवा के सुल्तान महमूदशाह को हराकर बन्दी बनाया और छह माह चित्तौड़गढ़ में अपना मेहमान कैदी बनाकर छोड़ा था। सांगा जिन्होंने सन् 1520 में गुजरात के सुल्तान मुजफ्फरशाह की सेना को पराजित करके खदेड़ा था। उन्हीं महाराणा संग्राम सिंह ने सन् 1526 ई. में उसी वर्ष पानीपत के निर्णायक युद्ध में इब्राहीम लोदी को हरानेवाले विदेशी आक्रान्ता बाबर के लिए भी एक बड़ी चुनौती खड़ी कर दी। यह कारनामा बयाना के युद्ध में विजयी होकर महाराणा सांगा ने कर दिखाया। यह महाराणा सांगा का चरमोत्कर्ष काल था। बाबर को बयाना के युद्ध के बाद यह सोचने पर मजबूर होना पड़ा कि यदि हिन्दुस्तान में उसे अपने मुग़ल साम्राज्य को स्थायी करना है तो उसे राजपूत शक्तियों के सिरमौर महाराणा सांगा से टकराना ही होगा।

इस सिलसिले में हुआ यह था कि दिल्ली और आगरा फतह कर लेने के पश्चात् आगरा के किले में जमा लोदियों के खजाने ने बाबर को निर्धन से पुनः धनवान् बना दिया। इससे उसकी सैन्य शक्ति में भी इज़ाफा हुआ। बाबर ने महसूस किया कि सांगा जिन्होंने इब्राहीम पर हमले में उसका आगरा की ओर से साथ देने का वायदा किया था उसे सांगा द्वारा पूरा नहीं किया गया। उलटे उसे खबर मिली कि समूचे राजपूताने के राजाओं और सामन्तों को महाराणा सांगा अपने झण्डे तले एकत्र कर उसे निकट भविष्य में भीषण चुनौती देने जा रहे हैं। इसलिए इन दोनों शक्तियों के बीच मुचैटे की सम्भावनाएँ प्रबल हो गयीं।

आगरा के दक्षिण-पश्चिम में, जहाँ आज राजस्थान राज्य का भरतपुर जिला है, वहाँ उस समय बयाना का किला सामरिक महत्त्व का एक महत्त्वपूर्ण केन्द्र था। बाबर और सांगा के मध्य टकराहट का बयाना ही पहला मुकाम बना। बयाना में उन दिनों निज़ाम खाँ का शासन था। निज़ाम खाँ पर दोनों तरफ़ का दबाव था। वह बारी-बारी से इन दोनों सूरमाओं के प्रति स्वामिभक्ति दिखाकर किसी तरह स्वयं को बचाने हेतु प्रयासरत था। परन्तु यह सब ज्यादा दिनों तक नहीं चलनेवाला था। परिणामस्वरूप बयाना पर दोतरफा आक्रमण हुए।

तब तक बाबर और सांगा के बीच कोई सीधी मुठभेड़ नहीं हुई थी। बाबर यह महसूस कर रहा था कि उत्तर भारत में मुग़लों के अधिकार के बाहर जो हिस्से अभी बचे हुए हैं, उनकी बागडोर मेवाड़ के महाराणा संग्राम सिंह के हाथों में ही है। बाबर ने पानीपत के युद्ध में दिल्ली और आगरा तक का राज्य जीत लिया था, परन्तु राज्य के विभिन्न भागों में उन दिनों अनेक बवाल और बगावतें फैली हुई थीं।

यद्यपि महाराणा सांगा का खतरा राजपूताने से उसकी ओर बढ़ रहा था किन्तु बाबर अपने उन विद्रोहियों से कहीं अधिक चिन्तित था जो आगरा के आस-पास थे। बाबर के सुपुत्र हुमायूँ ने इस अवसर पर बागियों के विरुद्ध युद्ध में जाने की उससे अनुमति माँगी। पिता ने पुत्र हुमायूँ को उस मुहिम पर रवाना किया। स्वयं

वह आगरा की हुकूमत को जमाकर कुछ अरसे के लिए आगरा के निकट कुएँ, हम्माम, हौज, दालान, बावड़ी और उद्यानों को बनवाने के प्रयासों में जुट गया।

बाबर ने हिन्दुस्तान में ही एक छोटा-मोटा काबुल उत्पन्न करने की चेष्टा की। उसके इन निर्माण कार्यों ने उसके अपने वतन न लौटने और हिन्दुस्तान में ही बसने का संकेत दे दिया। इस संकेत ने सांगा जैसे अनेक भारतीय शासकों के कान खड़े कर दिये और वे अपने परस्पर के छोटे-मोटे मतभेदों को त्यागकर मुग़ल बादशाह बाबर के विरुद्ध एकजुट होने को विवश हो गये। वे अब समझ गये थे कि बाबर कोई तैमूर की भाँति लुटेरा नहीं है बल्कि वह हिन्दुस्तान में हुकूमत करने के इरादे से बाहर से आया हुआ एक जुझारू योद्धा है, और इस योद्धा से युद्ध किये बिना उससे पार पाना सम्भव नहीं।

महाराणा सांगा ने बाबर से युद्ध हेतु प्रबल तैयारियाँ की थीं। क्योंकि वह जानते थे कि दिल्ली, मालवा और गुजरात के सुल्तान से कहीं अधिक शक्तिशाली, सुयोग्य और जुझारू शत्रु से इस बार उनका पाला पड़नेवाला था। वह घर-द्वार छोड़कर अपना सब-कुछ दाँव पर लगाकर साम्राज्य-विस्तार की आशा से हिन्दुस्तान आया था। युद्ध की बिसात बिछ चुकी थी। उसमें मुकाबला करनेवाले दो पक्षों के मध्य संख्याबल में सांगा भले ही अधिक आगे हों विदेशी शत्रु के हौसले और उसकी बारूदी ताकत कोई कम नहीं थी साथ में आधुनिक सामरिक तकनीक भी थी। मुकाबला असामान्य और अनोखा था। एक मायने में दिलचस्प भी था और भयावह भी।

दिलचस्प इस मायने में कि सत्तासंघर्ष की उस होड़ में धर्म और मजहब की दीवारें अर्थहीन हो चली थीं। महाराणा सांगा का साथ देने के लिए हर तरफ़ से रणबाँकुरे चले आ रहे थे। महाराणा सांगा की पुकार मानो एक आहत राष्ट्र की पुकार बन चली थी। जबकि राष्ट्र की अवधारणा उस युग में एक दिवास्वप्न थी। परन्तु बाबर से सांगा का सम्भावित संघर्ष कुछ-कुछ राष्ट्रीय भावनाओं-जैसा अनदेखा-अनजाना-सा आभास दे रहा था। इस हेतु जो लोग सांगा का साथ देने आ रहे थे उनमें केवल हिन्दू ही नहीं थे। मेवात का नवाब हसन खाँ अपने दस हजार घुड़सवारों के साथ महाराणा से आ मिला था। पहले उसका साथ बाबर से होना सम्भावित था, परन्तु आश्चर्यजनक रूप से वह सांगा से मिल गया। इब्राहीम लोदी की हार और उसके मारे जाने के बाद से लोदी सल्तनत के कई अमीर महाराणा के पास पहले ही आ गये थे। बाद में इब्राहीम के बाद उसका छोटा भाई महमूद खाँ लोदी भी अपने दस हजार सवारों के साथ मेवाड़ की सेना से आ मिला था। उत्तर भारत की अनेक छोटी-मोटी जागीरों के मुसलमान और राजपूत शासक महाराणा सांगा के पक्ष में शामिल हो चले थे।

मेड़ता के राव बीरमदेव, उनके भाई रायमल और मीराँ के पिता रतन सिंह तो पहले से ही मेवाड़ के मित्र और सहायक थे, महायुद्ध के बादल उमड़ते-घुमड़ते देख

जोधपुर नरेश ने भी महाराणा से हाथ मिला लिये थे। इस प्रकार बाबर की सैन्य शक्ति का मुकाबला करने को तैयार महाराणा सांगा के नेतृत्व में लड़ाई लड़ने में मारवाड़ को भी अपमान का अनुभव नहीं हुआ।

यह वैसी ही भावना थी जो कि कहावत के रूप में महाभारत-युग के लिए कही जाती है कि कौरवों और पाण्डवों को यदि कभी किसी बाहरी शत्रु का सामना करना पड़ता तो आपस में वे भले ही सौ और पाँच हों पर उस बाहरी शत्रु के सम्मुख वे एक सौ पाँच भाई होते।

इस प्रकार हिन्दू राजाओं में उस काल में जोधपुर के राव गांगा, मेड़ता के राव बीरमदेव के भाई रतन सिंह और रायमल, आमेर के राजा पृथ्वीराज, ईडर का राजा रायमल्ल, चन्देरी का राजा मेदनीराय, बूँदी का राजा नरवत हाड़ा, बीकानेर के राजा जैतसी का पुत्र कुँवर कल्याणमल, मैनपुरी का चन्द्रभान चौहान प्रमुख थे। इनमें रतन सिंह (मीराँ के पिता) मेड़ता की ओर से थे, जबकि जोधपुर के सेनाप्रमुख के रूप में रायमल (मीराँ के काका) आये थे। उनके आलावा अनेक सामन्त, सरदार और शहजादे अपनी-अपनी सेनारूपी नदियों के साथ सांगा के सैन्य-सागर में उत्साहपूर्वक आ मिले थे।

बाबर जब काबुल से चला था तो इस बार सन् 1526 ई. में उसके पास 12000 की सेना थी। पंजाब में उसके आगमन पर इब्राहीम विरोधी कई अमीर अपनी सेनाओं के साथ बाबर से मिल गये थे। पानीपत की विजय के पश्चात् अनेक अफ़गान सैनिक भी बाबर के अधीन हो गये। इस बीच भारत के जो इलाके मुग़ल सल्तनत के हिस्से बने वहाँ की स्थानीय सेनाएँ भी बाबर के स्वतः अधीन हो गयीं। सब मिलाकर एक अनुमान के अनुसार अब बाबर की फ़ौज में 50-60 हजार से कम सैनिक व अश्वारोही नहीं रहे होंगे। जबकि महाराणा सांगा की संयुक्त सेना अत्यन्त विशाल थी। कहा जाता है कि उसके पास 2 लाख से अधिक अश्वारोहियों और सैनिकों का बल मौजूद था। यदि देखा जाये तो किसी भी शत्रु के सैनिकों के मनोबल को गिराने के लिए वह संख्याबल ही स्वयं में पर्याप्त था।

मुग़ल फ़ौज को एकजुट रख पाना बाबर के लिए उन परिस्थितियों में कोई आसान कार्य नहीं था। उसके सामने अनेक कठिनाइयाँ आयीं। उसके बेग भारत में लम्बे युद्ध अभियानों के लिए मानसिक रूप से तैयार नहीं थे। ठण्डे मुल्क में रहने के आदी उसके सैनिक भारत के गर्म मौसम में और भी बेहाल हो चले थे। वे अपने घरों से दूर, एक अजनबी देश में और शत्रुओं के इलाके में जी और मर रहे थे। भारतवासियों का सहयोग उन्हें भला कहाँ प्राप्त होता? मुग़ल सेनाएँ जिधर से गुजरतीं गाँव-के-गाँव खाली हो जाते। उनके निवासी घर-द्वार छोड़कर जिधर सींग समाता उधर भाग खड़े होते। ऐसे में कौन इन विदेशी सैनिक टुकड़ियों का स्वागत-सत्कार करता? जाहिर है स्थानीय लोगों को अतीत के हमलावरों के असंख्य कटु अनुभव थे। विदेशी

आक्रान्ता तैमूर लंग ने नगरों और ग्रामों को जिस प्रकार से लूटा और तबाह किया था, उसकी भयावह यादें अभी भी जनमानस में गहरी धँसी हुई थीं।

बाबर जानता था कि आगे चलकर केवल भारत के संसाधनों की बदौलत ही वह यहाँ अपना सुदृढ़ साम्राज्य स्थापित कर सकेगा और अपने बेगों को सन्तुष्ट रख सकेगा। काबुल की तंगहाली को वह बहुत पीछे छोड़ आया था और भारतरूपी सोने की चिड़िया उसे अब लुभाने लगी थी। इसलिए उसने एक दिन भारत में ही ठहर और बस जाने के निर्णय का अपने सैनिकों के बीच ऐलान कर दिया। साथ ही यह भी कहा कि जो बेग और सैनिक अपने मुल्कों में वापस जाना चाहें उन्हें वह नहीं रोकेगा। कुछ लोग वापस लौटे भी। परन्तु अधिकांश ने अपने बादशाह के साथ जीने-मरने का अहद किया। बाबर ने कदम-कदम पर अपने आदमियों से सीधी बात और निकट व्यवहार करते हुए मनोवैज्ञानिक रुख अपनाया। क्योंकि बाबर जानता था कि दुश्मन के असाधारण संख्याबल को उच्च मनोबल के सहारे ही जीता जा सकता है। कूटनीतिक, सामरिक, नैतिक और मनोवैज्ञानिक जितने भी पैंतरे हो सकते थे बुद्धिमान् बाबर ने वे सब अपनाये जिससे अपनी सेना का वह मनोबल बढ़ा सके और अन्ततः अपने शत्रुओं को परास्त कर सके।

एक ओर से सांगा की सेनाएँ बयाना की ओर कूच-दर-कूच करती बढ़ रही थीं। दूसरी ओर से बादशाह बाबर की मुगल फ़ौज भी बयाना की ओर चली आ रही थी। बाबर जब बयाना के काफ़ी नज़दीक जा पहुँचा तो उसने अपनी सेना के चुनिन्दा सरदारों को एक बड़ी सेना के साथ बयाना के क़िले की ओर रवाना किया। बाबर खुद बाकी सेना के साथ सीकरी की दिशा में चल दिया। उधर महाराणा सांगा अपनी राजपूत फ़ौज के साथ बयाना की ओर बढ़ते रहे। बयाना के मार्ग में कई मुस्लिम जागीरदारों ने अपनी छोटी-मोटी सैनिक टुकड़ियों के साथ सांगा की बढ़ती फ़ौज का विरोध किया। परन्तु हाथी के सामने सियारों और लकड़बग्घों की भला क्या बिसात? महाराणा की सेना ने सभी विरोधकर्त्ताओं को उनके दल-बल के साथ खदेड़ दिया और सेना बदस्तूर आगे बढ़ती रही। पिटने और खदेड़े जानेवालों में अपने समय के एक बहादुर सेनापित मियाँ माखन का बेटा खण्डार का जागीरदार मियाँ हुसैन भी था। उसने बाबर से सहायता प्राप्त करने का प्रयास किया। फिर उसने सहायता प्राप्त न होने पर सांगा की सेना का मामूली प्रतिरोध किया जिसमें जल्द ही उसके पाँव उखड़ गये। तब सांगा की फ़ौज ने आगे बढ़कर खण्डार पर कब्जा कर लिया। इसके बाद सांगा की विजयी सेना बयाना की ओर बढ़ी।

उधर बयाना के किले पर बाबर की पहले से भेजी सेना का कब्जा हो चला था। बाबर को जब खण्डार को रौंदकर बयाना की ओर बढ़ती सांगा की फ़ौज के बारे में खबर मिली तो उसने एक बड़ी सेना अपने कुछ जियाले बेगों के साथ बयाना भेजी। जब महाराणा सांगा बयाना के किले के निकट पहुँचे तो उनकी दुर्दान्त सेना की

तलवारों की मार के आगे किले के बाहर मौजूद बाबर के रक्षात्मक सिपाही टिक नहीं सके। उनमें भगदड़ मच गयी। जो मारे न जा सके वे सब जान बचाकर भाग खड़े हुए।

महाराणा सांगा ने बयाना के दुर्ग को चारों ओर से घेर लिया। वहाँ बाबर की ओर से दुर्ग रक्षक मेंहदी ख़्वाजा तैनात था। उस तक भेजे गये बाबर की कुमुक के सैनिक पहुँच ही नहीं सके थे। इसलिए जितने दिन वह किले के भीतर रहकर प्रतिरोध कर सका, किया। फिर किले से बाहर निकलकर उसने अपने सैनिकों के साथ महाराणा की सेना का मुकाबला किया। परन्तु बहुत बहादुरी से लड़ने के बावजूद उन मुग़ल सैनिकों की पराजय हुई। बयाना के किले पर महाराणा सांगा की विजयी सेना का कब्जा हो गया। बयाना के इस युद्ध में बाबर को भारी जनहानि उठानी पड़ी। उसके अनेक बेग इस युद्ध में मारे गये अथवा घायल हुए। अनेक मुग़ल सैनिकों को महाराणा के सैनिकों ने बन्दी भी बना लिया।

मुगल बादशाह बाबर को इस युद्ध के परिणाम में बहुत निराशाजनक समाचार मिले। उसका एक अत्यन्त जंगजू सेनानायक किन्ता बेग युद्ध में इतना बुरी तरह घायल हुआ कि हमेशा के लिए लड़ाई लड़ने से अयोग्य हो गया। इन समाचारों को सुनकर अपनी बिखरी हुई सेना को वापस बुलाने के लिए बाबर ने अब्दुल अजीज और मुल्ला अदीक के साथ करीब डेढ़ हज़ार घुड़सवारों को भेजा।

इस मुग़ल टुकड़ी का मुकाबला महाराणा सांगा की विशाल सेना से हो गया। अब्दुल अजीज़ और उसके सैनिकों को मार-मारकर राजपूत सेना ने तितर-बितर कर दिया। फिर उन्हें दूर तक खदेड़कर मुगलिया झण्डे को भी अपने कब्जे में कर लिया। जो सैनिक हार थककर बाबर के पास लौटे वे इतने दहशत में थे कि उलटे सांगा के राजपूत योद्धाओं की शूरवीरता का बखान करने लगे।

यह सब सुनना बाबर के लिए एक विचित्र अनुभव था। बयाना की विजय महाराणा सांगा की अन्तिम शानदार विजय थी और बाबर की अपने सबसे शूरवीर शत्रु के हाथों पहली और अन्तिम पराजय। बयाना के युद्ध के बाद अपने सैनिकों में बाबर को जैसी अभूतपूर्व निराशा, हताशा और कुण्ठा देखने को मिली उससे वह स्तब्ध रह गया। दुश्मन की फ़ौज का तेजी से आगे बढ़ना, बयाना में मुग़ल सिपाहियों की बुरी तरह हुई शिकस्त, लड़ाई से लौटे हुए अपने आदमियों के मुँह से दुश्मन की तारीफें सुनना और महाराणा सांगा की फ़ौज की बहादुरी के दर्जनों कारनामें सुन-सुनकर मुग़ल बादशाह की बुद्धि भी एकबारगी चकरा गयी। एक हो तो उस पर गौर किया जाये। न जाने कितने अफ़साने मुग़लिया फ़ौज के हौसलों को पस्त करने लगे। उसके कई सैनिक तो यह कहते भी पाये गये कि राजपूत लड़ाके इन्सान नहीं पूरे जिन्न और जिन्नाद हैं। वे किसी से नहीं डरते। मौत तो उनके लिए महज एक खिलवाड़ है।

उस घोर निराशाजनक वातावरण में बाबर कई बार स्वयं को असहाय पाता। उसे इस बात का सबसे ज्यादा अफ़सोस था कि उस समय उसकी सेना में कोई भी ऐसा नहीं था जो उससे बहादुरी की बातें कहता या अपने बादशाह की हिम्मत बँधाता। यह वह कठिन समय था जब बाबर के पास जिधर से भी कोई ख़बर आती बुरी ही होती। इधर बाबर सीकरी में छावनी डाले पड़ा था उधर उसके राज्य में यत्र-तत्र अनेक उपद्रव उठ खड़े हुए थे। हिन्दू ही नहीं जगह-जगह मुस्लिम सरदार भी सिर उठाये हुए थे। हुसैन खाँ लोहानी ने रायकी पर कब्जा कर लिया था। कुतुब खाँ ने चन्दावर पर कब्जा कर लिया था। ग्वालियर के किले को महाराणा सांगा की सेनाओं ने घेर लिया था। आलम खाँ को किले की सेना की मदद के लिए भेजा गया। मगर वह महाराणा के खौफ़ से घबराकर आधे रास्ते में ही मुड़कर अपने किले की ओर चला गया। बाबरी फ़ौज के भीतर हिन्दुस्तानी सिपाही उसे छोड़-छोड़कर प्रायः हर दिन भाग रहे थे। सेना से सैनिकों के फ़रार होने की मनहूस ख़बरे निरन्तर बाबर को मिल रही थीं।

हुज़ूर! आज बीस भागे...आज पचास भागे...हुजूर आज तो पूरे डेढ़ सौ भाग खड़े हुए...हुज़ूर!! अपने हमवतनों में भी बड़ी कसमसाहट है। बस वापस कूच का गजर बजने की सभी को जैसे दरकार है...

लाहौल विला कुव्वत!...बेकार की बातें मत कीजिये...पागल हो गये हैं सब-के-सब...यहाँ से भागकर किसे क्या मिलेगा...गाजी कहलाने से रहे...अपनी आख़ीरत भी बिगाड़ेंगे ये दीवाने...

बाबर ने ऐसे बुरे दिनों के बारे में शायद कभी ख़्वाब में भी न सोचा होगा। उन दिनों भी वह इतना निराश नहीं हुआ होगा जब उसे फरग़ाना, कन्धार, क़ाबुल, हेरात, समरकन्द में हार-जीत के अनेक उतार-चढ़ावों के बीच से गुज़रना पड़ा था।

उधर बाबर के बेटे हुमायूँ का भी बुरा हाल था। बाबर ने उसे विद्रोहियों को दबाने के लिए भेजा था। बाग़ियों को कुचलने के बाद हुमायूँ आगरा लौट रहा था। हुमायूँ की सेना में बदख़्शाँ के सिपाही बहुतायत में थे। वे सभी अब हिन्दुस्तान से अपने मुल्क को लौटना चाहते थे। हुमायूँ की भी इच्छा वतन-वापसी की थी। वह लगातार युद्ध अभियानों में दौड़-दौड़कर थक चुका था। उसकी आयु भी कम थी और थोड़ा शरीर से भी कमजोर था। ऊपर से नशे का शौकीन भी। भारत की गर्म जलवायु भी उसे रास नहीं आ रही थी। इसी से उसके सिपाही भी शीघ्रातिशीघ्र भारत छोड़ने के लिए उत्सुक थे।

मगर मजबूरी यह थी कि शक्तिशाली महाराणा सांगा धीरे-धीरे आगरा की ओर बढ़ रहे थे। इसलिए न टाले जा सकनेवाले युद्ध में शहज़ादे हुमायूँ मिर्जा को अपने पिता जहीरुद्दीन मोहम्मद बाबर का साथ देना ही था। वैसे भी बादशाह बाबर के हुक्म को नज़रअन्दाज़ किया जाना असम्भव था। इसलिए पुत्र को पिता की मर्ज़ी का मान रखकर आसन्न युद्ध के लिए तैयार होना पड़ा।

इस सारे दौर में उल्लेखनीय बात यह है कि बाबर की सेना में फैले हुए उस विभ्रम और हताशा का कोई फ़ायदा मेवाड़ नरेश सांगा ने नहीं उठाया। बाबर सीकरी में था। सांगा ने सीकरी का सीधा मार्ग छोड़कर भुसावर होकर सीकरी जाने का मार्ग पकड़ा। अपने प्रमुख शत्रु बाबर पर सीधा हमला करने के बजाय सांगा की विजयिनी सेना भुसावर के बाद तिजारा, ग्वालियर और उसके बाद कुछ अन्य कस्बों पर कब्जा करती हुई सीकरी की ओर बढ़ रही थी।

ऐसे में यदि महाराणा सांगा सीकरी का सीधा मार्ग पकड़कर बाबर की भयग्रस्त और किंकर्त्तव्यविमूढ़ सेना पर तत्काल आक्रमण कर देते तो कदाचित् परिणाम उनके अनुकूल हो जाता। लेकिन उन्होंने टेढ़ा-मेढ़ा रास्ता पकड़कर अपनी शक्ति और श्रम को अन्यत्र व्यय करते हुए लगभग एक महीने का बेशकीमती वक्त गँवा दिया। यह सांगा की ऐतिहासिक भूल थी और ऐसी भूलें ही अक्सर इतिहास का रुख़ मोड़ देती हैं।

मीराँबाई आज अपने मन्दिर में श्यामसखा की मूर्ति के सम्मुख बैठी तन्मय होकर गा रही थीं। इकतारा उनका इकलौता साज था। दर्द से भरी पुरसोज़ आवाज़ थी। भक्तगण की ओर उनकी पीठ थी।

नित्य सन्ध्या-आरती के समय मन्दिर में पधारनेवाले श्रद्धालुओं का अनुभव अधिकतर यही रहता कि मीराँ अपने श्यामसखा के गुण गाती हुई उनके बीच थिरकती हैं...वे केवल अपने लिये भक्ति की चादर नहीं ओढ़े रहतीं बल्कि पतित पावनी गंगा की भाँति उनका लक्ष्य उनके सन्निकट आनेवाले प्रत्येक प्राणी का कल्याण करना होता है। इसलिए मीराँ के भजन भले ही भगवान् को लक्ष्य करते प्रतीत होते हों उनकी कृपाछाया जन-जन के लिए कल्याणकारी होती है। वह कृपा मन्दिर में आये समस्त नर-नारियों, बाल-वृद्धों, साधु-सन्तों पर एक समान रूप से बरसती है।

परन्तु आज मीराँबाई का स्वरूप अन्य दिनों से कितना भिन्न है। दर्जनों भक्तों और दर्शनार्थियों के मध्य होते हुए भी मीराँ जैसे किसी के भी साथ नहीं हैं। सभी से पीठ मोड़े वह श्रीकृष्ण की मूर्ति के समक्ष आलथी-पालथी मारे आसनविहीन फ़र्श पर बैठी जैसे किसी परम एकान्त में गा रही हैं। गाये जा रही हैं–

नहिं ऐसो जनम बारम्बार।
क्या जानूँ कुछ पुण्य प्रकटे, मानुषा अवतार।

इकतारा मीराँ का साथ देता किसी एकाकी सहयात्री की भाँति बज रहा था। मन्दिर के उस हिस्से में दूर-दूर तक सटे भक्तगण पूर्णतः निःशब्द थे। वे भक्तिमयी

मीराँ के इस एकान्त गायन में विघ्न डालकर मानो पाप के भागी नहीं बनना चाहते थे। मीराँ यदि आज उनसे मुख़ातिब नहीं थीं तो इसका मतलब वह सीधे ईश्वर से स्वयं को जोड़े हुए गा रही थीं। एक पवित्र आत्मा अपने परमात्मा को टेर रही थी। ऐसा तो तभी होता है जब हम जीवन की नश्वरता की ओर उन्मुख होते हैं।...

बढ़त पल पल घटत छिन छिन, चलत न लागे बार।
बिरछ के ज्यों पात टूटे, लगे नहिं पुनि डार।।

मन में वैराग्य का उदय होता है...

भवसागर अति जोर कहिये, विषम औखी धार।
सुरत का नर बाँध बेड़ा, बेग उतरो पार।।

साधु-सन्तों की मनोवृत्ति मन में आकार लेने लगती है। मीराँबाई जानती हैं और हमें भी जनाना चाहती हैं कि चार दिन की इस जिन्दगानी में गिरधरगोपाल ही सबके स्वामी हैं और वे ही अपने दासों के परम उद्धारक हैं। अतः सब तज उन्हें ही भजना चाहिए...

साधु सन्ता ते गहन्ता, चलत करत पुकार।
दासी मीराँ लाल गिरधर, जीवना दिन चार।।

भजन पूरा होते ही मन्दिर के घण्टे-घड़ियाल बज उठे। मीराँ जी के मुरलीमनोहर के मन्दिर में आरती शुरू हो गयी। सभी उठ खड़े हुए। पुजारी जी मुरलीमनोहर के विग्रह के सम्मुख खड़े पाँच बातियों की आरती घुमा रहे थे। दूसरे हाथ में उनकी घण्टी निरन्तर क्वणन कर रही थी। मीराँ माथा टेककर सबके साथ उठ खड़ी हुईं। उनके नेत्रों से झरते अश्रु किसी को दिख नहीं रहे थे। क्योंकि सबकी ओर उनकी पीठ थी और भीतर गर्भगृह में आरती कर रहे पुजारी जोशी जी की पीठ मीराँ और मन्दिर में एकत्र समस्त भक्तगण की ओर थी।

बराबर में स्थित कुम्भश्याम-मन्दिर में भी इस समय आरती चल रही थी। मन्दिर के बाहर कहार सुसज्जित पालकी के साथ मीराँ जी की प्रतीक्षा में थे। सबके हाथ जुड़े हुए थे। सब-के-सब श्रीकृष्ण भगवान् के मन्दिर में सायंकालीन आरती में सम्मिलित होने का सौभाग्य अर्जित कर रहे थे।

मीराँ सन्ध्या समय ललिता और सुकन्या आदि सखियों के साथ पैदल ही अपने मीराँ-महल से मन्दिर तक जाना पसन्द करती थीं। परन्तु युवराज कुँवर रत्न सिंह की उनसे विशेष विनती थी कि लौटते समय वे पालकी से ही लौटें। क्योंकि तब तक अँधेरा हो जाता है।

मीराँ ने शुरू-शुरू में इस बात का विरोध किया—"क्या आप भी...देवर जी! मैं कोई छोटी बालिका हूँ जो अँधेरे से डर जाऊँ?" रत्न सिंह का कहना था—"भाभी सा!...वह बात नहीं है। आप अँधरे से भला क्या डरेंगी? आप तो क्षत्राणी हैं और आपके साथ तो जगत् के स्वामी चक्रधर कृष्ण ही सदा रहते हैं।"

"फिर?"

"कठिनाई आपके लिए नहीं। आपके इस बालक के लिए है।...किसका साहस जो मेरी भाभी माँ की ओर आँख उठाकर भी देखे। परन्तु अँधेरे में कहीं किसी कीरे-काँटे पर पाँव पड़ गया तो विषैले जीव प्राण रक्षा में अनायास हिंसक हो जाते हैं...उस सूरत में..."

"ओह!...समझ गयी।"

"इसीलिए आपसे यह विशेष विनती है।"

और तब मीराँ ने एक ओर से पैदल जाने और दूसरी ओर से पालकी पर लौटने की अपने प्रिय देवर की प्रार्थना को स्वीकार कर लिया था।

मीराँ आज बहुत उदास थीं। यह सभी ने महसूस किया। आरती के पश्चात् जब चरणोदक लेकर जाने को मुड़ीं तो उन्होंने भीड़ में किसी ओर भी नहीं देखा। किसी से कुशल-क्षेम न पूछा। यहाँ तक कि मन्दिर के दो सेवकों ने फ़र्श पर झुककर जब उन्हें प्रणाम किया तब वे उनसे भी कुछ न बोलीं। एकदम नाक की सीध में देखती हुई स्वयं में खोयी-खोयी-सी चलती गयीं।

मन्दिर की सीढ़ियाँ उतरकर जैसे ही विशाल प्रांगण में आगे बढ़ीं दो भगवा वस्त्रधारी साधुओं ने हाथ जोड़कर मीराँबाई सा का मार्ग रोक लिया। साथ चल रही ललिता और सुकन्या ने उन साधुओं से परे हट जाने का आग्रह किया।

इस पर उनमें से जो बड़ी उम्र का साधु था वह थोड़ा भड़क गया। बोला—

"अरे! कैसी बात करती हो तुम दोनों?...देखती नहीं हम मीराँबाई से मिलने के लिए कितनी दूर से आये हैं...और तुम हो कि..."

"कहाँ से पधारे हैं महाराज?"—मीराँ अकस्मात् बोल पड़ीं।

"हम अभी तो पुष्कर तीर्थ से आ रहे हैं। परन्तु तीर्थों के तीर्थ काशी में हमारा मूल स्थान है। आपके दर्शनों की अभिलाषा थी। सो आज चित्तौड़ भी चले आये।"

मीराँबाई ने तब उन दोनों साधुओं से करबद्ध होकर कहा—"बड़े भाग्य हमारे जो आप पूज्यवर चित्तौड़ में पधारे। कहिये क्या सेवा करें हम आपकी?"

मीराँ की इस अतिशय विनम्रता पर छोटी उम्र का साधु तो चुपचाप कभी अपने गुरु का तो कभी मीराँबाई का मुख देखने लगा। परन्तु वह बड़ी उम्र का साधु थोड़ा असहज होकर अपनी गर्दन को थोड़ा और अकड़ाकर बोला—

"सेवा क्या?...बहुत ख्याति सुनी है आपके भजनों की, आपके गायन की और आपके नृत्य की। हम तो वही देखन-सुनने आये थे। परन्तु लगता है कि आपका यहाँ का समय समाप्त हो गया। इसलिए..."

"ऐसी कोई बात नहीं है महाराज। आप इतनी दूर से पधारे हैं तो चलिये अतिथिगृह में चलकर आज पहले कुछ भोजन ग्रहण कर विश्राम कर लीजिये। फिर कल प्रातः यह दासी मीराँ अपने गिरधरगोपाल का पूजन सम्पन्न कर आपसे समय प्राप्त कर भजनानन्द की अनुभूति करेगी।"

इस पर साधु एक ओर हट गया और बोला—"मेरे पास समय बहुत कम है। कल ब्रह्ममुहूर्त्त में ही हमें नाथद्वारा के लिए प्रस्थान करना है। हम नगरसेठ चूड़ामणि के घर ठहरे हैं। हमारे जाने का प्रबन्ध है। देवि! उसकी चिन्ता न करें।"

कृष्ण-मन्दिरों से निकलनेवाली भीड़ ने जब दो साधुओं के सम्मुख ठिठकी खड़ी मीराँबाई सा और उनकी दासियों को देखा तो उनमें से कई स्त्री-पुरुष भी कौतूहलवश इन सभी को ठहरकर देखने लगे।

इस बार मीराँ ने ही पहल की और कहा—"तो फिर आज्ञा दें महाराज।"

इस पर वह दम्भी स्वभाव का साधु पुनः वाचालता के साथ बोला—"ऐसे कैसे जायेंगी भगवती आप? आपका तो बहुत नाम सुना है। कम-से-कम हम साधुओं के सत्कार के नाम पर एक भजन तो बनता है।"

इस पर सुकन्या तनिक क्रोधाविष्ट होकर बोली—"अरे साधु बाबा! आप किस प्रकार की भाषा बोलते हैं? क्या गेरुआ रंगा लेना ही साधुता की निशानी है?" ललिता ने तब सुकन्या का हाथ दबाया और कहा—"चुप कर।"

मीराँ इस बात पर अचानक हँस पड़ीं। फिर हँसते-हँसते एकाएक गम्भीर भी हो गयीं। वह उन दोनों साधुओं को मन्दिर से बाहर अपने साथ लिवा ले गयीं। मीराँ, उनकी सखियाँ तथा दोनों साधु आगे मन्दिर प्रांगण से निकास की सीढ़ियाँ उतरकर बाहर के खुले अहाते में आ गये।

पास में एक चबूतरा था। मीराँ ने उन वाचाल साधु से कहा—"विराजिये।"

साधु उस चबूतरे पर एक ओर बैठ गया। मीराँबाई भी उसी चबूतरे पर कुछ दूर हटकर बैठ गयीं। शेष मानव समाज आस-पास खड़ा विस्फारित नेत्रों से उन दोनों को देखता रहा। मीराँ ने कहा—"बाबा! मैं आज तक यह न समझ सकी कि हम आखिर किस बात का गर्व करते हैं जबकि एक दिन हम सबको माटी में मिल जाना है। आवागमन के चक्कर में फँसे मनुष्यों को तो सर्वाधिक उसी से मुक्ति की कामना करनी चाहिए। चाहे कोई राजा हो या साधु श्रीकृष्ण प्रभु की कृपा के बिना वह भवबन्धन से मुक्त नहीं हो सकता चाहे तीर्थ करे चाहे व्रत करे चाहे कोई भी उपाय करे।"

यह कहकर मीराँबाई पुनः उसी तन्मयता से गाने लगीं जैसी कुछ देर पूर्व अपने माधव की मूर्ति के सम्मुख गा रही थीं। अन्तर केवल इतना था कि तब लोगों से वह अपना मुख फेरे हुई थीं। अब वह लोगों के सम्मुख झूम-झूमकर गा रही थीं। उन्हीं के लिए गा रही थीं। साधु बाबा तो जैसे केवल एक बहाना थे उनके लिए—

भज मन चरन कँवल अबिनासी।
जेताइ दीसे धरनि गगन बिच, तेताइ सब उठि जासी।
कहा भयो तीरथ व्रत कीन्हे, कहा लिये करवत कासी।

इस देही का गरब न करना, माटी में मिल जासी।
यो संसार चहर की बाजी, साँझ पड्याँ उठि जासी।
कहा भयो है भगवा पहिर्याँ, घर तज भये संन्यासी।
जोगी होय जुगति नहिं जानी, उलटि जनम फिर आसी।
अरज करौं अबला कर जोरे स्याम तुम्हारी दासी।
मीराँ के प्रभु गिरधर नागर, काटो जम की फाँसी।

इस पद का अन्तिम बन्द गाते-गाते मीराँबाई एकाएक उठ खड़ी हुईं और उनके पैर नृत्य की मुद्रा में आ गये और उनका सिर झटककर गोल-गोल घूमने लगा। मीराँ भाव में आ चुकी थीं। उन्हें सहारे की आवश्यकता थी। क्योंकि वे बिना किसी सहारे के खड़ी थीं। ललिता ने पालकीवालों को संकेत किया। पालकी लाकर भूमि पर रख दी गयी। सुकन्या ने सहारे से भावविह्वल मीराँ को पालकी में बिठा दिया और स्वयं भी उनके साथ बैठ गयी।

पालकी चल पड़ी। ललिता और अन्य सखियाँ पैदल साथ हो लीं। भीड़ छूटने लगी।

कुछ दूर जाने के बाद ललिता ने मुड़कर देखा। वे दोनों साधु भूमि पर लेटे हुए मीराँबाई सा की पालकी की ओर साष्टांग दण्डवत् कर रहे थे।

"भाभी सा!...युद्ध भूमि से समाचार आया है कि बाबो सा महाराणा सांगा ने बयाना में युद्ध जीत लिया है।"—युवराज रत्न सिंह मीराँ जी से कह रहे थे।

"अच्छा...कुशल से तो हैं बाबो सा...और कौन-कौन हैं उनके साथ?"—मीराँ ने देवर जी से पूछा।

"समझिये मेवाड़ ही नहीं पूरा राजपूताना है उनके साथ...महाराणा सा ने सारे राजपूत राजाओं को एक कर दिया है बाबर के खिलाफ़...वे कुशल से हैं।"

"अब क्या कर रहे हैं हमारे बाबो सा?"

"वे बयाना-विजय करने के बाद ग्वालियर होकर आगरा की दिशा में बढ़ रहे हैं।"

"मेड़ता से कौन-कौन हैं उनके साथ?"

"भाभी सा! मेड़ता से तो आपके अपने पिता रतन सिंह जी हैं। आपके काका रायमल भी हैं जो जोधपुर की ओर से सेनानायक हैं।"

"अच्छा तो...मेरे बाबो सा और काका सा भी युद्ध में साथ गये हैं?"

"जी भाभी सा! रतन सिंह राठौड़ अपने छह हजार सैनिकों के साथ महाराणा सा के साथ युद्ध में हैं। मेवाड़ के युद्ध अभियानों में मेड़ता तो हमेशा से आगे-आगे रहा है। काका रायमल को जोधपुर नरेश ने भेजा है।

मीराँ ने कहा—"हूँऽऽ" फिर जैसे वह किसी गहन सोच में पड़ गयीं।

कुँवर रत्न सिंह कह रहा था—

"इस बार महाराणा सा ने यह फैसला किया है कि वह मेवाड़ की सुरक्षा के लिए विदेशी शत्रु से आर-पार की लड़ाई लड़ेंगे।...यही नहीं यदि एकलिंगनाथ जी की कृपा से बाबर को परास्त करने में उन्हें सफलता मिली तो वह उसे आगरा, दिल्ली से परे तो क्या हिन्दुस्तान की सीमा-रेखा के पार तक खदेड़कर दम लेंगे।..."

मीराँ-महल में कई दिनों बाद मेवाड़ के युवराज रत्न सिंह का आगमन हुआ था। ललिता और सुकन्या ने कुछ छाछ और कलेवा मीराँबाई के देवर सा के लिए लाकर उनके सम्मुख एक तिपाई पर सजा दिया।

रत्न सिंह भाभी सा को सोच में डूबा देखकर एकाएक शान्त हो गये। दोनों दासियाँ कक्ष से बाहर चली गयीं। उनके जाते ही एक सन्नाटा-सा देवर-भाभी के मध्य व्याप्त हो गया।

रत्न सिंह को उस समय कुछ न सूझा तो वह छाछ का गिलास उठाकर शान्ति के साथ पीने लगे। मीराँ का ध्यान तभी देवर सा की ओर गया। उन्होंने मिठाई की एक तश्तरी उनकी ओर बढ़ायी तो रत्न सिंह ने कहा—

"न भाभी सा!...कुछ और आरोगने की इच्छा नहीं है। अभी-अभी कलेवा करके ही चला था मैं।"

फिर बात बदलकर बोले—"भाभी सा! एक बात कहूँ?"

"आदेश करिये देवर सा!"

"आदेश नहीं विनती"

"अवश्य..."

"वह क्या है कि भइया भोजराज से एक बार मैंने मन को एकाग्र करने का उपाय पूछा। भाई सा बोले क्यों? मैंने कहा कि युद्धाभ्यास और दूसरे कामों में मेरा मन चाहे कितना रमे किन्तु पूजा-पाठ, यज्ञादि में बिलकुल भी एकाग्र नहीं होने पाता। इस पर उन्होंने कहा कि तेरी भाभी सा मीराँ इस विषय में मुझसे बेहतर ज्ञान दे सकेंगी। बात आयी गयी हो गयी। पर मन कैसे उपासना अथवा ध्यान में एकाग्र किया जा सकता है? इसे आज तक जान न पाया हूँ। कृपया इस पर कुछ प्रकाश डालें आप—"

और रत्न सिंह की यह युक्ति काम कर गयी। वैसे भी उसे जिज्ञासा रहती थी कभी-भाभी मीराँ जी के श्रीमुख से ज्ञान-ध्यान की बातें सुनने की। भइया भोजराज ने भी अपने समय में उससे अनेक बार मीराँबाई के ज्ञान और उसके पीछे विशद अध्ययन-मनन की प्रशंसा की हुई थी।

मीराँबाई देवर रत्न सिंह के स्नेहिल एवं निश्छल व्यवहार से उनके प्रति गहरी ममता रखती थीं। उनके किसी आग्रह को वह नहीं टालती थीं। इस मन की एकाग्रता

के विषय में की गयी जिज्ञासा पर भला कैसे वे उत्तर न देतीं? मुस्कुराकर क़हने लगीं—

"भागवत में कहा गया है कि सत्ययुग में जनता सदा सत्य बोलती थी। अतः उस युग के नर-नारियों का मन शीघ्र ही एकाग्र हो जाता था। यदि कोई व्यक्ति कभी भी ध्यानस्थ होना चाहता उसे एकाग्र होने में जरा भी विलम्ब नहीं लगता था। उधर नेत्र मूँदे। ॐ का उच्चारण किया। बस इधर समाधि लग गयी।"

"अच्छा...वास्तव में?"

"हाँ...सत्ययुग के बाद संसार में त्रेतायुग का आगमन हुआ। त्रेतायुग में लोगों के मन में उथल-पुथल मचने लगी। फलतः मन शान्त न रहा। तब तत्कालीन मनुष्यों के मन को एकाग्र करने के लिए यज्ञों का आयोजन किया जाने लगा। वैदिक मन्त्रों का उच्च स्वर से गान करते हुए अग्नि में आहुतियाँ दी जाने लगीं। तब यज्ञ में सम्मिलित होने के पश्चात् व्यक्ति का मन एकाग्र होने की स्थिति में आने लगा।..."

"त्रेतायुग के पश्चात् द्वापर में क्या स्थिति बनी?"—रत्न सिंह ने अब धैर्य खोते हुए आगे जानना चाहा। मीराँ ने कहा—

"द्वापर युग और भी कठिन हो गया। उस युग में समाज और जटिल हो गया। स्वार्थपरता की मात्रा बहुत बढ़ गयी। सत्ता-संघर्ष मनुष्यों को वैमनस्यता और धूर्तता की दिशा में ढकेलने लगा। फलतः व्यक्ति का मन दुविधाग्रस्त हो चला। वह अनेक संकल्प-विकल्पों से घिर गया। तब मन को एकाग्र करने के लिए मूर्तिपूजा का शुभारम्भ हुआ। अब ईश्वर का ध्यान सूक्ष्म रूप से करने के स्थान पर उसे साकार रूप में पूजने का प्रचलन चल पड़ा। भगवान् के विग्रह में मन को केन्द्रित करने से ही अब एकाग्रता की अनुभूति सम्भव हो सकी।"

रत्न सिंह ने कहा—"परन्तु भाभी सा!...हम तो कलियुग में जी रहे हैं। और कलियुग में तो ध्यानयोग, यज्ञ, हवनादि, पूजा-पाठ सब-कुछ हमें सुलभ है। फिर क्यों नहीं मुझ-जैसे व्यक्तियों का मन ईश्वर आराधन में एकाग्र हो पाता?"

"उसके अनेक कारण हैं..." मीराँ जी ने कहा—"कलियुग में स्त्रियों और पुरुषों के मन में अनेक दुर्गुणों और व्याधियों ने अपना घर बना लिया है। भाँति-भाँति की चिन्ताओं, ईर्ष्या, द्वेष, काम, क्रोध, भय, घृणा, असत्य, हिंसा, चोरी, व्यभिचार, लोभ, मोह, मत्सर, अभिमान इत्यादि...कहाँ तक गिनायें? इन सबने मिलकर मनुष्य के मन पर ऐसा कब्ज़ा जमा लिया है कि वह सहज रूप से ध्यान, हवन, पूजनादि में मन लगा ही नहीं पाता। करने की चेष्टा भी करता है तो मन की एकाग्रता सम्भव ही नहीं हो पाती। अब तो सांसारिकता से मोड़कर श्रीकृष्ण प्रभु के चरणों में चित्त जोड़ने का सबसे सहज उपाय नाम संकीर्त्तन ही रह गया है। कीर्त्तन-संकीर्त्तन संगीत से जुड़ा है और संगीत का नाता लय और ताल से है। जब इनका सन्तुलित मेल भजन से

होता है तब हमारी श्रवणेन्द्रिय मन को एकाग्र करने में अपनी महती भूमिका अदा करने लगती है।"

"वह कैसे?"

"जैसे सर्प बीन सुनकर मुग्ध हो जाता है...वंशी की धुन अथवा वीणा की झनकार से आकर्षित होकर हिरणों के समूह उस वाद्य के वादक के निकट खिंचे चले आते हैं। उन वन्य प्राणियों का मन इतना एकाग्र हो जाता है...विमुग्ध हो जाता है कि वे उस वंशीवादक अथवा वीणावादक के अत्यन्त निकट ही पहुँच जाते हैं..."

"हाँ...आप ठीक कह रही हैं...ऐसे में वे सर्प और हिरणादि यह भूल जाते हैं कि उनके प्राण संकट में हैं और बहेलिया उन्हें पकड़ लेगा।"—रत्न सिंह के मुख से निकला।

इस पर मीराँ हँस पड़ीं और बोलीं—"बिलकुल सही कहा कुँवर सा!...इस चराचर जगत् के स्वामी हमारे मुरलीमनोहर ऐसे चतुर आखेटक ही तो हैं। वह भूले-भटके-भरमाये जीवधारियों को अपनी मोहनी वंशी की धुन से मोहकर अपनी ओर खींच ही तो लेते हैं।...तुम न जा सको उनके पास तो वे स्वयं तुम्हें अपने पास बुला लेंगे। परन्तु इसके लिए थोड़ा-बहुत मन तो उनके भजन में तुम्हें लगाना ही होगा। धीरे-धीरे वह तुम्हारे मन को बाँधने का उपक्रम स्वयं ही करने लगते हैं। भक्तिरस की धार जब संगीत-रूपी अमृत में मिल जाती है तब उससे ऐसा अद्‍भुत आनन्द उत्पन्न होता है जो कि अन्य किसी उपाय से कठिनाई से प्राप्त हो पाता है।"

"यह कैसे सम्भव होता है भाभी सा?"

"यदि गान के साथ वाद्य यन्त्रों का प्रयोग भी किया जाता है तो गायन और वादन का संयोग श्रोताओं के चित्त में एकाग्रता उत्पन्न करने में सहायक बनता है। तब मन तालवाद्य सहित भजन सुनते-सुनते एकाग्र होकर कुछ ही क्षणों में ध्यान की भावभूमि पर पहुँचकर समाधिस्थ हो जाता है। तब व्यक्ति उस परम शक्ति से जुड़कर कुछ देर के लिए अपनी सारी सुध-बुध खो बैठता है..."

"वह कैसे? थोड़ा और स्पष्ट करें।"

"जब गायक अधिक देर तक गाता है तो उसकी वह एकाग्रता ध्वनि-लहरियों की सूक्ष्म तरंगों को निचली सूक्ष्म तहों तक जाते-जाते कुछ क्षणों के लिए उसके तार मूलाधार स्थित शब्दब्रह्म के साथ जुड़ जाते हैं। उस समय गायक को अनिर्वचनीय आनन्द की प्राप्ति होती है। उस समय जो श्रोता उस संगीतबद्ध भजन को नेत्र मूँदकर ध्यानपूर्वक सुनते हैं उन्हें भी उन क्षणों में आनन्द समाधि की अवस्था की प्राप्ति होती है।...कहो जय श्रीकृष्ण।"

"जय श्रीकृष्ण—" देवर रत्न सिंह ने प्रसन्नवदन होकर भाभी मीराँ के पैर छू लिये और फिर वह अनुमति लेकर वहाँ से चले गये।

उस दिन रत्न सिंह तो मीराँ भाभी सा से अध्यात्म ज्ञान सम्बन्धी यह वार्त्तालाप करके चले गये परन्तु अपनी कही ये बातें मीराँबाई सा के मन में गोल-गोल घमूती रहीं। मनन-चिन्तन का वह दौर चला कि सन्ध्या समय तक एक नया पद मन में सृजित हो गया।

मीराँ ने उसे गाकर सर्वप्रथम अपनी ललिता सखी को सुनाया। ललिता ने कलम-दवात लेकर सदा की भाँति वह पद लिपिबद्ध भी कर लिया।

तत्पश्चात् मीराँ जी ने यह विचार बनाया कि आज इसी पद को जन-कल्याण हेतु मन्दिर में जाकर गायेंगी। वह भी पूरे होशो-हवास में। और सन्ध्या समय मीराँ मन्दिर में बैठी गा रही थीं–

यहि बिधि भक्ति कैसे होय।
मन की मैल हिय तैं न छूटी, दियो तिलक सिर धोय।
काम कूकर लोभ डोरी, बाँधि मोहि चण्डाल।
क्रोध कसाई रहत घट में, कैसे मिले गोपाल।
बिलार विषया लालची रे, ताहि भोज देत।
दीनहीन ह्वै छुधा-रत-से, राम नाम न लेत।

मीराँ राम और कृष्ण का नाम एक साथ अथवा बारी-बारी से लेने में कभी संकोच नहीं करती थीं। उनके लिए राम और कृष्ण दोनों में कोई भेद नहीं था। परन्तु गिरधरगोपाल का स्वरूप उन्हें अधिक प्रिय था।

जो पद आज मीराँ ने मन्दिर में गाया उसमें अभिमानी व्यक्ति को एक ऐसा टीला बताया जिस पर भक्ति का जल टिक ही नहीं सकता। सांसारिकता से विमुख हो ईश्वर से प्रेम करने से ही भक्तिरस की प्राप्ति हो सकती है। इसके लिए मन में सहज वैराग्य का भाव होना आवश्यक है। मीराँ इस प्रकार संसार में रहकर संसार को त्यागने के लिए प्रेरणा दे रही थीं।

आप ही आप पुजाय केरे, फूले अंग न समात।
अभिमान टीला किये बहु, कहु जल कहाँ ठहरात।
जो ह्रिये अन्तर की जानै, तासों कपट न बनै।
हिरदे हरि को नाम न आवै, मुख तैं मनिया गनै।
हरी हितु से हेत कर, संसार आसा त्याग।
दास मीराँ लाल गिरधर, सहज कर बैराग।

8

घड़ी एक नहिं आवड़े तुम दरसण बिन मोय

एक तरफ त्याग। दूसरी ओर भोग। एक तरफ़ प्रकृतिमात्र से प्रेम। दूसरी ओर धरती के एक-एक टुकड़े के लिए मरने-मारने और मर मिटने का संकल्प।

भक्त मीराँ चित्तौड़ के मन्दिरों में प्रेम, भक्ति, आराधना, सत्संग के भावों में निमग्न थीं। इसके एकदम विपरीत उनके महापराक्रमी महामहत्त्वाकांक्षी श्वसुर महाराणा सांगा बाबर मुग़ल को परास्त कर अपने साम्राज्य को कण्टकविहीन और सुस्थिर करने के लिए रणभूमि की ख़ाक छान रहे थे।

सिन्धु और गंगा की घाटी में बाबर के साम्राज्य की स्थापना महाराणा सांगा के लिए एक बहुत बड़ी चुनौती थी। ऐसे में इस नवीन संकट से निपटना सांगा का प्राथमिक कर्त्तव्य भी था। उसके लिए वह प्राणपण से जुटे हुए थे। जिस मेवाड़ को उन्होंने लगभग 18 वर्ष अपने खून-पसीने से सींचा था उसे संकटग्रस्त दशा में वह अपने उत्तराधिकारियों को नहीं सौंपना चाहते थे। शत्रु से आर-पार का युद्ध ही अब इसका एकमात्र विकल्प था। इसीलिए सांगा बाबर को हिन्दुस्तान की सीमा से निकाल बाहर करने अथवा उसे कम-से-कम पंजाब तक समेट देने के इरादे से चेष्टारत थे।

बाबर ने महाराणा सांगा पर पुराना समझौता तोड़ने का आरोप लगाया। बाबर अपने साथियों से कहा करता कि उसे सांगा ने भारत बुलाया था और इब्राहीम लोदी के खिलाफ उसका साथ देने का वायदा किया था। पर जब मुग़ल फ़ौज दिल्ली और आगरा को हासिल करने को आगे बढ़ी तो सांगा ने उसकी कोई मदद नहीं की। बाबर ने अपने अकेले दम पानीपत की लड़ाई जीती। फिर उसने दिल्ली में कदम रखे और उसके लड़के हुमायूँ ने आगे बढ़कर आगरा को फतह कर उसके ख़ज़ाने पर कब्ज़ा किया।

इस समय इब्राहीम लोदी के मारे जाने के बाद से उसके छोटे भाई महमूद लोदी समेत अनेक अफगान महाराणा सांगा के साथ हो गये थे। वे इस आशा में थे कि अगर सांगा बाबर से जीत जाते हैं तो उन्हें दिल्ली का तख़्त वापस मिल जायेगा।

मेवात के शासक हसन खाँ मेवाती ने भी अपनी ख़ुदमुख़्तारी की बात सोचकर सांगा के साथ अपने भाग्य को जोड़ दिया था। लगभग सभी प्रमुख राजपूत शासक भी अपनी स्वतन्त्रता की अभिलाषा लिये महाराणा सांगा के साथ हो लिये थे। यह वास्तव में उन सबके लिए जीवन-मरण का प्रश्न था।

महाराणा सांगा की वीरता के विकट चर्चे सुनकर और बयाना-जैसी कुछ मुग़ल चौकियों पर सांगा की विजय और मुग़लों की प्रारम्भिक असफलताओं तथा जनहानि ने मुग़ल सैनिकों को हतोत्साहित कर दिया था। अपने हताश-निराश सैनिकों में जान फूँकने के लिए तब बाबर ने उन्हें दुश्मनों के खिलाफ जिहाद का नारा दिया। जब सारे उपक्रम ध्वस्त हो जाते हैं और मनोबल रसातल में पहुँच जाता है तब धार्मिक उन्माद भड़काकर अपना उल्लू सीधा करना सत्ताधारियों का सबसे सस्ता हथियार होता है। जाओ लड़ो सर पर क़फ़न बाँधकर। अगर फ़तेहयाब हुए तो ग़ाज़ी कहलाओगे, अगर मारे गये तो शहीद।

बाबर ने एक और मनोवैज्ञानिक उपाय किया। उसने आगरा से 40 किलोमीटर दूर सीकरी के आगे सावधानीपूर्वक खानवा के मैदान को चुनकर अपना लड़ाई का ठिकाना बनाया। दुश्मन से वहीं निपटने की उसने तैयारियाँ कीं। उसने खानवा में लगभग वैसी ही व्यूह रचना की जैसी वह पानीपत की लड़ाई में कर चुका था।

युद्ध से ठीक पहले बाबर ने मनोवैज्ञानिक उपाय यह किया कि उसने शराब की तमाम बोतलों और मटकों को तोड़वाकर, मयकशी के सभी सोने-चाँदी के कीमती पात्रों के भी टुकड़े-टुकड़े करवा दिये। उसने अपने सैनिकों में इसी के साथ पूरी तरह नशाबन्दी का ऐलान कर दिया और कहा कि इस्लाम में शराब हराम है। इसलिए वह अपने पिछले सारे गुनाहों की खुदा से माफी माँगकर सबसे अव्वल खुद भी शराब छोड़ता है और उसका हुक्म है कि उसके मातहत भी इससे तौबा कर लें। अब हमारा मक्सद सिर्फ़ और सिर्फ़ दुश्मन का लहू पीना है और काफ़िरों पर फ़तहयाबी हासिल करनी है। हमारे इरादे नेक होंगे और हम पाक-साफ रहकर जिहाद करेंगे तो अल्लाह हमारी मदद करेगा और इंशाअल्लाह हम ज़रूर कामयाब होंगे।

इस सिलसिले में बाबर ने एक अत्यन्त भावुक भाषण दिया जिसे सुनकर मुग़ल सेनाएँ, उसके मारक तोपखाने और अत्यन्त आधुनिक रणनीतियों के साथ, 16 मार्च, 1527 ई. को खानवा की युद्ध भूमि में पूर्णतः संगठित होकर जोशीले अन्दाज़ में डट गयीं।

17 मार्च, 1527 ई. को युद्ध का असली नज़ारा हुआ। खानवा ग्राम के निकट उस विस्तृत क्षेत्र में दूर-दूर तक मैदान फैला हुआ था। इसके पास एक छोटी-सी पहाड़ी थी। उस पहाड़ी से आगे कोई छह किलोमीटर दूर महाराणा सांगा का शिविर था। पहाड़ी के इस ओर बाबर की फ़ौज का डेरा था। सुबह-सुबह दोनों ओर की

सेनाएँ अपने-अपने मुक़ाम पर युद्ध के लिए तैयार थीं। खानवा का युद्ध देश की किस्मत का फ़ैसला करने जा रहा था।

महाराणा सांगा के आदेश पर राजपूतों और अफ़गानों की सम्मिलित फ़ौज ने मुग़ल बादशाह बाबर की मोर्चाबन्दी की ओर कूच कर दिया। बाबर के खबररिचों ने अपने घोड़ों पर आगे जाकर टोह ली। फिर पलटकर उन घुड़सवारों ने मुग़ल शिविर में आवाज़ लगायी—"दुश्मन आ रहा है।"

सांगा की सेना को आता जानकर बाबर की सेना भी आगे बढ़ी। वह आगे की तरफ़ लौह-पंक्ति सरीखी सुदृढ़ थी। जंगजू बाबर ने इस सेना की मोर्चेबन्दी में सभी प्रकार की सावधानियाँ बरती थीं और पानीपत के युद्ध में अपनी आजमायी हुई रणनीति और लड़ाई के पैंतरों को यथावत् रखा था। गाड़ियों की दीवार, तोपें, बन्दूकची, तुलगमा तीरन्दाज़, घुड़सवार दस्ते, पैदल और सवार सिपाही, कोतल जिसमें आरक्षित फ़ौजीदल थे। भाला, बरछे, तलवार, तीर, गोला-बारूद।...

बाबर की फ़ौज में बन्दूक चलानेवाले और तोपची लोग सबसे आगे थे। उनकी रक्षा के लिए बैलगाड़ियों की पंक्तियों को उनके आगे रखा गया था। गाड़ियों को एक-दूसरे से लोहे की जंजीरों से जकड़ा गया था। इस पूरे तामझाम के पीछे मुग़ल सिपाही मन्थर गति से मगर कदम-ब-कदम आगे बढ़ रहे थे। दायें-बायें बाबर के तुलग़मा अश्वारोही बाबर के अगले हुक्म के इन्तजार में थे। मुख्य फ़ौज के पीछे-पीछे कुछ दूरी पर बाबर की कोतल फ़ौज भी चली आ रही थी।

उधर हजारों घुड़सवारों एवं पदाति सैनिकों और दर्जनों विशालकाय हाथियों के साथ सांगा की सेना मेवाड़ नरेश महाराणा सांगा की जय-जयकार करती, जोश-खरोश से भरी हुई, द्रुत गति से चली आ रही थी।

सुबह लगभग नौ-दस बजे के मध्य दोनों तरफ़ की सेनाएँ काफ़ी करीब आकर आमने-सामने थम गयीं। फिर देखते-ही-देखते सांगा की फ़ौज ने बाबर की फ़ौज पर हमला बोल दिया। "हर हर महादेव" के नारों के साथ सांगा के हरावल दस्तों के सैनिक "अल्लाहो अकबर" के नारे बुलन्द करनेवाले बाबर के सिपाहियों की तरफ़ टूट पड़े।

सांगा के घुड़सवार सेनानियों ने बाबर के दायें बाजू पर भयानक हमला करके उसे लगभग काट ही डाला। तभी मुग़ल तोपें गरजने लगीं और सांगा की सेना के चीथड़े उड़ाने लगीं। महाराणा के सैनिक तलवार-ढाल-भाला इत्यादि लेकर आगे की ओर धावा बोलते तो बदले में बाबर के बन्दूकची भी गोलीबारी करके उन्हें निशाना बनाते। पुरातन और नवीन युद्धकौशल की यह एक बेतुकी-सी भिड़न्त थी। एक निहायत असन्तुलित लड़ाई।

बन्दूकों, तोपों के संचालन और बारूद के मारक असर ने सांगा की सेना का भारी संहार किया। जियाले राजपूत जान हथेली पर लेकर आगे बढ़ते। अधिसंख्य

मारे जाते या ज़ख्मी होकर धराशायी हो जाते। जो बचते-बचाते आगे बढ़ने में कामयाब भी हो जाते वे दो-चार को मारकर स्वयं भी खेत रहते।

इस तरह धीरे-धीरे मुग़लों द्वारा सांगा की वह विशाल सेना पीछे ढकेल दी गयी। तब बाबर ने अपने केन्द्र भाग के सिपाहियों को, जो तोपों के पीछे पनाह लिये हुए थे, आक्रमण का आदेश दिया।

इसी के साथ अपनी फ़ौज में अपने पुत्र हुमायूँ और दूसरे सेनानायकों से घिरे घुड़सवार बाबर ने अपने तुलग़मा दस्तों को भी यलगार का आदेश दिया। अपने बादशाह की केन्द्रीय फ़ौज के दायें-बायें पार्श्वों में मुस्तैद इन अश्वारोही तीरन्दाजों ने तब दुश्मन फ़ौज की ओर दौड़ लगा दी।

तुलग़मा दस्ते शत्रु सेना के दोनों पार्श्वों के किनारे-किनारे भागकर तीरों की बौछार करते हुए शत्रुदल के एकदम पिछवाड़े तक चले गये और अपनी सधी हुई तीरन्दाज़ी से शत्रु पक्ष को भारी हानि पहुँचाने लगे।

महाराणा सांगा की फ़ौज अब बुरी तरह घिर गयी। भयंकर मारकाट होने लगी। खानवा के युद्ध का यह सबसे भयावह दौर था। भरी दोपहरी में नरमुण्ड कट-कटकर गिर रहे थे। रक्त की नदियाँ बह चली थीं। गगन में युद्धभूमि से उड़ती धूल ने सारा परिदृश्य धुँधला कर दिया था। लगता था कि बाबर के हाथों इब्राहीम लोदी की पानीपत की लड़ाई में हार से महाराणा सांगा और उनके रणबाँकुरे सेनानायकों ने कुछ नहीं सीखा था। अब वे भी बाबर की अभिनव रणनीति के शिकार बन चुके थे।

युद्ध की विभीषिका में सांगा की सेना के विशालकाय हाथी इधर-उधर बिलबिलाते दौड़ रहे थे और अपने भारी-भरकम पैरों तले अपनों और परायों का विभेद किये बिना जो सामने पड़ता उसे रौंदे डाल रहे थे।

तभी उस अवसर पर एक बहुत बुरा हादसा हुआ। महाराणा सांगा एक हाथी पर बैठे हुए थे। राजसी छत्र उनके हौदे पर तना था। उनको निशाना बनाना सहज था। बाबर के एक कुशल तीरन्दाज़ ने उनकी ओर ताककर एक तीर चलाया। महाराणा के चेहरे पर वह तीक्ष्ण तीर लगा जिससे उन्हें मूर्च्छा आ गयी। यह सांगा के शरीर पर 84वाँ घाव था। इस प्रकार जीवनभर युद्धों में महाराणा संग्राम सिंह ने 84 घाव खाये, पर उनका साहस वास्तव में अदम्य था।

सत्तासंघर्ष में उनके भाई पृथ्वीराज ने इनकी एक आँख ले ली थी। इब्राहीम लोदी के साथ 1517-18 ई. में हुए युद्धों में उन्हें अपना एक हाथ गँवाना पड़ा था। और उन्हीं युद्धों में उनके एक पैर के घुटने में भी ऐसा तीर लगा था कि वह लँगड़े हो गये थे। इसके बावजूद महाराणा सांगा हमेशा युद्धों के लिए सम्पूर्ण साहस के साथ सन्नद्ध रहा करते थे। संसार के युद्धों के इतिहास में उनके जैसा साहसी वीर शायद ही दूसरा कोई मिलेगा, जो असंख्य घावों को सहकर भी, बार-बार समरांगणों में हँसते-हँसते निकल पड़ता हो।

परन्तु खानवा के इस युद्ध में महाराणा सांगा के चेहरे पर लगा यह घाव बहुत गहरा था। यह उनके लिए प्राणघातक भी हो सकता था। महाराणा के साथियों ने स्थिति की गम्भीरता को समझा। ऐसे में तत्क्षण आमेर के राजा और मेवाड़ी सेना के अनेक सरदार बेहोशी की हालत में महाराणा सांगा को एक पालकी में बैठाकर मेवाड़ की दिशा में निकल गये।

युद्ध में सर्वोच्च सेनानायक के बिना सेना का मनोबल टूट जाता है। इसलिए महाराणा के खानवा के मैदान से हटते ही राजपूत सरदारों ने, जो अभी भी वीरता से युद्धरत थे, सोचा कि बगैर महाराणा के दूर-दूर लड़ रही उनकी सेना के पैर कहीं उखड़ न जायें। तब अपने मध्य मेवाड़ के एक प्रमुख सामन्त सलूम्बर के रावत रत्न सिंह से कहा—"आप हम सब में सबसे बड़े हो। आप महाराणा सा की जगह उनके हाथी पर विराजो। मेवाड़ का छत्र सूना न दिखे। आप सेना को हुकुम दो। हमें हुकुम करो।"

परन्तु उन रत्न सिंह ने ऐसा करने से इन्कार कर दिया। कहा कि—"मेरे पूर्वज मेवाड़ की गद्दी अनेक पीढ़ी पहले छोड़ चुके हैं। इसलिए क्षण भर को भी मैं राजचिह्न धारण नहीं कर सकता। परन्तु जो कोई भी मेवाड़ का राजछत्र धारण करेगा मैं उसकी आज्ञा मानूँगा और अपनी जान की बाज़ी लगा दूँगा।"

इस पर राजपूत सरदारों ने बड़ी सादड़ी के बुजुर्ग सामन्त झाला अज्जा को छत्र-चँवर आदि देकर महाराणा के हाथी पर सवार कराया। तब उन महाराणा सांगा के छायारूप झाला अज्जा के नेतृत्व में उन्हें ही महाराणा मानकर खानवा का शेष युद्ध लड़ा जाने लगा।

परन्तु तोपों-तीरों के सधे हुए संचालन के सामने और महाराणा के युद्धक्षेत्र से अचानक अनुपस्थित हो जाने के बाद उनकी सेना के पैर भला कितनी देर टिकते? शाम होने से पहले ही राजपूतों की सेना में भगदड़ मच गयी। बाबर की सेना का दबाव बढ़ता गया। वह नकली महाराणा भी खानवा के युद्ध में मारे गये। बाबर ने महाराणा सांगा की खोज करायी। वह स्वयं भी उनके सैन्य शिविर तक गया। परन्तु घायल महाराणा के साथी उन्हें लेकर तब तक कोसों दूर निकल चुके थे। तब बाबर ने शाम घिर आने पर सांगा की खोजबीन बन्द कर दी और विजय के अहसास में घिरकर वापस अपने मुग़ल शिविर की ओर का रुख किया।

खानवा की इस निर्णायक विजय के बाद बाबर ने महाराणा सांगा का पीछा नहीं किया। उसने तुर्क और हिन्द के अपने अमीरों से सलाह करके यह भी निश्चय किया कि महाराणा के राज्य पर आक्रमण नहीं किया जायेगा। उत्तर भारत में नव-स्थापित मुग़ल साम्राज्य में उठ रहे बागियों को कुचलने और सांगा के हिमायतियों को ही शिकस्त देने में अपनी ताक़त को खर्च किया जायेगा। दूरदर्शी बाबर जानता था कि घायल शेर का पीछा करना भी खतरे से खाली नहीं होता। उसने इसके बाद मेवाड़

की सीमा का उल्लंघन करने का प्रयत्न नहीं किया। खानवा से आगे, बयाना के दक्षिण की ओर उसने कभी आँख नहीं उठायी और इस तरह बाबर की कूटनीति के फलस्वरूप बसवा ग्राम तक मेवाड़ की उत्तरी सीमा निर्धारित हो गयी।

महाराणा सांगा की पराजित सेना में हजारों सैनिकों का बलिदान हुआ। उनके हजारों घायल सैनिकों को मुग़ल सैनिकों ने विजय के उपरान्त मार-काट डाला। सांगा के अनेक विश्वसनीय साथी राजा और सामन्त भी मारे गये। यद्यपि महमूद लोदी जान बचाकर भाग निकला। रायसेन का राजा सलहदी तंवर महाराणा सांगा से विश्वासघात कर इसी युद्ध में अपने 35000 घुड़सवारों के साथ बाबर से जा मिला। किन्तु हसन खाँ मेवाती ने आखिरी दम तक महाराणा सांगा का साथ दिया। वह बाबर के बन्दूकचियों का निशाना बना और शहीद हुआ। इसी तरह बाँगड़ का रावल उदय सिंह, मैनपुरी का राजा चन्द्रभान चौहान, एटा का माणिकचन्द्र चौहान, बूँदी का नरवत हाड़ा इत्यादि अनेक वीर राजपूत राजा, सरदार और उनके सैनिक इस युद्ध में मारे गये।

मीराँबाई के पिता रतन सिंह और काका रायमल भी अत्यन्त वीरतापूर्वक खानवा की लड़ाई में महाराणा सांगा की ओर से बाबर से लड़कर वीरगति को प्राप्त हुए।

महाराणा सांगा को उनके सरदार घायल अवस्था में प्रारम्भिक उपचार कर आमेर राज्य के बसवा ग्राम में ले आये। आमेर नरेश भी उनकी सुरक्षा के लिए अपनी सेना के साथ आये थे। जोधपुर के राजा भी महाराणा के साथ उनकी सहायतार्थ उपस्थित थे।

बसवा में महाराणा सांगा की मूर्च्छा भंग हुई। होश में आने पर उन्होंने स्वयं को अनेक परिचित चेहरों से घिरा पाया। महाराणा का पहला प्रश्न था—

"युद्ध के क्या हाल हैं?"

एक सरदार ने उत्तर दिया—

"युद्ध समाप्त हो चुका है हुकुम!"

"कौन जीता कौन हारा?"—बेचैन सांगा का अगला प्रश्न था।

सामने उपस्थित सरदारों को जैसे साँप सूँघ गया। सब-के-सब हाथ बाँधे सिर झुकाये खड़े रहे।

"अरे...आप में से कोई बोलता क्यों नहीं?"

—अशक्त हो चले महाराणा ने स्वर को भरसक ऊँचा कर कहने की चेष्टा की।

तब एक अन्य वरिष्ठ सामन्त ने अत्यन्त नम्रता और आदर से कहा—"हुकुम! घणीं खम्मा...मुग़ल बादशाह की... हम आखीर तक लड़कर भी जीत न पाये। अपनी ज़्यादातर सेना बलिदान दे चुकी है। आपको ज़ख्मी और बेहोश दशा में हम कई सरदार खानवा से निकालकर यहाँ बसवा ग्राम में ले आये हैं।"

इस पर महाराणा बिगड़ गये। क्रोध से उनका मुख तमतमा गया। उस बेहाल हालत में भी उन्होंने उठने की चेष्टा की। पट्टियों से बँधे उनके चेहरे पर झाँकती एकमात्र आँख से वह उपस्थित साथियों के समुदाय को घूरते हुए बोले—"बहुत बुरा किया तुम लोगों ने जो मुझे युद्धक्षेत्र से उठा लाये।...शत्रुओं ने मेवाड़ के इस सांगा को कायर समझ लिया होगा। कह रहे होंगे कि पीठ दिखाकर भाग खड़ा हुआ यह स्वयं को महाराणा कहलानेवाला नराधम..."

"ऐसा न कहें महाराणा सा...!...आप हमारे लिये अभी भी मेवाड़ ही नहीं पूरे राजपूताने के गौरव हैं...हम सबकी शान हैं। आपको देखकर ही हम सब भी जीवित हैं।"—आमेर नरेश ने तब कहा।

"महाराणा सा!...युद्धभूमि से आपको बचाकर लाना इन लोगों की कायरता नहीं बुद्धिमानी है।...आपके शीघ्र स्वस्थ होने में ही यहाँ सभी की भलाई है—" जोधपुर नरेश ने भी सांगा को तसल्ली दी।

उत्तेजित होने और बोलने से सांगा के घाव की पीड़ा बढ़ गयी। वे छटपटाने लगे। वैद्यगण झटपट पुनः उपचार में जुट गये।

किसी ने धीरे से कहा—"महाराणा सा को अधिक समय तक बसवा में रोके रखना सुरक्षित नहीं। इन्हें यहाँ से शीघ्र ले चला जाये। सांगा ने सुन लिया। बोले—"कहाँ ले जाना चाहते हो तुम लोग मुझे।...आह..."

"चित्तौड़ हुकुम!...और कहाँ?"

"नहीं-नहीं-नहीं...चित्तौड़ हर्गिज़ नहीं।"

"तो फिर हुकुम?"

"मैं बाबर को हराये बिना चित्तौड़ नहीं जाऊँगा।"

"पर हुकुम! यहाँ से कहीं तो चलना होगा?"

"तब तुम सब मुझे फिलहाल रणथम्भौर ले चलो।"

महाराणा सांगा को उनके आदेश पर रणथम्भौर ले जाया गया। वहाँ कुछ महीने रुककर उन्होंने स्वास्थ्यलाभ किया। सांगा अपनी पराजय से उन दिनों इतना विचलित थे कि उन्होंने सिर पर पूरी पगड़ी बाँधना तक बन्द कर दिया। सिर पर प्रायः कपड़े का एक चीर लपेटे रहते और कहते—"जब तक शत्रु पर विजय प्राप्त नहीं करूँगा तब तक सिर पर सम्मानसूचक पगड़ी भी नहीं पहनूँगा।"

महाराणा सांगा का सैन्य संगठन बिखर चुका था। राजे-रजवाड़े अब बाबर के विरुद्ध दुबारा उनका साथ देने अथवा कोई और आफत मोल लेने को तैयार न थे। परन्तु सांगा थे जो अब भी शत्रु की शक्ति के आगे झुकने अथवा हार मानने को तैयार न थे। वह अपने युद्ध के संकल्प को बार-बार दोहराते थे। उन्होंने सेना एकत्रित करने हेतु हर सम्भव दिशा में सन्देश भिजवाये। सांगा को उनके सलाहकारों और खास-खास आदमियों ने बहुत रोका। परन्तु अपने निर्णय से वे टस-से-मस नहीं

हुए। बाबर से एक बार फिर युद्ध तो मुझे करना ही है।...मन के इरादे को अक्सर मन-ही-मन दोहराते रहते। अपने-आपसे बातें करते। इधर-उधर व्यग्रता में टहलते। उनके होंठ हरदम जाने क्या बुदबुदाते रहते।...

रणथम्भौर का किला। महाराणा सांगा का अजेय दुर्ग। यहाँ इन दिनों सांगा बहुत निराश रहते। वह किसी से मिलते-जुलते नहीं थे। घोर अवसाद की इन घड़ियों में रानी कर्मावती को रणथम्भौर के किले में निवास कर रहे अपने पति सांगा की सेवा करने का स्वर्णिम और दुर्लभ अवसर प्राप्त हुआ। अवसर भी कैसा? उधर महाराणा की पराजय और उनके गम्भीर रूप से घायल होने की ख़बर जैसे ही चित्तौड़ पहुँची वहाँ हाहाकार मच गया। दूसरी रानियों ने भी रणथम्भौर आने की अनुमति चाही। महाराणा ने मना करा दिया। युवराज रत्न सिंह चिन्तातुर होकर पिता को देखने आये तो महाराणा ने अगले ही दिन उन्हें चित्तौड़ की सुरक्षा देखने के लिए वापस चले जाने को कहा। विजयोन्मादी शत्रु का आख़िर क्या भरोसा?

कुँवर रत्न सिंह ने कहा—"बाबो सा!...चित्तौड़ को कुछ नहीं होगा। परन्तु मैं समझता हूँ कि इस समय आपकी देखभाल के लिए मेरा भी यहाँ होना बहुत जरूरी है।"

"कोई ज़रूरी नहीं कुँवर जी।"—रानी कर्मावती ने हस्तक्षेप किया—"यहाँ हम हैं न। कुँवर विक्रमादित्य भी युवा हो चले हैं।...ऊपर से भाई सूरजमल भी साथ में ही हैं। हम सब अच्छे से देख लेंगे इन्हें।" सूरजमल अब बूँदी नरेश बन चुके थे।

छोटा भाई उदय सिंह चुपचाप बड़ों की बातें सुनता रहा। फिर बोला—"इत्ती दूर से आये हैं भाई सा। कुछ दिन तो रहने दो न माँ इन्हें हमारे साथ।"

इस पर माता कर्मावती ने अपने कनिष्ठ पुत्र उदय सिंह को आँखें दिखायीं। उदय सहमकर चुप हो गया।

कुँवर रत्न सिंह खामोश होकर मन-ही-मन कुछ सोचने लगे। महाराणा सांगा को उन दिनों कुछ दर्दनिवारक ओषधियों के साथ-साथ निद्रा की ओषधियाँ भी दी जाती थीं। महाराणा की अचानक आँख लग गयी। वह खर्राटे लेने लगे। यह देखकर सब-के-सब राजमहल के उस शयन-कक्ष से बाहर आ गये। कुँवर रत्न सिंह को मन मारकर चित्तौड़ वापस लौटना पड़ा।

महाराणा सांगा धीरे-धीरे स्वस्थ होने लगे। परन्तु वे हरदम अपने वर्तमान से असन्तुष्ट रहते। भविष्य की चिन्ता में डूबे रहते। उस चिन्ता के सागर में डूबते हुए अपने चिन्तन की पतवार के साथ वह अपने संकल्प की छोटी-सी नाव को खेते-खेते कभी अतीत की दिशा में मोड़ देते। अतीत का धूमिल प्रकाश ऐसे में उन्हें थोड़ी

आश्वस्ति प्रदान करता। पर तभी कोई लहर उनकी डगमगाती नौका को फिर से चिन्ता की उस भँवर में खींच लाती, जहाँ से निकल पाने का वह फिर से असफल प्रयास शुरू कर देते थे।

महाराणा सांगा की उदासीनता दूर करने के लिए एक दिन बारहठ ज़मणा नामक एक चारण उनके पास आया। पहले तो सामन्तों ने उसे महाराणा के महल में जाने की इजाजत नहीं दी। लेकिन जब उसने बहुत आग्रह किया और कहा कि अस्वस्थ महाराणा के चित्त को स्वस्थ किये बिना उनका शरीर भला चंगा कैसे होगा? मनोरंजन और प्रोत्साहन भी तो राजा के लिए आवश्यक है या नहीं? जब यह बात सामन्तों के समझ में आयी तब उस चारण को सांगा के महल में जाने दिया गया।

महाराणा सांगा हमेशा की तरह भग्नहृदय अपने महल की छत पर अकेले टहल रहे थे। तभी सबसे छोटा पुत्र उदय सिंह अँगरखा और चूड़ीदार पैजामा पहने सीढ़ियाँ चढ़कर पिता के पास आया। किसी को महाराणा के एकान्त को भंग करने की आज्ञा नहीं थी। परन्तु बालकों को कौन रोक सकता था? रानी कर्मावती को वैसे भी अपने सोहाग की बहुत चिन्ता रहती थी।

उदय सिंह आते ही बोला—"बाबो सा!...बाबो सा! एक कोई जमणा चारण आया है। बोलता है कि महाराणा हुकुम के हुजूर में बन्दगी और जुहार भेजो।"

"कौन जमणा? कौन चारण?...मैं किसी को नहीं जानता। उससे कहो जाये यहाँ से।"

तभी डफली के जोर-जोर से बजने के स्वर सुनायी देने लगे। वाद्य के स्वर रुके तो वादक के ओजस्वी स्वर सुनायी देने लगे—

अरे कासों गम और कुण सी पीर?
म्याण में थारे जब शमशीर
पर्बत-पर्बत नाघे तुमणे
लाख बैरि तुमणे दिये चीर
कोटि-कोटि वीरों का वीर।...
अरे कासों गम और कुण सी पीर?
म्याण में थारे जब शमशीर।
चटक धड़क धुम...
चटक धड़क धुम...

—डफ अपने पूरे जोश से पुनः बज उठा।

महाराणा सांगा छत की बुर्जी से नीचे के दालान में झाँकने को मजबूर हो गये। उदय सिंह भी पिता के बराबर खड़ा होकर नीचे देखने लगा। उदय के सिर पर छोटी-सी पगड़ी थी। महाराणा के सिर पर वह भी नहीं थी। उनका सिर नंगा था। केश खुले बिखरे कन्धों तक लहरा रहे थे। एक आँख को ढँकनेवाला काला आवरण

हमेशा की तरह बँधा था। उसी के साथ माथे पर एक केसरिया चीर बँधा था। यह चीर ही सांगा की उस कसम का प्रतीक था जो शत्रु से पुनः मुचैटा लेकर उसे हिन्द की धरती से उखाड़ने और पछाड़ने की सांगा ने खायी थी।

चटक धड़क धुम...
धपक धपक धुम...

जमणा चारण नीचे चबूतरे पर डफ़ लिये बैठा मस्ती में गा रहा था...गाते हुए वह सारे ज़माने से बेपरवाह था...महाराणा इस समय यदि स्वयं अपनी तलवार से उसका शीश काट देते तो भी वह अपने को भाग्यशाली मानता...

अरे लागो है म्हारो लागो है म्हारो।
साँवरिये कहा क्यूँ णा जाय
जरासन्ध सौ बार हरायो
कान्हो तब भी रह्यो मुस्काय
भीमसेंण सूँ दियो चिराय
अरे कासों गम और कुण सी पीर?
म्याण में थारे जब शमशीर।...
चटक धड़क धुम...
चटक धड़क धुम...
जब दुरजोधन कपट रचायो
द्रुपद सुता पर हाथ बढ़ायो
अर्जुन छांणा राजमहल तब
पाछे कीन्हा घणा बवाल
काहे को नाहर हुयो बेहाल।
अरे कासों गम और कुण सी पीर?
म्याण में थारे जब शमशीर।...
चटक धड़क धुम...
चटक धड़क धुम...
धपक धपक धुम...

जंमणा चारण आँखें मूँदे गाये जा रहा था। फटा-पुराना अँगरखा और अधमैली धोती पहने। भूमि पर बैठा सिर पर राजपूती पाग कसे। काला-काला। पसीने में तर...

एक बार मूरख रावण ने
सीता को हर लीन्हो जाय
रामचन्द्र जी बदलो लीन्हो
सागर पे पत्थर तैराय

महाराणा काई दुक्ख मनावो
उठो तो महाकाल बन जाय
वैरी न कोई थारो सामने
ठहर-ठहर कर ठहर न पाये।
अरे कासों गम और कुण सी पीर?
म्याण में थारे जब शमशीर।...
"रे जमणा!"—

जमणा गायक को महाराणा संग्राम सिंह जी की कड़कती आवाज़ सुनायी दी। उसने सिर उठाकर ऊपर देखा। वीरों के वीर महाराणा सांगा छत से नीचे झाँकते उसे ही देख रहे थे। बाहर की ओर छत पर जानेवाली सीढ़ियों की ओर इशारा किया उन्होंने। कहा—

"ऊपर आजा..."

जमणा तत्काल खड़ा हो गया। उसके मुख से निकला—"दुहाई है हुकुम...घणीं घणी खम्मा।"

"अरे ऊपर आजा रे जमणा!" महाराणा सांगा ने फिर उसे पुकारा। वह चारण फिर अपनी डफली सीने से लगाये धीरे-धीरे सीढ़ियाँ चढ़कर राजमहल की छत पर चला गया।

महाराणा के सम्मुख उसने गिरकर दण्डवत् किया। महाराणा के अधरों पर बड़े दिनों बाद मुस्कान दिखी। उन्होंने झुककर जमुणा चारण को उठाया। फिर उसके कन्धे पर हाथ धरकर छत के उस कोने में ले गये जहाँ एक संगमरमर की चौकी बनी थी। महाराणा उस पर बैठ गये। बोले—

"सुना! मेवाड़ के वीरों के कुछ गीत सुना!..."

उदय सिंह से कहा—"बेटा जा! नीचे से सेवकों को बुला ला।...और हाँ अपनी माँ से कहना कि वह स्वर्ण मुद्राओंवाली पेटिका जरा भेजवा दें।"

उदय पिता की आज्ञा पाकर प्रसन्नतापूर्वक नीचे चला गया। बालक को लगा कि पिता आज कई दिनों बाद इतना खुश हुए हैं। जमणा चारण ने फिर वीर रस के दो-तीन गीत और सुनाये। उनका सांगा के मन पर गहरा प्रभाव पड़ा। उन्होंने उस फटेहाल लोकगायक को सौ स्वर्णमुद्राएँ दीं। यही नहीं वह बारहठ जमणा से इतने चमत्कृत और प्रसन्न हुए कि उन्होंने उसे दानस्वरूप एक पूरा गाँव ही दे डाला और कहा कि—"अब से यह गाँव तेरे और तेरे वंशजों के नाम रहेगा।"

उधर मुग़ल बादशाह बाबर के मन से महाराणा सांगा का भूत अभी भी गया नहीं था। इसलिए मेवाड़ के आस-पास के राज्यों पर अपना दबाव बढ़ाने के लिए बाबर ने उन पर हमले किये। पहले उसने धौलपुर और बाड़ी जाकर उन्हें अपने कब्ज़े में लिया। फिर जिहाद के नाम पर पुनः झण्डा लेकर वह चन्देरी की ओर बढ़ा। वहाँ के हिन्दू राजा मेदनीराय ने खानवा के युद्ध में महाराणा सांगा की बहुत मदद की

थी। मुग़ल सल्तनत और मेवाड़ राज्य के मध्य चन्देरी का किला बहुत सामरिक महत्त्व रखता था। खासकर मेदनीराय की भी राजपूत गुटों में काफ़ी ख्याति थी। इसलिए बाबर ने सुरक्षा एवं मनोवैज्ञानिक कारणों से मेदनीराय को नेस्तोनाबूद करना परम आवश्यक समझा।

मेदनीराय महाराणा सांगा का अत्यन्त विश्वासपात्र था और बाबर जानता था कि वह सांगा के लिए सैन्यबल जुटाने और भविष्य में पुनः मुसीबतें खड़ी करने में उसका सहायक हो सकता है। बाबर ने कूटनीतिक पहल करके अपने खास आदमी गूरन खाँ के साथ आराइश खाँ को मेदनीराय के पास भेजा। आराइश खाँ से मेदनीराय की पुरानी मित्रता थी। इन लोगों के जरिये बाबर ने यह प्रस्ताव भेजवाया कि अगर मेदनीराय चन्देरी का किला बाबर को सौंप दे तो बदले में उसे शम्साबाद की जागीर दे दी जायेगी। मेदर्नाराय ने अपने राजपूत साथियों से इस बारे में सलाह की। स्वतन्त्रता की कीमत के बदले बाबर का यह प्रस्ताव उन्हें मंज़ूर न हुआ। तब मेदनीराय ने साफ़ इन्कार कर दिया।

17 मार्च, 1527 ई. को खानवा का भयानक युद्ध समाप्त हुआ था। उसके नौ महीने बाद 9 दिसम्बर, 1527 ई. को बाबर चन्देरी पर हमला करने के लिए आगरा से चन्देरी रवाना हुआ।

इधर बाबर चन्देरी की ओर अपनी बड़ी फ़ौज के साथ बढ़ा। उधर यह ख़बर सांगा तक रणथम्भौर के किले में पहुँची। सांगा ने अपने सहयोगी मित्र मेदनीराय पर होने जा रहे इस आक्रमण को अपने पर ही आक्रमण माना। तब वे इधर से अपने साथ जो भी सेना उनके पास थी उसे लेकर चन्देरी के लिए निकल पड़े।

मालवा और बुन्देलखण्ड की सीमा पर स्थित चन्देरी के दुर्ग पर हमले की बाबर ने खुद अगुवाई की। उसकी मुग़ल फ़ौजें यद्यपि आगे-आगे चलती हुई कुछ दिन पहले चन्देरी पहुँच गयी थीं और उन सेनाओं ने चन्देरी के किले का घेरा डाल दिया था, बाबर 28 जनवरी, 1528 ई. को पीछे से चन्देरी पहुँचा। घेराबन्दी के बाद मुग़ल तोपों ने अगले दिन चन्देरी के किले की दिशा में गरजना शुरू किया। किले के फाटक पर हाथी हूले गये। किले की दीवारों पर भी कहीं-कहीं से चढ़ने की कोशिशें हुईं।

मेदनीराय के ख़िलाफ इस मुहिम को भी बाबर ने अपने सिपाहियों में हौसला बढ़ाने की खातिर 'जिहाद' की संज्ञा दे रखी थी। मुग़ल फ़ौज के ज़ोरदार हमलों से राजपूतों के बीच चन्देरी के किले के भीतर हलचल मच गयी। वे अब और अधिक धैर्य न रख सके। अपनी आन-बान-शान को बनाये रखने के नाम पर अनेक राजपूत सैनिकों ने अपनी औरतों को चन्देरी के किले के भीतर स्वयं ही अपनी तलवारों से मौत के घाट उतार दिया। जबकि अनेक राजपूत स्त्रियों ने जौहर की प्रथा के अनुसार भी अग्निकुण्ड में कूदकर स्वयं अपनी जान दे दी।

अन्त में चन्देरी के किले का द्वार खोलकर राजपूतों की छोटी-सी सेना बाहर आयी। यह घुड़सवार और प्यादे मुग़लों की बड़ी फ़ौज का आख़िर कितनी देर तक

मुक़ाबला कर पाते? सब-के-सब मारे गये। बहादुर मेदनीराय भी मारा गया। मुग़ल सैनिकों ने तब किले में घुसकर बाबर का परचम लहरा दिया। किले पर कब्जा होने के बाद उसके भीतर शेष रह गये वृद्ध पुरुषों का कत्लेआम कर दिया गया। कुछ राजपूत स्त्रियाँ जौहर करने से पहले पकड़ ली गयीं। उनमें मेदनीराय की दो कन्याएँ भी थीं। बाबर ने उनमें से एक का विवाह अपने पुत्र हुमायूँ के साथ और दूसरी का अपने एक और पुत्र कामरान के साथ कर दिया। इस तरह बाबर ने चन्देरी का किला 29 जनवरी, 1528 ई. को जीत लिया।

इसी बीच महाराणा सांगा कालपी के निकट एरच गाँव तक पहुँच गये थे। उनका शिविर इसी गाँव में पड़ गया था और वह बाबर से मुकाबला करने की एक दुस्साहसिक योजना बना रहे थे। चन्देरी का हाल-हवाल लेने गये महाराणा के गुप्तचर 30 जनवरी, 1528 ई. की भोर में ही वापस आ गये और उन्होंने बाबर के समक्ष चन्देरी का पतन और मेदनीराय सहित उसके सारे आदमियों के मारे जाने का अशुभ समाचार महाराणा सांगा को सुनाया।

सुनते ही महाराणा ने अपने शरीर पर जिरह-बख़्तर धारण करने शुरू कर दिये और अपने सेनानायकों को बुलाकर सेना को चन्देरी की ओर कूच करने का हुक्म दिया। राजपूत सरदार असमंजस में पड़ गये। वह जानते थे कि उनके मुट्ठी भर सैनिक बाबर की विशाल सेनारूपी भट्ठी में अब ज्वार-बाजरा-मक्के के दानों से अधिक की हैसियत नहीं रखते। फिर भी महाराणा सांगा युद्ध के लिए ज़िद पर अड़े हैं। महाराणा के विश्वासपात्र दुविधा में थे। उस विषम परिस्थिति में एक ओर हटकर कुछ राजपूत सरदारों में गुप्त मन्त्रणा हुई। उसी के कुछ देर बाद ओषधि के नाम पर महाराणा सांगा को उनके ही आदमियों द्वारा प्राणान्तक विष दे दिया गया। परम स्वाभिमानी, परम शूरवीर हतभाग्य महाराणा सांगा का इस प्रकार अप्रत्याशित एवं दुःखदतम अन्त हो गया और मेवाड़ का वह महायोद्धा, वह 'हिन्दुवा सूरज' असमय ही अस्त हो गया। इसी के साथ उस 'राष्ट्रीय महाअभियान' का भी अन्त हो गया जिसे प्रायः समस्त उत्तर भारत के शासकों ने विदेशी आक्रान्ता मुग़लों के विरुद्ध बड़ा ही सोच-समझकर आशा एवं विश्वास के साथ संगठित होकर छेड़ा था।

विषदान का यह षड्यन्त्र स्वयं में अत्यन्त दुर्भाग्यपूर्ण था। इससे मेवाड़ की जनता में बहुत गलत सन्देश जाता, इसे षड्यन्त्रकारी और स्वामिभक्त दोनों ही प्रकार के राजपूत सरदार भलीभाँति समझते रहे होंगे। इसलिए उन्होंने महाराणा सांगा के पार्थिव शरीर को रणथम्भौर अथवा चित्तौड़ वापस ले जाना उचित नहीं समझा। झटपट वहीं एरच गाँव में ही सबने मिलकर महाराणा का दाहकर्म भी कर डाला।

वर्तमान उत्तर प्रदेश के झाँसी जिले के राष्ट्रकवि मैथिलीशरण गुप्त के प्रसिद्ध गाँव चिरगाँव के निकट एरच कस्बे के पास बेतवा नदी के सूड़ीघाट पर महाराणा सांगा का छतरीनुमा एक स्मारक बना हुआ है। स्थानीय लोग उस स्थल को सांगा की समाधि कहते हैं। वह स्थान उनके दाहस्थल का द्योतक है।

दाहकर्म के बाद, सांगा की अस्थियाँ मेवाड़ की सीमा में माण्डलगढ़ लायी गयीं और वहीं उनके शेष संस्कार सम्पन्न किये गये। वहाँ महाराणा सांगा की स्मृति में एक और छतरी बनवायी गयी, जिसे माण्डलगढ़ में लोग बहुत श्रद्धा की दृष्टि से देखते हैं। लोक गायक गाते हैं। राजस्थान की फिज़ाएँ आज भी गुनगुनाती हैं—

सांगा नाम फ़कीर का है सांगा ही शमशीर का।
घाव सहे चौरासी जिसने ऐसे नरसिंह वीर का।।

उधर युवराज कुँवर रत्न सिंह सांगावत जब रणथम्भौर से लौटकर आये थे तब उन्होंने खानवा के युद्ध में जख्मी हुए पिता की कुशलक्षेम का समाचार चित्तौड़ के राजमहलों में सभी स्त्रियों को सुनाया था। स्वर्गीय भोजराज की रुग्ण माता रानी कुँवरबाई सोलंकिनी जी, स्वयं रत्न सिंह की माता रानी धनाबाई, बहन ऊदाँबाई, रत्न सिंह की पत्नी पवार जी, भाभी मीराँबाई और महल की सभी अन्य रानियों, राजकुमारियों, दासियों इत्यादि ने उस समय युवराज रत्न सिंह सांगावत को घेर लिया था।

रत्न सिंह जी ने सभी को बताया कि किस तरह खानवा का युद्ध हुआ? किस तरह राजपूत रणबाँकुरे विदेशी आततायी बाबर की फ़ौज से विकट बहादुरी से लड़े? कैसे बाबर की तोपों और नयी किस्म के बारूदी अस्त्र अर्थात् बन्दूकें राजपूती तीर-तलवारों और भालों पर अन्ततः भारी पड़ीं? कैसे हज़ारों वीरों ने शत्रुओं का संहार करते हुए हँसते-हँसते मातृभूमि पर अपने प्राण न्योछावर कर दिये?

कैसे महाराणा सांगा बुरी तरह घायल हो गये? और कैसे वे सुरक्षित खानवा की युद्धभूमि से ले जाये गये। कैसे अब वे रणथम्भौर पहुँचकर स्वास्थ्यलाभ कर रहे हैं और पुनः वैरी बाबर से मुकाबला करने का इरादा रखते हैं।...

परन्तु इन सबके बीच वह एक बात छिपा ले गये। वह यह कि इसी खानवा के युद्ध में लड़ते हुए भाभी मीराँबाई सा के एक काका रायमल और उनके पिता रतन सिंह दूदावत भी मारे जा चुके हैं। वस्तुतः यह ऐसा दुःखद समाचार था जिसे वह अपनी विधवा भाभी से स्वयं अपने मुख से कहना नहीं चाहते थे। बाबो सा कहते तो कहते। मगर बाबो सा तो इन दिनों रणथम्भौर में थे और ऐसे में चित्तौड़ की सुरक्षा की ज़िम्मेदारी स्वयं उनके कन्धों पर थी।

युवराज कुँवर रत्न सिंह मेवाड़ की इस जबर्दस्त पराजय से व्यथित थे। किन्तु वह किसी बड़े अप्रिय समाचार को देकर रनिवास को और अधिक नैराश्य के अन्धकार में ढकेलना नहीं चाहते थे।

भाभी सा मीराँ ने अब तक ससुराल में पति भोजराज की मृत्यु से पूर्व अपने पीहर मेड़ता में दो अत्यन्त प्रिय सगे सम्बन्धियों को खोया था। बालपन में उनकी ममतामयी माँ नहीं रहीं और किशोरवस्था में उनके अतिशय प्रिय पितामह राव दूदा

चल बसे थे। जब वे ब्याहकर चित्तौड़ आयीं तो कुछ ही वर्षों के भीतर उनके जीवनसाथी ने उनका साथ छोड़ दिया। पिता-सम श्वसुर महाराणा सांगा महाराज अभी-अभी मृत्यु के मुख से लौटे हैं। ऐसे में यदि मेरे द्वारा उनके पिता और काका रायमल दूदावत के भी निधन का समाचार मीराँ जी को दिया जाता है तो वह उन पर किसी वज्रपात से कम न होगा।...

यही सब सोचते हुए रत्न सिंह राजकाज के बहाने तेजी से कह-सुनकर घर की स्त्रियों को धैर्य बँधाकर रनिवास से चलते बने।

परन्तु सत्य को कब तक छिपाया अथवा टाला जा सकता है? उसी दिन मीराँबाई जब गोधूलि वेला में कृष्णनाम जप कर रही थीं, उन्हें मेड़ता से ताऊ सा राव बीरमदेव के सुपुत्र जयमल के आगमन का समाचार मिला। भाई के आगमन के समाचार से सूखे प्राण हरे हो गये।

"जयमल आया है?"—मीराँ जी की हर्षातिरेक में चीख निकल गयी और वे गिरधरगोपाल को दण्डवत् कर उठ खड़ी हुईं।

ललिता और सुकन्या जब तक उनसे कुछ आज्ञा लें, मीराँबाई ने किसी चपल बालिका की भाँति अपने महल से बाहर की ओर दौड़ लगा दी।

बाहर बागीचे में अपने घोड़े से उतरकर कुँवर जयमल अपने कुछ साथियों से गम्भीरता से बातचीत कर रहे थे।

"भइया जयमल...तुम यहाँ? बिना किसी समाचार के?"—मीराँ विहँसकर अपने से चार बरस छोटे भाई से लिपट गयीं। वह उसे बहुत प्यार करती थीं।

भाई क्या आया मानो एक पुत्री के लिए, उसका पूरा पीहर मूर्तरूप धरकर, उसके पास चला आया था। यही तो होता आया है एक विवाहित भारतीय स्त्री के साथ।

"कैसी हैं जीजा?...आप ठीक तो हैं?"—

जयमल ने किसी अत्यन्त प्रौढ़ व्यक्ति की भाँति बहन को देखते हुए पूछा।

"अब तू आ गया है रे भइया!...जितनी कम ठीक हूँ वह भी पूरी हो जाऊँगी। आ मेरे बीरन!...भीतर चल।"

मीराँबाई जयमल को महल के भीतर सीधे अपने कक्ष में ले गयीं। जयमल ने जूते चौखट के बाहर उतारकर भीतर प्रवेश किया। सुकन्या ने जलपात्र लाकर एक ओर उनके हाथ-मुँह धुलवाये। एक अन्य दासी ने पोंछने हेतु एक स्वच्छ वस्त्र प्रस्तुत किया। ललिता रसोईगृह में चली गयी थी।

मीराँबाई ने तब तक छोटे भाई के विश्राम हेतु अपने हाथों से बिस्तर सही किया। और उसके लिए तिपाई सरकाकर जलपात्र और गिरधरगोपाल का मीठा प्रसाद तुलसीदल डालकर एक तश्तरी में रख दिया।

"आओ जयमल! आरोगो मेरे बीरन..."

"जीजा!...अपने इस नालायक भाई के लिए इतनी औपचारिकता?...क्या हो गया है आपको?"—कुँवर जयमल ने तनिक संकोच के साथ कहा। फिर वह चित्रलिखित-सा बहन मीराँ की शय्या पर बैठ गया।

मीराँ ने अपने हाथों प्रसाद का टुकड़ा भाई के मुख में दिया और फिर जलपात्र उसके हाथ में थमा दिया। सुकन्या से कहा—"जल्दी जा और ललिता से कहकर खीर, मोदक, नमकीन और फल सब जल्दी यहाँ भिजवा।"

कक्ष में भाई-बहन अकेले रह गये। मीराँबाई पीहर के हाल जानने को अधीर हो रही थीं। कैसे हैं वहाँ सब? चारभुजानाथ, ताऊ सा, ताई सा, काका लोग और पिता...सब-के-सब? परन्तु भइया के गम्भीर मुख को देखकर वह कुछ-कुछ आशंकित भी थीं। मेवाड़ पर छाये दुर्भाग्य के बादलों का घटाटोप ज्ञात था उन्हें। यह घटाटोप कहीं मेड़ता तक न फैला हो? मेड़ता और मेवाड़ के कूटनीतिक और सामरिक सम्बन्ध भी तो इतने पुराने और घनिष्ठ हैं कि एक को यदि चिकोटी काटो तो दूसरा उधर सहलाने लगता है। अगर एक को छींक आ जाये तो दूसरा उपचार हेतु दौड़ पड़ता है। श्वसुर सांगा जब खानवा के युद्ध में प्रयाण को निकले होंगे तो क्या ताऊ सा बीरमदेव चुप बैठे होंगे। देवर जी कह तो रहे थे कि बाबो सा और काका सा भी युद्ध में गये थे... उनको उन्होंने महाराणा की सहायतार्थ भेजा होगा।...ऐसे में इतनी गम्भीर मुद्रा में सखा समान जयमल भइया का अचानक चित्तौड़ आना। इसका क्या अर्थ हुआ? मीराँबाई की छठी इन्द्रिय तो प्रारम्भ से ही सक्रिय थी। उनका मन किसी अनिष्ट की दुराशा से उद्विग्न हो उठा। समझदार थीं। भाई इतनी दूर से आया था। उन्होंने पहले उसके भोजन और विश्राम का खयाल किया। जयमल ने बहन से कुछ कहना चाहा। मीराँबाई ने स्वयं ही उसे अभी कुछ न कहने को कहा।

मीराँ ने जयमल को जैसे-तैसे कुछ खिलाया। फिर उन्हें एक माँ की भाँति लिटाकर चादर ओढ़ायीं और उसका मस्तक सहलाने लगीं। सिरहाने बैठी मीराँबाई के कर के जादुई स्पर्श से भाई जयमल थकान से बोझिल हालत में शीघ्र ही निद्रा-निमग्न हो गया। मीराँबाई द्वार ओढ़काकर चुपचाप अपने कक्ष से बाहर निकल गयीं।

मीराँ के पद अब प्रातः-सायं बनते चलते थे। ललिता उनकी लिपिक थी। उसकी स्मृति इतनी अच्छी थी कि मीराँ जो भी गातीं उसे गुनगुना-गुनगुनाकर ललिता अपने मस्तिष्क में समा लेती। फिर पहली-फुर्सत में ही उसे कागज पर दर्ज कर लेती। मीराँ को आनेवाली परिस्थितियों का पूर्वाभास हो जाता था। अनेक बार वह उन मनोभावों में पहले चली जातीं जिनमें किसी घटना-विशेष के पश्चात् कोई अन्य व्यक्ति पहुँच सकता था। मीराँ किन्हीं अर्थों में अपने वर्तमान की भोक्ता थीं तो किन्हीं अर्थों में भविष्य की चिन्तक भी।

देवर रत्न सिंह को ही लें। उनका आज सुबह का व्यवहार उन्हें काफ़ी-कुछ अप्रत्याशित लगा था। रणथम्भौर से लौटकर वह जैसे अपने-आपमें ही नहीं लग रहे थे। उसी तरह शाम को अभी आये जयमल का भी स्वभाव कुछ बदला-बदला-सा है। लगता है अवश्य ही कुछ ऐसा घटित हुआ है जो उन्हें बताने लायक नहीं लग रहा है। देवर सा भी उनसे नजरें चुरा रहे थे और यह भइया भी कुछ-कुछ सहमा हुआ-सा है। आख़िर बात क्या है?...

रिश्ते-नातों के इस जंजाल में प्रीत निभानी कितनी कठिन है। मोह-पाश छूटता नहीं। ज्यों-ज्यों इससे बचना चाहो जकड़न और कड़ी होती जाती है। यह मोह यह प्रेम का बन्धन वास्तव में कितना दुःखदायी है। माता-पिता-भाई-बन्धु-सखा जितने भी नाते हैं सब दुःख के कारक हैं। एक ही नाता है जो सबसे सुखदायक है। मेरे श्याम सखा का नाता। पर वह भी कितने निष्ठुर हैं। पन्थ निहारते, डगर बुहारते खड़ी-खड़ी राह देखते हुए थक जाती हूँ वे निराश करते हैं। जाने कब मिलेंगे आकर?...

मीराँ शयन-कक्ष के द्वार पर एक दास और दासी को बैठाकर भाई जयमल को गहन निद्रा में सोता छोड़कर बाग में निकल गयीं। चाँदनी रात घिरने लगी थी। सखियाँ ललिता और सुकन्या मीराँबाई के साथ चहलकदमी कर रही थीं। मीराँ अपने श्यामसखा को याद कर एक नितान्त नवीन पद गा रही थीं—

घड़ी एक नहिं आवड़े, तुम दरसण बिन मोय।
तुम हो मेरे प्राण जी, कैसे जीवण होय।
ध्यान न भावै, नींद न आवै, बिरह सतावै मोय।
घायल सी घूमत फिरूँ रे, मेरो दरद न जाणै कोय।
दिवस तो खाई गमाइयो रे, रैण गमाई सोय।
प्राण गमाया झूरतां रे, नैण गमाया रोय।

गाते-गाते मीराँ मगन हो गयीं। फिर आगे उन्होंने अपनी ये सुप्रसिद्ध पंक्तियाँ कहीं—

जो मैं ऐसा जाणती रे, प्रीत कियाँ दुख होय।
नगर ढिंढोरा फेरती रे, प्रीत करो मत कोय।

मीराँबाई की यह दो पंक्तियाँ सुन ललिता सखी और सुकन्यारूपी उनकी विशाखा सखी के नेत्रों से झर-झर आँसू बहने लगे। यह क्या कह दिया आज मीराँबाई सा ने? जो मैं ऐसा जाणती रे, प्रीत कियाँ दुख होय। नगर ढिंढोरा फेरती रे, प्रीत करो मत कोय।...प्रेम का महासागर मीराँ यह स्वयं कह रही हैं अपने लिये...क्या विडम्बना है? कितनी गहरी चोट है इनके मन में अभी भी? एक हूक-सी उठी उन दोनों के हृदयों में। किसी तरह सँभाला उन्होंने स्वयं को।

किन्तु इस बात से बेखबर स्वयं में डूबी हुई मीराँ अभी भी गा रही थीं—

पंथ निहारूँ डगर बुहारूँ, ऊभी मारग जोय।
मीराँ के प्रभु कब रे मिलोगे, तुम मिलियाँ सुख होय।

मीराँ ने यह सारी रात आँखों-ही-आँखों में काट दी एक-दूसरे कक्ष में। सुकन्या उनके चरणों में ढहकर सो गयी। ललिता भी मीराँ की चिन्ता से सारी रात सो न पायी। वह चिराग की रोशनी में मीराँबाई के पदों को सँजोती रही। उधर मीराँ के शयन-कक्ष में युवराज कुँवर जयमल बीरमदेवोत घोड़े बेचकर सो रहे थे।

प्रातःकाल जब जयमल सोकर उठा तब नित्यक्रिया से निवृत्त होने के बाद मन स्थिर करके उसने मीराँबाई से वह हृदयद्रावक समाचार कहा कि काका रतन सिंह और काका रायमल खानवा के युद्ध में वीरगति को प्राप्त हुए। मीराँ को जिस बात की आशंका थी वही सुनने को मिला। वह गुमसुम-सी पत्थर बनीं सब सुनती रहीं। जयमल अपने शब्दों में घटनाक्रम बताते गये। मीराँ जी जैसे सब सुनती हुई भी कुछ भी सुन नहीं रही थीं। उनके नेत्र पथरा गये थे।

तब कुछ देर बाद जयमल को कुछ भान हुआ। उनसे जैसे कोई बहुत बड़ी भूल हो गयी थी। जयमल ने तब मीराँबाई जीजा को दोनों हाथों से उनका कन्धा पकड़कर झकझोरा। तब मानो जैसे कोई पर्वत हिला। उसके शिखर से भूस्खलन-सा हुआ और मीराँ हहराकर रो पड़ीं। ऐसी रोयीं ऐसी रोयीं कि उनका विलाप पूरे मीराँ-महल की दीवारों से लेकर छतों तक गूँज उठा।

सखियाँ-दासियाँ सब पानी लेकर रोती-बिलखती मेड़ता-नन्दिनी की ओर दौड़ पड़ीं। जयमल ने अपनी जीजा को खींचकर वक्ष से लगा लिया। उनके नेत्र भी जलप्रपात से ढुरकर बड़ी बहन के शीश पर गिरने लगे।

इस घटना के दस माह पश्चात् चित्तौड़वासियों और मीराँबाई पर दूसरा महा-वज्रपात हुआ जब चित्तौड़गढ़ में महाराणा सांगा के आकस्मिक स्वर्गवास का दारुण समाचार भी आ पहुँचा। चित्तौड़ ही क्या पूरा मेवाड़ और मेवाड़ के सभी मित्र राज्यों में शोक की लहर दौड़ गयी। हज़ारों घरों में कई दिनों तक चूल्हा नहीं जला। मेवाड़ के जन-जन का कलेजा बैठ गया। अब क्या होगा हम अभागों का? कौन रक्षक होगा हमारा? कौन पालनहार होगा?

राजगद्दी सारे झटकों को सह जाती है। परन्तु देर तक कभी खाली नहीं रहती। महाराणा सांगा की दिवंगत आत्मा को श्रद्धांजलि के उपरान्त मेवाड़ के सभी सामन्तों ने राजदरबार में सांगा की अन्तिम इच्छा के अनुसार युवराज कुँवर रत्न सिंह का राजतिलक कर दिया। रत्न सिंह सांगावत इस प्रकार महाराणा सांगा के बाद चित्तौड़ के राजसिंहासन पर आरूढ़ हो गये।

9

म्हाँने चाकर राखो जी

राणा रत्न सिंह के सन् 1528 ई. में मेवाड़ की राजगद्दी पर बैठने के बाद चित्तौड़गढ़ में सुख-शान्ति के दिन आ गये। रत्न सिंह का तीन वर्षों का राज्य प्रायः संकटविहीन रहा। उन्हें वैसे भी साम्राज्य-विस्तार की कोई लालसा नहीं थी। युद्धप्रेमी भी वह नहीं थे। न किसी को उकसाते थे, न किसी से उलझते थे। संगीत, कला, दर्शन और आखेट उनकी अभिरुचियों के प्रमुख विषय थे।

राणा रत्न सिंह एक मातृ-पितृ भक्त पुत्र, एक आदर्श पति, एक आदर्श अनुज और सामान्य सभ्य किस्म के इन्सान थे। भाभी मीराँ का वह बड़ा आदर करते थे। क्यों न करते? जब उन्हें अपने बड़े भाई स्वर्गीय भोजराज का भी बहुत स्नेह और दुलार उनके बालपन से मिला था। एक बार मृत्युशय्या पर लेटे हुए बड़े भइया भोजराज ने एकान्त में उनसे कहा था–

"रत्न!...मेरे भाई!!...तू मेरा सबसे अच्छा भाई है...अगर मुझे कुछ हो जाये तो अपनी भाभी मीराँ का ध्यान रखना..."

रत्न सिंह के नेत्र यह सुनकर सजल हो गये थे। उन्होंने भोजराज का दाहिना हाथ अपने दोनों हाथों में थामकर उसे चूम लिया था और धरती पर घुटनों के बल बैठकर कहा था–

"कैसी बात करते हैं बड़े भइया!...मरें आपके शत्रु।"

"नहीं मेरे बीरन!...तू पहले मुझे वचन दे कि तू जीवनपर्यन्त अपनी भाभी सा की रक्षा करेगा।"

तब रत्न सिंह ने भोजराज का वह बेजान-सा हाथ जोर से दबाया और कहा था–

"मैं वचन देता हूँ कि भाभी माँ मीराँबाई सा का अपनी माँ धनाबाई राठौड़ी से भी बढ़कर मान-सम्मान करूँगा और अपने जीते-जी उन पर संकट की कोई छाया तक न आने दूँगा..."

इस पर रोग से क्षीण बड़े भाई ने छोटे भाई को अपनी ओर किसी तरह खींचकर सीने से लगा लिया था और आत्मतोष में उनकी आँखें मुँद गयी थीं। उन मुँदी आँखों की कोरों से पानी बहने लगा था।

अब वही देवर सा जब मेवाड़ के सिंहासन पर विराजे तो सर्वाधिक प्रसन्नता उनकी पूजनीया भाभी मीराँबाई को ही हुई। मीराँ के लिए अपने ससुराल में यह सर्वाधिक निश्चिन्तता का काल था।

राणा रत्न सिंह अधिकांश समय चित्तौड़गढ़ में ही उपलब्ध रहते। शान्ति से अपना राजकाज देखते। थोड़ा-बहुत राग-रंग-मनोरंजन करते। उन्हें मीराँ के पूजन-अर्चन और श्रीकृष्ण-मन्दिर में भजन-कीर्त्तन और नर्तन में रंचमात्र भी आपत्ति नहीं थी। बड़े भइया और पिताश्री महाराणा के स्वर्गारोहण के बाद से अब वे ही चित्तौड़ के सर्वेसर्वा थे स्वामी थे। यद्यपि पिता द्वारा अपने जीवनकाल में रणथम्भौर-जैसा अजेय एवं समृद्ध दुर्ग सौतेली माँ रानी कर्मावती के पुत्रों को दिये जाने से वह मन-ही-मन काफी व्यथित रहते थे। एक प्रकार से यह मेवाड़ का विभाजन ही तो था। क्योंकि आमदनी के लिहाज से भी रणथम्भौर की जागीर बहुत सम्पन्न जागीर थी। साल में पचास-साठ लाख की आमदनीवाला क्षेत्र था वह। अब वहाँ से चित्तौड़ के राजकोष को एक फूटी कौड़ी भी न मिलती थी। उस धन-सम्पदा को रानी कर्मावती एवं उसके पुत्र विक्रमादित्य और उदय सिंह भोग रहे थे। विक्रमादित्य और उदय के सगे मामा राव-सूरजमल उनके संरक्षक बने हुए थे। वे भी अप्रत्यक्ष रूप से उस सम्पत्ति को भोग ही रहे थे।...इस विषय में राणा रत्न सिंह का मन उन्हें अक्सर सालता रहता। अपने स्वर्गीय पिता महाराणा सांगा का एक यही निर्णय वह चाहकर भी पचा नहीं पाये थे। उनके राज्य सलाहकार भी स्वर्गीय महाराणा के इस कृत्य को मेवाड़ का विभाजन ही मानते थे और दबे स्वर में कहा करते थे कि यह कृत्य महान् सांगा का उनकी प्रतिष्ठा के सर्वथा प्रतिकूल कार्य था।

मीराँ के लिए राणा रत्न सिंह का राज्यकाल अन्य अनेक कारणों से भी सुविधाजनक एवं निष्कण्टक था। एक तो सबसे प्रपंची सास हाड़ी रानी कर्मावती चित्तौड़ में नहीं थी। वह अपने पुत्रों विक्रम और उदय के साथ रणथम्भौर में प्रवास कर रही थी। मीराँ की अपनी सासू माँ सोलंकिनी जी अब काफ़ी अस्वस्थ रहा करती थीं। वह अब राजमहल के किसी कामकाज में कोई हस्तक्षेप नहीं करती थीं। उनके प्रिय देवर रत्न सिंह तो अब मेवाड़ के राणा ही थे। रत्न सिंह की माता धनाबाई राठौड़ी जोधपुर के राव की-बेटी थीं। प्रारम्भ से गऊ समान स्वभाववाली। न ऊधौ से लेना न माधौ को देना। मेड़तणीं मीराँ भी तो राठौड़ वंश से ही थीं। इसलिए उनमें अपने-अपने पीहर पक्ष के लोगों से नेह-नाता होना स्वाभाविक था। धनाबाई अब राजमाता थीं और वह मीराँबाई से पहले से ही बहुत स्नेह रखती थीं।

रह गयी ननद ऊदाँबाई...यह कपटबुद्धि युवती यद्यपि अभी भी अपने पीहर चित्तौड़ में थी परन्तु राणा रत्न सिंह का भाभी मीराँ के प्रति आदर-स्नेह का मजबूत नाता देखकर वह निस्तेज थी। बुद्धिमती स्त्री तो थी ही वह। परिस्थितियों के अनुसार ही व्यवहार करना खूब जानती थी। इसलिए भाभी सा, भाभी सा कहकर मीराँ के

आगे-पीछे बड़ी मीठी बनकर डोला करती थी इन दिनों। मीराँ को ननद का यह अतिरिक्त लाड़-प्यार कभी-कभी विस्मय में डाल देता। पर वह यह सब-कुछ अन्त में अपने मुरलीमनोहर की लीला समझकर अपने में मगन रहतीं।

मीराँ की दिनचर्या पूर्ववत् थी। उनका अधिकांश समय सुबह से दोपहर तक अपने मुरलीमनोहर गिरधरगोपाल की सेवा शूश्रूषा, उन्हें जगाने-नहलाने, वस्त्र धारण कराने, भोग-लगाने, आरती और भजन करने में ही व्यतीत हो जाता था। भगवान् दोपहर में शयन करते। सन्ध्या समय फिर जागते। तब मीराँ उनकी पुनः सेवा कर कुम्भश्याम जी के साथवाले अपने कृष्ण-मन्दिर में दर्शन-पूजन के लिए नित्य जातीं।

वहाँ साधु, सन्त, संन्यासी, गृहस्थ नर-नारी मानो अब उन्हीं की प्रतीक्षा करते रहते। मीराँबाई को देखे-सुने बिना गिरधरगोपाल का दर्शन भी अधूरा प्रतीत होता। मीराँ से लोग प्रश्न भी करते और अध्यात्म के रहस्यों को जानने हेतु व्यग्र दिखते। लोगों में यह चर्चा थी कि मीराँबाई परमहंस की श्रेणी में जा चुकी हैं। उन्हें ईश्वर के साक्षात् दर्शन हुआ करते हैं। भगवान् के पूजन-आराधन को पण्डितों-पुरोहितों ने कर्मकाण्डों के विस्तार और व्यवहार से जितना जटिल और बोझिल बना दिया है, मीराँबाई द्वारा प्रतिपादित भक्ति उसी भगवत् पूजन को अत्यन्त सरस और सहज बना देती है।

मीराँ जो पद रचतीं वे भी इतने सरल और बोधगम्य होते कि भाव और भाषा दोनों स्तरों पर भक्तों के मन में गंगा-यमुना के निर्मल नीर की भाँति पैठ जाते। कोई कृत्रिमता नहीं। कोई दुरूहता नहीं। कोई पाण्डित्य-प्रदर्शन नहीं। पढ़ा-लिखा जिन्हें पढ़कर समझ ले और बेपढ़ा तो केवल सुनकर ही समझ ले।

मीराँ जी मन्दिर में गाते-गाते जब आत्मविभोर हो जातीं तो इकतारा-खड़ताल लेकर खड़ी हो जातीं। तब वह बंगाल के चैतन्य महाप्रभु की भाँति नाचने लगतीं। मीराँबाई का वह नृत्य सैकड़ों भक्तजनों को अपार आनन्द प्रदान करनेवाला था। उनके स्वर सभी को परम शान्ति और धैर्य प्रदान करनेवाले होते। मीराँबाई जब नाचतीं तो उतनी देर को लगता जैसे उनके रूप में यह सारी सृष्टि ही एक स्थान पर हरिकीर्त्तन करती हुई नृत्य कर रही हो। अपने हरि का गुणगान कर रही हो।

वस्तुतः चित्तौड़गढ़ में मीराँ की भक्ति का यह स्वर्णिम काल था। न कोई रोक न कोई टोक। न किसी प्रकार से उनकी आलोचना का कोई दुस्साहस। न ही कोई विवाद-प्रवाद।

राणा रत्न सिंह की उदारता के क्या कहने? भारत के कोने-कोने में स्थित तीर्थ-स्थलों में अब तक मीराँ की कृष्णभक्ति की उच्चता की ख्याति जा पहुँची थी। कारण कि जो कोई श्रद्धालु पुष्कर तीर्थ आता वह मेड़तणी मीराँ अर्थात् मेवाड़ की विदुषी कुलवधू सन्त मीराँबाई की चर्चा अवश्य सुनता। मीराँबाई चित्तौड़ में रहती हैं। वह साधु-सन्तों का बहुत मान-सम्मान और स्वागत करती हैं। उनका भजन-गायन

स्वर्गिक आनन्द की अनुभूति कराता है। मीराँ इतनी सुन्दर और पावन हैं कि उनके दर्शनमात्र से ही यह जीवन धन्य हो जाता है। आदि-आदि। जितने मुँह उतनी बातें।

इन्हीं सब कारणों से अनेक दर्शनार्थी और भक्तगण चित्तौड़गढ़ की ओर खिंचे चले आते। मीराँबाई के दर्शन-श्रवण के उपरान्त जब वह वापस अपने घरों को लौटते अथवा दूसरे तीर्थों पर जाते तो मीराँबाई की प्रशंसा में उन्मुक्त कण्ठ से हृदय के उद्‌गार व्यक्त करते। इस प्रकार मीराँ जी भक्ति-साधना का आलोक सहज ही अध्यात्म जगत् एवं लोक में परिव्याप्त होता जाता।

उन दिनों मानो भारतवर्ष के सारे तीर्थ ही मीराँ जी के भक्तिधाम 'चित्तौड़ के श्रीकृष्ण-मन्दिर' में सिमट आये थे। फिर मीराँ को भला कहीं जाने की क्या आवश्यकता थी? जो भी सज्जन सन्त मीराँबाई से भेंट करने आते मीराँ उनसे उनके निवास-स्थानों और निकटवर्ती तीर्थ-स्थानों के बारे में जानकारियाँ प्राप्त करतीं। वे उनके भी अनुभव सुनतीं। मीराँ सन्त थीं। उनके लिए न तो कोई अपना था न कोई पराया। उनके लिए सारा मानव-समाज एक था। मीराँ जी एक अत्यन्त खुला और पारदर्शी व्यक्तित्व थीं। वे ज्ञान और भक्ति बाँटना भी जानती थीं और सामनेवाले से उसे हासिल करना भी।

कुछ लोग मीराँ जी से कहते कि—"देवि! आपने किन-किन तीर्थों की अब तक यात्रा की है?"

इस पर हँसकर मीराँ जी उत्तर देतीं—

"मेरे श्रीकृष्ण प्रभु ने यह जो शरीर दिया है इसी में सारे तीर्थों का निवास है। फिर अन्यत्र कहाँ जाना?"

मीराँ ऐसा कहते हुए उन तमाम तीर्थों का स्मरण करतीं जिन्हें उन्होंने अनेक सन्तों के प्रवचनों में सुन रखा था। रामायण, भागवत और पुराणादि में पढ़ा हुआ था। वे सारे तीर्थ-स्थान एक-एक कर मीराँबाई के मानस-पटल पर नाचते और उनकी वाणी में मुखरित हो जाते—

मैं तो हरि चरणन की दासी, अब मैं काहे को जाऊँ कासी।
घट ही में गंगा, घट ही में जमना, घट-घट हैं अबिनासी।
घट ही में पुसकर औ लोधेश्वर, लछिमन कँवर बिलासी।
जगनाथ गंगासांगर हैं, साखी गुपाल ब्रजबासी।
सेतुबन्ध रामेश्वर ईश्वर, मूल बटी सुरजा-सी।
अवधपुरी मधुपुरी द्वारका, चित्रकूट यमुना-सी।
गोवरधन गोकुल वृन्दावन, बीच मण्डल चौरासी।
हरिद्वार कुरुखेत जनकपुर, गोदावरी हुलासी।
तीरथ बड़े प्रयाग गया जी, कासी तरुवर वासी।
बिन्ध्याचल रू ग्रिनार रंग हैं, सुघर कपिल दुखवासी।

बदरीनाथ केदार गंगोतरि, बैजनाथ कैलासी।
पंचवटी पम्पापुर रुक्मिणि, देव कपिल युवरासी।
नैमषार शृंगी रिष मिसरिष, कासी पाप-बिनासी।
मटुकनाथ अरु मानसरोवर, मानलता अरु हाँसी।
मीराँ के प्रभु गिरधर नागर, सहज कटै यम फाँसी।

पवित्र देवभूमि भारत भूमि का शायद ही कोई तीर्थ हो जहाँ मीराँ इस प्रकार सूक्ष्म रूप से विचरण न कर आयी हों। यद्यपि मीराँ उत्तर से दक्षिण और पूरब से पश्चिम तक अब तक कहीं भी नहीं गयी थीं, एक पुष्कर तीर्थ को छोड़कर। परन्तु वह कहीं न जाकर भी मानो सब जगह तीर्थटन कर आयी थीं। अपनी दिव्य दृष्टि से सब जगह की झाँकी ले आयी थीं।

मीराँ का जो भी नेह-नाता था अपने गिरधरगोपाल तक ही सीमित था। सत्संग के लिए चित्तौड़गढ़ का कुम्भश्याम-मन्दिर एवं उसी परिसर में अपना श्रीकृष्ण-मन्दिर उन्हें सहज-सुलभ था ही। यह वह पुण्यकाल था जब सारे तीर्थ मीराँबाई तक मानो स्वयं चलकर आते थे। मीराँ जी को कहीं आना-जाना नहीं पड़ता था।

मीराँ ऐसी परम सौभाग्यशालिनी स्त्री थीं जिन्हें भगवान् शंकर उत्तर में हिमालय के शिखरों पर विराजमान केदारनाथ रूप में भी दर्शन देते थे और दक्षिण में महासागर जिनका चरण अहर्निश पखारता था ऐसे ही सेतुबन्ध रामेश्वर महादेव भी अपना दर्शन सुलभ कराते थे। जिन पर पूरब में जगन्नाथ जी महाराज और पश्चिम में द्वारकाधीश जी महाराज के रूप में भगवान् विष्णु के कृपा कटाक्ष बरसते थे। भगवान् ब्रह्मा तो पुष्कर तीर्थ में उनके इतने सन्निकट थे कि मीराँ जब चाहतीं वहाँ जाकर उनके दर्शन-लाभ ले ही लिया करती थीं। अन्य तीर्थ-स्थलों की भी सुगन्ध और वहाँ का प्रसाद उन्हें घर बैठे मिल ही जाता था। भक्त मीराँ के भावजगत् और भक्तिजगत् में ब्रह्मा, विष्णु और महेश निरन्तर स्वतः आते-जाते रहते थे।

मीराँ अपने पदों में सरलतम शब्दों में जन-जन को यही समझाती थीं कि अपने इष्ट को अपने हृदय में धारण करो, जैसे मैंने अपने प्रभु श्रीकृष्ण को अपने भीतर धारण कर रखा है। वे तुम्हारे अस्तित्व के सदा सन्निकट हैं, जिस दिन यह अनुभव तुम्हें होना प्रारम्भ होगा उस दिन से किसी तीर्थाटन, किसी विशेष पूजन अथवा धार्मिक आयोजन की तुम्हें आवश्यकता नहीं रह जायेगी।

प्रातःकाल का समय था। पक्षियों का कलरव मध्यम पड़ चुका था। मीराँ जी गिरिधरगोपाल का पूजन कर उन्हें माखन-मिश्री का भोग लगाकर अभी उठी ही थीं। उसी समय बाहर द्वारपाल ने आकर ललिता और सुकन्या को सूचना दी कि—"गजाधर पण्डित जी पधारे हैं। साथ में कोई एक सज्जन और हैं।"

सुकन्या ने झट दौड़कर मीराँबाई को सूचना दी। ललिता आगन्तुक-कक्ष में जाकर अतिथियों के बैठने की व्यवस्था करने लगी। जानती थी गजाधर पण्डित जी मीराँ जी के बालपन के गुरु हैं। मीराँ के लिए सबसे पूजनीय महापुरुषों में से एक। मीराँ आज भी उनसे धार्मिक ग्रन्थों और शास्त्रों की विद्या ग्रहण करती रहती हैं और अपनी शंकाओं का समाधान कराती हैं।

सुकन्या ने मीराँ को जैसे ही गजाधर पण्डित जी के आगमन की सूचना दी वह प्रसन्नता से खिल उठीं–

"गुरुदेव पधारे हैं...अरी तो उन्हें बाहर प्रतीक्षा क्यों करा रही है? शीघ्र जा और उन्हें सादर यहीं लिवा ला।"

"उनके साथ कोई एक अपरिचित पुरुष और हैं।"

"तो ठीक है। ज़ाकर आगन्तुक-कक्ष में उनके स्वागत का प्रबन्ध कर।...और सुन चाँदी के पात्रों में उनके लिए मिष्टान्न, फल, केसरयुक्त दूध और जल लेती आ।...और हाँ सुन...तुलसीदल साथ में लाना न भूलना।"

सुकन्या भागती हुई रसोईगृह में चली गयी। दो अन्य दासियों को भी अपने साथ लिवाती गयी। मीराँ जी ने पूजा के वस्त्र बदलकर झटपट नवीन वस्त्र धारण किये। हरे रंग का घाघरा, गेरुए रंग की चोली, सिर पर पीले रंग की चुनरी, ऊपर से नीले रंग की रेशमी चादर, माथे का टीका ठीक किया। हाथों में सोने की चार चूड़ियाँ पहनीं। वह तो अपने मुरलीमनोहर की ब्याहता थीं न। श्याम-सलोने उनके अमर सुहाग थे। अतः अतिथियों के सम्मुख और भक्तजन किसी के भी समक्ष पहनने-ओढ़ने में कोई कमी नहीं रखती थीं। विशेषकर यदि कोई अपरिचित आता तब तो और भी। यदि गुरुदेव अकेले आये होते तो वह रेशमी चादर न ओढ़तीं। माथे की बिन्दी-चूड़ी का उतना ध्यान न रखतीं। क्योंकि वे तो उनके लिए पिता समान थे। उनके सामने तो वह सिर पर आँचल का भी उतना ध्यान न रखतीं।

परन्तु सुकन्या ने कहा है कि कोई अजनबी पुरुष साथ में आया है। अतः उसके सामने तो कृष्णार्पिता और कृष्ण की अर्द्धांगिनी के स्वरूप में पूर्ण शृंगार में होकर जाना ही उचित होगा। अन्यथा वह क्या सोचेगा? यह कैसी सुहागिन है?

फिर मीराँ कुछ सोचकर स्वयं पर ही हँसीं। इसका उलटा भी तो सोच सकता है वह। कुँवर भोजराज नहीं रहे। फिर भी देखो तो यह कैसी बनी-ठनी इन महलों में घूम रही है? पूरी निर्लज्ज है। किन्तु यदि वह ऐसा सोचता है तो यह और भी बढ़िया बात होगी। कम-से-कम जानेगा तो मीराँ सदा से कृष्ण की थी कृष्ण की है और सदा कृष्ण की ही रहेगी।...

मीराँ जी आगन्तुक-कक्ष में पहुँचीं। उन्हें देखकर वयोवृद्ध गजाधर पण्डित अपने स्थान से उठ खड़े हुए। मीराँ जी ने झुककर उनके पाँव छुए–"बड़े भाग्य हमारे गुरुदेव जो आप पधारे।"

"सदा सुखी रहो।"—दोनों हाथ उठाकर मीराँ जी को गजाधर पण्डित जी ने आशीर्वाद दिया।

साथ में आये अतिथि प्रणाम की मुद्रा में मीराँ जी के सामने दोहरे हो गये। एक पचास वर्षीय गोल-मटोल-से सज्जन। चेहरा गोरा। बिना दाढ़ी-मूँछ के सिर पर खिचड़ी बाल। माथे पर वैष्णव तिलक। गले में तुलसी की माला। साथ में एक मोटी-सी सोने की कीमती चेन। दोनों हाथों की अँगुलियों में कुल मिलाकर पाँच अँगूठियाँ। कुर्ता-धोती। पैरों की जूतियाँ वे कक्ष के बाहर ही उतार आये थे।

गजाधर पण्डित की ऊँचाई छह फीट दो इंच की थी। जबकि आगन्तुक सज्जन मुश्किल से पाँच फीट के रहे होंगे। गजाधर पण्डित के ओजस्वी मुखमण्डल पर हलकी दाढ़ी थी जो बीच-बीच में कुछ काली होने के अतिरिक्त पूरी सफेद थी। साथ में हलकी मूँछें थीं। रंग दबा हुआ था। उनका शरीर जितना इकहरा और गठा हुआ था, आगन्तुक सज्जन उतने ही थुलथुल बदनवाले थे।

गुरुदेव ने मीराँ जी से नवागन्तुक का परिचय कराया—"ये हैं पण्डित ताराचन्द चौबे। आज ही मथुरा से पधारे हैं। मेरे मित्र के सुपुत्र।"

"बड़े दिनन से चित्तौड़गढ़ देखन की अभिलाषा थी। देवी मीराँ जी!...आपके दर्शनन की लालसा वा से भी बढ़कर थी। सो आज अवसर पायो है। म्हारे बड़े भाग। राधे! राधे!"—चौबे जी ने प्रसन्न वदन दोनों हाथ जोड़कर मीराँबाई से कहा।

इस पर मीराँबाई बोलीं—"जय श्रीकृष्ण!...आप विराजिये महाराज!...यह तो मेरा सौभाग्य है जो ब्रज की पावन भूमि से पधारकर आपने हमें कृतार्थ किया। ब्रजरज से आज मेरी यह कुटिया पवित्र हो गयी।"

दासियों ने लाकर झटपट जलपान सजा दिया। मीराँबाई ने स्वयं अपने हाथों से सर्वप्रथम जलपात्र दोनों आगन्तुक अतिथियों को थमाये।

उसके बाद वार्त्ता चल निकली। गजाधर पण्डित जी ने मीराँबाई से निवेदन किया।

"पुत्री!...अभी तीन दिन पूर्व ही पण्डित ताराचन्द हमारे गाँव आये हैं। आपने जब से वह जागीर हमें सौंपी है उसके प्रबन्ध से ही फुर्सत नहीं मिल पाती है। मन में वर्षों से मथुरा-वृन्दावन जाने की अभिलाषा दबी पड़ी थी। सौभाग्य से ये स्वयं ही मथुरा से चले आये। कहने लगे कि चित्तौड़गढ़ देखने की इच्छा है। आज मेरे साथ गढ़ में आये हैं। आज इन्हें यहाँ का भ्रमण कराऊँगा। फिर इनके साथ मैं भी कुछ दिन मथुरा-वृन्दावन की तीर्थयात्रा कर आऊँगा।"

"यह तो बड़ी सुन्दर बात है—गुरुदेव! आपके साथ चित्तौड़गढ़ में यह घूमेंगे तो इन्हें सारी बातों की श्रेष्ठतम ढंग से जानकारी प्राप्त होगी। यहाँ का इतिहास। यहाँ के लोग। यहाँ का समाज और यहाँ की लोक-परम्पराएँ।"

"परन्तु देवि!...हम तो यहाँ खासकर आपके भजन-श्रवन की सोचके आये हैं।"

इस पर मीराँबाई ने विहँसकर कहा–"इस दासी का भजन तो बाद में होगा। पहले तो मैं आपसे ब्रजभूमि की महिमा और वहाँ का हाल-हवाल जानना चाहती हूँ। आपके अचानक आने से यह जो न्यारा अवसर हम सबको मिला है वह भला कहाँ जल्दी मिलता है?"

इसके बाद तो पण्डित ताराचन्द चौबे के तो जैसे पर ही लग गये। उनकी लालित्यपूर्ण ब्रजभाषावाली जुबान से मानो फूल झरने लगे–

"तीनों लोकन में ब्रज की महिमा कौ बड़ाई अपरम्पार बर्नन पायौ जाबै है। जाई तो कह्यो जाये तीन लोक ते न्यारी मथुरा। जि मथुरा-बृन्दाबन पूरे ब्रज लोक की राजधानी है। चौरासी कोस मा फैलो भयो है सगरा ब्रजमण्डल। ब्रजभूमि इतनी भाग्यसाली है कै यहाँ रहिबै कूँ देबताऊ तरसत हैं। भगवान् हू कृष्न के रूप में यहाँ अबतार लेकें आये औरू जा ब्रजभूमि के चप्पा-चप्पा में डोल के लीला कीन्ह। जाकी रजऊ बड़ी पाबन है। परदेसी यहाँ आइकें जा रज कूँ अपने माथे पै लगाबै हैं।"

मीराँबाई के संकेत पर चौबे जी के समक्ष मिष्टान्न के लड्डू परोसे गये। गुरुदेव ने तो मात्र दूध का पात्र लिया। उसमें एक तुलसीदल छोड़ा और शान्तिपूर्वक दुग्धपान करने लगे। जबकि चौबे जी उन्मुक्त रूप से मिष्टान्न ग्रहण करने लगे।

मीराँ जी के संकेत पर ललिता और सुकन्या अतिथिगण को पंखा झलने लगीं। मीराँबाई स्वयं आग्रहपूर्वक ब्रजभूमि से पधारे चौबे जी का सत्कार करने लगीं।

उसके बाद दो दासियों ने दोनों अतिथियों के हाथ वहीं जल और तसला लाकर धुलवाये। हाथ पोंछने हेतु स्वच्छ वस्त्र दिया। पश्चात् ताम्बूल, लवंग आदि प्रस्तुत किया।

सामने से तब सारे जूँठे पात्र दासियाँ हटा ले गयीं। सुकन्या भी साथ में गयी। ललिता सखी मीराँ जी के साथ रह गयी। इस बार ललिता ने ही ताराचन्द चौबे जी से प्रश्न किया।–

"महाराज!...आप हमें कृपया ब्रजमण्डल में स्थित प्रमुख धामों के विषय में कुछ बतायें।"

तब चौबे जी नेत्रों से परमानन्द छलकाते-से कहने लगे–"ब्रज बसुन्धरा में चार गाँव मुख्य धाम माने गये हैं। जा पर प्रचलित उक्ति है–

ब्रज चौरासी कोस में, चार गाँम निज धाम।
बृन्दाबन और मधुपुरी, बरसानै नन्दगाँम।।"

"मधुपुरी?–" ललिता ने पूछा।

"मधुपुरी माने मथुरा। दुष्ट कंस मामा की नगरी जहाँ बालगोपाल कृष्ण का जन्म भयो वाके कारागार में।...बृन्दावन जहाँ धेनु चरावै जमुना जी के तट पर खेलन वास्ते गोपाल जात रहे। हरा-भरा बन कानन। आज जैसो नांय कै बन काटि-काटि के जाने किते भवन और मन्दिर बन गये हैं वहाँ।...फिर भी बृन्दावन तो बस परम आनन्द को धाम है आज भी और अनन्त काल तक रहैगो।"

"हाँ!-और नन्दगाँव तो जैसे नाम से ही साफ है कान्हा जी के पिता नन्दबाबा का स्थान होगा।"

ललिता ने प्रसन्नतापूर्वक कहा—"किन्तु ये बरसानै?"

"बरसानै नहीं बरसाना सखि!"—मीराँ जी बोल पड़ीं—"राधा जी का गाँव। उनका पीहर। वृषभानु जी की लली राधा जी का जन्म-स्थान।"

"ओह!—" ललिता यह सुनकर एक पल को ठहरी और किंचित् व्यंग्यपूर्ण मुस्कान में बोली—"हमारे मुरलीमनोहर जी की प्राणवल्लभा राधा रानी?"

मीराँ जी तनिक सटपटायीं। फिर उन्होंने तत्काल बात बदलकर चौबे जी से कहा—"आप चित्तौड़गढ़ में सबसे पहले आज कुम्भश्याम के मन्दिर जाकर दर्शनलाभ करियेगा। वहीं इस मीराँ दासी का भी कान्हा जी का एक मन्दिर है।...वहाँ आप हम सभी को और मन्दिर में आनेवाले श्रद्धालुओं को आज सायं पधारकर ब्रजभूमि के विषय में विस्तार से बताकर हम सब पर उपकार करियेगा। मथुरा, वृन्दावन, गोकुल, गोबरधन, गऊघाट, यमुना जी इत्यादि सब-कुछ...सारे-कुछ के बारे में..."

और उस सायंकाल मीराँबाई की उपस्थिति में मथुरा से पधारे पण्डित ताराचन्द चौबे कृष्णमन्दिर में एक आसन पर बैठे राजस्थान के नर-नारियों को ब्रजक्षेत्र के मन्दिरों और विशिष्ट तीर्थों की कथा सुना रहे थे। श्री गोविन्ददेव जी के सुप्रसिद्ध मन्दिर का वर्णन करते हुए इस समय चौबे जी कह रहे थे—

"जा बिसाल मन्दिर में बिराजमान श्री गोबिन्द जी की भव्य व अद्वितीय प्रतिमा बड़ी मनोहर लगै है। जा प्रतिमा कौ धार्मिक महत्त्व जा प्रकार सौं औरू हू बढ़ि जाये है कै चैतन्य महाप्रभु के परम सिष्य गौड़ीय सम्प्रदाय के रूप गोस्वामी जी कूँ सपने में दर्सन दै कैं गोबिन्द देब जी प्रगट भये हते।"

मीराँबाई ने भक्तजन के समक्ष कहा—"आप सबने बृजभूमि के कण-कण में समाये हुए अनन्त आनन्दकन्द गिरधरगोपाल जी की अनेक लीला-स्थलियों के वर्णन अब तक सुने। ब्रज की मीठी बोली भइया ताराचन्द जी के श्रीमुख से सुनी। ब्रज की महिमा का गान अनन्त मुखों से भी यदि किया जाये तो भी वह पूर्ण नहीं हो सकता। भइया ताराचन्द जी कल वापस मथुरा रवाना होना चाहते थे। परन्तु मैंने इनसे अभी दो दिवस और रुक जाने की प्रार्थना की है जिसे इन्होंने कृपापूर्वक स्वीकार कर लिया है।"

भक्तगण की तालियों की गूँज से पूरा मन्दिर जाग उठा। मीराँ जी ने आगे कहा—"कल सन्ध्या और परसों की सन्ध्या में भी हम इनकी ब्रजभाषा की मिठास का रसास्वादन करेंगे।...भइया ताराचन्द जी! आज हमें श्री गोविन्ददेव जी के प्रकट होने की कथा कृपाकर बतायें।"

"जी देवि मीराँ जी!...भक्तजनो!! रूप गोस्वामी जी अपने पूजनीय गुरु महाराज चैतन्य महाप्रभु की स्वप्न में आज्ञा पाइकैं बृन्दावन के घर-घर में श्री गोबिन्द जी कूँ

ढूँढ़ते फिरे, परि बिनकूँ बहुत दिनान तक श्री गोबिन्ददेब जी के दर्सन नाय भये। रूप गोस्वामी अपने मन में बड़े दुखी हैं कैं श्री जमुना जी के तट पै एक बृच्छ के नीचे बैठि कैं बड़े ही दुखी मन ते रुदन करिबे लगे।"

चित्तौड़ के भक्त श्रोतागण ताराचन्द जी की मधुरवाणी दत्तचित्त होकर सुन रहे थे। ब्रजभाषा की मिठास उनके कानों में मिश्री की तरह घुल रही थी। यह कुछ-कुछ वैसा ही था जैसे युद्ध के नगाड़ों की ध्वनियाँ शान्त हो जायें और उनके मध्य अचानक हृदयस्पर्शी सारंगी के स्वर गूँज उठें। या फिर गगन में घिरे घने मेघों में रह-रहकर दमकनेवाली दामिनी के साथ गरजते हुए सारे स्वर अचानक शान्त हो जायें और फिर मात्र वर्षा की बूँदों के हरियाली वनस्पति पर गिरने के सुखद स्वर ही शेष रह जायें। या फिर मीराँबाई के कण्ठ से नित्य निकलनेवाले राग-रागिनियों के स्वर नूपुरों की कर्णप्रिय ध्वनि के साथ सम्मिश्रित हो मन्दिर के भीतर गूँजने लगें।

ताराचन्द जी कह रहे थे—"साँची लगन औरु साँचौ प्रेम काहू कौ कबहू अकारथ नाँय जाये। बाही समै एकु परम सुन्दर बृजबासी रूप गोस्वामी के पास आयौ औरू बिनकूँ रोमतौ देखिकूँ बिनके दुख कौ कारन पूछ्यौ। रूप जी ने बड़े दुखी मन ते अपने रुदन और दुख कौ कारन बतायौ। ब्रजबासी ने बड़े सादा सुभाब ते हँसि के रूप जी ते कही कै अरे जामें रोयबे की क्हा बात है? जि बिरज भूमि तौ प्रेम भूमि है। यहाँ जो जा ते साँचो प्रेम करे हैं बू बाकूँ अबस्य ही मिलै। जा प्रकार सों कहकें बू ब्रजबासी बोल्यौ आपु मेरे संग चलौ और बू रूप गोस्वामी जी कूँ बृन्दाबन में एक ऊँचे स्थान पै लै गयौ। जाकौ नाम गौमा टीला हतौ। ब्हाँ जायकें ब्रजबासी ने रूप जी ते कही कै जा ठौर पै एक गैया नित्य प्रति आय कैं अपनौ दूध भोर में ही बहाबै है। अब आगे की बात आपु जानौ। ऐसै कहि कै बू बृजबासी तो अन्तर्धान है गयौ। फिर रूप जी सोचिबै लगे कै कल आय कैं देखें कै जि बात क्हाँ तक साँची हैं?..."

इस पर मीराँ जी मुँदे नेत्रों से उस दृश्य की परिकल्पना करने लगीं। उनके श्रीमुख से निकला—"अहा!...वह ब्रजवासी और कोई नहीं अवश्य ही मेरे कान्हा जी ही रहे होंगे। आगे कहिये...फिर क्या हुआ?"

"दूसरे दिना रूप जी भोर में ही गोमा टीले पै जाय कैं बैठि गये। कछू देर पीछें एक बौहौतु ही सुन्दर गैया गोमा टीले पै अकेली आयी औरू अपने आप अपनौ दूध थनों ते बहाय कैं चल दईं। तौ रूप गोस्वामी जी कूँ बा ब्रजबासी के बचन अरू बाके सुन्दर सरूप कौ ध्यान भयौ। जा बिस्वास की खुसी में कै श्री गोबिन्द जी के दर्सन अबस्य ही मिलेंगे रूप जी मूर्च्छित है गयै।..."

"फिर?"—मीराँ जी ने किसी नन्हीं बालिका की भाँति पूछा। सारी श्रोता मण्डली अवाक्।

मथुरावासी ताराचन्द जी कहने लगे—"जा मूर्च्छित अवस्था में ही श्री रूप जी कूँ ऐसौ आभास भयौ कै कोई बिनते कहि रह्यौ है कै अरे रूप जाकूँ तू ढूँढ़तौ फिरै,

बू तो जाई ठौर पै तेरे आइबे की बौहौतु दिनान ते बाट जोह रह्यो है।...तबई रूप जी की चेतना जागी। बाई समै बिनने बहुत से बालक, जुवक और बूढ़ेन कूँ इकट्ठौ करिकै बा ठौर कूँ खुदबायौ। बाही ठौर पै श्री गोबिन्ददेब जी की बड़ी सुन्दर मूरत कूँ मिट्टी में दबी भई पाय कें सब ब्रजबासी बड़े मुदित भये औरु समारोह करिकै अभिसेक कियौ गयौ। कोटि मन्मथ मोहन श्री गोबिन्द जी के जा स्थान कूँ शास्त्रन में योग पीठ कह्यौ गयौ है। सौ भक्तजनों!...जो जाकूँ मन अरू लगन ते ध्याबै है, बाइकी मनवांछित कामना अबस्य ही पूरी होबै है। बोलो श्रीबृन्दाबन बिहारीलाल की...'''—समूचा मन्दिर जयघोष से गूँज उठा।

और इसी के साथ लोगों ने देखा कि योग मुद्रा में स्थिर बैठी मीराँ जी की ध्यान समाधि लग गयी है। घर में इसका उलटा होता। कोई मीराँ जी की समाधि भंग न हो जाये इसके लिए निःशब्द होकर हर कीमत पर परम शान्ति बनाये रखने का प्रयत्न करता। परन्तु मन्दिर तो मन्दिर। वह भी श्रीकृष्णलीला के रसिक भक्तजनों का मन्दिर। मीराँ जी को अपने घर का माननेवाले हर किसी जनसाधारण का मन्दिर। ऊँच-नीच भेदभावरहित लोगों का मन्दिर। सारे-के-सारे भक्तगण ताराचन्द मथुरावासी के साथ स्वर-में-स्वर मिलाकर "गोबिन्द माधव मदन मुरारी हे नाथ नारायण वासुदेव" के हरिकीर्त्तन का समवेत गान करने लगे। मन्दिर के पुजारी जोशी जी, ललिता, सुकन्या, भक्तगण सब-के-सब स्वर मिलाने लगे।

इन स्वर-लहरियों के मध्य एकाएक जागकर मीराँ जी ने तान छेड़ी। सबसे अलग। सबसे ऊँची। इसके साथ ही वे उठकर खड़ी हो गयीं।

सारे स्वर एकाएक शान्त हो गये। सारा श्रोता एवं दर्शक समाज मुँह उठाये भक्तिमती मीराँ को, देवीस्वरूपा मेवाड़ की सबसे विरल उस रानी को, अपलक निहारने लगा। मीराँ भाव-मगन होकर गाने लगीं और अपने इकतारे को अपने हृदय-स्थल से सटाकर नृत्य करने लगीं। मानो वह इकतारा नहीं श्रीकृष्ण मुरारी की माधुर्यमय मूर्ति ही हो। गाते-गाते मानो समूचा वृन्दावन ही सन्त मीराँबाई के रोम-रोम में उतर आया था। मीराँ के नेत्र अभी भी अर्द्धनिमीलित थे और वे गा रही थीं—

महाँनै चाकर राखो जी, गिरधारी लाला चाकर राखो जी।
चाकर रहसूँ बाग लगासूँ, नित उठ दरसण पासूँ।
बृन्दावन की कुंज गलिन में, गोविन्द का गुण गासूँ जी।
चाकरी में दरसन पाऊँ, सुमिरन पाऊँ खरची।
भाव भक्ति जागीरी पाऊँ, तीनों बाताँ सरसी जी।
मोर मुकुट पीताम्बर सोहै, गल बैजन्ती माला।
बृन्दावन में धेनु चरावै, मोहन मुरलीवाला जी।
जोगी आया जोग करन कूँ, तप करने संन्यासी।
हरी भजन को साधू आये, बृन्दाबन के बासी जी।

मीराँ के प्रभु गहिर गँभीरा, हृदै रहो जी धीरा।
आधी रात प्रभु दर्शन दीज्यो, प्रेम-नदी के तीरा जी।

मीराँबाई के हृदय से उठी वह पुकार सीधे चित्तौड़ से वृन्दावन जा पहुँची। भक्तों की दृष्टि में मीराँ के पैर उस कृष्ण-मन्दिर में थिरक रहे थे परन्तु मीराँ स्वयं किसी सुदूर भावलोक में पहुँचकर नृत्य कर रही थीं। उनकी दास्यभाव की भक्ति आज अपने चरम पर थी। मीराँ की उस मोहक पुकार को सुनकर वृन्दावन बिहारीलाल जी मीराँ के भावलोक में नंगे पाँव दोनों हाथ पसारे दौड़े चले आते थे। इसे भला कौन सांसारिक व्यक्ति समझ सकता था? जो भी वहाँ चित्तौड़गढ़ के भीतर संगमरमर के पत्थरों के उस स्वर्ण शिखर से संयुक्त भव्य मन्दिर में बैठा था।

मथुरावासी ताराचन्द जी तो निहाल हो चुके थे। वह जिस एक भक्तिमय स्वरूप का अनुमान लगाकर ब्रजभूमि से मेवाड़ के लिए चले थे, वह यहाँ सचमुच एक चमत्कार सरीखा उनके सम्मुख नृत्य कर रहा था।

ताराचन्द जी का यह परम सौभाग्य था कि मीराँबाई ने उनको अतिथिगृह में दो-तीन दिन रुकने उसके बाद मथुरा प्रस्थान के लिए आज्ञा दी थी। भक्ति और माधुर्य की साक्षात् प्रतिमूर्ति मीराँबाई का इस प्रकार आशीर्वाद मिलना जैसे पूर्व जन्मों के अनेक पुण्यों का प्रतिफल था।

इसके बाद मीराँ-मन्दिर में सायंकालीन सत्संग का दो और दिन ताराचन्द जी ने लाभ उठाया। मीराँ जी के अनेक भजन और उनके संक्षिप्त प्रवचन उस दौरान सुने। दिन में चित्तौड़गढ़ में और भी अच्छे से भ्रमण कर महलों, मन्दिरों, बाग-बगीचों, बावड़ियों, कीर्त्ति-स्तम्भ, विजय-स्तम्भ, सिंहद्वारों, किले के प्राचीरों, परकोटों का अवलोकन किया। राजस्थानी स्थापत्य कला, मूर्तिकला, शिल्पकला का भी सूक्ष्म अवलोकन व अध्ययन किया।

जिस सुबह ताराचन्द जी को चित्तौड़गढ़ छोड़ना था और वे मीराँ जी से आज्ञा लेने जाने की सोच ही रहे थे कि अतिथिगृह के एक सेवक ने दौड़कर सूचना दी कि मीराँबाई सा स्वयं पधारी हैं।

यह सुनकर ताराचन्द जी शीघ्रता से अतिथि-कक्ष से बाहर आये। मीराँबाई बाहर घास के मैदान में एक वृक्ष की शीतल छाया में विराजमान थीं। वह एक चबूतरे पर बैठी उन्हीं की प्रतीक्षा कर रही थीं। ललिता-सुकन्या उनके दोनों ओर में खड़ी थीं। यह देखकर ताराचन्द लम्बे डग भरते गद्‌गद भाव से उनकी ओर बढ़े—

"अरे देवी!...भगवती!!...जे आप कैसो गजब कियो है। मैं तो स्वयं आपके पास आ रह्यो थो।..."

मीराँबाई विहँसकर उठ खड़ी हुईं। ताराचन्द जी उनके चरणों में गिर पड़े। मीराँ बोलीं—

"अरे! अरे ब्राह्मण देव!! यह क्या कर रहे हैं आप? उठिये। मुझे क्यों पाप लगाते हैं?"

ताराचन्द जी से कुछ बोलते नहीं बना। उनके नेत्रों से आँसू बहने लगे। कण्ठ पूरी तरह अवरुद्ध हो गया। जाने किस अलौकिक शक्ति ने उनसे कहा—"ताराचन्द! तू जा तो रहा है। अब जीवन में इनसे बड़े सन्त का पुनः दर्शन तुझे शायद ही कभी हो?"

"बड़ी कृपा आपकी पण्डित जी महाराज...जो ब्रजभूमि से आप इस मरुभूमि में पधारे—" मीराँ पुनः कह रही थीं—"लीजिये ये कुछ अंगवस्त्र हैं और यह श्रीकृष्ण दासी की कुछ तुच्छ भेंट..."

साथ की सखियों ने कुछ अंगवस्त्र मीराँ जी के हाथों में दिये। मीराँ जी से ताराचन्द जी ने सिर झुकाकर प्रसादस्वरूप उन्हें ग्रहण किया।

फिर मीराँ जी ने एक लाल मखमली पोटली में कुछ स्वर्णमुद्राएँ ताराचन्द जी की ओर बढ़ायीं। ताराचन्द जी ने इन्कार में सिर हिलाया। मीराँबाई ने कहा—"आप ब्रजवासी तो परम सौभाग्यशाली होते हैं जिनका श्रीकृष्ण के चरणों में ही सीधा निवास है। यह दासी भला आपको क्या दे सकती है?...इसे आपके बालकों के लिए अपने स्नेह और आशीर्वाद रूप में आपको सौंप रही हूँ। भइया ताराचन्द जी यह एक बुआ की भेंट अपने भतीजा-भतीजियों के लिए है। क्या आप उन्हें इससे वंचित करेंगे?"

यह सुनकर उस भेंट थैली को किसी दीवाने आदमी की भाँति उन ब्रजवासी ब्राह्मण ने अधीरता से ले लिया। पण्डित ताराचन्द ने पुनः मीराँबाई को दण्डवत् किया और मन-ही-मन अपने भाग्य को सराहते हुए राधे-राधे कहते वहाँ से विदा हुए।

राणा रत्न सिंह इन दिनों बहुत परेशान थे। रणथम्भौर जब से चित्तौड़गढ़ से कट गया था राज्य की आमदनी में काफी कमी हो गयी थी। जब तक महाराणा संग्राम सिंह जीवित थे राज्य की देखभाल का दायित्व उनका था। रत्न सिंह युवराज की हैसियत से महाराणा के आदेशों का अनुपालन मात्र करते थे। शेष समय वह अपने निजी संसार में मस्त रहते थे।

किन्तु अब वह स्वयं राणा मेवाड़ थे। महाराणा सांगा के खानवा के युद्ध में मेवाड़ का राजकोष काफी हद तक खाली हो चुका था। राजकीय कर्मचारियों, सैनिकों, रनिवास, अस्तबल, निर्माणकार्यों और शिक्षा, चिकित्सा, धर्मकर्म के अनेक कार्यों के लिए पग-पग पर धन की आवश्यकता होती है। यह सब-कुछ राजकोष से ही तो संचालित होता है। ऐसे में मेवाड़ राज्य का एक बड़ा भाग माता कर्मावती के पुत्रों

के नाम निकल जाना राणा रत्न सिंह के सम्मुख वित्तीय कठिनाइयों का एक बड़ा कारण बना हुआ था।

पिता सांगा के उस अप्रिय निर्णय का रत्न सिंह उनके जीवनकाल में विरोध न कर सके थे। पर सांगा अपने देहावसान के बाद मेवाड़ का समूचा भार और मेवाड़ का रिक्त कोष उन्हीं के कन्धों पर तो छोड़ गये थे। राज्य की देखभाल और उसकी सुरक्षा की देखभाल का सारा दायित्व अब उनका था। सौतेले भाइयों विक्रम और उदय से क्या अपेक्षा की जा सकती थी? वह तो बालक कहे जाते थे और राज्य की मुख्य धारा में ही नहीं थे। यद्यपि ज़ागीर के वैभव और आराम को वे दोनों अपनी हाड़ी माँ और मामा के साथ निरन्तर भोग रहे थे तथापि राज्य के दायित्वों से उनका कुछ लेना-देना नहीं था। यही सब सोच-सोचकर राणा रत्न सिंह मन-ही-मन बड़े विक्षुब्ध और व्यग्र रहा करते थे।

राज्यारोहण के कुछ ही दिनों बाद उन्होंने अपनी विमाता हाड़ी रानी कर्मावती को चित्तौड़ बुलाने का भी प्रयास किया। इसके लिए उन्होंने पूर्णमल चौहान को अपना सन्देशवाहक बनाकर रणथम्भौर भेजा।

सन्देशवाहक ने जाकर मेवाड़ के नये राणा का लिखित सन्देश कर्मावती को इस प्रकार दिया—"आप मेरी पूजनीया हैं। माता के रूप में एक तीर्थ सम पवित्र हैं। विक्रमादित्य और उदय सिंह मेरे छोटे भाई हैं। मुझे आपके सान्निध्य और आशीर्वाद की परम आवश्यकता है। अतः आपका यह पुत्र रत्न सिंह आपके श्रीचरणों में माथा टेककर अपना प्रणाम भेजता है। माता!...आपको अब अपने इस ज्येष्ठ पुत्र के पास चित्तौड़ पधारना चाहिए। आपसे करबद्ध विनती है कि आप मेरे भाइयों को लेकर शीघ्र चित्तौड़गढ़ पधारें।"

इस लिखित सन्देश को रणथम्भौर के अतिथिगृह से रनिवास में जाकर जब पूर्णमल ने दिया तो चतुर कर्मावती समझ गयी कि राणा मेवाड़ ने उसके पुत्रों को पिता से मिली जागीर और रणथम्भौर के दुर्ग से वंचित करने के लिए यह कपटपूर्ण प्रस्ताव भेजा है।

रानी कर्मावती ने राजदूत पूर्णमल से कहा—

"राणा जी से कहना कि विक्रम और उदय अभी बालक हैं और उनकी देखभाल के लिए वैकुण्ठवासी महाराणा सा ने मेरे भाई सा सूरजमल को हुकुम दिया था। इस तरह हमारा यहाँ से कहीं आना-जाना भाई सा के ही अधीन है।"

पूर्णमल ने तब राणा रत्न सिंह की ओर से निवेदन किया कि—"राणा सा ने एक निवेदन आपसे और करने को मुझसे कहा है।"

"क्या?"—कर्मावती ने पूछा।

पूर्णमल बोला—"यह कि महाराणा सांगा महाराज ने जब मालवा के सुल्तान महमूद खिलजी को हराया था तब उससे उसका सोने का जड़ाऊ ताज और एक

बहुमूल्य कमरपेटी लेकर उसे मुक्त किया था। यह दोनों सामान महारानी सा के पास हैं। हमारे राणा जी ने कहा है कि आते समय उन्हें भी साथ में लेते आना।''

''ओह!...वह सुल्तानी ताज और कमरपेटी?''—कर्मावती ने चिहुँककर कहा।

''जी महारानी सा!''—दूत बोला।

इस पर कुछ सोचकर कर्मावती ने उत्तर दिया कि—''उसके लिए भी हमें अपने भाई सा से अनुमति लेनी पड़ेगी।''

''घणीं खम्मा महाराणी सा!...यह वस्तुएँ तो मेवाड़ राज्य की सम्पत्ति हैं। आपके पास हैं। अब राणा सा यदि इन्हें लेने को कह रहे हैं तो...''

''बस-बस...अब इस विषय में तुम्हें कुछ बोलने-कहने की जरूरत नहीं। तुम दूत हो। दूत की ही सीमा में रहो।''

''जी महाराणी माँ सा!...''

पूर्णमल ने शीश नवाया और रनिवास से पीठ घुमाकर चला आया। रानी कर्मावती ने उसे खाली हाथों लौटा दिया। परन्तु संकेत दे दिया कि इस विषय में सब-कुछ बूँदी के वर्तमान नरेश हाड़ा सूरजमल के हाथों में ही है। अतः फिर राणा के दूत पूर्णमल ने बूँदी जाकर यह सारा कुछ वृत्तान्त और राणा रत्न सिंह का सन्देश सूरजमल से कहा। सूरजमल को भी रत्न सिंह का प्रस्ताव कहाँ स्वीकारना था। बात को टालने की गरज से उसने सन्देशवाहक को सीधे न तो 'हाँ' की और न ही 'ना' और कहा—''तुम जाओ। मैं जब चित्तौड़ आऊँगा तब सब बात राणा सा से स्वयं कर लूँगा।''

यह निराश दूत इस प्रकार रणथम्भौर और बूँदी से चित्तौड़ लौट आया। उसने आकर सारा हाल-हवाल राणा रत्न सिंह से कहा। इस पर रत्न सिंह बहुत नाराज़ हुआ। परन्तु करता क्या? मन मसोसकर रह गया। इतने युद्धों की विभीषिका के बाद मेवाड़ में कुछ दिनों से शान्ति लौटी थी। राणा रत्न सिंह इसे बिना सोचे-समझे स्वयं भंग नहीं करना चाहता था। अनावश्यक रक्तपात करना वैसे भी उसकी फितरत में नहीं था। परन्तु मस्तिष्क और शरीर की शिराओं में रक्त तो एक राजपूत का ही संचारित हो रहा था।

अनेक वर्षों से बूँदी के हाड़ा शासक चित्तौड़ के राणाओं के मातहत होते आये थे और उन्हें कर देते थे। आज्ञापालन करते थे। महाराणा सांगा तक यह क्रम चला। परन्तु हाड़ी कर्मावती से विवाह कराकर बूँदी के राव महाराणा मेवाड़ के रिश्तेदार बन गये। बाद में जब से बूँदी के तत्कालीन राव नरवत हाड़ा का भाई सूरजमल और उनकी बहन ने परस्पर साँठगाँठ कर महाराणा सांगा से रणथम्भौर का अजेय दुर्ग और

उससे जुड़े सभी गाँव महाराणा के पुत्रों विक्रमादित्य और उदय सिंह के नाम लिखवा लिये, तब से बतौर संरक्षक सूरजमल, उन बालकों का मामा, रणथम्भौर का एक प्रकार से स्वतन्त्र शासक बन बैठा था। वह कभी अपने भाई बूँदी के शासक के पास बूँदी तो कभी रणथम्भौर रहता। इस जागीर की मालगुजारी का कोई अंश अब वह चित्तौड़ के राजकोष हेतु नहीं भेजता था। कालान्तर में सूरजमल स्वयं बूँदी का राजा हो गया। अब बूँदी का शासक होने के नाते सूरजमल मेवाड़ राज्य का मातहत भी था। अतः राणा रत्न सिंह का दूत पूर्णमल चौहान जब बूँदी से भी खाली हाथ वापस आया और राणा रत्न सिंह के दरबार में सूरजमल ने लम्बे समय तक हाजिरी नहीं दी तो उसके बाद दो बार दूत भेजकर रत्न सिंह ने सूरजमल को चित्तौड़ बुलवाया। सूरजमल बहाने बनाता गया और मेवाड़ के राजदरबार में नहीं गया। न ही उसने अपनी बहन कर्मावती और भतीजों को चित्तौड़गढ़ जाने दिया। फलस्वरूप रत्न सिंह और सूरजमल में परस्पर मनमुटाव बढ़ता गया।

इस मध्य राणा रत्न सिंह के क्रोध से निबटने के लिए राव सूरजमल हाड़ा, कर्मावती और उनके हिसाब से मेवाड़ के अगले उत्तराधिकारी कुँवर विक्रमादित्य को किसी बड़े सहारे की आवश्यकता महसूस हुई। तीनों की कुत्सित सोच का नतीजा यह निकला कि हिन्दुस्तान के नये बादशाह बाबर से सहायता ली जाये। वही बाबर जिसे कभी मेवाड़ के गौरव महाराणा सांगा ने जबर्दस्त टक्कर दी थी और जिससे युद्ध के परिणामस्वरूप उन्हें अन्ततः पराजित दशा में भी अपना आत्मगौरव पुनः प्राप्त करने की कीमत अपने प्राणों से चुकानी पड़ी थी। उसी बाबर को उनके कायर कपूत विक्रमादित्य ने एक बड़ा अपमानजनक सन्धि-प्रस्ताव भेजा।

विक्रमादित्य की ओर से यह प्रस्ताव उनकी माता कर्मावती ने अपने एक रिश्तेदार अशोक के हाथों भिजवाया। इसमें कहा गया था कि विक्रमादित्य सांगावत बादशाह बाबर की अधीनता स्वीकार करने को तैयार है बशर्ते वह उसके परिवार की सुरक्षा और गुजर-बसर के लिए उन्हें सत्तर लाख सालाना की मालगुजारीवाली कोई जागीर दे सकें। बाबर ने विक्रमादित्य के दूत से कहा कि अगर विक्रमादित्य रणथम्भौर का किला उसे सौंप देगा तो उसकी माँग के अनुसार इलाके उसे दे दिये जायेंगे। बाबर ने एक शर्त यह भी रखी कि महाराणा सांगा द्वारा मालवा के सुल्तान का हथियाया हुआ वह बेशकीमती ताज और कमरपेटी भी बाबर को सौंप दी जाये।

दोनों पक्षों के मध्य इस दुरभिसन्धि के लिए वार्त्ताएँ चलती रहीं। उधर बाबर अपने नवस्थापित साम्राज्य को संगठित करने की उलझनों में घिरा रहा।

पहले तो लेन-देन के इस आश्वासन में वायदा करके कुँवर विक्रमादित्य ने वह सुल्तानी ताज व कमरपेटी बाबर को देने से इन्कार कर दिया। उधर से रणथम्भौर के किले के बराबर जो जागीर देने की बात हुई थी उसमें बयाना की जागीर देने की बात चल रही थी। बाद में बाबर उस बात से पलट गया और बयाना के बजाय उसने

शम्साबाद देने की पेशकश की। इस पर कुँवर विक्रमादित्य राजी न हुआ। इस तरह राणा रत्न सिंह को समाप्त करने हेतु बाबर से हाथ मिलाने का उसके शत्रु-सम्बन्धियों का इरादा कामयाब न हो सका।

राणा रत्न सिंह के गुप्तचर उसे समाचार देते रहते थे कि उसके सौतेले भाई विक्रमादित्य और उनके संरक्षक सूरजमल का बादशाह बाबर से इन दिनों संवाद कायम है। इसलिए वह भारी दबाव में रहता था। फलस्वरूप जब वे सन्धि-वार्त्ताएँ विफल हो गयीं और बाबर की ओर से उत्तर भारत से राजपूताने की ओर रुख करने की सम्भावनाएँ क्षीण प्रतीत हुईं तो फिर मेवाड़ के राणा रत्न सिंह ने राव सूरजमल को सबक सिखाने का मन बनाया।

राणा रत्न सिंह ने शत्रु से प्रत्यक्ष युद्ध न कर उसे धोखे से मारने की योजना बनायी। सूरजमल तो उसके बुलाने पर आता ही न था। इसलिए उसने स्वयं ही बूँदी जाकर सूरजमल से भेंट करने योजना बनायी। राणा रत्न सिंह ने इसके लिए बूँदी क्षेत्र के जंगलों में शिकार का एक कार्यक्रम बनाया। सेना सहित वहाँ पहुँचकर उसने एक जंगल में अपना शिविर लगाया और राव सूरजमल को बुलवा भेजा। उन्हें भी साथ में आखेट का निमन्त्रण दिया।

सूरजमल को मन मारकर वहाँ आना पड़ा था। आखिर एक मातहत सामन्त अपने राजा के बुलावे का आदेश, वह भी अपने महल से चन्द कोस की दूरी पर स्थित राजा के शिविर में कैसे नकार सकता था?

अपने थोड़े-से अंगरक्षकों के साथ सूरजमल उस जंगल में आया। आकर रत्न सिंह से मिला। मन-ही-मन आशंकित था। प्राणों का भय तो था। परन्तु मन में निश्चय करके आया था कि यदि उस पर संकट आया तो वह भी चुप न बैठेगा। प्रतिहिंसा के लिए तत्काल प्रस्तुत होगा।

एक-दो दिन तक जंगल में हिरणों, चीतलों, सुअरों, बनमुर्गों इत्यादि का शिकार चलता रहा। तब सूरजमल ने रत्न सिंह से कहा—"इन कमजोर पशुओं के शिकार में आखिर क्या रखा है? करना ही है तो फिर शेर का शिकार कीजिये।"

रत्न सिंह ने कहा—"अच्छा...वह कैसे सम्भव होगा?"

सूरजमल ने कहा—"अगर आज्ञा दें तो कल अपने आदमियों से उसका प्रबन्ध कराऊँ। शेर के शिकार में हाँके की व्यवस्था करनी होती है और मचान का प्रबन्ध कराना होता है। बगल के सघन जंगल में शेर-चीते बहुतायत से रहते हैं। वहाँ यह शिकार और अच्छे से सम्भव है।"

रत्न सिंह ने सूरजमल को शेर के शिकार के प्रबन्ध की अनुमति दे दी। साथ ही मन-ही-मन यह संकल्प किया कि इसी शिकार में वह सूरजमल की हत्या कर देगा।

सूरजमल ने भी सोचा कि इस शिकार में मेवाड़ के उत्तराधिकार के प्रश्न को हल करने का जो सुअवसर मिलेगा पता नहीं वह भविष्य में मिले न मिले? कुँवर विक्रमादित्य को मेवाड़ का राणा बनाये बिना अब उसके कलेजे को ठण्डक नहीं मिलनेवाली।

अगले दिन प्रातः तक निर्धारित जंगल में एक ऊँचे वृक्ष की मजबूत डालों पर एक आरामदेह मचान बनकर तैयार हो चुका था। राणा रत्न सिंह और राव सूरजमल उस मचान पर एक के बाद एक कर सीढ़ी से ऊपर चढ़े।

मचान पर रत्न सिंह का धनुष-बाण-बल्लम और कटार व्यवस्थित किये जा चुके थे। कुछ मांसाहार कुछ सोमरस भी खाद्य सामग्री के साथ वहाँ रखा गया था। सबसे पहले रत्न सिंह सीढ़ी चढ़ मचान पर पहुँचे। फिर सूरजमल ऊपर चढ़े एकदम निहत्थे। उन्होंने अपनी तलवार को नीचे वृक्ष के तने से टिकाकर म्यानसहित रख दिया। राणा जी का भरोसा पाने के लिए इतना तो करना ही था।

दोनों प्रतिद्वन्द्वी शिकार की प्रतीक्षा में मचान पर जम गये। फिर कुछ देर बाद बहुत दूर से जंगल में हाँका शुरू हुआ। ढोल-नगाड़ों के स्वर एक वृहत्तर घेरे में तीन ओर से आने लगे। मचान की जगह ऐसी छाँटी गयी थी जो चौथी दिशा में अपेक्षाकृत खुले मैदान में थी। वहाँ दो ही तीन वृक्ष थे। दूर-दूर तक खुले में दृष्टि डाली जा सकती थी।

हाँके के स्वर धीरे-धीरे स्पष्ट होते गये। रत्न सिंह ने देखा कि अनेक जानवर हिरन, चीतल, साँभर इत्यादि उन्हीं की दिशा में भागे चले आते हैं।

रत्न सिंह ने धनुष-बाण उठाकर एक साँभर पर निशाना लगाना चाहा। सूरजमल ने उनके कन्धा दबाकर कहा—"नहीं महाराज...आज केवल सिंह का शिकार करना है।"

रत्न सिंह ने धनुष रख दिया। कुछ काल बीता। हाँके के स्वर रुक गये। रत्न सिंह ने प्रश्नवाचक मुद्रा में सूरजमल को देखा। तो वह बोला—"शेर की टोह ले रहे होंगे।...सुराग मिलेगा तो फिर शुरू हो जायेंगे।"

—यह कहकर एक पात्र में कुछ सुरा ढालकर उसने रत्न सिंह को पकड़ाया। रत्न सिंह ने कहा—"आप उम्र में बड़े हैं...पहले आप लें।" उसने अपना पात्र सूरजमल को बढ़ा दिया।

सूरजमल भाँप गया कि राणा अविश्वास कर रहा है कि कहीं मैं विषपान तो नहीं करा रहा हूँ इसे। अतः बड़ी लापरवाही से उसने कहा कि—"क्यों नहीं...यह तो हुजूर का बड़प्पन है।" कहकर सूरजमल ने शराब का वह प्याला एक साँस में खाली कर दिया। फिर दूसरे पात्र में वही सुरा उसने फिर से ढालकर रत्न सिंह को पकड़ाया। आखेट प्रेमी रत्न सिंह अब निश्चिन्त होकर सुरा पीने लगे।

होते-करते काफ़ी समय बीत गया। मध्याह्न से कुछ क्षण पूर्व हाँका फिर शुरू हुआ। इस बार ढोल-नगाड़ों और मानवों के चीखने-चिल्लाने के स्वर काफ़ी नजदीक आते सुनायी दिये। धमाधम...धमाधम...की ध्वनि काफ़ी ऊँची और तेज थी। तब मंच पर बैठे इन दोनों को एक सिंह-परिवार सामने से आता अचानक दिखायी दिया। एक शेर, एक शेरनी और उनके दो शावक।

धमाक-धमाक धम-धम-धमाधम-धमाधम धमाधम-धमाधम...हो! हो!! हो!! हुर्र!! हुर्र!...

अचानक शेरनी तो अपने शावकों के साथ बायीं ओर की झाड़ियों में आँख से ओझल हो गयी। जबकि शेर ने संयोग से सीधे भागते हुए रत्न सिंह और सूरजमल की मचान के ओर की ही दिशा पकड़ी। अब दोनों सावधान हो गये।

"तीर चलाइये रत्न सिंह!–" पीछे से राणा के कान में बोला सूरजमल।

रत्न सिंह ने धनुष की प्रत्यंचा खींचकर एक तीर सन्न से सिंह की दिशा में छोड़ा। सनसनाकर निकला वह तीर निशाने से चूक गया। तभी पीछे से सूरजमल ने रत्न सिंह को मचान से धक्का दे दिया।

असावधान राणा रत्न सिंह ऊँचे मचान से नीचे धम्म से नीचे गिरे। जब तक सँभलते तब तक सिंह उन पर झपटा और उन्हें अपने पंजों से घायल कर दिया।

तभी हाथियों की चिंघाड़ सुनायी दी। हाँकेवाले दाहिनी दिशा के जंगल में और करीब आ गये। सिंह घबराकर घायल रत्न सिंह को छोड़ खुली हुई दिशा में भाग खड़ा हुआ।

तब सूरजमल शीघ्रतापूर्वक सीढ़ियों से उतरा उसने अपनी पेड़ से सटी-गिरी तलवार उठायी और म्यान से खींचकर वह भूमि पर गिरे रत्न सिंह की ओर झपटा। तलवार का एक भरपूर वार रत्न सिंह पर किया। वार खाली गया। क्योंकि घायल अवस्था में भी राणा रत्न सिंह पलटकर वह वार बचा ले गये।

फिर वह अपनी सम्पूर्ण शक्ति समेटकर उठे। कमर में खुँसी अपनी कटार निकालकर अपने बचाव में जुट गये।

सूरजमल ने दो बार तलवार भाँजी। दोनों बार रत्न सिंह झुककर वार बचा ले गये। उसके बाद उन्होंने सूरजमल को लँगड़ी मार दी। सूरजमल गिर पड़ा। तलवार हाथ से छूटकर दूर जा पड़ी।

रत्न सिंह तब सूरजमल की छाती पर सवार हो गये। उन्होंने एक भरपूर वार अपनी कटार से सूरजमल के सीने पर किया। रक्त की फुहार छूटी।

सूरजमल ने फिर धक्का देकर रत्न सिंह को चित कर दिया। दोनों राजपूत गुत्थमगुत्था हो गये। उलटते-पलटते उस ओर चले गये जिधर सूरजमल की तलवार पड़ी थी। तलवार सूरजमल के हाथ लग गयी। फिर स्वयं को छुड़ाकर अपनी तलवार

राव सूरजमल ने राणा रत्न सिंह के पेट में उतार दी। इस तरह दोनों लड़ाके परस्पर लड़ाई में उसी जंगल में एक-दूसरे को मारकर ख़त्म हो गये।

राणा रत्न सिंह, राव सूरजमल दोनों थे तो परस्पर सम्बन्धी ही। राणा रत्न सिंह के आकस्मिक निधन से सांगा के तीसरे बेटे विक्रमादित्य के राज्यारोहण का मार्ग भी प्रशस्त हो गया। अतः राणा रत्न सिंह के साथ आयी सेना और राव सूरजमल के आदमियों के मध्य इन विकट परिस्थितियों में किसी प्रकार के टकराव का प्रश्न ही निरर्थक हो गया।

बूँदी के सामन्तों ने तब पाटण ग्राम में सूरजमल के शव के साथ रत्न सिंह के शव का भी अन्तिम संस्कार राजसी ठाठ-बाट से कर दिया। दुःखद समाचार रणथम्भौर और चित्तौड़ भेजा गया। दोनों जगह मिश्रित प्रतिक्रियाएँ हुईं। न रोते बनता था और न हँसते। भक्तिमती मीराँबाई को चित्तौड़गढ़ में सवाधिक आघात लगा। राजमाता धनाबाई जो रत्न सिंह की माँ थीं वह तो शोक में जैसे पागल-सी हो गयीं।

रानी कर्मावती भाई सूरजमल के मरने से जितनी दुःखी हुईं, अपने पुत्र विक्रमादित्य के राणा बनने और मेवाड़ की राजमाता का गौरव प्राप्त होता दीखने से मन-ही-मन हर्षित भी हुईं। अब उन्हें अपने पुत्रों के साथ मेवाड़ की राजधानी चित्तौड़गढ़ जाना था और विक्रमादित्य को राणा की राजगद्दी पर बैठकार उसके हाथों को मजबूत करना था।

उदय सिंह अभी छोटा था। वह पन्ना धाय की देख-रेख में रहता था। सत्ता की आहट से उत्तेजित करमेती हाड़ी रानी ने तब पन्ना धाय को हुक्म दिया—"पन्ना! ...तू भी तैयारी कर ले। अब तुझे भी चित्तौड़गढ़ हमारे साथ चलना है।"

10

करम की गति न्यारी सन्तो

राणा रत्न सिंह सांगावत सिंह के आखेट के लिए नहीं, नर आखेट के लिए गये थे। किन्तु स्वयं ही आखेट होकर ज़िन्दा वापस नहीं लौट सके। न ही लौट सकी उनकी लाश। चित्तौड़गढ़ में उनकी जगह उनके आभूषणों के साथ लौटी उनकी कुछ निशानियाँ, तलवार और उनकी आकस्मिक मृत्यु का हृदयविदारक समाचार। चित्तौड़गढ़ के राजमहलों में कोहराम मच गया।

राणा रत्न सिंह की पत्नी रानी पँवार जी पर वज्रपात हुआ। वह समाचार सुनते ही बेहोश हो गयीं। राजमाता धनाबाई का तो रो-रोकर वृद्धावस्था में बुरा हाल हो गया। दासियाँ और महल की दूसरी स्त्रियाँ भी अनाथों की भाँति रोने लगीं।

चित्तौड़ के दुर्ग से लेकर आस-पास की नागरिक बस्तियों में राणा के निधन का यह अप्रत्याशित और सनसनीख़ेज़ समाचार दावानल की भाँति फैल गया। लोगबाग जानकारी के लिए राजसभा की ओर दौड़ पड़े। बूँदी से आये सन्देशवाहक सामन्त ने राणा रत्न सिंह की म्यानसहित तलवार और उनके निजी आभूषण सौंपते समय चित्तौड़ के सामन्तों को बताया कि–

"शेर के शिकार के समय राणा रत्न सिंह मचान से नीचे गिर गये। हिंसक सिंह ने राणा पर आक्रमण कर दिया। यह देख बूँदी नरेश सूरजमल भी मचान के ऊपर से कूद पड़े। उनके पास उनकी कटार के अतिरिक्त और कोई हथियार नहीं था। सिंह बहुत विकट था। वह घायल भी हुआ। परन्तु उसने राणा रत्न सिंह और सूरजमल दोनों के प्राण ले लिये।"

चित्तौड़ के सामन्तों में से किसी ने पूछा–"फिर उस सिंह का क्या हुआ?"

उत्तर मिला–"इस घटना के जरा देर बाद हाँका लगानेवाले लोग घटनास्थल पर पहुँच गये। घायल सिंह भी ज्यादा दूर भाग न सका और भीड़ ने अपने भालों की बौछार कर उसे घेरकर मार डाला।"

"आपने राणा हुकुम और राव जी के मृत शरीरों का फिर क्या किया?"

"दोनों के शव अत्यन्त क्षत-विक्षत हो चुके थे। साँझ घिरने को थी। गर्मी भीषण थी। बूँदी तक उसी दिन शवों को लेकर पहुँचना सम्भव न था। अतः निकट के पाटणग्राम में सूर्यास्त से पूर्व दोनों नरेशों का विधिपूर्वक दाह-संस्कार कर दिया गया।"

"और कोई उपाय न था?"

"इतना बड़ा निर्णय आप सबने आखिर ले कैसे लिया?...चित्तौड़ के राणा थे हमारे रत्न सिंह हुकुम।"

अब सन्देशवाहक चुप। इसके आगे उसे कोई उत्तर नहीं देते बना। देता भी क्या? उन चार अनुचरों के साथ आये हुए सामन्त को बूँदी और रणथम्भौर के उच्च सूत्रों ने जितना कहने को कहा था, उसने उतना ही कहा।

चित्तौड़ की राजसभा में सलुम्बर के रावत सबसे वरिष्ठ सामन्तों में से थे। उन्होंने बूँदी के आगन्तुक सामन्त से वे राजचिह्न लेकर रनिवास में अपने विश्वस्त सहायकों के माध्यम से भेजवाये और कहा—"राजमाता हुकुम से कहना कि मैं थोड़ी देर बाद आकर उनके सामने हाज़िर होता हूँ।"

फिर वे बूँदी के सामन्त से सारा हाल-हवाल जानने के लिए उससे खोद-खोदकर प्रश्न पूछने लगे।

उत्तर में उसने बताया कि वह राव सूरजमल की ओर से रणथम्भौर के दुर्ग के प्रबन्धन हेतु तैनात है। वह न तो शिकार पर राणा रत्न सिंह हुकुम के साथ गया था न ही आखेट के समय घटनास्थल पर उपस्थित था। उसे जो भी जानकारी मिली है उसी के आधार पर सूचना दे रहा है। रानी कर्मावती और राजकुँवर विक्रमादित्य ने उसे भेजा है। शीघ्र ही वे स्वयं चित्तौड़ पधारनेवाले हैं।

उधर मीराँ-महल में मीराँ ध्यानस्थ थीं, जब यह दुःखद समाचार चित्तौड़ में पहुँचा। वस्तुतः प्रातःकालीन पूजन के बाद से ही मीराँबाई अपने कृष्णसखा से बातें करते-करते उनके ध्यान में पहुँच गयी थीं। आज वह वृन्दावन के बजाय उनके साथ सूक्ष्म रूप से द्वारकावास कर रही थीं।...समय को चीरकर वह अतीत में द्वापर युग में जा पहुँची थीं।

जब से देवर सा रत्न सिंह का आखेट पर जाना हुआ था मीराँ अत्यन्त उद्विग्न थीं। सर्वप्रथम उन्हें यह धक्का लगा था कि कहीं भी चित्तौड़ के बाहर जाते समय राणा रत्न सिंह बिना उन्हें प्रणाम किये अथवा उनसे आज्ञा लिये बिना गढ़ से बाहर कदम नहीं रखते थे। राजमाता धनाबाई के पश्चात् भाभी माँ मीराँ रत्न सिंह के लिए दूसरी माता थीं।

राणा रत्न सिंह अव्वल तो चित्तौड़गढ़ के बाहर जाते ही कम थे। परन्तु राजकाज था। कभी तो अपने राज्य के किसी भाग के निरीक्षण हेतु उन्हें बाहर जाना ही पड़ता

था। जब भी वह जाते अपनी माँ, पत्नी पँवार जी और भाभी मीराँ से कहे-सुने बिना नहीं जाते थे।

अभी छह माह पूर्व एक दिन जब मीराँबाई ने राणा जी से पुष्कर की तीर्थयात्रा की इच्छा व्यक्त की तो वह भी सपत्नीक स्वयं उनके साथ चलने को प्रस्तुत हो गये। राजमाता धनाबाई भी स्वयं को रोक न सकी थीं। तब राणा रत्न सिंह, रानी पँवार, राजमाता धनाबाई, ननद ऊदाँबाई और महल की कुछ अन्य स्त्रियों और कुछ दासियों को मिलाकर तीर्थयात्रियों का यह अच्छा-खासा समूह हो गया था। ऊँटगाड़ियाँ सुसज्जित करायी गयीं। खाने-पीने पहनने-बरतने के आवश्यक सामान कई बैलगाड़ियों पर भी लादे गये। कुछ सैन्य टुकड़ियाँ साथ में सुरक्षार्थ ली गयीं। मीराँबाई के साथ संकीर्त्तन करता यह काफ़िला पुष्कर के लिए रवाना हुआ था।

चित्तौड़ के हरकारे पुष्कर की धर्मशालाओं में आवश्यक प्रबन्ध कराने के निर्देश सहित दो-तीन दिन पूर्व ही दौड़ा दिये गये थे। आखिर मेवाड़ के राणा अपने राज-परिवार सहित तीर्थयात्रा पर स्वयं पधार रहे थे। यह कोई मामूली बात तो न थी। वह तीर्थयात्रा मीराँ के भजनों और उनकी भक्ति के कारण पूरे राजपरिवार और स्वयं मीराँ की अनन्य सखियों ललिता और सुकन्या के लिए एक यादगार बनकर रह गयी थी।

मीराँबाई पुष्कर पधारी हैं यह जानकारी मिलने पर वहाँ साधु-सन्तों और दर्शनार्थियों का उनके दर्शनों के लिए ताँता लग गया था। दो दिवस के लिए राणा रत्न सिंह पुष्कर तीर्थ गये थे। परन्तु मीराँ भाभी सा के भक्तगण उन्हें छोड़ने का नाम ही नहीं ले रहे थे। पूरे पाँच दिन सभी को वहाँ रुकना पड़ा था। छठे दिन वापसी सम्भव हो पायी थी। मगर क्या आनन्द! राणा रत्न सिंह भी अभिभूत हो गये थे। भाभी मीराँ के प्रति उनके मन में श्रद्धा का भाव तब से कई गुना बढ़ गया था।...

मीराँ से तब से उनके देवर सा बात-बात पर सलाह लेने लगे थे। अपने मन की कई गुत्थियों को सुलझाने हेतु भी वह उनसे अनेक बार प्रश्न करते। अध्यात्म को, धर्म और अधर्म को समझने के लिए भी वह विदुषी मीराँ से विनम्र चर्चा करते। मीराँ जी भी देवर सा को बड़े स्नेह से ज्ञान और ध्यान की बातें बतातीं। मीराँ जी से एक बार रत्न सिंह ने कभी आखेट पर जाने का विचार व्यक्त किया था। तब मीराँ ने उनसे पूछा था—

"आप आखेट पर क्यों जाना चाहते हैं?"

रत्न सिंह ने कहा था—"ऐसे ही..."

"ऐसे ही क्यों?"

"क्योंकि आखेट करना क्षत्रियों का कार्य है।"

"अच्छा...तो देवर सा! आप इसको क्षत्रियोचित कार्य मानते हैं?"

"बिलकुल"

"क्या यह धर्मसंगत है?"

"वह तो आप ही बताइये...भाभी माँ सा!"

"मेरे विचार से तो निरीह प्राणियों की हत्या करना कदापि धर्मसंगत नहीं हो सकता।"

"तो फिर यह व्याध लोग जो आखेट करते हैं अथवा वधिकगण जो पशुबलि देकर मांस विक्रय का कार्य करते हैं क्या वह धर्मसंगत है?"—रत्न सिंह ने पूछा।

मीराँ ने इस पर कहा—"प्रत्येक व्यक्ति की आजीविका से जुड़ा जो कर्म है उसे निर्विकार रूप से करना उसका धर्म है। यदि वह निर्विकार रूप से करता है तो...। व्याध का आखेट कर्म उसकी जीविका से जुड़ा है। वधिक भी मांस विक्रय हेतु ही हिंसा करता है। अतः उसके कर्म को अधर्म नहीं कहा जा सकता। किन्तु..."

"किन्तु क्या? भाभी सा!"

"जो आखेट मनोरंजन के लिए किया जाता है वह धर्मसंगत नहीं हो सकता। ...प्रकृति में सभी जीवधारियों को ईश्वर ने बनाया है।...सभी को पृथ्वी पर उन्मुक्त रूप से जीने का अधिकार है।"

"परन्तु 'जीवो जीवस्य भोजनं' भी तो कहा गया है। सिंह जब मृगादि अन्य पशुओं का आखेट कर उनका आहार करता है तो?"

"यह तो उसका प्राकृतिक गुण है। हिंसक पशु क्षुधापूर्ति हेतु ही दूसरे जीवधारियों का संहार करते हैं। मनोरंजन के लिए नहीं।...अतः कर्म के पीछे का उद्देश्य महत्त्वपूर्ण होता है।...और फिर राजाओं और बड़े लोगों के द्वारा योजनाबद्ध ढंग से वन्यजीवों का आखेट कर्म जनसामान्य के लिए भी दुष्प्रेरणा का कारक है। अतः व्यक्ति का जो कृत्य अथवा जो आचरण प्रकृति एवं समाज का सन्तुलन बिगाड़े वह अधर्म है। दूसरे शब्दों में पाप है।"

राणा रत्न सिंह भाभी मीराँ के तर्कों को सुनकर किसी गहरे सोच में डूब गये थे। उन्होंने कुछ देर बाद इतना और पूछा था—

"यदि मनुष्य से कोई पाप हो जाये तो उसका निवारण?"

"प्रायश्चित्त"—मीराँ जी बोलीं।

"परन्तु अवगुणों का क्या किया जाये जो मुनष्य को बार-बार पाप कर्मों की ओर उकसाते हैं?"

"प्रभु से बार-बार अपने अवगुणों का उल्लेख करना चाहिए। उन्हीं से विनय करनी चाहिए कि वे हमारे अवगुण अपने चित्त में न लायें और हमें सन्मार्ग पर चलायें। प्रभु की भक्ति ही हमें हमारे अवगुणों और पापों से मुक्ति का मार्ग दिखाती है।..."

मीराँ जी के वही प्रिय देवर रत्न सिंह उन्हें बिना बताये एक दिन चित्तौड़ से अचानक चल दिये। वह भी आखेट पर। वह तो देवरानी पँवार जी से उन्हें तब पता चला जब वह उस आखेट-यात्रा पर निकल गये। वह भी इतनी दूर। बूँदी के जंगलों में।

उस दिन तो आखेट पर ही कितनी चर्चा और वार्त्ता हुई थी। देवर जी ने कैसे-कैसे प्रश्न पूछे थे? धर्म-अधर्म, पाप-पुण्य, कर्म-अकर्म इत्यादि क्या-क्या विचार विमर्श के क्रम में नहीं आया था?...परन्तु फिर भी आखेट पर निकल गये? वह भी बिना कुछ कहे-सुने?

ऐसी क्या जल्दी थी? या फिर कोई मजबूरी थी? कहीं कोई राजनीतिक उलझन तो नहीं थी? राजों-रजवाड़ों में तो आखेट भी एक बहाना हो सकता है किसी राजनीतिक अथवा कूटनीतिक समाधान का। जब यहाँ वैवाहिक सम्बन्ध तक सत्ता-सुदृढ़ीकरण का एक माध्यम बन सकते हैं तो फिर भेंटवार्त्ताओं के लिए आखेट आदि के आयोजन तो राजपूतों के लिए मामूली बातें हैं।...परन्तु ऐसी भी क्या शीघ्रता थी? चित्तौड़ से प्रस्थान करते समय एक बार मुझसे मिल तो सकते थे...?

मीराँ का मन राणा रत्न सिंह के जाने के दिन से अशान्त था। उनका मन उन्हें किसी सम्भावित अनहोनी का संकेत दे रहा था। मन श्रीकृष्ण आराधन में भी ठीक से नहीं लग पा रहा था। रातों की नींद उड़ गयी थी। देवरानी पँवार जी की ओर रह-रहकर उनका ध्यान जाने क्यों चला जाता? एक बार उन्होंने देवरानी को बुलवाने ललिता सखी को भेजा भी। उसने लौटकर सूचना दी कि—

"रानी पँवारबाई कुछ अस्वस्थ हैं। हलका ज्वर है।" यह सुनकर मीराँ स्वयं देवरानी से मिलने उनके महल में गयीं और काफ़ी समय उनके साथ बिताया। मीराँ सामान्यतः अपना महल छोड़कर श्रीकृष्ण-मन्दिर के अतिरिक्त कहीं आती-जाती नहीं थीं। विशेषकर जब से पति भोजराज नहीं रहे थे। वह ससुराल में थीं भी और नहीं भी। परन्तु रनिवास के महलों में यदि किसी सदस्य के अस्वस्थ होने की सूचना आती तो उसे देखने मीराँ अवश्य जाती थीं।...

जब से रत्न सिंह चित्तौड़गढ़ से बिना बताये गये थे मीराँ को नित्य उन्हीं की चिन्ता रहती। उनकी कुशलता की वह कामना करती रहतीं। जिस दिन रत्न सिंह जंगल में मारे गये उस दिन सन्ध्या समय ही जाने कैसे मीराँबाई को गहरी नींद आ गयी? कई दिन की जागी थीं। बीच में घड़ी-दो-घड़ी भले ही ध्यान में चली जायें अधिकतर समय उद्विग्न रहतीं। खाने-पीने में भी उनका मन न लगता।

सन्ध्या समय गहन निद्रा में उन्हें सोते देख ललिता-सुकन्या को बड़ा चैन मिला। दोनों उनके निकट निःशब्द बैठी भूमि पर मीराँ को अपलक निहारने लगीं।

उधर मीराँ स्वप्न में देख रही थीं कि द्वारकापुरी के राजमहल में श्रीकृष्ण के गुरुदेव दुर्वासा ऋषि पधारे हैं। उनके क्रोधी स्वभाव से तो सारा विश्व ही आक्रान्त रहता था।

ऋषिवर के आगमन की सूचना मिलते ही महाराज श्रीकृष्ण अपना सिंहासन छोड़कर महल के द्वार पर भागे चले आये हैं। गुरुवर को साष्टांग दण्डवत् कर वे उन्हें परम आदरभाव से भीतर ले गये हैं और उन्हें अपने सिंहासन पर विराजमान कर नीचे फ़र्श पर बैठकर उनके पाँव दबाने लगे हैं।

तब तक महारानी रुक्मिणी भी आकर दुर्वासा ऋषि का चरण स्पर्श करती हैं। दासियों से जलपात्र तथा परात लेकर श्रीकृष्ण और रुक्मिणी दोनों गुरुदेव के चरण पखारने लगते हैं। रुक्मिणी जलपात्र से जल गिराती जाती हैं और महाराज श्रीकृष्ण अपना स्वर्णकिरीट मस्तक पर धारण किये गुरुदेव के धूल से सने चरणों को मल-मलकर धोते हैं। पीताम्बर अर्थात् अपने पीले अंगवस्त्र से तत्पश्चात् श्रीकृष्ण दुर्वासा जी के गीले चरण पोंछते हैं।

तब गुरुवर दुर्वासा प्रसन्नवदन महारानी रुक्मिणी को आदेश देते हैं—"आज और कुछ नहीं बस तुम्हारे हाथ की बनी खीर खाने की अभिलाषा हो आयी है।"

रुक्मिणी द्रुतगति से रसोईगृह के लिए प्रस्थान कर जाती हैं। श्रीकृष्ण गुरुदेव के सन्निकट बैठकर उनका कुशल-क्षेम पूछने लगते हैं।

गुरुदेव के समक्ष तब तक जलपात्र और कुछ फल लाये जाते हैं। गुरुदेव दुर्वासा फलों को हाथ भी नहीं लगाते और केवल जलपात्र हाथ में लेकर उससे थोड़ा जल पीते हैं।

"द्वारका में सब-कुछ कैसा चल रहा है?"—दुर्वासा श्रीकृष्ण से पूछते हैं।

"वैसे तो कोई बाहरी राजनीतिक संकट नहीं है गुरुदेव!—" कृष्ण कहते हैं—"परन्तु राज्य में कुछ काल से प्राकृतिक सन्तुलन काफ़ी बिगड़ गया है।"

"अर्थात्?"

"ऋतुओं का चक्र गड़बड़ा गया है। समय से वर्षा नहीं होती। शरत्काल में अतिवृष्टि होने लगती है। चारों ओर जल-ही-जल। बाढ़-ही-बाढ़। समुद्र में उत्ताल तरंगें। महासागर का जल द्वारका नगरी में जहाँ-तहाँ आवारा पशुओं की भाँति नागरिकों के घरों में घुस जाता है। मौसम ने कृषकों और साधारण नर-नारियों के जीवन को तहस-नहस कर डालता है। राजकोषीय सहायता से भी अब उसकी भरपायी सम्भव नहीं हो पा रही है। ऐसा विगत दो वर्षों से हो रहा है।"

दुर्वासा कहते हैं—"अभी तो कुछ नहीं देखा है द्वारकावासियों ने। एक दिन तुम्हारी यह स्वर्णनगरी ही समुद्र के प्रलयंकारी तूफान में समा जायेगी। नष्ट हो जायेगा समूचा यादव कुल।"

कृष्ण कहते हैं—"जानता हूँ गुरुदेव! माता गान्धारी का शाप जो है मुझ पर। मृत दुर्योधन के शरीर पर रोती-बिलखती मुझे निकट खड़ा जान आँखों पर पट्टी चढ़ाये माता गान्धारी ने ही तो कहा था—हे कृष्ण! तुमने छल से पितामह भीष्म, द्रोणाचार्य, महारथी कर्ण को बारी-बारी से मरवाया। मेरे सौ पुत्रों को पाण्डपुत्रों के हाथों

मरवाया। अब यह मेरा ज्येष्ठ पुत्र दुर्योधन भी नहीं रहा। जाओ मैं तुम्हें शाप देती हूँ कि इसी तरह एक दिन तुम्हारे प्रिय जन सारे यादव समुदाय का नाश हो जायेगा। वे भी परस्पर लड़ मरेंगे। मेरे शाप के वशीभूत होकर यादवों की बुद्धि भ्रष्ट हो जायेगी। वे ब्राह्मणों को अपमानित करेंगे। अन्ततः किसी तपस्वी ऋषि को भी अपमानित करेंगे जिसका अमोघ शाप ही उन्हें समूल नष्ट कर देगा। तुम भी अकाल मृत्यु को प्राप्त होगे। अरे...कोई नहीं बचा सकेगा तुम्हें द्वारकाधीश!..."

तब तक महारानी रुक्मिणी एक स्वर्णपात्र में ताजी चावल की खीर लेकर उपस्थित हो जाती हैं। आते-आते वह पति के शब्दों को सुन लेती हैं। उन शब्दों को जिनकी चर्चा आज तक उनके पति श्रीकृष्ण ने भूले से भी उनसे नहीं की थी। घबराकर रुक्मिणी के मुख से निकलता है—

"दया करिये गुरुदेव! यह सब मैं क्या सुन रही हूँ? आप तो सर्वसमर्थ और त्रिकालदर्शी हैं। पूज्यवर! कृपया आप ही इनकी रक्षा कीजिये।"

दुर्वासा ऋषि कुछ नहीं बोलते। वह महारानी रुक्मिणी के हाथ से वह खीर का पात्र ले लेते हैं और फिर उतावले मुख से एक सोने के चम्मच से चप्प-चप्प करते हुए वह परोसी गयी स्वादिष्ट खीर खाने लगते हैं।

रुक्मिणी कृष्ण की ओर तनिक बेचैनी से देखती हैं। कृष्ण हौले से मुस्कुराते हैं। दुर्वासा ऋषि आधी खीर-खाकर वह कटोरा, भूमि पर रख देते हैं। कटोरे में उनकी जूँठी की हुई आधी खीर अभी भी अवशेष है।

महारानी रुक्मिणी खीर का वह पात्र उठाने को झुकती हैं। दुर्वासा एकाएक कहते हैं—

"रुको...इसे वापस मत ले जाओ। कृष्ण तुम अपने वस्त्र उतारो इसी समय।"

उस विशाल कक्ष में सन्नाटा छा जाता है। उपस्थित दास-दासियाँ एक-दूसरे का मुख देखने लगते हैं। कृष्ण सभी को वहाँ से जाने का संकेत करते हैं। सब बाहर चले जाते हैं। कक्ष में गुरुदेव दुर्वासा, श्रीकृष्ण और रुक्मिणी ही शेष रह जाते हैं।

कृष्ण लज्जा वस्त्र को छोड़कर गुरुदेव की आज्ञा के सम्मुख अपने सारे वस्त्र-आभूषण उतार देते हैं। दुर्वासा कहते हैं—"पुत्री रुक्मिणी! अब यह खीर उबटन की भाँति कृष्ण के सारे शरीर पर मल दो।"

रुक्मिणी को मन-ही-मन दुर्वासा ऋषि के उस आदेश को सुनकर बहुत क्रोध आता है। पर उनका क्रोध तो दुर्वासा के जगत् प्रसिद्ध कोप के आगे बहुत बौना है। मेरे स्वामी के शरीर पर ये मुनिवर अपनी जूँठी की हुई खीर मलवायेंगे? छिः...वह मन-ही-मन सोचती हैं। फिर जुगुप्सा और क्रोध के मनोभावों को किसी तरह नियन्त्रित कर मुख लाल किये श्रीकृष्ण के शरीर पर जूँठी खीर मलने लगती हैं। गर्दन पर, छाती पर, पीठ पर, हाथों पर, पेट पर, जंघाओं, घुटनों, पैरों पर...कृष्ण मधुर-मधुर मुस्कराते रहते हैं।

दुर्वासा कहते जाते हैं—"इधर लगाओ, उधर लगाओ, मुखमण्डल पर भी...अब नितम्बों और फिर अग्रभाग पर..."

छिः...बड़े बेशर्म हैं यह ऋषिवर। लज्जा और क्रोध में रुक्मिणी सोचती हैं। और मुँह फिराकर उनके सारे निर्देशों का पालन करती हैं। अन्त में खीर पात्र में तलछट ही शेष रह जाती है।

तब तक श्रीकृष्ण के पैर के पंजों पर रुक्मिणी के हाथ चल रहे होते हैं। रुक्मिणी के मन का क्षोभ बढ़ता जाता है। रुक्मिणी चाहतीं तो श्रीकृष्ण के तलुओं पर भी उस खीर की उबटन लगा देतीं। हाय विवशता! जो वह नहीं करना चाहती थीं उसे ऋषिवर ने हठात् उनसे करा लिया। अतः अपने पति की मान-मर्यादा को आंशिक रूप में ही सही शेष रखने के लिए महारानी रुक्मिणी द्वारकाधीश श्रीकृष्ण के तलुओं को जूँठी उबटन लगाये बिना यथावत् छोड़ देती हैं। सारी बची-खुची खीर को वह कृष्ण की देह के अन्य भागों में व्यय कर देती हैं। आखिर द्वारकाधीश हैं हमारे स्वामी! कुछ तो उनका भी मान रखा जाये।...रुक्मिणी सोचती हैं।

"होनी को कौन टाल सकता है?"—कहकर गुरुदेव दुर्वासा एक दीर्घ निःश्वास छोड़ते हैं। आगे कहते हैं—"ठीक कह रहे थे तुम कृष्ण!...गान्धारी ने तुमसे सही कहा था। तुम्हारी अकाल मृत्यु से अब तुम्हें कोई नहीं बचा सकेगा। मैं भी नहीं..."

यह सुनकर रुक्मिणी रो पड़ती हैं—"ऐसा न कहें गुरुदेव! ऐसा न कहें। कुछ तो उपाय कीजिये।"

"उपाय ही तो कर रहा था पुत्री! यह उबटन जहाँ-जहाँ कृष्ण की देह पर लगी है वहाँ-वहाँ उसका शरीर वज्र का हो गया है। बस एक भाग तुमने अपने मन से रिक्त छोड़ दिया। वही कमज़ोर रह गया।"

"क्या?" बदहवासी में रुक्मिणी बिलख पड़ती हैं।

"कृष्ण के दोनों तलुए।"—दुर्वासा कहते हैं—"अब इसकी मृत्यु इन्हीं तलुओं के रास्ते इसकी देह में प्रवेश करेगी।"

तब रुक्मिणी की 'चीत्कार' में ही मीराँ की 'कराह' भी सम्मिलित हो गयी। वह निद्रा में ही वह दुःस्वप्न देखकर आह भर उठीं। सुकन्या ने झट से उन्हें उठाना चाहा। अनुभवी ललिता ने हाथ पकड़कर उसे रोक दिया। मीराँ और भी गहरे अतल में जा पहुँचीं। द्वारकापुरी के अनेक दारुण दृश्य उस दिन मीराँ को ध्यानावस्था में एंक के बाद एक कर दिखायी दिये।...

द्वारकापुरी का महासागर की उत्ताल तरंगों में घिर जाना...श्रीकृष्ण और बलराम द्वारा सारे द्वारकावासियों को बचाकर गोधन इत्यादि के साथ गुजरात के प्रभास क्षेत्र ले जाया जाना और वहाँ के अपेक्षाकृत शान्त सागर-तट एवं वन्य प्रदेश में उन्हें ले जाकर बसाना...एक समय पर मदिरापान की अतिशयता एवं प्रमाद से उन्मत्त निरंकुश यादवों का परस्पर प्राणान्तक युद्ध एवं उनका प्रायः सर्वनाश...विक्षुब्ध हताश

और टूटे हुए श्रीकृष्ण के अग्रज बलराम जी का भूमिगत समाधि लेकर प्राणत्याग करना...अन्त में प्रभास क्षेत्र के जंगलों में एक आखेटक के तीर से द्वारकाधीश श्रीकृष्ण का भी दुःखद अन्त...। मीराँबाई ध्यान में देख रही थीं कि श्रीकृष्ण एक पीपल के पेड़ के नीचे लेट गये हैं। बायें पैर के घुटने पर उनका दाहिना पैर टिका हुआ है। अपनी अधरप्रिया मुरली को वह लेटे-लेटे बजा रहे हैं। निकट से दौड़कर गुजरता एक हिरण उस सुमधुर धुन को सुनकर उनके निकट ही ठिठक जाता है।

श्रीकृष्ण के अधरों पर उनकी चिरपरिचित मोहनी मुस्कान अभी भी थिरक रही है। वे एकाएक वंशीवादन बन्द कर देते हैं। मुरली को अपने सिरहाने रख लेते हैं। नेत्र मूँद लेते हैं। उन्हें अपनी मृत्यु का पूर्वाभास है। योगेश्वर कृष्ण अब निर्विकार मुद्रा में आ जाते हैं। तभी किसी आखेटक का एक तीर गलती से उनके चरणकमल को भागे हुए हिरण का मस्तक जानकर उनके पाँव के उस तलुए में सन्न से जा धँसता है।...

वह नादान बहेलिया यह नहीं जानता कि वास्तविक हिरन तो वहाँ से कब का दूर भाग निकला है।...

सुध-बुध लौटी। मीराँ ध्यान से बाहर आयीं। उन्होंने उठकर कुछ क्षण ललिता-सुकन्या की ओर शून्य दृष्टि से देखा।

"जीजा!...उठिये। बहुत देर हो गयी।"—सुकन्या कह रही थी।

"कोई मुझे जल पिला दे।"—मीराँ ने क्षीण स्वर में कहा।

"हाँ-हाँ...यह लीजिये न जल। कब से यह सुकन्या आपके लिए लेकर खड़ी है।"—ललिता बोली।

"कौन?...ललिता?"...मीराँ कहते हुए उठ बैठीं।

"हाँ मीराँ!...मैं आपकी ललिता ही हूँ।"

"ओह!...मेरे श्यामसुन्दर को मार दिया उस निर्दयी ने।"

"किसने?"

"उस व्याध ने...उस—उस आखेटक ने।"

—यह कहते-कहते मीराँ के नेत्रों से झर-झर आँसू बहने लगे और वह मुँह बिगाड़कर किसी छोटी बच्ची की तरह रोने लगीं।"

"मीराँ!...यह क्या कर रही हैं आप?" कहकर ललिता उनसे लिपट गयी। सुकन्या से जलपात्र लेकर उसे उनके अधरों से सटा दिया।"

मीराँ ने जैसे-तैसे एक घूँट पिया। अश्रु बहते रहे। चेहरा लाल हो गया। भिंचे कण्ठ से इतना ही कह पायीं—"नहीं...आखिर मार ही दिया उन्हें किसी वन्य पशु की भाँति।"

"ओहो! जीजा...आप तो इतनी ज्ञानी हैं। आज यह क्या हाल कर रही हैं अपना? भला आपके श्यामसुन्दर श्रीकृष्ण को कोई मार सकता है? इस समस्त जगत् के स्वामी का प्राणान्त करने की भला है किसी में सामर्थ्य?"—अब सुकन्या ने जैसे मोर्चा सँभाल लिया। वह आगे कुछ और कहती कि ललिता ने उसे आँख दिखायी। सुकन्या चुप।

इस बीच चम्पा और चमेली रनिवास से बुलावा लेकर दो बार आयी थीं। ध्यानस्थ मीराँ को देखकर लौट गयी थी। इतने वर्षों में राजमहल की यह पुरानी दासियाँ मीराँबाई के रहन-सहन, उनकी दिनचर्या और उनकी शारीरिक-मानसिक अवस्थाओं से भली-भाँति परिचित हो चली थीं। पहले जितनी चुगली वह मीराँ की करती थीं उसका दसवाँ हिस्सा भी अब उनके पास किसी को बताने को नहीं रहता था।

रनिवास की सभी स्त्रियाँ और नातेदार भी मीराँ के स्वभाव और उनकी आदतों से पर्याप्त सीमा तक अवगत हो चुके थे। श्रीकृष्ण के प्रति उनकी अनन्य निष्ठा और सम्पूर्ण समर्पण से वे भली-भाँति परिचित थे। साधु-संगत मीराँ को कितनी भाती है इससे भी वे सुभिज्ञ थे।

कृष्णभक्ति में मीराँ का भजन-कीर्त्तन के समय किस प्रकार हाल-बेहाल हो जाता है और वह तब लोकलाज को ताख पर रखकर किस प्रकार उन्मुक्त रूप से गाने और नाचने लगती हैं यह बात सभी जानते थे। अपने इस निष्कलुष आचरण और आस्था-विश्वास के प्रति वह कितनी अडिग और अनम्य हैं...इससे भी कोई अब अपरिचित नहीं रह गया था।

महाराणा सांगा के समय मीराँ को उनके हाल पर छोड़ दिया गया था। मीराँ के दर्शनार्थ आनेवाले आस्थावानों की बढ़ती भीड़ को नियन्त्रित रखने के उद्‌देश्य से सांगा ने एक अलग कृष्ण-मन्दिर ही चित्तौड़गढ़ में कुम्भश्याम जी के साथ करा दिया था जो कि वस्तुतः अब मीराँ-मन्दिर ही कहा जाने लगा था।

राणा रत्न सिंह के तीन वर्ष के कार्यकाल में तो मीराँ की भक्ति और पूजन-अर्चन को पूर्णतः बाधारहित वातावरण प्राप्त हो गया था। उनके देवर रत्न सिंह ने चित्तौड़गढ़ के बाहर की बस्ती में स्थित मन्दिरों में भी उनके आने-जाने पर कोई प्रतिबन्ध नहीं लगा रखा था।

ऐसे में उस दिन जब उधर रनिवास में आकस्मिक मृत्यु को प्राप्त राणा रत्न सिंह की तलवार और आभूषणों से लिपटकर उनकी सद्यः विधवा रानी पँवारबाई पागलों की भाँति रो रही थी और भारी संख्या में स्त्री समाज उन्हें घेरे हुए था, मीराँ का कृष्ण वियोग में अपने महल में वह रुदन उनकी प्रिय सखियों को अत्यन्त विचलित कर गया। ललिता, सुकन्या या अन्य किसी दासी का साहस न हुआ कि तत्काल राणा रत्न सिंह के आकस्मिक निधन की वह मनहूस ख़बर मीराँ जी को उनके उन कमजोर क्षणों में दे सके।

मीराँ जानती थीं कि कहीं कुछ अशुभ घटा है। परन्तु क्या? इसे वे समझ नहीं पा रही थीं। अन्यथा द्वारकाधीश की अन्तिम लीला ही उन्हें ध्यान में क्यों दिखी? मीराँ के हृदय में रह-रहकर दर्द का पारावार उमड़ रहा था। मीराँ-महल और दूसरी रानियों के महल के मध्य काफी अन्तर था। जो लोग उन्हें वह दारुण समाचार दे सकते थे वे फिलहाल सहमे हुए थे। उनकी छठी इन्द्रिय मन की अज्ञात व्यथा को समझ रही थी। मीराँ जी तानपूरा उठाकर तब बरबस गा उठी थीं–

हे री मैं तो दरद दीवानी, मेरा दरद न जाने कोय।
सूली ऊपर सेज हमारी, किस विध सोना होय।
गगन मण्डल पे सेज पिया की, किस विध मिलना होय।
घायल की गत घायल जाने, के जिन घायल होय।
जौहरि की गत जौहरि जाने, के जिन जौहरि होय।
दरद की मारी बन बन डोलूँ, वैद मिल्यो नहिं कोय।
मीराँ की प्रभु पीर मिटेगी, जब बैद साँवलिया होय।

कैसी विडम्बना थी कि भक्तिमती मीराँ हजारों वर्ष पूर्व धरती पर अवतरित हुए अपने प्रियतम श्रीकृष्ण की स्मृति में आँसू बहाती उनको याद कर छटपटा रही थीं किन्तु कुछ ही दिवस पूर्व अपने कुल पर हुए वज्रपात के समाचार से अब तक वंचित थीं। उनके अत्यन्त आत्मीय देवर रत्न सिंह पंचतत्त्व में विलीन भी हो चुके थे। उनके देहावसान का समाचार मीराँ की ड्योढ़ी से चन्द कदम की दूरी पर ठिठका हुआ था। उसे लेकर सारी सखियों की जुबान पर ताला था।

परन्तु शोक की लहर को कितनी देर तक रोका जा सकता है। एक समयान्तर के बाद तो वह स्वतः ही आस-पास फैल जाती है। जितना बड़ा आदमी। उसके शोक की लहर भी उतनी ही विशाल और सशक्त।

आख़िर रोती-बिलखती राजमाता धनाबाई राठौड़ी अपनी अनेक दासियों सहित मीराँ-महल में स्वयं ही आ गयीं। आते ही उन्होंने मीराँ को अपने अंक में भरकर अपना शीश मीराँ के कन्धे पर रख दिया।

"क्या बात है माँ सा!–" मीराँ ने अचकचाकर कहा।

"अब तू ही अपनी देवरानी पँवार को समझा।...सती हो जाने का हठ कर रही है।"

"क्या?" मीराँ चीखीं। वास्तविक वज्रपात तो अब हुआ था। रोती-बिलखती धनाबाई से आगे कुछ कहते नहीं बना। परन्तु उनके साथ आयी स्त्रियों ने कुछ ही क्षणों में राणा रत्न सिंह के मारे जाने की सारी कथा मीराँ जी को सुना डाली।

सुनकर मीराँ सन्न रह गयीं। मीराँ ने माता धनाबाई को ढाँढ़स बँधाया और फिर सबको लेकर रानी पँवारबाई के महल की ओर चलीं।

राणा रत्न सिंह के महल में पँवारबाई सा का बुरा हाल था। वह रोते-रोते बेहोश हो जाती थीं। जब चेतना आती तो घुटनों में मुख दिये, केश बिखराये, न जाने किन-किन अतल गहराइयों में डूब जातीं। पहले मीराँबाई सा अब ये पँवारबाई सा ...दासियाँ उन्हें घेरे हुए थीं। परन्तु पँवार जी के महाशोक के आगे सब-की-सब बेबस। अब तो उन सारी स्त्रियों की आँखों के आँसू भी सूख चले थे।

"पँवार!..." मीराँ का स्वर सुनायी दिया।

सुनते ही शोक-सन्तप्त उस युवा राजकन्या को जैसे तड़ित् स्पर्श-सा हुआ।

"भाभी सा!..." कहकर वह उठी और दौड़कर अपनी जेठानी मीराँ जी से लिपट गयी। अश्रुओं का सैलाब एक बार फिर से चहुँओर फूट पड़ा।

मीराँ जी पँवार जी को लेकर धरती पर वहीं बैठ गयीं और अपने सीने से भींचकर केश सहलाकर हतभाग्य देवरानी को दिलासा देने लगीं।

"भाभी सा!...आप ही बताइये। यह मेरे साथ क्यों हुआ? राणा जी तो अच्छे भले थे...न कोई आधि-व्याधि...न कोई युद्ध। अब मैं क्या करूँगी जीकर?..."

"नहीं पँवार!...ऐसे नहीं कहते। जीवन अनमोल है। वह तो कान्हा जी की देन है।"

"तो फिर मेरे स्वामी का जीवन क्यों छीन लिया कान्हा जी ने?"

"कान्हा जी तो नियन्ता हैं। जो विधि-विधान उन्होंने बनाया है उससे वे स्वयं ही बँधे हैं। इस धरती पर जब वे मनुष्य रूप में अवतरित हुए तो एक दिन उन्हें भी परलोक जाना पड़ा था।"

"परन्तु मेरे प्राणाधार तो असमय ही चले गये। उनका क्या कसूर था?"

यह कहकर पँवार जी पुनः बिलख-बिलखकर रोने लगीं। तब राजमाता धनाबाई ने उन्हें मीराँ के अंक से घसीटकर अपने सीने से लगा लिया। महाशोक किसी तर्क किसी दिलासे से कब सन्तुष्ट होता है?

मीराँ जी भी मुँह में आँचल देकर रोने लगीं। थीं तो वह भी स्त्री ही। भले ही कितनी ज्ञानी अथवा कृष्णभक्त हों। मानव-हृदय की संवेदनाएँ पाषाण को भी विचलित करने की क्षमता रखती हैं।

मीराँ पँवार जी की पीठ पर हाथ फेरती हुई कहने लगीं–"देवरानी जी!...हिम्मत रखो। क्षत्राणी हो तुम। सुशिक्षित हो। तुम्हें जी कड़ा करना ही होगा। जीवन में अनेक कर्त्तव्य होते हैं जिन्हें विधाता ने हमारे लिये तय किया है। उनके निर्वाह हेतु हमें जीना होगा।"

"नहीं! अब कुछ दायित्व शेष नहीं रह गया। राणा जी के बिना यह जीवन व्यर्थ हैं।" कहकर झटके से अलग हुईं पँवारबाई और आँसू पोंछकर उन्होंने अपना निर्णय एक बार पुनः दोहराया–

"जहाँ वे गये हैं अब मुझे भी वहीं जाना है। हमारे कुल की यही रीति है। मुझे सती होना है। मुझे राणा जी के पथ पर ही अब जाना है।"

"पँवार!...तुम समझदार होकर भी ये कैसी बातें कर रही हो? आत्महत्या है यह...और आत्महत्या महापाप है।"

"कैसा पाप और कैसा पुण्य? क्षमा करें भाभी सा! इस विषय में...मुझको आपसे कोई बहस नहीं करनी है। मैंने जो कहना था सो कह दिया।"

उसके पश्चात् राजमाता धनाबाई ने अपनी बीनड़ी पँवारबाई को समझाने की बहुत चेष्टा की। अनेक स्त्रियों ने उनकी हाँ-में-हाँ मिलायी। परन्तु अधिक दबाव पड़ने पर और कुछ न बना तो रानी पँवार जी ने मौनव्रत धारण कर लिया। किसी के बस का नहीं रहा यह जानना कि अब उनके मन में क्या चल रहा है? उनका प्रत्युत्तर न हाँ में था न ना में। एक रहस्यमय चुप्पी उन्होंने ओढ़ ली थी और धरती पर पसरकर अपनी एक बाँह से अपने दोनों नेत्र ढँक लिये थे। मीराँ मध्यरात्रि तक वहीं रहीं। फिर चम्पा और चमेली को अलग बुलाकर मीराँ ने धीरे से कहा—"इन पर नज़र रखो। इन्हें अकेला कभी न छोड़ना। कोई बात हो तो मुझे भागकर खबर करना।"

इसके बाद मीराँ उठीं। उन्होंने उच्च स्वर से राजमाता धनाबाई से कहा—"सासू माँ! जा रही हूँ। सूचना मिली है कि कल कुँवर विक्रमादित्य और कुँवर उदय सिंह सासू माँ करमैती जी के साथ चित्तौड़ पधार रहे हैं। उनसे राणा जी के अन्तिम क्षणों की जानकारी मिलेगी। तब तक सब पँवार जी का ध्यान रखें।"

धनाबाई समझ गयीं कि मीराँ ने जान-बूझकर सबको सुनाकर ये बातें कही हैं। अवसादग्रस्त पँवार बीनड़ी को महाशोक के महाशून्य से निकालने को। उसके मन को मोड़ने को। ताकि वह यह सोच सके कि राणा रत्न सिंह के आखेट हेतु बूँदी के जंगलों में विगत प्रवास और उनके दुःखद अन्त की कई गुत्थियाँ तो अभी अनसुलझी हैं। उन्हें सुलझाये बिना सती हो जाने का क्या लाभ?

इस प्रकार मीराँ जाते-जाते यह सूत्र उस महल में सभी स्त्रियों को दे गयी थीं कि विधवा हो चली एक स्त्री द्वारा मृत्यु का आह्वान किसी-न-किसी बहाने टाला जा सकता है। यदि संकल्प पूर्ण करने की अवधि स्थगित हो जाये तो अनेक बार संकल्प अधूरा ही रह जाता है।

अगले दिन। जब सूर्य आकाश में तप रहा था। जब चित्तौड़गढ़ का पत्ता-पत्ता झुलस रहा था। जब नर-नारियों के कलेजों पर साँप लोट रहा था। जब राजमहलों की दरो-दीवारें तक शोक में डूबी हुई थीं। जब हवा रुकी हुई थी और आनेवाले किसी

तूफान का संकेत-सा दे रही थी। ठीक उसी समय चित्तौड़वासियों को रणथम्भौर की दिशा के मार्ग पर धूल उड़ती दिखायी दी।

लोगों ने आँखों पर हाथ रखकर उस धूल के बवण्डर की ओर देखा। रुकी हुई हवा अचानक संचरित होने लगी। देखते-ही-देखते आँधियाँ चलने लगीं। लोगों ने देखा धूल के बवण्डर से एक ऊँटों का काफ़िला प्रकट हुआ। उनके पीछे घोड़े थे फिर कुछ रथ और बैलगाड़ियाँ। काफ़िला चित्तौड़गढ़ के निकट आता गया। लोग एक-दूसरे को आवाज़ देते उस मैदान के आस-पास के घरों से बाहर आते गये।

एक बुजुर्ग ने अपनी पगड़ी सँभालते हुए कहा—"जान पड़ता है कि सिसोदियों के गढ़ में कोई आफ़त आ रही है।"

सारे स्त्री-पुरुष गर्दनें घुमाकर चित्तौड़गढ़ के विशाल किले की ओर देखने लगे। जितनी ऊँचाइयों पर उनकी दृष्टि जाती उतनी ही आशंकाएँ उनके हृदयों में कुलबुलाने लगतीं। सब-के-सब मुँह बाये आनेवाले काफ़िले को देख रहे थे।

काफ़िला सामने से गुजरने लगा। रंगीन कपड़ों के वितानों से ढँकी ऊँटों द्वारा खींची जानेवाली बीस गाड़ियाँ। इनमें दासियाँ होंगी। फिर उनके पीछे सौ-डेढ़ सौ घुड़सवार सैनिक। गिनना मुश्किल था। फिर एक सजा-धजा चार अश्वों का रथ जिसमें कुँवर विक्रमादित्य अकड़कर बैठे थे। प्रजाजन ने उन्हें दोनों हाथ जोड़ दिये। अब इन्हें ही राणा बनना है। उम्र तो देखो। उन्नीस-बीस बरस का ही तो नौजवान है। सँभाल पायेगा इतने बड़े मेवाड़ को? अरे हमें क्या? कोई भी राणा बने हमें तो उसी की ताबेदारी करनी है। विक्रमादित्य के पीछे पंखा झलते दो पहलवान सरीखे दास खड़े थे।

विक्रमादित्य के रथ के ठीक पश्चात् एक और सुसज्जित रथ गुजरा। उसमें भी चार घोड़े जुते थे। रथ में रानी कर्मावती पूरी ठसक के साथ सिंहासन पर विराजमान थीं। उनके चरणों में दो दासियाँ बैठी थीं। पीछे एक दासी खड़ी होकर उन्हें पंखा झल रही थी। अब कर्मावती को ही राजमाता बनना था। छोटा पुत्र उदय सिंह माता कर्मावती के बराबर में ही रथ के उस सिंहासन पर बैठा था।

दोनों रथ छत्र ताने सामने से गुज़र गये। अब वे काफ़िले के अग्रभाग के साथ किले की चढ़ाईवाले मार्ग पर चढ़ने लगे। पीछे से खुली हुई असंख्य ऊँटगाड़ियाँ गुज़रने लगीं। विचित्र दृश्य था। लोगों ने देखा कि उन गाड़ियों पर हज़ारों की संख्या में सवार मोटे-तगड़े पहलवान भी साथ में चले आ रहे थे।

वस्तुतः विक्रमादित्य को मल्लयुद्ध का बड़ा शौक था। कुश्ती लड़ने का कम, पहलवानों को अखाड़े में कुश्ती देखने का अधिक। उसने रणथम्भौर में 7000 मल्ल अपने मनोरंजन के लिए पाल रखे थे। एक तरह से ये बलिष्ठ पहलवान उसके विश्वसनीय दास, अंगरक्षक और गुप्तचर भी थे और उसका आतंक भी।

विक्रमादित्य अपने इन पले हुए मुस्टण्डों को अपने राज्यारोहण के समय अपना जल्वा दिखाने के लिए रणथम्भौर से चित्तौड़ साथ में लिवा लाया था। यद्यपि अभी केवल 2000 मल्ल ही उसके साथ आये थे। परन्तु विक्रम की धौंस कायम करने के लिए फिलहाल यह दो हजार पहलवान नवयुवक ही काफ़ी थे।

मल्लों की ऊँटगाड़ियों के बाद, सामान ढोनेवाली बैलगाड़ियाँ, उनके बाद पुनः अनगिनत घोड़े और दो हाथी भी। हाथियों पर हौदे तो थे। उनके महावत थे। परन्तु हाथियों पर कोई सवार नहीं था।

सारा काफ़िला खामोशी के साथ चित्तौड़ के प्रजाजन के सामने से गुजरा। चित्तौड़गढ़ की ऊँचाइयों पर सरकता गया और लोगों के मन में अनेकानेक प्रश्न छोड़ता गया। एक सार्वजनीन प्रश्न यह भी कि—

नये राणा विक्रमादित्य के अधीन भविष्य का राजकाज कैसा होगा?

फिलहाल तो आँधियाँ थीं। धूल का ग़ुबार था। और नज़रों से दूर जाता वह विचित्र शाही काफ़िला था। घुड़सवार सैनिकों में से कोई नहीं बोला। सब-के-सब खामोश थे। अलबत्ता पहलवानों को ढोती ऊँटगाड़ियाँ जब सामने से गुज़रीं तो लोगों ने उनमें से कई पहलवानों को आपस में उद्दण्डतापूर्ण कहकहा लगाते अवश्य देखा था।

प्रौढ़ स्त्रियाँ जो अपनी युवा बहू-बेटियों को घर के भीतर कैद करके तमाशबीनों की भीड़ में आयी थीं उन मनचले मल्लों का अट्टाहस सुनकर ही उनका सारा साहस जवाब दे गया और वे सब-की-सब आँचल में मुँह छिपाकर अपने-अपने घरों की ओर लौट पड़ीं।

सिंहद्वार पारकर राजकुँवर विक्रमादित्य का यह विशाल कारवाँ चित्तौड़गढ़ में प्रवेश करने लगा। मल्लों की गाड़ियों में से कुछ मल्ल कूदकर पैदल हो लिये। वे आगे बढ़कर कुँवर विक्रमादित्य के आजू-बाजू में चलने लगे। उन पहलवानों की बाँहों की फड़कती हुई मछलियाँ सम्पूर्ण वातावरण में कुछ अलग ही छाप छोड़ रही थीं।

सायेदार वृक्षों से होकर यह राजसी कारवाँ शनैः-शनैः कुम्भा-महल की ओर बढ़ने लगा। इधर मीराँबाई अपनी सखियों और सेवकों के साथ उस काफ़िले को बड़ी दूर से देख रही थीं। उनकी सारी सखियाँ मीराँ-महल की छत पर उनके साथ ही खड़ी थीं। उनके पीहर के कुछ सैनिक मीराँ-महल की ड्योढ़ी पर चाकचौबन्द थे और कुछ सैनिक व सेवक मुख्य मार्ग के निकट जाकर उस विचित्र-से जलूस पर दृष्टिपात कर रहे थे।

कुछ देर बाद सुकन्या के पति चन्दन सिंह ने वहाँ से लौटकर सुकन्या को बुलाया और उसे जलूस का विवरण बताकर कहा कि "कुँवर विक्रमादित्य अपने साथ मोटे-तगड़े पहलवानों की एक पूरी फ़ौज लाये हैं। अजीब बात है।...लगता है अब हमें और भी सावधान रहना पड़ेगा।"

चन्दन सिंह की आशंका सही साबित हुई। आगन्तुक राजपरिवार के सदस्य तो कुम्भा-महल में प्रवेश कर गये। गाड़ीवानों ने विसर्जित होकर अपनी-अपनी राह ली। घुड़सवार सैनिकों में से कुछ को छोड़कर शेष अस्तबलों की ओर चले गये। हाथीवान भी दोनों हाथियों को उनके बाड़े की ओर ले गये।

परन्तु जितने पहलवान रणथम्भौर से आये थे उनकी अभी तात्कालिक व्यवस्था न हो सकी थी। वे सब-के-सब पहलवान कुम्भा-महल, मीराँ-महल के आस-पास के खुले क्षेत्रों और बाग-बगीचों में ही जम गये।

मीराँ-महल के निकट के बागों में जहाँ कभी साधु-संन्यासियों के डेरे लगते थे उनमें विक्रमादित्य के उन हट्टे-कट्टे मल्लों का कब्जा हो गया। देखते-ही-देखते सारा माहौल ही अजीबोगरीब हो गया। कोई पहलवान उधर पसरा पड़ा है। कोई किसी वृक्ष की डाल पकड़कर झूल रहा है। कुछ दण्ड-बैठकें लगा रहे हैं। कुछ मुग्दर भाँज रहे हैं और कुछ सैनिकों से पूछ-पूछकर शौचालयों की दिशा पकड़ रहे हैं।

मीराँ-महल की सारी स्त्रियाँ आतंकग्रस्त होकर मीराँबाई सा को लिये-दिये महल की छत से उतरकर भीतर के कक्षों में प्रवेश कर गयी थीं।

कुम्भा-महल के उस राजसी कक्ष में रानी कर्मावती और राजकुँवर विक्रमादित्य के मध्य गहन-गोपनीय मन्त्रणा चल रही थी। माँ-बेटे की उस बैठक में किसी को भी भीतर प्रवेश की आज्ञा नहीं थी। दास-दासी कक्ष में खाने-पीने की सामग्री रखकर द्वार भेड़कर कब के जा चुके थे।

भीतर कर्मावती पुत्र विक्रमादित्य से कह रही थी—

"मेरी विश्वस्त दासियों ने यहाँ महल में दाखिल होते ही यहाँ का सारा हाल बता दिया है।"

"वास्तव में?...पर ये औरतें कितनी सच्ची हैं आपको कैसे मालूम माँ सा?"—विक्रम ने अविश्वास की मुद्रा में कहा।

"सौ टका खरी हैं ये गुलाब़ और केसर। मेरी बरसों पुरानी खास दासियाँ हैं।"

"अच्छा...क्या कहा उन्होंने?"

"गुलाब कह रही थी कि बीनड़ी पँवार सती होना चाह रही है और मीराँ तथा धनाबाई दोनों मिलकर उसे रोक रही हैं।"

"ओह!...हैं न दोनों ही राठौड़ी ही। एक मेड़ते की दूजी जोधपुर की। रगों में खून तो एक ही है न..." युवक विक्रमादित्य ने दाँत पीसे और एक हथेली पर दूसरे हाथ की मुट्ठी मारी।

"सही कह रहे हो कुँवर जी!...हैं तो दोनों एक ही पिटारे की नागिन। दोनों में दोस्ती-यारी क्यों न हो।"

"यह तो बड़ी गड़बड़ बात है भई।...अगर वह औरत स्वयं मरने को तैयार है तो इससे अच्छी बात हमारे लिये और क्या हो सकती है? राह का एक काँटा यूँ ही साफ़ हो जाता।"

"परन्तु यह दोनों राठौड़ियाँ उसे मरने नहीं देंगी। एक तो भोजराज की मृत्यु के बाद कृष्णभक्ति का ढोंग करके पहले ही सती होने से साफ़ बच निकली। दूसरी को महाराणा सांगा सा के स्वर्गवासी हो जाने के बाद चाहे वह सती होती न होती, उसके बेटे रत्न सिंह ने ही मनाकर रोक लिया। बोला था कि आपके बिना मैं राणा पद स्वीकार न कर सकूँगा माँ सा। यह तो कहो भला हो महाराणा सा का जो वे स्वर्गवासी होने से पहले ही रणथम्भौर हमें दे गये और मैं तुम बालकों के साथ वहाँ निकल गयी। नहीं तो मुझी को तुम्हारे पिता की चिता पर सती होना पड़ता। क्योंकि सबसे बड़ी महाराणी सोलंकिनी जी तेरे पिता के देहावसान के समय अत्यन्त रुग्ण और अशक्त थीं जो कुछ ही दिन बाद चल ही बसी थीं।"

"परन्तु माँ सा!...बाबो सा तो दूर जलाये गये। उनका दाहकर्म चित्तौड़ में कहाँ हुआ?"

"निरा मूर्ख है तू!...कल को राणा बनना है तुझे। वीर की चिता पर अगर उसका शरीर न सुलभ हो तो उसका मुकुट, तलवार, आभूषण किसी भी निशानी के साथ उसकी विधवा सती हो सकती है।...कभी-कभी मुझे लगता है कि सती होना वास्तव में बड़े गौरव की बात है। परन्तु अगर आस-औलाद की जिम्मेदारी शेष हो तो सती होना उचित नहीं।"

"तो अपनी मीराँबाई सा के कौन-सी आस-औलाद थी? वह क्यों नहीं सती हुई?"

"अरे वह तो जादूगरनी है। उसकी छोड़ो। यह बतला इस पँवार रानी का क्या किया जाये? अगर यह भी बची रह गयी तो पिटारे में दो के बजाय तीन नागिनें इकट्ठी हो जायेंगी। तब सब-के-सब मिलकर जाने कब हमें डस लें।"—कर्मावती फुफकार-सी छोड़ती कह रही थी।

एक तो करेला ऊपर से नीम चढ़ा। कुँवर विक्रमसिंह को बालपन से मेवाड़ का राणा बनने के स्वप्न आते थे। उसके स्वप्नों को नित नये ढंग से सँजोने का कार्य करती थी उसकी अति महत्त्वाकांक्षी माँ हाड़ी रानी करमैती उर्फ़ कर्मावती। विक्रम तो बचपन से ही वाचाल, उद्दण्ड और बिगड़ा हुआ पुत्र था। ऊपर से उसे षड्यन्त्रकारी सोचवाली माँ के साथ-साथ महाशठ मामा सूरजमल की परवरिश भी मिल गयी। इस घातक सम्मिलन ने विष को कालकूट बना डाला। विक्रमादित्य बचपन में जितना बिगड़ैल था किशोरावस्था में और भी बिगड़ गया। युवावस्था के इस आरम्भ में ही वह अच्छा-खासा लम्पट, व्यभिचारी और दुर्गुणों की खान बन गया।

माँ से बोला—"मुझे इस सम्बन्ध में और कुछ नहीं कहना-सुनना। मैंने राजदरबार से कुछ सरदारों को बुलवा भेजा है। वे बाहर बैठके में मेरी प्रतीक्षा कर रहे हैं। आप रत्न सिंह भाई सा की इस विधवा को चाहे जैसे भी हो सती होने को तैयार करिये। आज की यह रात इसकी आखिरी रात होनी चाहिए। कल प्रातःकाल ही इसे स्वर्गारोहण करना होगा।"

"अच्छा तो तुम कितनी देर में लौटोगे?"—कर्मावती ने चिन्तित मुद्रा में पुत्र से पूछा।

"आज सायं ही...आपको राजमाता बनाकर।"—विक्रम ने एक बेहया हँसी हँसते हुए कहा।

"मतलब?"

"मतलब यह कि आज सूर्यास्त से पूर्व ही राणा विक्रमादित्य का राज्यारोहण होगा।"

"परन्तु पुत्र सिंहासन पर बैठना और राजतिलक का शुभकार्य प्रातःकाल सूर्योदय के उपरान्त होना चाहिए।"

"राजसिंहासन अधिक काल तक खाली नहीं रहना चाहिए। और मेवाड़ का सिंहासन क्या कोई ऐसा-वैसा सिंहासन है? हम वैसे ही अनेक दिवस गँवा चुके हैं। जा रहा हूँ मैं राजदरबार में बैठने। आप कल सूर्योदय के समय अपनी उस भाग्यहीन बीनड़ी को विदा करने की तैयारी कीजिये।"

"परन्तु पुत्र! मीराँ ने अगर कोई बखेड़ा खड़ा किया तो?"

"भक्तिन जी का मैंने प्रबन्ध कर दिया है। उन्हें तो मेरे पहलवान ही महल से बाहर निकलने नहीं देंगे।"

"अच्छा तो ठीक है। इधर धनाबाई से मैं निपट लूँगी।"

कुँवर विक्रम ने मर्दानी बैठक में आये हुए दरबारी सामन्तों से भेट की। कहा कि वे आज सायं ही राज्याभिषेक चाहते हैं। वृद्ध सामन्त सलुम्बर जी ने कहा कि—"सायंकाल के स्थान पर प्रातःकाल का राजतिलक श्रेष्ठ रहेगा। राजपुरोहित से शुभमुहूर्त्त भी विचरवा लिया जाये।" इस पर कुँवर विक्रमादित्य ने ढिठाई के साथ कहा—"मुहूर्त्त-वुहूर्त्त क्या होता है? राजसिंहासन का रिक्त रहना स्वयं में ही अशुभ है। इससे शत्रुओं का मनोबल बढ़ता है। वैसे देखा जाये तो राणाशाही तो उसी दिन हमारे सिर पर आ गयी जिस दिन राणा रत्न सिंह स्वर्ग सिधारे। किन्तु मेवाड़ राज्य की राजधानी चित्तौड़ है। और यहाँ की गद्दी ही असली राजसिंहासन है। उस पर जिस घड़ी भी बैठ जाऊँगा राज्यारोहण उसी समय हो जायेगा।" सभी सरदार एक-दूसरे का मुँह देखने लगे। तभी एक सरदार सबके बीच उठ खड़ा हुआ और बोला—"ठीक तो कहते हैं हुकुम!...मेवाड़ की गद्दी को खाली नहीं छोड़ा जा सकता। राजपुरोहित से निवेदन किया जाये कि वह पंचांग छोड़ें और आज ही सूर्यास्त से पूर्व हुकुम का राजतिलक करें।"

राजपुरोहित ने पूछा—"आपका परिचय?"

उस उत्साही सरदार ने झुककर उन्हें प्रणाम किया और कहा—"मुझे सरदार बीजावर्गी कहते हैं। मैं हुकुम के साथ रणथम्भौर से आया हूँ।" और फिर उसी शाम राणा विक्रमादित्य का राजतिलक हो गया। इस प्रकार सन् 1531 ई. में सिंह के सिंहासन पर मानो कोई सियार जा बैठा।

उसी रात भूतपूर्व राजमाता धनाबाई अपने शयन-कक्ष में कैद कर दी गयीं। मीराँबाई के महल के बाहर पड़े पहलवानों की संख्या में अप्रत्याशित वृद्धि हो गयी। उनमें से कई तो मीराँ-महल के चबूतरे पर ही लेट गये। मीराँबाई के निजी सैनिकों ने उन्हें वहाँ से हटाना चाहा तो वे और भी फैल गये। कहने लगे कि हमारे आवास का प्रबन्ध अभी नहीं हुआ है। दो-एक दिन में व्यवस्था हो जाने पर हम खुद ही यहाँ से चले जायेंगे। हमें किसी की ड्योढ़ी के आगे लेटने का शौक नहीं। बड़ा नाम सुना था तुम्हारी मालकिन मीराँ का। क्या इतना-सा दिल है तुम लोगों का? यह सुनकर मीराँ के सैनिक और सेवक कुछ ढीले पड़ गये।

चम्पा और चमेली दिनभर मीराँ-महल में रहतीं। रात्रि में शयन के समय कुम्भा-महल की ओर सेविकाओं के भाग में चली जातीं। आज पहलवानों की हठधर्मी के आगे वे भी मीराँ-महल से निकलकर नहीं जा सकीं और उन्हें ललिता और सुकन्या के कक्ष में ही ठहरकर सोना पड़ा।

मध्य रात्रि में नयी राजमाता कर्मावती ने अवसादग्रस्त बीनड़ी पँवारबाई का द्वार खटखटाया। एक दासी ने द्वार खोला। कर्मावती ने एक चाँदी के पात्र में अफ़ीम मिली शर्बत लेकर उस कक्ष में प्रवेश किया। उनकी दो दासियाँ गुलाब और केसर भी उनके पीछे-पीछे चाँदी की तश्तरियों में कुछ मिष्टान्न और नमकीन लेकर भीतर गयीं। राजमाता कर्मावती ने आग्रहपूर्वक वह नशीला पेय पँवारबाई को पिलाया। खाने-पीने की सामग्री किन्तु उसने छुई तक नहीं। कर्मावती बीनड़ी से चिकनी-चुपड़ी बातें करती गयी। और उस नशीले आसव को ताकत की दवा बताकर पँवार जी को अपने हाथों से पिलाती गयी। अफ़ीम ने आखिरकार अपना असर दिखाया। कुछ देर में पँवारबाई झूमने लगी। तब हाड़ी करमैती ने पँवार की निजी दासी से कहा—"कितने मलिन वस्त्र हो गये हैं बीनड़ी के। देखती क्या हो तुम? इसके सुन्दर वस्त्र और शृंगार का सामान निकालो और इसे पहनाओ।"

दासी काँपते हुए दीवार की अलमारी से पँवारबाई के वस्त्रादि निकालने लगी। फिर उसके साथ गुलाब और केसर भी जुट गयीं। सबने मिलकर उस विधवा स्त्री के वस्त्र बदल डाले। उसे सोलह शृंगार से सजाया। अर्द्ध बेहोशी की हालत में ही। उधर महाराणा कुम्भा द्वारा स्थापित विजय-स्तम्भ के निकट रातोंरात एक चन्दन की चिता संजायी गयी। ब्रह्म मुहूर्त्त में पँवारबाई को नीम बेहोशी की दशा में एक डोली में बैठाया गया। साथ में राजमाता कर्मावती की पाषाणहृदया दासी केसर उन्हें सँभालकर बैठी। डोली को निःशब्द और निर्लज्ज पुरुषों के एक समूह में, जिसमें राणा विक्रमादित्य के अनेक पहलवान भी शामिल थे, घेरकर सती-स्थल तक ले जाया गया। सूर्य की प्रथम किरण के फूटने के साथ रानी पँवारबाई को चन्दनी चिता पर स्वर्गीय राणा रत्न सिंह की तलवार के साथ लिटाकर उन पर मनो घी, समिधा इत्यादि डालकर जीते-जी फूँक दिया गया।

जब वह चिता धू-धू कर जलने लगी तो 'रानी सती पँवारबाई की जय' के नारे गूँजने लगे। अनेक ढोल-नगाड़े और शंख एक साथ बज उठे। जिसमें एक अचेतन अवस्था से चेतना में लौटती निरीह स्त्री की चीत्कार बहुत आसानी से गुम हो गयी। बताते हैं कि स्वर्गीय रत्न सिंह की दो उपपत्नियाँ और थीं। वे भी उसी प्रकार सती होकर राख हो गयी थीं। स्वेच्छा से अथवा बलपूर्वक? कौन जाने?

वह सूर्योदय चित्तौड़ के आकाश में चाहे रोज की तरह लालिमा लेकर आया हो, मगर मीराँबाई के जीवन में दुःखों की कालिमा घोल गया था। डूबते सूर्य ने विक्रमादित्य को मेवाड़ का नया राणा बनते देखा। उसी सूर्य ने कुछ घड़ियों के अन्तराल में उगते समय दिवंगत राणा की विधवा और दो अन्य अबलाओं को सती होते अथवा किये जाते देखा।

मीराँ को जब यह हिला देनेवाला समाचार मिला तो उनके दुःख और आक्रोश की कोई सीमा न रही। अभागी देवरानी को याद कर वह बिलख-बिलखकर रोयीं। पहले तो उनका परमप्रिय देवर न रहा। अब उसकी यह अर्द्धाङ्गिनी भी। हे प्रभु!...आप कितने निष्ठुर हो? आपने यह कैसा संसार बनाया है? कितनी विसंगतियाँ कितनी विडम्बनाएँ उत्पन्न की हैं अपनी सृष्टि में? क्या कहूँ?...

मीराँ एक बार तो विक्षोभ में अपने खुले केशों को स्वयं ही नोचने लगीं। उनकी सखियों और दासियों ने उन्हें सँभाला। ललिता ने तब मीराँबाई सा को प्रबोधन दिया–

"मीराँ!...आप तो स्वयं इतनी ज्ञानवान् हैं। वेदों और शास्त्रों की ज्ञाता हैं। हमसे कहती हैं कि ईश्वर ने जो विधि का विधान रचा है उससे वह स्वयं भी बँधा हुआ है। सभी प्राणी अपने-अपने सत्कर्मों और दुष्कर्मों के अनुसार पुरस्कृत और दण्डित होते हैं। दूसरे शब्दों में वह अपने कर्मों के अनुसार ही भोगों को भोगते हैं। फिर इस प्रकार से अधीर होने का क्या कारण है? सँभालिये अपने-आपको।"

मीराँ जी ने इसके बाद वास्तव में आश्चर्यजनक रूप से स्वयं को सँभाला। मन को स्थिर करने का प्रयास किया। परन्तु घाव इतना गहरा था कि मन रह-रहकर विचलित हो ही जाता। ऐसे में जब कुछ दिन बाद एक सायंकाल वह कृष्ण-मन्दिर पधारीं तब वहाँ नेत्र मूँदकर गाने लगीं–

करम की गत न्यारी सन्तो, करम की गत न्यारी।
बड़े बड़े नयन दिये मिरगन को, बन बन फिरत उधारी।
उज्ज्वल बरन दीनी बगलन को, कोयल कर दीनी कारी।
और नदियन जल निर्मल कीनी, समुन्दर कर दीनी खारी।
मूरख को तुम राज दियत हो, पण्डित फिरत भिखारी।
मीराँ के प्रभु गिरधर नागर, राणो जी तो कौन बिचारी।

अपनी ताजपोशी के अगले दिन से ही राणा विक्रमादित्य अपने महल में सारा दिन और सारी रात सुरा-सुन्दरी की संगति में मस्त रहने लगा था। उस दिन प्रातः देर से सोकर उठा। तब उसके गुप्तचरों ने आकर बीती रात्रि में मीराँबाई के पद गायन का समाचार उसे कह सुनाया।

"क्या कहा?"—राणा ने चौंककर कहा।

"जी हुकुम!..."

"ऐसा कहा मीराँ ने?"

"चाहे किसी की शपथ ले लें सरकार!!"

"कितने लोग थे वहाँ?"

"हुकुम! पूरा मन्दिर अटा पड़ा था। कोई कोना भक्तों की भीड़ से खाली नहीं था। सबके बीचोंबीच विराजमान होकर मीराँबाई सा यही कुछ गा रही थीं कि—"मूरख को तुम राज दियत हो, पण्डित फिरत भिखारी।"

इतना सुनना था कि राणा विक्रमादित्य ने आव देखा न ताव। उठा और सीधे मीराँ-महल में जा धमका। चम्पा दासी ने उन्हें उत्तेजना में लम्बे डग भरते मीराँबाई के महल की ओर जाते हुए देखा। चम्पा सीधी भागकर राजमाता कर्मावती के कक्ष में गयी—

"महारानी सा!...महारानी सा!!...अभी-अभी मैंने क्रोध में राणा सा को मीराँबाई सा के महल की ओर जाते देखा है। पता नहीं हुकुम वहाँ क्या?..."

"अच्छा-अच्छा तू जरा मेरी जूती पहना...मैं देखती हूँ।"

विक्रम जब मीराँ ने कक्ष में दाखिल हुआ तो मीराँ अभी-अभी पूजन समाप्त कर ठाकुर जी को दण्डवत् कर रही थीं। विक्रम के पाँव ड्योढ़ी में प्रवेश करते हुए ठिठक गये। उसे कुछ पल को कुछ नहीं सूझा। मीराँ उठीं और तब उन्होंने अकस्मात् आये राणा विक्रमादित्य को देखा।

"अरे श्री जी! आप? इस तरह अचानक?"

"हाँ अचानक।...आना ही पड़ा। आखिर आप चाहती क्या हो भाभी सा?"

"क्यों? मैंने क्या किया श्री जी!"

"कुछ नहीं किया आपने?...कल रात आपने मन्दिर में आम जनता के सामने राणा मेवाड़ को अपमानित किया है।...मूर्ख कहा है उसे।...क्या मैं मूर्ख हूँ?...अयोग्य हूँ?"

"देवर सा!...यह आप कैसी बातें कर रहे हैं? मैंने आपको ऐसा कब कहा? मैं तो मात्र एक भजन गा रही थी। वह भी अनेक दिवसों के बाद। मन भारी था। बड़े देवर सा रत्न सिंह इस संसार में नहीं रहे। देवरानी भी उनके पीछे सती हो गयी। कर्मगति विचित्र है। उसी पर कुछ भाव निकल गये होंगे..."

"भाव निकले नहीं। आप जान-बूझकर प्रजा को भड़का रही थीं। अभी तक तो साधु-सभा में मात्र नाचती-गाती थीं कृष्णभक्ति के नाम पर। अब लगता है राजनीति भी करने लगी हो।"

"विक्रम!—" पीछे से आकर महारानी कर्मावती ने ऊँची आवाज़ में अपने पुत्र को अकस्मात् बरजा—"कैसी बात करते हो तुम अपनी बड़ी भाभी से?...माँ समान हैं वह तुम्हारी।"

विक्रम ने तब पलटकर बेबसी में अपनी माँ को घूरा।

"माँ सा। आपको नहीं मालूम इनकी करतूत..." कहते हुए आवेश में हाँफने-सा लगा विक्रमादित्य।

"तुम इस समय होश में नहीं हो। क्षमा माँगो मीराँ से।"

"नहीं कदापि नहीं।"—विक्रम की आँखों से चिनगारियाँ-सी फूटने लगीं।

"तो ठीक है...बीनड़ी। इसकी ओर से मैं तुमसे क्षमा माँगती हूँ। अब यह राणा मेवाड़ हो गया है न। जब इसे अपनी माँ का ही लिहाज़ नहीं तो यह तुम्हारा क्या करेगा?"

"ऐसी बात नहीं है माँ सा!"—आवेश में विक्रम ने कहा।

"अच्छा तो ठीक है...तू चल मेरे साथ और मुझे बता कि क्या बात है?"—ऐसा कहते हुए कर्मावती राणा विक्रम का हाथ पकड़कर उसे जबरन मीराँ-महल से ले गयी।

मीराँ-महल से कुम्भा-महल की दूरी अधिक नहीं थी। किन्तु कम भी नहीं थी। आस-पास विचरते लोगों की वजह से राणा विक्रमादित्य भिंचे-भिंचे कण्ठ से माँ कर्मावती से रास्ते भर बहस करता गया। वह भी एकतरफा। बदले में कर्मावती विक्रम से कुछ न बोली। वह अपने पुत्र का स्वभाव जानती थी। अगर इस समय वह कुछ बोली तो कोई ठिकाना नहीं कि यह लड़का अपना मानसिक सन्तुलन खो बैठे और इसी समय न जाने और क्या-क्या बकने लगे? हाड़ी रानी चुप। राणा विक्रम की गुरगुराती हुई बहस जारी...

"उस औरत की हरकत जाने बिना आप मुझी से क्षमा मँगवाने लगीं?"

फिर कहा—"अरे क्षमा माँगे मेरी जूती।"

फिर कहा—"वह औरत क्यों नहीं क्षमा माँगे मुझसे?"

आगे बोला—"क्या मैं अब भी दूध पीता बालक हूँ जिसे हर बार उसकी ग़लतियाँ गिनायी जाती हैं।...अब मैं मेवाड़ का राणा हूँ। कहाँ कौन षड्यन्त्र कर रहा है? प्रजा को उकसा रहा है? क्या मैं यह भी न देखूँ?"

विक्रम माँ को आरोपित करने लगा—"आपने आज बात की बात में मुझे सबके सामने ज़लील कर दिया। मीराँ ही नहीं उसकी दासियों तक के सामने मुझे ज़लील किया..."

"मीराँ नहीं भाभी सा बोल।" अपने महल के निकट पहुँचकर महारानी कर्मावती ने पहली बार मुँह खोला। साथ में जोड़ा कि—"अब तू मेवाड़ अधिपति है। सही-सही बोलना सीख। याद रख दीवारों के भी कान होते हैं..."

ड्योढ़ी के भीतर प्रवेश करने से पहले महारानी कर्मावती ने दरबानों का अभिवादन स्वीकारा और आँखों के इशारे से राणा विक्रमादित्य को चुपचाप अपने पीछे आने को कहा।

राजकक्ष में पहुँचकर वहाँ खेल रहे छोटे पुत्र उदय सिंह को महारानी ने दो क्षण दुलराया फिर पन्ना धाय से उसे बाहर बगीचे में घुमाने का आदेश दिया। पन्ना धाय उदय सिंह के साथ वहाँ से चली गयी।

हाड़ी रानी ने तब कक्ष के द्वार भीतर से बन्द कर लिये और विक्रमादित्य से कहा—"विराजिये राणा सा! हुकुम!...आपको बोलने-समझाने के लिए घणीं खम्मा।"

विक्रम ने कहा—"यह कैसे बोल बोल रही हो आप माँ सा! मैंने ऐसा क्या अपराध कर दिया? भाभी सा जिस तरह मन्दिरों में नाच-गाकर सिसोदियों की पगड़ी उछाल रही हैं क्या वह उचित है?"

"ऐसा होते हुआते तो कई साल बीत चुके हैं। जब उसके धणीं कुँवर भोजराज ने उसे नहीं रोका। तेरे बाबो सा सांगा महाराज ने नहीं टोका। और वह रत्न सिंह तो उसकी आरती उतारता रहा। तो तुझे तो अभी दो दिन भी नहीं हुए हैं राणा बने। तू अभी से खड़ा करेगा नया बखेड़ा? और वह क्या कह रहा था तू मीराँ से...ओह! हाँ...राजनीति करने लगी हो।"

"हाँ तो क्या गलत कहा मैंने? भजन-कीर्त्तन के बहाने वह औरत अब राजनीति ही तो कर रही है। आपने सुना क्या कहा उसने कल मन्दिर में लोगों से?"

"क्या कहा?"

"लोगों से कह रही थी कि पण्डित भिखारी बने फिर रहे हैं और तुम लोग एक मूर्ख को राजसिंहासन पर बैठाकर चुपचाप तमाशा देख रहे हो।"

"यह सब किसने कहा तुमसे?"

"मेरे गुप्तचरों ने?"

"किन गुप्तचरों ने?"

"वही। मेरे खास गुप्तचर पहलवान। भीमा जी और भीखा जी।"

यह सुनकर कर्मावती ने अपना कपाल पीट लिया। कहा कि—"वे ही पहलवान तुझे मिले थे मीराँ पर दृष्टि रखने के लिए। वे जो सबसे बुद्धिहीन एवं मूर्ख हैं। जिनकी बुद्धि डण्ड-बैठक लगा-लगाकर उनके घुटनों में जा चुकी है। भला वे मीराँ के कवित्त या पदों का अर्थ लगा सकते हैं? उन्हें सही-सही समझ सकते हैं अथवा किसी को समझा सकते हैं? राजनीति में हर कार्य इतने सीधे ढंग से नहीं किया जाता।...अरे मूढ़! मीराँ जैसी प्रखर बुद्धि की स्त्री से, जो कि अपने आध्यात्मिक

रहन-सहन और सुमधुर गायन के कारण इतनी लोकप्रिय हो चुकी है, उससे निपटने के लिए तुझे कूटनीति का सहारा लेना होगा...और कूटनीति का पहला सिद्धान्त है कि व्यवहार करते समय व्यक्ति के मन में क्या है?...यह कभी स्पष्ट रूप से उस व्यक्ति की जुबान पर नहीं आना चाहिए।"

मामा सूरजमल अब दिवंगत हो चुके थे। पहले वह विक्रमादित्य के गुरु थे। अब उनकी अनुपस्थिति में चतुर सुजान राजमाता कर्मावती राणा विक्रमादित्य की महागुरु बन गयी। कर्मावती ने विक्रमादित्य से यह भी कहा कि अपने सलाहकार वह सोच-समझकर बनाये। राजा का सलाहकार ठोका-बजाया होना चाहिए अन्यथा राजा के साथ कभी भी विश्वासघात हो सकता है।

आज की शिक्षा के बाद विक्रमादित्य का खुराफाती मस्तिष्क किसी अति-विश्वसनीय सलाहकार को दरबार के अनेक चेहरों के मध्य खोजने लगा।

11

राणाँ जी हूँ तो गिरधर कै मन भाई

भाई-भाभी को गुज़रे अभी एक मास भी नहीं बीता था कि चित्तौड़गढ़ की हवा ही बदल गयी।

मीराँ को देवर विक्रमादित्य का उस दिन का दुर्व्यवहार बहुत खला। यह लड़का आज भी वैसे-का-वैसा ही है। बल्कि अब तो यह राणा पद पा गया है। दिन-ब-दिन पतन ही होगा इसका। सुधरने की आशा व्यर्थ है। बड़े भाई के असमय निधन का रंचमात्र भी दुःख नहीं इसको। भावज सती हो गयी। इसने रोका तक नहीं। क्या ठिकाना उसके सती होने में इसी का हाथ हो।...

चम्पा और चमेली जिन्हें कभी माता कर्मावती ने मेरे ब्याहकर आने के समय मेरी निगरानी के लिए यहाँ छोड़ा था, वे बेचारी तो कान्हा जी की कृपा से सुधर गयीं। दोनों-की-दोनों कान्हा जी की परमभक्त बन गयीं। उलटे अब राजमाता कर्मावती की ख़बरें यहाँ आकर दिया करती हैं। चम्पा-चमेली ने ही तो ललिता को बताया था कि जिस सुबह पँवार जी सती हुईं महल में सासू माँ धनाबाई को उस रात से ही उनके कक्ष में बन्द कर दिया गया था। यह सब क्या था? अवश्य इन लोगों ने घर की उस बीनड़ी को जबरन जलाकर सती कर दिया होगा।...

मीराँ दिनभर इन दिनों भगवद्गीता का पाठ किया करतीं। जब-तब उनके नेत्र भर आते। फिर अपने-आपको संयत कर पुनः गीता का गम्भीरता से अध्ययन करने लगतीं। गीता वास्तव में ऐसा ग्रन्थ है जिसे जितनी बार पढ़ा जाये कम है। क्योंकि परमब्रह्म के अवतार योगेश्वर श्रीकृष्ण ने स्वयं इसे मानवता के उद्धार के लिए इस मृत्युलोक को भेंट किया है। इसके रचयिता भले ही भौतिक रूप से वेदव्यास हों परन्तु इसमें व्यक्त विचार, शिक्षा एवं सन्देश तो स्वयं श्रीकृष्ण के श्रीमुख से अभिव्यक्त हैं।

मीराँ ने अब कुछ दिनों के वास्ते इकतारा, खड़ताल और घुँघरू आदि मन्दिर के भीतर बन्द करा दिये थे। अब वह भक्तगण के मध्य सायंकाल गीता के अंशों पर प्रवचन दिया करती थीं। मीराँ उस दिन कह रही थीं—"जानते हैं आप सब

कि...भक्त कितने प्रकार के होते हैं?...मैं बताती हूँ। अरे मैं क्या बताऊँगी भगवान् श्रीकृष्ण स्वयं ही गीता में कहते हैं कि—हे अर्जुन! मेरे प्रिय सखा!!...मेरे भक्त चार प्रकार के होते हैं—आर्त्त, जिज्ञासु, अर्थार्थी और ज्ञानी।''

कहकर मीराँ कुछ क्षण को मौन हो गयीं। एक साधु से न रहा गया। वह हाथ जोड़कर खड़ा हो गया। बोला—''भक्तिमती जी!...कृपया चारों प्रकार के इन भक्तों की विशेषता बयान की जाये।''

मीराँ ने कहा—''हाँ अवश्य...क्यों नहीं? सबसे पहले और सबसे सामान्य होते हैं आर्त्त भक्त जो भगवान् के दर्शन के लिए हरदम व्याकुल रहते हैं। दूसरे प्रकार के भक्त होते हैं जिज्ञासु भक्त उनके मन में इस समस्त सृष्टि के सृजनकर्त्ता को जानने की जिज्ञासा होती है। वह सोचते रहते हैं कि जिसने धरती, आकाश, चन्द्रमा, नक्षत्र और इतनी सुन्दर सृष्टि रची है वह स्वयं कितना सुन्दर और कितना महान् होगा? उस भक्त को उसकी यह जिज्ञासा ही भगवान् की भक्ति के लिए सतत प्रेरणा देती रहती है।''

तभी मन्दिर के कपाट खुले। पुजारी जी ने श्रीकृष्ण के विग्रह की आरती प्रारम्भ कर दी। सभी भक्तों के साथ मीराँ जी भी उठ खड़ी हुईं। मन्दिर में घण्टे-घड़ियाल बज उठे। कुछ भक्तगण शंखनाद करने लगे।

मन्दिर के गर्भगृह के बाहर मण्डप में जमा लोग आरती गायन करने लगे। उनकी तालियों का सामूहिक साथ बाहर मन्दिर प्रांगण में खड़े असंख्य नर-नारियों ने भी देना प्रारम्भ कर दिया। धूप, लोबान की सुगन्ध सारे वातावरण में व्याप्त होकर तन-मन और आत्मा तक को पवित्र करने लगी।

आरती के पश्चात् पुजारी जी ने शंख से निःसृत जल भक्तगणों पर दूर-दूर तक छिड़का। फिर सबको आरती दी और मिष्टान्न का प्रसाद वितरण किया।

भक्तिमती मीराँ जी के रहते किसी बात की कमी नहीं थी। जो जागीरें उन्हें उनके श्वसुर ने दी थीं इस मन्दिर के सारे खर्चे और भोग-प्रसाद आदि भी उसी से सम्पन्न होते थे।

प्रसाद प्राप्त हो जाने पर मन्दिर प्रांगण की सामान्यजन की भीड़ छँटने लगी। परन्तु कृष्ण-मन्दिर के मण्डप में जमे हुए साधु-संन्यासी और कुछ रोज के आनेवाले भक्त नर-नारी मीराँबाई को पूरा सुने बगैर जानेवाले नहीं थे।

एक वृद्धमाता ने मीराँ से कहा—''रानी बिटिया! तुमने तो हमारी प्यास जगा दी। दो प्रकार के भक्त बताये। आर्त्त और जिज्ञासु। अब हमें बाकी दो के बारे में भी बताओ।''

''जी माताश्री!—'' मीराँ ने विहँसकर कहा—''बताती हूँ। मैं क्या बताऊँ? वह तो गीता में हमारे श्यामसखा ही बता चुके हैं। कुरुक्षेत्र के मैदान में आर्त्त और जिज्ञासु भक्तों के बारे में बताने के बाद वह अर्जुन से कहने लगे कि—तीसरे प्रकार के भक्त

होते हैं अर्थार्थी। ये वे लोग होते हैं जिनका दृष्टिकोण पूर्णतः भौतिक होता है। बिना किसी स्वार्थ के ये कोई कार्य नहीं करते। अर्थार्थी भक्त वे होते हैं जिन पर जब कोई संकट आता है तभी वे भगवान् को याद करते हैं। अथवा जब उन्हें अपना कोई खास प्रयोजन सिद्ध करना होता है तभी वह भगवत् पूजा अथवा अनुष्ठान आदि करते हैं। चौथे प्रकार के भक्त वे होते हैं जो ज्ञानी होते हैं। वेदों, उपनिषदों आदि का अध्ययन कर और अपने गुरुजन के चरणों में बैठकर जो यह जान चुके होते हैं कि ईश्वर की माया में मोहपाश से विलग होकर स्वयं उस मायापति का ही भजन करना जीवन का सच्चा कर्त्तव्य है।''

वह साधु एक बार पुनः हाथ जोड़कर उठा और बोला—''भक्तिमती जी!... हम यह जानना चाहते हैं कि इन चारों प्रकार के भक्तों में से कौन-सा भक्त परम ब्रह्म परमेश्वर को सबसे प्रिय है?''

मीराँ जी बोलीं—''इसमें भी कोई कठिनाई नहीं। श्रीमद्भगवद्गीता में हमारे प्राणवल्लभ श्रीकृष्ण स्वयं कहते हैं कि—इन चारों प्रकार के भक्तों में ज्ञानी भक्त मुझे सबसे प्रिय है।''

''तो क्या हम यह मान लें कि ज्ञान के बिना भक्ति सम्भव नहीं है?''—श्रोता समूह के बीच से किसी आदमी का उच्च स्वर उभरा। सारे सिर उसी दिशा में घूम गये लोगों ने एक नया अपरिचित-सा नवयुवक संन्यासी देखा। एक प्रौढ़ व्यक्ति ने बिना उस ओर देखे कहा—''पीछे बैठकर क्या बोल रहे हो? सामने आकर मीराँबाई सा से अपनी बात कहो।'' युवा संन्यासी तब खड़ा हो गया। उसके होंठों पर एक तिर्यक् मुस्कान थी। सफेद धोती पहने और कन्धों पर एक सफेद अँचला लपेटे। गौरवर्ण का एक हृष्टपुष्ट युवक। मीराँबाई को भी थोड़ा विस्मय हुआ। बोलीं—''अपना प्रश्न कृपया फिर से दोहरायें।''

वह अजनबी बोला—''जब श्रीकृष्ण प्रभु को ज्ञानी भक्त सर्वाधिक प्रिय हैं तो क्या ज्ञान के बिना भक्ति सम्भव नहीं?'' मीराँ ने उत्तर दिया कि—''ज्ञान के बिना भक्ति सम्भव है। परन्तु भक्ति के बिना ज्ञान अवश्य अधूरा है।''

''वह कैसे?''

''इस पर संक्षेप में चर्चा सम्भव नहीं। आज नहीं फिर कभी।''—कहकर मीराँबाई सभा मध्य से उठ खड़ी हुईं। वहाँ एकत्र सभी खड़े हो गये।

इस पर वह व्यक्ति अपने स्थान से आगे बढ़कर मीराँबाई के निकट आया और दोनों हाथ जोड़कर बोला—''बहुत दूर से चर्चा सुनकर आया था। आप तो वास्तव में भक्तशिरोमणि हैं। देखता हूँ कि यहाँ इस क्षेत्र में आपके सहस्रों अनुयायी हैं। कृपया मेरी भी कुछ जिज्ञासाओं का आप समाधान कर देतीं तो मैं धन्य हो जाता।''

ललिता ने उस अपरिचित युवक को सशंकित दृष्टि से देखा और कहा—

''आपका परिचय?''

वह व्यक्ति बोला—"मेरा नाम विष्णुगुप्त है। मैं आपके माण्डल क्षेत्र का रहनेवाला एक संन्यासी हूँ। चारों धाम की यात्रा करके आज ही चित्तौड़ आया हूँ।"

"ठीक है। कृपया हमें मार्ग दीजिये। जो पूछना हो मीराँबाई सा से बाद में पूछ लीजियेगा।" —ललिता ने झल्लाकर कहा।

"कब? कहाँ?" —वह व्यक्ति बोला।

"चाहें तो कल इसी समय। इसी मन्दिर में!"—सुकन्या ने कहा।

और तब उस युवक ने मीराँ जी, ललिता और सुकन्या को जाने का मार्ग दे दिया।

अगले दिन मीराँबाई को मन्दिर में आने में कुछ अधिक समय लग गया। जब आरती समाप्त होने जा रही थी उसी समय मीराँ जी का आगमन हुआ।

आरती, प्रसाद-वितरण आदि के बाद अनेक भक्तगण जो देर से मीराँ जी के लिए प्रतीक्षारत थे मन्दिर में ही रुक गये। अब मीराँ जी का प्रवचन सुनकर ही जायेंगे। कल मन्दिर में पहली बार दिखायी दिया वह सुदर्शन संन्यासी भी आज फिर आया था। परन्तु बड़ी ही शान्त मुद्रा में वह मन्दिर के एक कोने में ही बैठा रहा। मीराँ जी की तो उस पर दृष्टि ही नहीं पड़ी। एक भक्त मीराँबाई से बोला—"भक्तिमती जी।...हम आपके श्रीमुख से गीता के उपदेश आज पुनः सुनना चाहते हैं। कृपा करके कुछ सुनायें।"

मीराँबाई कहने लगीं—"कल हमने आपसे गीता के सातवें अध्याय के सोलहवें और सत्रहवें श्लोक पर चर्चा की थी जो कि इस प्रकार है—

चतुर्विधा भजन्ते मां जनाः सुकृतिनोऽर्जुन।
आर्तो जिज्ञासुरर्थार्थी ज्ञानी च भरतर्षभ।।
तेषां ज्ञानी नित्ययुक्त एकभक्तिर्विशिष्यते।
प्रियो हि ज्ञानिनोऽत्यर्थमहं स च मम प्रियः।।

कल मैंने भक्ति करनेवाले व्यक्तियों के चार स्वरूपों के वर्णन किये थे। आर्त्त, जिज्ञासु, अर्थार्थी और ज्ञानी। इनमें भगवान् ने ज्ञानी को सर्वश्रेष्ठ माना है। क्योंकि ज्ञानी को तत्त्वज्ञान हो जाता है। यह भक्ति की पराकाष्ठा है। परन्तु जो व्यक्ति भक्त है उसे तो भगवान् हर समय सहज सुलभ रहते हैं। भले ही हम उन्हें इन भौतिक नेत्रों से न देख पायें किन्तु हमारे आस-पास उनकी अदृश्य उपस्थिति हमें अनुभूत होने लगती है। जैसे-जैसे हम प्रभु संकीर्त्तन में गहरे डूबते जाते हैं बन्द नेत्रों से हम अपने आराध्य के दर्शन भी करने लगते हैं।"

"किस रूप में भगवान् दर्शन देते हैं?"—किसी ने पूछा।

"जिस रूप में आप चाहें। अपने इष्ट के रूप में और चाहे ज्योतिरूप में।"

"ऐसा कैसे सम्भव है?"

"सतत अभ्यास से सम्भव है...अभ्यास न सही तो सतत चिन्तन से सम्भव है।"

"पर यह तो बहुत कठिन है भक्तिमती जी।"—पीछे कोने में बैठा वह युवा संन्यासी विष्णुगुप्त आज फिर से बोल पड़ा। कुछ लोगों ने गर्दन घुमाकर उसकी तरफ़ देखा। संन्यासी के स्वर में लोगों को कुछ-कुछ धृष्टता का भी पुट महसूस हुआ। विशेषकर जिस तरह से 'भक्तिमती जी' शब्द पर जोर देते हुए वह बोला था। एक वृद्ध साधु ने तब उससे कहा—

"अरे भइया! कुछ पूछना हो तो आगे आकर पूछ लो। पीछे से क्यों आवाज़ लगाते हो?"

"नहीं। चुपचाप बैठो। वहीं बैठे रहो। पता नहीं कहाँ-कहाँ से चले आते हैं रंग में भंग करने?"—एक दूसरे साधु ने उस संन्यासी को ललकारा। इस पर मन्दिर में एकत्रित पूरे भक्त समूह में भिनभिनाहट होने लगी।

"विष्णुगुप्त जी!...आप आगे आ जाइये"—अब मीराँ मुस्कुराकर बोलीं—"मेरे सभी भाई-बहनो!...शान्त हो जाइये...यह स्वामी विष्णुगुप्त जी हैं। माण्डल से आये हैं। इस भगवत् सभा में सभी को भगवत् चर्चा करने का अधिकार है। आइये...आप जरा आगे आ जाइये।"

इस पर विष्णुगुप्त नामक वह युवा संन्यासी अपने स्थान से उठा और लोगों के मध्य बच-बचाकर आड़े-तिरछे पग धरता मीराँबाई के सामने बैठी भक्त-मण्डली की प्रथम पंक्ति में आकर बैठ गया।

मीराँबाई ने कहा—"हाँ स्वामी जी! अब कहिये।"

विष्णुगुप्त बोला—"मैं कह रहा था कि अभ्यास और चिन्तन दोनों ही सामान्य जन के लिए स्वयं में ही सरल कार्य नहीं है। अब देखिये न। गरीब, साधनविहीन नर-नारी अपनी जीविका के लिए कितना हाड़-तोड़ परिश्रम करते हैं। तब जाकर अपना, अपने बाल-बच्चों का पेट पाल पाते हैं। ऐसे में भला उन्हें भक्ति के लिए अभ्यास और चिन्तन का अवकाश ही कहाँ है? यह ठीक है कि गीता में योगेश्वर कृष्ण ने कहा है कि—मैं तो केवल भक्ति देखता हूँ। मेरी आराधना के लिए बहुत उपाय करने की आवश्यकता नहीं है। मेरा भक्त जो भी पत्र, पुष्प, फल अथवा जल मेरे प्रति अर्पित करता है उसे मैं बहुत प्रेम के साथ ग्रहण करता हूँ। परन्तु भक्तिमती मीराँ जी! मैं आपसे पूछता हूँ कि संसार में ये जो दीन-हीन-विपन्न और शताब्दियों से दबे-कुचले मनुष्य हैं जब उनके जीवनयापन के ही साधन पर्याप्त नहीं तो भला वे इतना कुछ भी पूजा-पाठ के लिए कहाँ से ला-जुटा सकते हैं?"

मीराँ जी गम्भीर हो गयीं। उन्होंने कहा—"आप बिलकुल सही कहते हैं। दरिद्रता जीवन का अभिशाप है। अशिक्षा महा अभिशाप। शिक्षित हुए बिना व्यक्ति न तो स्वयं का विकास कर सकता है और न ही आनेवाली पीढ़ियों का। स्त्री-शिक्षा की

दशा तो हमारे समाज में और भी शोचनीय है। विशेषकर ग्रामीण क्षेत्रों में। अभी इस दिशा में बहुत-कुछ करना शेष है...किन्तु फिलहाल हम मूल विषय पर आते हैं। भगवद्गीता के नौवें अध्याय के सत्ताइसवें श्लोक में दिये गये श्रीकृष्ण प्रभु के सन्देश पर जो उद्बोधक है और अनेक अर्थों में मार्गदर्शक है।..."

"जी?..." विष्णुगुप्त ने चौंककर कहा। साथ ही मन में सोचा कि कैसी विदुषी महिला है यह। इसे तो पूरी गीता कण्ठस्थ है। साधु समाज के लोग यों ही नहीं कहते कि मीराँ के सरलतम शब्दों में गाये पदों मात्र पर न जाओ। वह शास्त्रों की परम ज्ञाता है।

मीराँ जी ने कहा कि—"इस श्लोक में भगवान् कहते हैं—

यत्करोषि यदश्नासि यज्जुहोषि ददासि यत्।
यत्तपसस्यसि कौन्तेय तत्कुरुष्व मदर्पणम्।।

—अब भला बताइये इससे सरल उपाय और कोई क्या हो सकता है? श्रीकृष्ण कहते हैं कि हे कौन्तेय! तुम जो कुछ करते हो, जो भी खाते तो, आहुति देते हो, दान देते हो, तप करते हो अर्थात् अपने निमित्त जो कुछ भी करते हो वे सारे कृत्य मुझे समर्पित कर दो। उतना ही पर्याप्त है।...भक्तजन! आप सभी विचार करिये कि कितना सरलतम उपाय हमारे मुरलीमनोहर ने हम सबको दिया है। हम चाहे राजा हों या रंक। यदि अपने मन में केवल इतना ही भाव रखें कि हम जो कुछ भी कर रहे हैं, यह सब ईश्वर के श्रीचरणों में समर्पित है। वही हमारी पूजा है। उदाहरण के लिए दान को ही लीजिये। धनिक यदि सोने-चाँदी को शुभ कार्यों में दान देने में समर्थ है तो वह भी दान है और यदि कोई निर्धन कृषक अथवा श्रमिक श्रमकार्य में अपना पसीना बहाता है तो उसके वे स्वेदबिन्दु भी प्रभु के श्रीचरणों में किसी दान से कम नहीं। असल बात तो है हमारी भावना की। प्रभु को प्राप्त करने के मार्ग में हमारी आस्था और हमारे प्रेम की।" 'धन्य हो! धन्य हो!!'—मन्दिर-मण्डप में विराजमान साधु एवं भक्त समाज ने सामूहिक स्वर से मीराँबाई की वाणी का अभिनन्दन किया।

विष्णुगुप्त भी हतप्रभ और ठगा-सा मीराँबाई के सुन्दर एवं तेजोमय मुखमण्डल को अपलक निहारता रह गया। इस समय उसके हृदय पर क्या बीत रही थी? वही जानता था। सारा वातावरण उस समय मानो किसी अदृश्य ऊर्जा से संयुक्त हो उठा था।

मीराँबाई ने तब अपनी बात का समापन करते हुए कहा—

"गुणीजन एवं भक्तजन!...हमारे मुरलीमनोहर ने अपनी इस ज्ञान और भक्ति की निर्देशिका गीता में कर्मयोग का ऐसा अद्भुत सन्देश दिया है जो हर मानव को जीवन में सतत संघर्ष करने की प्रेरणा देता है। परोपकार की, नैतिकता की, धर्मदृढ़ता की प्रेरणा देता है। यदि कहा जाये तो गीता के अनेक श्लोक ऐसे हैं जो स्वयं में

परिपूर्ण हैं। ये श्लोक मात्र श्लोक नहीं, जीवन को दिशा देनेवाले ऐसे अनमोल सूत्र हैं जिन्हें यदि हम ठीक से हृदय में उतार लें तो हमारा कल्याण हो जाये। हम अनेकानेक पाप कर्मों से बच जायें। हमारा यह जीवन सुधर जाये और इसी जन्म में हमारे लिये ईश्वर की प्राप्ति सहज सुलभ हो जाये।...

गीता के नौवें अध्याय का अन्तिम श्लोक साररूप में हमें भगवत् प्राप्ति का सहज मार्ग बताता है। जब श्रीकृष्ण अर्जुन से कुरुक्षेत्र की रणभूमि में कहते हैं कि—तुम अपना मन मेरा मन बना डालो। मेरे भक्त बनो। अपने समस्त कार्य मेरी प्रसन्नता से करो मानो कि वे कार्य नहीं कर रहे बल्कि जैसे मेरे लिये कोई यज्ञ कर रहे हो। मेरे प्रति नतमस्तक रहो। मेरे परायण रहो। अर्थात् मुझसे जुड़े रहो। और स्वयं को युक्त बनाकर मुझे प्राप्त करो। युक्त का अर्थ है कामादि एवं राग-द्वेषादि से रहित होकर मुझसे संयुक्त होने का भाव। भगवान् ऐसे भक्तों को अवश्य प्राप्त होते हैं। वह कहा है न कि—

मन्मना भव मद्भक्तो मद्याजी मां नमस्कुरु।
मामेवैष्यसि युक्त्वैवमात्मानं मत्परायणः।।"

राणा विक्रमादित्य जब से मीराँ को बुरा-भला करके लौटा था बड़ा बेचैन रहता था। गया तो था वह भाभी मीराँ को अपने रुआब में लेने। परन्तु एकबारगी मीराँ को उनके कक्ष में पूरी तरह उन्मुक्त दशा में देखकर वह ठगा-सा रह गया था।

ऐसा रूप। ऐसा अप्रतिम सौन्दर्य। आकाश में चमकनेवाली दामिनी के समान। पूर्णतः विकसित कमल सरीखा यौवन। खुली हुई कमर तक लहराती सघन केशराशि। एकदम काले बाल। स्फटिक के समान उज्ज्वल एवं इकहरी देह। नवनीत के समान स्निग्ध त्वचा। बिम्बाफल-जैसे अधर! नेत्र, नासिका, कपोल, चिबुक सब-कुछ जैसे किसी सिद्धहस्त कलाकार की कोई निर्दोष रचना। साक्षात् स्वर्ग की किसी अप्सरा सरीखी।

बड़ी भाभी को माँ के समान भले ही कहा गया है और राजमाता कर्मावती ने उसे अचानक धमककर इसकी याद भी दिलायी थी। परन्तु ऐसी अनिन्द्य...सुन्दरी राणा विक्रम ने इससे पूर्व कहीं न देखी थी। मीराँ की आयु भी कौन अधिक थी अभी भी? यही कोई 27-28 वर्ष की थीं वह। विक्रमादित्य से 7-8 वर्ष अधिक ही तो।

जब विक्रम चित्तौड़ से रणथम्भौर गया था तब 14-15 वर्ष का किशोर था। मीराँ विधवा हो चुकी थीं और अपने महल में ही अलग रहती थीं। कभी-कभार सामना हुआ तो अपनी ड्योढ़ी के बाहर आने पर इतनी ढकी-तुपी रहतीं, सिर पर माथे तक साड़ी का पल्लू लिये रहतीं कि जल्दी अधिक भान ही न हो पाता।

उन दिनों विक्रमादित्य को अपने खिलन्दड़ेपन और शरारतों से ही फुर्सत नहीं

थी। पर अब तो वह जवान हो चला था। एक पूर्ण युवा। ऊपर से उद्दाम कामुक पुरुष। एकदम छुट्टा। बेलगाम। उसके एक भ्रूसंकेत पर न जाने कितनी नवयौवनाएँ भोग-विलास के लिए सुलभ हो जाती थीं। जब राजकुँवर था तभी से रसिक था। अब तो वह राणा बन चुका था। उसकी इच्छा की अवहेलना का दुस्साहस भला अब किसमें हो सकता था?

परन्तु यहाँ बात घर की कुलवधू की थी। उसकी बड़ी भाभी मीराँबाई सा। वह नारी जिसका चित्तौड़ से लेकर मेड़ता तक बेहद सम्मान था। जिसकी भक्ति और भजनों की ख्याति अब तक मेवाड़ की सीमाओं को लाँघकर देश के न जाने किन-किन कोनों तक जा पहुँची थी। वह मेड़ता राजघराने की पुत्री थी, जहाँ के लोग आज भी मीराँ के भक्तिमय स्वरूप को श्रद्धा से याद करते थे। मेवाड़ के राजकुल की कुलवधू जहाँ उसकी प्रारम्भिक आलोचनाएँ अब उसकी अपार लोकप्रियता में बदल चली थीं।

कर्मावती ने विक्रमादित्य को भली-भाँति समझा दिया था कि वह मीराँ से कभी सीधे पंगा न ले। क्योंकि मीराँ को नाराज़ करने का अर्थ होगा चित्तौड़ के जनमानस को उद्वेलित करना। जनता का विद्रोह बड़ा ही घातक होता है। अब यह महाराणा कुम्भा अथवा महाराणा सांगा-जैसा शक्तिशाली राजनीतिक दौर नहीं था। यह एक कमजोर शासक का एक अत्यन्त नाजुक दौर था। इसमें यदि कभी कोई बड़ा विवाद उत्पन्न हो जाये तो जनता जल्दी क्षमा करनेवाली नहीं थी। सत्ता के समक्ष अन्दरूनी विवाद किसी बाह्य आक्रमण से कम नहीं होता। अतः फूँक-फूँककर राजकाज चलाने में ही राजा का हित है।

परन्तु इस कुटिल कुत्सित हृदय का क्या करे विक्रम? कामिनी के रूप की कटार इतनी तीक्ष्ण होती है जो यदि भीतर एक बार खुभ गयी तो व्यक्ति को भीतर तक चीरकर रख देती है। मीराँ को यदि वह किसी तरह एक बार पा ले तो जन्म-जन्म की प्यास मिट जाये। सौ रूपसियाँ एक तरफ और मीराँ का अप्रतिम सौन्दर्य एक तरफ़। काश! वह उसकी भाभी न होती।...

मीराँ को कड़वे वचन विक्रमादित्य ने अवश्य कहे, परन्तु उसका हृदय उन एकान्त क्षणों में जोर-जोर से उसके शरीर में धड़कता रहा। बोलते समय गला भीतर-ही-भीतर खुश्क होता रहा। कामदेव का तीर एकबारगी उसके अस्तित्व में भीतर तक प्रवेश कर गया था। मीराँ-महल से जब राणा विक्रम लौटा, तो भीतर से उसकी दशा एक हारे हुए जुआरी-जैसी थी।...

तब से जब कभी वह एकान्त में होता मीराँबाई का यौवन और वह कंचन काया विक्रम के भीतर मदन रस का संचार कर देती। अनेक प्रकार की कुत्सित कल्पनाओं में वह उस स्वप्न-सुन्दरी से स्वयं को जोड़ने लगता। विक्रमादित्य ने एक दिन यह निश्चय किया कि क्यों न मीराँ के पास उसे अपनी पटरानी बनाने का प्रस्ताव भेजकर

उसे हासिल कर लिया जाये? हाँ...यह ठीक रहेगा। परन्तु लाख टके का प्रश्न यह है कि यह प्रस्ताव मीराँ तक भेजा किसके माध्यम से जाये? किसमें इतना दम है जो मीराँ से इतनी अटपटी और बेढब बात कहने का साहस भी कर सके?

माँ सा से कह नहीं सकता। फाड़ खायेंगी। ऊपर से कहेंगी कि तेरा दिमाग खराब हो गया है। खबरदार...किसी कुट्टिनी को मीराँ स्वयं अपने महल में घुसने न देंगी। कोई दासी भला वहाँ क्यों जाकर कहने जायेगी? अगर किसी को अभिसार के दौरान पटाकर भेज भी दूँ तो उस छिनाल का क्या भरोसा? जाने किस-किसके सामने क्या-क्या गा दे? बनती भी हो तो बात बिगाड़कर रख दे। जगहँसाई अलग हो और कहीं सामन्तों, कर्मचारियों और आमजन का कोप न ऊपर से टूट पड़े? फिर किसे भेज सकता हूँ? किसे तैयार कर सकता हूँ कि मीराँ तक मेरे हृदय की बात सही-सलामत पहुँचा सके? कैसे-कैसे? राजमहिषी के पद का प्रस्ताव कोई साधारण प्रस्ताव नहीं है। क्या पता मीराँबाई मान ही जाये?

इन दिनों राणा विक्रमादित्य अपनी मूढ़ मति में प्रायः इन्हीं गुन्ताड़ों को घुमाता हुआ सोता-जागता था। उसके पहलवान अखाड़े में जोर करते। चित्तौड़ के मार्गों और उद्यानों में अपने बल और ढिठाई का परिचय देते, राजपूत सरदारों की खिल्ली उड़ाते, जिसके कारण कई पुराने सामन्त और दरबारी तो अपमानित होकर चित्तौड़ छोड़कर अपनी-अपनी ग्रामीण जागीरों में चले गये थे। फलस्वरूप शासन-सूत्र विशृंखलित हो रहे थे।

मीराँबाई की नित्य सन्ध्या-आरती और प्रवचन फिलहाल बिना किसी रोक-टोक के श्रीकृष्ण-मन्दिर में जारी था। भक्तों की भीड़ में आया हुआ एक सुदर्शन संन्यासी विष्णुगुप्त उन दिनों एक अलग कौतूहल का केन्द्र बना हुआ था। किन्तु भक्तिमती मीराँबाई ने उसे प्रायः निस्तेज करके एक तरफ़ बैठा दिया था।

एक दिन प्रातःकाल जब मीराँबाई ललिता और सुकन्या के साथ पुष्पवाटिका में फूल चुन रही थीं विष्णुगुप्त नामक वह परदेसी एकदम निपट अकेला वहाँ आया। तीनों जनी उस अकेले पुरुष को इतनी सुबह वहाँ आया देखकर चौंक गयीं।

विष्णुगुप्त हाथ जोड़कर बोला—"प्रणाम!...रानी जी।"

ललिता और सुकन्या को मीराँ जी के प्रति उसका "रानी जी" सम्बोधन कुछ अटपटा-सा लगा। मीराँ ने भी औपचारिकतावश दोनों हाथ जोड़ दिये। कहा—"अरे आप!...इतनी सुबह?"

"जी वह क्या है कि मैं जिस धर्मशाला में ठहरा हूँ आज वहाँ से जा रहा हूँ। घर से सन्देश आया है कि मेरी माताश्री थोड़ी अस्वस्थ हैं। घर में कोई देखभाल करनेवाला नहीं है। एक छोटी बहन है। वह अकेली है।"

"क्यों क्या और कोई वहाँ नहीं है क्या?"—सुकन्या बोली।

इस पर विष्णुगुप्त ने नेत्र झुकाकर कहा—"जी नहीं। मैं कुँवारा हूँ।...पर कोई

बात नहीं। जाने से पूर्व मुझे रानी जी से कुछ एकान्त में निवेदन करना था।''

मीराँ ने कहा—''आप जो कहना है मुझसे इन दोनों के सामने ही कह सकते हैं। ये दोनों मेरी बहनों से भी बढ़कर हैं।''

''फिर भी रानी जी! कुछ बहुत ही गोपनीय विषय होते हैं जो किसी अन्य के सामने नहीं कहे जा सकते। आप तो जानती ही हैं राजनीति और सत्ता के गलियारे कितने संकीर्ण होते हैं।''

मीराँ समझ गयीं कि बात कुछ असाधारण अवश्य है। अतः विष्णुगुप्त को आश्वस्त करने हेतु उन्होंने ललिता और सुकन्या को दूर चले जाने का संकेत किया। दोनों सखियाँ वहाँ से दूर जाकर घास के प्राकृतिक बिछावन पर विराज गयीं।

दूर से सम्मुख वार्त्तालाप करते मीराँ और विष्णुगुप्त को दोनों सखियाँ अपलक देखती रहीं। वह व्यक्ति मीराँ से बड़े संकोच से कुछ कह रहा था। मीराँ उसे बहुत धैर्य से सुन रही थीं किसी पाषाण प्रतिमा की तरह। पता नहीं उस व्यक्ति ने मीराँ जी से क्या कहा कि वे मुँह घुमाकर दूसरी ओर देखने लगीं। ललिता अभ्यस्त थी मीराँ के स्वभाव की। उसने सुकन्या से कहा—

''देख रही हो मीराँ का चेहरा कितना रक्ताभ हो आया है। मुँह घुमा लिया है। अब उसके अधर फड़फड़ा रहे होंगे। दोनों हाथों की उँगलियों को मीराँ ने परस्पर फँसा लिया है। अवश्य वह किसी मुश्किल में है।''

''हाँ जीजा!—'' सुकन्या ने कहा—''मीराँबाई सा लगता है किसी बड़ी उलझन में हैं। मैं जाकर देखती हूँ।''

''नहीं तू यहीं बैठ। मैं जाकर देखती हूँ।''

—यह कहकर ललिता उठकर उस ओर गयी जहाँ मीराँ जी मानो उस युवक के सामने भूमि में गड़ी जा रही थीं। और वह युवक विष्णुगुप्त किसी बेशर्म की तरह लगातार बोले जा रहा था। बोले जा रहा था।

ललिता ने तब पास जाकर कहा—''ए महाशय! क्या बात है? तुम क्यों मीराँबाई सा को परेशान किये जा रहे हो?''

उस सिरफिरे-से व्यक्ति ने ललिता को लगभग अपने मध्य अनुपस्थित मानकर मीराँ जी से आगे कहा—''रानी जी!...आपका जो भी उत्तर हो आप मुझसे कहें। मैं श्री जी से कह दूँगा।''

मीराँ कुछ न बोलीं। विष्णुगुप्त ने पुनः कहा—''अच्छा तो आप वह छोड़िये। आपका मेरेवाले प्रश्न पर क्या उत्तर है? कृपया वही बता दीजिये। हाँ अथवा ना?''

मीराँ अभी भी मौन रहीं। अपने स्थान पर जड़वत् खड़ी रहीं।

''अरे बड़े ही ढीठ पुरुष हो तुम'' अब ललिता ने क्रोधावेश में कहा—''चले जाओ यहाँ से। सीधे-सीधे जाते हो या बुलाऊँ सैनिकों को?''

—इस पर जैसे सोते से जगीं मीराँ। बोलीं—

"अँ...नहीं शान्त हो जाओ ललिता!...सुनिये स्वामी जी! आप इस समय जाइये। सायंकाल मन्दिर में पधारियेगा। मैं आपके दोनों प्रस्तावों पर विचार कर सकूँ इतना तो अवसर दीजिये मुझे।"

"ठीक है रानी जी!...आपकी जैसी आज्ञा हो...?"

"हाँ जाइये...आज सायंकाल मन्दिर में पधारें। मैं अवश्य ही आपको आपके प्रश्नों के उत्तर दे दूँगी।" यह कहकर मीराँ धरती की ओर देखने लगीं। विष्णुगुप्त को लगा कि उसका तीर सम्भवतः निशाने पर लग गया है और वह वहाँ से चला गया।

सुकन्या भी तब तक भागकर मीराँ और ललिता के निकट आ गयी थी। मीराँ उसी क्षण दोनों सखियों को साथ लेकर अपने महल में लौट गयीं।

बहुत देर तक मीराँ किसी से कुछ न बोलीं। सुकन्या ने पूछना चाहा परन्तु अनुभवी ललिता ने उसका हाथ दबा दिया। मीराँ कहतीं तो किसी से कहतीं भी क्या? विष्णुगुप्त के दोनों प्रस्ताव इतने निर्लज्ज और अश्लील थे कि यदि उनके हाथों में उस समय तलवार होती तो वह उसका सिर उड़ा देतीं।

पहला प्रस्ताव मेवाड़ नरेश के रूप में उनके दुष्ट देवर राणा विक्रमादित्य की ओर से था। पतन की इतनी पराकाष्ठा? सुनकर ऐसा धक्का लगा था उन्हें कि जब तक वह सँभलतीं, उस अजनबी संन्यासी ने फिर अपना भी एक उससे भी नीच प्रस्ताव मीराँ जी के सामने उछाल दिया था। उस व्यक्ति ने पूर्ण निर्लज्जता के साथ सीधे-सीधे उनसे रतिदान की इच्छा जता दी थी।

युवा संन्यासी विष्णुगुप्त का कहना था कि—"राणा विक्रमादित्य ने मेरे माध्यम से रानी जी! आपके लिए यह गोपनीय प्रस्ताव भेजा है कि यदि आप उनसे विवाह कर लें तो वह आपको अपनी पटरानी बना लेंगे और संसार की दूसरी सभी स्त्रियाँ आपके समक्ष दासियाँ बन जायेंगी।"

मीराँ के अवाक् रह जाने पर वह मुँहजोर विष्णुगुप्त आगे बोला—"वैसे मैं मीराँ जी! आपकी मजबूरी समझ सकता हूँ। आपकी लोकप्रिय छवि के समक्ष राणा जी के इस प्रस्ताव के मध्य की दुविधाओं को समझ सकता हूँ।"

इसी क्रम में उस दुष्ट युवा संन्यासी ने मीराँ जी को यह भी समझाने का प्रयत्न किया कि वह उस आसक्त राणा विक्रमादित्य को किसी भाँति समझा-बुझा लेगा, जिसने उसे इस खास मुहिम पर गोपनीय तौर पर नियुक्त किया है। किन्तु इसके बदले में वह मीराँ जी के साथ एक रात्रि का समागम चाहता है। यदि मीराँबाई उसकी कामेच्छा को पूर्ण कर दें तो वह तत्काल राणा विक्रमादित्य को इस विषय में भ्रमित करके चित्तौड़ छोड़कर चला जायेगा।...उस दुष्ट संन्यासी का यह भी कहना था कि आखिर मीराँबाई युवा हैं। पुरुष अंग-संग से वर्षों से रहित हैं। उनकी देह की भी

तो कुछ आवश्यकताएँ होंगी? विष्णुगुप्त ने स्वयं को बाल ब्रह्मचारी बताया और कहा कि स्वयं श्रीकृष्ण ने उसे आदेश दिया है और उसे मीराँ जी के पास भेजा है। अतः वह अपना कौमार्य उनके भीतर विलीन कर देना चाहता है। उसके पश्चात् वह हिमालय पर्वत जाकर तपस्यारत हो जायेगा और फिर कभी इस ओर अपना मुख नहीं दिखायेगा।...

मीराँ जी ने अत्यन्त कठिनाई से उस आदमी के मुख से ऐसी घृणित बातें सुनीं, उन्हें सहन किया और स्वयं को सँभाला था। उस दिन बहुत देर तक तो उनके मन में एक विचलित करनेवाला द्वन्द्व यह चलता रहा कि इन बातों के बारे में अपनी उन अभिन्न सखियों से बता दिया जाये अथवा न बताया जाये? बातें इतनी घटिया एवं निम्नस्तरीय थीं कि मीराँ जी से कुछ कहते ही नहीं बन रहा था। संन्यासी को उत्तर तो देना ही था। नकारात्मक ही सही। परन्तु इतनी आसानी से नहीं। डंके की चोट पर होना चाहिए था वह उत्तर। किन्तु किस प्रकार? समस्या विकट थी। अतः उसका समाधान भी निर्णायक ही होना था। अन्तर्द्वन्द्व एवं चिन्तन में डूबी हुई मीराँ ने ललिता-सुकन्या को आखिर कुछ न बताया। मात्र उनसे इतना कहा कि—"आज सायं जब मन्दिर चलना तो साथ में मेरा प्रिय तानपूरा और वह कश्मीर प्रदेश से आयी खूबसूरत जाजम ले लेना।...और हाँ, एक चारपाई का भी प्रबन्ध करना होगा।"

मीराँ की बात सुनकर ललिता-सुकन्या एक-दूसरे का मुख देखने लगीं। वे जानती थीं कि किसी रहस्य को मीराँ के पेट से तब तक बाहर नहीं निकाला जा सकता जब तक कि वह स्वयं ही इसकी अनुमति नहीं दे दें।

कहते हैं किसी युग में देवराज इन्द्र ने ऋषि विश्वामित्र के तप को भंग करने के लिए स्वर्ग की एक अप्सरा मेनका को भेजा था। यहाँ स्थिति एकदम उलट थी। विचित्र में भी विचित्रतम थी। एक सन्त स्त्री से भोगेच्छा का पतित सन्देश उसी के देवर और मेवाड़ के शासक ने एक साधु का चोला ओढ़े सन्देशवाहक के माध्यम से भेजवाया था। सन्देशवाहक भी ऐसा नीच कि उस सन्त स्त्री को अनमना और अशक्त जानकर चलते-चलाते स्वयं भी उससे समागम की अपनी कुत्सित इच्छा प्रकट कर बैठा था।

सायंकाल वह राणा विक्रमादित्य का सन्देशवाहक संन्यासी विष्णुगुप्त प्रारम्भ से ही मन्दिर-परिसर में आ धमका और हर आने-जानेवाले के मध्य अपने हिसाब से उस सन्त रमणी की व्यग्रता के साथ प्रतीक्षा करने लगा। ज्यों-ज्यों साँझ गहराती जाती संन्यासी अपना धैर्य खोता जाता। कभी इधर टहलता। कभी उधर टहलता। कब आयेगी मीराँ? कब उस चन्द्रमुखी का वह मोहक रूप अपने भ्रूसंकेत से उसे आह्लादकारक आश्वस्ति प्रदान करेगा?

कृष्ण-मण्डप में नित्य की भाँति भक्तों की सभा जुटने लगी थी। मीराँ जी की सभी भक्तजन नित्य की भाँति बाट जोहने लगे थे। कब भक्तिमती जी पधारेंगी और वे उनके पावन दर्शन कर स्वयं को धन्य समझेंगे। वस्तुतः अब तो मीराँ जी के दर्शन के बिना मुरलीमनोहर की मूर्ति का दर्शन भी अपूर्ण-सा लगता था। मीराँ जी के कण्ठ से निकले भाव स्वरों का अमृत पिये बिना श्रवणेन्द्रियाँ तृप्त न होती थीं। यदि कभी नृत्य करती मीराँ जी का सम्पूर्ण-सर्वाङ्ग दर्शन मिल जाता तो लगता कि श्रीकृष्ण प्रभु ने जीते-जी सभी दर्शनार्थियों को मोक्ष प्रदान कर दिया है।

सभामण्डप खचाखच भर गया था। उस दिन कुछ विशेष भीड़ थी। परन्तु मीराँ जी के कीर्त्तन एवं नृत्य को ध्यान में रखकर बीचोंबीच का पर्याप्त स्थान रिक्त कर दिया गया था। भक्तगण एक ओर तथा साधु समाज दूसरी ओर परस्पर सटकर बैठ गये थे। सामने मुरलीमनोहर का गर्भगृह था। पुजारी जोशी जी सन्ध्या-पूजन की तैयारी में व्यस्त थे। किन्तु मुरलीमनोहर के पट इस समय खुले हुए थे। श्री आनन्दकन्द गोपीचन्द्र ब्रजराज श्रीकृष्ण सबको अपने मनोहारी दर्शन दे रहे थे। मुरली वादन की मोहक मुद्रा थी। शीश पर मुकुट, अधरों पर मुरली और कण्ठ में जयमाल विराजित थी।

मन्दिर की सीढ़ियों से मीराँबाई ने ललिता और विशाखा सरीखी सुकन्या के साथ ऊपर आकर श्रीकृष्ण-मण्डप में प्रवेश किया। साधुजन बैठे रहे। भक्तगण उठकर खड़े हो गये। उन्होंने हर्षित होकर जयकारा लगाया—"बोलो कृष्णार्पिता मीराँबाई जी की! जय!!" "जगत् के पालनहार मुरलीमनोहर जी की! जय!!!!"

मस्तक पर वैष्णव तिलक लगाये मीराँ जी मन्थर गति से मन्दिर में सन्तों के आगे बैठ गयीं। आसन पहले से ही बिछा था। सुकन्या ने साथ लाया तानपूरा मीराँबाई सा को पकड़ा दिया। स्वयं वह उनके बायें पार्श्व में सावधानींपूर्वक बैठ गयी। ललिता मीराँबाई के दाहिनी ओर चारों तरफ़ किसी को खोजती हुई-सी मुद्रा में बैठ गयी। तभी उसकी दृष्टि सीढ़ियों की ओर गयी। उसने देखा कि विष्णुगुप्त नामक वह युवा संन्यासी मन्दिर की सीढ़ियाँ चढ़कर ऊपर आया और उनके पीछे साधुओं के मध्य कहीं जाकर बैठ गया।

मीराँ तानपूरे के स्वर को अनुकूल बनाने हेतु उसके तारों को कस रही थीं और उन्हें धीमे-धीमे उँगलियों से छेड़ रही थीं। ललिता ने मीराँ जी के कान में धीरे से कुछ कहा। उसके बाद ललिता सदा की भाँति कागज-कलम सँभालकर तैयार हो गयी मीराँ जी के पदगायन को लिपिबद्ध करने हेतु।

मीराँबाई कुछ ही क्षण में अलाप लेकर आज एक विशिष्ट पद गाने लगीं। यह पद एकदम नया था। आज ही रचा गया था। अन्य दिनों की अपेक्षा कुछ हटकर था—

हरि जी सों मिलना कैसे होय।
पाँच पहर धन्दा में बीते,
तीन पहर गये सोय।
बालपनो तो खेल गमायो,
तरुण पनो नारी संग सोय।
वृद्ध भये चिन्ता बहु बाढ़ी,
गये जनम सब खोय।
आगे पीछे नाहन चेत्यो,
माया मोह में गयो विलोय।
मीराँ के प्रभु गिरधर नागर
होनी होय सो होय।

मीराँबाई के स्वर में घुली करुणा श्रोताओं को मर्माहत कर गयी। पीछे बैठा हुआ संन्यासी विष्णुगुप्त भी मन-ही-मन विभ्रम में पड़ गया। वह मीराँ की मनोदशा का अनुमान लगाने लगा। एक ओर तो यह स्त्री माया-मोह की बात कह रही है। परन्तु साथ में होनी होय सो होय का भी उल्लेख कर रही है। आखिर यह सब क्या है? कहीं इसी बहाने वह अपने मन की दबी पीर को तो यहाँ व्यक्त नहीं कर रही? अपनी अतृप्त आकांक्षाओं का तो संकेत नहीं दे रही?

मीराँ का वह पद समाप्त होते ही कृष्ण-मण्डप में "साधु! साधु!!" के प्रशंसात्मक स्वर हर तरफ़ गूँज उठे।

शब्द किस प्रकार भ्रमित करते हैं? व्यक्ति के मन में जैसे भाव होते हैं प्रायः वह वैसे ही अर्थ ग्रहण करता है। मीराँ के गाये प्रथम पद से विष्णुगुप्त थोड़ा आशंकित हो उठा था। इसके बाद मीराँ ने पुनः अलाप लेकर एक दूसरे पद का गायन प्रारम्भ कर दिया—

कोई कहियौ रे प्रभु आवन की, आवन की मन भावन की।
आप न आवै लिख नहिं भेजै, बाँण पड़ी ललचावन की।
ऐ दोई नैण कह्यो नहिं मानै, नदिया बहै जैसे सावन की।
कहा करूँ कछु नहिं बस मेरो, पाँख नहीं उड़ जावन की।
मीराँ कहै प्रभु कब रे मिलोगे, चेरी भई हूँ तेरे दावन की।

विरह-व्यथा से संयुक्त मीराँ का यह पद अब पीछे बैठे विष्णुगुप्त को कुछ और सोचने पर मजबूर करने लगा। यह मीराँ तो जैसे अब समर्पण का संकेत दे रही है। कह रही है वह पंख होते तो उड़ जाती। प्रभु मिलन की प्रत्याशा जताकर कहीं यह स्त्री उसके निजी प्रस्ताव को स्वीकारने की बात तो नहीं कर रही? लगता है इधर गलत बैठ गया हूँ मैं इन फक्कड़ साधुओं की जमात में। मीराँबाई की पीठ है मेरी तरफ़। अगर मैं उधर सामने भक्त समूह में बैठा होता तो मीराँ का सुन्दर चेहरा पढ़

सकता था। क्या पता वह आँखों से मुझे कुछ मौन आमन्त्रण ही दे देती? मूर्खता कर गया। संन्यासी होने के दिखावे में नाहक साधु-मण्डली के पीछे बैठ गया।... लेकिन अब उठकर सामने जाता हूँ तो लोग मेरा संज्ञान लेंगे।...फ़ितरती छद्म संन्यासी के आन्दोलित मन में इस समय अनेक संकल्प-विकल्प चलने लगे थे।

इधर मीराँ जी पर जैसे आज राग-रागिनियों की धुन सवार हो चली थी। वह दीन-दुनिया को भुलाकर अविनाशी ईश्वर का ध्यान कर गा रही थीं। तन्मयता ऐसी कि क्या कहिये। उनकी प्रेमा भक्ति के गायन में कहीं कोई रहस्य नहीं था। लोग भले ही उसे रहस्य मानें। फिर वही, कि अपनी-अपनी बुद्धि।

एक बात और। मीराँ के मन एवं दृष्टि में श्याम और राम में भी कोई विभेद नहीं था। एक ही ब्रह्म के विभिन्न स्वरूप थे। वही लीलाधर कृष्ण थे। वही धनुर्धर राम थे। वही विरक्त योगी और वही परमब्रह्म परमेश्वर। परन्तु इसके बावजूद मीराँ जी का अगला पद कृष्ण-मण्डप में मीराँ के पीछे अन्तिम पंक्ति में सिकुड़े बैठे विष्णुगुप्त को और भी भ्रमित करनेवाला सिद्ध हुआ—

कोई दिन याद करोगे, रमता राम अतीत।
आसण माँड अडिग होय बैठा, याही भजन की रीत।
मैं तो जाणूँ जोगी संग चलेगा, छाँड़ गयो अधबीच।
आत न दीसे जात न दीसे, जोगी किसका मीत।
मीराँ कहै प्रभु गिरधर नागर, चरणन लागो चीत।

अब यह किस जोगी की बात कह रही है? विष्णुगुप्त सोचने लगा। इसका पति भोजराज इसे अधबीच में अवश्य छोड़ गया। परन्तु वह तो राजकुँवर था। योगेश्वर कृष्ण कोई रमता जोगी तो हो नहीं सकते...फिर क्या कोई और योगी पुरुष? क्या पता वह योगी भी मेरी ही तरह कोई भोग की कामना रखनेवाला मीराँ का कोई पुराना प्रेमी रहा हो?...हो सकता है।...क्यों नहीं हो सकता? इन रूपसी संन्यासिनियों का कोई ठीक नहीं। निर्मल जल में स्नान करते-करते कहीं कोई एकान्त में गढ़ैया मिल जाये तो उसमें कोई बड़ी बात नहीं कि एकाएक चुपचाप डुबकी मार लें।...अब सुनो इस औरत को। कह रही है...आत न दीसे जात न दीसे, जोगी किसका मीत? भई यह तो साफ़-साफ़ संकेत है मेरे लिये ही...लगता है मीराँ के भीतर की रमणी यहाँ इन बेवकूफ़ों की भीड़ में मुझे ही तलाश रही है। उठूँ और अब तो इसके सामने ही जाकर बैठूँ। तभी मेरा अभीष्ट सिद्ध हो सकेगा।...

और यह सोचते-सोचते वह युवा संन्यासी एकाएक उठा और दाहिनी ओर से घूमकर सामने के भक्त समूह के मध्य एक स्थान पर ठीक मीराँबाई के सम्मुख जा बैठा।

मीराँ जी का गायन समाप्त हुआ। आरती प्रारम्भ होने में कुछ विलम्ब था। स्वामी विष्णुगुप्त को सामने की कतार में जब मीराँ जी ने बैठा देखा तो उन्होंने ललिता सखी

से धीरे से कहा—"जा सखी!...अब बाहर से वह जाजम ले आ। साथ में आये सेवक से कहना कि वह साथ लायी चारपाई भी ले आयेगा।"

"जो आज्ञा—" कहकर ललिता उठी और मन्दिर की सीढ़ियाँ उतर गयी। कुछ ही क्षणों में ललिता एक गोल लिपटी कश्मीरी जाजम हाथों में लेकर पुनः आयी। पीछे-पीछे एक सेवक एक चारपाई उठाये कृष्ण-मण्डप में आया। मीराँ जी ने कहा—"बिछा दो चारपाई और उस पर यह सेज भी सजा दो।"

बीचोंबीच चारपाई बिछायी गयी। मीराँबाई की आज्ञा पाकर ललिता ने उस पर कसीदाकारी वाली रंगीन जाजम भी बिछा दी। मीराँ ने तब सुकन्या को आदेश दिया—"उठकर जोशी जी से थोड़े-से फूल भी माँग ला।"

गर्भगृह में भगवान् के श्रीचरणों में चढ़े फूलों की क्या कमी? सुकन्या आश्चर्यचकित-सी पुजारी जी से यन्त्रवत् माँगकर थोड़े फूल ले आयी। तब मीराँ उच्च स्वर में पुनः बोलीं—"हे सखि! अब इन फूलों को तू इस सेज पर बिखरा दे।"

सुकन्या ने वह भी कर दिया। ललिता-सुकन्या दोनों जनीं अपने स्थान पर खड़ी रहीं। मीराँ जी ने उन्हें आदेश दिया—"अब बैठ जाओ तुम दोनों जनीं और सब जन यहाँ हमारे अभिसार का आनन्द लें।"

"हैं-हैं-हैं?"—अभी तक यह सारा कुछ उपक्रम बड़े आश्चर्य से देख रहे सभी दर्शक मीराँ जी के इस नवीन कार्य-व्यवहार से और भी भौंचक्के रह गये। सभी के मुख से विस्मय, विभ्रम और अविश्वास भरे मिश्रित स्वर निकले—"हैं-हैं? यह सब क्या है? क्या कर रही हैं भक्तिमती जी?"

ललिता और सुकन्या बैठ गयी थीं। तब उनके बीच से मीराँबाई उठकर खड़ी हुईं। हाथ जोड़कर भरी सभा में कहने लगीं कि—"मेरा परिचय तो आप सब जानते हैं। आज मैं यहाँ आपको हमारे बीच उपस्थित एक महान् संन्यासी का परिचय दूँगी जो बहुत दूर से पधारे हैं। स्वभाव से बहुत विनम्र और संकोची हैं। ज्ञान के आगार हैं। विषय-वासना-तृष्णा उन्हें छू नहीं गयी है। अखण्ड ब्रह्मचर्य का तेज इनके श्रीमुख पर देदीप्यमान है। परन्तु इस संसार में माया अक्सर महापुरुषों का आसन डोला देती है। राजर्षि से ब्रह्मर्षि बननेवाले विश्वामित्र भी अपने प्रारम्भिक जीवन में मेनका के कामबाणों के विद्ध होकर अपने तप से विरत हो गये थे। पर छोड़िये। उन योगिराज का परिचय मैं आपको बाद में दूँगी। पहले आज मैं अपना परिचय एक बार फिर से आपको दे दूँ।

बहुत-से साधु-सन्त और भक्तगण हमारे चित्तौड़ में देश के कोने-कोने से पधारते हैं। उन्होंने सुन रखा होता है कि यहाँ एक श्रीकृष्ण की उपासक और दासी मीराँबाई रहती है। बहुतों ने नहीं भी सुना रहता होगा। अतः अनभिज्ञ सज्जनों से मैं एक बार फिर अपना वास्तविक परिचय, मय सच्चे नातेदारों के, कराती हूँ।"—कहकर मीराँ खड़े-खड़े ही गाने लगीं।

इस बार न तो कोई वाद्य उनके हाथों में था न ही कोई खड़ताल इत्यादि। मीराँ उन्मुक्त कण्ठ से गा रही थीं–

राणाँ जी हूँ तो गिरधर कै मन भाई।
जैमल के घरि जनम लियो है, भोजाँ नै परणाई।
साँचा सनेही म्हारै राम सन्तजन, जासूँ प्रीति लगायी।
पुरबै जनम की होती गोपक्या, चूक पड़ी मुझि माँहीं।
जगत् लाज उपजी घट भीतर, तब हरि नैं छिटकाई।
जै पकड़ोगा हाथ हमारो, खबरदार मन माँही।
साँचा मनसूँ सराप ज धूँली, बलिर भसम होई जाई।
जनम-जनम की मैं दासी राम की, थारी नाँहि लुगाई।
मीराँ के प्रभु हरि अबिनासी, सन्त चरण बलि जाई।

वाह रे! ये मीराँबाई तो साफ़-साफ कह रही हैं कि वह पूर्वजन्म की कोई गोपिका थीं जिनसे कोई भूलचूक हो गयी श्रीकृष्ण के प्रेम में। उन्हें एक बार जब श्रीकृष्ण ने अपने स्नेहपाश में लेना चाहा तो इनके हृदय में लोकलाज का भाव उत्पन्न हो गया। इससे रुष्ट होकर श्रीकृष्ण ने इन्हें अपने आपसे दूर छिटका दिया। मीराँ अब धरती पर भटकती हुई उसी गोपी की आत्मा हैं। ऐसी दिव्यात्मा से मैं क्या धृष्टता कर बैठा? संन्यासी का भेस धारण कर राणा विक्रमादित्य के बहकावे में आकर इन भक्तशिरोमणि विभूति से मैं अब तक यह कैसा अधम व्यवहार करता रहा?

विष्णुगुप्त नामक वह युवक उधर अब आत्मग्लानि में घिरकर ऐसा विचार करने लगा था। इधर मीराँ जी के लिए जैसे इतना पर्याप्त नहीं था। वह तो आज जैसे एक भटके हुए व्यक्ति को पूरी तरह पश्चात्ताप की अग्नि में तपाकर लोहे से कुन्दन बनाने का इरादा ठानकर आयी थीं। कहने लगीं कि–"मेरे ठीक सामने ही तो बैठे हैं वे रसिकशिरोमणि सन्त स्वामी विष्णुगुप्त जी महाराज...आइये भगवन्! आप इस सुखसेज पर विराजिये।...कल आप मुझसे कह रहे थे न कि आपको भगवान् श्रीकृष्ण ने ही आदेश दिया है कि आप मेरे साथ अंग-संग करें। आपने स्वयं को परम वैष्णव बताया था और मुझसे कहा था कि मैं भी वैष्णव हूँ। अतः आपके अनुसार आपका मेरे साथ रमण करना पूर्णतः उचित है। यह भी कहा था कि मैं वैधव्य की सुदीर्घ अंवधि में पुरुष सहवास से दूर हूँ और आपके अनुसार मेरी देंह अतृप्त है। यही देखकर भगवान् श्रीकृष्ण के आदेश से आप मुझे रतिसुख प्रदान करने आये हैं।...

"अतः हे महाभाग! यदि यह जगन्नियन्ता प्रभु श्रीकृष्ण का ही आदेश है तो उसे भला उनकी यह क्षुद्र दासी कैसे टाल सकती है? इसलिए हे महात्मन्! आइये...यह सुखसेज तैयार है। आप मेरे साथ इस पर निःशंक होकर अपना काम करिये।"

इतना सब सुनकर वह साधुवेश में प्रस्तुत विषयी मनुष्य घबराकर खड़ा हो गया। उसका मुँह सफेद हो गया। काटो तो खून नहीं। वहाँ उपस्थित भक्त समुदाय ने आक्रोशित होकर तब उस तथाकथित संन्यासी विष्णुगुप्त को दबोच लिया और "मारो! मारो! मार डालो इस पापी को।"—कहकर उसे धरती पर गिरा दिया। कई लोग उसे लात-घूँसों से मारने और पैरों तले कुचलने लगे। इस बीच वह चारपाई और सेज भक्तों ने घसीटकर बाहर कर दी। उस कोलाहल में तब वहाँ मीराँबाई जोर से चीखीं—"रुक जाइये आप सब लोग। कोई नहीं मारेगा इन्हें। जाने दिया जाये इनको।...अरे आप सब भक्ति का मूलमन्त्र ही भूल गये? क्रोध पर जिसने नियन्त्रण नहीं पाया वह भक्ति को क्या उसकी छाया तक को छू नहीं सकता।"

लोग थम गये। लोगों ने उस आदमी को छोड़ दिया। वह तत्काल मीराँ जी के सम्मुख धरती पर गिर पड़ा। उनके चरणों में पश्चात्ताप करता हुआ रोने और गिड़गिड़ाने लगा। कहने लगा—"हे भक्ति रसावतार मीराँबाई सा!...मैं बुद्धिभ्रष्ट होकर जघन्य अपराध का भागी होना चाहता था। परन्तु आप सदृश परम पुण्यात्मा ने मुझे रौरव नरक में गिरने से बचा लिया।...इस संसार में कितने ही ढोंगी एवं कुसन्त भी हैं जो कि साधु का चोला पहनकर भोली-भाली जनता को ठगते हैं। प्रवचन देते हैं आध्यात्मिक किन्तु उनका स्वयं का आन्तरिक जीवन कदाचार, व्यभिचार और अकथनीय कलुषित कर्मों से भरा होता है।...मैं यहाँ किसी बड़े आदमी के बहकावे में आकर आप-जैसी परमहंस सन्त स्त्री को कुदृष्टि से देखने का घोर पाप कर बैठा हूँ। देवि! आप मुझे क्षमा कर दें।...मेरे पिछले कहे-सुने सारे कथनों को कृपया भूल जायें। मुझे अपने तप से प्राप्त श्रीकृष्ण की अविचल भक्ति का शतांश ही दे दें, ताकि मैं समस्त अपराधों से मुक्त होकर इस जन्म में आगे केवल और केवल शुभ कर्म ही करूँ और मरने के बाद मुझ अधम को भी किसी भाँति सद्‌गति प्राप्त हो सके।"

मीराँबाई परम उदार सन्त थीं। उन्होंने वास्तव में उस छद्‌मवेशी संन्यासी को क्षमा कर दिया और मन्दिर रो सबके सामने सुरक्षित जाने दिया। अपने सम्मुख बार-बार दण्डवत् करते हुए उस तथाकथित स्वामी विष्णुगुप्त से मीराँ जी ने कहा—"एक बार सच्चे मन से इन मुरलीमनोहर को दण्डवत् कर इनसे क्षमायाचना करो। तुम्हारे इस जन्म के तो क्या जन्म-जन्म के पाप कट जायेंगे।"

उस युवक ने तत्काल वैसा ही किया और फिर सिर झुकाये मीराँ जी के देखते-देखते कृष्ण-मन्दिर से चला गया। पीछे रह गयीं कृष्णार्पिता मीराँबाई और उनके समादर में लगते हुए अनेकानेक जयघोष। उस समय यह जान पाना अत्यन्त कठिन था कि वहाँ नारे कृष्णार्पिता के नाम के अधिक लग रहे थे कि कृष्ण नाम के??

अपने निश्चित समय पर मन्दिर में आरती, भोग और प्रसाद के साथ वह भजन सन्ध्या भी सम्पन्न हुई।

सुकन्या और मीराँ परस्पर वार्त्तालाप कर रहे थे। तभी सुकन्या ने मीराँ जी से कहा—

"जीजा!...कल आपने उस ढोंगी को अच्छा सबक सिखाया। पर एक बात समझ में नहीं आयी..."

"क्या?"—मीराँ ने कहा।

"यही कि उस व्यक्ति ने आपसे इतनी गन्दी बातें कीं फिर भी आपको उस पर क्रोध नहीं आया।"

"हुक्म!"

"इतना ही नहीं, जब जनता ने उस पर क्रोध प्रकट किया और उसकी कुटायी करने लगी तो आपने जनता को भी रोक दिया यह कहकर कि भक्ति के मार्ग में क्रोध बाधक है।"

"बिलकुल।..."

"यह कौन-सी बात हुई?...अच्छा एक बात कहूँ बुरा तो नहीं मानेंगी?"

"बोल पगली!...तेरी बात का कभी बुरा माना है मैंने—" मीराँ आज अच्छे मनोभाव में थीं।

"दूसरों को तो आपने क्रोध करने से मना किया। किन्तु आपने कल आखीर में जो पद गाया—राणा जी हूँ तो गिरधर कै मन भाई...उसमें आपने कहा कि साँचा मनसूँ सराप ज द्यूँली, बलिर भसम होई जाई...अर्थात् आप उसमें शाप देने और भस्म कर देने की बात कर रही थीं। तो यह क्रोध नहीं तो और क्या था?"

"बस इतनी-सी बात?...अरी सुकन्या! तू कितनी भोली है। मेरी विशाखा!... देख मैंने यही तो कहा कि यदि मैं किसी को सच्चे मन से शाप दे दूँ तो वह जलकर भस्म हो जायेगा।...अब तू ही बता मैंने वास्तव में क्या कहा? यदि शाप दे दूँ। दिया तो नहीं। न ही कभी किसी को दूँगी तू निश्चिन्त रह।"—कहकर मीराँ किसी बालिका की भाँति हँसने लगीं। क्योंकि वह जानती थीं कि उनके निर्मल मन में किसी प्राणी के लिए वैर नहीं है। क्रोध नहीं है। यदि वह कभी किसी से रोष व्यक्त करती भी हैं तो वह सात्त्विक रोष होता है।

"परन्तु जीजा!...एक बात मेरे अभी भी समझ में नहीं आयी। वह ढोंगी संन्यासी आपका हाथ पकड़ने का पाप मन में लेकर आया और सबके सामने शिक्षा पाकर

गया। आपने उसे क्षमा भी कर दिया। परन्तु आपने उस पद में, उस भजन में फिर राणा जी का भी नाम क्यों लिया?''

''अब रहने दे। वह कोई विशेष बात नहीं।''

''विशेष बात कैसे नहीं?...राणा जी का नाम आप लें और उसके पीछे कोई प्रयोजन न हो?''

तब तक ललिता दोनों के मध्य आ गयी। उसने आते ही सुकन्या को डाँटा—''धीरे बोल...क्या राणा जी-राणा जी-लगा रखी है? क्यों तंग कर रही है तू मीराँबाई सा को?...जिनके राज में यह सब अनर्थ हुआ...उस आदमी की हिम्मत इतनी बढ़ गयी कि वह सिसोदियों की बड़ी कुलवधू से छेड़छाड़ करने चला आया ...क्या ऐसा राणा आलोचना का पात्र नहीं?...क्या गलत कहा तेरी जीजा ने?''

मीराँ ने मन-ही-मन ललिता का धन्यवाद किया कि उसने ऐन मौके पर आकर स्थिति सँभाल ली अन्यथा यह सुकन्या उनसे न जाने और क्या-क्या उगलवाती? असत्य वह कह नहीं सकती। चुलबुलाहट सवार होने पर यह लड़की दूसरे को चुप रहने नहीं देती। छेड़े जाती है...छेड़े जाती है।

मीराँ वस्तुतः यह सब कहना नहीं चाहती थीं कि राणा विक्रमादित्य इतना दुष्ट है कि छोटा देवर होकर भी वह उनके सतीत्व पर कुदृष्टि रखता है। और वह उसका पटरानी बनानेवाला घृणित प्रस्ताव? मीराँ राणा विक्रम की उस निम्नकोटि की धृष्टता को फिलहाल उस दिन अपनी सखियों से छिपा ले गयीं।

परन्तु उधर अपने भेजे उस छद्म संन्यासी को मीराँ द्वारा सरेआम परास्त किये जाने का समाचार पाकर राणा विक्रमादित्य के कलेजे पर साँप लोट गया। संन्यासी विष्णुगुप्त तो चित्तौड़ से उस दिन से ऐसा फरार हुआ कि पलटकर राणा तक से नहीं मिला। राणा विक्रमादित्य को उसके बाद जो कुछ भी जानकारी मिली अपने गुप्तचरों के माध्यम से ही मिली।

विक्रमादित्य को यह भी पता चला कि मीराँबाई ने उस रात एक पद में 'राणा जी' के सम्बोधन से भी पहली बार उन्हें सार्वजनिक रूप से कुछ बुरा-भला कहा था। कुछ ऐसा कि जो भी मेरा हाथ पकड़ेगा वह अपने मन में खबरदार हो जाये। शाप दे देगी मीराँ वगैरा...

विक्रमादित्य सोचने लगा कि जाने प्रजाजन ने इसका क्या अर्थ लगाया हो? अरे यह मीराँ के उस मन्दिर में साधु-संगत ही सारे झगड़े की जड़ है। क्या करूँ मैं अब? अगर साधुओं को वहाँ से मारकर भगाता हूँ तो मुसीबत। मन्दिर बन्द करवा दूँ तो और मुसीबत। समाज में असन्तोष फैल जायेगा। मीराँ का मन्दिर आना-जाना रोकूँ तो इस औरत का कोई ठिकाना नहीं। कहीं यह विद्रोह की चिनगारी न रोप दे? दरबार से लेकर देहातों तक इसकी काफी प्रतिष्ठा है अब तो...फिर क्या करूँ? किसी को इसका मस्तिष्क धुलने पर लगाना होगा।...

बहुत सोच-समझकर तब रनिवास में स्थित अपनी सौतेली बहन ऊदाँबाई राणा विक्रम को नज़र आयी। थी तो वह बड़ी मतलबी और स्वार्थी। परन्तु मीराँ से उसके ठीक-ठाक सम्बन्ध थे। आखिर वह स्वर्गीय भोजराज की सगी बहन जो थी। मीराँ जब से विवाह कर चित्तौड़ आयी थीं तब से मीराँ ने ननद ऊदाँबाई को चित्तौड़ के अपने पीहर में ही पाया था।

राणा विक्रमादित्य ने सोचा कि ऊदाँबाई उसके और मीराँबाई के मध्य विचारों के एक सेतु का कार्य कर सकती है। राजमाता कर्मावती ने भी इसमें अपनी सहमति जतायी। फिर विक्रमादित्य, कर्मावती और ऊदाँबाई के मध्य लम्बी मन्त्रणा हुई। इस विषय पर विचार-मन्थन हुआ कि कैसे मीराँबाई को मनोनुकूल मार्ग पर लगाया जाये। दरअसल ऊदाँ की माँ रानी सोलंकिनी जी महाराणा सांगा की मृत्यु के आघात को सहन न कर सकी थीं। रुग्ण तो वे काफ़ी समय से थीं ही। महाराणा के निधन के कुछ दिनों बाद ही वह चल बसी थीं। उनकी पुत्री ऊदाँ माता से काफी जुड़ाव रखती थी। तब से अकेली-सी हो गयी थी। अब जबकि विक्रम, उदय और कर्मावती रणथम्भौर से चित्तौड़ लौटे और विक्रमादित्य का राज्यारोहण हुआ तो ऊदाँबाई राजमाता कर्मावती के काफी नजदीक हो गयी। जो करमैती कहती उसे ऊदाँ नेत्र मूँदकर मानती।

ऊदाँ ने अब मीराँ-महल में आना-जाना बढ़ा दिया। कभी वह मीराँ के गिरधरगोपाल के लिए वहाँ कुछ सुन्दर सिले वस्त्र लेकर जाती। कभी कोई मिठाई अथवा पकवान। कभी घण्टों मीराँ के कक्ष में जाकर उसके पलँग पर पहुँड़ जाती कि—"भई मैं तो बड़ी थक गयी। उधर रनिवास में बड़ी कचकच है। मैं तो अपने भाभी सा के शान्त एकान्त शयन-कक्ष में कुछ देर विश्राम करूँगी।..."

ऊदाँ कभी-कभी भाभी मीराँ से अतिरिक्त लाड़ भी दिखाती—"यह क्या भाभी सा! आपके केश कितने रूखे हैं। लाइये इनमें तेल लगा दूँ।"

मीराँबाई मना भी करतीं तो भी ऊदाँबाई उनकी सेवा करने लग जाती। धीरे-धीरे ननद-भौजाई में औपचारिकताएँ समाप्त हो गयीं। उनमें खुलकर संवाद होने लगा। ऊदाँ अक्सर मीराँ को उपदेश और उलाहने देने लगी। उन्हें सामाजिक मान्यताओं का वास्ता देने लगी। लोकलाज की परवाह करने की सीख देने लगी।...

मीराँ भी कोई भक्तिमार्ग की कच्ची साधिका तो थीं नहीं जो ऊदाँ के बहलाने, समझाने अथवा डराने से विचलित हो जातीं। वह भीं ननद को तुर्की-बतुर्की जवाब देतीं। इस वाद-संवाद का नतीजा यह होता की मीराँ अपनी मान्यताओं में और दृढ़ होती जातीं। उनकी कृष्णभक्ति और कृष्ण को रिझाने के क्रम में गायन एवं नृत्य का क्रम और भी जोर पकड़ता जाता।

"भाभी सा! आपकी कृष्णभक्ति समझ में आती है। घर में गिरधरगोपाल की चारों समय आप जो सेवा करती हैं उसमें भी अब कोई हर्ज नहीं।..."—ऊदाँ एक दिन कह रही थी।

"अब हर्ज नहीं? इसका अर्थ यह हुआ कि पहले मैं गलत थी।"—मीराँ ने ननद ऊदाँ की बात काटी।

"गलत मैंने कब कही। ईश्वर भक्ति तो सभी करते हैं। परन्तु पहले जब भाई सा जीवित थे और आप नयी-नयी ब्याहकर आयी थीं तब भी आपकी यह चारों समय की सेवा और पूजा चलती ही रहती थी।"

"तो?"

"तो क्या? आप नहीं सोचतीं कि आप अपने पति कुँवर भोजराज को उन दिनों कितना कम अवसर देती थीं?"

"यह तुम कैसे समझ सकती हो ऊदाँ!...सारे दम्पति एक समान थोड़े ही होते हैं। न ही सभी की परिस्थितियाँ और सोच एक-जैसी होती है। तेरे भाई सा तो देव-पुरुष थे। उन्होंने तो मेरे पूजन-अर्चन पर कभी कोई आपत्ति नहीं की।"

"देवता थे मेरे भइया...तभी तो आपने उनका खूब हक मारा भाभी सा!...उनका समय आप अपने गिरधर जी को देती रहीं और मेरे भइया इधर-उधर घूमकर अपना समय काटते रहते।"

इस पर मीराँ भोजराज को यादकर एकाएक बहुत दुःखी हो गयीं। उनकी आँखें डबडबा आयीं। बोलीं—

"सुनो ननद जी!...तुम अनुमान भी नहीं लगा सकतीं हम पति-पत्नी के बीच के आन्तरिक सम्बन्धों की गहराई का। इसलिए ये बातें तो रहने ही दो।"

"ठीक है भाभी सा! यदि आपको मेरी बातें बुरी लगी हों तो मैं क्षमा चाहूँगी। पर इतना अवश्य है कि कुँवर सा यदि आपके पति थे तो वह मेरे भी बड़े भाई थे। राणा कुल के दीपक थे। उनका भला-बुरा सोचना मेरा और यहाँ चित्तौड़ में अन्य सबका भी कर्त्तव्य था।"

"क्यों नहीं...सो तो है।"

"तो फिर भूल गयीं आप शायद वह बात? तब आपको सबसे पहले-पहल वे एक कृष्ण-मन्दिर में ले गये थे और आप चित्तौड़ के आम लोगों के सामने ही कीर्त्तन के दौरान वहाँ ठुमुक-ठुमुककर नाचने लगी थीं। जानती हैं?...तब भइया पर क्या बीती थी? हाथ पकड़कर आपको वहाँ से लिवा लाये थे।"

"हाँ मुझे याद है। पर वह तो उनका सर्वप्रथम का आकस्मिक अनुभव था। मन्दिर में कृष्ण-राधा में ध्यानमग्न मीराँ को पहली बार जो देखा था उन्होंने...इसी से थोड़ा अचकचा गये थे..."

"मीराँ को नहीं...अपनी ब्याहता पत्नी को सबके सामने नाचते देखा था उन्होंने। भाभी सा!...यह कहिये।"

"ठीक है यही सही।"

"इसी से तो कहती हूँ कि हर कुल की अपनी मर्यादाएँ होती हैं। राजपूत समाज में स्त्रियों की तो और भी कठोर मर्यादाएँ होती हैं। हमारे मेवाड़ में बाहरी लोगों के बीच कुलीन स्त्री का नाच-गाना परम्परा के विरुद्ध है। आपके मेड़ता में भले ही इसे बुरा न मानते हों।"

"देखो ऊदाँ!...इस विषय में स्पष्ट बात है कि ईश्वर-आराधना में भजन-कीर्त्तन के मध्य गायन और नृत्य भक्ति का एक अंग है। उसे नाच-गाना नहीं कहते। ठाकुर जी अथवा मन्दिर में इसे भावभक्ति कहते हैं। शादी-ब्याह अथवा अन्य सामाजिक उत्सवों में होनेवाले नृत्यादि को मनोरंजन कह सकते हैं। भजन मनोरंजन नहीं होता। यह एक सहज विधि है भक्त की भगवान् से जुड़ने की। उसकी कृपा-दृष्टि की याचना की। भजन में कोई आमोद-प्रमोद नहीं होता। हाँ, एक दिव्यानन्द अवश्य होता है।

"रही बात मेवाड़ और मेड़ता की परम्पराओं की, तो दोनों ही जगह वे तो प्रायः एक-सी हैं। सुहागिन स्त्री का घूँघट में रहना, अपने पति के पीछे-पीछे चलना, घर में सभी बड़े-बूढ़ों का सम्मान करना, अधिक जोर से न तो हँसना न तो बोलना, पुरुष समाज का स्त्रियों पर कदम-कदम पर नियन्त्रण पुरातन काल से चला आ रहा है। परन्तु मेरी स्थिति प्रारम्भ से थोड़ी भिन्न रही। वह भी मेरे पितामह राव दूदा के कारण जो मुझे बेहद प्रेम करते थे, जिन्होंने मुझे संगीत, नृत्य, शास्त्र और यहाँ तक कि वे सभी शिक्षाएँ दिलायीं जो किसी लड़के को ही वर्तमान समय में नसीब होती हैं। पितामह ने मुझे केवल शिक्षित ही नहीं किया, मेरी पद-रचना, गायन और नृत्य को भी मुक्तकण्ठ से प्रोत्साहन दिया। उन्होंने मुझ पर कभी कोई प्रतिबन्ध नहीं लगाया।

"विवाह से पूर्व सगाई के समय से भोजराज कुँवर भी जानते थे। मेरे पद रचने, गायन और गिरधर जी के समक्ष नृत्यादि द्वारा पूर्ण समर्पण और मेरे कृष्णार्पिता होने से वह मेड़ता में ही परिचित हो चुके थे। उन्होंने विवाह-पूर्व ही मुझे वचन दिया था कि मेरी कृष्णभक्ति में वह कभी भी बाधक नहीं बनेंगे बल्कि पूरक ही रहेंगे। और मुझे गर्व है यह कहते हुए कि मेरे पूज्य पति अपने वचन के पक्के थे। पक्के ही नहीं थे जब तक जीवित रहे उन्होंने मेरी कृष्णभक्ति के अनुसार ही अपनी दिनचर्या का अत्यन्त कुशलता से निर्वाह किया। मेरे साथ पूर्ण सहयोग एवं समायोजन किया। फिर...मेरी ननद सा!...तुम्हें भला उसमें क्या आपत्ति है?"

"आपत्ति?...मैं भला कौन होती हूँ आपत्ति करनेवाली? वह आप दोनों का जीवन था। आपने जैसा चाहा निभाया। पर अब समय दूसरा है।"

मीराँ कुछ पल को खामोश रहीं। वह प्रतीक्षा करती रहीं कि ऊदाँ कुछ आगे और कहे। किन्तु मीराँ को चुप देखकर ऊदाँ भी चुप लगा गयी। सोचने लगी कि वह तो मीराँ के वर्तमान पर बात करने आयी थी और यहाँ अतीत के अध्याय खुलने लगे।

मीराँ भाभी भी भावुक हो चली हैं। इसलिए अब आज इनसे और अधिक बात करना उचित न होगा। ऊदाँबाई उठ खड़ी हुई। बोली–

"अच्छा चलती हूँ भाभी सा! काफी देर हो गयी। आपके जवाँई सा भी आये हुए हैं। ज़रा उनकी भी खोज-खबर ले लूँ।"–और ऊदाँ मीराँ जी के महल से चली गयी।

उसके जाने पर ललिता ने मीराँबाई के कक्ष में प्रवेश किया। कहने लगी–

"मीराँ! मैं देख रही हूँ ये ऊदाँबाई सा इन दिनों आपसे कुछ अधिक ही लसने लगी हैं। पहले तो कोई फिकर न थी इन्हें आपकी?"

मीराँ ने एक फीकी मुस्कान छोड़ी। कहा कि–"ननद जी की डोर इन दिनों राजमाता कर्मावती के हाथों है और राजमाता को भरमाते रहते हैं देवर जी। उनकी राणाशाही को न जाने किससे यहाँ खतरा है?"

"ठीक कह रही हो आप मीराँ!...जो स्वयं सबके लिए संकट हो भला उसे किस हस्ती का संकट?"

मीराँ ने धीरे से सखी ललिता से कहा–"देख तो। सुकन्या कहाँ है?"

"वह घर गयी है। चन्द्रन सिंह कई दिन बाद लौटा है न राजस्व वसूली की मुहिम से। दिन में ही लग गया होगा।..." कहकर ललिता हँस पड़ी।

"धत्त..." मीराँ ने उसकी हँसी में न चाहते हुए भी साथ दिया।

फिर मीराँ ने कहा–"अच्छा सुन। ज़रा द्वार बन्द कर ले भीतर से। न जाने और कौन आ जाये? एक बहुत आवश्यक बात है।"

ललिता ने कक्ष को भीतर से बन्द कर दिया। वह मीराँ के पायताने आकर बैठ गयी। मीराँ अब लेट गयी थीं।

"क्या बात है?–" कहकर ललिता उनके पाँव दबाने लगी।

"कई दिनों से उलझन में हूँ। एक रहस्य मन में दबा है।"

"तो कह डालिये न?...अब तो इस रहस्यमय राजतन्त्र में रहने और जीने की आदत-सी पड़ चुकी है।"

"ललिता!"

"जी!"

"तुझे क्या लगता है? उस संन्यासी की वह धृष्टता? क्या बात बस वहीं तक थी?"

"नहीं। इतना दुस्साहस किसी अजनबी का वह भी चित्तौड़ की एक राजकुल की कुलवधू के साथ वह भी राणा परिवार की इतनी प्रसिद्ध स्त्री के साथ...बिना किसी शह के? ऐसा हो ही नहीं सकता।"

"तो फिर तूने कहा क्यों नहीं मुझसे?"

"क्या कहती? आपके दुःख को और बढ़ाती?...मैंने सोचा एक और काली रात बीतनी थी सो बीत गयी।"

"फिर भी ललिता।...यदि तुझे कुछ लगा था तो मुझसे कह तो सकती थी।"—मीराँ ने उलाहने के स्वर में ललिता सखी से कहा।

ललिता ने कहा कि—"वह तो भरी सभा में घिरकर उस दुष्ट ने स्वयं ही कबूल दिया था कि किसी के बहकावे में आकर उसने आपसे वह गुस्ताखी की थी।"

"हाँ तो कौन हो सकता है वह रहस्यमय? परदे के पीछे का व्यक्ति?"

"यही...माता-पुत्र!"

"नहीं-नहीं राजमाता नहीं हो सकतीं।...इसके पीछे तो सिर्फ राणा विक्रमादित्य ही है। उसने ही बदनाम करने को उस अज्ञात व्यक्ति को हम तक भेजा था। आज मन्दिर के पुजारी जी आये थे। कह रहे थे कि उन्होंने माण्डल क्षेत्र के एक आदमी से पुछवाया था। विष्णुगुप्त अथवा उस हुलिये का कोई आदमी माण्डल क्या आस-पास के गाँवों में भी नहीं रहता।"

"ओह तो इसका अर्थ यह कि किसी बहुरूपिये को भेजा था राणा जी ने। पता नहीं...आपके इन मेवाड़ नरेश को आपसे कौन-सा वैर है?"

"जानना चाहोगी ललिता?"

"क्या?"

"पर सावधान रहना। इसे किसी से कहना नहीं। सुकन्या से भी नहीं। अभी बहुत भोली है वह।"

"कहिये! क्या बात है? अभी और भी कुछ रहस्य बाकी है क्या? तो वह भी कह डालिये।"

"हे सखि! विक्रमादित्य ने तो देवर-भाभी के पवित्र सम्बन्धों का भी लिहाज़ नहीं रखा। उस बहुरूपिये विष्णुगुप्त के माध्यम से वास्तव में सर्वप्रथम तो राणा विक्रम ने अपना ही नीच प्रस्ताव भिजवाया था।"

"क्या?"—ललिता ने विस्फारित नेत्रों से पहली बार मीराँ जी को देखा।

"हाँ। सारी मर्यादाओं को कलंकित कर इन राणा जी ने मुझे पटरानी बन जाने का प्रस्ताव भेजवाया। ऐसे हैं ये अपने श्री जी।"—मीराँ ने कहा।

"सिसोदियों के कुल का कलंक!...पता नहीं आपके कान्हा जी पुण्यात्माओं को क्यों जल्दी उठा लेते हैं?...और क्यों भेज देते हैं इन जैसे भेड़ियों को धरती की छाती पर मूँग दलने को?"...—ललिता दाँत पीसकर बोली।

"हो आयीं जीजा? क्या कहा मीराँ ने?"—विक्रमादित्य ने बड़ी बहन ऊदाँबाई से उतावलेपन से पूछा।

ऊदाँ ने जो-जो बातें हुई थीं मीराँ से राणा विक्रमादित्य और राजमाता कर्मावती को वे सब बतायीं।

कर्मावती ने तब कहा कि—"पता नहीं कि यह लड़की कितनों की आयु अपने नाम लिखाकर लायी है? पहले इसके पितामह ने इसे बिगाड़ा। यह उन्हें खा गयी। फिर भोजराज-जैसा गऊ पति मिल गया। वह इसे कुछ कहता ही नहीं था। यह उसे भी खा गयी। एक थे हमारे महाराणा सा। सारा जीवन मीराँ बीनड़ी! मीराँ पुत्री!! कहते उनकी जीभ नहीं थकती थी। और तो और कुम्भश्याम-मन्दिर के बराबर में ही वे एक और कृष्ण-मन्दिर रानी जी को और बर्बाद होने देने को बनवा गये। सारे भूखे-नंगे साधु-फकीर जो चित्तौड़गढ़ की तलहटी में रहते थे सब-के-सब इसका नाच-गाना देखने ऊपर तक यहीं आने लगे। इस अभागिन के संरक्षक महाराणा स्वर्ग सिधारे तो इसके महान् शुभचिन्तक राणा रत्न सिंह पधारे। तीन वर्ष में रही-सही कसर उसने पूरी कर दी। फिर रत्न सिंह भी सिधार गया। तब से राणा पद का जैसे कोई भय ही नहीं रह गया है इस निर्लज्ज को। सारी लोकलाज मन्दिर की खूँटी पर टाँगकर नाचती-गाती है यह अब तो।...

"और अब यह नया तमाशा। वह कौन मनचला लगा था इसके पीछे? किसी ने कहीं कुछ देख-वेख लिया होगा किसी दिन तो मन्दिर में खाट बिछाकर नया नाटक खड़ा किया।...वह क्या कहा है किसी ने-फिसल पड़े तो हर गंगे।..."

राणा विक्रम माता की सारी बातें चुपचाप सुनता रहा। मन में चोर तो था ही कि क्या मीराँ से उसका प्रस्ताव जाने से पूर्व देकर गया वह भगोड़ा बहुरूपिया अथवा खुद ही अपनी आसक्ति प्रकट करके चित्तौड़ से चलता बना? विक्रमादित्य को एक इसी बात की बड़ी भारी दुविधा थी। ऐसे में मीराँ ही अब वह एकमात्र सूत्र थीं जिनकी प्रतिक्रिया उसकी शंका का निवारण कर सकती थी। या तो राणा का प्रस्ताव उन तक पहुँच गया है या बिलकुल ही नहीं व्यक्त हुआ है। मीराँ का आमना-सामना हुए बिना यह जान पाना अब असम्भव है।...

गुप्तचर कह तो रहे थे कि एक भजन में उसने राणा जी! राणा जी! जैसा कुछ कहा था।...पर क्या पटरानीवाला प्रस्ताव वास्तव में उस तक पहुँच गया है अथवा नहीं? क्या पता?...

इतने दिन हो गये। यदि मीराँ आक्रोशित हुई होती तो अब तक कोई-न-कोई प्रतिक्रिया आ ही गयी होती मीराँ-महल से। क्या कहा जा सकता है?

मन में चोर पाले राणा विक्रमादित्य ने बहन ऊदाँबाई से डरते-डरते पूछा—"मेरे बारे क्या कुछ कहा भाभी सा ने?"

"आपके विषय में तो वह कुछ न बोलीं। बात भोजराज भाई सा तक चली और वहीं समाप्त हो गयी।"

"ठीक है...ठीक है। आप ऐसा करना अगली बार उनसे मिलना तो राणा रत्न सिंह भाई सा का जिक्र छेड़ना। देखना क्या कहती हैं?"

"क्यों? रत्न भाई सा का क्यों? मैं तो सीधे आपके बारे में पूछूँगी। अब तो आप मेवाड़ के राणा हो। भाभी मीराँ को आपका लिहाज करना चाहिए।"

"अरे नहीं-नहीं।...जीजा! आप ऐसा बिलकुल न करना। मेरा नाम लेंगी तो खामख्वा वह मुझ पर शक करने लगेंगी कि मैंने आपको उनके पास भेजा है। आप तो उनको बाबो सा या भाई रत्न सिंह की ही याद दिलाना। फिर देखना वह क्या बात करती हैं?"

"अच्छा ठीक है। वह सब आप मुझ पर छोड़ दो।–" ऊदाँबाई ने कहा।

इस तरह विक्रमादित्य और कर्मावती ने मीराँबाई के जीवन में ताक-झाँक करने और उनका मन टटोलने के वास्ते ननद ऊदाँ को फिर से चने के झाड़ पर चढ़ा दिया। दो दिन तो ऊदाँ अपने ईडर नरेश पतिदेव से बझी रही। अनेक दिन बाद चित्तौड़ आये थे वह।

जब दो दिन के अन्तराल पर ऊदाँ फिर मीराँ भाभी के पास गयी तो कहने लगी–"ईडर से आपके नन्दोई सा आये हैं। वह भी मन्दिरों में आपकी साधु-संगत और सबके सामने नृत्य करने से बड़े शर्मिन्दा हैं।...आपको नहीं लगता कि आपके ऐसा करते राणा परिवार की ही बदनामी नहीं होती सभी सम्बन्धियों का मान घटता है?"

मीराँ ने कहा–"नन्दोई भाई सा को मेरा प्रणाम कहना। यह भी कहना कि कान्हा जी से बड़ा किसी का मान नहीं। मीराँ किसी मनुष्य के लिए नहीं नाचती। वह तो सम्राटों के सम्राट् राजाधिराज द्वारकाधीश के दरबार में नृत्य प्रस्तुत करती है।"

"पर भाभी सा!...इसके लिए मुरलीमनोहर और कुम्भश्याम जी का मन्दिर ही क्यों? आपके गिरधरगोपाल भी तो आपके इस घर में विराजते हैं। उन्हीं के सामने नृत्य-भजन कर सकती हैं आप?"

"तो फिर ननद सा!...मुझे साधु-संगत घर बैठे कैसे मिलेगी?"

"ओह भाभी सा!...यही तो मैं आपको समझाने की चेष्टा कर रही हूँ कि यह साधु-सन्तों के चक्कर में क्या धरा है? हरि का भजन तो घर बैठे भी हो सकता है। इससे कुल-कलंक भी नहीं लगेगा। आपकी और हम सभी की प्रतिष्ठा भी बची रहेगी।"

"नहीं ऊदाँ। यह मुझे स्वीकार नहीं है। सन्तों के चरणों के मध्य बैठकर मुझे परम शान्ति मिलती है। सन्त ही मेरे सर्वस्व हैं। उनमें मैं अपने गिरधरगोपाल के ही दर्शन करती हूँ।...अब मेरा इस संसार में कौन है? न माता हैं न पिता हैं। मित्रसम पति, पितासम श्वसुर और अनुजसम देवर रत्न सिंह, जो मुझे मान देते थे, मेरा हरदम खयाल रखते थे, सब-के-सब स्वर्ग को चले गये। अब जो कुछ भी मेरे जीवन में शेष है वह ये साधु-सन्त ही तो हैं जिन्हें मेरी ही तरह भगवद्भजन से प्रेम है..."

कहकर मीराँ जी रोने लगीं। भावावेश में हृदय की बात जिह्वा पर आ ही जाती है। मीराँ ने ऊदाँ से कहा—"यह मेरी बात नहीं है। संसार का अनुभव है। सच पूछो तो इस मृत्युलोक में कोई किसी का मीत नहीं होता। तुम इतनी सुघर सयानी हो। इस बात को समझो। सत्संग से बड़ा आनन्द जीवन में और कोई नहीं होता। सत्संग भी बड़े भाग्य से मिलता है।...अगर तुम्हें राणा विक्रमादित्य ने भेजा है तो जाकर समझाओ उसे कि मीराँ सन्तों के हाथों बिक चुकी है। मैं सन्तों की संगत बिलकुल नहीं छोड़ सकती। ना...यह बात मुझे कतई स्वीकार नहीं।"

और उस सन्ध्या मीराँबाई श्रीकृष्ण-मन्दिर में सन्त समाज में घिरकर अश्रुपूरित नयनों के साथ यह पद पूरी तन्मयता के साथ गा रही थीं—

मेरी बात नहीं जग छानी, ऊदाँ समझो सुघर सयानी।
साधू मात पिता कुल मेरे, सजन सनेही ग्यानी।
सन्त चरण की सरण रैन दिन, सत्त कहत हूँ बानी।
राणा ने समझावो जावो, म्हैं तो बात न मानी।
मीराँ के प्रभु गिरधर नागर, सन्तां हाथ बिकानी।।

महलों की बातें इस तरह छन-छनकर मीराँ के गाये पदों में जन-जन तक पहुँच रही थीं। मीराँ का यह सात्त्विक विरोध था जो प्रभु भक्ति और सन्तों के प्रति उनके नित्य बढ़ते सम्मान में व्यक्त हो रहा था। मीराँ जानती थीं कि वह जिस सामन्ती व्यवस्था की जकड़न में थीं वहाँ एक निराश्रिता स्त्री का कोई स्थान नहीं होता। कोई भी पतित पुरुष अवसर पाकर उसकी अस्मिता को रौंद सकता है। ऐसे में सन्तशरण और ईश्वर-भक्ति ही उसकी ढाल बन सकती है।

मीराँ ने साधु-संगत को अपनाकर उसके माध्यम से चित्तौड़गढ़ की पथरीली दीवारों में घिरे रहकर भी बाह्य जगत् से अपना सहानुभूतिपूर्ण सम्पर्क बनाये रखा। यह मीराँबाई का तात्कालिक सम्बल भी था और उनकी शक्ति भी। स्वभाव से वह एक सन्त थीं। चरित्र से अत्यन्त सुदृढ़। अतः उन्होंने अन्ततः अपने लिये सन्तों का मार्ग ही चुना। यदि कोई साधारण स्त्री होती तो उन परिस्थितियों में टूट भी सकती थी।

ख्याति धीरे-धीरे फैलती है। कुख्याति आतंक का प्रश्रय पाकर बहुत तीव्रगति से चहुँ ओर जनमानस में व्याप्त हो जाती है। राणा विक्रमादित्य के स्वभाव का छिछोरापन, उसकी लम्पटता, उसकी अपरिपक्व सोच, उसका उद्दण्ड आचरण, उसकी बुरी संगत, मोटी बुद्धिवाले हज़ारों पहलवानों से अक्सर घिरे रहना, उलटा-सीधा खाना-पीना, मौज-मस्ती, निर्बलों का उत्पीड़न करने का शौक जल्द ही प्रजा के मध्य बहुचर्चित हो गया। लोग जान गये कि मेवाड़ के अच्छे दिन गये और बुरे दिन आ गये। ऐसे में चित्तौड़ में मीराँ ही एक ऐसा पवित्र और चमकता हुआ नक्षत्र थीं, जिसका प्रकाश लोगों के मन को थोड़ी राहत पहुँचाता था। मीराँ इसलिए दिनोंदिन

और भी लोकप्रिय होती गयीं। उधर राणा की कुख्याति बढ़ रही थी, इधर मीराँ विख्यात होती जा रही थीं। राणा विक्रमादित्य को एक स्त्री का इतना बढ़ा हुआ कद भी स्वयं के लिए हानिकारक प्रतीत होने लगा था।

ऐसे में, जब उसे कुछ न सूझा तो उसने एक दिन कृष्ण-मन्दिर को अपने पहलवानों से घिरवा दिया। एक सोची-समझी रणनीति के अन्तर्गत वहाँ आनेवाले दर्शनार्थियों के साथ राणा के पहलवान बदसलूकी कर उन्हें अपमानित करने लगे। यदि दो-एक कमजोर-से नागरिक उन्हें मन्दिर जाते दिखे तो उन्हें पकड़कर पहलवानों ने सड़क पर पीट दिया। ऐ किधर जाता है। चल भाग...दोबारा दिखायी पड़ा तो टाँगें सही सलामत नहीं रहेंगी...जैसे शब्दबाण अनेक सज्जनों ने सहे। कई स्त्री-पुरुष तो उस अराजक वातावरण में स्वयं ही चुपचाप खिसक लिये। कृष्ण-मन्दिर से किले के सिंहद्वार की सड़कों और चित्तौड़ की गलियों में राणा के पहलवानों ने उस दिन वह ताण्डव मचाया कि चारों तरफ़ बिना बात की त्राहि-त्राहि मच गयी।

मीराँ तक यह सूचनाएँ पहुँचीं तो उन्होंने उसी समय कुम्भश्याम-मन्दिर की दिशा में जाने का निश्चय किया। सूचना देनेवाले उनके आदमियों ने उन्हें वहाँ न जाने की विनम्र सलाह दी। फिर मीराँ जी के निजी सैनिकों ने माहौल खराब होने की दुहाई देकर उनको बाहर निकलने से रोका। परन्तु मीराँ जी कहाँ माननेवाली थीं? वह फिर सीधे राणा विक्रमादित्य से जवाब तलब करने उसके महल में जा धमकीं—

''देवर जी! यह मैं क्या सुन रही हूँ? आपने कुम्भश्याम और कृष्ण-मन्दिर के दर्शनों पर रोक लगा दी है?''

''मैंने रोक लगा दी है? यह आपसे किसने कहा?''—विक्रमादित्य हड़बड़ाकर बोला।

''वह जो आपके उद्दण्ड मल्ल सारे रास्तों पर उधम काट रहे हैं और दर्शनार्थियों को मन्दिरों की तरफ आता-जाता देखकर उन्हें अपमानित कर रहे हैं यह सब क्या है?''

''पता नहीं! मैं अभी दिखवाता हूँ भाभी सा। आप शान्त हो जाइये। मल्लों को तो उनके अखाड़ों तक सीमित होना चाहिए। वे कैसे अनुशासनहीन हो गये? अभी दिखवाता हूँ। सैनिकों को व्यवस्था कायम रखने के लिए लगाता हूँ। तब तक मेरी आपसे विनती है कि आप भी मन्दिर की ओर न जायें।''

मीराँ ने एक पल को सोचा। फिर कहा—''ठीक है। आप देखिये। मैं जाती हूँ।''—और मीराँ वहाँ से तमतमायी मुद्रा में वापस चली गयीं।

चित्तौड़ में राणा ने बाहरी व्यक्तियों का प्रवेश तत्काल प्रभाव से वर्जित कर दिया। मीराँ के खास और उनके गुरु पण्डित गजाधर को तत्काल बुलवाकर धमकाया कि मीराँ से कहें कि वे कृष्ण-मण्डप में नित्य दर्शन का अपना कारोबार बन्द करें।

अन्यथा ऐसा न करने पर पुर और माण्डल की जो सनदें गजाधर पण्डित को मिली हुई हैं उन्हें जब्त कर लिया जायेगा।

मीराँ से जब राणा के इस दबाव की बात उनके गुरुदेव ने स्वयं जाकर कही तो मीराँ चिन्तित हो गयीं। अगर मीराँ को सीधे-सीधे मन्दिर जाने से रोका गया होता तो वह उसका प्रतिवाद करतीं। परन्तु राणा विक्रम अपनी शक्ति का ऐसा नीचतापूर्ण दुरुपयोग करेगा यह अनुमान उन्होंने पहले नहीं किया था। मीराँ को विवश होना पड़ा। उन्होंने कहा कि—"अब से वह ऐसे पापी का मुँह न देखेंगी। आप जाइये गुरुदेव और राणा से कह दीजिये कि मीराँ घर में ही भजन कर लेगी। जब कभी उसे मन्दिर दर्शन करना होगा तो किले से बाहर कर लेगी।"

गजाधर पण्डित ने करबद्ध होकर मीराँ का सन्देश राणा से कह सुनाया। उस दिन से चित्तौड़गढ़ के श्रीकृष्ण-मन्दिर में साधु-संगत बैठनी बन्द हो ही गयी। मीराँ कुछ दिन अपने महल से नहीं निकलीं। कुछ दिन बाद वह किले से निकलकर बाहर के एक राधा-कृष्ण-मन्दिर में जाने लगीं और वहीं सन्ध्या समय भजन-कीर्त्तन करने लगीं।

अब तक जो भक्तों का जमावड़ा चित्तौड़गढ़ के भीतर होता था वह गढ़ के बाहर नागरिक बस्ती में होने लगा। पहले जन-साधारण मीराँ जी तक आते थे। अब मीराँ जी जन-साधारण के बीच जाने लगीं।

आवत मोरी गलियन में गिरधारी।
मैं तो छुप गयी लाज की मारी।
कुसुमल पाग केसरियाँ जामा, ऊपर फूल हजारी।
मुकुट ऊपर छत्र बिराजे, कुण्डल की छबि न्यारी।।

—मीराँबाई गढ़ से उतरकर चित्तौड़ की बस्ती के उस राधा-कृष्ण-मन्दिर में साधु-सन्तों की भीड़ में ये पंक्तियाँ गा रही हैं। अपने श्रीकृष्ण प्रियतम की छवि का वर्णन करती आनन्दविभोर होकर नाच रही हैं।...

अब इस मन्दिर में राधाप्यारी भी हैं। मीराँ के लिए तो राधा एक सौत-जैसी हैं। परन्तु उनकी शान में भी अब कुछ कहना ही पड़ेगा। वह आगे गा रही हैं—

केसरी चीर दरियाई को लहँगो, ऊपर अँगिया भारी।
आवत देखे कृष्ण मुरारी, छुप गयीं राधा प्यारी।।

भक्तगण आनन्द से झूम उठते हैं। राणा विक्रमादित्य ने अब अपने गुप्तचरों के साथ एक लिखैया भी भीड़ में छोड़ दिया है। मीराँ क्या गाती हैं? क्या बोलती हैं? सब कागज पर दर्ज करता चलता है। रोज़ लिख-लिखकर राणा जी तक पहुँचाता रहता है।...

मोर मुकुट मनोहर सोहे, नथनी की छबि न्यारी।
गल मोतिन की माल बिराजे, चरण कमल बलिहारी।।

"जय हो!...जय हो!!..."

मीराँ घूम-घूमकर नाच रही हैं। बीच-बीच में पाँवों से तत्कार भी देती हैं। घुँघरू बाँधकर नाच रही हैं। यहाँ किसी बात का गम नहीं। कोई खौफ़ नहीं। यह तो आम आदमियों की बस्ती है।

राधा प्यारी अरज करत है, सुणज्यो कृष्ण मुरारी।
मीराँ के प्रभु गिरधर नागर, चरण कमल बलिहारी।।

मीराँ के मुख पर हलका-सा पसीना आ जाता है। आज वह खुलकर नाची हैं। मीराँबाई साधुओं और भक्तों के बीच आयी हैं। गढ़ से बाहर निकलकर। राणा के साये से थोड़ी दूर उन्मुक्त वातावरण में साँस ले रही हैं मीराँ।

एक कनफटा साधु मीराँ जी से कहता है—"देवि! इस साधुओं के मठवाले मन्दिर में पधारती हो आप!...राणा जी से भय नहीं लगता?"

"क्यों? भय क्यों लगेगा? आप सब हैं न। ये जगत् के पालनहार हमारे साथ हैं। फिर इनके होते भय कैसा?"

"फिर भी..."

और मीराँ उन सभी साधुओं की जमात मैं बैठकर लहर-लहरकर गाने लगती हैं—

राणाँ जी हो! मैं साधुन रँगराती।
और सखी मद पीवन आई, मैं मद में मदमाती।
मैं मद पीयो पंचबटी को, छकी रहूँ दिन राती।।
सुन्न सिखर के द्वारे आकै, मोहि मिले अबिनासी।
मीराँ के प्रभु गिरधर नागर, जनम-जनम की दासी।।

राणा जी का गुप्तचर लिखैया पटापट लिखता जा रहा था। जो कुछ भी मीराँबाई वहाँ गा रही थीं वह लिखे जा रहा था। उसे अपने आका को अक्षर-अक्षर मीराँ के विचारों और बोलों से अवगत कराना था।

विक्रमादित्य जब रणथम्भौर से आकर चित्तौड़ की गद्दी पर बैठा तब वह अपने साथ केवल पहलवानों की पल्टन लेकर ही नहीं आया था, बल्कि अपने कुछ विश्वस्त मुसाहिबों को भी वहाँ से लिवा लाया था। उसके ये मुसाहिब और चाटुकार उसी की भाँति धूर्त थे। इनमें सबसे धूर्त मनोवृत्ति का मुसाहिब कालूराम बीजावर्गी था। वह राणा की आकांक्षाओं और महत्त्वाकांक्षाओं के अनुसार ही उसे एक-से-एक नायाब सलाहें दिया करता था। इस कालूराम बीजावर्गी को राणा विक्रमादित्य ने बड़े भरोसे का आदमी पाकर अपना दीवान बना लिया था। यह आदमी राणा की कुत्सित इच्छाओं की पूर्ति के लिए सभी आवश्यक प्रबन्ध किया करता था।

बीजावर्गी का राज-दरबार में ऐसा दबदबा था कि उसके सामने कोई जल्दी मुँह खोलने का साहस नहीं करता था। जो भी सामन्त अथवा सरदार उससे मतभेद रखता

राणा उसे महत्त्वहीन पद पर भेज देता। बीजावर्गी एकमात्र वह दीवान था जो कि राजमहलों में बेरोकटोक प्रवेश कर सकता था। यहाँ तक कि गोपनीय मन्त्रणाओं के समय उसे राणा विक्रम के शयन-कक्ष में भी बैठने की इजाजत थी। राजमाता कर्मावती भी अनेक बार कोई आवश्यकता अथवा समस्या आने पर सेवकों को भेजकर बीजावर्गी को ही बुलवाती थीं और उनसे समाधान प्राप्त करती थीं।

मीराँबाई पहले तो चित्तौड़गढ़ के कुम्भश्याम-मन्दिर परिसर में साथ के कृष्ण-मन्दिर तक ही सीमित थीं। सायंकाल वह वहीं भक्तों को दर्शन देतीं और मुरलीमनोहर को अपने भजन-नृत्य से रिझाती थीं। जब से चित्तौड़गढ़ के बाहर के लोगों का वहाँ आना-जाना प्रतिबन्धित हुआ मीराँबाई की सन्ध्याकालीन गतिविधियाँ भी वहाँ ठप हो गयीं। कुछ दिन तो सिरफिरा राणा इस बात से बड़ा हर्षित हुआ। परन्तु जब उसे यह पता चला कि मीराँ ने साधु-संगत का एक दूसरा विकल्प खोज लिया है। एक ऐसा ठिकाना तो गढ़ से उतरकर नीचे की नागरिक बस्ती में है। एक ऐसा फक्कड़ साधुओं का मठ जहाँ राधा-कृष्ण का एक मन्दिर भी है। जहाँ अब अक्सर मीराँबाई जा-जाकर नाचने-गाने लगी हैं। जहाँ वह राजमर्यादा की धज्जियाँ उड़ाकर राणाकुल की लज्जा को तार-तार करने लगी हैं। ऐसे में राणा विक्रमादित्य को कहीं चुल्लू भर पानी भी नजर नहीं आया जहाँ जाकर वह स्वयं डूब मरता।

तब एक दिन राजमहल में राणा के शयन-कक्ष में एक विशेष बैठक हुई। बैठक में राणा विक्रम, राजमाता कर्मावती, मीराँ की ननद ऊदाँबाई के अतिरिक्त दीवान बीजावर्गी भी उपस्थित रहा। बन्द द्वारों के भीतर होनेवाली इस बैठक में मीराँबाई के नवीनतम लोकव्यवहार और उससे उभरनेवाली उलझनों पर ही जमकर विचार-विमर्श हुआ।

राणा विक्रम ने कहा–''देख रही हैं माँ सा!...सिसोदियों की कुलवधू मेवाड़ नरेश की यह विधवा हमारी मीराँ भाभी इन दिनों क्या गुल खिला रही हैं? अब तो हद्‌द हो गयी है। यह औरत कनफटे साधुओं, चिमटाधारी बाबाओं, भिखारियों और लुच्चे किस्म के रसिकों की भीड़ में पैरों में घुँघरू बाँधकर पतुरियों की भाँति नाचती फिरती है। कुम्भश्याम से उन बाबाओं-भिखारियों को खेदड़ा गया तो भाभी सा उन्हीं के मठ-मन्दिर में अब जा पहुँची हैं। कोई दिन नहीं जाता जब शाम ढले यह उन जोगियों और लुच्चों की जमात में न पहुँच जाती हों।...अब जब जायेंगी तो वहाँ गायेंगी भी और नाचेंगी भी। राजकुल की एक जवान बीनड़ी सरेआम अंग प्रदर्शन कर हमारी तो नाक ही कटाये दे रही है। छिः...''

''क्या किया जाये?...अरे हमारी तो किस्मत ही फूटी है। मेड़तियों ने यह कुलनासी जाने क्यों हमारे गले मढ़ दी?''–कर्मावती ने कहा।

''घणीं खम्मा राजमाता!-मेड़तियों ने नहीं महाराणा संग्राम सिंह जी ने ही दो राजकुलों के बीच सामरिक सन्धि की बुनियाद में अपने सुपुत्र दिवंगत भोजराज के लिए मीराँ का हाथ माँगा था।''–दीवान कालूराम बीजावर्गी ने कहा।

"पता है दीवान जी!...यही तो महाभूल की थी हमारे महाराणा जी ने। जानते-बूझते हुए जिन्दा मछली निगलने का काम किया था।...मेड़ता के राव दूदा पहले ही साफ-साफ जिक्र कर चुके थे कि लड़की कृष्ण की अनन्य पुजारिन है। कृष्णार्पिता है। पद बनाती है। गाती है। भजन गाते-गाते विभोर होकर नाचती भी है। ऐसी दीवानी है कृष्णप्रेम की कि घण्टों उसे अपने तन-मन की सुध-बुध नहीं रहती। सारा-कुछ बताकर शीघ्र ही मर भी गये राव दूदा। फिर भी महाराणा जी अपने बहनोई बीरमदेव से इस पगली पुजारिन का हाथ माँगकर भोजराज के मत्थे मढ़कर मेड़ते से इसे यहाँ उठा लाये।...साले-बहनोई का रिश्ता था। इनकी बहना ने ही वहाँ जोर डाला होगा पति बीरमदेव पर कि मढ़ दो मीराँ को सिसोदियों के सिर पर। छुटकारा मिले इस नचनिया से।...पता नहीं कब मरेगी यह कुलघातिन?"—कर्मावती ने कहा।

अब ऊदाँ की बारी थी। उसने अपना रटा रटाया सामान्य ज्ञान दोहराया—"भोजराज भाई सा को हमेशा तरसा-तरसाकर रखा भाभी मीराँ ने। अपने को कृष्णार्पिता बताकर दिन-रात गिरधरगोपाल की मूर्ति की सेवा में लगी रहतीं। उन्हें अपना पति और परमेश्वर कहतीं। और जो सचमुच का पति था उसकी ऐसी बेकद्री कि क्या कहा जाये। भोजराज भाई सा को भी कृष्णभक्त बनाने और अपनी तरह ही पूजा-पाठ के जाल में फँसाने में कोई कसर न छोड़ी मेड़तणीं जी ने।...मैं तो कहती हूँ बीमारी ने कुँवर सा को नहीं खाया उन्होंने जान-बूझकर बीमारी मोल ले ली। एक युद्ध से लौटे तो दूसरे युद्ध में चले गये। कभी बाबो सा से यह न कहा कि अभी थककर लौटा हूँ। तनिक अस्वस्थ हूँ। थोड़ा विश्राम कर लूँ तो अगले युद्ध में चला जाऊँगा। मेरी जगह रत्न सिंह को भेज दो।...भोजराज भाई सा तो मीराँ भाभी की उपेक्षा के शिकार बनकर ही अपने-आपको तिल-तिल गलाते चले गये।"

इस पर राणा विक्रमादित्य ने कहा—"वह सब जाने दें। सोच-सोचकर खून जलाने से क्या लाभ? सोचना ही है तो आगे की सोचें।...यह मीराँ तो अब चित्तौड़ का सिरदर्द बनती जा रही है। रोज हमारे मुख पर कालिख पोत रही है। आखिर इससे कैसे छुटकारा पाया जाये?"

"क्यों न मीराँ को उसके पीहर भेज दिया जाये?" कर्मावती ने पुत्र को सलाह दी।

"हाँ!...भाभी मीराँ कई बरस से मेड़ता गयी भी नहीं हैं। राणा रत्न सिंह के साथ पिछली बार जब पुष्कर स्नान के लिए गयी थीं तो भी मेड़ता नहीं गयी थीं। पुष्कर से ही सबके साथ वापस चली आयी थीं। क्यों भइया विक्रम?"—ऊदाँबाई ने कहा।

"अरे नहीं-नहीं। फिलहाल तो ऐसा बिलकुल करने की आवश्यकता नहीं। अगर मीराँ वहाँ जाकर कुछ ऐसा-वैसा बक आयी तो हमारे लिये मुसीबत हो जायेगी। मेड़ता के राठौड़ जैसे भी हों जब-जब मेवाड़ पर संकट आता है तब-तब सबसे पहले

हमारी रक्षा में आगे आ जाते हैं। उन्हें नाराज करना उचित न होगा।"—राणा विक्रम बोला।

दीवान कालूराम बीजावर्गी ने तुरन्त हाँ-में-हाँ मिलाया। बोला—"एकदम ठीक कहते हैं राणा-सा!...इन दिनों चित्तौड़ के दिन कुछ ठीक नहीं चल रहे। गुजरात के सुल्तान बहादुरशाह ने मेवाड़ की सीमावर्ती हमारी बहुत-सी जमीन दाब ली है। खबर मिली है कि अब उसकी बुरी नजर चित्तौड़ पर है।"

यह सुनकर राजमाता कर्मावती एकाएक चिन्तित हो उठीं—"तो आप सब क्या तैयारियाँ कर रहे हैं?"

"तैयारियाँ तो चल रही हैं हमारी। पर अभी सन्तोषजनक नहीं हैं राजमाता।"—बीजावर्गी ने कहा।

"संसाधनों का अभाव है। महाराणा सांगा के स्वर्गवास के बाद से राणा रत्न सिंह के तीन बरस के शासनकाल में सेना की मजबूती की ओर कोई विशेष ध्यान नहीं दिया गया। यहाँ मैंने पता किया है कि सेनाध्यक्ष ने थोड़े-बहुत नये सैनिकों की जो भर्तियाँ की थीं उनका प्रशिक्षण भी आधा-आधूरा है। अब मैंने हुकुम दिया है कि और नये सैनिक भर्ती किये जायें और सैनिकों के समुचित प्रशिक्षण पर भी ध्यान दिया जाये।"—राणा विक्रमादित्य बोला।

"आह!...न रहे महाराणा सा। वर्ना हमें ये दिन न देखने पड़ते।"—कर्मावती ने पति को याद कर एक लम्बी साँस खींची।

"एक बात कहूँ राजमाता!...अपने राणा विक्रमादित्य भी वीरता में किसी से कम नहीं। जब वक्त आयेगा तब इनका जुझारू रूप देखियेगा आप।"—बीजावर्गी ने चापलूसी-भरे अन्दाज़ में कहा।

"सो तो मैं देख ही रही हूँ—" कर्मावती ने होंठ दाबकर किंचित् व्यंग्य से कहा और विक्रमादित्य की ओर देखा।

"माँ सा!..." विक्रम खिसियाया-सा चिहुँका। परन्तु अपने बचाव में आगे बोला—"सारी ज़िन्दगी बाबो सा युद्ध लड़ते रहे और शत्रुओं से लड़ने में मेवाड़ी सेना को कटवाते रहे। पर अन्त में उन्हें क्या हासिल हुआ? यह भी तो देखिये आप। आखीर में जब वह गुजरे तो मुट्ठी भर सैनिक और कौड़ियों के बराबर खजाना हमारे लिये छोड़ गये। इतनी मार-काट और रक्तपात से आखिर हमें क्या मिला?"

"मिला क्यों नहीं बेटा!...मेवाड़ का गौरव...राजपूतों की आन-बान-शान और हमारे कुल का सम्मान। खबरदार महाराणा सांगा सा की वीरता के बारे में कभी कुछ कहा तो।"—कहते-कहते राजमाता कर्मावती की मुखमुद्रा अचानक बदल गयी। उनका चेहरा तमतमा गया। एक प्रपंची माँ के भीतर से एक क्षत्राणी का दर्प एकाएक जाग पड़ा। महाराणा का पुण्य स्मरण एक परमवीर के रूप में न करके एक असफल शासक के रूप में उसका एक क्लीव पुत्र करे, यह महाराणा सांगा की कीर्त्तिकाया

को भला कैसे मंजूर हो सकता था? हाड़ी रानी करमेती पुत्रमोह में अन्धी भले ही हों, परन्तु अपने रणबाँकुरे सुहाग के उपकारों और उनकी अदम्य वीरता को वह एक पल के लिए भूली नहीं थीं।

षड्यन्त्रकारियों की यह गुप्त सभा उसके बाद बिना किसी निष्कर्ष के विसर्जित हो गयी। महाराणा सांगा के नाम का इस प्रकार संकट के घिरते बादलों के मध्य उल्लेख मात्र सभी के मन को झकझोर गया। चिन्तित कर गया। हताश कर गया। शर्मिन्दा कर गया। कहाँ राजा भोज और कहाँ गंगू तेली?

गुजरात के बहादुरशाह का भूत उस दिन राणा परिवार के सिर पर ऐसा मँडराया कि कुछ अवधि के लिए वहाँ मीराँ की हाय-हाय करना वे भूल गये। सिसोदियों को न जाने कब राठौड़ों की सहायता की आवश्यकता आ पड़े? भले ही मीराँ के पिता रतन सिंह और एक काका रायमल्ल खानवा के युद्ध में मारे जा चुके थे। परन्तु मेड़ता नरेश राव बीरमदेव और उनके बहादुर पुत्र जयमल अभी जीवित थे जो चित्तौड़ के लिए कभी भी काम आ सकते थे। नहीं-नहीं मेड़तिये राजपूतों को मीराँ के पीहरवालों को नाराज करना चित्तौड़ को महँगा पड़ सकता है।

इस प्रकार की तत्कालीन सोच ने मीराँबाई को कुछ अवधि के लिए उनके हाल पर छोड़ दिया। यही नहीं, बीजावर्गी दीवान ने राणा विक्रमादित्य को यह सलाह भी दी कि मीराँ को तो हम कभी भी आपके मार्ग से हटवा सकते हैं। फिलहाल उन्हें असन्तुष्ट करना ठीक न होगा। अतः जो प्रतिबन्ध उनकी भक्तिसभा चित्तौड़ के भीतर करने पर लगाये गये हैं वे फिलहाल हटा लिये जायें।

इस तरह मीराँ जी की पुनः वापसी कुम्भश्याम-मन्दिर परिसर में स्थित श्रीकृष्ण-मन्दिर में हो गयी। उसमें चित्तौड़गढ़ के बाहर के भक्तों और साधुओं को भी फिर से दर्शन-कीर्त्तन की छूट दे दी गयीं। मीराँबाई अब पुनः नित्य सन्ध्या वहाँ पहले की भाँति जाने लगीं और सत्संग लाभ करने लगीं।

भले ही अब तक मीराँ जी को चित्तौड़ के राजमहल ने यह समझाने की निरन्तर चेष्टा की थी कि वह साधु-संगत तथा मन्दिरों में भजन-नृत्य करना छोड़ दें, किन्तु भक्ति की प्रतिमूर्ति मीराँ तो साँवरे के अलावा किसी अन्य रंग में रँगने को तैयार ही न थीं। उनका सार्वजनिक रूप से अपने गाये विविध पदों के माध्यम से यह स्पष्ट उद्घोष था—

"साधां दरसन जावां'...
"म्हां तो गोविन्द रा गुण गास्यां"...
"म्हां गिरधर रे रंग राती"...
"हरि म्हारा जीवन प्राण अधार"...
"राणा जी! म्हें साँवरे के रंग राची।"

12

मैं तो साँवरे के रंग राची

सन् 1531 ई. में ही उन्हीं दिनों बनवीर नामक एक विध्वंसक धूमकेतु मेवाड़ के राजनीतिक क्षितिज पर उदित हुआ, जिन दिनों विक्रमादित्य सांगावत-जैसा मूढ़ और मक्कार व्यक्ति राणा मेवाड़ बना। आगे चलकर सन् 1536 ई. में राणा विक्रमादित्य अपने ताऊ सा पृथ्वीराज रायमलोत के इसी दासीपुत्र बनवीर के हाथों मारा गया था। जबकि विक्रम के छोटे भाई उदय की पन्ना धाय ने प्राण रक्षा की थी।

बनवीर भले ही दासीपुत्र था पर था तो रक्त सम्बन्ध के कारण विक्रमादित्य का चचेरा भाई ही। बनवीर के पिता पृथ्वीराज रायमलोत ने अपने छोटे भाई सांगा अर्थात् संग्राम सिंह रायमलोत की उनकी युवावस्था के चलते जान लेनी चाही थी। जान तो वह न ले सके परन्तु सांगा को घायल कर उनकी एक आँख अवश्य ले बैठे थे।

उसी पृथ्वीराज की यह नाजायज औलाद बनवीर पहले तो राणा विक्रमादित्य का एक धूर्त सलाहकार बना फिर उसका काल बन बैठा।

राणा सांगा को अपने जीवनकाल में यह अहसास हो गया था कि बनवीर में सत्ता-प्राप्ति की प्रबल महत्त्वाकांक्षा है। यही नहीं, वह एक षड्यन्त्रबुद्धि एवं कुचक्री युवक है। स्वयं को अपने स्वर्गीय पिता पृथ्वीराज की औलाद के रूप में मेवाड़ की गद्दी का सच्चा वारिस मानता है। जब सांगा को बनवीर के मन्सूबों और खलबुद्धि का पता चला तो उन्होंने उसे राजाज्ञा द्वारा मेवाड़ राज्य की सीमाओं से देश निकाला दे दिया था।

बनवीर सांगा के राज्यकाल में मेवाड़ से बाहर देश के दूसरे हिस्सों में दरबदर भटकता रहा। फिर उसने गुजरात के शक्तिशाली सुल्तान बहादुरशाह के राज्य में जाकर शरण ली। वह धीरे-धीरे बहादुरशाह के सम्पर्क में आया। फिर वह उसे चित्तौड़ किले के भीतर जमा मेवाड़ के कीमती खजाने, वहाँ राणा विक्रमादित्य के ढीले पड़ते जाते शासन-सूत्र, राणा की भोगविलासी प्रवृत्ति और चित्तौड़ के किले के अजेय न होने और मेवाड़ी सेना में अप्रशिक्षित रँगरूटों की भरमार होने के विभिन्न रहस्यों से धीरे-धीरे अवगत कराने लगा।

ऐसा करके बनवीर एक तीर से दो निशाने साध रहा था। एक ओर, वह बहादुरशाह का गुजरात में विश्वास अर्जित कर रहा था और उसे मेवाड़ पर आक्रमण के लिए अभिप्रेरित कर रहा था। दूसरी ओर, उसका स्वप्न था बहादुरशाह की सैन्य शक्ति की बदौलत उसके अधीन रहकर मेवाड़ का राज्य शासन स्वयं के लिए हस्तगत करना।

बनवीर अत्यन्त शातिर था। उसने राणा चित्तौड़ के कुछ दरबारियों को अपनी ओर मिला रखा था। सलुम्बर की जागीर का रावत उनमें से एक था।

राजे-रजवाड़ों के विद्रोह हर बार दूध के उबाल की भाँति नहीं हुआ करते थे। कई बार यह धीमी आँच पर पकनेवाली खिचड़ी के मानिन्द होते थे। बनवीर की शातिर योजना से चित्तौड़ के भीतर और बाहर एक ऐसी खतरनाक खिचड़ी पक रही थी जिससे राणा, राजमाता, दीवान बीजावर्गी और राणा के सारे विश्वासपात्र पूरी तरह अनभिज्ञ थे। यहाँ तक कि राणा के हुड़दंगबाज़ सभी पहलवान भी बनवीर की कुचालों से अनजान थे। सिवाय दो घुटे हुए नये मल्लों के जिन्हें बनवीर ने बड़ी ही चालाकी से राणा के राजसी अखाड़े में प्रवेश दिला दिया था।

यह पहलवान कुम्भलगढ़ से आये थे। दोनों जुड़वाँ भाई थे। उनके नाम थे कर्णसिंह और अर्जुनसिंह। मल्लयुद्ध में माहिर। पढ़ाई-लिखाई में भी अव्वल। दूसरे पहलवानों से कहीं आगे। आधी कुश्ती वे शरीर बल से लड़ते थे। आधी अपने मस्तिष्क के बल पर। अपने पहले ही मुकाबले में कर्णसिंह और अर्जुनसिंह ने एक संयुक्त कुश्ती में राणा विक्रमादित्य के दस-दस पहलवानों को पटक-पटककर पछाड़ दिया था। कुम्भलगढ़ से उन्हें लेकर आया था बनवीर। ये उसके अपने आदमी थे।

बनबीर ने चित्तौड़गढ़ में अपनी गोटियाँ बहुत सावधानी से बिछायी थीं। वह महाराणा सांगा के समय में तो चित्तौड़ के आस-पास भी फटक नहीं सका था। जब महाराणा विश्वासघात के चलते विषपान कर 1528 ई. के प्रारम्भ में स्वर्ग सिधार गये तो बनवीर वह समाचार सुनकर सबसे पहले अपने पिता पृथ्वीराज के निर्वासन के दिनों के मुकाम कुम्भलगढ़ चला गया। वहाँ से वह साधु का वेश बदल-बदलकर अनेक बार चित्तौड़गढ़ आता-जाता रहा।

राणा रत्न सिंह के समय में मीराँ का भजन-गायन और साधु-संगत का क्रम निर्बाध गति से चला करता था। बनवीर साधु वेश में चित्तौड़ की धर्मशालाओं में हफ्तों आकर ठहर जाता। सुबह-शाम मन्दिर दर्शन और मीराँ जी के सत्संग में शामिल होने के बहाने चित्तौड़गढ़ में घूमता और वहाँ की गतिविधियों का चुपचाप अन्वेषण करता। भला रमता जोगी बहता पानी से किसी को क्या वैर? उन दिनों अपने प्रिय देवर रत्न सिंह की राणाशाही में भक्तिमती मीराँबाई की अध्यात्म जगत् में तूती बोल रही थी।

बनवीर का साधु वेश में गढ़ चित्तौड़ और गढ़ रणथम्भौर के बीच आना-जाना लगा रहता था। रणथम्भौर जब जाता तो वहाँ महारानी कर्मावती, विक्रमादित्य और उदय सिंह के रहन-सहन की गोपनीय ढंग से खबर लेता। जब चित्तौड़ में होता तो गोपनीयता से वहाँ की खबर लेता। बनवीर जब चित्तौड़ में होता तो वह कृष्ण-मन्दिर में घुसकर मीराँ जी के वचनों को भी सुनता और उनकी मनःस्थिति के बारे में भी अनुमान लगाता।

चित्तौड़ के राजदरबार में सलुम्बर के रावत राठौड़ी मीराँबाई के प्रति बहुत सहानुभूति रखते थे। वह राणा रत्न सिंह से उनके राज्यकाल में सन्तुष्ट थे। बाद में नये राणा विक्रमादित्य के कार्यकाल में उसकी निरंकुशता, हठधर्मिता और अपरिपक्वता के कारण वह उससे घोर असन्तुष्ट रहते थे। सलुम्बर रावत बाबा जी कहलाते थे। संयोग से बनवीर के स्वर्गीय पिता पृथ्वीराज के निर्वासन के दिनों में जब राणा रायमल्ल ने अपने इस बड़े बेटे और दूसरे बेटे जयमल को चित्तौड़ से निकाल बाहर किया था, तो बाबा जी ने उन्हें कुछ समय अपने यहाँ आश्रय दिया था और उनकी कुछ वित्तीय मदद भी की थी। यह बात बनवीर को पता थी।

बनवीर पिता के ऊपर किये उपकारों की प्रशंसा कर एक बार सलुम्बर के रावत बाबा जी से मिला और उनके चरण छूकर उन्हें बड़ा सम्मान दिया। अपने दर-दर भटकने की दीनदशा का उन्हें हवाला दिया और बदले में उनका विश्वास और आशीर्वाद हासिल किया। इस तरह बनवीर बाबा जी से भी उनकी जागीर में आते-जाते मिलने लगा और चित्तौड़ के हाल-हवाल जानने लगा। किन्तु जब वह साधु वेश में चित्तौड़गढ़ जाता तो भूल से भी सलुम्बर रावत से नहीं मिलता था।

इस प्रकार जो भी जानकारियाँ चित्तौड़गढ़, रणथम्भौर के गढ़ के सिसोदिया राजवंशियों के विषय में बनवीर को मिलतीं उन्हें वह गुजरात के सुल्तान बहादुरशाह तक कूटनीति के तहत पहुँचाता रहता। उदाहरण के लए बनवीर ने ही यह पक्की खबर बहादुरशाह को दी थी कि सांगा ने जो बेशकीमती ताज और जड़ाऊ कमरबन्द मालवा के सुल्तान महमूद से जबरन हासिल कर उसे अपनी कैद से छोड़ा था, वे वास्तव में रणथम्भौर में रानी कर्मावती के कब्ज़े में थे। दूसरे शब्दों में मेवाड़ के अगले सम्भावित उत्तराधिकारी कुँवर विक्रमादित्य के पास थे जिन्हें माँगने पर भी कर्मावती ने राणा रत्न सिंह को नहीं सौंपा था।

बनवीर ने यह बात भी बहादुरशाह को बतायी कि महारानी कर्मावती और उसके भाई बूँदी के कुँवर सूरजमल कुँवर विक्रमादित्य को एक दिन चित्तौड़ की राजगद्दी पर बैठे देखना चाहते हैं। सूरजमल और राणा रत्न सिंह एक-दूसरे के भीतर-ही-भीतर खून के प्यासे हैं। कभी भी भाइयों के बीच इस राज्यलिप्सा के चलते कुछ भी हो सकता है। और एक दिन हुआ भी यही। बहादुरशाह को अपने आदमियों के जरिये

भी इन तथ्यों की पुष्टि होती रहती थी। अतः वह बनवीर औरस पुत्र पृथ्वीराज पर काफी भरोसा करने लगा था।

इस प्रकार बनवीर स्वयं मेवाड़ की गद्दी हथियाने के लिए उपयुक्त अवसर की प्रतीक्षा में था। राणा रत्न सिंह की मृत्यु के उपरान्त की परिस्थितियों को उसने अपनी महत्त्वाकांक्षा की पूर्ति के लिए पूर्णतः अनुकूल पाया, जब उसने यह देख-समझ लिया कि अविवेकी नवयुवक विक्रमादित्य मेवाड़ के राणाओं की शृंखला में अब तक की सबसे कमजोर कड़ी है।

बनवीर यह अच्छी तरह जानता था कि महाराणा सांगा के वंश को समाप्त करके ही वह चित्तौड़ की राजगद्दी प्राप्त कर सकता है। उसके समक्ष इस लक्ष्य को प्राप्त करने में तीन प्रमुख बाधाएँ थीं—राणा विक्रमादित्य, कुँवर उदय सिंह और मीराँबाई। मीराँ के मेवाड़ के प्रतिष्ठित मंच पर बने रहने तक चित्तौड़ को मेड़तिया राठौड़ों की तलवारों का प्रबल संरक्षण प्राप्त था, जो बनवीर की लक्ष्यपूर्ति में सबसे बड़ी बाधा थी। इसलिए चालाक बनवीर ने कूटनीति का सहारा लेकर राणा विक्रम के मस्तिष्क में धीमे-धीमे मीराँ के प्रति जहर घोलने का कार्य किया। इसके लिए वह राणा के पहलवानों की कुश्ती देखनेवाले शौक को पूरा करने के बहाने कर्ण-अर्जुन नामक जुड़वाँ पहलवानों के माध्यम से राणा के नजदीक गया।

बातों-ही-बातों में बनवीर ने राणा विक्रम से ऐसा कट्टर याराना पाल लिया कि राणा उसका मुरीद हो गया। बनवीर ने राणा की सुरा-सुन्दरी की प्यास की तृप्ति का भी ऐसा कुशल प्रबन्धन किया कि एक प्रकार से राणा को बनवीर ने अपने शीशे में उतार लिया। वह मीराँबाई की आम जनता में लोकप्रियता, उनकी साधु-संगत से राणा खानदान की हो रही बदनामी इन दो विपरीत ध्रुवों के मध्य राणा विक्रमादित्य के कच्चे दिमाग को नचाता रहा।

मीराँबाई के विरुद्ध बनवीर ने परदे के पीछे रहकर जी भरकर जहर घोला। उसने राणा को इस प्रकार से कदम-कदम पर अपने खुराफाती सुझावों द्वारा दुष्प्रेरित किया कि वह मीराँ को तरह-तरह से प्रताड़ना दे। इस हद तक परेशान करे कि मीराँ किसी तरह स्वयं ही चित्तौड़ छोड़कर जाने के लिए मजबूर हो जायें। बनवीर यह चाहता था कि मेवाड़ और मेड़ता के वर्षों पुराने सम्बन्धों में दरार पड़ जाये। मेवाड़ मित्रविहीन होकर इतना निःशक्त हो जाये कि बहादुरशाह या किसी उसी जैसे सबल शत्रु के आगे राणा विक्रम को एक दिन घुटना टेकना पड़ जाये।

बनवीर की इस कूटनीतिक सफलता का अंजाम यह होता कि मेवाड़ के पतन के पश्चात् वहाँ के शासनतन्त्र और राजनीति में अपने पुराने प्रभाव का इस्तेमाल करके बनवीर आसानी से राणा विक्रम एवं कुँवर उदय सिंह का सफाया कर चित्तौड़ की राजगद्दी का स्वामी बन जाता। और अन्ततः शातिर बनवीर अपनी इस खुराफाती योजना में सफल भी हुआ। उसकी कुचालों ने राणा विक्रमादित्य को एक

विदूषक किस्म का ऐसा खलनायक बनाकर रख दिया जिसने सन्त मीराँ-जैसी महान् लोकहितैषी स्त्री को हर सम्भव यन्त्रणा देने के अनेक षड्यन्त्रपूर्ण कुकृत्य किये।

स्वयं बनवीर कठपुतलीवाले की भाँति चित्तौड़गढ़ में राणा विक्रमादित्य को एक खिलौने की भाँति नचाता रहा है। अन्त में वही बनवीर एक महान् खलनायक की भाँति अपने उस खिलौने राणा विक्रमादित्य की हत्या कर अट्टहास करता हुआ स्वयं चित्तौड़ के राजसिंहासन पर जा बैठा था। वह तो कुँवर उदय सिंह की किस्मत बहुत प्रबल थी जो पन्ना धाय ने उसकी जगह अपने एक मासूम पुत्र चन्दन की बलि दिलाकर महाराणा सांगा के राजवंश के उस कुलदीपक को बचा लिया था।

राणा विक्रमादित्य का पाँच वर्ष का कार्यकाल भयंकर उत्थान-पतन एवं उतार-चढ़ावों से संयुक्त था। जैसे कोई साँप-सीढ़ी का खेल, जिसमें मार्ग में चलते-चलते अनेक साँप भी मिलते हैं और सीढ़ियाँ भी। चन्द कदम चले, एक सीढ़ी ने यात्री को कई मंजिल ऊपर पहुँचा दिया। अगले दो कदम बाद एक छोटा-सा हरा साँप मिला जिसने निगलकर उस व्यक्ति को फिर से उसी जगह पहुँचा दिया, जिसके आस-पास से वह चला था।

गोटियाँ चलती रहती हैं। खेल आगे बढ़ता रहता है। प्रतिद्वन्द्वी खिलाड़ियों में परस्पर कौशल एवं भाग्य की परीक्षा होती रहती है।

खेलते-खेलते पहला यात्री शिखर की पंक्ति में पहुँच जाता है। अब अगले चन्द कदमों के बाद ही एक लम्बी पूँछवाला लाल साँप बैठा है। यह साँप फिर, चाहते न चाहते, उस यात्री को अचानक निगल लेता है और उसका खेल ही खत्म कर देता है। क्योंकि दूसरा यात्री कई सीढ़ियाँ चढ़ता अन्ततः उसे भी पारकर विजय-स्तम्भ तक जा पहुँचता है।

विक्रम और बनवीर साँप-सीढ़ी के खेल के ऐसे ही दो खिलाड़ी सिद्ध हुए। मेवाड़ राज्य की बिसात पर उनकी गोटियाँ उनकी नियति को तय करने में कुछ अलग-सी ही भूमिका में दिखीं।

एक बदनामी से बचने के लिए राणा विक्रम ने दूसरी मुसीबत को मोल लिया। मीराँबाई कुछ दिन चित्तौड़गढ़ से उतरकर जनसाधारण के एक मन्दिर में क्या गयीं कि साधारण नर-नारियों को वह बिलकुल अपने बीच की कोई सदस्य-जैसी लगने लगीं। अब जब कभी मीराँबाई को देखने-सुनने चित्तौड़ के ग्रामीण क्षेत्रों से कुछ स्त्री-पुरुष चित्तौड़गढ़ के उनके कृष्ण-मन्दिर में आते तो उनमें से विशेषकर दुखियारी स्त्रियाँ अपनी व्यथाएँ कहकर मीराँ जी से प्रार्थना करतीं कि वे अपने गिरधरगोपाल से उनकी पीर हरने की प्रार्थना कर दें।

हे माई! आप बड़ी दयालु हैं। आपकी भक्ति से भगवान् बड़े प्रसन्न होते हैं। हमारी पड़ोस की एक बहन ने बताया है कि कान्हा जी आपको साक्षात् दर्शन देते हैं। कभी उनसे भेंट हो तो कहियेगा कि मेरी पुत्री बड़ी सयानी हो गयी है। उसके लिए कोई वर नहीं मिल रहा है। कृपा करके एक अच्छा-सा लड़का उसके लिए भेज दें।...

माई री! आपसे क्या बताऊँ? मेरा आदमी बहुत नशा करता है। छोटे-छोटे पाँच बच्चों को घर में छोड़कर आयी हूँ आपके दर्शन करने। मेरा आदमी निखट्टू ही नहीं पूरा जल्लाद है। रोज शराब पीकर मुझे पीटता है। मैं क्या करूँ—कहाँ जाऊँ?...

मीराँबाई उन स्त्रियों की पीड़ा के निवारण हेतु हर सम्भव प्रयत्न करतीं। उन्हें सान्त्वना देतीं। उन्हें धैर्यपूर्वक सुनतीं और आवश्यकतानुसार उन्हें सलाह भी देतीं।

जैसे कि उनसे पुत्री के विवाह के लिए कहतीं कि हर कार्य अपने समय पर होता है। परन्तु मैं गिरधर जी से प्रार्थना करूँगी कि तुम्हें वह शीघ्र ही एक अच्छा सा जवाँई दे दें। तुम 'श्रीकृष्ण चैतन्य हरे मुरारे, हे नाथ नारायण वासुदेवाय' का निरन्तर जाप करती रहो। यदि स्त्री पूछती कि कितनी बार और कब-कब जपूँ? तो मीराँ उससे कहतीं कि—तुम सोते-जागते जब स्मरण हो आये इस मन्त्र का जाप कर सकती हो। कान्हा जी तुम्हारा कल्याण करेंगे।...

शराबी पतिवाली स्त्री से कहतीं—अपने जैसी अन्य स्त्रियों का पता लगाओ। नशे का व्यसन अनेक पुरुषों में होता है। अपने गाँव में अपने जैसी पीड़ित स्त्रियों को तुम संगठित करो। परस्पर मित्रता करो। आपस में उठो-बैठो। एक-दूसरे के अनुभवों को आपस में बाँटो। फिर एक दिन सब मिलकर संकल्प करो कि जिस दिन तुम्हारे संगठन की किसी स्त्री से उसका पति मारपीट करेगा वह स्त्री-संगठन की बैठक बुलाकर उस पुरुष की शिकायत गाँव की पंचायत में दर्ज करायेंगी। सारी स्त्रियाँ एकजुट होकर गाँव के लोगों के घर-घर जाकर उस दोषी व्यक्ति का सामाजिक बहिष्कार करने को कहेंगी। फिर भी यदि न सुधरे तो अपने सामन्त से लेकर जरूरत पड़ने पर राणा जी तक गुहार लगायेंगी।...

मन्दिर में अब प्रवचन के समय मीराँ भक्त और समाजसुधारक दोनों ही भूमिकाओं में नजर आने लगी थीं। वह नित्य प्रति किसी-न-किसी सामाजिक बुराई की ओर लोगों का ध्यान अवश्य आकर्षित करतीं। कभी नशामुक्ति पर लोगों को सीख देतीं।

कभी दहेज लेने को वरपक्ष का सबसे निन्दनीय कृत्य बताकर उससे तौबा करने के लिए लोगों को शपथ दिलातीं।

कभी लोगों को दान की महिमा बतातीं और कहतीं कि मन्दिरों में लम्बे-चौड़े चढ़ावे से मुरलीमनोहर प्रसन्न नहीं होते। यदि आप किसी पड़ोसी अथवा मित्र की आवश्यकता पड़ने पर उसकी तन-मन अथवा धन से सहायता करते हैं तो वह

'राजसी दान' होता है। परन्तु किसी गरीब की जब आप निःस्वार्थ भाव से सहायता करते हैं तो वह 'सात्त्विक दान' होता है। मन्दिरों और पूजा अनुष्ठानों में दिया जानेवाला दान 'तामसिक दान' के ही समकक्ष होता है। क्योंकि उसके पीछे व्यक्ति के मन में अपने पापों से मुक्ति की ही कामना होती है। हाँ, श्रीहरि की सेवा-पूजन हेतु दिया गया अल्पदान भी यदि बिना किसी कामना के अर्पित किया जाता है तो वह अवश्य पुण्यकारक होता है।

मीराँ मन्दिर में श्रोताओं को भजन सुनाने के साथ उनसे यह भी निवेदन करतीं कि अपने परिवार में सभी नर-नारी अपनी बालिकाओं को शिक्षित कराने पर विशेष ध्यान दें। क्योंकि एक शिक्षित बालिका दो-दो कुलों को तारने का आधार बनती है।

माता-पिता को अपनी सन्तानों को सदैव अच्छे संस्कार देने की दिशा में सजग रहना चाहिए। परन्तु उसके लिए माता-पिता को अपने स्वयं के आचरण के मामले में भी सजग रहना होगा। बच्चे अच्छा और बुरा सर्वप्रथम अपने माता-पिता से ही सीखते हैं।

स्त्री और पुरुष घर-गृहस्थी की गाड़ी के दो पहिये हैं। यदि एक पहिया छोटा और दूसरा बड़ा होगा तो गाड़ी नहीं चल सकेगी। अतः परिवार में स्त्री-पुरुष दोनों की एक समान मान-प्रतिष्ठा होनी चाहिए। पत्नी के लिए यदि पति के परमेश्वर होने की अवधारणा है, तो पति की भी दृष्टि में अपनी पत्नी का दर्जा किसी दासी का न होकर, साक्षात् देवी का-सा होना चाहिए।

एक दिन सन्ध्या समय मीराँ जी कृष्ण-मन्दिर में हरिकीर्त्तन कर रही थीं। दो अपरिचित व्यक्ति जिनकी वेशभूषा कुलीन पुरुषों की-सी थी खूबसूरत अँगरखा, चूड़ीदार पैजामा और कीमती दुशालों के परिधान में मन्दिर के भीतर आये। उनके सिर नंगे थे। चेहरे पर हलकी दाढ़ी थी तथा मस्तक पर कुमकुम चन्दन के तिलक लगे थे। एक व्यक्ति लम्बा था और गोरा-चिट्टा था। दूसरा मँझोले कद का था। लम्बा व्यक्ति गले में एक बड़ा-सा सच्चे मोतियों का बेशकीमती हार पहने था। जबकि दूसरा व्यक्ति केवल एक रुद्राक्ष की माला पहने था।

मीराँ जी सुमधुर कण्ठ से पद-गायन कर रही थीं—

तुम सुणौ दयाल म्हारी अरजी।
भवसागर में बही जात हूँ काढ़ो तो थाँरी मरजी।
यो संसार सगो नहिं कोई सांचा सगा रघुबर जी।
मात-पिता और कुटम कबीलो सब मतलब के गरजी।
मीराँ की प्रभु अरजी सुणलो चरण लगावो थाँरी मरजी।

मीराँ जी के गायन में संगत देने के लिए एक बहुत कुशल मृदंगवादक भक्त भी दो-तीन दिन से आने लगा था। मीराँ का तानपूरा, मृदंगवादक की थाप जब मीराँ

के स्वर का साथ देते तो कुछ भक्त हाथों से घुँघरू भी खनकाने लगते। उस समय ऐसा समाँ बँधता कि पूरे मन्दिर प्रांगण का भक्त समाज भावविभोर हो जाता।

मीराँ का गायन सुन उन दोनों कुलीन पुरुषों के भी सिर हिलने लगे। मोतियों की माला धारण किये उस अजनबी के मुँह से तो प्रत्येक पंक्ति के अन्त में—"वाह! वाह!!" के स्वर निकलने लगे।

लोगों का ध्यान स्वाभाविक रूप से उनकी ओर आकर्षित हुआ। भजन को लिखते हुए ललिता सखी की कलम कुछ देर को ठहर गयी। भीड़ में मौजूद राणा के गुप्तचर के भी कान खड़े हो गये। उसने भी हाथ की कलम फ़र्श पर रख दी। वह दोनों कुलीन पुरुषों की ओर बड़े ग़ौर से देखने लगा। वह दोनों आदमी नाक-नक्श से तो हिन्दू नहीं दिखते थे पर उनके माथे पर लगे टीके उन्हें हिन्दू ही घोषित कर रहे थे।

मीराँ का भजन समाप्त हुआ और मोतियों की माला पहने वह लम्बी कद-काठी का व्यक्ति आनन्द-विभोर होकर कह उठा—"वाह! वाह!!! क्या बात है...जैसा सुना था उससे भी बढ़कर पाया।"

मीराँ जी ने प्रशंसा के स्वर सुन आगन्तुक से कहा—"आप कहाँ से पधारे हैं भाई जी!...पहले कभी आपको नहीं देखा?"

"रानी जी! यह नाचीज़ मालवे से आया है। समझ लीजिये बड़ी दूर से। आपके गायन और आपकी इबादत की बड़ी तारीफ़ सुनी थी। आँखें और कान दोनों उसका अहसास करना चाहते थे। आज हमारा भाग्य जागा।...मगर रानी जी!...थोड़ी किरपा और करिये।"

मीराँ के सामने उस व्यक्ति ने अपनी बात इतने सच्चे मन से कही कि मीराँ उसकी बात रखे बिना नहीं रह सकीं। उन्होंने नेत्र मूँदकर अलाप लिया। अलाप के साथ ही अपने एकदम नवीन आकार ग्रहण करते पद की प्रथम पंक्ति स्वर साधते हुए गायी—

साँवरे के...रंग राची...
साँवरे के...रंग राची।

पूरा भक्त समाज—"साधु-साधु" कह उठा।

आगन्तुक के सुरमई नेत्र भी बन्द हो गये। उसके मुख से बरबस निकला—"सुभान अल्लाह।"

कई लोगों ने जब यह शब्द सुना तो उन्हें शक हुआ कि यह शख़्स कहीं हिन्दू भेस में कोई मुसलमान तो नहीं?

तब तक मीराँ का भजन गायन गति पकड़ चला था—

मैं तो साँवरे के रंग राची।
सजि सिंगार बाँध पग घुंघरू, लोक लाज तजि नाँची।

गयी कुमति लई साधु संगति, भगत रूप भई साँची।
गाय-गाय हरि के गुन निस दिन, काल ब्याल सों बाँची।
उण बिन सब जग खारो लागत, और बात सब काँची।
मीराँ श्री गिरिधरन लाल सूँ, भगति रसीली जाँची।

ललिता की कलम चल रही थी। किन्तु हतप्रभ बैठे राणा विक्रम के उस गुप्तचर की कलम कुण्ठित हो चुकी थी। वह आँखें फाड़े कभी मीराँ जी को कभी आये हुए उन दो अजनबियों की बेहाल हुई जा रही शारीरिक मुद्राओं को देख रहा था। लम्बे पुरुष की तो भंगिमा से ऐसा लगता था जैसे वह सर्वाङ्ग आनन्द के सागर में डूबता चला जा रहा था।

मृदंग के नाद के बीच मीराँ की स्वर-माधुरी ने तब वह समाँ बाँधा कि गायिका स्वयं भी अन्ततः उसमें बह गयी–

मीराँ...मीराँ...मीराँ श्री गिरिधरन लाल सूँ...
मीराँ श्री गिरिधरन लाल सूँ...
भगति रसीली जाँची...
भगति रसीली...जाँची...

यह गाते-गाते तानपूरा मीराँ जी के हाथ से छूट गया। आगे गिरते तानपूरे को भक्तों ने थाम लिया। मीराँ सुध-बुध खोकर पीछे की ओर ढहने को हुईं कि उनके दाहिने-बायें बैठी ललिता-सुकन्या ने उन्हें थामा।

सारे स्त्री-पुरुष साधु-वृन्द उठकर खड़े हो गये। मीराँ जी को भाव में आते देखने का अनुभव वहाँ बहुत लोगों को नहीं था। कइयों ने सोचा कि मीराँ जी को कोई दौरा पड़ा है। कहीं यह हृदयाघात तो नहीं?

"अरे दौड़ो। कोई पानी लाओ–" एक आदमी चिल्लाया। सुसंयोग यह था कि मीराँ भाव में गहरे नहीं जा पायी थीं। मन्दिर के जन-कोलाहल ने उन्हें शीघ्र ही सचेतन कर दिया।

ललिता ने सभी भक्तगण से आग्रह किया कि–"आप सब कृपया बैठ जाइये। तनिक पीछे हो जाइये। हवा आने दीजिये।"

लोग दो कदम पीछे हट गये। फिर धीरे-धीरे सब बैठ गये अपने-अपने स्थान पर। चैतन्यावस्था में आने पर मीराँ जी आँचल से अपने श्रीमुख के पसीने को पोछकर बोलीं–

"भक्तजन!...संसार के सारे कार्य-व्यापार व्यर्थ हैं। यदि कुछ सारवान है तो वह है परमेश्वर की भक्ति। यह भक्ति साधु-सत्संग से ही प्राप्त होती है। श्यामसुन्दर के रंग में रँगकर मैं थोड़ा-बहुत ही इसे जान सकी हूँ। कालरूपी महानाग एक दिन डसने को बैठा है। परन्तु यदि नित्य प्रति परमात्मा का गुणगान किया जाये तो जीते-जी काल के भय से भी मनुष्य मुक्त हो जाता है।..."

यह सुनकर नवागन्तुक दोनों पुरुष उठकर खड़े हो गये। उसके बाद लम्बा व्यक्ति मीराँ के समक्ष घुटने टेककर बैठा गया। जबकि मँझोला व्यक्ति उसके पीछे हाथ बाँधे खड़ा रहा।

मीराँबाई सहज भाव से सम्मुख बैठे व्यक्ति से बोलीं–"भाई जी! कहिये क्या बात है? आपने तो इस कान्हा जी की दासी को सुन भी लिया। परन्तु अभी तक अपना परिचय नहीं दिया। मालवा में कहाँ निवास है आपका? कहाँ से आना हुआ है आपका?"

इस पर नजर झुकाकर वह भद्र पुरुष बोला–"रानी मीराँबाई साहिबा!...अब आपसे कुछ भी छिपा पाना मेरे बस में नहीं। ख़ुदा का नूर आपके चेहरे और आवाज़ दोनों की अमानत है। ख़ाकसार का नाम..."

तब तक पीछे खड़ा उसका साथी हड़बड़ी में बोल पड़ा–"रानी साहिबा हम लोग सारंगपुर से आये हैं।"

जमीन पर घुटने के बल खड़ा व्यक्ति उठ खड़ा हुआ। बोला–"आपको भेंट देने के लिए और तो कुछ नहीं है। मेरे पास एक यह छोटा-सा हार है। अगर इसे आप कबूल फ़र्मायेंगी तो मुझ नाचीज़ पर आपका बड़ा अहसान होगा।"

–कहकर एक बटुआ जेब से निकला। उसका मुँह खोलकर एक बेशकीमती हीरे का हार उसने मीराँबाई के चरणों के आगे रख दिया। दोनों हाथ जोड़कर मीराँ जी का अभिवादन किया और झटके से मुड़कर चल दिया। उसका साथी भी चलने को हुआ।

मीराँ जी ने पीछे से आवाज़ लगायी–"सुनिये! भाई जी!!...मैं इसका क्या करूँगी?"

साथी ने पलटकर कहा–"गुस्ताखी मुआफ़ हुज़ूर! ग़रीबों के भोज में काम आ जायेगा। ये सारंगपुर के नवाब हैं। आपने इन्हें भाई कहा है। यह मानेंगे नहीं।... हम जाते हैं।"

और फिर वह दूसरा व्यक्ति भागता हुआ मन्दिर की सीढ़ियाँ उतरते नवाब सारंगपुर के पीछे ख़ुद भी सीढ़ियाँ उतर गया। दोनों जन तब लम्बे डग भरते मन्दिर के मुख्य प्रवेशद्वार से बाहर आये। एक पेड़ से बाँधे अपने घोड़ों की रासें उन्होंने खोलीं। पेड़ के पीछे अँधेरे में छिपाकर रखीं अपनी तलवारें कमर में खोंसीं। घोड़ों पर सवार हुए और उसके बाद यह जा वह जा।

भीतर मन्दिर में कुछ पल को सन्नाटा छा गया। सारी भीड़ निःशब्द मीराँ जी की अगली प्रतिक्रिया की प्रतीक्षा करने लगी।

मीराँ जी ने तब मन्दिर के पुजारी जोशी जी को आवाज़ दी।–"जोशी जी!... यह हार सँभाल लीजिये।...अगली शरद् पूर्णिमा को मन्दिर के बाहर इससे भण्डारा करियेगा। यह बहन अपने एक भाई की बात की लाज अवश्य रखेगी।"

“मगर मीराँबाई सा!...यह तो हीरों का है। इसका मूल्यांकन कौन करेगा?”

“राजकोष के अध्यक्ष को दिखा दीजियेगा। वही जौहरी से इसका मूल्यांकन कराकर मूल्य बतायेंगे।”

“यदि भण्डारे के बाद भी रकम बच गयी तो?”

“तो उसे राजकोष में जमा करा दीजियेगा। कहियेगा कि उसे पाँच निर्धन कन्याओं के विवाह में खर्च कर राजकोष अध्यक्ष मुझे हिसाब-किताब समझा देंगे।” फिर कुछ सोचकर कहा—“आप कल प्रातः सलुम्बर के रावत बाबा जी को मेरे पास लिवा लाइये। मैं उनके साथ आपको राजकोष अध्यक्ष के पास भेजूँगी।”

सारी भीड़ उसके बाद वहाँ से छँट गयी। मीराँ जी ने भी मीराँ-महल की ओर प्रस्थान किया। राणा का गुप्तचर भागा-भागा राणा के महल की ओर गया। उसने असमय ही रात्रि में राणा विक्रमादित्य के रागरंग में ख़लल डाला और उन्हें बताया कि किस तरह अभी-अभी सारंगपुर के नवाब ने हिन्दू भेस में आकर मीराँबाई से भेंट करी। उन्हें एक हीरे का बेशक़ीमती हार भेंट किया और देखते-ही-देखते किले से फरार हो गया।

यह सुनकर महाराणा विक्रमादित्य के होश उड़ गये। प्रहरियों को हुक्म दिया कि किलेदार से कहें कि उस बहुरूपिये का पीछा किया जाये। रात्रि के समय किले के असावधान सैनिक सारंगपुर के नवाब का भला क्या पीछा कर पाते? हुकम की तामील में लीपापोती कर अर्थात् कुछ दूर तक घोड़े दौड़ाकर सब-के-सब चित्तौड़गढ़ में वापस लौट आये।

प्रातःकाल राणा विक्रमादित्य ने राजसभा बुलाकर इस गम्भीर घटना पर विचार-विमर्श किया और कुछ कठोर निर्णय लिये। इनमें से सबसे पहला यह कि कृष्ण-मण्डप की सायंकालीन सत्संग-सभा पर पुनः पूर्ण रोक लगा दी गयी। मन्दिर में केवल देव-दर्शन, आरती और चरणामृत, प्रसाद-वितरण ही अनुमन्य रह गया।

दूसरा यह कि चित्तौड़गढ़ की सभी गलियों और सड़कों पर पहरा कड़ा कर दिया गया। किसी भी अपरिचित का बिना पूर्वानुमति के गढ़ प्रवेश वर्जित कर दिया गया।

तीसरा यह कि नवाब सारंगपुर से भेंट में प्राप्त हुआ वह हीरों का हार पुजारी जी से लेकर राजकोष में ज़ब्त कर लिया गया। मीराँ जी की इच्छानुसार कोई भण्डारा अथवा कन्या विवाह-सहायता का आयोजन मंजूर नहीं किया गया।

चौथा यह कि मीराँबाई को मीराँ-महल में नज़रबन्द कर दिया गया। मीराँ जी अब अपने शयन-कक्ष के भीतर जो गिरधरगोपाल की उनकी पूजित मूर्ति थी उसी तक सीमित कर दी गयीं। मीराँ अब न तो चित्तौड़गढ़ के भीतर किसी मन्दिर में जा सकती थीं न ही गढ़ के बाहर किसी अन्य मन्दिर में।

मीराँ के लिए वस्तुतः चारों दिशाओं की गलियाँ बन्द कर दी गयी थीं। राणा विक्रम ने मीराँ पर उनकी स्वतन्त्रता छीनकर उन पर दुःखों का पहाड़ ढहा दिया था।

अब जबकि मीराँ विवश हो गृहद्वार के भीतर ही अपने कान्हा जी की आराधना-सेवा तक सीमित होकर रह गयी थीं, तब वह रो-रोकर यह क्यों न गातीं?—

गली तो चारों बन्द हुई, मैं हरि से मिलूँ कैसे जाय।
ऊँची नीची राह रपटाणी, पाँव नहीं ठहराय।
सोच-सोच पग धरूँ जतन से, बार-बार डिग जाय।
ऊँचा नीचा महल पिया का, हमसे चढ़ा न जाय।
पिया दूर पथ म्हारा झीणाँ, सुरत झकोला खाय।
कोस-कोस पर पहरा बैठ्या, पैंड पैंड बटमार।
हे विधना कैसी रच दीन्हीं, दूर बस्यो घरबार।
जुगन-जुगन में बिछड़ी मीराँ, घर लीन्हाँ मैं पाय।
मीराँ के प्रभु गिरधरनागर, सतगुर दिया बताय।

सुकन्या ने मीराँ का यह भजन सुनकर उनसे यह प्रश्न किया—"जीजा! कई बार आप अपने पदों में सत्गुरु का उल्लेख करती हैं। आज तक आपकी ये मूढ़मती बालिका यह न जान सकी कि आपके यह सद्गुरु आखिर हैं कौन? किन सन्त-महात्मा को आपने अपना गुरु माना है? हमने तो कभी उनके दर्शन नहीं किये?"

इस पर मीराँबाई ने कृपापूर्वक सुकन्या के समक्ष यह परम रहस्य खोला और कहा कि—"अनन्त लीलाधाम चक्रपाणि श्रीकृष्ण जगद्गुरु भी हैं क्योंकि उन्होंने ही गीता में अर्जुन के बहाने समस्त जगत् को परमज्ञान प्रदान किया था। वह जगद्गुरु श्रीकृष्ण ही मेरे सत्गुरु हैं। यहाँ अन्य किसी दूसरे गुरु का क्या काम? संसार के सभी सन्त मेरे लिये परम पूजनीय हैं। उनके उपदेश मेरे लिये प्रेरणा के स्रोत हैं। परन्तु मेरे सतगुरु तो एक ही हैं। जगद्गुरु योगेश्वर कृष्ण। जिनकी मैं अनन्य आराधिका भी हूँ और एक अकिंचन शिष्या भी।"

अपने हिसाब से एक बुलबुल को पिंजड़े में कैद कर परपीड़क राणा विक्रमादित्य इन दिनों पहलवानों की कुश्ती देखने के अपने पुराने शौक का मज़ा ले रहा था। एक अनोखा दंगल इस बार बनवीर ने राणा को सलाह देकर आयोजित कराया था।

उसके द्वारा पालित दोनों पट्ठे यदि एक साथ दंगल में उतरते तो उनकी सम्मिलित शक्ति के सम्मुख चार-छह पहलवान तो क्या दस-दस पहलवान भी मिलकर उन्हें हरा नहीं पाते थे। राणा विक्रम इन जुड़वाँ भाइयों कर्णसिंह और अर्जुनसिंह के मल्ल कौशल पर फ़िदा था।

एक बार राणा ने कर्ण और अर्जुन से हँसकर पूछा—"वैसे तुम दोनों में से अधिक बलशाली कौन है? यह मैं कभी जान नहीं पाया।"

कर्णसिंह ने कहा—"मैं।"

अर्जुनसिंह ने कहा—"जी नहीं महाराज मैं।"

और फिर राणा विक्रम और बनवीर के समक्ष वे दोनों मल्ल परस्पर अपनी-अपनी श्रेष्ठता का दावा करने लगे। बहस करने लगे।

इस पर बनवीर ने कहा कि—"यद्यपि कर्ण और अर्जुन दोनों जुड़वाँ हैं। परन्तु इनकी माता इन्हें जन्म देकर एक घड़ी बाद चल बसी थी। उसी ने मरने से पूर्व मुझे बताया था कि कर्ण पहले जन्मा था। अर्जुन बाद में।"

"उससे क्या? हुकुम!...पहले जन्मने से क्या कर्ण मुझसे अधिक बलशाली हो गया?"—अर्जुनसिंह ने अधीरता से कहा।

बनवीर ने ही एकान्त में राणा विक्रम को बताया था कि कर्ण-अर्जुन एक निर्धन विधवा के पुत्र थे, जिन्हें जन्म देकर इनकी माँ की आकस्मिक मृत्यु हो गयी। तब इन अनाथों को उसी ने अपनाया और निज सन्तान की भाँति पाल-पोसकर बड़ा किया था।

"ठीक तो कह रहा है अर्जुन!...कुछ क्षणों की छोटाई-बड़ाई से किन्हीं दो जुड़वाँ भाइयों के बलाबल का अनुमान कैसे सम्भव है?—" राणा विक्रम ने कहा।

बनवारी ने कहा—"निश्चित रूप से बल में कर्ण ही अर्जुन से श्रेष्ठ हैं। मैं इसे अच्छी तरह जानता हूँ।"

तब अर्जुनसिंह ने कहा—"महाराज! मैं इसे नहीं मानता। मैं इसी क्षण कर्ण को चुनौती देता हूँ कि वह मुझे परास्त कर अपनी श्रेष्ठता सिद्ध करे।"

इतना कहना था कि कर्णसिंह भी आवेश में आ गया और राणा विक्रमादित्य और अपने पालक बनवीर के सम्मुख अर्जुनसिंह से भिड़ गया। दोनों भाई गुत्थम-गुत्था हो गये। तब बनवीर ने डाँटकर दोनों को एक-दूसरे से अलग किया।

इसके बाद बनवीर ने राणा से एक विशेष दंगल कराने का प्रस्ताव रखा जिसमें कर्ण और अर्जुन के मध्य खिताबी कुश्ती कराने का सुझाव शामिल था। वह विशेष कुश्ती करायी भी गयी। कुश्ती अखाड़े में कई चक्रों में चली। कर्णसिंह और अर्जुनसिंह दोनों में यह दंगल आखिर बराबरी का ही छूटा।

कुश्ती के दौरान लम्बे चक्रों में सारे दर्शक और अन्य तमाशबीन पहलवान चिल्ला-चिल्लाकर आकाश सिर पर उठाये हुए थे। उसी बीच विक्रमादित्य के बराबर बैठे बनवीर ने उसे कान में अनेक बार सलाह दी—

"राणा सा मीराँ के रहते मेवाड़ भारी संकट में है।"

"वह कैसे?"

"बिल्ली ने घर देख लिया है।"

"क्या मतलब?"

"नवाब सारंगपुर आपके पुराने शत्रु मालवा के सुल्तान की शह पर आकर जा चुका है। गुजरात का बहादुरशाह अलग तैयारियाँ कर रहा है। उसके गुप्तचर भी साधुवेश में मीराँ के प्रवचनों को सुनते पाये गये हैं।"

"पर मेरे आदमी भी तो वहाँ..."

"मूर्ख हैं सब-के-सब! आँख के अन्धे नाम नयनसुख हैं। मैंने पहले भी आपसे कहा था।"

"तो फिर क्या किया जाये?"

"कुछ भी करिये...यह औरत मुसीबतों की जड़ है। खत्म करिये इसे। छुटकारा पाइये इससे।"

"कैसे? मीराँ को खत्म करेंगे तो मेड़ता के राठौड़ों का कोप कौन झेलेगा?"

"सीधे हत्या की कौन कहता है महाराज?"

"फिर और कौन उपाय है?"

दंगल चलता रहा। हल्ला मचता रहा। बनवीर मूर्ख राणा के कान भरता रहा—

"कुछ भी करिये। कैसे भी करिये... इसे विष दिलाइये...सर्प दंश कराइये...कुछ भी।"

"ओह! पर किससे कहूँ? क्या तुम करोगे सहायता मेरी?"

"ना ना...राणा सा ना...ऐसी भूल कदापि न करियेगा।...देखिये मैंने आपसे अपने बारे में कुछ भी नहीं छिपाया है।...प्रारम्भिक भेंट में ही आपको अपना सही-सही परिचय दे चुका हूँ।...भले ही दासी-पुत्र हूँ पर रक्त से तो आपका निकट सम्बन्धी हूँ।"

यह सुनकर राणा विक्रमादित्य ने कहा—"ठीक है। ठीक है। आगे कुछ कहने की आवश्यकता नहीं।"

बनवीर समझ गया कि निशाना सही जगह लगा है। हींग लगे न फिटकरी। उसका काम है सलाह देना। इस सिरफिरे राणा का काम है उस पर अमल करना। बनवीर चित्तौड़ के राजतन्त्र में एक ऐसा अदृश्य खिलाड़ी था जो हर जगह होते हुए भी कहीं नहीं था। एकदम किसी भूत-जैसा। जो दिखता भी उसी को था जिसे वह दिखना चाहता था। बनवीर राणा विक्रमादित्य की जिन्दगी में एक ऐसा दुर्निवार भूत था जिसने अब उसके मन-मस्तिष्क पर पूरी तरह कब्ज़ा कर लिया था।

राणा विक्रमादित्य ने तब राजमाता कर्मावती से दंगल से वापस आकर अकेले में सलाह की कि कैसे मीराँरूपी काँटे को रास्ते से हटाया जाये और वैसा करने में कोई दोष भी अपने ऊपर न आने पाये? मीराँ की यदि आकस्मिक मृत्यु हो तो वह प्रत्यक्षतः हत्या न साबित हो।

मीराँ को विष कैसे दिया जाये? क्या उसे विषधर सर्प से कटवाया जाये? यदि ऐसा किया जाये तो उस विषधर को पकड़कर लायेगा कौन? यह भी कोई बात हुई कि कौन लायेगा? सँपेरा लायेगा और कौन लायेगा? उस सँपेरे से कौन कहेगा? जो भी कहेगा उस पर उसका भेद नहीं खुल जायेगा? सँपेरे को तो काम हो जाने के बाद मरवाया भी जा सकता है। परन्तु उसे खोजकर लानेवाला ऐसा विश्वसनीय आदमी मेवाड़ में कौन हो सकता है? कठिन समस्या है। अतः सर्पदंश स्थगित।

माता को पुत्र जो समस्या बताता, पुत्रमोह में ग्रस्त माता उसका समाधान खोजने का यत्न करती। परन्तु यदि समस्या का एक सिरा पकड़ में आता तो दूसरा छूट जाता। तर्क को कुतर्क काट देता और कुतर्क को तर्क।

विषधर सर्प को छोड़ो। क्यों न मीराँ को हलाहल विष ही दे दिया जाये? पहली बात तो यह कि ऐसा विष बनायेगा कौन? बन भी गया तो मीराँ तक उसे पहुँचायेगा कौन? पहुँचा भी दिया जाये किसी तरह तो मीराँ को वह विषपान करायेगा कौन? विष का प्याला उड़कर तो मीराँ तक पहुँच नहीं जायेगा? फिर मीराँबाई क्या मूर्ख हैं जो जान-बूझकर विषपान कर लेगी? वह विषपान कर भी सकती है नहीं भी कर सकती है यदि उसे यह बिलकुल पता न चले कि वह विष है तो ही शायद पी ले। अर्थात् धोखे से विष देना होगा किसी चीज़ में मिलाकर। क्या चीज़ हो सकती है वह? और फिर हरदम तो मीराँ को उसकी दासियाँ घेरे रहती हैं। ललिता और सुकन्या तो मीराँ के खान-पान-विश्राम आदि सभी कार्यों पर चील की दृष्टि रखती हैं। उसकी इतनी वफ़ादार हैं कि उस पर अवसर आने पर प्राण भी न्योछावर कर सकती हैं।...

एक जमाने में चम्पा और चमेली को यहाँ से भेजा गया था। मगर उस जादूगरनी मीराँ की सेवा में रहते-रहते चम्पा-चमेली भी उसकी भक्त हो चुकी हैं। अब तो दिन-रात मीराँबाई का यहाँ-वहाँ गुणगान करती फिरती हैं। रनिवास की दूसरी दासियों को भी उन्होंने बिगाड़ दिया है। नहीं-नहीं चम्पा-चमेली अथवा मीराँ की अन्य दासियों के द्वारा तो यह कार्य सम्भव नहीं। बल्कि उनकी उपस्थिति में तो असम्भव है। फिर? फिर क्या? अच्छा तो फिलहाल विषपान कराने का विकल्प भी स्थगित।...

तब? तब क्या किया जाये? क्या हो सकता है?...क्यों न अपनी कुछ विश्वस्त दासियों को मीराँ-महल में घुसा दिया जाये? हाँ...फिलहाल यही ठीक रहेगा।

अगले दिन ही राजमाता कर्मावती अपनी दो कुटनी किस्म की विश्वस्त दासियों—गुलाब और केसर के साथ मीराँ-महल में जा धमकीं।

"अरे राजमाता आप?"—ललिता ने उन्हें देखते ही कहा।—"पधारिये! यहाँ बिराजिये।"

मीराँ के रिक्त कक्ष में एक अतिथि सिंहासन पर बैठते हुए कर्मावती ने चारों ओर दृष्टि डाली।

"मीराँ ज़रा अस्वस्थ हैं। ऊपर महल की छत पर सुकन्या से हाथ-पैर मलवा रही हैं। अभी जाकर बुलाती हूँ।"

राजमाता कर्मावती ने कहा कि–"रहने दो...गुलाब जाकर बुला लायेगी। तुम जरा मेरे लिये शीतल जल ले आओ। बड़ी प्यास लगी है।"

"अभी लायी।"

ललिता जब राजमाता कर्मावती के लिए जल लेकर आयी तो कर्मावती वहाँ नहीं थीं।"

"कहाँ गयीं राजमाता?"

"वे स्वयं मीराँबाई सा को देखने महल की सीढ़ियाँ चढ़ गयी हैं।"–केसर दासी ने कहा।

"ओह!–" ललिता के मुख से निकला। साथ ही उसने केसर से कहा–"तो तुम क्यों ना गयीं राजमाता के साथ?"

तब तक गुलाब वहाँ आ गयी। आते ही बोली–"जाओ ललिता! मीराँबाई सा तुम्हें बुला रही हैं। कह रही हैं कि वह जो केसरिया रंग की साड़ी उन्होंने पेटी में रखवा रखी है, उन्हें लेती आओ। साथ में उसी रंग की अँगिया भी।"

–ललिता को यह सब-कुछ अटपटा-सा लगा। राजमाता का बिना किसी पूर्व-सूचना के आना। ऊपर से इन नासपीटी गुलाबबाई और केसरबाई को भी साथ में लेकर आना। पहले पानी माँगना फिर बिना पानी पिये महल की छत पर चढ़ जाना। और अब यह मीराँ का इस तरह...? ललिता मीराँ जी के वस्त्र तो लेकर छत पर नहीं गयी परन्तु वह चिन्तामग्न हो मीराँ जी के पास चली अवश्य गयी।

केसर दासी का बड़ा-सा जूड़ा था। अपने उस बड़े जूड़े के कारण वह बड़ी उत्तेजक दिखती थी। राणा विक्रम की वह इसी कारण बड़ी मुँहलगी थी। केसर राणाजी के एकान्तिक क्षणों में उन्हें अपने मादक यौवन के संसर्ग द्वारा बहुधा उपकृत किया करती थी। बदले में भारी इनाम पाती थी।

ललिता के जाते ही केसर ने गुलाब से कहा–"जल्दी कर! मेरा जूड़ा खोल..."

गुलाब ने जूड़े में खुँसी तीलियाँ खींचकर केसरबाई का जूड़ा खोल दिया। उसके घने लम्बे काले बाल खुलकर कमर तक लहरा गये।

केसरबाई के बालों के खुलते ही एक नन्हीं-सी चूने की डिबिया नीचे गिरी। केसर ने झपटकर डिबिया को उठाया। और कहा–"अब शीघ्रता से मेरा जूड़ा फिर से बाँध दे।...इन तीलियों को फिर से जल्दी खोंस।"

गुलाब ने केसर की सहायता की। पर उसके लिए इतना समय ही कहाँ था? केसर के लम्बे बाल खुले, तो खुले-के-खुले रह गये। फिर दोनों ने एक भी क्षण गँवाये बिना मीराँ जी की शय्या पर बिछी चादर उठाकर एक ओर झटकी। वह चादर गुलाब ने समेट ली। तब तक केसर ने अपने हाथ में ली हुई डिबिया को सावधानीपूर्वक खोला और उसमें नन्हीं-नन्हीं लोहे की जहरीली किरचें पूरे बिस्तर पर यहाँ-वहाँ बिखेर दीं। फिर उस शय्या पर वही चादर दोनों ने इधर-उधर से तानकर धीरे से बिछा दी।

उसके बाद वे दोनों जनीं भी मीराँ-महल की छत पर जा चढ़ीं। मीराँ जी के लिए विष-बुझे शूलों की सेज इस प्रकार बिछायी जा चुकी थी। यह उनकी मृत्यु की कामना की दिशा में राणा विक्रम और उनकी राजमाता करमेती का प्रथम अप्रत्यक्ष प्रयास था। एक ऐसा प्रयास जिसके सफल होने पर मीराँबाई के शरीर में उन शूलों के कहीं भी चुभ जाने पर शीघ्रतापूर्वक उनकी मृत्यु निश्चित थी।

मीराँबाई सुकन्या के साथ एक चादर लपेटे मीराँ-महल की छत से उतरकर नीचे आयीं। ललिता सखी उनसे पहले राजमाता कर्मावती के साथ सीढ़ियाँ उतर चुकी थी। इससे पहले कि राजमाता मीराँ के कक्ष की ओर कदम बढ़ातीं गुलाब और केसर नामक वह रनिवास की दासियाँ झटपट उस कक्ष से निकलकर राजमाता के समक्ष आ गयीं। फिर बिना कुछ कहे दोनों जनीं राजमाता कर्मावती के साथ रनिवास की ओर हो लीं। गुलाब और केसर में कुछ अतिरिक्त चपलता दिखायी दी ललिता को।

ललिता को कुछ सन्देह हुआ। वह शीघ्रतापूर्वक मीराँ जी के कक्ष के भीतर गयी। वहाँ उसने मीराँ जी के पलँग पर उनके बिस्तर को एकदम सिजिल पाया। चादर, तकिया सब एकदम दुरुस्त। फिर फ़र्श पर पड़ी जूड़ा बाँधने की दो काष्ठ तीलिकाओं पर उसकी दृष्टि पड़ी। झुककर उन्हें उठाया। यह तो केसर की लगती हैं। हरदम सतर्क रहनेवाली ललिता को स्मरण हुआ कि केसर जब आयी तो उसका जूड़ा बँधा हुआ था हमेशा की तरह। जब गयी तो केश खुले हुए थे। ललिता को देखते ही उसने सिर पर पल्ला ले लिया था।

मीराँ जी और सुकन्या भीतर आयीं। ललिता ने कहा कि—"स्नानागार तैयार है। तू इन्हें सीधे वहीं ले जा। मैं तब तक शय्या ठीक कर देती हूँ।"

सुकन्या ने कहा—"पर जीजा की शय्या तो बहुत ठीक है?"

ललिता ने कहा—"नहीं!...मुझे यहाँ कुछ ठीक नहीं लग रहा। तू जा। जाकर मीराँ को स्नान करा।"

मीराँ और सुकन्या स्नानागार चली गयीं। जाते-जाते सुकन्या ने पेटी पर रखे मीराँ जी के वस्त्र उठाये और मीराँ जी के पीछे हो ली।

इधर ललिता ने मीराँबाई की शय्या का सूक्ष्म निरीक्षण किया। फिर उनके बिस्तर को अपने दाहिने हाथ से झाड़ा। एक स्थान पर ललिता को हथेली में कुछ शूल-सा चुभा। उसने देखा कि हथेली में रक्त आ गया। झट से शय्या की वह चादर उलट

दी उसने। ललिता के मुख से एक चीख निकल गयी। गद्दे पर इधर-उधर नन्हें-नन्हें अनेक लौह शूल बिखरे पड़े थे। महीन-महीन काँच की किरचों सरीखे।

चम्पा और चमेली आवाज़ सुनकर अपने काम छोड़कर चली आयीं। "क्या हुआ जीजा!...ललिता आप ठीक तो हैं?"—चम्पा ने कहा।

ललिता के नेत्रों से आँसू बह रहे थे और दाहिनी हथेली से रक्त। उस कलाई को उसने अपने बायें हाथ से थाम रखा था। हथेली पर रक्त था और हाथ तेजी से नीला पड़ता जा रहा था। ललिता रोते हुए कह रही थी—

"बताओ हमारी मीराँ ने किसी का क्या बिगाड़ा है? हृदयविहीनों ने उनके लिए आज विषैली शूल सेज बिछा दी। वह देखो।"

चम्पा और चमेली शय्या पर दृष्टि पड़ते ही मुख पर हाथ रखकर चौंक पड़ीं। विस्फारित नेत्रों से उन्होंने मीराँ जी की उधड़ी हुई सेज को देखा। फिर रक्त टपकाती ललिता की हथेली को देखा जो अब तक नीली पड़ चुकी थी। विष-बुझे चुभे हुए एक-दो शूल ही ललिता सखी पर अपना असर दिखाने लगे थे।

चम्पा ने प्रत्युत्पन्नमति से अपनी ओढ़नी से ललिता की कलाई को कसकर बाँधा। चमेली से कहा—"भागकर जा वैद्य जी को खबर कर। लेकर आ उन्हें जल्दी।"

चम्पा ललिता को लिये-दिये भूमि पर बैठ गयी। ललिता को चक्कर आने लगे थे।

तभी मीराँ जी और सुकन्या भी स्नानागार से आ गयीं। किसी ने उनसे वहाँ जाकर इस अनहोनी का उल्लेख कर दिया था।

बहुत देर हो चुकी थी। एक वैद्य जी आये। कुछ न कर सके। विष ललिता के सारे शरीर में बुरी तरह फैल चुका था। मीराँ जी ने ललिता के सिर को अपनी गोद में ले लिया था। उन्होंने आज्ञा देकर अपने कक्ष से सुकन्या के सिवा सभी को बाहर कर दिया था।

उधर कुम्भा-महल में राणा विक्रमादित्य और राजमाता कर्मावती को यह खबर पहुँच चुकी थी। दोनों चिन्तित थे कि आखिर मीराँ बच कैसे गयी? शूल सेज पर पहुँड़ी कि नहीं? फिर...ललिता दासी कैसे आहत हो गयी? वह तो सबसे सगी है मीराँ की। चलो किसी तरह वह तो जहर का शिकार बनी। मर जाती ससुरी तो मीराँ की एक बहुत बड़ी ढाल नष्ट हो जाती।...चलो यही सही।...

चम्पा-चमेली भागती हुई आयीं और राजमाता के सम्मुख गिरकर उनके चरण पकड़ लिये। बिलख-बिलखकर कहने लगीं—"राजमाता! ललिता जीजा मर जायेंगी...कृपा करके राजवैद्य जी को मीराँबाई सा के महल भेजवा दीजिये।"

राजमाता ने राणा से कहा—"विक्रम! राजवैद्य को शीघ्रता से वहाँ भेजो।"

विक्रमादित्य ने ताली बजायी। दो सेवक उपस्थित हुए। आदेश दिया कि—"राजवैद्य जी के पास जाओ और कहो कि वे मीराँ-महल पहुँचें।"

राजवैद्य भी जाकर देख आये। उन्होंने ज्यों ही नीली पड़ती हुई ललिता की डूबती हुई नब्ज देखी निराशा से सिर हिला दिया। अचेत ललिता को सबने उसके हाल पर छोड़ दिया। किन्तु मीराँ जी ने अपनी प्राणप्रिय सहेली को थामे रखा। सुकन्या से लुटिया में गंगा जल लेकर, एक-एक बूँद कर ललिता के मुख में डालती गयीं।

मीराँ संकट की उन घड़ियों मे रुँधे कण्ठ से अपने गिरधरगोपाल से प्रार्थना करने लगीं। उनके नेत्रों से अश्रुबिन्दु झरकर ललिता के मस्तक पर गिरने लगे। मीराँ गा रही थीं। पुनः वह पद जो उनकी ललिता सखी को सर्वाधिक प्रिय था। जिसे वह जब-तब गुनगुनाती रहती थी। आज देखो तो कैसे नेत्र मूँदे पड़ी है मेरी सखी। निष्ठुर की भाँति। अपनी बाल सखी मीराँ की ओर देखती तक नहीं। मीराँ के नेत्रों से गाते-गाते अश्रु प्रवाह तीव्र होता गया—

हरि तुम हरो जन की पीर।
द्रौपदी की लाज राखी, तुम बढ़ायो चीर।
भक्त कारण रूप नरहरि, धर्‌यो आप सरीर।
हिरन कश्यप मार लीनो, धार्‌यो नाहिन धीर।
बूड़ते गज ग्राह मार्‌यो, कियो बाहर नीर।
दासि मीराँ लाल गिरधर, दुख जहाँ तहाँ पीर।

मीराँ को अब अपने तन-मन की सुधि नहीं थी। वह एक के बाद एक भजन आर्त्त स्वर में गाये जा रही थीं।

सारी रात मीराँ जी ने स्थिर रहकर ललिता की प्राणरक्षा के निमित्त प्रार्थना करते, भजन करते, बिता दी। मीराँबाई को विश्वास था कि गिरधर जी स्वयं आयेंगे और वही ललिता की प्राणरक्षा करेंगे। ललिता का सिर और मीराँ जी की गोद। आज मीराँ की नींद नष्ट हो चुकी थी अपने पिया का पन्थ निहारते हुए। ब्रह्म वेला का समय आ पहुँचा था। सुकन्या को सुनाकर मीराँ गा रही थीं—

सखी री मेरी नींद नसानी हो।
पिया को पन्थ निहारते, सब रैन बिहानी हो।
सखियन मिल के सीख दई, मन एक न मानी हो।
बिन देखे कल न पड़े, जिय ऐसी ठानी हो।
अंग क्षीण ब्याकुल भई, मुख पिय वानी हो।
अन्तर वेदन विरह की, वह पीय न जानी हो।
ज्यों चातक घन को रटै, महरा जिमि पानी हो।
मीराँ ब्याकुल रहिनी, सुध बुध बिसरानी हो।

इसी के साथ मीराँ जी के उस शयन-कक्ष में सचमुच एक चमत्कार घटित हुआ। वह भी सुकन्या की उपस्थिति में। सुकन्या की व्यग्र दृष्टि मीराँ जी की गोद में लेटी अचेत ललिता सखी पर थी। सुकन्या किंकर्त्तव्यविमूढ़ थी। केवल मीराँबाई जीजा के भजनों के बोल ही उस घोर निराशामय वातावरण में आशा की क्षीण डोर थे।

उस ब्रह्म मुहूर्त्त में उस कक्ष में अचानक प्रकाश-ही-प्रकाश फैल गया। इतना प्रकाश कि सुकन्या की आँखें चौंधिया गयीं। सामने भूमि पर बैठी मीराँबाई और लेटी हुई ललिता भी आँखों के सम्मुख ओझल हो गयीं। केतकी, गुलाब, जूही, रातरानी और बेला के पुष्पों और यज्ञ की समिधाओं के निर्गत होनेवाली अनेक मिश्रित सुगन्धियाँ पूरे शयन-कक्ष को सुवासित करने लगीं। उस दिव्य प्रकाश की चकाचौंध और महामह में सुकन्या बेहोश हो गयी। बैठे-बैठे ही वह भूमि पर ढह गयी।

कुछ देर बाद जब सुकन्या को होश आया तो उठकर उसने देखा सब-कुछ पूर्ववत् था। वही कक्ष। वही शय्या जिसका बिस्तर वह बदल चुकी थी। फ़र्श पर वैसे ही बैठी हुई ललिता पर झुकी हुई मीराँबाई सा।

परन्तु एक अन्तर स्पष्ट था। मीराँ जी जिन्हें उसने रोते-बिलखते-निराश मुद्रा में पिछले अनेक प्रहरों से पाया था और भजन करते देखा था, अब उनके श्रीमुख पर अपूर्व तेज़ विद्यमान था। अधरों पर वही उनकी चिरपरिचित मुस्कान थी और वह एकदम शान्त थीं। निःशब्द।

मीराँ अपनी प्रिय सखी ललिता का मस्तक धीरे-धीरे सहला रही थीं। उसकी बिखरी हुई केशराशि को ऐसे सँवार रही थीं मानो उसे कुछ हुआ ही न हो। उलटे मीराँ जी अपनी उस अनन्य सेविका की बड़े मनोयोग से स्वयं सेवा कर रही थीं।

कुछ ही पलों में एक बहुत बड़ा परिवर्तन और सुकन्या ने देखा। ललिता का नीला शरीर अब नित्य की भाँति सामान्य हो चला था। मीराँ जी ने ललिता का माथा सहलाते हुए उसे आवाज़ दी—

"ललिता!...प्रिय सखी!! उठो...कब तक सोओगी? देखो बाहर प्राची में सूर्य नारायण उदित हो रहे हैं। तुम्हारा इतना सोना ठीक नहीं।"

और फिर ललिता नेत्र खोलकर यूँ उठ बैठी जैसे उसे कुछ हुआ ही न हो। यह सब-कुछ देखकर सुकन्या को एकाएक अपनी आँखों पर विश्वास नहीं हुआ। उसका मुख खुला-का-खुला रह गया। अपनी दोनों हथेलियाँ कपोलों पर रख लीं। फिर वह झपटकर उठी। ललिता के पास गयी। उसकी दाहिनी हथेली को थामकर उसका निरीक्षण किया। एकदम सामान्य। किसी घाव का नामोनिशान तक नहीं।

"जीजा!" कहकर सुकन्या ललिता से लिपट गयी। मीराँ जी ने भी तब दोनों सखियों को अपनी लम्बी बाँहों से ढक लिया। मीराँ जी एकदम शान्त थीं। जबकि ललिता और सुकन्या के आँसू थमने का नाम नहीं ले रहे थे। मीराँ को मालूम था कि आज उनके कान्हा जी ने स्वयं पधारकर ललिता सखी के प्राणों की रक्षा की थी।

ललिता को तो पहले भी मीराँबाई की कृपा से प्रकाश रूप में श्रीकृष्ण के दर्शन एक बार हो चुके थे। भाग्योदय तो आज सुकन्या का हुआ था जिसने प्रथम बार मीराँबाई सा की कृपा से उस दिव्य प्रकाश का साक्षात्कार किया था।

ड्योढ़ी पर तैनात चन्दन सिंह ने आकर सुकन्या को बताया कि–"सुरक्षा सैनिक बहुत रोष में हैं। वह जानना चाहते हैं कि हुकुम की अब क्या आज्ञा है?"

सुकन्या ने जाकर मीराँ जी से अपने पति चन्दन सिंह की अरज कही। मीराँ जी बोलीं–"सभी सैनिकों से कहो शान्त रहें। यहाँ सब कुशल-मंगल है। ललिता सखी भी अब स्वस्थ हो चली हैं। किसी को किसी से कुछ कहने-सुनने की आवश्यकता नहीं है।"

उस दिन उस एकान्त में मीराँबाई ने अपनी अनन्य सखियों ललिता और सुकन्या को दिव्य उपदेश दिया और कहा कि–

"आज ब्रह्मवेला में मुरलीमनोहर स्वयं पधारे थे। उन्होंने मुझे बोध कराया कि मीराँ! तुम्हारे ऊपर निकट भविष्य में अभी और कई संकट आयेंगे। यह संकट तो कुछ भी नहीं था। तुम्हारी परीक्षा की कठिनतम घड़ियाँ आगे आ रही हैं। यही वह परीक्षाकाल है जो तुम्हें अपने विगत जीवन के कर्मबन्धनों से मुक्त करेगा। भट्ठी में तपकर ही लौह स्वर्ण कुन्दन में परिवर्तित होता है। अतः तुम किसी बात की चिन्ता मत करना। जीवन में जो-जो आता जाये उसे सहज रूप में स्वीकार करती जाना। मैं तुम्हारे साथ हूँ। अब से सारा समय मैं तुम्हारे आस-पास ही रहूँगा। तुम्हारा बाल भी बाँका न होने दूँगा।"

--यह सुनकर दोनों सखियाँ मीराँबाई के चरणों में गिर पड़ीं। उस समय उन्होंने मीराँ जी के रूप में मानो श्रीकृष्ण अविनाशी के ही दर्शन किये।

13

बैद को सारो नाहिं रे माई

ऊदाँबाई को पता चला। वह मीराँ-महल में ललिता को देखने आयी। सारे रनिवास में खबर हो गयी थी। किसी ने मीराँबाई को शूल सेज बिछाकर मारने की साजिश रची थी। मीराँ को तो कुछ नहीं हुआ। परन्तु उनकी विश्वासपात्र प्रिय दासी ललिता चपेट में आ गयी। मीराँ जी की कृपा के चमत्कार से ललिता बच गयी। जिसे राजवैद्य तक जवाब दे चुके थे उसे भक्तिमती मीराँ ने बचा लिया और आप भी बच गयीं।

ऊदाँ का इस घटना से कोई सरोकार नहीं था। करमेती और विक्रम ने उसे पूरी तरह इस षड्यन्त्र से परे रखा था। इतनी बड़ी अनहोनी, जो अब टल चुकी थी, की बात सुनकर ऊदाँबाई से रहा न गया और वह मीराँ जी के पास गयी।

"भाभी मीराँ!...यह सब मैं क्या सुन रही हूँ? आप कुशल से तो हैं?"

मीराँबाई ने हँसकर कहा—'ननद सा! मुझे क्या हुआ? मैं तो बिलकुल ठीक हूँ। आप कैसी हो?"

"आपके गिरधर जी की कृपा है।"

"बहुत दिनों से अपनी भाभी की याद नहीं आयी?"

"हाँ भाभी!...क्षमा चाहूँगी। आपके नन्दोई सा कुछ दिन के लिए आये हुए हैं।"

"अच्छा...जभी मैं कहूँ। ईडर में सब ठीक-ठाक है?"

"इन दिनों वहाँ शान्ति है। तभी तो चित्तौड़ आना हो सका।"

"सासू माँ धनाबाई कैसी हैं?"

"उन्हें तो राणा जी ने उनके महल में ही नज़रबन्द कर रखा है।"

"मेरी ही तरह न?...आजकल राठौड़ियों की यही किस्मत है तुम सिसोदियों के राज में..." कहकर मीराँ यों हँस पड़ीं जैसे उन्होंने कोई बहुत ही मामूली बात कही हो। फिर उठकर मीराँ स्वयं गयीं। गिरधरगोपाल के सामने से लाकर चरणामृत दिया उन्होंने ऊदाँबाई को। उसके बाद गयीं और गिरधर जी को चढ़ायी खीर का पात्र ले आयीं।

एक चम्मच ऊपर से अपने मुख में खीर प्रसाद टपकाया। फिर वह सारी खीर उन्होंने ननद ऊदाँ को दे दी—"लो ननद जी!...प्रेम से आरोगो।"

"अरे भाभी सा!...इतनी सारी? मैं जरा-सी ले लूँगी।"

"नहीं तुम्हें सब खानी पड़ेगी।"

"भाभी म्हाराँ!...सुनिये तो। यह बहुत अधिक है। मुझे मालूम है गिरधर जी को भोग लगाये बिना आप सुबह-सुबह कुछ भी ग्रहण नहीं करतीं। यह प्रसाद आपके लिए है..."

मीराँ जी ने ऊदाँ की एक न सुनी। उसके हाथ से खीर का पात्र अपने हाथ में ले लिया। फिर जैसे एक माँ अपनी किसी लाड़ली कन्या को अपने हाथों से जबरन खिलाती है मीराँबाई अत्यन्त प्रेम से चम्मच भर-भरकर ऊदाँबाई को अपने हाथों खिलाने लगीं। मीराँ खिला रही थीं और ऊदाँ अपने भीतर गड़ी जा रही थी। इस बीच महल के भीतर से ललिता और सुकन्या वहाँ आ गयीं। ननद-भौजाई का वह प्रेम देखकर वे भी आश्चर्य में पड़ गयीं। फिर सुकन्या दौड़ी-दौड़ी जल लेने रसोई में चली गयी। साथ में कुछ अन्य खाने-पीने का सामान लाने हेतु भी। ललिता चुपचाप खड़ी रही। उसे देखकर ऊदाँबाई ने मुँह चलाते हुए ललिता से कहा—"क्या हो गया था तुझे ललिता?"

ललिता ने कहा—"कुछ भी तो नहीं। जो होना था आपकी भाभी सा को होना था। किन्तु इनके गिरधरगोपाल बड़े दयालु हैं। उन्होंने न इन्हें कुछ होने दिया न ही इनकी इस दासी को।"

ऊदाँबाई ललिता के कथन में छिपे मर्म और व्यंग्य को समझ गयी और मन-ही-मन झेंप गयी। परन्तु एक दासी की बात पर एक राजपुत्री भला क्यों लज्जित हो? ऊपर से अपनी मुखमुद्रा को ऊदाँ सायास कठोर ही बनाये रही।

ऊदाँ के लिए यह मुश्किल घड़ी थी। एक ओर सगे बड़े भाई की विधवा भाभी मीराँ। श्रीकृष्ण की ऐसी परमभक्त जो राजघराने में रहकर भी वैराग्य से युक्त थीं जिन्हें अपने आराध्य गें अटूट आस्था थी, जो स्नेह और सौजन्यता की साक्षात् प्रतिमूर्ति थीं, जो कभी किसी का अमंगल नहीं सोचती थीं। दूसरी ओर उसका छोटा और सौतेला भाई विक्रमादित्य। जो वर्तमान में मेवाड़ का राणा था और जिसकी कृपा से ही ऊदाँ का चित्तौड़गढ़ में रहना सम्भव था। ऊदाँ को पीहर में रहना पड़ता था क्योंकि उसका ससुराल ईडरगढ़ संकटों में अक्सर घिरता आया था। अतः जिसका जीवन अपने पीहर में ही अधिक सुरक्षित और सम्पन्न था। ऊदाँ को पता था कि भाभी मीराँ राणा विक्रमादित्य और राजमाता कर्मावती को फूटी आँखों नहीं सुहाती थीं और यह लोग हरदम मीराँ के अनिष्ट अथवा उसके स्वेच्छा से चित्तौड़ त्याग करने की कामना किया करते थे। कामना ही नहीं करते थे उसके लिए तरह-तरह के हथकण्डे अपनाते थे। उस पाप में उन्होंने ऊदाँबाई को भी भागीदार बना रखा था।

ऊदाँ सोचती कि मीराँ भाभी ससुराल से पीहर चली जायें। स्वेच्छा से मेड़ता चली जायें। इसी में सबकी भलाई है। एक निष्पाप स्त्री की हत्या का सपना ऊदाँ का कदापि नहीं था। एक ऐसी कृष्णभक्त स्त्री जो उसकी सगी भाभी थी। परन्तु ऊदाँ चाहते न चाहते भी कौरव दल में सम्मिलित थी। ठीक वैसे ही जैसे स्वयं श्रीकृष्ण महाभारत के युद्ध में पाण्डवों के साथ थे किन्तु उनकी अक्षौहिणी सेना को उन्हीं के आदेश पर कौरवों का साथ देना पड़ा था। अक्सर ऊदाँ का मन उसे उसकी इस अधम स्थिति के लिए भीतर से धिक्कारता। परन्तु राणा विक्रम और हाड़ी रानी का भय उसे उनके समक्ष विवश आत्मसमर्पण हेतु बाँधे हुए था।

कितनी प्रेममयी है मीराँ। कितनी ममतामयी है मेरी भाभी। कितनी-कितनी बहसें और धृष्टताएँ मैंने कीं अभी तक इनसे। परन्तु अभी भी इनका व्यवहार मेरे लिये वैसा-का-वैसा ही प्रेममय है। निश्छल और निर्विकार।

यही सब सोचती हुई ऊदाँबाई उस दिन मीराँ-महल से निज सदन को चली गयी। उसे क्या पता था कि राजमहल में उसकी उसी देवी स्वरूपा भाभी के लिए और भी घातक तैयारियाँ चल रही हैं?

बनवीर की बतायी सीख, राणा के मस्तिष्क में निरन्तर काम कर रही थी। मीराँ के विरुद्ध जो विष उसने राणा की समझ में भर दिया था वह अब तेजी से अपना असर दिखा रहा था। यदि किसी को विष देना हो तो दरअसल वास्तविक विष तो बाद में निर्मित होता पहले उसकी उत्पत्ति विष देनेवाले के मस्तिष्क में हो जाती है। विष भरे शूल मीराँ की सेज के भीतर बिखेरे गये। वे शूल मीराँ के तन को स्पर्श न कर सके, परन्तु राणा विक्रमादित्य के मन को भीतर तक बेध गये। उसकी दुष्टबुद्धि ने राजमाता कर्मावती को भी चिन्ता के गह्वर में ढकेल दिया।

यदि मीराँ का शीघ्र ही कुछ नहीं किया गया और इस बीच इसने अपने पीहर मेड़ता तक अपना कोई सन्देशा भेजवा दिया तो अनर्थ हो जायेगा। अब तो इस खतरनाक स्त्री का अन्त और भी शीघ्र आवश्यक हो गया है। अगर इसने कहीं प्रजा में ही कुछ बक-झक दिया तो यहाँ भी विद्रोह हो जाना कोई असम्भव बात नहीं। यद्यपि इसका मन्दिरों में जाना बन्द किया जा चुका है, परन्तु इसके मुँह को तो बन्द किया नहीं जा सकता। इसके पीहर के राठौड़ सैनिक तो अभी भी इसकी ड्योढ़ी पर पहरे पर बैठे ही रहते हैं। कहीं मीराँ उन्हीं में से किसी से कुछ कह-सुन न दे और बात राव बीरमदेव और जयमल तक मेड़ता पहुँच जाये? हे एकलिंग नाथ जी!...आप ही सँभालिये।

अर्द्धरात्रि में दीवान बीजावर्गी को राणा विक्रमादित्य ने अपने महल में बुलवा भेजा। बीजावर्गी जब राजमहल में आया तो उसे सीधा राजमाता कर्मावती के कक्ष में ले जाया गया। कर्मावती और विक्रमादित्य कक्ष में मौजूद थे। दोनों विशाल पलँग

पर बैठे थे। दीवान बीजावर्गी ने झुककर दोनों का अभिवादन किया। राणा ने सामने एक छोटे सिंहासन की ओर संकेत किया। बीजावर्गी चुपचाप उस पर बैठ गया—

"आज्ञा करें राजमाता!"—उसने कहा।

"विक्रमादित्य कह रहे हैं कि आपने कोई योजना उन्हें आज ही बतायी है।"

"जी राजमाता।"

"कितनी कारगर होगी यह योजना?"

"यह उसके अमल पर निर्भर करेगा।"—बीजावर्गी ने राजमाता से कहा।

"इसका अर्थ यह हुआ कि इसके सफल होने में आपको पहले ही सन्देह है?"—कर्मावती व्यंग्यभरे स्वर में बोली।

"ऐसा मैंने कब कहा राजमाता?"

"फिर इसके अमल के बारे में क्या सोचा है?"—कहकर कर्मावती राणा विक्रम की ओर घूमी।

विक्रम ने तब कर्मावती को बताया कि—"पहले विचार बना था कि हलाहल विष तैयार कराने में राजवैद्य जी से सहायता ली जाये। परन्तु उन्हें इस योजना में शामिल करना खतरे से खाली नहीं। राजवैद्य महाराणा सांगा के समय से चित्तौड़ में तैनात है। अत्यन्त वरिष्ठ आदमी है। उसकी निष्ठा का झुकाव पूरी तरह राजसिंहासन की ओर हो यह कहा नहीं जा सकता। यदि वह इन्कार करें देता है तो योजना गुप्त न रह जाने के कारण शुरू होने से पूर्व ही असफल हो जायेगी। बदनामी सो अलग से। अतएव..."

"अतएव मैंने ही राणा सा को ऐसा निर्णय लेने से मना कर दिया।"—दीवान बीजावर्गी ने बात पूर्ण की।

"सही किया आपने। आपके राणा सा कब कौन-सा ऊलजलूल निर्णय ले बैठें कहा नहीं जा सकता। यह करते पहले हैं सोचते बाद में हैं। माता हूँ इनकी। खूब जानती हूँ इन्हें।"

"माँ सा!—" राणा विक्रम चिहुंके। उनकी वाणी में राणा की कम एक पराजित पुत्र की उत्तेजना अधिक थी। राजमाता के अहसानों तले वे दबे थे। यह उनकी माँ ही थीं जिन्होंने पिता सांगा से कहकर उन्हें रणथम्भौर की जागीर दिलायी थी। यह माँ सा ही थीं जिन्होंने मामा सा सूरजमल से मिलकर उनके प्रतिद्वन्द्वी भाई राणा रत्न सिंह को अधिक दिनों तक चित्तौड़ के राजसिंहासन पर बैठने नहीं दिया। यह माँ सा कर्मावती ही थीं जिनकी कूटनीतियों के चलते वह आज मेवाड़ के अधिपति बने बैठे थे।

"दीवान बीजावर्गी जी! आप अपनी योजना को खुलकर व्यक्त करें। राणा जी और मैं सुन रहे हैं।"—कर्मावती ने कहा।

दीवान बीजावर्गी ने कहा—"घणीं खम्मा राजमाता!...तो सुनिये। अनुभव बताता है कि व्यवस्था में सभी नाते और पद परस्पर स्वार्थों की डोर से बँधे होते हैं। यहाँ अवसर आने पर कोई कब किसे दाँव दे बैठे? कहा नहीं जा सकता। मैं तो आपका नमक रणथम्भौर से खाता-खाता यहाँ चित्तौड़ तक आया हूँ। अतः आपको अपने प्रति विश्वास करने को कहूँ, उसे कहना आवश्यक नहीं समझता। परन्तु चित्तौड़ के दरबार में अधिकतर दरबारी और सामन्त अभी भी महाराणा सांगा और राणा रत्न सिंह के समय के हैं उनमें से किसी से भी ऐसी नाजुक योजना का जिक्र भी नहीं किया जा सकता। चन्द मेरे दो-तीन मुसाहिबों को छोड़कर। आप समझ रही हैं न राजमाता?"

—कहकर दीवान बीजावर्गी ने बारी-बारी से माता-पुत्र की ओर देखा।

"हाँ-हाँ आप आगे बोलिये—" विक्रमादित्य ने खीझकर बीजावर्गी से कहा।

"राजवैद्य को विष बनाने को कहा जाये तो तुरन्त सोचेगा किसके लिए? मेवाड़ का राजतन्त्र और उसमें मेरी प्रतिष्ठा...आदि इत्यादि। इसलिए मैंने अपनी मति से एक सुदूर क्षेत्र का वैद्य चुना है। यहाँ से पचास कोस दूर गाँव में एक अत्यन्त कुशल किन्तु निर्धन वैद्य रहता है। जड़ी-बूटियों-साँप-बिच्छुओं और वन्य जन्तुओं के सींगों इत्यादि का ज़बरदस्त जानकार। ऐसी-ऐसी ओषधियाँ बनाता है कि क्या कहूँ? वह वैद्य विष तो क्या कालकूट विष बनाने का भी विशेषज्ञ है।...

मेरे पिता उसके पिता को जानते थे। अमृततुल्य ओषधियों और विषतुल्य आसव के निर्माण की इस वैद्य को कई पीढ़ियों से सिद्धि प्राप्त है। यदि दानव को भी वह अपना बनाया अमृत आसव पिला दे तो वह देवता बन जाये।"...

"...और यदि देवता को अपना बनाया विषपान करा दे तो वह अमरत्व को गँवाकर किसी पशु की भाँति मृत्यु को प्राप्त हो। हाँ, तो जल्दी आगे बोलिये दीवान जी!"—राणा विक्रम बच्चों की भाँति उम्रदराज दीवान बीजावर्गी की नकल करते हुए और भी खीझकर बोला।

"विक्रम!—" राजमाता ने उसे घुड़ककर चुप करने को कहा। विक्रम के व्यवहार से बीजावर्गी दीवान बिदक गया।

"राजमाता!...आगे की योजना आप फिर राणा सा से ही सुन लें।"—उसने चिढ़कर कहा।

इस पर राणा विक्रमादित्य ने महारानी कर्मावती से बताया—"तय हुआ है कि शरद् पूर्णिमा के दिन बीजावर्गी स्वयं उस वैद्य से वह विष बनवाकर लायेंगे। मीराँ को चरणामृत के बहाने वह विष दिया जायेगा। उसे हमारी कृष्ण-दीवानी भाभी सा इनकार नहीं कर सकेंगी। राजमहल के पुजारी जी दयाराम पण्डा की सेवाएँ विष के पात्र को मीराँ तक पहुँचाने हेतु ली जायेंगी। उसके लिए उनसे साम-दाम-दण्ड-भेद चाहे जो भी अपनाना पड़े अपनाया जायेगा।...आवश्यकता पड़ी तो जीजा ऊदाँ की भी इसमें अन्तिम क्षणों में सहायता ली जा सकती है।"

"ठीक है। ऊदाँ को परन्तु अभी कुछ न बताना। यह भेद उस पर शरद् पूर्णिमा के दिन ही खोलना उचित होगा।"

"हाँ वह तो है ही माँ सा!"—राणा विक्रमादित्य ने कहा—"दीवान जी! तो अब आप जा सकते हैं। आपका धन्यवाद।"

"प्रणाम राजमाता! प्रणाम हुकुम!!"—कहते हुए दीवान बीजावर्गी ने उस घातक अभियान का एक बार पुनः संकल्प लेकर उस षड्यन्त्रकारी राजमहल से विदा ली।

मीराँ जी पर हरिभक्ति की कब कौन-सी धुन सवार हो जाये? कहा नहीं जा सकता था। आज सुबह-सुबह ही जब गिरधरगोपाल को जगाया तो मीराँबाई को लगा कि उनके प्रियतम उनसे नृत्य करने का आग्रह कर रहे हैं।

"नृत्य और वह भी सुबह-सुबह। जाइये आप भी बड़े नटखट हैं"—मीराँ गिरधरगोपाल से लजाकर बोलीं—"पहले भोग प्रसाद पा लीजिये। फिर यह दासी आप जैसा कहेंगे वैसा ही करेगी।"

मीराँ जी को सुनायी दिया—

"बहाने मत बनाओ मीराँ! मैं देख रहा हूँ कि इधर तुम बहुत मनमौजी हो गयी हो। मैं गोलोक में चाहे जिस हाल में हूँ तुम्हारी एक पुकार पर दौड़ा चला आता हूँ। आया था न उस दिन तुम्हारी ललिता के लिए?...तो फिर तुम मेरे कुछ कहने पर इतना मान क्यों दिखाती हो?"

"अच्छा बाबा! ठीक है...चलिये आप ही की बात सही। आप तो अपनी मीराँ को प्रातःकाल ही नचाना चाहते हैं। साँझ तक प्रतीक्षा करने का आपको धैर्य ही नहीं है...तो यही सही..."

"किससे बात कर रही हैं जीजा?—" कक्ष में प्रवेश कर सुकन्या ने पूछा।

मीराँ खिलखिलाकर हँसीं और बोलीं—"अरी जा पगली। मेरे घुँघरू उठा ला। तू नहीं समझेगी।"

सुकन्या निकट के कक्ष में जाकर मीराँबाई सा के घुँघरू उठा लायी। मीराँ गुनगुनाने लगीं। उनके नेत्र अर्द्धनिमीलित होने लगे। सुकन्या से कहा—

"बाँध दे घुँघरू मेरे पाँवों में।"

"इत्ती सुबह जीजा?"—सुकन्या बोली।

"हाँ री। जो मैं कह रही हूँ सो कर।—इनके लिए क्या सुबह क्या शाम?"

सुकन्या ने मीराँ जी के दोनों पग में घुँघरू पहना दिये। और मीराँ खड़ी होकर पहले तो किसी दीवानी की तरह अपने गिरधरगोपाल की मूर्ति के सामने घूम-घूमकर

देर तक नाचीं। इतना नाचीं—इतना नाचीं कि पसीने की धार उनके अन्तःवस्त्रों को भिगोने लगी।

बाहर बगिया में कोई मोर दो-तीन बार बोला—"केयों केयों...केयों..."

"आ गये मेरे श्यामसुन्दर गिरधर जी।—" मीराँ ने अधीर होकर कहा। फिर वह धीमे-धीमे नृत्य करती हुई गाने लगीं—

श्री गिरधर आगे नाचूँगी।
नाँचि नाँचि पिय रसिक रिझाऊँ, प्रेमी जन को जाचूँगी।
प्रेम प्रीति के बाँधि घूँघरू, सुरत काछनी काछूँगी।
लोकलाज कुल की मरजादा, या मैं एक न राखूँगी।
पिय के पलँगा जा पौढूँगी, मीराँ हरि-रंग राचूँगी।

मीराँ के पैर धरती पर थे पर ध्यान सीधा जैसे गोलोक में। वह तो अपने प्रियतम श्रीकृष्ण के साथ मानो दिव्य रास कर रही थीं। इस समय तो कृष्ण जी के साथ न तो राधा जी थीं न ही रुक्मिणी अथवा सत्यभामा। मीराँ ही एकमात्र बारी-बारी से ब्रजराज कृष्ण के साथ राधामय होकर और कभी द्वारकाधीश कृष्ण के साथ उनकी पटरानी रुक्मिणी बनकर नृत्य कर रही थीं। एक ऐसा अलौकिक नृत्य जिसमें ब्रज की सारी गोपिकाएँ और द्वारका की सोलह हजार पत्नियाँ सब-की-सब उनके सम्मुख परास्त हो चली थीं।

मीराँ-महल की सारी दासियाँ मीराँ जी के उस उन्मत्त नृत्य की साक्षी बनने हेतु अपना सारा कामकाज छोड़ चली आयी थीं।

ललिता और सुकन्या एक ओर मीराँबाई से एक निश्चित दूरी बनाये सावधानीपूर्वक खड़ी थीं। इस आशय से कि यदि नृत्य करती मीराँ के पग डगमगायें तो वे लपककर उन्हें थाम लें।

बाकी सारी दासियाँ कक्ष के सारे कोने में सिकुड़ी चुपचाप खड़ी थीं। फिर मीराँ के घूमते चरण कुछ देर को थमे और वह गिरधरगोपाल के सम्मुख दण्डवत् मुद्रा में आ गयीं। जरा देर बाद जब उनका मस्तक उठा तो साँसों के उतार-चढ़ाव पर काबू पा मीराँ दोनों हाथ जोड़कर पुनः गाने लगीं। प्रारम्भ में नाचते समय जितना आह्लादित स्वर था उनका अब बैठकर विनती करते समय उतना ही करुणा से ओतप्रोत—

सुण लीज्यो बिनती मोरी, मैं शरण गही प्रभु तोरी।
तुम तो पतित अनेक उधारे, भवसागर से तारे।
मैं सबका तो नाम न जानूँ, कोई कोई नाम उचारे।

ललिता ने सुकन्या के कान में कहा—"अब यह अम्बरीष, नामदेव, सुदामा, ध्रुव सबका नाम लेंगी।"

आगे मीराँ गाने लगीं—

अम्बरीष सुदामा नामा, तुम पहुँचाये निज धामा।
ध्रुव तो पाँच बरस के बालक, दरश दिये घनश्यामा।

"अरी जीजा! क्या कमाल की स्मृति है आपकी—"

सुकन्या ने भी प्रसन्नवदन धीमे से सुकन्या के कान में कहा।

मीराँ जी का भजन जारी रहा—

धना भक्त का खेत जमाया, कबिरा का बैल चराया।
शबरी का झूठा फल खाया, काज किये मन भाया।
सदना औ सेना नाई को, तुम लीन्हा अपनाई।

इसके बाद ललिता भी मीराँ के स्वर-में-स्वर मिलाकर जोर-जोर से गाने लगीं—

करमा की खिचड़ी खाई तुम, गणिका पार लगायी।
मीराँ प्रभु तुमरे रँगराती, जानत सब दुनियाई।

"...जानत सब दुनियाई। क्या कहने मीराँ! आपका...आज तो आपने अपने समान ही जितने भी संसार के श्रेष्ठ भक्त हुए हैं, लगभग सभी का नाम ले लिया।"—ऐसा ललिता ने कहा नहीं, मन में सोचा।

लगता है कि ललिता सखी ने जान-बूझकर मीराँ जी से उनके भावजगत् में घुसकर ऐसा कहा था। वह उन्हें उनके लगातार गायन और नृत्य में थोड़ा विश्राम देना चाहती थीं। सम्भवतः इसलिए कि प्रातःकाल बिना कुछ खाये-पिये इस तरह कृष्ण प्रेम दीवानी मीराँ का कमजोर शरीर कहीं जवाब न दे जाये।

"ओह ललिता सखि! तुम यह क्या कहती हो? भला कहाँ ये सारे भक्त-शिरोमणि और कहाँ मैं दासी मीराँ...इन सबके चरणों की रज। हरे कृष्ण...हरे कृष्ण।..."—मीराँ ने भी अपनी प्रिय दासी सखी को मन-ही-मन जवाब दिया।

तब तक सुकन्या ने मोर्चा सँभाला—"जीजा!...जरा हमें भी सुनाइये न कुछ इन भक्तों के विषय में।"

मीराँ जी अब पूर्णतः सामान्य चित्त हो गयी थीं। पुनः इस संसार में लौट आयी थीं। हँसकर बोलीं—

"अरी सुकन्या!...इनकी भक्ति की गहराई तो अतल है। इस पर कभी विस्तार से चर्चा होगी।...इनका परिचय स्थूल रूप में तो तुझे तेरी ललिता जीजा ही बता देंगी।...पहले एक काम कर। भागकर बगिया में जाकर तुलसीदल पाँच-सात पत्ती तोड़ ला। कान्हा जी को भोग लगाना है। आज केसर के दूध का भोग लगे उन्हें।"

"ठीक है जीजा!..." कहकर सुकन्या बाहर निकल गयी।

तभी ननद ऊदाँबाई ने मीराँ के कक्ष में प्रवेश किया। आसन बिछाकर फ़र्श पर बैठी हुई मीराँ गिरधरगोपाल की आरती की तैयारी कर रही थीं।

ऊदाँ को सुबह-सुबह आया देखकर ललिता एवं कक्ष में शेष रह गयीं सभी दासियों के कान खड़े हो गये।

"कहाँ हैं भाभी सा!...मीराँ...भाभी म्हाराँ..."

—ऊदाँबाई बहुत शीघ्रता और हड़बड़ाहट में दिखती थी। उसे आज ही सुबह अपने महल में बुलाकर राणा विक्रमादित्य ने कहा था कि—"दयाराम पण्डा श्रीजगन्नाथ जी का महाप्रसाद लेकर आये हैं। इनके कोई सम्बन्धी जगन्नाथपुरी की तीर्थयात्रा कर उड़ीसा से कल ही लौटे हैं। अब वे राजस्थान होते हुए गुजरात जा रहे हैं। श्री द्वारकापुरी की यात्रा पर। इनके सम्बन्धी ने अपनी कृष्णभक्त मीराँबाई का बड़ा नाम सुना था। सो श्रीजगन्नाथ जी का प्रसाद लेकर मीराँ जी का दर्शन करने पधारे हैं।"

इस पर ऊदाँबाई ने दयाराम पण्डा से पूछा था—"सच पण्डित जी!"

दयाराम पण्डा का मुख पाषाण की तरह कठोर था। नेत्र झुके हुए थे। उनके मुख से इतना भर निकला—

"जी!..."

"तो फिर कहाँ है वह महाप्रसाद?"—ऊदाँ ने अगला प्रश्न किया।

"ये क्या है। हुकुम!...इसमें...इस चरणामृत में मैंने अभी-अभी पण्डित जी का दिया महाप्रसाद भी मिला दिया है—" कक्ष में एक ओर खड़े दीवान बीजावर्गी ने अपने दोनों हाथों में एक स्वर्णपात्र पकड़ रखा था। यह पात्र एक लाल रंग के रेशमी कपड़े से ढका था।

"लीजिये पण्डित जी महाराज।—"

बीजावर्गी ने वह सोने का कटोरा दयाराम पण्डा की ओर बढ़ाया। दयाराम ने काँपते हाथों से उसे थाम लिया। ऊदाँ को इस सारे कार्यव्यापार में कुछ सन्देह हुआ। वह पूछ बैठी—

"पण्डित जी आपके वे सम्बन्धी कहाँ हैं? स्वयं क्यों नहीं आये श्रीजगन्नाथ जी के महाप्रसाद के साथ? उन्हें तो भाभी मीराँ के दर्शन भी करने थे न?"

"ओहो जीजा!...आप भी कितने सारे प्रश्न करती हैं। इनके वह सम्बन्धी तनिक अस्वस्थ हैं। कल-परसों में आकर दर्शन कर लेंगे...प्रसाद कल तक खराब हो जायेगा। आप जाइये पण्डित महाशय! और यह चरणामृत मीराँबाई सा को पिलाकर ही आइयेगा।...ऊदाँ जीजा सा!...आप भी इनके साथ जाइये। वरना उन स्त्रियों में पण्डा जी भीतर कैसे जा पायेंगे?"

ऊदाँबाई दयाराम पण्डा के साथ चल दीं। उन्होंने मार्ग में पण्डित जी की चाल का निरीक्षण किया। ऐसा लगता था मानो कोई बकरा किसी वधशाला की ओर जबरन प्रस्थान कर रहा हो।...यह दुष्ट बीजावर्गी दीवान सुबह-सुबह कुम्भा-महल में क्या कर रहा था? और फिर जब महाप्रसाद पण्डा जी लाये थे तो वह सोने का कटोरा बीजावर्गी क्यों थामे हुए था?...

ऊदाँ को पक्का सन्देह हुआ कि कहीं यह कोई मीराँ भाभी को विष देने की योजना तो नहीं है? भगवान् की एक परम भक्त को भगवान् के चरणामृत के नाम पर विष? अरे विक्रम! निर्दयी!! तू आदमी है कि कसाई? नीच!!

इस महापातक जघन्य कृत्य को करवाने हेतु तुझे अपनी यह बहन और यह निरीह पण्डित ही मिला...ऊदाँबाई की कुबुद्धि पर मानो श्रीकृष्ण की झाड़ू पहले से ही चलने लगी थी।

"...कहाँ हैं भाभी म्हाराँ?"

—कहते-कहते बदहवास-सी ऊदाँबाई मीराँ-महल में घुसीं। दासियों ने देखा कि पीछे दयाराम पण्डा दोनों हाथ से एक स्वर्णपात्र पकड़े सिर झुकाये किसी बीमार व्यक्ति जैसे चले आते थे। एक दासी ने संकेत किया वह क्या बैठी हैं मीराँबाई सा।

ऊदाँबाई ने देखा मीराँ पाँवों में घुँघरू बाँधे अपने गिरधरगोपाल को घुटने टेके प्रणाम कर रही थीं। उनकी खुली हुई केशराशि कमर तक फैली थी। मुखमण्डल तेजोद्दीप्त था, जितना भी एक ओर से दृष्टिगत था।

ऊदाँ लगभग भागकर मीराँ के पास गयीं और उनसे कान में बोलीं—"मीराँ!.. ..आप-आप वह चरणामृत न पीना।"

"कौन-सा चरणामृत?"—मीराँ ने विहँसकर पूछा।

"बाहर दयाराम पण्डा आये हैं। राणा विक्रम ने उनके हाथों चरणामृत भेजवाया है। उसमें जगन्नाथपुरी से आया महाप्रसाद बताते हैं।"—ऊदाँ ने आवाज़ को और भी भींचकर कहा।

"कहाँ है? कहाँ है वह महाप्रसाद?...ललिता! बाहर पुजारी जी खड़े हैं। जा उन्हें शीघ्र भीतर ले आ सखी।"

ललिता का सिर भी घूम रहा था। ऊदाँ का आकस्मिक आगमन और उसका यह सब अटपटा व्यवहार देखकर। परन्तु मीराँ जी की आज्ञा थी। पालन करना ही था। ललिता बाहर चली गयी दयाराम पण्डा जी को लिवाने।

इस बीच ऊदाँ ने मीराँ से अति-निकट से लगभग गिड़गिड़ाते स्वर में कहा—"आपको मेरी कसम भाभी सा!...आप वह चरणामृत नहीं पियेंगी क्योंकि उसमें मेरी समझ से विष है।"

मीराँबाई ने ननद ऊदाँबाई से उतनी ही कोमलता से उसका हाथ पकड़कर कहा—"आप आराम से म्हारे पलँग पर बिराजो प्यारी ननद सा।...जगन्नाथ प्रभु का महाप्रसाद। वह भी चरणामृत रूप में? अरे आज तो बड़े भाग हैं दासी मीराँ के। मेरे गिरधरगोपाल को सभी कुछ अर्पित है। जिस वस्तु का यह भोग लगा लेंगे वह चाहे विष हो या अमृत मेरे लिये तो वह इनका प्रेम प्रसाद ही होगा। और कान्हा जी का प्रसाद भला कहीं अग्राह्य होता है?"

दयाराम पण्डा विष का कटोरा लाये। मुख से उनके कुछ बोलते न बनता था। नेत्र सजल थे। चेहरे पर हवाइयाँ उड़ रही थीं। मीराँबाई ने पण्डा जी को करबद्ध प्रणाम किया। कहा—"रख दीजिये महाराज! गिरधर जी के चरणों में।"

कथित चरणामृतमय-स्वर्णपात्र गिरधरगोपाल जी की मूर्ति के समक्ष रखकर दयाराम पण्डा पीछे हट गये। जाकर अपराध भाव से उस ओर कोने में खड़े हो गये, जिधर मीराँ-महल की दासियाँ खड़ी थीं।

मीराँ जी ने स्वर्णपात्र से लाल कपड़ा हटाया। चरणामृत में कुछ तुलसी दल डाले। फिर नेत्र मूँदकर कहा—

"त्वदीयं वस्तु गोविन्द!
तुभ्यमेव समर्पये..."

—दोनों हाथों से सोने का कटोरा ऊपर उठाकर वह महाप्रसाद भक्तिमती मीराँ ने श्रीकृष्ण भगवान् को समर्पित किया। फिर अगले ही क्षण उसे अपने अधरों से लगाकर गटागट पी गयीं। पात्र को जमीन पर रखकर मीराँ उठीं। जाने क्या सोचकर हँसीं, फिर पहले की भाँति मग्न हो नृत्य करने लगीं और आनन्दपूर्वक गाने लगीं—

पग घुँघरू बाँध मीराँ नाची रे।...
मैं तो अपने नारायण की...
हो गयी आप ही दासी रे।
विष का प्याला राणा जी भेज्या...
विष का प्याला...
पीवत मीराँ हाँसी रे।

(लोग कहे मीराँ भई बावरी...)
(लोग कहें...
मीराँ भई बावरी...)

(लोग कहें मीराँ भई बावरी...
न्यात कहें कुल नासी रे।)

मीराँ नाच रही थीं। उनके साथ मानो सारी सृष्टि नाच रही थी। उनके गोविन्द मानों उनके साथ नाच रहे थे। नीलकण्ठ शंकर की भाँति, उनके गिरधर जी उनके कण्ठ में उतरे विष का जैसे स्वयं पान कर रहे थे। मीराँ को वे अभयदान प्रदान कर रहे थे।

सुकन्या को कक्ष में एक दिव्य धवल प्रकाश दिख रहा था जिसमें मीराँ, उनके गिरधरगोपाल, ऊदाँ, ललिता, दयाराम पण्डा अन्य सभी दासियाँ गुम हो गये थे... केवल मीराँबाई जीजा का वह भजन कानों में सुनायी दे रहा था—

पग घुँघरू बाँध मीराँ नाची रे...

मीराँ के झन्कार करते वे घुँघरू सुनायी दे रहे थे। परन्तु उनके चरणकमल नदारद थे।...

मीराँ के प्रभु गिरधर नागर...
वेग मिलो अविनासी रे।
मैं तो अपने नारायण की...
हो गयी आप ही दासी रे।
पग घुँघरू बाँध मीराँ नाची रे
पग घुँघरू बाँध...

और फिर नाचते-नाचते घूमर-नृत्य-सा करतीं मीराँबाई आखिर कुछ देर बाद फ़र्श पर गिरकर ढह गयीं। ललिता और सुकन्या ने उन्हें गिरने से दो क्षण पूर्व सँभाला। भयग्रस्त दयाराम पण्डा बाहर भाग गये।

सारी दासियों ने धरती पर गिरी पड़ी मीराँ जी को घेर लिया और वे ज़ोर-ज़ोर से रोने लगीं।

मीराँ के पलँग पर बैठी उनकी ननद ऊदाँबाई अपने स्थान पर जड़ हो गयी थी। आत्मग्लानि का पारावार उसके हृदय में हिलोरें मार रहा था।

"जीजा!...मैं अभी वैद्य जी को बुलाकर लाती हूँ—"

कहकर सुकन्या उठी और बाहर भागने को हुई। ललिता ने उसका हाथ पकड़कर अपनी ओर खींच लिया। कहा—"बावली हुई है क्या?...राणा के होते क्या वैद्य और क्या उनके मन्त्री?...जा गिरधर जी का नित्य का चरणोदक ले आ।...वही हमारी मीराँ को स्वस्थ करेगा।"

यह सुनकर सभी दासियाँ और ज़ोर-ज़ोर से रुदन करने लगीं।

"चुप हो जाओ तुम सब!...कोई भागकर हाथ झलने का पंखा तो लाओ।"—ललिता ने चिल्लाकर कहा।

सब-की-सब उठकर दौड़ पड़ीं। ललिता बेहद समझदार थी। जानती थी कि अनावश्यक प्रलाप करने से कुछ न होगा। जिन मीराँ के श्रीकृष्ण प्रभु ने चार दिन पहले स्वयं उसके प्राणों की रक्षा की थी वह भला अपनी प्राणसखी मीराँ का यूँ अन्त होने देंगे? विश्वास में बड़ी शक्ति होती है और आस्था में बड़े-से-बड़े संकट का निवारण निहित है।

मीराँ जी की सारी सखियाँ उन्हें पंखे से हवा करने लगीं। मीराँ का सिर अपनी जंघा पर लिये ललिता श्रीकृष्ण का तुलसी मिश्रित चरणोदक अचेत मीराँ के मुख में धीरे-धीरे डालने लगी।

अब मीराँ मानो ललिता के स्वर में गा रही थीं। अचेत थीं। परन्तु उनका चेतन स्वर उनकी परमप्रिय सखी के कण्ठ से फूटकर श्रीकृष्ण की आराधना कर रहा था।

गाते हुए प्रार्थना के बोल कैसे किसी आशु कवयित्री की भाँति ललिता के श्रीमुख से झरने लगे यह देखकर उस कक्ष के भीतर की प्रत्येक स्त्री विस्मित थी—मीराँ ललिता के माध्यम से गा रही थीं...साथ में मीराँ जी के मस्तक को सखी ललिता के हाथ धीमे-धीमे सहलाते जा रहे थे...

बैद को सारो नाहिं रे माई,
बैद को नहि सारो।
कहत ललिता बैद बुलाऊँ
आवै नन्द को प्यारो।
वो आयाँ दुख नाहिं रहेगो,
मोहिं पतियारो।
बैद आय कर हात जो पकड्यो,
रोग है भारो।
परम पुरुष की लहर ब्यापी,
डस गयो कारो।
मोर चन्दो हात ले हरि,
देह है झारो।
दासी मीराँ लाल गिरधर,
बिष कियो न्यारो।

और तब सभी ने एक दिव्य सुवास का अनुभव मीराँ जी के उस कक्ष में किया। किन्तु किसी ने वह नहीं देखा जिसे केवल ललिता सखी ही सन्त मीराँबाई की परम कृपा के कारण देख पायी थीं। स्वयं अनन्त लीलाधाम साकार ब्रह्मस्वरूप भगवान् श्रीकृष्ण पीताम्बर पहने, गले में वैजयन्ती माला से सुशोभित सिर पर स्वर्णकिरीट धारण किये हुए, जिसमें एक सुन्दर मयूर पंख विद्यमान था, मीराँ जी के कक्ष में साक्षात् पधारे। अनुपम सुषमा एवं अपार तेजस्वी रूप-स्वरूप से सम्पन्न एक दिव्य पुरुष। आकर वे अपनी प्राणवल्लभा मीराँबाई के निकट धरती पर ही बैठ गये। उन्होंने अपने मुकुट से वह इकलौता मयूर पंख निकाला और उसके मयूरचन्द्रवाले भाग को अचेत पड़ी मीराँ जी की सारी देह पर फिराने लगे। जैसे वे कोई कुशल चिकित्सक हों—ओझा हों—जादूगर हों—पीरफ़कीर हों जो अपने एक अत्यन्त रुग्ण भक्त को स्वयं चलकर स्वास्थ्यलाभ कराने हेतु वहाँ आये हों।...

और फिर देखते-ही-देखते वह दिव्य दृश्य ललिता की आँखों से ओझल हो गया। मीराँ जी ने यूँ नेत्र खोल दिये मानो वह अचानक किसी गहरी नींद से जागी हों। किसी को इस पर विश्वास नहीं हुआ। मीराँ के अधर फड़फड़ाये। श्रीमुख से इतना ही निकला—

"चले गये वह?"

ललिता ने कहा—"हाँ।"

फिर ललिता सखी ने अपने नेत्रों से बह चली गंगा-यमुना को आँचल से पोंछकर मीराँ जी से झुककर इतना और कहा—"नहीं मीराँ...यहीं तो हैं वह। आपके पास से कहाँ जा सकते हैं भला?"

चमत्कार घटित हो चुका था। अब उसकी दिग्दिगन्त में ख्याति को कोई रोक नहीं सकता था। चित्तौड़ का राणा कुख्यात हो चला था और भक्तिमती मीराँबाई परम विख्यात। मीराँबाई के गिरधरगोपाल ने पहले तो ललिता सखी के प्राणों की रक्षा की थी फिर आज स्वयं उनकी रक्षा हेतु वे साक्षात् प्रकट हुए। परम सौभाग्यशालिनी ललिता ने उनके दिव्य स्वरूप के दुर्लभतम दर्शन किये।

बनवीर यही तो चाहता था। राणा विक्रमादित्य की बदनामी। दरबार में असन्तोष। राजमहलों में कोलाहल। जनता में विभ्रम। सब-कुछ अस्थिर, क्षीण और अशान्त।

राणा को दयाराम पण्डा ने मीराँ के विषपान कर लेने की सूचना दी थी। किन्तु दो घड़ी बाद मीराँ-महल से लौटी बहन ऊदाँ ने मीराँ के जीवित बच जाने की दूसरी सूचना दी। उसे सुनकर राणा इतना बौखलाया और क्रोधित हुआ कि उसने दीवान बीजावर्गी को उसी दिन राज्य से निष्काषित कर दिया और दयाराम पण्डा को स्वर्णमुद्राओं की एक मोटी थैली देकर उसे भी तत्काल उसके गाँव भेज दिया। दोनों से कहा गया कि न तो अब वे चित्तौड़ में कभी अपना मुँह दिखायेंगे और न ही इस विषय में कभी कहीं किसी से अपने मुख खोलेंगे। अन्यथा स्थिति में, उन्हीं को आरोपित कर, उन्हें सार्वजनिक रूप से प्राणदण्ड दे दिया जायेगा।

विषपान प्रकरण अभी समाप्त नहीं हुआ था कि बनवीर ने एकान्त में परेशान हाल राणा विक्रमादित्य को अपनी दूसरी बहुमूल्य सलाह दे डाली। कहा कि—"मीराँ अब चुप बैठनेवाली नहीं। शीघ्र ही बीरमदेव को मेड़ता खबर भिजवा देगी। अतः बेहतर होगा कोई अन्य अचूक उपाय किया जाये उसे समाप्त करने का ।"

"क्या?"

"सर्पदंश।"

"सर्पदंश?...वह कैसे? उसका प्रबन्ध कौन करेगा?"

"वह आप मुझ पर छोड़ दीजिये।"

बनवीर की कुटिल बुद्धि उसके बाद राणा विक्रम के मीराँ पर अगले संघातक वार हेतु एक कराल कालसम विषधर सर्प का प्रबन्ध करने में लग गयी।

अधिक दिन नहीं बीते। एक सँपेरा एक दिन चित्तौड़ गढ़ में आया। बीन बजाकर सर्पपिटारी खोलकर एक साँप को नचाने लगा। कुण्डली मारकर बैठा साँप मन्त्रमुग्ध हो सँपेरे की ओर फन काढ़े जीभ लपलपाता देखने लगा।

उसकी बीन जिधर-जिधर घूमती सर्प का फन भी उधर-उधर घूमता। देखते-ही-देखते सँपेरे का वह साँप राहगीरों के आकर्षण का केन्द्र बन गया। बन्दरों का नाच, भालुओं का नाच, उनके मदारी, सँपेरे, कलाबाज़ी दिखानेवाले नट उन दिनों भारतीय जनमानस के आम किस्म के मनोरंजन के साधन हुआ करते थे।

नट, मदारी और सँपेरे पहले भी चित्तौड़ के किले में आते रहते थे। परन्तु यह नया सँपेरा पहली बार चित्तौड़ में देखा गया था। एक सर्प वह नचा रहा था जिसके दाँत टूटे हुए थे। वह विषहीन था। परन्तु एक दूसरा खतरनाक विषैला भुजंग, एकदम दुरुस्त हालत में, उसकी एक बाँस की पिटारी में कैद था। वह कसकर बन्द की हुई पिटारी उसके पास के दूसरे झोले में थी।

भीड़ लगी हुई थी। सँपेरा मस्ती में बीन बजाकर उस दन्तविहीन सर्प को सम्मोहित किये डोला रहा था। भीड़ में आकर बनवीर के पालित वे दो पहलवान कर्णसिंह और अर्जुनसिंह भी खड़े हो गये। वे भी सर्प नर्तन देखते लगे। बीन खामोश हुई। लोगों ने सँपेरे की बिछावन पर सिक्कों की बौछार कर दी और वहाँ से चल दिये।

कर्ण-अर्जुन ने सँपेरे से कहा—"इसे समेटो और हमारे पीछे आओ। कुम्भलगढ़ के जंगलों से आये हो न?"

"जी हुकुम!—" सँपेरा बोला।

"ठीक है आ जाओ। तुम्हारे साँपों का खेल अब पहलवान लोग देखेंगे।"

सँपेरा अपने दोनों थैले और बीन इत्यादि समेटकर उनके साथ हो लिया। उसके बाद वह सँपेरा चित्तौड़ के उस किले में कभी नहीं देखा गया...

अगले दिन। प्रातःकाल का समय था। सन्त मीराँबाई अपने कक्ष में अपने आराध्य की सेवा-शुश्रूषा में व्यस्त थीं। ललिता और सुकन्या सदा की भाँति उनकी सहायता में थीं। मीराँ जी के गिरधरगोपाल को आज नूतन परिधान और नूतन आभूषणों से सुसज्जित किया गया था। उनको मोरमुकुट भी एकदम नवीन धारण कराया गया था। मीराँ जी की सखियाँ ताज़े नैवेद्य, फल और पुष्प ले आयी थीं। यह सारी सामग्री चाँदी की छोटी-छोटी थालियों में गिरधरगोपाल जी के श्रीचरणों में प्रस्तुत की जा रही थी।

अगर और धूप से कक्ष का वातावरण सुवासित हो चला था। आरती की थाली भी सज चुकी थी। तभी राजमाता के महल से चम्पा और चमेली वहाँ आ गयीं। उनकी अँजुरी में ढेर-सारे विविधवर्णी पुष्प थे। दोनों जनीं मीराँ जी के निकट गयीं और बोलीं कि—"आज्ञा हो तो हम भी गिरधर जी को फूल चढ़ा दें हुकुम।"

"हाँ-हाँ...क्यों नहीं...यह भी कोई पूछनेवाली बात है?"--मीराँ जी ने विहँसकर कहा।

चम्पा और चमेली ने मीराँ जी के श्रीकृष्ण के चरणों में बारी-बारी से पुष्पार्पण किया।

मीराँ बोलीं—"बैठो तुम भी।"

एक ओर बैठी ललिता और सुकन्या के पीछे जाकर चम्पा और चमेली भी बैठ गयीं।

ललिता ने उनसे प्रेम से पूछा—"अच्छी हो तुम दोनों?"

"हाँ जीजा...आपकी बड़ी कृपा है।"—चम्पा ने कहा।

"कृपा तो गिरधर जी की कहो। हम सबके तो वही रखवाले और पालनहार हैं।"—ललिता सखी बोलीं।

चम्पा-चमेली किसी समय नवब्याहता मीराँ की गतिविधियों पर दृष्टि रखने के लिए रनिवास की ओर से लगायी गयी थीं। तब ललिता और सुकन्या उनसे बहुत चिढ़ती थीं। धीरे-धीरे वह दो-चार वर्ष बीतते न बीतते सरलहृदया भक्ति रसावतार मीराँबाई सा के रंग में वे दोनों भी रँग गयीं। जब से उनका हृदय-परिवर्तन हुआ ललिता और सुकन्या का उनसे सारा गिला-शिकवा जाता रहा। अब ललिता-सुकन्या उलटे चम्पा-चमेली से राणा और रनिवास के हालचाल लेने लगी थीं।

चमेली ने मीराँ जी से कहा—"घणीं खम्मा हुकुम।...हम एक बात कहें।"

मीराँ जी बोलीं—"तुम दो कहो।"

आज न जाने क्यों मीराँबाई विशेष प्रफुल्लित थीं। चमेली ने कहा—"यह जीजा ललिता तथा सुकन्या तो परम सौभाग्यशालिनी हैं जो हरदम आपकी सेवा में रहती हैं। इन्हें आपके श्रीमुख से अमृतरूपी भगवान् के भजन और उपदेश सुनने को मिलते रहते हैं। अभागिन तो हम हैं जो दिन-रात सांसारिक जंजालों में घिरी रहती हैं। न घर में सुख है न राजमहलों में चैन।"

"अच्छा तो यह हुई तुम्हारी पहली बात। अब दूजी कहो..."

चम्पा बोली—"इसे तो हुकुम! फिजूल बात करने की आदत है। सीधे-सीधे कभी मुद्दे पर नहीं आती।"

तब सुकन्या बीच में टपक पड़ी—"अरी तो तुम्हीं बता दो न कि असली मुद्दा क्या है?"

"हाँ-हाँ। कहो-कहो?"—मीराँबाई ने पूछा।

ललिता ने कहा—"हुकुम!...अब आरती का समय हो रहा है। कुछ भगवत्-जिज्ञासा थी हमारे मन में। समय लग जायेगा आपको। फिर कभी सही।..."

मीराँ जी ने कहा—"अरी तो गिरधर जी कहाँ भागे जा रहे हैं? उन्हीं का गुणगान करने को हम सब यहाँ बैठी हैं। ब्रह्मचर्चा में समय जितना भी लग जाये, कम होता है। पहले तुम्हारी जिज्ञासा फिर इनकी आरती। पूछो..."

चम्पा ने कहा—''कहा गया है कि परम ब्रह्म परमेश्वर निराकार हैं। जबकि हम नर-नारी ईश्वर के अनेक साकार रूपों में उनका पूजन करते हैं। राम, कृष्ण, दुर्गा आदि। पुष्कर में ब्रह्मा जी हैं तो चित्तौड़ में एकलिंगनाथ शिव जी। आपके पीहर में चारभुजानाथ विष्णु भुगवान् विराजमान हैं। फिर समझ नहीं आता कि उपासना किसकी की जाये? निराकार की अथवा साकार की।''

मीराँ जी ने कहा—''बहुत अच्छी जिज्ञासा की है तुमने। मैं तुम्हें बताती हूँ... देखो सच्चिदानन्द परम ब्रह्म तो निराकर ही हैं जो इस समस्त सृष्टि के सर्जक और स्वामी हैं। परन्तु अपने भक्तों के कल्याणार्थ वह समय-समय पर विविध रूप धारण करते हैं। ब्रह्म जीवों की आवश्यकतानुसार ही अवतार लेता है। रूपाकार ग्रहण करता है। उदाहरण के लिए जैसे भक्त प्रह्लाद की हिरणाकश्यपु से रक्षा हेतु नरसिंह रूप में नारायण ने अवतार ग्रहण किया था।...इसी प्रकार से इन्द्र, अग्नि, वायु, वरुण आदि अन्यान्य देवी-देवताओं का भी किसी कारण से प्रदुर्भाव हुआ।

ब्रह्मा-विष्णु-महेश परम ब्रह्म से उपजे हैं। इन तीनों की सम्मिलित शक्ति से देवी अम्बा का प्रदुर्भाव हुआ। उनमें अन्यान्य देवताओं की शक्ति भी सम्मिलित हैं। ऐसी शास्त्रों की मान्यता है।

''अब रही बात उपासना की। निराकार की उपासना कोई सरल कार्य नहीं। पूर्ण विरक्त व्यक्ति ही निर्गुण-निराकार ब्रह्म की उपासना का अधिकारी है। साधारण जन के लिए सगुण-साकार भगवान् श्रीकृष्ण की भक्ति ही सहज एवं श्रेयस्कर है।

''हम भैतिक रूप से स्वयं को देखें तो एक जीवधारी के रूप में हम दो भागों में विभक्त हैं। एक आत्मा और दूसरा जीव अर्थात् हमारा यह शरीर। शरीर में भी हम अपने मन और विभिन्न इन्द्रियों द्वारा संचालित हैं। ऐसे में श्रीकृष्ण की भक्ति किसको करनी है? हमारी आत्मा को? नहीं, वह तो उस अविनाशी परमात्मा का ही एक अंश है। जब तक हमारे शरीर में विद्यमान हैं यह शरीर चेतना से युक्त है। जिरा दिन आत्मा इसमें से प्रवास कर जाती है यह शरीर भी निर्जीव हो जाता है। चेतनाशून्य हो जाता है।

''तो फिर श्रीकृष्ण की भक्ति किसको करनी है? क्या आँख, कान, नाक, त्वचा, रसनारूपी पाँच हमारी ज्ञानेन्द्रियों को? अथवा हमारे मन को? इसका सीधा उत्तर है—मन को करनी है भक्ति, क्योंकि इन सांसारिक बन्धनों का कारण हमारा मन ही है और यदि यह चंचल मन साध लिया जाये तो मन ही हमारे लिये मोक्ष का साधन भी बन जाता है।

अतः हमारे मन को ही साधना-भक्ति करनी होती है। फिर इसी के द्वारा हमें परमेश्वर की दिव्य भक्ति प्राप्त होती है। वास्तव में भक्ति का सोपान है साधना। और साधना का सोपान है प्रेम। मन में श्रीकृष्ण की प्रीति जगाये बिना साधना असम्भव है। साधना पथ पर चल पड़ने पर भक्ति एक दिन स्वतः हमारा वरण करती

है। और भक्ति ही भगवान् तक पहुँचने का सबसे सीधा मार्ग है। बाकी ज्ञान, वैराग्य, योग आदि जितने भी साधन हैं वे भी ईश्वर-प्राप्ति के मार्ग हैं। परन्तु भक्ति की अपेक्षा वे सभी दुष्कर हैं।

"प्रिय सखियो! ध्यान रहे कि--हमें श्रीकृष्ण की साधना-भक्ति करनी है। इसी भक्ति के द्वारा हमें फलरूप में प्रेमा भक्ति मिलेगी। साधना-भक्ति द्वारा हमारा अन्तःकरण शुद्ध होगा। तब हमें दिव्य-प्रेम मिलेगा। भागवत का कथन है कि–

"भक्त्या संजातया भक्त्या विभ्रत्युत्पुलकां तनुम्।"

–अर्थात् साधक को सर्वप्रथम साधना-भक्ति करनी होगी। जब वह भक्ति अन्तःकरण शुद्ध कर देगी तभी फलस्वरूप दिव्य भक्ति की प्राप्ति होगी। याद रहे, अन्तःकरण के शुद्ध होने पर ही हम भगवत् प्राप्ति के लिए सुपात्र बनते हैं। अतः पहले साधना से मन को शुद्ध करो। मन शुद्ध हो जायेगा तो वह भक्ति मार्ग पर तुम्हें ले जाकर श्रीकृष्ण के निकट ले ही जायेगा। इसे यों भी कह सकती हो कि श्रीकृष्ण से प्रेम करो तो वे अपनी साधना और भक्ति दोनों को तुम्हारे लिये सहज कर देते हैं।..."

चम्पा ने कहा–"हुकुम!...साधना में तो भगवान् का पूजन, कीर्त्तन, आरती आदि ही हम करते हैं। परन्तु भगवान् वास्तव में कैसे प्राप्त हों? उनके मूर्ति पूजन से ही तो काम नहीं चलनेवाला। वास्तविक श्रीकृष्ण हमें कैसे प्राप्त हों?"

"बहुत चतुर है तू।..." मीराँ जी ने प्रेम भरा परिहास कर चम्पा से कहा–"सब-कुछ एक ही दिन में जान लेना चाहती है?"

ललिता ने कहा–"मीराँ!...आरती का समय हो रहा है...पहले।"

"ठीक है...पहले गिरधरगोपाल जी की आरती हो जाये तब हम इस भगवत् चर्चा को आगे बढ़ायेंगे।"

सब-की-सब स्त्रियाँ तब खड़ी हो गयीं। मीराँबाई ने श्रीकृष्ण आरती सम्पन्न की। सभी सखियों ने उनका साथ दिया। फिर मीराँ जी ने चरणोदक वितरित कर स्वयं भी उसे ग्रहण किया। प्रसाद का वितरण किया। अन्त में स्वयं भी प्राप्त किया। इसके बाद मीराँ अपने पर्यङ्क पर बैठ गयीं। वहीं से बैठे-बैठे मीराँ जी ने पुनः प्रवचन प्रारम्भ किया–

"श्रीकृष्ण प्रभु का रूपध्यान ही सच्ची साधना है। उन्हें पाने के लिए यम, नियम, कर्म, ज्ञान, योग आदि जितनी भी प्रकार की साधनाएँ हैं निष्प्राण शव के समान हैं, यदि वे रूपध्यानरहित हैं। वेदों से लेकर रामायण, महाभारत तक सभी ग्रन्थ एक ही बात कहते हैं कि भगवान् का ध्यान करना चाहिए। ध्यान करने से भगवान् मिलते हैं।

"अब ध्यान कैसे किया जाये? जिससे चम्पा के कथनानुसार वास्तविक श्रीकृष्ण की प्राप्ति हो सके। अर्थात् ईश्वर का हमें सान्निध्य प्राप्त हो सके।"

"साधना में ही ध्यान समाहित है। जिस तरह से पूजन, कीर्त्तन, आरती, प्रसाद यह सब साधना के विविध अंग हैं उसी तरह ध्यान भी साधना का अभिन्न अंग है। साधना का अर्थ है ईश्वर का चिन्तन। उसमें अपने मन को एकाग्र करना। यह ध्यान का अत्यन्त महत्त्वपूर्ण कार्य हमारा मन करता है, इन्द्रियाँ नहीं।

"तुमने यह भी ठीक कहा कि भगवान् के अनेक स्वरूप हैं। सगुण-साकार स्वरूप में हम, उनमें से किसी भी रूप को जो हमारा इष्ट हो लेकर, उसका रूपध्यान कर सकते हैं। सतत रूप से रूपध्यान करते-करते हम फिर निर्गुण-निराकार परम ब्रह्म की ओर बढ़ते हैं। यह धीरे-धीरे अभ्यास से आता है।

"कैसे हुकुम? कृपया हमें बताइये"—चमेली ने मीराँ जी से कहा।

मीराँबाई कहने लगीं—"भगवान् के तो अनन्त स्वरूप हैं। ध्यान में उनमें से किसी भी रूप को हम ले सकते हैं। योगी तो प्रकाशबिन्दु के रूप में उनका ध्यान करते हैं। गृहस्थ नर-नारी आदि अपने इष्ट की मूर्ति या उनके चित्र का नेत्र मूँदकर ध्यान करें तो उनकी स्थिर मूर्ति अथवा चित्र से आगे निकलकर उनके चिन्मय देहयुक्त लोकोपकारी स्वरूप, पतित पावन अहैतुकी कृपा करनेवाले करुणामय पावन स्वरूप का ध्यान करें। जिस मूर्ति की हम आराधना करते हैं उसका ध्यान करते समय हम उस भगवद् स्वरूप को सर्वव्यापक, सर्वद्रष्टा, अन्तर्यामी और अनन्त शक्तियों से विभूषित मानें। उदाहरण के लिए हमारे ये गिरधरगोपाल केवल एक देवमूर्ति नहीं हैं साक्षात् सर्वव्यापी ब्रह्म हैं। इनकी सर्वव्यापकता में यदि हमारा विश्वास न होगा तो फिर इनकी उपासना केवल एक पत्थर की उपासना मात्र रह जायेगी।

"इसलिए रूपध्यान करते समय यह सदैव ध्यान में रखनेवाली बात है कि—हम भगवान् की मूर्ति अथवा चित्र में वास्तविक भगवान् के अस्तित्व का निश्चय करते हुए भी यह न भूलें कि वे मूर्ति या चित्रादिवाले भगवान्, प्रतिक्षण हमारे साथ हैं।"

अभी यह आध्यात्मिक प्रवचन चल ही रहा था कि मीराँ जी के कक्ष में एक बाँस की पिटारी लिये राजमाता कर्मावती की खास दासी केसरबाई वहाँ बाहर के द्वार से प्रकट हुई।

चम्पा ने चिढ़कर कहा—"क्या है? क्यों चली आयी?"

केसर ने कहा—"आज राणा जी का जन्म-दिवस है। उन्होंने मीराँबाई हुकुम के लिए एक विशेष उपहार भेजा है।"

"नहीं चाहिए कोई उपहार-वुपहार हमें। ले जा इसे।"

"अरे!...ऐसे कैसे ले जाऊँ? राणा सा का हुकुम है।"

चमेली ने कहा—"क्या है इस पिटारी में?"

"गिरधर जी के लिए एक फूलों का हार। साथ में शालग्राम।"

"शालग्राम? कौन लाया? कहाँ से पधारे?"—मीराँ जी खिल उठीं। उनके हर्षमय उत्साह ने सबको चुप करा दिया।

"अब यह तो मुझे नहीं मालूम हुकुम!...बस कहा है कि भाभी सा को हमारा प्रणाम कहना और इन्हें स्वीकार करने को कह देना।"

—कहकर राणा विक्रमादित्य की वह मुँहलगी केसर दासी धृष्टतापूर्वक वह बाँस की झाबी मीराँ जी के सामने फ़र्श पर रखने लगी।

"अरी न न...इन्हें यहाँ न रख। सुकन्या तू ले ले। इसे गिरधर जी के श्रीचरणों में रख दे। पूजन की विषयवस्तु को जमीन पर थोड़े ही धरते हैं।"—मीराँ जी ने कहा।

जैसे ही सावधानीपूर्वक पकड़ी वह बाँस की पिटारी केसर दासी ने सुकन्या को थमायी फिर एक क्षण भी वहाँ न रुकी। तेज डग भरती मीराँ जी के कक्ष से बाहर हो गयी।

"ओह माई री। कित्ती भारी है।" सुकन्या ने जैसे ही पिटारी को पकड़ा उसी क्षण उसके मुँह से निकला—"अवश्य ही इसमें कुछ गड़बड़ है। फूलों का हार और शालग्राम? इत्ते भारी तो नहीं हो सकते? जीजा!...कहे देती हूँ। आप खोलियेगा मत इसे।"—कहकर उसने पिटारी को गिरधरगोपाल की चौकी पर ही रख दिया।

मीराँ जी भला कहाँ माननेवाली थीं। बोलीं—"पहली बार तो श्री जी ने अपनी भाभी मीराँ को कुछ उपहार भेजा है। वह भी अपने जन्म-दिन पर। लाओ भई देखती हूँ क्या है इसमें?"—

—कहकर वह उठीं और पिटारी खोलने चलीं। वह गिरधर जी की चौकी के समक्ष भूमि पर बिछे अपने आसन पर जा बैठीं। तब लगभग सभी स्त्रियों के मुख से एक साथ एक चीत्कार-सी निकली—"नहीं!...मत खोलें उसे।"

किन्तु मीराँ जी तब तक बाँस पिटारी खोल ही चुकी थीं।

खोलते ही एक काला भुजंग उसमें से एक बालिश्त का भयानक फन काढ़े उठ खड़ा हुआ।

सारी स्त्रियों की पुनः चीख निकल गयी। सब-की-सब दो-तीन कदम पीछे हट गयीं। परन्तु मीराँबाई अपनी जगह पर निर्भीक मुद्रा में अडिग बैठी रहीं।

विषधर सर्प को देखकर मुस्कुरायीं और दोनों हाथ जोड़कर बोलीं— "ओ हो! ...मेरे नटखट कान्हा जी! आज आप इस रूप में पधारे हो?"

सर्प मीराँ जी के नेत्रों में जीभ लपलपाता सीधे-सीधे देखता रहा। फिर वह उनके कन्धे पर चढ़कर उनकी गर्दन में कुण्डल मारकर हार-जैसा बनकर कुछ क्षण को लिपटा। तत्पश्चात् बिना मीराँबाई का कोई अहित किये जाकर गिरधरगोपाल के श्रीचरणों की एक परिक्रमा कर रेंगता हुआ मीराँ जी के उस कक्ष से बाहर चला गया, उसी प्रवेशद्वार से जिससे उस दुष्ट केसर दासी का आगमन हुआ था।

मीराँ तब बड़े जोर से हँसीं। बोलीं—"कितने निष्ठुर हैं मेरे कान्हा जी। ज़रा देर भी न ठहरे अपनी इस चरण दासी के पास।"

चम्पा-चमेली-ललिता-सुकन्या उस अकल्पनीय दृश्य को अपनी आँखों से देखती रहीं। जैसे वे कोई दिवास्वप्न देख रही हों।

पिटारी में भेजा साँप तो कब का जा चुका था। प्रश्न यह है कि क्या उसमें रखा फूलों का हार मीराँ जी की इच्छा को जानकर एक शालग्राम में परिवर्तित हो गया? अथवा क्रूर राणा ने वास्तव में एक शालग्राम जी भी उस साँप की पिटारी में रखकर भेजवाये थे? इस रहस्य को आज तक कोई नहीं जान सका।

परन्तु मीराँबाई की वे सभी सखियाँ एक रहस्य अवश्य आज जान गयीं कि मीराँ अब कोई साधारण पुजारिन नहीं थीं। बल्कि अनन्त विभूषित श्रीकृष्ण उन्हें अपनी कुछ अलौकिक शक्तियों से भी सम्पन्न कर चुके थे। मीराँ जी की आध्यात्मिक साधना के आगे एक सर्प के शालग्राम से परिवर्तित हो जाने की किंवदन्ती भी लोक में शीघ्र ही प्रचलित हो गयी।

उस दिन सन्ध्या आरती के समय मीराँ-महल में मीराँबाई ने मस्त होकर हरिभजन किया। अपने देवर राणा मेवाड़ को शाप तो नहीं दिया, परन्तु उसकी करतूतों का उन्होंने खुलकर बखान किया। आखिर सहन करने की भी एक सीमा होती है—

मीराँ मगन भई हरि के गुण गाय।
साँप पिटारा राणा भेज्यो, मीराँ हाथ दियो जाय।
न्हाय धोय जब देखण लागी, सालिगराम गयी पाय।
जहर का प्याला राणा भेज्या, अमृत दीन्ह बनाय।
हाथ धोय जब पीवण लागी, हो गयी अमर अँचाय।
सूल सेज राणा ने भेजी, दीज्यो मीराँ सुलाय।
साँझ गयी मीराँ सोवण लागी, मानो फूल बिछाय।
मीराँ के प्रभु सदा सहाई, राखे बिघन हटाय।
भजन भाव में मस्त डोलती, गिरधर पर बलि जाय।

राणा का अब तक हर दाँव खाली गया था। अपनी सीमा में स्वयं को सुरक्षित रख, मीराँबाई को मानसिक और शारीरिक रूप से उत्पीड़ित करने के जितने भी गर्हित तौर-तरीके हो सकते थे, राणा विक्रमादित्य ने सभी मीराँ पर आज़माये।

पहले तो उन्हें पटरानी बनाने का नीच प्रस्ताव भेजवाया। देवर और भाभी के रिश्तों को भी कलंकित करने की कुत्सित इच्छा जतायी। मीराँ को उससे जो धक्का लगा उसे भी वह सह गयीं। परन्तु जब राणा की करतूतें मीराँ जी के लिए प्राणघातक स्तर पर पहुँच गयीं तो उन्होंने अपने मन की पीर अपने एक पद में इस प्रकार साफ़-साफ़ ज़ाहिर कर दी—

जहर दियो म्हे जाणी, राणा जी म्हाँनै।
हरष सोग मेरे मन नहीं, नहीं लाभ नहीं हानी।
कंचन लेर अग्नि में राख्यो, निकस्यो बाराबानी।...

यद्यपि हर्ष और विषाद से परे हो चली थीं मीराँ। क्योंकि वह एक घर-गृहस्थी में रहकर भी शुद्ध सन्त बन चुकी थीं। संघर्षों की भट्ठी में तपकर दिन-प्रतिदिन निखर रही थीं। उनके ऊपर चारित्रिक लांछन लगाने का उपाय किया गया। शूल सेज बिछायी गयी। जहर देकर मारने के जघन्य उपाय किये गये। चाहे विष का प्याला हो चाहे विषधर सर्प की पिटारी। श्रीकृष्ण प्रभु की कृपा से और स्वयं के तप से मीराँ हर बार बच निकलीं। तभी वह कह रही थीं कि कंचन को अग्नि में रखने पर वह और भी निखरकर निकलता है। मीराँ की यशकीर्त्ति का भी वही हाल हो रहा था। परन्तु अब प्रताड़नाओं से ऊबकर मीराँ जी ने राजमहलों में कहीं भी आना-जाना छोड़ दिया था।

मीराँ बिना किसी वाद्य के आज अँधेरी रात में गा रही थीं। ड्योढ़ी के सैनिक ऊँघ रहे थे। बगिया के आगे उनका ठिकाना था। कुछेक सुरक्षासैनिक जाग भी रहे थे, जिनकी चौकन्नी दृष्टि को भेदकर कोई व्यक्ति मीराँ-महल की ओर पैर नहीं रख सकता था। परन्तु भीतर से, कुम्भा-महल और रनिवासों की ओर से मीराँ-महल तक सरलता से आया जा सकता था। क्योंकि वह राजमहलों का अन्दरूनी भाग था।

ऐसे में झींगुरों की आवाज़ों के मध्य मध्यम होती चाँदनी रात के प्रकाश में एक साया सिर पर चादर ओढ़े रनिवासों की ओर से निकला। बहुत सधे कदम से धीरे-धीरे वह साया मीराँ जी के महल की ओर बढ़ा।

आकाश में शरद् पूर्णिमा के दो दिवस पश्चात् का मुर्झाया हुआ चाँद ऐसा दिख रहा था मानो कोई पिता अपनी एकमात्र पुत्री को ससुराल की अनजान डगर पर विदा कर आँसू बहा रहा हो, जैसे कोई कृषक कर्ज के बोझ से दबकर रह-रहकर कराह रहा हो, जैसे कोई श्रमिक भूखा-नंगा किसी धनिक की ऊँची अट्टालिका पर बोझ लेकर चढ़ता हुआ बुरी तरह हाँफ रहा हो, जैसे कोई दरिद्र घर की फूटी हुई थाली और लोटा किसी चोर द्वारा चुरा लिये जाने पर उदास हो, जैसे किसी बारहसिंगे के सींग जंगल के घने झाड़ में फँस गये हों और इस निरीह प्राणी को वहाँ किसी भी पल सिंह के आने का भय सता रहा हो।

दूर से आता हुआ काली चादर ओढ़े वह साया पास आता गया। उसने एक बार उस थके-हारे चाँद की ओर मुँह उठाकर क्या देखा कि इधर झींगुरों के स्वर और तीव्र हो गये।

साया मीराँ-महल की ओर काफ़ी निकट आ पहुँचा। एक महीन मधुर स्वर उस उदास रात को चीरता हुआ उभरता जा रहा था। आगन्तुक जैसे-जैसे निकट आता गया उसका आकार-प्रकार किसी लम्बी-सी स्त्री के स्वरूप में स्पष्ट होता गया। ललिता मीराँ जी के कक्ष के बाहर इस समय चाक-चौबन्द हो ऐसी बैठी थी जैसी कभी सौमित्र लक्ष्मण 'पंचवटी' में अपने भइया श्रीराम और भाभी माँ सीता की शयनकुटी की रात्रिकाल में रखवाली किया करते होंगे। भीतर मीराँ गा रही थीं—

अब तो प्रभु तुमही पत राखो, छाड़ों दूध र पाँणी।...

"कौन?"—ललिता खड़ी हो गयी। उसने पूछा।

"मैं धनाबाई।"

"ओह! राजमाता आप?"

"अरी काहे की राजमाता?..."

मीराँ का स्वर उत्तेजना से मिश्रित कानों में सुनायी दिया तो धनाबाई राठौड़ी के पाँव वहीं ठिठक गये।—

राणो बचन उचारिया जी, सुण्ज्यो म्हारी बाँणी।
साधाँ रो संग परो निवारो, थाँने कराँ पटराँणी।
कोट भूप वारों साधाँ पर, सन्ताँ हाथ बिकाँणी।
हथलेवो म्हे थाँसू जोड़यो, गिरधर री पटराँणी।...

हैं? क्या यह विक्रम इतना नीचे गिर गया? कल का छोकरा अपनी देवी समान बड़ी भाभी के सतीत्व पर भी गन्दी दृष्टि है इसकी? छिः... यह क्या कह रही है मीराँ?... असत्य तो कभी यह कह ही नहीं सकती भले ही अप्रिय व्यवहार को चुपचाप पी जाये। अभी दो दिन पहले ही तो विषधर सर्प की भयंकर कुचाल को काटकर निकली है मेरी बच्ची... हे एकलिंगनाथ! हे दीनानाथ! हे माँ अम्बे! मीराँ की रक्षा कीजिये...

धनाबाई राठौड़ी, स्वर्गीय राणा रत्न सिंह की माँ जो कुम्भा-महल के रनिवासों से निकलकर इतनी दूरी तय करके रात्रिकाल में बिना किसी सहारे के एक बिल्ली की तरह दबे पाँव मीराँबाई की खोज-खबर लेने मीराँ-महल तक चली आयी थीं उन्हें ललिता ने अब अपने दोनों करों का सहारा दिया।

आखिर वृद्ध महिला हैं। कहीं मीराँ जी के कक्ष की चौखट पर ठोकर न खा जायें। दोनों जनीं धीरे-धीरे मीराँ जी के कक्ष में दाखिल हुईं। मीराँ गिरधरगोपाल की मूर्ति को दोनों हाथों से घेरे हुए सजल नेत्रों सहित गा रही थीं—

पीहर म्हारो मेड़तो जी, छाँड़ी कुल की काँणी।
मीराँ के प्रभु गिरधर नागर, चरण कँवल लिपटाणी।

"मीराँ!...बीनड़ी..."

धनाबाई ने आते ही आवाज़ दी। उन पर दृष्टि पड़ते ही मीराँ गिरधर जी को छोड़कर ऐसे दौड़ पड़ीं जैसे कोई स्त्री पति के घर में अपनी बरसों से बिछड़ी माँ के अचानक आ जाने पर सब-कुछ छोड़कर उसकी ओर भागती है।

"माँ सा!...कहाँ थीं आप?"—कहकर मीराँ धनाबाई से लिपट गयीं।

राणा की नज़रबन्दी में महीनों से कैद राजमाता धनाबाई आज न जाने कैसे रनिवास के दास-दासियों को चकमा देकर अपनी पुत्री-सम बीनड़ी मीराँबाई को देखने उसकी सुध-बुध लेने आ निकली थीं।

"पुत्री!...पहले तू बता। तू ठीक तो है न?..."

"माँ सा! आप स्वयं इतने कष्ट सहकर भी मेरा कष्ट जानने निकली हैं?...देख लीजिये अच्छी तो हूँ। राणा जी की बड़ी कृपा और दया है आपकी इस बालिका पर।"...

"मेरी बच्ची!..." कहकर धनाबाई ने मीराँ को एक बार पुनः अपने सीने से लगा लिया—"क्या विक्रम ने तुझे साधु-संगत त्यागकर स्वयं को वरने को कहा?"

"हाँ माँ सा!...अब आपसे क्या कहूँ?"—यह कहकर मीराँबाई धनाबाई के सम्मुख किसी बालिका की भाँति बिलख-बिलखकर रोने लगीं।

धनाबाई ने अपने आँचल से बार-बार मीराँ जी के चन्द्रमुख को पोंछा और कहा—

"सिसोदियों के कुल का कलंक है यह लड़का। विश्वास नहीं होता कि यह भोजराज और रत्न सिंह का छोटा भाई है।...करमैती ने जाने कैसे संस्कार दिये हैं इस हृदयविहीन को? तू चुप हो जा पुत्री! तू तो स्वयं इतनी समझदार है। ज्ञानवान् है। फिर क्यों इस तरह रोती है?"...

"माँ के सम्मुख पुत्री का ज्ञान कैसा और मान कैसा? एक माँ की ही तो गोद ऐसी होती है जहाँ उसकी सन्तान की सारी ज्ञान-गठरी धरी की धरी रह जाती है। बड़ी देर लगा दी इस बार आपने माता!..."

इसके बाद धनाबाई और मीराँबाई के मध्य जी खोलकर रातभर बातें हुईं। धनाबाई बीच-बीच में खाँसने लगतीं। यह देखकर ललिता उठी और जाकर उनके लिए काढ़ा बना लायी। थोड़ा-थोड़ा काढ़ा मीराँ और ललिता ने भी धनाबाई के साथ पिया। धनाबाई का पीहर जोधपुर में था और मीराँबाई का मेड़ता में। दोनों ही स्त्रियाँ राठौड़ी थीं। एक ही राठौड़ वंश की शाखाओं में खिले दो पुष्प। इसलिए भी दोनों के बीच अतिशय आत्मीयता थी। स्वभाव भी दोनों का ही निर्मल था। आचरण भी पवित्र। दोनों ही करुणामयी थीं और दोनों ही ममतामयी। एक सन्तान पाकर उसे खो चुकी थी। दूसरी को कोई सन्तान ही नहीं हुई, परन्तु सारे संसार के लिए जो मातृवत् थीं। धनाबाई और मीराँ आज दोनों महीनों बाद दुर्लभ संग-साथ पाकर एक-दूसरे को जैसे छोड़ने को तैयार ही नहीं थीं।

मीराँ की सगी सास सोलंकिनी जी तो ससुर सांगा के स्वर्ग सिधारने के कुछ ही दिन बाद ही चल बसी थीं। महारानी कर्मावती को अपने नालायक पुत्र राणा विक्रम के साथ कुचक्र रचने से ही फ़ुर्सत न थी। अन्य सांगा-पत्नियों को मीराँ जी से शुरू से कुछ लेना-देना नहीं था। उनमें से बहुत-सी स्त्रियाँ उन्हें उपेक्षाभाव से अथवा घृणा से ही देखती थीं। सभी की अपनी-अपनी पारिवारिक पृष्ठभूमियाँ, सोच के स्तर और संस्कार थे।

ले-देकर मीराँ का लगाव यदि किसी सास से था तो वह राजमाता धनाबाई से ही सर्वाधिक था। दोनों चित्तौड़ में एक-दूजे की सुध-बुध हफ्ता-दस दिन में लेती ही रहती थीं। परन्तु जब से चित्तौड़ में हाड़ी रानी कर्मावती पुनः पधारीं और राणा विक्रमादित्य के राजतिलक के बाद वह राजमाता बनीं, तब से धनाबाई की न सिर्फ राजमाता की पदवी छिनी, बल्कि राजमहल में उनका मान-सम्मान भी जैसे छिन गया। मीराँबाई के प्रति उनकी शुरू से चली आ रही सहानुभूति को ध्यान में रखकर अन्त में मीराँ पर बढ़ते उत्पीड़न के साथ ही राजमहल में उन्हें एक बन्दिनी का-सा दर्जा दे दिया गया।

मीराँ तो शीघ्र ससुराल की मर्यादा को तोड़कर पीहर में अपना सन्देशा भले ही न भेजवाये मगर इस बुढ़िया धनाबाई का क्या ठिकाना? यह तो इधर की बात उधर कर ही सकती है।...ऐसा मानना था राणा विक्रमादित्य का। उससे भी अधिक आशंकित थी राजमाता कर्मावती। फलतः चित्तौड़गढ़ के राजमहलों में धनाबाई और मीराँबाई को उत्तरी ध्रुव और दक्षिणी ध्रुव की भाँति अलग-अलग करके रखा गया था।

"पुत्री मीराँ!...आज तुझे इतने समय बाद देखकर इस बूढ़ी माँ की छाती जुड़ा गयी। तेरे कान्हा जी तो सदैव तेरे साथ हैं। सदैव तेरी रक्षा करेंगे।..."

"जी माँ सा!...आपका आशीर्वाद भी तो सदा मेरे शीश पर है। आप भी अपना ध्यान रखियेगा। मीराँ को अभी आप सरीखी माता की और अधिक आवश्यकता है।..."

"क्यों नहीं?...किन्तु अब भोर होने में देर नहीं। अब मुझे जाना होगा। इन सिसोदियों के राज में तो हमारा जीना हराम है।...पता नहीं तेरे भजनों का अमृत फिर कब इन कानों में पड़े? चलते-चलते अपनी इस माई को एक और भजन तो सुना ही दे मेरी बच्ची!..."

और मीराँ अपना इकतारा और खड़ताल हाथों में लेकर बिना किसी भूमिका के गा उठीं—

सिसोद्यो रूठ्यो तो म्हाँरो काँई करलेसी।
म्हेन्तो गुण गोविन्द का गास्याँ हो माई।
राणोजी रूठ्याँ बारो देस रखासीं।
हरि रूठ्याँ कुम्हलास्याँ हो माई।

सिसोदिया वंश के राणा यदि मुझसे रूठ गये हैं तो मेरा क्या कर लेंगे?...हे माई! मुझे तो गोविन्द का गुण गाना है।...राणा जी रूठकर अपना देश बचा लेंगे। दूसरे शब्दों में, देश में व्याप्त कुप्रथाओं एवं रूढ़ियों की रक्षा कर लेंगे।...हे माई! किन्तु यदि हरि रूठ जायेंगे तो मैं कुम्हला जाऊँगी। अर्थात् मेरी भक्ति व्यर्थ चली जायेगी।...

लोकलाज कीं काण न मानूँ।
निरभै निसाणाँ धुरास्याँ हो माई।
स्याम नाम रो झाझ चलास्याँ।
भवसागर तर जास्याँ हो माई।

मैं लोक-लज्जा की मर्यादा को नहीं मानती।...हे माई! मैं निर्भय होकर अपनी समझ का नगाड़ा बजाऊँगी।...श्याम नामरूपी जहाज चलाऊँगी...हे माई! इस तरह मैं इस भवसागर को पार कर जाऊँगी।...

मीराँ सरण सँवल गिरधर की।
चरण कँवल लपटास्याँ हो माई।

मीराँ अपने साँवले गिरधर जी की शरण में है तथा हे माई! मीराँ उनके चरण-कमलों से लिपटी हुई है।...

इस प्रकार मीराँ का यह सात्त्विक विद्रोह ही तो था। अपनी मान्यताओं के प्रति उनकी दृढ़ता का प्रतीक। तत्कालीन झूठी लोक-मर्यादाओं की बेड़ियों का नकार जो शताब्दियों से स्त्री के पैरों में स्वार्थी पुरुष ने विभिन्न नियम संहिताएँ रचकर अपने हितलाभ के लिए पहना रखी थीं। मीराँ चुनौती दे रही थीं उस सामन्ती युग में स्त्रियों के सम्मुख खड़ी कुप्रथाओं, कुपरम्पराओं को। वह अपूर्व धैर्य के साथ सामना कर रही थीं लौह कपाटों के पीछे स्त्री को ढकेलने और उसे पत्थर की दीवारों की बन्दिनी बनाकर रखने, पति के अवसान के बाद जीते-जी जलाकर सती कर देने, न मानने पर स्त्री का मानसिक और दैहिक शोषण करने की पाशविक प्रवृत्तियों का। मीराँ का सत्याग्रह अपने युग का अनूठा एकाकी आन्दोलन था जिसकी वही अवधारक थीं, वही जनक थीं और वही संचालक। मीराँ ने स्त्रियों के संघर्ष के लिए जो सिद्धान्त निर्मित किये उन पर सबसे पहले वे ही चलीं।

मीराँबाई किसी सन्त अथवा फ़कीर की अनुयायी नहीं थीं। न ही किसी धर्मगुरु की शिष्या थीं। जगद्गुरु श्रीकृष्ण ही उनके सखा भी थे, प्रियतम भी और गुरु भी। श्रीकृष्ण ने सद्गुरु के रूप में अपनी प्रेमाभक्ति के बदले मीराँ को मुक्ति को जो पथ दिखलाया मीराँ ने उसका उत्तरोत्तर निर्माण भी किया और "एकला चलो रे..." सिद्धान्त के पोषक पथिक की भाँति स्वयं उस पर बिना लड़खड़ाये स्वप्रेरणा से निरन्तर चलीं भी।

मीराँ अपने प्रियतम परम पुरुष श्रीकृष्ण के रूपध्यान की सतत अभ्यासी थीं। जब वह एकान्त में होतीं तो श्रीकृष्ण प्रभु से महासम्मिलन का ध्यान कर समस्त चराचर जगत् को भूल जातीं। ऐसे में मीराँ की ललिता और सुकन्या सरीखी अनन्य

सखियाँ भी मीराँबाई के निकट ठहरने के बजाय उन्हें उनके हाल पर छोड़ दिया करती थीं।

पहले वे मीराँ के उन परम एकान्तिक क्षणों में उनके आस-पास मौजूद रहती थीं। कहीं मीराँ जी गिर-गिरा न पड़ें। परन्तु धीरे-धीरे जैसे-जैसे मीराँबाई का अभ्यास और पक्का हुआ तो उन्हें किसी के सहारे अथवा सहायता की आवश्यकता नहीं रही।

एक बार बेखयाली में उन्हें श्रीकृष्ण से वार्त्तालाप करते सुनकर सुकन्या ने मीराँबाई की किसी बात पर उन्हें टोक दिया था। हुआ यह था कि वह पुकार अपने मधुसूदन को रही थीं परन्तु सुकन्या ने समझा कि वह सुनो...सुनो...सुनो कहकर उसे आवाज़ दे रही हैं। सुकन्या ने कह दिया था—"हाँ-हाँ जीजा! बोलिये...मैं यहीं हूँ। क्या बात है?"

और मीराँ अचानक पलँग से धड़ाम से फ़र्श पर ऐसी गिरीं जैसे किसी मनुष्य को पहाड़ की चोटी से किसी ने नीचे गहरी खाई में धक्का दे दिया हो।

तन्द्रा भंग होने पर उस दिन मीराँ जी खूब रोयीं। ख़ूब ही रोयीं। कहने लगीं—"मेरे प्राणवल्लभ मेरे साथ पीताम्बर पहने अभी-अभी नृत्य कर रहे थे। मुझे अपनी दोनों भुजाओं में थामकर। ऐसे में तूने नाहक हमें छेड़ दिया। मेरे प्रियतम मेरे ब्रजचन्द माधव मधुसूदन मुझसे रूठकर एकाएक अन्तर्धान हो गये। मुझ अभागी को यूँ ही अधर में छोड़-छाड़कर चले गये। अरी सखि!...आगे से कभी मेरे साथ ये निर्दयता मत करना।"

तब से मीराँ जी की समाधि लगने पर सभी के लिए यह कठोर आदेश था कि कोई भी किसी भी दशा में उनका ध्यान भंग नहीं करेगा। मीराँ जी के समाधि में चले जाने पर अथवा उनके श्रीकृष्ण से मानसिक वार्त्तालाप के समय अब कोई उन्हें छेड़ता नहीं था। उनकी सखियाँ जानती थीं कि यह योग की चरम सिद्धि के क्षण होते हैं जिनमें मीराँ जी के कक्ष में अन्तरिक्ष के शून्य जैसा वातावरण सृजित हो उठता है। तब किसी साधारण प्राणी का प्रवेश उसमें वर्जित ही नहीं, मीराँ जी के शब्दों में कहें तो, असम्भव है। यह वह समय होता है जबकि भौतिक लोक से भावलोक, भावलोक से ब्रह्मलोक और उसके भी आगे परम पुरुष श्रीकृष्ण के गोलोक तक की यात्रा मीराँबाई किया करती हैं। ऐसे में उनकी सखियाँ और दासियाँ उनके कक्ष का द्वार ओढ़कांकर दूर चली जाती हैं। एकदम निःशब्द। एकदम दम साधे।...

जिन सांसारिक भोग-विलासी मनुष्यों के लिए आहार, निद्रा, मैथुन और नाना प्रकार के कुकर्म ही जीवन का सर्वस्व हैं उन्हें अध्यात्म जगत् के सात्त्विक आनन्द और उसमें अन्तर्भूत रहस्यादि से क्या लेना-देना? राणा विक्रमादित्य को 19 वर्ष की कच्ची युवावस्था में मेवाड़ तथा राजसत्ता की अपार शक्ति का महास्वाद मिल चुका था। वह परम स्वतन्त्र था। उसके सिर पर कोई भी ऐसा बुजुर्ग नहीं था जिसका अंकुश उसे मानना पड़ता। एक माता कर्मावती अवश्य थीं जो उसे गालियाँ भी देती

थीं और पुत्रमोह में अन्धी होकर उस पर अपनी जान भी छिड़कती थीं। इसलिए राणा विक्रमादित्य अल्पकाल में ही निरंकुश बन बैठा था।

परन्तु यदि वह पराजित हुआ था तो केवल मीराँबाई से। एक ऐसी नारी से जो बस कहने को अबला थी पर जो अक्षय आत्मबल से सम्पन्न थी। इतना ही नहीं, जिसके पीछे मेड़ता के जुझारू राठौड़ों की वह दुर्दमनीय शक्ति थी, जिसके बिना मेवाड़ का काम नहीं चलनेवाला था। ये राठौड़ यदि सैन्य शक्ति और साहस की दृष्टि से उतने समर्थ न होते तो राणा विक्रम भला मीराँ का इतना लिहाज़ क्यों करता? तब तो प्रत्यक्ष रूप से वह मीराँ को अपनी तलवार से कभी भी काटने का उपक्रम कर सकता था।

राणा मेवाड़ होकर भी विक्रमादित्य मीराँबाई के समक्ष इतना बेबस क्यों था? उनकी एक आध्यात्मिक विभूति के रूप में लोक में गहराई तक समा चुकी लोकप्रियता के कारण। वस्तुतः मेवाड़ के भक्तगण और आस्थावान् स्त्री-पुरुष ही नहीं, दूर-दूर से मीराँबाई के दर्शनों हेतु चित्तौड़ पधारनेवाले साधु-सन्तों-सिद्ध महापुरुषों और श्रद्धालुओं की उपस्थिति राणा को हमेशा यह अहसास दिलाती थी कि यदि प्रत्यक्ष रूप से मीराँ जी का बाल भी बाँका हुआ तो मेवाड़ की बदनामी पूरे भारतवर्ष में दूर-दूर तक चली जायेगी। इसलिए मीराँबाई-जैसी अति-प्रसिद्ध स्त्री का जो भी कुछ हश्र करना है, अप्रत्यक्ष रूप से राजसिंहासन को निर्विवाद रखकर ही करना होगा।

परन्तु मीराँ के विरुद्ध क्रमशः अब तक किये गये समस्त षड्यन्त्र विफल ही नहीं हुए, अकाल मृत्यु को प्राप्त हुए। इंससे राणा विक्रमादित्य की खीझ बढ़ती ही गयी। नैराश्य का दर्द उसके सीने में बढ़ता ही गया। उसे अपना स्वयं का अस्तित्व दिनोंदिन एक नपुंसक व्यक्तित्व के रूप में परिवर्तित होता दिखने लगा। इस समय राणा विक्रमादित्य की कुण्ठाओं का कोई ओर-छोर नहीं था।

ऊपर से कोढ़ में खाज सरीखा बनवीर। उसका ज्ञात मित्र और अज्ञात परम शत्रु। आस्तीन का साँप। सांगा के बड़े भाई पृथ्वीराज की नाजायज औलाद। मेवाड़ राजसिंहासन का एक छिपा हुआ दावेदार जो इस समय किसी दीमक की भाँति मतिभ्रष्ट विक्रम की बुद्धि को अन्दर-ही-अन्दर खोखला बनाने में जुटा हुआ था। बनवीर दोहरी चाल चलने में माहिर खिलाड़ी था। एक ऐसा चौकीदार जो चोर से कहता है चोरी करो और गृहस्थ से कहता है कि जागते रहो।

राणा के उत्पीड़न से दुःखी मीराँबाई की कृष्ण-कहानी को बनवीर गोपनीय ढंग से राणा के असन्तुष्ट सामन्तों तक पहुँचाता रहता था। जहाँ तक मीराँ के पीहरवाले मेड़तिये राजपूतों का प्रश्न था, बनवीर उन्हें कोई बात छन-छनाकर न पहुँचे इस ओर से भी राणा विक्रम को सावधान करता था, अपनी इस बहुमूल्य सलाह के साथ कि इसी में ही चित्तौड़ और मेवाड़ राज्य की भलाई है। गुजरात का युवा सुल्तान

बहादुरशाह चित्तौड़ पर आँखें गड़ाये बैठा था। मुग़ल बादशाह हुमायूँ से भी असावधान नहीं रहा जा सकता था। वह भी युवा था, परन्तु अपने पिता बाबर की भाँति इतना शक्तिशाली और रणकुशल योद्धा न था। फिर भी मीराँ के बड़े काका मेड़ता के राव बीरमदेव और उनका बहादुर पुत्र जयमल मेवाड़ के लिए सामरिक सहायता की दृष्टि से अनिवार्य पक्ष थे।

जब एक के बाद एक मीराँ को विष देने और विषधर सर्प से कटवाने के प्रयत्न जैसी दो ताबड़तोड़ घटनाएँ घटित हो गयीं तो चालाक और दोगले बनवीर ने राणा के विरुद्ध सलुम्बर के रावत बाबा जी तथा उनके हमख़्याल अन्य राजपूत सरदारों को इनकी सूचना दी। उनसे शीघ्र ही हस्तक्षेप करने को भी कहा।

फलतः एक दिन सलुम्बर के रावत अनेक सरदारों सहित राणा विक्रमादित्य के सम्मुख आ धमके। उन्होंने राणा को बहुत बुरा-भला कहा। राणा विक्रम अपनी सफाई देता रहा। परन्तु वे लोग उसके अभिकथनों से सन्तुष्ट नहीं हुए। सलुम्बर रावत और दूसरे सरदार अन्ततः राणा को यह धमकी देकर चित्तौड़ से अपनी-अपनी जागीरों में चले गये कि अगर मेड़तणीं मीराँ को कुछ भी हुआ तो राणा विक्रम को उसके बहुत बुरे परिणाम भुगतने होंगे।

अब तो राणा मीराँबाई से और भी चिढ़ गया। वह उन दिनों और भारी मद्यपान और दूसरे नशे करने लगा। भ्रष्ट मनःस्थिति के चलते हरदम इस फिराक में रहने लगा कि मीराँ जी के विरुद्ध उसे कोई भी ठोस सुराग अथवा बहाना मिले और वह उनकी खबर ले। पारिवारिक मर्यादा और राजपूती आन-बान-शान के नाम पर यदि मीराँबाई का वध भी कर दिया जाये तो राजपूत कौम में उसको किसी-न-किसी तरह उचित ठहराया जा सकता है। बस किसी तरह मीराँ उसका अवसर भर दें दें और बिल्ली के भागों छींका फूट जाये।

गुप्तचरों की संख्या बढ़ा दी गयी। मीराँ-महल पर दिन-रात कड़ी दृष्टि रखी जाने लगी। पुरानी दासियों गुलाब और केसर को वहाँ की निगरानी से हटा दिया गया। नयी दासियों गोमती, नर्मदा और सविता को मीराँ-महल के रात्रिकालीन पहरे पर लगा दिया गया। क्योंकि राणा को यह शिकायत मिल चुकी थी पूर्व राजमाता धनाबाई राठौड़ी अपनी चहेती मीराँबाई राठौड़ी से एक रात चोरी-छिपे मिल आयी थीं।

गोमती, नर्मदा और सविता में से दो दासियाँ बारी-बारी रात्रि में जगी रहतीं और तीसरी विश्राम करती। मीराँ के कक्ष में कौन आता है? कौन जाता है? उसकी पूरी खबर राणा को देना इन्हीं तीनों की जिम्मेदारी थी।

एक दिन रात्रि के तीसरे पहर का समय था। तीनों दासियों की आँख लग गयी। फिर उनमें से अचानक सविता की आँख खुल गयी। मीराँ-महल के पास के एक भवन के बराण्डे में सोयी पड़ी अन्य दो दासियों में से उसने नर्मदा को जगाया। नर्मदा कुनमुनायी और फिर करवट बदलकर सो गयी। अतः सविता गश्त पर अकेले ही

चल दी। रात्रि में शीत कुछ बढ़ गयी थी। एक चादर उसने कसकर अपने शरीर पर लपेट ली।

औरों के लिए होगा यह रात का तीसरा पहर। जिस पहर में सांसारिक लोग घोड़े बेचकर मीठी नींद सोते हैं, विवाहित युगल प्रायः भुजाविष्ट हो एक-दूसरे को स्वयं में समेटे परस्पर एकाकार होने के लिए सोते में भी मानो सचेष्ट रहते हैं, शिशु अपनी माँ की क्रोड़ में दुबके हुए ब्रह्मानन्द का अनुभव कर रहे होते हैं, वृद्धजन शय्या पर चित लेटे हुए ईश्वर के वरदान-सी प्राप्त उस दुर्लभ नींद के कभी भी टूट जाने का खटका पाले उस पल अन्तिम खर्राटे ले रहे होते हैं, उस पहर मे मीराँ जी अपने कक्ष में आज जाग रही थीं। पूर्ण चैतन्य अवस्था में थीं। अपने आनन्दकन्द श्रीगोपीचन्द्र गिरधरगोपाल के सम्मुख फ़र्श पर एक काला कम्बल बिछाये उस आसन पर विराजमान थीं। प्रभु श्रीकृष्ण से वह इस प्रकार वार्त्तालाप कर रही थीं मानो किसी गूँगे पुत्र को कोई माता वाणी देने के लाख-लाख प्रयत्न करे।

श्रीकृष्ण मीराँ के सर्वस्व थे। मीराँ बालपन से कृष्णार्पिता थीं। अतः वे उनके स्वामी थे। इस भौतिक जगत् में भी उनके पति थे। अध्यात्म लोक में तो मीराँ जैसे उनकी पटरानी ही बन चुकी थीं। परन्तु वास्तव में मीराँ कृष्ण के लिए क्या थीं? दासी, सहचरी, सखी, प्रेमिका, पत्नी या क्या? कोई माने या न माने मीराँ का कृष्ण के प्रति प्रेम एक उपासक का बाद में था, एक माँ का पहले। जिस तरह वह प्रातः, मध्याह्न, सायं और रात्रि से लेकर ब्रह्मवेला तक अपने गिरधरगोपाल की सेवा करती थीं, उस तरह की सेवा कोई अच्छा-से-अच्छा पुजारी भी भगवान् की किसी प्रतिमा की नहीं कर सकता। केवल एक वात्सल्यमयी माँ ही रात-दिन अपने नन्हें शिशु का उस प्रकार खयाल रख पाती है। उसे पयपान कराती है, उसे उबटन लगाती है, नहलाती है, धुलाती है, वह रोता है तो चुप कराती है, उसके साथ स्वयं भी रोती है और उसके हँसने पर स्वयं भी हँसती है, उसे खिलौना खिलाती है, दुलराती है, उसे लोरी सुनाकर सुलाती है, रात-रात भर उसके गन्दे वस्त्र बदलती है, उसे सूखे में सुलाकर स्वयं उसके गीले में सो जाती है। मीराँबाई के गिरधरगोपाल उनके लिए कुछ-कुछ वैसे ही थे। एक अबोध शिशु सरीखे। नित्य दिनचर्या में मीराँ उनकी माँ-जैसी थीं। साहचर्य में कभी पत्नी तो कभी प्रेमिका। मनोलोक अथवा भावलोक में वह श्रीकृष्ण की कभी दासी थीं, तो कभी सम्राज्ञी। वह कब उनके लिए क्या थीं? इसे तो मीराँ ही बेहतर समझ सकती थीं।

मुटल्ली सविता दासी ठण्ड में सिकुड़ी हुई एक प्रहरी की भाँति मीराँ-महल के निकट से गुजरी। मीराँ के कक्ष के बाहर एक चिराग जल रहा था।

मक्कार सविता ने देखा कि मीराँबाई के कक्ष का दरवाजा भिड़ा हुआ है। आस-पास कोई नहीं है। उसने रुककर आहट ली तो उसके नेत्र विस्फारित हो उठे। मीराँ जी के कक्ष के भीतर से धीमे-धीमे कुछ बातचीत के स्वर सुनायी दे रहे थे। मानो

मीराँ किसी पुरुष से एकान्त में संवाद कर रही हों। गुप्तचर सविता का मुख खुला-का-खुला रह गया। इतनी रात पतिविहीना एक स्त्री के कमरे में कोई पुरुष?. ..इसका अर्थ हुआ कोई पर-पुरुष।

मुखबिर सविता दासी को तो जैसे कोई कुबेर के खजाने की कोई बहुमूल्य चाबी अचानक मिल गयी। मीराँ जी के शयन-कक्ष में पर-पुरुष...यह खबर सुनकर तो राणा जी उसका मुँह हीरे-मोतियों से भर देंगे। सोने दो इन मुई नर्मदा और गोमती को. ..यह इनाम-इकराम तो मेरे ही भाग्य में लिखा लगता है।...

अपने इस अन्वेषण की पुष्टि के लिए सविता दासी दबे पाँव जाकर मीराँ जी के द्वार से कान सटाकर खड़ी हो गयी। अब भीतर से उसने सुना–

"कब तुमसे दूर गया हूँ मीराँ? सदैव तुम्हारे निकट ही तो रहता हूँ।"–कोई पुरुष निहाल-सा मीराँबाई से कह रहा था। जबकि मीराँ कह रही थीं–

"चलिये हटिये...आपको बाते बनाना बहुत आता है।"...

अरे इतना सुनना तो मन्दबुद्धि दासी सविता के लिए बहुत था। फिर तो जैसे उसके पंख लग गये। ऐसी उड़ी वहाँ से कि सीधे जाकर राजमहल में राणा जी की चौखट पर ही गिरी।

राणा विक्रमादित्य के शयन-कक्ष का द्वार भीतर से बन्द था। सविता ने ढकेला शायद खुल जाये। परन्तु वह लौह अर्गलाओं से भीतर से बन्द था। भारी दरवाजा था। हवा में उड़ रही सविता को आज किसका भय? वह तो परम आवश्यक राजकीय कर्त्तव्य निभा रही थी। खास राणा जी द्वारा ही गुप्तचरी पर नियुक्त थी। कभी भी किसी अत्यावश्यक सूचना वह उन तक कभी भी पहुँचाने हेतु उन्हीं के द्वारा आदेशित थी।

"द्वार खोलिये हुकुम!...द्वार खोलिये!!...घणीं खम्मा।"

खट...खटखट-खटखट!!

धप...धपधप-धपधप!!!!

"खोलिये...खोलिये...हुकुम!!–" अधीर सविता चिल्लाये जा रही थी और दरवाजे पर चोट कर रही थी।

एकाएक दरवाजा खुला।–"क्या खोलिये-खोलिये का शोर लगा रखा है, भीतर राणा हुकुम सो रहे हैं।"

भीतर से केसरबाई ने अर्द्धनग्न हालत में द्वार खोला। उसका बायाँ हाथ एक दरवाजे पर था। दाहिने हाथ से अपने अनावृत उरोजों पर जैसे-तैसे एक चादर ढक रखी थी उसने। केश खुले थे और मस्तक पर बिंदिया खिसकी हुई थी। कानों में दो बड़े-बड़े स्वर्ण कुण्डल लक-दक कर रहे थे, जिनके निचले हिस्सों में महीन-महीन हीरे जड़े थे।

"अरी! बड़ी चण्ट है तू..." लालची सविता ने केसरबाई के स्वर्ण कुण्डलों पर दृष्टि पड़ते ही उससे कहा।

केसरबाई बोली—"तुम?...क्या बात है इतनी रात गये? राणा जी सो रहे हैं। बड़ी मुश्किल से तो सुला पाये हम लोग।"

"हम लोग?...अय लो! तो और भी कोई है भीतर?"

"दो जनीं और हैं।"

"अच्छा जी...तो रात भर तीनों ने मिलकर मेहनत की... क्यों?"—कुटिल दृष्टि से देखकर सविता ने केसरबाई के साथ परिहास किया। फिर कहा—"अच्छा तू जल्दी से मुझे राणा जी से मिलवा दे।"

"अभी?"—केसर बोली।

"हाँ, बहुत जरूरी खबर है। अन्यथा शत्रु हाथ से निकल जायेगा। तेरे ये कुण्डल और मेरी किस्मत ये सब व्यर्थ चले जायेंगे।"

"अच्छा आओ भीतर।"—कहकर केसरबाई ने सविता को भी कक्ष के अन्दर ले लिया।

नशे में धुत्त नग्न देह राणा विक्रमादित्य। सबने बड़ी मुश्किल से उठाया। सविता का उन तीनों रमणियों से कहना था कि बात ही कुछ ऐसी है जो अगर तत्काल हुकुम को न बतायी गयी तो सुबह होते-होते वे हम सबके प्राण ले लेंगे।

"क्या है?...क्यों जगाया मुझे तुम सबने?—" उठते ही राणा विक्रमादित्य झल्लाकर बोला। दासियाँ जैसे-तैसे उसे उसका चोंगा पहनाने लगीं।

"खम्मा घणी हुकुम! मैं प्रहरी सविता!..."

"इतनी रात गये? ऐसी क्या मुसीबत आ पड़ी?"

"वो...वो सरकार...मीराँबाई के कक्ष में पर-पुरुष।"

"क्या?...क्या कह रही है? तेरा दिमाग तो सही है?"

"हुकुम। मुझे मेरे बालकों की सौगन्ध।" आपकी भाभी सा किसी गैर मर्द के साथ अपने शयन-कक्ष में हँस-बोल रही हैं हुजूर!"

इतना सुनना था कि राणा विक्रमादित्य उछलकर उठ खड़ा हुआ। वह उसी समय अपनी तलवार उठाकर मीराँ-महल की ओर तेजी से चल पड़ा। बाहर खुले में आया तो राणा ने देखा कि सारा वातावरण साँय-साँय कर रहा था।

खबरची सविता ने राणा-महल की ड्योढ़ी के बाहर तैनात एक प्रहरी से एक जलती मशाल हाथ में ले ली और वह आगे-आगे उस निविड़ अन्धकार में राणा विक्रम को प्रकाश दिखाती हुई सावधानी से चलने लगी। मन-ही-मन बड़ी प्रफुल्लित थी कि स्वर्णमुद्राएँ, बहुमूल्य आभूषण कुछ भी पुरस्कारस्वरूप अब मिलना निश्चित है। साथ ही क्रुद्ध राणा जी के तेवर देखकर भयभीत भी थी कि मीराँबाई सा और उस अज्ञात पुरुष का अब क्या हाल होगा?...

जो भी हो...

एक दासी के पीछे-पीछे चित्तौड़ का राणा नंगी तलवार पकड़े उत्तेजना में हाँफता-सा चला जा रहा था। आज मीराँ उसके हाथ से नहीं बचेगी। स्वयं भी मरेगी

और उसका वह प्रेमी भी मरकर उसके अब तक के सारे विफल प्रयासों को एकाएक सफल कर देगा। उस कुलटा के साथ उसके यार का भी शव जब लोग देखेंगे तब यही कहेंगे कि राणा विक्रमादित्य ही सही था और मेड़तणीं मीराँबाई पतिता।...

मीराँ-महल के द्वार के निकट पहुँचकर राणा विक्रम ने दासी सविता को चुप रहने और वहाँ से चले जाने का इशारा किया। सविता जलती मशाल लिये वहाँ से खिसक गयी। राणा हाथ में तलवार लिये-लिये चुपचाप मीराँ जी के शयन-कक्ष के द्वार तक आया। भीतर से उसे सुनायी पड़ा मानो मीराँ किसी से एकालाप कर रही हों—

"कब से आपको देख रही हूँ। पहले तो बड़े अपनेपन से मुझे निहार रहे थे। अचानक मुँह क्यों फेर लिया? बोलिये प्रियतम! बोलते क्यों नहीं? आह! और समीप आइये मेरे। अपनी बाँहों में विश्राम दीजिये मुझे। तनिक जोर से पकड़िये...और जोर से थामिये। कहीं मैं गिर न पड़ूँ। आह मेरे स्वामी!...मादक कितना...कितना विश्रामदायक है यह आलिंगन आपका। मीराँ तो जन्म-जन्म की..."

"लो यह थाम लिया तुम्हें। आह! प्राणेश्वरी मीराँ! कितना सुख है तुम्हारे सामीप्य में।..."

—अब राणा विक्रम को वास्तव में किसी पुरुष का धीर गम्भीर-सा स्वर सुनायी दिया। जिसे सुनकर सहसा उसे अपने कानों पर विश्वास नहीं हुआ।

परन्तु स्वर तो वह किसी पुरुष का ही था। ओह!...तो यह बात है। बड़ी सती-साध्वी बनी फिरती है यूँ तो। किन्तु यहाँ अपने गुप्त प्रेमी के साथ चोरी-चोरी रँगरेलियाँ मना रही है?...

उस समय राणा के सम्मुख विचित्र स्थिति थी। मीराँ जी के द्वार पर बस एक लात और फिर जय-पराजय की तस्वीर सिरे से बदल जानी थी। अब वह विजयी होगा और मीराँ सदा-सदा के लिए पराजिता। श्रद्धा के ऊँचे सिंहासन से ऐसा गिरेगी यह औरत कि सीधे पतनशील गन्दे नाले में गिरकर देखते-ही-देखते बहकर दूर निकल जायेगी। मुक्ति मिलेगी चित्तौड़ को। मुक्ति मिलेगी मेवाड़ राज्य की प्रजा को। मुक्त हो जायेगा सिसोदिया कुल इस कुलक्षिणी के मायाजाल से। बस एक लात और इस स्त्री का खेल खत्म। बस एक प्रहार...

जबकि दूसरी ओर संकल्प और विकल्प के इन क्षणों में मीराँ अपने भीतर फैले अन्तरिक्ष लोक की उन्मुक्त यात्रा कर रही थीं। मीराँ पूजा-स्थल से उठकर अपनी शय्या पर लेट चुकी थीं। परन्तु वह श्रीकृष्ण चितचोर के रूपध्यान में थीं। जिसे बड़े-बड़े ऋषि-मुनि ज्ञानी भी कठोर अभ्यास से ही साध पाते हैं, उसे राणा विक्रमादित्य-जैसा मूर्ख इन्सान भला क्या समझ पाता?

हिरण्यकशिपु जैसे प्रह्लाद को नहीं समझ सका। प्रह्लाद के अस्तित्व को समाप्त करने के लिए उसने कौन-कौन-से जघन्य पाप नहीं किये? परन्तु हरिकृपा

से प्रह्लाद का बाल भी बाँका नहीं हो सका। अन्त में वह राक्षस अपने पुत्र को स्वयं ही मारने दौड़ पड़ा था। लगभग वही स्थितियाँ मीराँ जी के साथ चित्तौड़ में घटित हो रही थीं। आज राणा स्वयं उनका काल बनकर आया था। परन्तु ध्यानमग्न मीराँ तो इस समय पूर्णतः परमेश्वर श्रीकृष्ण के सुरक्षा-कवच के अधीन थीं।...परम आनन्दमय दिव्यलोक में विचरती हुई।

मीराँ जी का सूक्ष्म शरीर उनके पंचभौतिक शरीर को अस्थायी रूप से पलँग पर ही सोता छोड़कर भीतर-ही-भीतर ऊर्ध्वगामी यात्रा पर था। उन्होंने अपनी आत्मा के साथ अपना दिव्य शरीर अपने मन को साधकर निर्मित किया हुआ था। उस दिव्य शरीर में अनन्त चमक, अनन्त सुगन्ध, अनन्त रस व्याप्त था। ऐसी दिव्यता जो वर्णनातीत थी।

मीराँ जी अपने उस दिव्य शरीर को लेकर ऊपर की ओर उठीं। उठती चली गयीं। उठते-उठते ब्रह्माण्ड में चली गयीं। उस ब्रह्माण्ड में जिसमें स्थित अन्तरिक्ष में अनेक नक्षत्र, तारामण्डल और नीहारिकाएँ हैं। उन सबको समेटे अनेक आकाशगंगाएँ हैं। ऐसे अनन्त अन्तरिक्ष हैं। सारे अन्तरिक्षों को स्वयं में समेटे अण्डाकार ब्रह्माण्ड है। मीराँ अपने सूक्ष्म शरीर से सैकड़ों सूर्यों की ऊर्जाओं से भी तीव्र गति से यत्र-तत्र उस अनन्त ब्रह्माण्ड में गतिमान् थीं।...

उस ब्रह्माण्ड में भी एक छिद्र था। उस छेद को भी पार कर गयीं मीराँ अपने उसी दिव्य शरीर से। उसके आगे ब्रह्म द्रव था जहाँ मीराँ देख रही थीं कि असंख्य परमहंस लोग सुषुप्तावस्था में ब्रह्मलीन हुए पड़े हैं।...

उस ब्रह्म द्रव से आगे जाने पर मीराँ जी ने दिव्य यमुना जी के दर्शन किये। दिव्य यमुना के आगे ही उनके परम पुरुष प्रियतम श्रीकृष्ण भगवान् का दिव्यलोक अर्थात् गोलोकधाम प्रारम्भ होता है।...

उन्मुक्त विचरण करती हुई मीराँबाई तब अपने दिव्य शरीर के माध्यम से श्रीकृष्ण प्रभु का रूपध्यान करते-करते उनके गोलोक के द्वार तक जा पहुँचीं।... अहा!...क्या अतुलनीय शोभा है उस अन्तिम लोक की...अपूर्व-अकल्पनीय... अकथनीय...मगन हो सुध-बुध खो बैठीं मीराँ गोलोक के दर्शन होते ही। पर उनके अनन्य प्रियतम श्रीकृष्ण ने उन्हें सँभाले रखा।

गोलोक का प्रत्येक तत्त्व अनन्त सौन्दर्यों से सम्पन्न है। वहाँ की धरा, वहाँ का जल, वहाँ की वायु, वहाँ का नभ, वहाँ के वृक्ष-वनस्पति-पशु-पक्षी इत्यादि सब-कुछ उतने ही आनन्द प्रदायक हैं जितना श्रीकृष्ण का आलिंगन।...वहाँ जो कुछ भी है वही शाश्वत है। वही कृष्ण है। गाय-बछड़े वहाँ रास रचते गोप-गोपी-राधा और कृष्ण सब-कुछ श्रीकृष्ण ही हैं। श्रीकृष्ण से ही उनकी व्युत्पत्ति हुई है और वे सभी श्रीकृष्ण में ही विलास करते हुए उस गोलोक में शोभायमान हैं।...

मीराँ जी उस गोलोक में प्रवेश करना ही चाहती थीं कि उन्हें एक भारी झटका लगा। उनका सूक्ष्म शरीर स्वर्ग से ढकेल दिये गये त्रिशंकु की भाँति नीचे और नीचे

भौतिक जगत् में तेज़ी से गिरने लगा। कुछ देर में आँख खुली तो देखा हाथ में नंगी तलवार लिये विकराल मूर्ति सरीखा राणा विक्रमादित्य उनका देवर उनके सामने खड़ा है। कह रहा है—

"कहाँ है वह लम्पट पुरुष?...तुम्हारा चाहनेवाला भाभी सा!...बताओ मुझे।"

मीराँ ध्यान से बाहर आयीं। नेत्र खोलकर बोलीं—

"आप किन्हें ढूँढ़ रहे हैं देवर सा?...यहीं तो थे अभी मेरे पास।.. वे तो सदैव मेरे साथ ही रहते हैं।"—मीराँ जी ने भोलेपन से राणा से कहा। राणा की दृष्टि मीराँ के बिस्तर पर पड़ी जहाँ चौसर बिछी थी और उस पर खेलनेवाले पासे बिखरे हुए थे। कक्ष में एक भीनी-भीनी सुगन्ध थी। लगता था जैसे कोई व्यक्ति अभी-अभी उस बिस्तर से उठकर गया हो। कौन था वह जो कुछ ही क्षण पूर्व मीराँ के साथ था?

"यहीं था तो दिखायी क्यों नहीं दे रहा? कहाँ छिपा दिया तुमने? जल्दी बताओ नहीं तो जान से मार दूँगा तुम्हें कुलटा!"

राणा दहाड़ा और यह कहकर उसने अपनी तलवार ऊँची कर ली। गिरधरगोपाल के निकट जलती अखण्ड ज्योति का जितना प्रकाश मीराँ जी के कक्ष में व्याप्त था और ज्योति से निकलनेवाला धुआँ जिस रोशनदान के रास्ते बाहर जाता था उतना किसी मनुष्य के बाहर निकल भागने के लिए पर्याप्त मार्ग न था। एक खिड़की थी जो कि लौहजाल से संयुक्त थी। रात्रि में वह भी भिड़ी रहती। वहाँ से भी किसी पुरुष के निकल भागने की गुंजाइश न थी।

उस कक्ष में कोई तहखाना भी नहीं था जिसमें जाकर कोई आदमी छिप जाता। फिर वह बदमाश गया कहाँ? राणा इधर-उधर देखता हुआ सोचने लगा। फिर मीराँ जी के पलँग के नीचे झाँककर राणा विक्रम ने देखा। वहाँ भी कोई नहीं था। आखिर छलिया...इस स्त्री के साथ सहवास करनेवाला वह दुष्ट गया कहाँ?

"सही-सही बता नीच औरत! कहाँ है तेरा वह प्रेमी?"

राणा अब अपनी बड़ी भाभी से सीधे-सीधे निकृष्टता पर उतर आया था। मीराँ जी के हृदय को तब अपने छोटे देवर के उस प्रत्यक्ष निकृष्टतम कोटि के निन्दनीय व्यवहार से मर्मान्तक पीड़ा पहुँची। अब तक जिसके सारे अप्रत्यक्ष हमले वह झेलती आयी थीं उसके इतने आमने-सामने के स्पष्ट रूप से अपमानजनक व्यवहार के लिए मीराँबाई कदापि तैयार नहीं थीं। तब भय से नहीं, वेदना से भरकर मीराँ खून के आँसू रो पड़ीं। मुख से इतना ही बोल सकीं—

"राणा जी! वह पुरुष नहीं परम पुरुष हैं। सच्चिदानन्द भगवान् हैं। उन्हें आप स्वयं ही ढूँढ़ लो। वह तो मेरे हृदय में और मेरे रोम-रोम में विद्यमान हैं।"

राणा ने तब एक व्यंग्यपूर्ण अट्टहास किया और कहा—

"कैसा है वह तेरा भगवान्? जरा मुझे भी दिखा दे। यदि मैं भी उसे देख लूँ तो राजपाट सब छोड़कर उसी को भजने लगूँगा।...ज्यादा बातें न बना। जल्दी बता दे वरना..."

मीराँ अब कुछ न बोलीं। उनके नेत्रों से अश्रुपात होता रहा और वह श्रीकृष्ण को स्मरण कर एकदम चुपचाप और निश्चल बैठी रहीं। नेत्र धरती की ओर झुकाये। अपने कान्हा जी को ही मन-ही-मन उलाहना देती हुईं। कैसे निष्ठुर हो प्रभु!...अब यह दिन भी दिखाना था तुम्हें? इसी दिन के अनुभवों को सँजोने के लिए मुझे अब तक जीवित छोड़ रखा है तुमने?.

उधर राणा विक्रमादित्य क्रोधावेश के चरम पर पहुँचकर काँपता हुआ बोला—"मीराँ! अब जीवित नहीं बचेगी तू। अच्छा तो यह ले...यह ले...यह ले।"

—ऐसा कहते राणा विक्रम ने उछल-उछलकर मीराँबाई के शरीर पर तलवार से एक के बाद एक अनेक वार करने शुरू कर दिये। परन्तु हर बार उसका हर वार खाली चला गया। कभी उसे लगता कि तलवार भाँजते समय मीराँ से वह दूर रह गया। आगे बढ़कर पुनः प्रहार करता तो लगता कि उसकी तलवार उसका साथ नहीं दे रही। कभी उसे लगता कि मीराँबाई तो अपनी जगह यथावत् स्थिर बैठी हैं वह स्वयं लड़खड़ाकर उनसे दूर चला गया है। कभी विक्रम ने ऐसा भी महसूस किया कि जैसे किसी अदृश्य शक्ति ने उसे मीराँबाई से परे ढकेल दिया है।

कौन है यह छिपा हुआ व्यक्ति? कोई जादूगर तो नहीं। इस पर विचार कर फिर राणा विक्रम पूरे कमरे में घूम-घूमकर हवा में इधर-उधर पागलों की भाँति तलवार भाँजने लगा।

फिर उसने मीराँ पर आखिरी बार उछलकर एक जोरदार प्रहार किया। परन्तु यह क्या? उसकी तलवार ने तो मीराँ जी का स्पर्श तक नहीं किया। किसी चुम्बकीय शक्ति से राणा की तलवार मीराँ के मस्तक से ठीक ऊपर टँगी रह गयी।

अब तो राणा एकदम हतप्रभ और भयभीत हो गया। मीराँ में उसे किसी मायावी शक्ति का अनुभव हुआ। फलस्वरूप वह तलवार फेंककर अपने सिर के बालों को नोचता बाहर की ओर भागा। जाते-जाते राणा विक्रम चिल्ला रहा था—"मैं कहता था न यह दुष्टा जादू-टोना जानती है। सम्मोहिनी जगा रखी है इसने अथवा कोई प्रेत साध रखा है। अरे! बाप रे बाप! भागो रे भागो। खा जायेगी यह चुड़ैल तो..."

और यह कुल बकता-झकता बदहवास राणा विक्रम अपने राजमहल की ओर भाग खड़ा हुआ। मीराँ का शारीरिक अहित तो वह पासंग भर भी न कर सका किन्तु उनके हृदय और उनकी आत्मा को राणा के इस नीच व्यवहार और इस घटना-विशेष ने पूरी तरह छलनी करके रख दिया।

मीराँबाई पर यह चित्तौड़गढ़ में अन्तिम और असहनीय वज्रपात था। प्रत्यक्ष प्रहार। प्रत्यक्ष अपमान। उनके भीतर की स्त्री तक को प्रत्यक्ष चुनौती। मीराँ की सहनशक्ति अब पूरी तरह उन्हें धिक्कारने लगी। उन्होंने ललिता और सुकन्या-जैसी सहेलियों द्वारा कई बार दी गयी सलाह पर आखिर कान क्यों नहीं दिये? क्यों नहीं

अब तक पीहर की राह पकड़ी? क्यों अब तक यहाँ इस नरक में धूनी रमाये बैठी हैं वह? ऐसा क्या रखा है इस चित्तौड़ में? आखिर कौन-सा सुख है इस देश में? वास्तव में यहाँ साधुजन के लिए कोई सम्मानजनक स्थान नहीं है। जो लोग बसते हैं वे सब कूड़ा-करकट हैं।...

प्रातःकालीन पूजन-अर्चन के समय आज मीराँबाई वेदना के करुण स्वर में जो पद गाकर गिरधर जी को सुना रही थीं उसमें राणा मेवाड़ को उलाहना, उसकी शिकायत, अपनी मनोदशा सभी का मिला-जुला भाव था। मीराँबाई का यह पद इस बात का भी संकेत दे रहा था कि अब वह अपने जीवन के एक निर्णायक मोड़ पर खड़ी थीं—

नहिं सुख भावै थारो देसलड़ो रँगरूड़ो।
थारे देसाँ में राणा साध नहीं छै, लोग बसै सब कूड़ो।
गहणाँ गाँठी राणा हम सब त्याग्या, त्यागो कर को चूड़ो।
काजल टीकी हम सब त्याग्या, त्याग्यो छै बाँधनं जूड़ो।
मीराँ के प्रभु गिरधर नागर, वर पायो छै पूरो।

अब एक स्त्री के लिए इससे दुःखद बात क्या हो सकती है कि जब वह आभूषण, कर की चूड़ियाँ, शृंगार का काजल और टीका तक त्याग दे, सिर में जूड़ा तक बाँधना छोड़ दे, पूर्ण पुरुष श्रीकृष्ण को पति रूप में अपनाकर उनका अहर्निश भजन-कीर्त्तन करे तब भी वह घर-समाज में प्रताड़ित और अपमानित की जाये? फिर ऐसे स्थान पर ऐसे निकृष्ट लोगों के मध्य रहकर वह क्या करे? देवर के हाथों भाँति-भाँति से दुःख पाकर अन्त में जब अपमान की पराकाष्ठा हो गयी तो मेड़तणीं मीराँ जी ने चित्तौड़ स्थित अपने ससुराल को सदा-सर्वदा के लिए छोड़ देने का मन-ही-मन निश्चय कर लिया। यही था वह निर्णायक मोड़ जब एक वैधव्य का जीवन जी रही गृहस्थ स्त्री ने वैराग्य की कठिन राह का विचार शिरोधार्य किया।

14

म्हाँने बोल्याँ मति मारो जी राणाँ, यो लै थारो देस

इधर भक्तिमती मीराँ ने चित्तौड़ त्याग का मन-ही-मन कठोर निर्णय लिया उधर राणा विक्रमादित्य और उनके मेवाड़ राज्य के दुर्दिन शुरू हो गये।

यह सन् 1532 ई. की बात है। सितम्बर का महीना था। उन्हीं दिनों गुजरात के सुल्तान बहादुरशाह ने चित्तौड़ पर हमले के लिए कूच कर दिया। राणा विक्रम को जब यह खबर मिली कि बहादुरशाह की सेना उसके सेनापित तातार खाँ के नेतृत्व में चित्तौड़गढ़ की ओर बढ़ी आ रही है तो उसने घबराकर चारों ओर सन्देशवाहक दौड़ाये और चित्तौड़ से दूर अपनी जागीरों में रूठकर रह रहे राजपूत सरदारों को उनकी सेनाओं सहित बुलवा भेजा। कुछ आये किन्तु कई नहीं आये।

इसी सिलसिले में मीराँबाई के पीहर मेड़ता में भी राणा ने सहायता के अनुरोधपत्र सहित तीव्र गति के सन्देशवाहक उसके ताऊ सा राव बीरमदेव के पास भेजे। राणा के निमन्त्रण पर बीरमदेव अपनी सेना लेकर हमेशा की तरह मेवाड़ की सहायता के लिए निकल पड़े।

परन्तु उस संकट की घड़ी में अपने जिन पहलवानों पर राणा विक्रमादित्य को बड़ा भरोसा था वे उसके किसी काम नहीं आये। आखिर गुजराती सेना के सैनिकों ने चित्तौड़गढ़ को घेरकर भैरव पोल पर कब्जा कर लिया। गनीमत यही थी कि हमलावर सैनिक किले के ऊपर तक नहीं पहुँच सके। किले में कोई विशेष सेना तो थी नहीं। केवल राणा के पहलवान मित्र और नौकर-चाकर तथा थोड़े-से सुरक्षा सैनिक ही थे। ये लोग अपने प्राणों के भय से किले में ही इधर-उधर दुबके बन्दूकों से हवाई-फायर कर रहे थे और अपनी जान की ख़ैर मना रहे थे।

सेना के अग्रगामी दल के बाद सुल्तान बहादुरशाह भी और सेना लेकर चित्तौड़गढ़ के घेरे में शामिल हो गया। परन्तु राणा के सौभाग्य से मेड़ता से राव बीरमदेव अपनी बहादुर सेना के साथ चित्तौड़ का घेरा डाले गुजरात की फ़ौज के निकट आ पहुँचे। उनकी उपस्थिति का दबाव गुजराती फ़ौज पर पड़ने लगा।

किले के ऊपर से इसी बीच रानी कर्मावती ने राणा की ओर से एक सन्धि का प्रस्ताव सुल्तान बहादुरशाह को भेजवाया। इसमें महाराणा सांगा के समय मालवा राज्य का जो भूभाग जीत लिया गया था वह तथा मालवा के सुल्तान का जड़ाऊ कमरपट्टा एवं बेशकीमती ताज बहादुरशाह को देने की पेशकश की गयी। इसके अतिरिक्त गुजरात के सुल्तान को चित्तौड़ के ख़ज़ाने से भारी मात्रा में स्वर्णमुद्राएँ, सौ घोड़े और दस हाथी भी उसकी फ़र्माइश पर सौंपे गये। इस अपमानजनक सन्धि के बाद ही सुल्तान बहादुरशाह बिना किसी रक्तपात के गुजरात वापस लौटा।

राव बीरमदेव इस अपमानजनक सन्धि के पक्ष में नहीं थे। इसलिए जब वह चित्तौड़ के किले में गये तो उन्होंने नाराज़गी में राणा का आतिथ्य स्वीकार नहीं किया। वह सीधे अपनी भतीजी मीराँ को देखने के लिए उसके महल में चले गये।

अपने ताऊ सा बीरमदेव को देखकर मीराँबाई एक चिड़िया की भाँति उनके गले से लग गयीं। उन्हें पाकर मीराँ जी के धैर्य का बाँध टूट गया। वह अपने ताऊ सा के सम्मुख बिलख-बिलखकर रोयीं।

एक सिद्धावस्था को प्राप्त स्त्री के भीतर से न जाने कैसे वह छोटी बच्ची बाहर आ गयी जो कभी मेड़ता से एक दुल्हन के रूप में इसी चित्तौड़ के लिए डोली में बैठाकर रवाना हुई थी। जिसने हाल ही में एक के बाद एक अपने ससुराल में अनेक अमानुषिक अत्याचार सहे थे परन्तु उन अत्याचारों की कोई शिकायत अपने पीहर तक जिसने नहीं पहुँचायी थी। अब जबकि एकाएक उसके ताऊ सा बीरमदेव स्वयं ही उसका हाल-हवाल लेने उसके सासरे में पधार गये थे तो वह दुखियारी लड़की अपनी समस्त पीड़ाओं के साथ वहाँ उनके समक्ष प्रस्तुत हो गयी थी।

मीराँ जी ने तो बीरमदेव जी से स्वयं लाख पूछने पर भी अपने मुख से अपने बारे में कुछ नहीं कहा। परन्तु ललिता, सुकन्या, चन्दन सिंह आदि से उन्हें मीराँ पर हो रहे लोमहर्षक ज़ुल्मों का प्रथम बार संज्ञान हुआ, जिन्हें सुनकर वह हक्के-बक्के रह गये।

बीरमदेव वहाँ से तब सीधे राणा मेवाड़ के महल में जा धमके और उन्होंने राणा विक्रमादित्य एवं राजमाता कर्मावती को जी भरकर खरी-खोटी सुनायी। कहा कि–"हमारी फूल-जैसी कन्या के साथ तुम लोगों ने इतना नीच और राक्षसों-जैसा व्यवहार किया? यदि हमारी विगत दो पीढ़ियों से आपस में रिश्तेदारी न होती तो मेरी यह तलवार आज यहाँ तुममें से किसी का लिहाज न करती। अब हमारी पुत्री नहीं रहेगी तुम लोगों के इस नरक में। उसे मैं कल प्रातः ही मेड़ता ले जा रहा हूँ। ना...अब तो इस गढ़ का भोजन तो क्या जल भी ग्रहण करना हराम है मेरे लिये। मैं अभी इसी क्षण जा रहा हूँ दुर्ग के नीचे अपनी छावनी में। मीराँ का इस चित्तौड़गढ़ में यह अन्तिम दिन मानो तुम राणी सा!...और हाँ राणा विक्रम! खबरदार अब और

कोई चालाकी नहीं। मीराँ को अगर हाथ भी लगाया तो बहादुरशाह तो लौट गया है चित्तौड़ से...अब बीरमदेव ही यहाँ से जाते-जाते खून की नदियाँ बहा देगा।''

राव बीरमदेव ने लौटकर मीराँ-महल में मीराँबाई से कहा—''बेटी मीराँ! तुम्हारा अब यहाँ रहना खतरे से खाली नहीं। तुम्हारा ताऊ सा अभी जिन्दा है। तुरन्त अपना सामान बाँधो और चलो मेड़ता।''

बीरमदेव उसी दिन मीराँ जी के निजी सेवकों और सैनिकों को आवश्यक निर्देश देकर किले से बाहर चले गये। मीराँ जी का अब चित्तौड़ छोड़ने का आदेश हुआ। गिरधरगोपाल और उनके पूजन का सामान तथा थोड़े-से कपड़े-लत्ते छोड़कर सारा आवश्यक सामान मीराँ-महल से ऊँटों पर उसी शाम लदवाया गया और उसे मीराँ जी की आज्ञा से उनके कुछ आदमियों के साथ नीचे तलहटी में बीरमदेव जी की सैन्य छावनी में पहुँचवा दिया गया।

फिर रात्रि में मीराँ जी सबसे पहले अपने दिवंगत प्रिय देवर रत्न सिंह की माता धनाबाई से भेंट करने को गयीं। सुकन्या घर में सामान समेटवाने के लिए रुकी रही। ललिता मीराँबाई के साथ गयी। जब मीराँ धनाबाई के कक्ष में गयीं तो वह जगी हुई थीं।

राजमहलों में शोर मच चुका था कि मीराँ जी कल ही सुबह चित्तौड़ का परित्याग कर सदा-सदा के लिए अपने पीहर जा रही हैं। यह एक ऐसी सनसनीखेज़ ख़बर थी जिसे राजमहलों की पत्थर की दीवारें और लोहे के कपाट भी बाहर जाने से रोक नहीं सकते थे। वह तो हमलावर बहादुरशाह न आया होता और चित्तौड़गढ़ के आस-पास की जनता अपने घरों को छोड़कर भाग-भूग न गयी होती तो रातोंरात मीराँ जी के दर्शनों हेतु गढ़ में ही ताँता लग गया होता।

जोधपुर के जोधा जी की पोती, महाराणा सांगा की पत्नी, राणा रत्न सिंह की माता धनाबाई, जो मीराँ जी की सबसे प्रिय सासू माँ भी थीं और रिश्ते में बुआ भी, सबसे पहले मीराँ उनसे विदाई पूर्व भेंट करने हेतु उनके पास गयीं। राजमाता विश्राम कर रही थीं। परन्तु जाग रही थीं। नींद उनके नेत्रों से कोसों दूर थी। मीराँ मेड़ता जा रही है। अब चित्तौड़ को लौटे न लौटे यह सोच-सोचकर बेहाल थीं। मीराँ को आया देख माता धनाबाई उठ बैठीं।

मीराँ धनाबाई के चरणों में बैठकर उनके दोनों चरणों को हाथों से पकड़कर धोक देने लगीं। मीराँ को देखते ही मातृहृदया धनाबाई के नेत्रों से गंगा-जमुना बहने लगीं। उन्होंने हाथ पकड़कर मीराँ को उठाया और हृदय से लगा लिया। कहा—

''यह क्या अनर्थ करती है बेटी!...तू जा रही है? अब तेरी यह माई तेरे बिना कैसे जियेगी?...तेरे रहते मेरा भोज, मेरा रत्न, मेरी बीनड़ी पँवार सब तुझमें ही जीवित थे। अब तू चली जायेगी तो वे सब भी मुझसे बिछड़ जायेंगे।''

मीराँ जी के नेत्रों से अश्रुपात होने लगा। धनाबाई को सहारा देकर मीराँ ने कहा—

"धीरज धरिये माँ!...भगवान् श्रीकृष्ण हम सबके स्वामी, आश्रयदाता और परम ब्रह्म परमेश्वर हैं। यह सारा विश्व, समस्त सृष्टि, हम सारे मनुष्य और जीवधारी उन्हीं में जीवित हैं तथा अन्त में उन्हीं में लीन हो जाते हैं।...इसलिए पल-प्रतिपल हमें योगेश्वर श्रीकृष्ण का ही स्मरण करना चाहिए। मोह दुःखों का मूल है और कृष्णाराधान हर दुःख की वास्तविक ओषधि।..."

"सत्य कहती है तू मीराँ! ज्ञान और भक्ति का सागर है तू। पर मैं दुखियारी अपने इस मन को कैसे समझाऊँ? बहुत कमजोर है यह मन। अपनी भक्ति का एक छोटा-सा अंश मुझे दे दे ताकि मेरा यह शेष जीवन किसी भाँति कट जाये।"

मीराँ जी ने तब माता धनाबाई के सम्मुख गाकर इन दो पंक्तियों का संकीर्त्तन किया—

श्रीकृष्ण गोविन्द हरे मुरारे
हे नाथ नारायण वासुदेव...

"गाइये माई! गाइये!!—" मीराँ ने धनाबाई से कहा और धनाबाई मीराँबाई के साथ गाने लगीं—

श्रीकृष्ण गोविन्द हरे मुरारे
हे नाथ नारायण वासुदेव...

धनाबाई की पौत्री उनके स्वर्गीय पुत्र रत्न सिंह और स्वर्गीय पुत्रवधू पँवार जी की एकमात्र निशानी श्याम कुँवरबाई भी उनके कक्ष में सो रही थीं, उस संकीर्त्तन की सुमधुर ध्वनि को सुनकर जाग पड़ीं। आकर अपनी ताई सा मीराँबाई से लिपट गयीं।

श्रीकृष्ण गोविन्द हरे मुरारे
हे नाथ नारायण वासुदेव...

मीराँ ने उस बालिका के मस्तक का चुम्बन लिया और फिर उसे अपने अंक में भर लिया। धनाबाई को मीराँ जी से हरिमन्त्र मिल गया था और वह आँखें मूँदे ताली देकर कीर्त्तन किये जा रही थीं—

श्रीकृष्ण गोविन्द हरे...

भला मीराँबाई की कोकिल कण्ठी आवाज़ किसी सदन में गूँजे और वह दूर तक न जाये? धनाबाई के शयन-कक्ष में हो रहे श्रीकृष्ण संकीर्त्तन को सुनकर मीराँ जी की भक्त दासियाँ चम्पा-चमेली भी वहाँ आ गयीं। पीछे-पीछे रनिवास की कई अन्य स्त्रियाँ भी चली आयीं।

मीराँ का सादगीपूर्ण तेजोमय व्यक्तित्व उस राजकीय कक्ष की समस्त सजावटों को अपनी उपस्थितिमात्र से फीका किये देता था। ऐसा लगता था कि अमावस की रात्रि के निविड़ अन्धकार में पूर्णिमा का चन्द्रमा अकस्मात् सबको दर्शन दे रहा हो।

सब-की-सब स्त्रियाँ मीराँबाई के चरणों में गिर गयीं। चम्पा और चमेली तो एक साथ मीराँ जी के घुटनों में सिर देकर रोने लगीं। करुणामयी मीराँ अपने दोनों हाथों से उन दोनों स्त्रियों का सिर सहलाने लगीं। बोलीं—

"तुम दोनों ने मेरी बड़ी सेवा की। कान्हा जी तुम पर सदैव कृपालु रहें। तुम इस जीवन में कभी कोई दुःख नहीं पाओ। तुम्हारा सुखमय जीवन जब पूरा होगा तो तुम्हें मोक्ष की सहज प्राप्ति होगी। यह इस कृष्णदासी का तुम्हें शुभ आशीर्वाद है।"

चम्पा और चमेली रोते-रोते पुनः मीराँ जी के दोनों पैरों पर सिर रखकर रो पड़ीं।

अन्य स्त्रियों ने भी हाथ जोड़कर मीराँ जी से कहा—

"और बाई सा हम?..."

मीराँ अपने नेत्र पोंछकर मुस्करायीं। उन्होंने दाहिना हाथ उठाकर सभी को आशीष दिया—

"सदैव शुभ कर्म करती रहना। शुभ कर्मों के परिणाम से तुम्हारी भी समस्त मनोकामनाएँ पूर्ण होंगी।"

फिर कहा—"चम्पा! चमेली! तनिक तुम सब कुम्भा-महल के बैठक-कक्ष और अतिथि-कक्ष में दीपक ले चलो। मुझे वहाँ तुम्हारे जीजू सा के दर्शन करने हैं।"

कुँवर भोजराज जिस शयन-कक्ष में निवास करते थे। जिस कक्ष में सर्वप्रथम नव-विवाहिता मीराँ दुल्हन रूप में आकर कुछ काल रही थीं, अब वही कक्ष भोजराज के न रहने पर अतिथि-कक्ष के रूप में परिवर्तित हो चुका था। यदि आज रात्रि में मीराँ के ताऊ सा राव बीरमदेव चित्तौड़गढ़ में ठहरते तो इसी अतिथि-कक्ष में विश्राम करते।

अतिथि-कक्ष रिक्त था। एक ओर वह राजसी पलँग विद्यमान था जिस पर भोजराज कभी विश्राम करते थे। उस विशाल पलँग पर मीराँबाई ने भी अनेक रातें अपने पति के साथ व्यतीत की थीं। सामने की दीवार से सटे अनेक सिंहासन अतिथियों के बैठने के लिए विद्यमान थे। उनके ऊपर दीवार के मध्य में एक बड़ा-सा रंगीन चित्र चाँदी के चौखटे में सजा टँगा था, जिसे किसी कुशल चित्रकार ने बनाया था। दो स्नेहिल भाइयों का चित्र। राजकुँवर भोजराज और कुँवर रत्न सिंह गलबँहियाँ डाले हँसते-मुस्कुराते।

मीराँबाई पति और देवर के चित्र के निकट गयीं। उन्होंने खड़े-खड़े दोनों हाथों से भोजराज के आदमक़द व्यक्तित्व के पाँवों का स्पर्श किया और फिर अपने मस्तक को उन्हीं हाथों से स्पर्श किया। उनके नेत्र पुनः सजल हो गये। पति के चित्र से मूक सम्भाषण करती हुई मीराँ कुछ देर मौन खड़ी रहीं। फिर जाने को हुईं तो उन्हें जैसे कुछ याद आया। मीराँ सभी दासियों के देखते-देखते एक सिंहासन पर पाँव रखकर चढ़ गयीं। उन्होंने अपना दाहिना हाथ कुँवर रत्न सिंह के चित्र में उनके

मस्तक पर रख दिया। मानो मीराँ ने अपने तपबल से रत्न सिंह की आत्मा को मुक्ति का आशीर्वाद दिया हो।

मीराँबाई इसके बाद कुम्भा-महल की बड़ी बैठक में गयीं। पीछे-पीछे चम्पा, चमेली, ललिता आदि सभी सखियाँ हाथों में दीपक थामे। राजसी तामझाम से सजी विशाल बैठक में दीवार पर महाराणा कुम्भा, महाराणा रायमल तथा महाराणा सांगा के विशाल चित्र एक दीवार पर शोभायमान थे। मीराँ ने उन्हें सिर झुकाकर दोनों हाथों से प्रणाम किया और फिर वहाँ से बाहर आ गयीं। उसके बाद मीराँ अपने महल को चली गयीं राजमहलों के दरोदीवार पर उचटती-सी दृष्टि डालते हुए।

राजमाता कर्मावती और राणा विक्रमादित्य के कक्षों के द्वार भीतर से बन्द थे। रात्रि के अन्धकार का तीव्रता से क्षय हो रहा था। मीराँबाई अपने विश्राम-कक्ष में धीरे-धीरे चलकर वापस लौट गयीं। चम्पा-चमेली उन्हें पहुँचाने साथ-साथ गयीं।

मीराँ-महल के बाहर आज बड़े सवेरे ही पक्षियों का कलरव प्रारम्भ हो गया था। अभी पौ भी नहीं फूटी थी। चिड़ियाँ समय से बहुत पूर्व ऊँघते हुए वृक्षों पर बैठी चहचहाने लगी थीं। मानो कह रही हों—उठो आलसी जीवो!...मीराँबाई हमारे बीच से आज जा रही हैं।

तभी आकाश ने मानो मेघों को आवाज़ दी—आओ इन्द्रपुत्रो!...आकर धरती को शीतल करो। मीराँ आज लम्बी यात्रा करेंगी—और देखते-ही-देखते प्राची से सूर्य की लालिमा प्रकट होने के साथ ही आकाश वास्तव में मेघाच्छादित होने लगा। चारों ओर बादल उमड़ने-घुमड़ने लगे। कुछ देर में बूँदाबाँदी भी शुरू हो गयी। अनेक मयूर चित्तौड़ के उद्यानों में उस बेमौसम की बरसात में यहाँ-वहाँ बोल उठे। मानो अपनी प्रेयसियों से कह रहे हों कि—हे मयूरियो! आओ...आकर मीराँ जी के अन्तिम दर्शन कर लो। फिर यह देवी तुम्हें नहीं मिलेंगी।

सब जीव-जन्तु वृक्ष-वनस्पति मीराँ जी के महाभिनिष्क्रमण के अवसर पर उनके दर्शनों के लिए लालायित थे। बाहर राजमार्ग पर मीराँ जी का रथ तैयार हो रहा था। उनके मेड़ता से साथ आयी दासियों, सेवकों और सैनिकों के सामान भी उस रथ के पीछे विभिन्न बैलगाड़ियों में लादे जा रहे थे। सब-के-सब लोग स्नानादि कर मीराँ जी के साथ जाने को तैयार हो रहे थे।

चित्तौड़ के सेवकों को जो यहीं से मीराँ जी की सेवा में लगे हुए थे, और जिन्हें उनके साथ नहीं जाना था, उन्हें मीराँ जी ने ढेर-सारी स्वर्णमुद्राएँ, वस्त्र-आभूषण आदि उपहार देकर कल सायंकाल ही अपना आशीर्वाद प्रदान कर दिया था। वे सब भी

मीराँ-महल के बाहर जमा थे और अपने साथ जानेवाले सेवक साथियों का सामान बैलगाड़ियों में रखने-जमाने में उनकी सहायता कर रहे थे।

मीराँ जी ने स्नानकर अपने गिरधरगोपाल की छोटी-सी मूर्ति और पूजन-सामग्री को अभी समेटना शुरू ही किया था कि ननद ऊदाँबाई मीराँ जी के पास आयीं। आते ही वे कातर भाव से अपनी देवीसमान भाभी के पाँवों से लिपट गयीं।

"यह क्या ननद जी।...उठिये। आपका तो स्थान मेरे हृदय में है। ठाकुर जी के दर्शन मैं आपके भाई सा की मुख छवि में किया करती थी और जानती हैं मेरे भोज की छवि आपके मुख में भी झलकती है..."

"ऐसा न कहिये भाभी सा।...ऊदाँ आपके इतने स्नेह के लायक नहीं।" ऊदाँबाई तब यह कहकर फूट-फूटकर रोने लगी। उसकी हिचकियाँ बँध गयीं। इतना ही और कह सकी–

"मैंने आपको बहुत कष्ट दिये। कान्हा जी इस जन्म में तो मुझे क्षमा करने से रहे।"

मीराँ ने तब अपने आँचल से अपनी भक्त हो चली ननद ऊदाँबाई के आँसू पोंछे और उसे पुनः हृदय से लगाकर कहा–"ऐसा नहीं कहते ननद सा!...जब मैं आपकी हूँ तो हमारे कान्हा जी तो सदा आपके रहेंगे ही। अपना खयाल रखिये और महल में सभी माताओं-बहनों का भी ध्यान रखियेगा। सभी में अपने कान्हा जी के ही दर्शन कीजियेगा। उनका भजन करियेगा।...यह देखिये। आइये–"

कहते हुए उन्होंने ऊदाँबाई को गिरधरगोपाल की मूर्ति के पास रखी छोटी-सी ताँबे की लुटिया में से भगवान् का चरणोदक और तुलसीयुक्त प्रसाद दिया और कहा–"ये गिरधरगोपाल तो मेरे साथ जा रहे हैं परन्तु उधर श्रीकृष्ण-मन्दिर में मुरलीमनोहर रूप में जो वह विराजमान हैं, आप उनका मेरी जगह नित्य दर्शन करती रहियेगा। समझियेगा मीराँ आपके रूप में अब से वहाँ हर सन्ध्या उनकी सेवा-अर्चना करेगी।

यह सुनकर ऊदाँबाई मीराँबाई के चरणों में गिर गयीं। ऐसा कहते हुए मीराँ ने उन्हें सीधे-सीधे अथक साधना से प्राप्त अपनी भक्ति की रागान अधिकारिणी बना डाला। श्रीकृष्ण की वह नवधा भक्ति जो देव, गन्धर्व, यक्ष, किन्नर और बड़े-बड़े तपस्वीगण को भी दुर्लभ है, उसे मीराँ ने शरणागत ऊदाँ को सहज रूप से प्रदान कर दिया।

मेड़तणीं मीराँबाई सा को अब चित्तौड़ से अन्तिम विदा लेनी थी। वह घड़ी आ पहुँची थी। मीराँ जी ने अपने आराध्य गिरधरगोपाल को अपने कर-कमलों में उठा लिया। श्वेत परिधान और मस्तक पर चन्दन का टीका, गले में तुलसी की माला पहने मीराँबाई, तेजोमय, निर्विकार और शान्त मीराँ जी, चित्तौड़गढ़ की कुलवधू मीराँ, मीराँ-महल से बाहर आयीं।

उन्होंने देखा कि राजमाता कर्मावती अनेक दासियों से घिरीं आत्मग्लानि की मुद्रा में एक ओर बाहर ही खड़ी थीं। ठीक उस पालकी के निकट जो मीराँ जी की विदाई के लिए आयी थी। वह कल रात्रि मीराँ जी से नहीं मिली थीं। जाने से पूर्व मीराँ ने उनसे मिलने का मन बनाया हुआ था। बिना कर्मावती से मिले चित्तौड़ छोड़ना वैसे भी शिष्टाचार के विरुद्ध होता। फिर कर्मावती उनकी सासू माँ होने के अतिरिक्त इस समय मेवाड़ की राजमाता भी थीं। सबसे ऊपर एक स्त्री। मीराँ-जैसी आदर्श स्त्री उनसे बिना मिले कैसे जाती?

परन्तु राजमाता कर्मावती तो स्वयं ही विदाई की उस महावेला में मीराँ-महल पधारी थीं। मीराँ ने तब शीघ्रता से पग बढ़ाये। गिरधरगोपाल जी की मूर्ति ललिता को पकड़ायी और झुककर दोनों हाथों से प्रणाम निवेदन किया। फिर वह घुटनों के बल बैठकर सासू माँ को धोक देने लगीं।

—कर्मावती ने मीराँ को उठाकर गले से लगाया और बोलीं—

"पुत्री!...अब मैं तुमसे क्या कहूँ? मैं तो तुम्हारी क्षमा की भी अधिकारिणी नहीं हूँ। चित्तौड़ के राणा की माँ हूँ। मेरा तन-मन कुछ भी मेरे वश में नहीं है।"

—कहते-कहते राजमाता कर्मावती के दोनों हाथ स्वयं मीराँ की ओर जुड़ गये। उनके नेत्र भी अनायास सजल हो गये। जैसी भी थीं आखिर थीं तो एक स्त्री ही। मीराँ ने सासू माँ के जुड़े हुए वे हाथ अपने दोनों हाथों में थाम लिये और द्रवित होकर कहा—"ऐसा न सोचिये राजमाता!...मैं जानती हूँ कि आपके कन्धों पर पूरे मेवाड़ का भार है। क्योंकि राणा जी तो अभी बालक ही ठहरे। उन्हें भले-बुरे का भान नहीं है। कुँवर उदय सिंह और भी छोटे हैं। उदय सिंह पास ही खड़ा था। मीराँ ने उसका सिर सहलाया। पास खड़ी पन्ना धाय से कहा—"इनका विशेष खयाल रखना। यह कुलदीपक हैं। आगे चलकर यह मेवाड़ के गौरव होंगे।"

उदय सिंह ने झुककर भाभी सा मीराँ जी के चरण स्पर्श किये।

फिर मीराँ ने एक बार पुनः हाथ जोड़कर राजमाता कर्मावती से कहा—"चलती हूँ माँ सा!...जाने-अनजाने में कहा-सुना माफ करियेगा। जैसी भी हूँ...आपकी बीनड़ी हूँ।...बीनड़ी डोली में पीहर से आती है और ससुराल से अर्थी में जाती है। पर आपकी मीराँ..."

कर्मावती ने तब मीराँ को कसकर हृदय से लगा लिया और उनके नेत्रों से धारोंधार आँसू बह निकले। पश्चात्ताप वैमनस्य से जूझ रहा था।

मीराँ पालकी में बैठ गयीं। बड़ी पालकी थी। ललिता और सुकन्या भी पूजन-सामग्री के साथ उस पालकी में मीराँ जी के उपरान्त विराजमान हो गयीं। मीराँ की गोद में अब उनके गिरधरगोपाल थे और नेत्रों में आँसुओं की लड़ी। दोनों हाथ सभी की ओर जुड़े हुए। सभी का अभिवादन करते हुए।

डोली चल पड़ी। कहार चल पड़े। मीराँ जी की डोली को घेरे हुए उनके सशस्त्र सैनिक चल पड़े। पीछे रह गया उनका सूना और उदास हो चला मीराँ-महल। पृष्ठभूमि में छूट गये तमाम पाषाण निर्मित राजमहल और रनिवास।

बगिया में होती हुई पशु-पक्षियों-वृक्षादि को दर्शन देती हुई मीराँ जी की पालकी चली जा रही थी। इस बीच पुनः हलकी-हलकी वर्षा होने लगी। महीन-महीन वर्षा की बूँदियाँ धरती को छूकर मानो मीराँबाई का अभिवादन सम्पूर्ण प्रकृति की ओर से करने वहाँ आ गयी थीं।

मुख्य मार्ग पर डोली में चलकर पहुँचीं मीराँ इससे पहले कि अपने रथ में सवार होतीं उन्होंने पालकीवालों से कुम्भश्याम-मन्दिर चलने को कहा। मीराँ जी ने कुम्भश्याम जी के दर्शन किये। फिर उसी परिसर में वह बराबर के श्रीकृष्ण-मन्दिर में गयीं जो उनके नित्य सन्ध्या-वन्दन, भजन-कीर्त्तन का प्रमुख स्थान था।

जब मीराँ जी वहाँ पहुँचीं तो संयोग से मन्दिर-मण्डप में कोई श्रद्धालु नहीं था। बस पुजारी जोशी जी थे और गर्भगृह में मुरलीमनोहर का वह अलौकिक सौन्दर्ययुक्त विग्रह। सदा की तरह मुस्कुराता हुआ। त्रिभंगी मुद्रा में। मीराँबाई ने मुरलीमनोहर को प्रणाम किया। ललिता-सुकन्या द्वारा प्रस्तुत फूलों से पुष्पांजलि दी। पुजारी जोशी जी से, जो मीराँ जी से नेत्र चुरा रहे थे, चरणामृत लिया, फिर कृष्ण-मण्डप के बीचोंबीच लेटकर दोनों हाथ आगे कर अपने आराध्य को साष्टांग दण्डवत् किया जैसे कि प्रायः पुरुषजन किया करते हैं। उसके बाद मीराँ मौन धारण कर सजल नेत्रों के साथ मन्दिर से चुपचाप बाहर आ गयीं।

रथ और बैलगाड़ियाँ कुम्भश्याम-मन्दिर में ही पीछे-पीछे आ गयी थीं। मीराँ जी ने संकेत किया। एक बड़ी थैली ललिता ने मीराँ जी को थमायी। मीराँ ने सभी कहारों को पाँच-पाँच स्वर्णमुद्राएँ अपने हाथों से दीं और अब वह पालकी के बजाय रथ में सवार हो गयीं। ललिता और सुकन्या भी रथ में मीराँ जी के अगल-बग़ल बैठ गयीं। चार घोड़ों से जुड़ा वह रथ चल पड़ा। रथवान ने हवा में चाबुक लहराया। मीराँ ने कहा—"भइया धीरे-धीरे...और हाँ...अश्वों को मारो मत।"

रथ थोड़ी देर बाद किले के भीतर ही उस छोटे-से कृष्ण-मन्दिर के निकट से गुजरा जिसे मीराँबाई ने अपने पति भोजराज की स्मृति में कभी बनवाया था। मीराँ वहाँ रथ रुकवाकर उतरीं। माथा टेककर कान्हा जी के दर्शन किये। पण्डित गजाधर तिवारी का एक पुत्र इस समय वहाँ पुजारी था।

मीराँ ने कहा—"गुरु जी कहाँ हैं?"

उत्तर मिला—"पिता जी अस्वस्थ हैं इन दिनों। माण्डल में हैं। दो-तीन दिन में आयेंगे।"

मीराँबाई ने कहा—"चलते समय गुरुवर के दर्शन नहीं हो सके। कहना कि उनकी पुत्री मीराँ ने प्रणाम बोला है।"

यह कहकर मीराँ पुनः रथ में सवार हुईं और चित्तौड़ की प्राचीरों, मार्ग में पड़नेवाले भवनों, कूप-तड़ागों और वाटिकाओं को अपलक निहारती किले के बाहर जानेवाली दिशा में प्रस्थान कर गयीं। अनेक अच्छी-बुरी स्मृतियाँ एक बार पुनः उनके मन में आकार ग्रहण करने लगीं। एक पद भी उनकी चेतना में आकार ग्रहण करने लगा तो कभी गाया जाना था—

महाँने बोल्याँ मति मारो जी राणाँ, यो लै थारो देस।
मीराँ म्हलाँ से उतरीं, कोई सात सहेल्याँ माँय।
खेलत पायो काँकरो, कोई से सालिगराम गिरधर राय।
साध जी आया पावणाँ, कोई मीराँ कै दरबार।
जाजम दीनो बैसणों, कोई ढोल्यो दीनो ढालर।
जैर पियालो राणाँ जी भेज्यो, द्यौ मीराँ नै प्याय हाथ।
कर चरणामृत पी गयी मीराँ, थे जाणों दीनानाथ।
साँप पिटारो राणा जी भेज्यो, दीज्यो मीराँ नै जार।
कर खँगवालो पहरियो, कोई हो गयो नौसर हार।
राणा जी कागद भेज्यो, कोई द्यौ मीराँ नै जाय।
साधाँ की संगत छोड़ द्यौ, मीराँ बैठो राण्याँ रै माँय।
काढ़ कटारो राणा जी भेज्यो, दूजी भेजी तलवार।
एक मीराँ की दो कराँ कोई, दो की हो गयीं च्यार।
राणों मीराँ से यों कहे जी, कस्यो थारो भगवान्।
राजपाट सब छोड़स्याँ कोई, म्हे भी भजाँ भगवान्।
कच्चो रँग उड़ जाय छै जी, पक्को रँग नहिं जाय।
मीराँ कै रँग गोपाल को जी, अब छूटण को नाँय।

यह भजन मीराँबाई के मन में चल रहा था। मीराँ जी के काफिले की गाड़ियों के पहिये धरती पर चल रहे थे। चित्तौड़गढ़ की लाल प्राचीरें एक-एककर पीछे छूटती जा रही थीं। आखिर गढ़ का सिंहद्वार आ गया। साथ चल रहे चन्दन सिंह ने अपने घोड़े पर बैठे-बैठे मीराँ जी को बताया—

"हुकुम!...सामने राणा सा खड़े हैं।"

मीराँ जी ने देखा कि सिंहद्वार के भीतर दुर्गरक्षकों से घिरा राणा विक्रमादित्य वास्तव में एक घोड़े पर सवार वहाँ मौजूद था। मीराँ जी का रथ निकट आने पर विक्रमादित्य ने हाथ उठाकर रथ रुकवा दिया। फिर घोड़े से कूदकर उतरा। चलकर मीराँ जी के निकट आया।

विक्रम ने झुककर दोनों हाथ जोड़कर मीराँ को प्रणाम कर कहा—"घणीं खम्मा भाभी सा!...आप जा रही हो। मैंने सोचा मैं भी आपका आशीर्वाद ले लूँ।"

मीराँबाई ने भी हँसकर राणा विक्रम से कहा—"आशीर्वाद देनेवाली मैं कौन होती हूँ? आप राणा मेवाड़ हैं। इस रूप में एकलिंगनाथ जी के दीवान हैं। आप ही अपनी इस कृष्णप्रिया भाभी को आशीर्वाद दें।"

इस पर राणा ने कहा—"शर्मिन्दा न करें भाभी सा! कुल की मर्यादा की खातिर जो कुछ मैंने कहा हो उसे कहा-सुना समझकर भूल जाइयेगा। अब जब आप जा ही रही हैं तो इस छोटे देवर को भी क्षमा कर दीजिये।"

मीराँ जी बोलीं—"क्षमा करने की बात तो तब हो देवर जी! जब मीराँ ने कभी आपका बुरा चाहा हो। मैं तो कभी किसी का बुरा नहीं सोचती। मेरे गिरधरगोपाल कभी इसकी अनुमति ही नहीं देते। उनकी ही सब लीला है। जो कुछ करते हैं वे ही करते हैं। इसमें आपका और किसी का क्या दोष?...श्री जी! अपना मन हलका न करिये। कान्हा जी आपको सद्बुद्धि दें और आपका कल्याण करें।" यह कहकर मीराँ ने दोनों हाथ जोड़े और उनका रथ फिर से आगे बढ़ चला।

गढ़ कि सिंहद्वार से बाहर आते ही बीरमदेव के शिविर से आये अनेक घुड़सवार राजपूतों ने आगे बढ़कर मीराँ जी का स्वागत किया। उनमें मेड़ता के कुँवर मुकुन्ददास, सेनानायक प्रताप सिंह आदि प्रमुख थे।

कुँवर मुकुन्ददास पुत्र जयमल ने मीराँ जी को बताया—

"दादू बीरमदेव सा अपने शिविर में आपकी प्रतीक्षा कर रहे हैं बुआ।"

मीराँ भतीजे मुकुन्द को देखकर खिल उठीं। बोलीं—"अच्छा!...तो तू आया है अपनी बुआ को लेने। और तेरे पिता जयमल कहाँ हैं?"

मुकुन्ददास ने कहा—"पिता जी तो हमें पुष्कर में मिलेंगे।"

मीराँ की चित्तौड़ से मेड़ता तक की यात्रा भीलवाड़ा, अजमेर, पुष्कर होकर कई पड़ावों में पूरी होनी थी। राव बीरमदेव अपने छोटे भाई स्वर्गीय रतन सिंह की कन्या मीराँबाई को बड़े प्यार और सम्मान के साथ उसके जालिम ससुराल से उसके पीहर में आख़िरकार लिवाने के लिए अब स्वयं तत्पर थे।

चित्तौड़ का किला उतरते ही आगे एक कोस के बाद मीराँ जी के दल को मेड़ता नरेश राव बीरमदेव की सैन्य छावनी में ले जाया गया। छावनी का तम्बू, कनात, रसद, पानी सब ऊँटगाड़ियों और बैलगाड़ियों पर पहले से लादा जा चुका था। बीरमदेव के घुड़सवार सिपाही और रसोइये, सेवक इत्यादि भी कूच के लिए तैयार थे। मीराँ जी के साथियों, सेवकों का काफी सामान भी ऊँटों द्वारा यहाँ तक लाया जा चुका था।

मुकुन्ददास आदि जब मीराँ जी के रथ तथा साथ के काफिले को लेकर उस सैन्य पड़ाव पर पहुँचे तो राव बीरमदेव का भी रथ तैयार था। बीरमदेव अपनी भतीजी मीराँ की अगवानी को आगे आये। मीराँ अपने रथ से उतरकर ताऊ सा के चरण स्पर्श को नीचे झुकीं। बीरमदेव ने उन्हें काँधों से पकड़कर थाम लिया–

"नहीं बेटी!...लड़कियाँ पैर नहीं छूतीं।"

"पर बाबो सा!...आप तो मेरे बड़े पिता हैं। आपका आशीर्वाद लेना मेरा परम सौभाग्य है।"

"अरी पगली!...मेरा आशीर्वाद तो सदैव तेरे साथ है। चल-चल तू मेरे साथ चलकर बैठ।"

–और यह कहकर बीरमदेव ने मीराँ जी को अपने रथ पर साथ में बैठा लिया। सारी सेना को कूच का हुक्म हुआ। मेड़तावाले चित्तौड़ से पीठ फेरकर मेड़ता के लिए चल पड़े।

ऊँट, घोड़े, बैल, मनुष्य सभी ने एक साथ एक ही दिशा का रुख किया। मौसम सुबह से ही खुशगवार था। आकाश में बादल छाये हुए थे जिन्होंने बीच-बीच में मार्ग में और आस-पास की धरती पर थोड़ा-बहुत छिड़काव भी किया था। इसलिए मिट्टी में एक सोंधी-सी गन्ध थी। धूल का फिलहाल नामोनिशान नहीं था।

मार्ग में ताऊ सा और भतीजी में काफ़ी देर तक कोई बात नहीं हुई। बीरमदेव यात्रा के दौरान मीराँ से उसके निकट अतीत के विषय में कोई प्रश्न पूछकर उसे अनावश्यक रूप से पुनः दुःखी नहीं करना चाहते थे। उनका पौत्र भँवर मुकुन्ददास सैन्यदल में एक सेनानायक के रूप में घोड़े पर चल रहा था। गबरू जवान था। अपने पिता जयमल की ही तरह वीर। बीरमदेव ने कहा–"देख रही हो मीराँ!...इस मुकुन्द को। अखाड़े में प्रतिदिन घण्टों अभ्यास किये बिना नहीं मानता। कसरत और पहलवानी का इतना शौक है कि क्या कहें? दो-दो मल्लों से अकेला ज़ोर करता है। इसे अखाड़े में परास्त करनेवाला कम-से-कम मेड़ता में तो कोई नहीं।"

"अच्छा...पर बाबो सा! अब तो यह विवाह योग्य है। कहीं कोई लड़की देखी इसके लिए?"

"तेरी ताई सा कहीं बात चला तो रही थीं। इधर मुझे यह सब जाँचने-समझने का अवसर कम ही मिल पाता है।"

"क्यों?...ऐसी क्या बात है?"

"बेटी!...जोधपुर का मालदेव नाक में दम किये हुए है। पता नहीं क्या वैर है उसे हमसे? अब तक बीस-इक्कीस बार मेड़ता पर हमले कर चुका है।"

"पर बाबो सा!...वह तो हम लोग के वंशज हैं। हमारे रक्त सम्बन्धी। क्या आपसे हाथीवाले पुराने झगड़े को अभी भी नहीं भूले हैं वे।"

"हाथीवाली दुश्मनी बड़ी पुरानी हो गयी। मालदेव को मेड़ता की समृद्धि और इसमें चारभुजानाथ के प्रताप से मेड़ता में व्याप्त परम शान्ति शुरू से खटकती है। अब तो वह जब से जोधपुर का अधिपति बना है साम्राज्य-विस्तार की हवस इस कदर बढ़ गयी है कि अपना-पराया उसकी अन्धी महत्त्वाकांक्षा के सामने कुछ भी मायने नहीं रखता। तलवार के बल पर वह पूरा राजस्थान हथियाने का स्वप्न देख रहा है इन दिनों!..."

तभी एकाएक जोरों से वर्षा होने लगी। सरदार प्रताप सिंह अपना घोड़ा बढ़ाकर बीरमदेव के नज़दीक आया। बोला—"हुकुम...बरखा तेज हो रही है। क्या आदेश है?"

बीरमदेव ने कहा—"गाड़ियों में छाजन की देखभाल कर लो। पर यहाँ नहीं ठहरना है। भीलवाड़ा पहुँचकर ही हमारा पहला पड़ाव पड़ेगा।"

बीरमदेव की सेना बस जरा देर को रुकी। साज-सामान को भीगने से बचाने के यथासम्भव प्रयत्न किये गये। उसके बाद यह लाव-लश्कर बरसते पानी में फिर से आगे बढ़ने लगा। अब हवा भी बरसात की धार को तिरछा करके यात्रियों को थोड़ा परेशान करने लगी थी।

मीराँ जी का रथ पीछे चल रहा था। उसमें ललिता और सुकन्या बरखा की फुहारों में भीगने लगी थीं। चन्दन सिंह अपने घोड़े पर साथ चलता उनके और नजदीक चलने लगा था। वह अपनी पत्नी सुकन्या को बीच में दो-तीन बार देख चुका था। ललिता ने सुकन्या को एक बार कोहनी मारी। सुकन्या सिर पर आँचल खींचकर लजा गयी।

शाम होते-होते भीलवाड़ा आ गया। यह वही भीलवाड़ा था जहाँ महाभारत की समाप्ति हो जाने के बाद अर्जुन द्वारकाधीश श्रीकृष्ण के आदेश पर यादव परिवारों की कुछ स्त्रियों को लेकर गुज़र रहे थे कि अचानक दुर्दान्त भील आदिवासियों के एक गिरोह ने लूटमार के इरादे से उन पर आक्रमण कर दिया था। अर्जुन इन भीलों से मुकाबला नहीं कर पाये थे। वही गाण्डीव धनुष और बाण हाथ में लिये हुए भी, जिनके रहते उन्होंने महाभारत के युद्ध में कौरव सेना के छक्के छुड़ा दिये थे। अजेय अर्जुन को पराजित कर वे आदिवासी भील उनके यात्री दल का न केवल सोना-चाँदी और ख़ज़ाना ही भारी मात्रा में लूटकर ले गये, बल्कि अर्जुन की अभिरक्षा में ले जायी जा रही अनेक स्त्रियों को भी वे बलपूर्वक उठा ले गये। तभी से यह लोकोक्ति प्रचलित हो गयी थी कि—

"मनुज बड़ा नहीं होत है समय बड़ा बलवान।
भिल्लन लूटीं गोपिका वहि अर्जुन वहि बान।"

जब राव बीरमदेव की सेना ने भीलवाड़ा के घने जंगलों में प्रवेश किया तो सब सैनिक अतिरिक्त रूप से सतर्क थे। आदिवासी भील यद्यपि पहले की भाँति दुर्दान्त

नहीं रह गये थे। अपना गुजारा वे वनसम्पदा के सन्तुलित उपयोग से चलाकर सीधा-सरल जीवनयापन करते थे। परन्तु घिरती हुई साँझ में कौन कब उनके बीच घुसकर उठायीगिरी अथवा अन्य कोई शरारत कर ही बैठे? कोई निश्चयपूर्वक कह नहीं सकता था।

भीलवाड़ा की बस्ती नजदीक आने पर मीराँ जी की दृष्टि एक छोटे-से मन्दिर पर पड़ी जिस पर एक केसरिया पताका लहरा रही थी। इस प्रक्षेत्र में वर्षा का कहीं कोई नामोनिशान न था।

मीराँ जी ने रथ रुकवाया। मन्दिर के निकट आते-जाते दो-तीन आदिवासी स्त्री-पुरुषों से उन्होंने पूछा—"यह किनका मन्दिर है?"

उत्तर मिला—"राम जी का।"

मीराँ जी का मन आनन्द से भर उठा। वह रथ से उतर पड़ीं। मीराँ जी को उतरता देख पीछे के रथ से ललिता और सुकन्या भी उतर पड़ीं। बीरमदेव ने प्रताप सिंह से कहा—"पड़ाव यहीं पड़ेगा। रोको सबको।"

मीराँ जी के पीछे एक छाजनयुक्त बैलगाड़ी से उनकी पाँच अन्य दासियाँ भी उतर पड़ीं, जिन्हें मीराँ सदैव अपनी सखियाँ ही कहकर बुलाती थीं। यह सारी स्त्रियाँ मीराँ जी के साथ उस छोटे-से राम-मन्दिर के दर्शनार्थ चल पड़ीं।

वनवासी राम-लक्ष्मण की भावपूर्ण मूर्तियाँ जैसे मीराँ जी की ही वहाँ वर्षों से प्रतीक्षा कर रही थीं। मीराँ ने मर्यादा पुरुषोत्तम प्रभु श्रीराम को दण्डवत् किया। वह वहीं धरती पर बिना किसी आसन के बैठ गयीं।

लोगों ने मीराँबाई को तब वहाँ गाते हुए सुना—

पायो जी मैंने राम रतन धन पायो।
वस्तु अमोलक दी मेरे सतगुरु, किरपा कर अपनायो।
जनम जनम की पूँजी पायी, जग में सभी खोवायो।
खरचै नहि कोइ चोर न लेवे, दिन दिन बढ़त सवायो।
सत की नाव खेवटिया सतगुरु, भवसागर तर आयो।
मीराँ के प्रभु गिरधरनागर, हरष हरष जस गायो।

रात्रि में वृक्षों के नीचे फैली धरती पर सेना दूर तक फैल गयी। सैनिक विश्राम करने लगे। जगह-जगह अलाव जलने लगे। ऊँटों और बैलों को खोल दिया गया। उनके रखवाले उनकी देखभाल करने लगे। घोड़ों को पेड़ों के तनों से बाँध दिया गया। उनके लिए भी दाना-पानी का प्रबन्ध हुआ। रसोइये एक विस्तृत क्षेत्र में बीरमदेव के सैन्य दल के लिए बड़े-बड़े हण्डों और कढ़ाहों में भोजन पकाने लगे। बीरमदेव, मीराँ, मुकुन्ददास के लिए कुछ विशेष तम्बुओं को खड़ाकर अस्थायी विश्रामगृह तैयार कर दिये गये।

प्रहरियों ने अपने-अपने मोर्चे पड़ाव के चारों ओर सँभाल लिये।

मीराँ जी को रात्रि में बताया गया कि कुछ आदिवासी भीलों की स्त्रियाँ उनसे मिलने को आयी हैं। मीराँ जी ने कहा—"हाँ-हाँ क्यों नहीं? शीघ्र...आने दो उन्हें।" मीराँ जी और ललिता-सुकन्या के देखते-देखते आदिवासी परिधान में कोई दर्जन भर स्त्रियों का एक झुण्ड चार भालाधारी युवकों से घिरा वहाँ आया।

युवक एक ओर पीछे ही रह गये। सब-की-सब श्याम वर्ण की भील स्त्रियाँ आकर मीराँ जी के चरणों में माथा टेककर भूमि पर बैठ गयीं। मीराँ जी ने एक लकड़ी की चौकी पर बैठे-बैठे उन सबको आशीर्वाद दिया—

"सदा श्री सौभाग्य से भरी-पूरी रहो तुम सब।...अरे आओ—आओ बहन। कैसी हो?"

"जी आपकी किरपा है रानी जी!"—सभी लगभग एक स्वर में बोलीं।

कुछेक चुप भी रहीं और वे विस्फारित नेत्रों से मीराँ जी को एकटक देखती रहीं। तब उनमें से एक ने हिम्मत करके कहा—

"आप ही मीराँबाई सा हैं? चित्तौड़ की महारानी?"

इस पर मीराँ जी ने हँसकर कहा—

"हाँ मैं ही हूँ। पर चित्तौड़ की रानी नहीं। वहाँ के मुरलीमनोहर श्रीकृष्ण प्रभु की एक दासी।"

"रानी तो आप हैं...और सदा रहेंगी।—" एक भील स्त्री ने कहा जो उनमें आयु से सबसे अधिक थी। मीराँ से भी कोई पन्द्रह-सोलह बरस बड़ी।

मीराँ ने कहा—"क्या नाम है आपका माई?"

"हमारा नाम गोमादेई।"

"गोमादेई?...कितना पावन नाम है।"

"सच में?"

"और क्या? इसमें तीन शब्दों का संयोग है...इसमें गऊ भी है माँ भी और देवी भी। आपके माता-पिता ने रखा था न यह नाम?"

"नहीं..."

"फिर?"

"आधा नाम माता का दिया है आधा मेरे आदमी ने दिया।"

"वह कैसे?"

"गोमा नाम बचपन का। माँ ने दिया था। उसमें देई जोड़ा मेरे आदमी ने जब मेरा उससे जोड़ा बना।"—गोमादेई ने शर्माते हुए कहा।

यह सुनकर सब-की-सब आदिवासी स्त्रियाँ एक साथ खिलखिलाकर हँस पड़ीं। मीराँ जी भी हँसीं। उनके पीछे खड़ी ललिता और सुकन्या भी हँसे बिना न रह सकीं। तब तक इस महिला शिविर के निकट भी एक बड़ा-सा अलाव जला दिया गया था।

एक भीलनी ने मीराँ जी से कहा—"आपके गाये बहुत-से भजन हम सब भी गाती हैं।"

अब चौंकने की बारी मीराँ जी और उनकी सखियों की थी। मीराँ के भजन सभ्य समाज में तो प्रचलित होने की आहटें उन्हें थीं। परन्तु आदिवासीबहुल पिछड़े क्षेत्रों में भी मीराँ की वाणी पहुँच चुकी थी, इसका उन्हें अनुमान न था।

मीराँ जी ने कहा—"कमाल है!...आप सब भी कृष्ण भजन करती हो? यह तो बहुत सुन्दर बात है। अच्छा हमें कुछ गाकर सुनाओ..."

"पर रानी जी! हम तो आपके दर्शन को इसीलिए आयी हैं कि आज आपका भजन आप ही से सुनेंगी।"—गोमादेई ने कहा।

"हाँ माई!...अवश्य सुनायेंगे। पर पहले तो आपसे सुनेंगे। हमारा कौन-सा पद गाती हैं आप लोग?"

इस पर वे सीधी-सरल स्त्रियाँ एक स्वर में गाने लगीं। एक समूह-गान। जिसे सुनकर ललिता-सुकन्या सहित अन्य सभी मीराँबाई की सखियाँ रोमांचित हो उठीं। स्वयं मीराँबाई अपनी दाहिनी हथेली अपने मुख पर रखकर विस्मयपूर्वक उन भील स्त्रियों का समवेत गायन सुनने लगीं।

म्हाँने चाकर राखो जी...
म्हाँने चाकर राखो जी...
मोर मुकुट पीताम्बर सोहे
गले बैजन्ती माला
बिन्दाबन में धेनु चरावै
मोहन मुरली वाला जी।
म्हाँने चाकर राखो जी...

आदिवासी स्त्रियाँ इन पंक्तियों को अनेक आवृत्तियों में गाती रहीं। शायद इतनी ही उन्हें याद थी। एक मुख से दूसरे मुख तक होते हुए यदि ईश्वर का इतना ही नाम संकीर्त्तन उन घोर अभावों में जीने-पलनेवाली स्त्रियों के कानों तक पहुँचा, तो यही बहुत था। मीराँ जी के सरल-सहज काव्य का यह चमत्कार ही तो था, जो लोक के श्रीमुख से आज उन्हीं के समक्ष प्रस्फुटित हो रहा था।

मीराँ जी ने भीलनियों का गान समाप्त होने पर दोनों हाथों से ताली बजायी। पीछे खड़ी उनकी सभी सखियों ने आह्लादित भाव से ताली बजाकर उनका साथ दिया। मीराँ ने कहा—

"क्या बात है...आप सभी बहनें कितना मीठा गाती हैं। गिरधर जी प्रसन्न हो गये होंगे।...ललिता कहाँ हैं मेरे गिरधर जी? जरा लाना उन्हें।"

ललिता जाकर मीराँ जी की शय्या पर पहुँड़े उनके गिरधरगोपाल की प्रतिमा को ले आयी। मीराँ ने उन्हें अपने दोनों हाथों में लेकर ऊपर उठाया—"ये हैं हम सबके गिरधरगोपाल जी।"

दर्शन होते ही सब-की-सब आदिवासी स्त्रियों ने गिरधर जी को साष्टांग दण्डवत् किया। कुछ दूर एक पेड़ के नीचे खड़े चारों भील नवयुवक भी वहीं से धरती पर लेट गये। मीराँबाई के सुप्रसिद्ध गिरधरगोपाल ने आज स्वयं उनके भीलवाड़ा आकर उन्हें कृतार्थ जो किया था।

मीराँबाई ने कहा—"और कोई भजन याद है माई?" इस पर गोमादेई गाने लगीं—

मैं तो गिरधर के घर जाऊँ...
मैं तो गिरधर के घर जाऊँ...

सारी अन्य भीलनियाँ भी गोमादेई के स्वर-में-स्वर मिलाने लगीं—

मैं तो गिरधर के घर जाऊँ...
गिरधर म्हारो साँचो प्रीतम
देखत रूप लुभाऊँ
गिरधर के घर जाऊँ
मीराँ के प्रभु...

अब मीराँ जी भी उन स्त्रियों के साथ गाने लगीं—

मीराँ के प्रभु गिरधर नागर
बार बार बलि जाऊँ
मैं तो गिरधर के घर जाऊँ...

मीराँ जी को अपने साथ गाता देखकर सारी आदिवासी स्त्रियाँ खुशी से झूम उठीं। अब गायन समाप्त होते ही मीराँ जी की भाँति उनकी प्रशंसा में सब-की-सब भीलनियाँ भी दोनों करतलों से ताली बजा उठीं। करतल ध्वनि समाप्त हुई कि—"रानी जी!...ओ रानी जी!!—अब तो सुना दें आप कुछ—" गोमादेई तब मीराँ से फरियाद करने लगीं। सारी अन्य स्त्रियाँ भी उनसे मनुहार कर उठीं।

मीराँ जी ने कहा—"आपने तो आज मीराँ को बिना मोल के खरीद लिया है माई! आपकी ये सभी बहनें और बेटियाँ सब-की-सब अद्‍भुत हैं। विशाखा! सखी जा हमारा इकतारा ले आ।"

मीराँ जी ने गिरधरगोपाल को ललिता सखी के हाथ में दे दिया। उनकी विशाखा सखी उर्फ़ सुकन्या इकतारा ले आयीं। मीराँ जी इकतारा हाथ में ले खड़ी हो गयीं। वे उन भक्तिरस में निमग्न आदिवासी स्त्रियों को अपने भजन और नर्तन के सम्पूर्ण आनन्द से वंचित होने का ज़रा-सा भी अवसर शेष नहीं रहने देना चाहती थीं। प्रेम का प्रतिदान सम्पूर्ण प्रेम से ही सम्भव होता है। आधे-अधूरे हृदय से नहीं। उदारमना मीराँ इसे भली-भाँति जानती थीं।

इकतारा बजने लगा। मीराँ गाने लगीं। मीराँ नाचने लगीं। उनके साथ वे सारी वन्य स्त्रियाँ भी अपना परम सौभाग्य जानकर सामूहिक नृत्य करने लगीं—

माई री मैं तो लीनो गोविन्दो मोल।
कोई कहै छाने कोई कहै छुपकै, लियो री बजन्ता ढोल।
कोई कहै महँगो कोई कहै सोंधो, लियो री तराजू तोल।
कोई कहै कारो कोई कहै गोरो, लियो री अमोलक मोल।
याही कूँ सब जग जाणत हैं, लियो री आँखी खोल।
मीराँ कूँ प्रभु दरसण दीज्यो, पूरब जनम को कोल।

सारी आदिवासी स्त्रियाँ मस्त होकर नृत्य कर रही थीं। फिर वे मीराँ जी का हाथ पकड़कर अपने साथ गोल दायरा बनाकर सामने जलती आग के इर्द-गिर्द नाचने लगीं। समवेत करतल ध्वनि के साथ सब-की-सब एक ही पंक्ति को पकड़कर गाने लगी थीं—

माई री मैं तो लीनो गोविन्दो मोल।...

और इधर गोमादेई जिसे मीराँबाई ने माई का सम्बोधन दिया था, गद्‌गद हुई जा रही थी। वह स्त्री ही इन सभी भोली-भाली स्त्रियों की मुखिया थी। सर्वाधिक स्मृति उसी की तीव्र थी। वह इस नये सुने भजन की कुछ पंक्तियाँ भी अब गा रही थी—

माई री मैं तो लीनो गोविन्दो मोल...
कोई कहै महँगो कोई कहै सोंधो
लियो री तराजू तोल
माई री मैं तो लीनो गोविन्दो मोल...

और मीराँ जी ने तब गोमादेई को अपने हृदय से लगाकर कहा—

"माई!...गोमादेई!! यह मेड़तणीं मीराँ बलिहारी है आपकी इस निष्पाप भक्ति पर। आप सभी वनपुत्रों की माता हैं। यहाँ की कृष्णप्रिया हैं।...लीजिये आज से मीराँ का यह इकतारा आपका हुआ।"

गोमादेई मीराँ जी के चरणों में गिर पड़ी। बोली—"मीराँबाई सा! यह बाजा तो आपका है...आप इसके बिना कैसे गायेंगी?"

मीराँ जी ने कहा—"माई! मीराँ के पास दूसरा बाजा फिर आ जायेगा कहीं से। पर यह इकतारा तो अब आपके पास ही रहकर असंख्य वनवासियों का कल्याण करेगा।"

और तब भीलों की माई गोमादेई को मीराँबाई ने अपने प्रिय इकतारे के रूप में श्रीकृष्ण प्रभु के चरणों की अविचल भक्ति प्रदान की। मीराँ के भजन अभी तक जन-जन में गाये जाते थे। आदिवासियों तक में आज मीराँबाई की प्रत्यक्ष प्रेरणा ने भीलवाड़ा के उस वनांचल को सम्मोहित करके रख दिया। आदिवासी स्त्रियों व पुरुषों का वह समूह—"भक्तिमती मीराँबाई की जय" का उद्‌घोष कर राव बीरमदेव के सैन्य शिविर से अपने आदिवासी ठिकानों पर वापस लौट गया। रात्रि पूरी तरह से घिर

चुकी थी। भोजनोपरान्त सभी शिविरवासी शीघ्र ही गहन निद्रा में डूब गये। जबकि प्रहरीगण बारी-बारी से जागते रहे, सावधानीपूर्वक दूर-दूर तक नज़र रखते हुए।

लोक-कल्याण की भावना सदैव सन्तों के मन में रहती है। वे जहाँ जाते हैं सद्भावना और सत्प्रेरणा का मकरन्द उसी प्रकार जनमानस में बिखेरते हैं, जैसे कोई भ्रमर पुष्पों का पराग ग्रहण कर दूसरे पुष्पों तक उसे पहुँचाता है और जिस तरह प्रकृति का पुष्पित-पल्लवित होने का अनुरागमय मधुमय क्रम निरन्तर चलता रहता है।

यदि सन्त न हों तो संसार रेगिस्तान की रेत-जैसा बिखर जाये। निष्प्राण और निरर्थक हो जाये। सन्तों की वाणी देर तक और दूर तक असर करती है। वह चेतना प्रदान करती है उजड़े हुए संसार को फिर से बसने के लिए। बहके हुए कदमों को फिर से अपनी पुरानी लय पकड़ने के लिए। हिंसा, नैराश्य और घृणा के भावों को परिवर्तित हो अहिंसक एवं सकारात्मक दिशा में बहने के लिए। मनुष्य को कुछ पल ठहरकर शान्ति से सोचने के लिए। आशा की वह किरण खोजने के लिए, जो कहीं हमारे आस-पास ही छिपी रहती है। प्रेम का एक जादुई स्पर्श प्राप्तकर प्रेमपथ पर पुनः चल पड़ने के लिए। मीराँ भी उसी मिट्टी की बनी हुई थीं जो किसी व्यक्ति को साधारण से सन्त बना देती है। चित्तौड़ प्रवास मीराँ के जीवन को साधारण से असाधारण स्वरूप में परिवर्तित होने का एक माध्यम था और चित्तौड़ परित्याग मीराँ के लिए सन्तत्व की दिशा में बढ़ने का जीवनाध्याय।

भीलवाड़ा के आगे की यात्रा मीराँ ने पुनः अपने रथ में सखियों ललिता और सुकन्या के साथ तय की। ताऊ सा बीरमदेव के साथ घोड़े से उतरकर उनके पौत्र भँवर मुकुन्ददास विराजमान हो गये। मीराँ जी अपने ही रथ में पधारीं। ललिता और सुकन्या बड़ी प्रसन्न हुईं। सुकन्या तो विशेष रूप से आनन्दित हुई कि लम्बी यात्रा है। ऐसे में मीराँ जीजा की उपस्थिति का लाभ उठायेगी। उनसे यात्रा के दौरान ढेर-सारी बातें करेगी।

"जीजा!...यह बताइये अभी कितने दिन लगेंगे मेड़ता पहुँचने में?"—सुकन्या ने कहा।

"यही कोई छह-सात दिन"—मीराँ जी बोलीं।

"इत्ते दिन?"

"हाँ...देख तीन दिन तो हमें अजमेर पहुँचने में ही लग जायेंगे। फिर वह पड़ाव भी पार कर जायेंगे तो पुष्कर तीर्थ आयेगा। वहाँ एक रात्रि विश्राम तो अपन करेंगे

ही। मन लग गया तो एक-दो दिन और। आखिर जगत्पिता ब्रह्मा जी का स्थान है वह। उनके मन्दिर के दर्शन किये बिना भला कैसे आगे जा सकते हैं?''

''अरे हाँ! बड़ा आनन्द आयेगा।''

''सुबह-शाम पुष्कर सरोवर में स्नान और कान्हा जी का ध्यान...ऊपर से ब्रह्मा जी के मन्दिर के पावन दर्शन।''

''पर क्या इतने दिन यह मेड़ता की सेना भी वहाँ छावनी डाले पड़ी रहेगी?—'' सुकन्या ने पूछा।

''अरे नहीं री!...सेना तो उसी दिन आगे बढ़ जायेगी। पुष्कर में भइया जयमल आ रहे हैं। वे हमारे साथ एक-दो दिन वहीं रुकेंगे। फिर उनके साथ ही हम लोग मेड़ता चलेंगे।''—मीराँ ने कहा।

''ठीक ही तो है। तीर्थ स्थान पर इतने फ़ौज-फाँटा की क्या आवश्यकता?... सेना राव हुकुम के साथ मेड़ता चली जावेगी।''

अब तक चुप बैठी ललिता पहली बार बोली—

''अब ज्यादा चपड़-चपड़ न कर। कुछ देर शान्त बैठ। नहीं तो तेरे चन्दन सिंह को भी उसी ठौर मेड़ता भिजवा देंगे।''

यह सुनकर सुकन्या ने बुरा-सा मुँह बनाकर ललिता को जीभ चिढ़ायी। ललिता ने मीराँ जी के पीछे से घुमाकर सुकन्या की पीठ पर एक मुक्का मारा।

मीराँ दोनों सहेलियों की इस प्यार-भरी चुहुलबाज़ी पर हँसने लगीं। रथ के बाहर वृक्ष, सरोवर, खेत-खलिहान, झोंपड़े, मवेशी पीछे छूटते जा रहे थे। आकाश में बादलों की लुका-छिपी आज भी जारी थी।

तीन दिन में मेड़ता नरेश का वह काफ़िला पड़ाव-दर-पड़ाव अजमेर पहुँचा। अजमेर से सेना ने रास्ते में रिक्त हो गयी खाद्य-सामग्री की प्रतिपूर्ति की। फिर अगली सुबह सारा सैन्य दल पुष्कर के लिए प्रस्थान कर गया।

पुष्कर में दोपहर में ही मीराँ के दल के सब लोग पहुँच गये। वहाँ राव बीरमदेव के पाटवीपुत्र राजकुँवर जयमल अपने थोड़े से सैन्य-बल के साथ आ गये। मीराँ अपने छोटे भाई से बहुत प्रेमपूर्वक मिलीं। जयमल ने मीराँ के चरण स्पर्श किये। कुछ पल सबने साथ बिताये। राव बीरमदेव ने मेड़ता की कुशलता पुत्र से जानी। जयमल ने कहा कि—''वहाँ सब ठीक है। माँ सा बहुत अधीरता से मीराँ की प्रतीक्षा कर रही हैं।''

मीराँ जी को जयमल ने पुष्कर में उनकी उसी प्रिय धर्मशाला में ठहरवाया जिसमें वह हमेशा ठहरा करती थीं। राव बीरमदेव मीराँ को फिर राजकुँवर जयमल की अभिरक्षा में छोड़कर सेना सहित मेड़ता कूच कर गये। ललिता, सुकन्या, अन्य सहेलियाँ मीराँ के साथ मेड़ता में ठहर गयीं। सुकन्या का पति चन्दन सिंह और उसके साथ चित्तौड़ से आये मीराँ के अन्य सभी अंगरक्षक भी पुष्कर में ठहर गये।

राजस्थान के अजमेर शहर से 14 किलोमीटर दूर अरावली की पहाड़ियों की गोद में बसा पुष्कर नाम का छोटा-सा कस्बा। भारत का एक सुप्रसिद्ध तीर्थस्थल। पुष्कर के बारे में भी अनेक पुराण कथाएँ हैं। उनमें से एक यह कि एक बार देवी सरस्वती ने क्रोधित होकर ब्रह्मा जी को शाप दे दिया कि जिस सृष्टि की रचना उन्होंने की है, उसी सृष्टि के लोग उन्हें भुला देंगे। उनकी कहीं पूजा नहीं होगी। लेकिन बाद में देवों की विनती पर सरस्वती पिघलीं। उन्होंने कहा कि धरती पर पुष्कर ही ऐसा एकमात्र स्थान होगा जहाँ मनुष्य उनकी पूजा करेंगे। इसलिए विश्व में ब्रह्मा जी का केवल एक ही मन्दिर है जो पुष्कर तीर्थ में स्थित है।

पुष्कर का अर्थ है एक ऐसा सरोवर जिसकी रचना पुष्प से हुई हो। पुराणों के अनुसार जगतृपिता ब्रह्मा जी ने अपने यज्ञ के लिए एक उचित स्थान चुनने की इच्छा से यहाँ एक कमल का पुष्प गिराया था। तभी से यह उनका पावन तीर्थ स्थान बन गया। श्रद्धालुओं में मान्यता है कि कार्तिक माह के शुक्ल पक्ष के अन्तिम पाँच दिनों में जो कोई व्यक्ति पुष्कर तीर्थ में स्नान-पूजन करता है उसे अवश्य ही मोक्ष की प्राप्ति होती है।

मीराँ जी अपने बचपन में अनेक बार अपने दादू, ताऊ सा, माता-पिता के साथ पुष्कर आ चुकी थीं। उन्होंने पुष्कर में लगनेवाले दो वार्षिक मेले भी देखे थे। उन ग्रामीण मेलों में ढेर-सारी दुकानें, खाने-पीने की गुमटियाँ, नट-बेड़ियों के करतब, पशुओं के बाजार होते थे। ऊँटों और घोड़ो की दौड़, लोकनृत्य जिनमें घूमर नृत्य, कालबेलिया नृत्य आदि प्रमुख थे। वे सब मीराँ जी ने बचपन में देखे हुए थे।

उनके अनेक किस्से मीराँ जी ने सुकन्या को बताये। ललिता तो प्रारम्भ से मीराँ के साथ रही थी। सब जानती थी। सुकन्या मीराँ के पास तब आयी जब मीराँ चित्तौड़ में सात वर्ष का अपना अल्पकालिक वैवाहिक जीवन बिता चुकी थीं। उसे मीराँबाई के बारे में जानने की इसीलिए काफ़ी जिज्ञासा रहती थी।

मीराँ ने सुकन्या को यह भी बताया कि ''कुड़की आदि 12 गाँवों की जागीर पहले सीहा के पुत्र भोजा के अधीन थी। उसके बाद यह जागीर मेड़ता के अधीन हो गयी। ताऊ सा बीरमदेव ने सीहावत भाइयों से, युद्ध में उन्हें परास्त कर, कुड़की की जागीर छीन ली थी। फिर इसे उन्होंने अपने छोटे भाई मेरे पिता रतन सिंह दूदावत को दे दिया था। यह घटना मेरे विवाह के लगभग एक वर्ष बाद घटित हुई थी। मैं जब पहली बार विवाहोपरान्त मेड़ता आयी तो वह अपने पिता के साथ भी उनके कुड़की के महल में कुछ माह रही। यहाँ विराजमान विग्रहों की पूजा-अर्चना भी मैंने की थी। कुड़की में जो भगवान का मन्दिर था उसके इर्द-गिर्द तुलसी के पौधों की भरमार थी। यह कृष्णार्पिता मीराँ उन तुलसी के पौधों पर बहुत प्रेमपूर्वक जल चढ़ाती थी। मजे की बात ये कि तुलसी के पौधे कुड़की के महल में बिना बीज बोये अपने-आप यत्र-तत्र उग आते थे।''

मीराँ जी ने तुलसी जी पर भी उन्हीं दिनों एक पद कहा था—

नमो नमो तुलसी महारानी, नमो नमो हरि की पटरानी।
जाके दरस परस अघ नासे, महिमा वेद पुराण बखानी।

पुष्कर तीर्थ में पुरानी स्मृतियों को खँगालते हुए जब मीराँ जी यह पद गाने लगीं तो अचानक उन्होंने ललिता सखी से पूछा—

"ललिता...तुमने मेरा यह पद लिखा है?"

ललिता ने इन्कार में सिर हिलाया। मीराँ जी ने कहा कि "लिख लो—नमो नमो तुलसी महारानी..."

साखा पत्र मंजरी कोमल, श्रीपति चरण कमल लिपटानी।
धन तुलसी पूरब तप कीन्हाँ, सालिगराम भई मनमानी।

इस पद में मीराँबाई भगवान् के प्रसाद में तुलसी की महत्ता बताते हुए कहती हैं कि भगवान् के आगे यदि छप्पन व्यंजन भी रखे हों तो बिना तुलसी के प्रभु उन्हें भी नहीं स्वीकारते...आदि-आदि।

सुकन्या ने कहा—"जीजा!...आप मेड़ता से क्या इस बार कुड़की भी जायेंगी? अपने पिता की पुरानी कर्मभूमि?"

मीराँ जी ने एक गहरी साँस भरी और कहा—"अब वहाँ मेरा क्या काम? जब पिता ही नहीं रहे तो वहाँ जाकर किसका मुख देखूँगी?...अब तो बस मेड़ता ही जाना है। वही मेरा पीहर है वही मेरा सब-कुछ।"

मेड़ता में जन्मीं मीराँबाई का मेड़ता ही पीहर के नाम पर सब-कुछ था। मीराँ के बालपन की असंख्य स्मृतियाँ मेड़ता के कण-कण में बसी थीं। मीराँ के लिए मेड़ता एक ऐसा रोमांचकारी स्थान था जो जब भी उनके सपनों में आता मीराँ उसमें विचरते हुए सदैव एक नन्हीं-सी बालिका बन जातीं।

पुष्कर से 75 किलोमीटर दूर मेड़ता की यात्रा दो दिन में मीराँ, जयमल और उनके सह-यात्रियों ने तय की। मेड़ता में राजमाता गोरज्या देवी पुत्री मीराँ की भारी हृदय से प्रतीक्षा कर रही थीं।

मीराँ जब मेड़ता पहुँचीं तो मीराँ की ताई सा गोरज्या देवी ने उन्हें अपने कलेजे से चिपटा लिया। दो स्त्रियाँ, जिनका चित्तौड़गढ़ से क्रमशः पीहर और ससुराल का नाता था, मेड़ता की एक अत्यन्त गुणी और तेजस्वी पुत्री कीं चित्तौड़ में घोर बेकद्री और उस पर ढाये गये जुल्मों को याद कर परस्पर धारोंधार रोयीं।

अब तक मीराँ से पहले मेड़ता पहुँच चुके ताऊ सा बीरमदेव उसकी ताई सा गोरज्या देवी को 'वह सब-कुछ' बता चुके थे जो उन्हें इस बार चित्तौड़ जाने पर मालूम पड़ा था। स्वर्गीय राणा सांगा की बहन गोरज्या देवी का हृदय धक् से रह गया था। अपने पीहरवालों के कुकृत्यों पर वह शर्म से गड़ गयी थीं। कितनी आशाओं के साथ उन्होंने इस फूल-सी बच्ची को वहाँ विदा किया था। किन्तु आज पूरे सोलह बरस

बाद वह चित्तौड़ के अपने प्रवास को सदा-सर्वदा के लिए तिलांजलि देकर मेड़ता वापस आ गयी थीं। अपने उन्हीं गिरधरगोपाल के साथ जो यहाँ से वहाँ उसकी गोद में गये। जब लौटीं तो वे गिरधरगोपाल भी मीराँ के साथ पूर्ववत् मेड़ता लौट आये।

मीराँ की धार्मिक स्वतन्त्रता की बहाली का यह परम अवसर था। मेड़ता में मीराँ जी की ख्याति उनके आने से पूर्व ही पहुँच चुकी थी। जब मीराँ राठौड़ों के आराध्य, उसके परमप्रिय परम वैष्णव दादू सा स्वर्गीय राव दूदा जी द्वारा पधराये गये भगवान् चारभुजानाथ जी के मन्दिर में पूजन हेतु गयीं तो स्त्री-पुरुषों की भारी भीड़ मीराँ जी के पावन दर्शनों के लिए पहले दिन ही वहाँ व्यग्रता के साथ एकत्रित थी।

सारे लोग सन्त मीराँ की एक झलक पाने और उनका भजन सुनने और नृत्य देखने का सौभाग्य प्राप्त करने हेतु मन्दिर परिसर में आये थे। सारा देवस्थान खचाखच भरा था। बड़ी मुश्किल से मीराँ जी को मन्दिर-मण्डप में ले जाया गया। ललिता और सुकन्या हमेशा की तरह उनके साथ थीं।

आज वर्षों बाद श्रीकृष्ण प्रभु के चतुर्भुज स्वरूप में मीराँ ने पुनः दर्शन प्राप्त किये। उन्होंने अपनी सखियों सहित उन्हें भूमिष्ठ हो प्रणिपात किया। फिर भाव-विभोर होकर मीराँ जी वहाँ गाने लगीं।

इस बार सन्त मीराँ मेड़ता के श्रोता समाज के सम्मुख अपना भजन प्रस्तुत कर रही थीं। भक्तों की अपार भीड़ मेड़ता नगर की इस महान् पुत्री के अद्भुत स्वरूप के दर्शन कर रही थी। मीराँ चारभुजानाथ जी को सम्बोधित कर गा रही थीं—

म्हारो जणम जणम रो साथी थाँणे णा बिसरयाँ दिन राती।
थाँ देख्याँ विण कल णा पड़ताँ जाणे म्हारो छाती।
ऊँची चढ़चढ़ पंथ निहारयाँ कलप कलप अँखियाँ राती।
भो सागर जग बन्धण झूँठा कुलरा न्याती।
दोऊ कर जोड्याँ अरज करत हूँ, सुण लीज्यो मेरी बाती।
पल पल थारो रूप निहाराँ निरख निरख मदमाती।
मीराँ रे प्रभु गिरधर नागर, हरि चरणाँ चित्त राती।

मीराँ जी ने लगभग तीन वर्ष का समय मेड़ता में बिताया। प्रत्येक सन्ध्या मीराँ जी मेड़ता के चारभुजानाथ के मन्दिर में उसी तरह भजन-कीर्त्तन हेतु जाया करती थीं, जिस प्रकार से चित्तौड़ के उस श्रीकृष्ण-मन्दिर में जो कालान्तर में मीराँ-मन्दिर के नाम से ही विख्यात हो चला था। साधु-संगत अब सन्त मीराँ को मेड़ता में बिना किसी रोक-टोक के सुलभ थी। मेड़ता में अब दूर-दूर से साधु-सन्त मीराँ जी की दिव्य उपस्थिति का समाचार सुन उनके दर्शनों हेतु उनसे भेंट करने दौड़े चले आने लगे थे। मीराँ जी के आ जाने से समूचे मेड़ता का वातावरण कृष्णमय हो गया।

15

आली मोहि लागत बृन्दाबन नीको

मेड़ता में रहते मीराँ जी को चित्तौड़ पर गुजरात के सुल्तान बहादुरशाह के दूसरे हमले की खबर मिली। इस बार का हमला बहुत भयानक और निर्णायक था, जिसमें मीराँ के विक्षुब्ध ताऊ सा मेड़ता नरेश बीरमदेव ने मेवाड़ के राणा विक्रमादित्य की कोई सैन्य सहायता नहीं की। अनेक राजा और सामन्त पहले ही उस दुष्ट राणा से नाराज थे। उन्होंने भी राणा की कोई सहायता नहीं की।

चित्तौड़ को बहादुरशाह ने घेर लिया। यह घेरा सन् 1534-35 ई. के दौरान पड़ा था। इस बीच चारों ओर से निराश राजमाता रानी कर्मावती ने एक अभूतपूर्व काम किया। उन्होंने मेवाड़ की सहायता के लिए मुग़ल बादशाह हुमायूँ को राखी भेजी और पत्र लिखा कि एक बहन अपने एक भाई को राखी भेज रही है। भारत देश में भाई द्वारा राखी के बन्धन की लाज रखने की परम्परा है जिसके अनुसार संकट के समय भाई अपनी बहन की रक्षा का दायित्व निभाते हैं। अतः हुमायूँ चित्तौड़गढ़ में शत्रु से घिरी अपनी बहन कर्मावती की रक्षा करे। दूसरे शब्दों में उन्होंने मुग़ल बादशाह से मेवाड़ की रक्षा की फ़रियाद की।

हुमायूँ सहायता के लिए अपनी सेना लेकर आगरा से चला भी, लेकिन ग्वालियर पहुँचते-पहुँचते उसे बहादुरशाह का एक पत्र मिला कि—मैं राणा मेवाड़ के खिलाफ इस समय जेहाद पर हूँ। तुम मुसलमान होकर एक काफ़िर की मदद करोगे तो ख़ुदा को क्या मुँह दिखाओगे? यह पत्र पढ़कर हुमायूँ ग्वालियर में ही ठहर गया। वह कर्मावती की सहायता हेतु चित्तौड़ नहीं पहुँचा।

बहादुरशाह की तोपों ने चित्तौड़ के किले की दीवारों को अनेक स्थलों पर ध्वस्त कर दिया। मुट्ठी भर जियाले राजपूत गुजरात की विशाल सेना से क्या लड़ पाते? उस साके में फिर भी राणा के अनेक वफ़ादार सैनिकों ने अपनी जान दी। राणा विक्रम किन्तु कायरों की भाँति अपने कुछ साथियों सहित भाग निकला। उसके साथ पन्ना धाय भी कुँवर उदय सिंह को बचाकर चित्तौड़गढ़ से निकल गयी। रानी कर्मावती ने किले पर शत्रु का कब्जा होने पर जौहर रचाया।

कहते हैं कि रानी कर्मावती सहित 13000 स्त्रियों ने धधकते अग्निकुण्ड में कूदकर अपने शील एवं आत्मगौरव की रक्षा हेतु आत्मबलिदान दिया। रानी पद्मिनी के बाद चित्तौड़ में रानी कर्मावती का यह दूसरा बड़ा जौहर था। हाड़ी रानी करमेती ने अपने जिस पुत्र विक्रमादित्य को मेवाड़ का राणा बनवाने हेतु सारा जीवन हर दन्द-फन्द अपनाया उनका वही नालायक पुत्र घोर संकट के समय अपनी माँ के किसी काम नहीं आया। चित्तौड़ के किले पर बहादुरशाह का कब्ज़ा हो गया। उसने किले में भयंकर मारकाट मचायी और कुम्भश्याम तथा मीराँ-मन्दिर सहित विभिन्न मन्दिरों में तोड़-फोड़ की। मूर्तियों को विरूपित किया। भोजराज की स्मृति में मीराँ जी द्वारा निर्मित कराया गया वह छोटा-सा कृष्ण-मन्दिर तो पूरी तरह से ध्वस्त कर दिया गया जो उनके शिक्षा गुरु पण्डित गजाधर तिवारी तथा उनके पुत्रों द्वारा सेवित था।

मीराँ जी को जब पीहर में यह सब पता चला तो उन्हें मर्मान्तिक पीड़ा पहुँची। उन्हीं दिनों दैवयोग से मेड़ता के भी दुर्दिन आ गये। सन् 1536 ई. में कुछ समय बाद राव बीरमदेव के परमशत्रु जोधपुर के राजा मालदेव गांगावत ने मेड़ता पर आक्रमण कर दिया। राव बीरमदेव का सैन्यबल जोधपुर की शक्तिशाली सेना के आगे कुछ भी नहीं था। उनके सरदारों ने सलाह दी कि मेड़ता मालदेव को सौंप दिया जाये। इस युद्ध से कोई लाभ नहीं। आखिर राजा मालदेव राव बीरमदेव के सम्बन्धी ही तो हैं। कुछ समय बाद जब उनका क्रोध शान्त हो जायेगा तो सन्धि करके मेड़ता उनसे वापस ले लिया जायेगा।

राव बीरमदेव अपने पुत्र जयमल, भतीजी मीराँबाई और अन्य सभी परिवार जन सहित मेड़ता छोड़कर अजमेर चले गये और लगभग दो वर्ष वहाँ रहे। मीराँबाई अपने ताऊ सा के साथ अजमेर में रहकर हरिकीर्त्तन करती रहीं।

चित्तौड़ में बहादुरशाह की विजय कोई स्थायी विजय नहीं थी। विध्वंस और बहुत-से धन एवं रत्नाभूषणों आदि की लूट-पाटकर बहादुरशाह गुजरात लौट गया। किले में उसने अपने जो सिपाही रक्षार्थ छोड़े थे उन पर कुछ ही समय बाद मेवाड़ के वफादार राजपूतों ने आक्रमण कर चित्तौड़गढ़ को पुनः अपने कब्जे में ले लिया और राणा विक्रमादित्य को पुनः गद्दी पर बैठा दिया। लेकिन फिर सन् 1536 ई. में वही दासीपुत्र बनवीर धोखे से राणा विक्रम की हत्या कर चित्तौड़ की गद्दी पर जा बैठा। उसने राणा विक्रम के छोटे भाई उदय सिंह की भी हत्या करनी चाही। किन्तु पन्ना धाय सिसोदियों के उस कुलदीपक को किसी तरह हत्यारे बनवीर के प्रकोप से बचाकर चित्तौड़गढ़ से निकाल ले गयी। इस लोमहर्षक घटनाक्रम का समाचार मीराँबाई को अपने निर्वासन-काल में मिला था।

इसके बाद, साम्राज्यवादी मालदेव ने राव बीरमदेव को अजमेर में भी चैन से रहने नहीं दिया। उसने सन् 1538 ई. में अजमेर पर भी आक्रमण कर दिया। बीरमदेव

को वहाँ से भी भागना पड़ा। राजा मालदेव का इस प्रकार मेड़ता के बाद अजमेर पर भी कब्ज़ा हो गया। मीराँ को भी अपने ताऊ सा के राज-परिवार के साथ दर-दर की ठोकरें खानी पड़ीं।

जब बीरमदेव का अजमेर भी छूट गया तब इस निर्वासन-काल में मीराँ जी ने अपने ताऊ सा से ब्रज प्रदेश की यात्रा करने की आज्ञा माँगी। वह अपने संकटग्रस्त पीहरवालों पर बोझ बनी रहना नहीं चाहती थीं। उन्होंने उनसे कहा कि वह अपना शेष जीवन श्रीकृष्ण की भक्ति में उनके लीलाधाम वृन्दावन में व्यतीत करना चाहती हैं। बीरमदेव अपने साथ भक्ति सागर में डूबी अपनी भतीजी की दुर्गति कहाँ तक करवाते? बीरमदेव जी ने मीराँबाई को वृन्दावन जाने की अनुमति दे दी। उन्होंने मीराँ को बैलों से जुते छकड़ों में उनका माल-असबाब, राशन-पानी लादवाकर, ऊँटगाड़ियों पर उनकी सखियों-सहेलियों के साथ, कुछ सैनिकों की सुरक्षा में अन्ततः भारी मन से विदा किया। इस तरह सन् 1538 में मीराँबाई वृन्दावन की यात्रा पर चल पड़ीं।

विगत पाँच वर्ष की अवधि में बीरमदेव के सुपुत्र जयमल अपनी बड़ी बहन मीराँबाई के और भी निकट हो गये थे। भक्तिमती मीराँ के सत्संग के फलस्वरूप परमवीर जयमल भी श्रीकृष्ण भगवान् के परम भक्त हो गये। उन्हें मीराँ जी से बिछड़ना बहुत कष्टप्रद लगा। परन्तु होनी के आगे किसका बस चलता है?

वृन्दावन तो अनन्त लीलाधर श्रीकृष्ण प्रभु का परम धाम है। मीराँ तो वहाँ जाने का वर्षों से स्वप्न देखतीं और गाया करती थीं—

चलो मन गंगा जमुना तीर।
गंगा जमुना निरमल पाणी, सीतल होत सरीर।
बंसी बजावत गावत कान्हो, संग लिया बलबीर।
मोर मुकुट पीताम्बर सोहे, कुण्डल झलकत हीर।
मीराँ के प्रभु गिरधर नागर, चरण कँवल पै सीर।

पड़ाव-दर-पड़ाव चलता हुआ मीराँ जी का काफ़िला सर्वप्रथम मथुरा पहुँचा। वहाँ वह श्रीकृष्ण जन्मभूमि के दर्शन करना चाहती थीं। मीराँ को पता चला कि श्रीकृष्ण-जन्मभूमि पर कन्नौज के शासक राजा विजयपाल द्वारा बनवाये गये सैकड़ों बरस पुराने कृष्ण-मन्दिर को दिल्ली सल्तनत के पूर्व सुल्तान सिकन्दर लोदी द्वारा ध्वस्त कर वहाँ एक मस्जिद का निर्माण अभी कुछ ही वर्ष पूर्व कराया गया है और अब वहाँ सैनिकों का सख्त पहरा रहता है। मीराँ ने तब मन-ही-मन श्रीकृष्ण-जन्मभूमि को दूर से ही प्रणाम किया। फिर वह मथुरा से गोकुल की दिशा में मुड़ गयीं।

ब्रजक्षेत्र की आबादी उन दिनों बहुत नहीं थी। न ही आज की तरह बहुत अधिक पक्के भवनों का निर्माण हर तरफ था। ब्रजक्षेत्र सघन वृक्षों से आच्छादित बहुत हरा-भरा प्रदेश था। यमुना जी का जल भी प्रदूषणरहित तथा अत्यन्त निर्मल बहा करता था। अच्छी वर्षा होती थी। कूप-सरोवर सब भरे रहते थे। अनेक सरोवर तो

मीठे जल से संयुक्त थे। खारा जल कहीं-कहीं ही मिलता होगा। प्राकृतिक सुषमा चहुँ ओर कृष्ण और गोपिकाओं के अलौकिक वास की अनुभूति कराते थे। आज की तरह बड़े-बड़े मन्दिर न थे। छोटे-छोटे देव स्थान थे जहाँ महात्मा और ज्ञानीजन वर्षों प्रवास कर श्रीराधा-कृष्ण की लीलाओं का गान करते रहते थे। वे भागवत आदि का पारायण-प्रवचन करते। वेदों-शास्त्रों का अध्ययन करते और वैरागी जीवन बिताते। उनका रहन-सहन भी सीधा-सरल और कृष्णभक्ति को समर्पित होता।

लूट-खसोट की प्रवृत्ति उन दिनों ब्रजमण्डल के धर्म स्थलों में बिलकुल नहीं थी। परन्तु अपने-अपने सम्प्रदायों और मठों में भगवद्भक्ति के सिद्धान्तों को लेकर अड़ियलपन की प्रवृत्ति अवश्य पनप चुकी थी। निम्बार्क सम्प्रदाय सबसे पुराना था। उसके अतिरिक्त चैतन्य सम्प्रदाय, राधावल्लभ सम्प्रदाय, हरिदासी सम्प्रदाय आदि अनेक सम्प्रदाय कृष्णभक्ति परम्परा में फल-फूल रहे थे। मीराँबाई गोकुल गयीं। कुछ समय वहाँ व्यतीत किया। नन्द बाबा के लाल को यादकर उन्होंने गाया–

बसो मेरे नैनन में नन्दलाल।
मोहनि मूरत साँवरि सूरति, नैना बने बिसाल।
अधर सुधारस मुरली राजति, उर वैजन्ती माल।
क्षुद्र घण्टिका कटि तट सोभित, नूपुर शब्द रसाल।
मीराँ के प्रभु सन्त सुखदाई, भक्त बछल गोपाल।

मीराँ जब से ब्रजमण्डल में पधारी थीं उन्हें हर पल श्रीकृष्ण के दिव्य सान्निध्य की अनुभूतियाँ होने लगी थीं। श्रीकृष्ण अपनी मीराँ से मिलन हेतु मानो निरन्तर उसके आस-पास मँडराते रहते। जब कुछ दूर चले जाते तो भी अपनी मुरली की मधुर धुन से मीराँ जी को अपनी ओर आकर्षित करते रहते।

मीराँ अपनी सखियों से कहतीं कि यमुना के किनारे बाँसुरी बज रही है। बाँसुरी की धुन ने मेरे मन को हर लिया है। मेरा चित्त धैर्य नहीं रख पा रहा है। कृष्ण का रंग साँवला है। काले रंग की उनकी कम्बली है। यमुना का जल भी श्याम रंग का है। मुरली की ध्वनि सुनकर मेरी सुध-बुध खो गयी है। शरीर शिथिल पड़ने लगा है। मीराँ अपने गिरधरनागर से विनती करतीं कि वे उनकी पीड़ा को शीघ्र दूर करें।

मुरलिया बाजा जमणा तीर।
मुरलीमनोहर मण हर लीन्हो, चित्त धराँ णा धीर।
स्याम कन्हैया स्याम कमरियाँ स्याम जमण रो नीर।
धुण मुरली सुण सुध बुध बिसराँ, जर जर म्हारो सरीर।
मीराँ रे प्रभु गिरधर नागर, वेग हर्‌या म्हा पीर।

मीराँ जी ने अपने संगी-साथियों सहित श्रीकृष्ण की अनेक लीलास्थलियों के दर्शन किये। वे गोवर्धन पर्वत, राधाकुण्ड, बरसाना आदि अनेक स्थानों पर घूमीं। श्रीकृष्णलीला का पावन धाम वृन्दावन अत्यन्त विस्तृत और सुन्दर था। इसके किनारे

बहती यमुना का विस्तार और उनकी निर्मलता मीराँ के नेत्रों को अपरिमित सुख प्रदान करती। यमुना जी वही यमुना जी थीं जिसके तट पर उनके कृष्ण कन्हाई कभी अपने ग्वाल-बाल मित्रों के साथ कन्दुक-क्रीड़ा करते रहे होंगे। कभी उस खेल में कान्हा की गेंद उछलती-गिरती यमुना जल में जा गिरी होगी और उसे पाने के लिए कान्हा जी ने यमुना जी की जलधार में छलाँग लगा दी होगी। बाल-गोपालों ने उन्हें ऐसा करते रोका अवश्य होगा। कहा होगा कि गोपाल वापस आ जाओ...कान्हा वहाँ खतरा है...कालियनाग का वास है यमुना जी के तल में। पर वीरवर कृष्ण भला कहाँ माननेवाले? तैरते-तैरते जा पहुँचे होंगे उस कालिन्दी नदी के मध्य में और तभी उनका सामना हुआ होगा उस भयानक कालियनाग से। मीराँ जी के प्रभु कृष्णमुरारी को किन्तु किसका भय? वह तो भिड़ गये होंगे उस विकराल सर्पराज से और ले आये होंगे खेल-ही-खेल में अपनी गेंद उससे छीनकर। मीराँबाई सोचतीं।

कालियनाग के असंख्य मस्तकों पर पद प्रहार कर नर्तन करते हुए कृष्ण की वह मान मर्दन करनेवाली मुद्रा स्मरण हो आती मीराँ जी को, जब-जब कालियदह के उस मन्दिर का दर्शन करतीं जो यमुना जी के उस घाट पर स्थापित था। छोटा-सा वह कृष्ण-मन्दिर किन्तु कृष्ण की अपार अलौकिक शक्तियों का प्रतीक।

कुछ ही दूर पर वह कदम्ब का वृक्ष जो कभी श्रीकृष्ण की चीरहरण लीला का साक्षी बना था। कुछ आलोचक कृष्ण के इस कार्य को उनकी लम्पटता का परिचायक कहते हैं। यह क्या बात हुई कि आप परम पुरुष होते हुए भी स्नान करती हुई गोपियों के सारे उतारे हुए वस्त्र लेकर बन्दरों की भाँति उस वृक्ष पर चढ़ गये और बहुत मान-मनुहार करने के बाद ही यमुना जी में विवस्त्र स्नान करती हुई निरीह गोपियों को आपने उनके वस्त्र लौटाये? इसके विपरीत कुछ विद्वानों का मानना है कि कृष्ण का दृष्टिकोण समाज में सदैव एक सुधारक व्यक्ति का था। एक ऐसे सुधारक का जो कौतुक के साथ जन-जन को कोई-न-कोई सन्देश देता था। गोपी चीरहरण के पीछे भी कृष्ण की सकारात्मक सोच थी कि कभी भी स्त्रियों को किसी सार्वजनिक स्थान पर पूर्ण नग्न होकर स्नान नहीं करना चाहिए। यह उनकी मर्यादा की रक्षा के भी हित में है और समाज हित में भी। श्रीकृष्ण का यह अमर्यादित आचरण वस्तुतः गोपियों के लिए एक मनोवैज्ञानिक सबक सरीखा था।

मीराँ जी का भी मानना था कि स्त्री का स्वावलम्बन जितना महत्त्वपूर्ण है उसका शील भी उतना ही आवश्यक है। स्त्री को स्वयं अपना ध्यान रखना चाहिए। अन्यथा पुरुष की लोलुप मानसिकता उसके शील के प्रति कितनी असंवेदनशील और निकृष्ट है? यह किसी से कहाँ अप्रकट है?

यमुना के रेतीले विस्तार से सटे हरे-भरे चरागाहों में तृण चुगती गउएँ भी मीराँबाई के लिए प्रबल आकर्षण का केन्द्र थीं। यह ललिता-सुकन्या और दूसरी सखियाँ भी उनके साथ विचरते हुए प्रायः अनुभव किया करती थीं।

वृक्षों-लताओं के मध्य हरीतिमा की चादर ओढ़े वृन्दावन की पावन धरती। उससे परे अपने रजतकण-जैसे रेतीले अणुओं से संयुक्त हरी-नीली जलराशि से संयुक्त यमुना। मन्द-मन्द संचरण करती हुई समीर। यत्र-तत्र बोलते-डोलते हुए मयूर, कपोत, शुक-सारिकाएँ और अन्य पक्षी। यह सब-कुछ खुले नेत्रों के सम्मुख भी एक स्वप्न-जैसा था। मीराँ जी का रोम-रोम कृष्णभक्ति से सराबोर था। वह अपनी सखियों से प्रायः कहतीं कि मुझे वृन्दावन बहुत अच्छा लगता है।

मीराँबाई यमुना-तट पर बसे वृन्दावन के मन्दिरों में अपने अनन्य आराध्य श्रीकृष्ण की एवं तुलसी के पौधों की पूजा और दर्शन से कृतकृत्य हो गयीं। वे वृन्दावन में वास करते हुए हर जगह श्रीकृष्ण को ही वास करता पाने लगीं। वृन्दावन का प्रत्येक वासी, प्रत्येक जलचर, नभचर और धरा पर चलता-फिरता हर जीव उन्हें कृष्ण का ही स्वरूप लगने लगा। मीराँ वृन्दावन में पधारकर कृष्णभक्ति में पूर्णतः निमग्न हो गयीं।

वृक्ष-वनस्पतियों-लताओं-कुंजों-बाग-बगीचों के मध्य सिर उठाये अनेक मन्दिरों के पताकायुक्त शिखर मीराँ को जैसे स्वयं कृष्ण-दर्शन का निरन्तर आमन्त्रण देते रहते। मीराँ नित्य प्रातः उठकर मन-ही-मन संकल्प करतीं कि आज इस मन्दिर में जाऊँगी। कल उस मन्दिर में जाऊँगी। अभी तो कई दिन बीत जायेंगे वृन्दावन में ही हरिकीर्त्तन करते। मन्दिर-मन्दिर पदयात्रा करते। इसके आस-पास समूचे ब्रजमण्डल में भी भक्ति का आनन्द-ही-आनन्द बिखरा पड़ा है। कितना-कुछ दर्शनों हेतु शेष है अभी। ओह! वास्तव में अभी कितना-कुछ देखना शेष है यहाँ। मीराँ सोचतीं और नित्य भजन-पूजन के पश्चात् तीर्थाटन की हर दिन एक नयी योजना बनातीं।

कृष्ण की अनन्त छवियाँ वृन्दावन-वास के दौरान मीराँ के मानस-पटल पर क्रमशः प्रकट और तिरोहित होती रहतीं। गोपालक कृष्ण अपनी गउओं के मध्य उनसे दुलार करते हुए। राधारमण कृष्ण राधा जी के समक्ष आनन्द मुद्रा में उनके द्वारा कमल पुष्पों का चढ़ावा स्वीकार करते हुए। ब्रजक्षेत्र में जहाँ-जहाँ असंख्य साधु-सन्तों के आवास हैं वहाँ-वहाँ उन्होंने कुछ काल तक प्रवास किया। विभिन्न मन्दिरों में दर्शन, भजन, सत्संग किये। पर श्रीकृष्ण का परम लीलाधाम वृन्दावन तो मीराँ जी का आध्यात्मिक दृष्टि से चरम लक्ष्य था ही। अतः मीराँ जी ब्रजक्षेत्र में सब जगह घूम-घामकर अन्त में वृन्दावन में बस गयीं। वहाँ जाने पर कुछ काल तक उन्होंने उसी महावन में जाकर विश्राम किया, जो अब से कुछ ही वर्ष पूर्व श्रीकृष्ण के परम भक्त चैतन्य महाप्रभु की विश्राम-स्थली बना था। अपने आराध्य को खोजते-खोजते बंगाल के नदिया जनपद में जन्मे और उड़ीसा की जगन्नाथपुरी में वर्षों कृष्ण नाम जपनेवाले चैतन्यदेव जब वृन्दावन पधारे तो उन्होंने कुछ काल यहीं निवास किया था। अब यही महावन का स्थान कुछ काल के लिए परम भक्तिमती मीराँबाई का भी सुखमय विश्राम-स्थल बना।

मीराँबाई के दल का पड़ाव कई दिन यहाँ रहा। उस मध्य वृन्दावन में मीराँ जी के लिए एक आवास खोजा गया जहाँ कालान्तर में जाकर मीराँ जी रहीं। वहाँ मीराँ जी ने एक छोटे-से कृष्ण-मन्दिर का भी निर्माण किया जिसमें अपने नित्य सेवित गिरधरगोपाल जी की मूर्ति को पधराया। इस प्रकार वृन्दावन में मीराँबाई के गिरधर जी की नित्य सेवा-अर्चना का भी क्रम प्रारम्भ हुआ।

मीराँ अब प्रतिदिन अपनी सखियों ललिता, सुकन्या आदि के साथ वृन्दावन की बस्ती, गलियों, निकुंजों में भ्रमण कर कान्हा जी के भक्तों से मिलतीं। जहाँ कहीं छोटा-सा भी मन्दिर मिलता उसमें राधा-कृष्ण के दर्शन करतीं। यमुना स्नान करतीं। दान-पुण्य करतीं और आनन्द से कृष्ण संकीर्त्तन करतीं। मीराँ को उनकी जागीर पुर और माण्डल से जो धनराशि प्राप्त होती समय-समय पर उनका मुसाहिब आकर वृन्दावन में पहुँचा जाता। मीराँ को स्वयं के लिए कुछ नहीं चाहिए था दो समय के सादा भोजन और हरिभजन के अतिरिक्त। वह एक राजकुल की कन्या थीं और एक अन्य राजकुल की कुलवधू भी। उनके निजी स्त्रीधन में जो भी स्वर्ण आभूषण, जवाहरात उनके पास थे उन्हें भी वह अपने संगी-साथियों के इलाज, जीवनयापन और दान-पूजन आदि पर खर्च कर दिया करती थीं।

वृन्दावन की प्राकृतिक सुषमा उन दिनों समृद्ध थी। जनसंख्या नियन्त्रण में थी। भवनों के निर्माण के नाम पर वृक्षों की अन्धाधुन्ध कटाई का चलन नहीं था। गोवंश की रक्षा केवल नारों तक ही सीमित नहीं थी। हिन्दुओं में गऊ का हृदय से सम्मान का भाव हुआ करता था। तब आज की तरह विषैला कूड़ा-कचरा सड़कों पर अविवेकपूर्णक ढंग से नहीं डाला जाता था। गउएँ उन पर मुँह मारकर अकाल मृत्यु को प्राप्त नहीं होती थीं। जैसे कभी श्रीकृष्ण गाय में मातृरूप का दर्शन करते थे वैसे ही उस समय के भारतवासी गाय को वास्तव में माता मानते थे, नाममात्र के लिए गऊ माता नहीं। उनका गऊ प्रेम वास्तविक था, कोई ढोंग नहीं। उन दिनों गऊशालाएँ दान का चढ़ावा प्राप्त करने के लिए नहीं बल्कि वास्तव में बूढ़ी गायों की देखभाल हेतु संचालित होती थीं। अपनी गायों को अपने घरों के निकट बाँधकर लोग उनकी सेवा करते थे। सही समय पर ग्वालों के साथ गोचारण हेतु भेजते थे। उन्हें सड़कों और बाजारों में आवारा पशुओं की भाँति भटकने हेतु नहीं छोड़ते थे। न ही आज की तरह सड़कों पर वृषभ छुट्टा घूमते थे। वृषभों को निर्धारित जगहों पर पाला जाता था गोवंश की वृद्धि के लिए।

वृन्दावन की गलियों में तब आज की तरह शूकर आदि अन्य जानवर भी नहीं घूमते थे। स्वच्छता का सर्वत्र ध्यान रखा जाता था। तीर्थस्थल की पवित्रता बनी रहे इसके लिए वहाँ के नागरिक और पण्डे-पुजारी सभी सचेष्ट रहते थे।

कहते हैं कि धर्मान्ध मुस्लिम शासक सिकन्दर लोदी ने हिन्दुओं पर बड़ी पाबन्दियाँ मथुरा-वृन्दावन में अपने शासनकाल में लगा दी थीं। नये मन्दिरों का निर्माण, यमुना जी में स्नान और उसके तटों पर सिर मुँड़वाने आदि की मनाही कर

दी गयी थी। सन् 1538 में जब मीराँ जी वृन्दावन में पधारीं तब तक सिकन्दर लोदी तो क्या इब्राहीम लोदी का भी शासन समाप्त हो चुका था। पठान इब्राहीम को हराकर मुग़ल बाबर उत्तरी भारत का बादशाह बना और उसके बाद उसका बेटा हुमायूँ गद्दीनशीन हुआ जिसे हराकर पुनः सन् 1540 में एक और अन्य पठान महापुरुष शेरशाह सूरी उत्तर भारत का बादशाह बना जिसने पाँच साल के अपने आदर्श शासनकाल में हिन्दुओं और मुसलमानों को समदृष्टि से देखते हुए अनेक प्रशासनिक सुधार एवं जन-कल्याण के कार्य किये। मीराँ जी 1541 तक वृन्दावनवासी रहीं। तब तक उस महान् बादशाह शेरशाह सूरी का शासन देश में चल रहा था। कुछ महापुरुष इतिहास की देन होते हैं और कुछ स्वयं इतिहास बनाते हैं। शेरशाह सूरी ऐसा ही एक इतिहास-पुरुष था।

बादशाह के रूप में शेरशाह और सन्तरूप में मीराँबाई समकालीन थे। दोनों के रास्ते अलग थे। परन्तु लोक-कल्याण की भावना दोनों में एक-जैसी थी। एक भौतिक तौर-तरीक़ों से इसकी प्रतिपूर्ति कर रहा था तो दूसरी आध्यात्मिक रीति से। एक का उद्देश्य लोगों का जीवनस्तर सुधारना था दूसरी का लक्ष्य लोगों का आत्मिक परिष्कार करना था। कहते हैं कि जो लोग दूसरों की खातिर असाधारण ढंग से जीवन जीते हैं अक्सर उनकी मृत्यु भी असाधारण ढंग से ही होती है। शेरशाह और मीराँ के साथ भी आगे ऐसा ही हुआ। और अधिक क्या कहा जाये? इतना तो तय है कि श्रीकृष्ण की किशोरावस्था की लीलास्थली वृन्दावन में मीराँ जी का प्रवास लगभग तीन वर्ष का रहा होगा। इस मध्य कई महान् सन्तों से इन विलक्षण सन्त की भेंट हुई और मीराँ जी ने इस प्रकार साधु-संगत की अपनी पुरातन अभिरुचि को आनन्दपूर्वक सन्तृप्त किया।

मीराँ वृन्दावन क्या आयीं मानो धरती पर प्रभु श्रीकृष्ण के दूसरे गोलोकधाम में ही आ गयीं। हरा-भरा वृन्दावन। मयूरों, कोकिलों और अनेकानेक पक्षियों के कलरव से कूजित-गुंजित कान्हा जी का लीलावन। इसमें नित्यप्रति निर्द्वन्द्व भाव से अपनी सखियों के साथ विचरण करती हुई मीराँबाई यहाँ के सौभाग्यशाली ब्रजवासियों को चकित भाव से निहारा करती थीं।

जब मीराँ जी वृन्दावन के किसी भी तीर्थस्थल पर घूमतीं तो ललिता, सुकन्या सहित उनके साथ आयी दूसरी स्त्रियाँ भी पदयात्रा करतीं। उन दिनों सघन वनों में घने वृक्षों और दुर्लभ स्थलों के कारण चोरों-लुटेरों का भी खतरा बना रहता था। अतः मीराँ जी के अंगरक्षक सैनिकों का दल हमेशा उनसे एक निश्चित दूरी बनाये साथ चलता और आस-पास के क्षेत्रों पर चौकन्नी नज़र बनाये रखता।

वृन्दावन में मीठे और खट्टे दोनों प्रकार के फलदार वृक्ष होते। आम, अमरूद, केला, खिरनी, बेर, शहतूत, श्रीफल इत्यादि मीठे फलवाले वृक्ष थे तो आँवला, इमली, कमरख, करौंदा, नींबू, नारंगी और जामुन आदि खट्टे फलोंवाले वृक्षों की भी भरमार थी।

वृन्दावन में देवी-देवताओं के चरणों में चढ़ाये जानेवाले पुष्प भी बहुतायत से पाये जाते थे। मीराँ जी जब केतकी, गुलाब, चम्पा, चमेली, जुही, बेला, रातरानी इत्यादि फूलों को देखतीं तो उन्हीं की भाँति खिल जातीं। उनकी सखियाँ फूल एकत्र करतीं और मीराँ जी अपने गिरधरगोपाल के लिए निज हाथों से भाँति-भाँति की मालाएँ गूँथकर उनका शृंगार करतीं। सरोवर में नाना प्रकार के कुमुद, कुमुदिनी, कमल, कमलदल दृष्टिगत होते। ये फूल भी देवताओं को अर्पण करने के लिए सहज सुलभ होते।

वस्तुतः प्राकृतिक सौन्दर्य का भण्डार था वृन्दावन। इतना सुन्दर और रमणीक कि जैसा कभी वे कल्पना में सोचती थीं उससे भी सुन्दर। यहाँ आकर उन्हें अपनी भक्ति के लिए जो पावन वातावरण मिला उसके सामने यह संसार तृणतुल्य था।

भक्तिमती मीराँबाई और उनकी सखियों की मण्डली स्वयं में भी कोई कम आकर्षण का केन्द्र नहीं थी। यह स्त्रियाँ जिधर से भी निकलतीं राह चलते स्त्री-पुरुष उन्हें ठिठककर निहारने लगते।

भाव में आ जाने पर मीराँ कहीं भी अपने इकतारे को बजाते हुए कृष्णनाम जपने लगतीं और राह चलते नृत्य करने लगतीं। कभी वह गाने लगतीं—"मेरे तो गिरधरगोपाल दूसरा न कोई।" तो कभी—"म्हाँने चाकर राखो जी।" ऐसे में वृन्दावन के गोप-गोपियों के समाज में राजस्थान से पधारी मीराँबाई नामक एक ऐसी अनोखी स्त्री का कौतूहल का विषय बन जाना स्वाभाविक था। एक तो भक्त ऊपर से कुशल कवयित्री। साथ ही गायन और नृत्य में प्रवीण। इन सबके ऊपर सोने में सुहागा मीराँ जी का कोकिल कण्ठ। फिर क्यों न हो जाती सारी दुनिया मीराँबाई की दीवानी? इन सबके अतिरिक्त साधारण धोती चादर आदि से युक्त वस्त्र-परिधान के बावजूद मीराँ जी की अपूर्व रूपराशि और तेजोमय व्यक्तित्व हर किसी का मन मोह लेता। राजकुल में जन्मी किन्तु त्याग की साक्षात् प्रतिमूर्ति मीराँ जी की चाल-ढाल में एक आत्मगौरव अलग से झलकता था। मीराँ जी के करुणामय नेत्र और उनके उस भव्य स्वरूप के सम्मिश्रण से वह सहस्रों में अलग एक तेजस्वी नारी दिखायी पड़ती थीं।

अनेक बालक मीराँ जी के पीछे-पीछे चल पड़ते। उनमें आश्चर्य नहीं कि किसी नन्हें चरवाहे के वेश में स्वयं श्रीकृष्ण भी कहीं मीराँ जी के साथ न हो लेते हों। वह जिस स्थान पर जातीं वह स्थान एक अद्भुत ऊर्जा से तरंगित हो उठता।

वृन्दावन में आकर मीराँ प्रायः अपने-आपको भूल-सी गयी थीं। वह वहाँ राह में, किसी घाट पर, वन अथवा उपवन में जहाँ भी जातीं उनके मन में श्रीकृष्ण के विभिन्न

कथाप्रसंग जीवन्त हो उठते। बचपन से युवावस्था तक उन्होंने श्रीमद्भागवत में श्रीकृष्ण की जिन लीलाओं को पढ़ा अथवा सन्तों के श्रीमुख से सुना था, उनके स्थलों को वह खुली आँखों से देखतीं और बन्द आँखों से वहाँ हो रही अपने प्रिय कान्हा जी की शाश्वत लीला का दर्शन करतीं।

ब्रजक्षेत्र में अनेक टीले थे। यथा-गोकर्ण टीला, ध्रुव टीला, नारद टीला, अम्बरीष टीला, बलि टीला, दुर्वासा टीला इत्यादि। प्राचीनकाल से मानव-सभ्यता का अनेक बार उत्थान-पतन होता आया है। प्राकृतिक आपदाओं, युद्धों आदि अनेक कारणों से बस्तियाँ उजड़ती, बसती और विस्थापित होती रहती हैं। ऐसे स्थानों में कालप्रवाह में उड़ती-पैठती धूल की परतें उजड़ी हुई बस्तियों के ध्वंसावशेषों पर जमकर उन्हें टीलों की शक्ल में बदल देती हैं। यह टीले कालान्तर में पुरातात्त्विक अन्वेषण के महत्त्व के हो जाते हैं।

मीराँ जी कोई पुरातात्त्विक अन्वेषक भले ही न रही हों कृष्णान्वेषक तो थी हीं। वृन्दावन के कण-कण में उनको अपने प्रियतम श्रीकृष्ण के पगचिह्नों का आभास होता चलता था। अतः वह कब किस ओर उठकर चल दें? यह उनकी सखियों-सहेलियों को भी ज्ञात नहीं था। सखियाँ-सहेलियाँ तो उनकी अनुयायी मात्र थीं, सेविका थीं। वे भला मीराँ जी की इस सतत तीर्थयात्रा में व्यवधान कैसे बन सकती थीं?

एक दिन मीराँबाई वृन्दावन के ऐसे ही एक टीले की ओर जा निकलीं। हरी-भरी घास और छायादार वृक्षों से आच्छादित यह भूभाग एक अत्यन्त सुरम्य स्थान था। वहाँ परमशान्ति विद्यमान थी। मीराँ जी ने वहाँ से गुजरते हुए देखा कि उस टीले पर एक खुले स्थान पर कोई छोटा-सा झोंपड़ा था जहाँ शरत्काल की गुनगुनी धूप बिखरी हुई थी।

मीराँ जी उधर ही चल दीं। निकट जाने पर उस एकान्त में उन्होंने एक वृद्ध साधु को अपनी धूनी में कुछ भूनते हुए देखा।

मीराँ अपनी सखियों ललिता और सुकन्या के साथ इस साधु के निकट जा पहुँचीं। शेष स्त्रियाँ नीचे के छायादार भूभाग में ही ठहर गयीं। अंगरक्षकगण और भी पीछे। सन्त समागम में मीराँ जी को कोई कठिनाई न हो, इसका सभी सहयात्री ध्यान रखते थे।

"प्रणाम महाराज!—" मीराँ जी ने कहा।

"प्रणाम भगवती!.. कौन हैं आप?"—वृद्ध साधु ने पूछा। वह शरीर पर केवल एक श्वेत कोपीन वस्त्र धारण किये था। सिर मुण्डित तथा मुख दाढ़ी-मूँछविहीन था। उस वीतरागी पुरुष के नेत्र चमकीले थे और अधरों पर आनन्दमय मुस्कान।

"मैं मीराँबाई...राजपूताने से आयी हूँ।"

"और ये देवियाँ?"

"मेरी सखियाँ। यह ललिता और यह सुकन्या। और आप महाराज यहाँ...?"

"भगवती! मेरा नाम प्रभुदास है।...मैं गोलोकवासी चैतन्य महाप्रभु का एक तुच्छ दास हूँ।"

"वही महात्मा जिन्होंने अभी कुछ ही काल पूर्व बंगभूमि से ब्रजमण्डल पधारकर अपनी चरण-धूलि से ब्रजवासियों को कृतार्थ किया था?"

"बिलकुल सही जाना आपने...अभी मुश्किल से पाँच बरस भी नहीं हुए होंगे जब महाप्रभु जी ने अपनी इहलौकिक लीला समाप्त की है।"

"ओह!...तब तो हमारे बड़े भाग्य जो हमें आज आपके दर्शन हुए महाराज! पूज्यपाद चैतन्य महाप्रभु के दिव्य दर्शन का तो इस कृष्णदासी को सौभाग्य नहीं मिला। ऐसे में आप-जैसे उनके कृपालु शिष्य को इन नेत्रों से देख पा रही हूँ, यही क्या कम है?"

"शिष्य नहीं मुझे तो उनका दासानुदास ही कहिये। हरे कृष्ण! हरे कृष्ण! मैं चैतन्यदेव के एक अकिंचन दास के अतिरिक्त और कुछ भी नहीं।"

अब सुकन्या बोल पड़ी—"पूज्यवर स्वामी जी!...क्या आप यहीं निवास करते हैं?"

"हाँ, यहीं रहता हूँ। इसी इमली टीले पर। क्योंकि एक बार चैतन्यदेव ने तीन दिन यहीं आकर विश्राम किया था। श्रीकृष्ण को याद कर अनेक बार वे भावविह्वल हुए। उनका संकीर्त्तन कर नाचे और अपने अनेक शिष्यों और भक्त-मण्डली को अपनी तरह ही नचाते रहे। मृदंग, मँजीरे, करताल और चैतन्य महाप्रभु का वह अलौकिक नृत्य...आज भी भुलाये नहीं भूलता।"—कहते हुए लोहे के चिमटे से तीन भुनी हुई गंजियाँ निकालकर प्रभुदास जी ने अपने हाथों से उनकी राख झाड़ी और सुकन्या को पकड़ाकर कहा—"लो बच्ची इन्हें छीलो...भगवती को दो और स्वयं भी खाओ।"

"मीराँ...मीराँ कहिये महाराज मुझे...आप आयु में मुझसे बड़े हैं।"

"मेरे लिये तो आप भगवती ही हो। मैं जान गया। कल हरिया यहाँ आया था। आपका नाम उससे सुना था। आप राणा मेवाड़ की कुलवधू हो न..." प्रभुदास ने रहस्योद्घाटन-जैसे स्वर में कहा।

इस पर ललिता पहली बार बोली। वैसे भी कम ही बोलती थी। कहा कि—"नहीं मीराँबाई सा मेड़ता के राव बीरमदेव के यहाँ की कन्या है। राणा कुल से अब इनका कोई नाता नहीं।"

"कोई नाता नहीं? मैं समझा नहीं।"

"मीराँ जी चित्तौड़ का परित्याग कर चुकी हैं।"—ललिता ने कहा।

"महाराज जी!...आप उसे छोड़िये। तनिक हमें यह बताइये कि इस इमली टीले पर इतने एकान्त में क्यों रहते हैं आप?"—सुकन्या ने तब अचकचाकर कहा।

इस पर उस साधु पुरुष प्रभुदास ने मीराँ जी के सम्मुख बयान किया कि—"किसी युग में यह इमली टीला श्रीकृष्ण की दुलारी राधा जी का प्रिय स्थान हुआ करता था। इमली वैसे भी स्त्रियों को बड़ी प्रिय होती है। तब अनेक इमली के वृक्ष आस-पास हुआ करते थे।...

"एक बार कृष्ण जी के साथ रास रचातीं राधारानी यहाँ से अचानक गायब हो गयीं। कृष्ण उन्हें वृक्षों के झुरमुट में यहाँ-वहाँ ढूँढ़ने लगे। जब वे उन्हें ढूँढ़ते-ढूँढ़ते थक गये और वे कहीं नहीं मिलीं तो वह उधर वह इमली का बड़ा पेड़ देख रहे हैं आप लोग...मीराँ, ललिता, सुकन्या तीनों के मुख से एक साथ निकला—"हाँ!!!"

"कृष्ण भगवान् उसी पेड़ के नीचे हारकर बैठ गये। तब प्राणप्यारी राधा जी के घनीभूत विरह के कारण श्रीकृष्ण का श्यामल शरीर श्रीराधा के गौर वर्ण की स्वर्णिम झलक देने लगा। तभी श्रीराधा वहाँ अपनी सखियों सहित पधार गयीं और उन्होंने भी श्रीकृष्ण के उस स्वर्णिम-स्वरूप के दिव्य-दर्शन किये।

"राधा जी ने कृष्ण जी से इस अकस्मात् स्वरूप-परिवर्तन का कारण पूछा। तो उन्होंने बताया कि तुमसे बिछड़कर जब मैं यहाँ आया और यहाँ तुम्हारे अपार विरह का अनुभव कर बैठ गया तो मैं तुम्हारा नाम जपने लगा—राधे!...राधे!...उसी के बाद मेरे इस श्याम शरीर ने तुम्हारा सुनहरा रंग धारण कर लिया। इस पर कुछ क्षण के लिए मुझे स्वयं से ही वैराग्य हो आया।...

"इस इमली टीले पर विराजमान नन्दलाल श्रीकृष्ण ने वृषभानु लली राधारानी से कहा कि कलियुग में वह एक बार इसी तरह श्रीराधा जी का गौरवर्ण एवं वैराग्य धारण कर इस धरती पर आयेंगे और यहाँ की पीड़ित आत्माओं में शान्तिकारक ईश्वर प्रेम का वितरण करेंगे।...

"भगवती मीराँ और देवियो!...तब से लगभग 5000 वर्ष बीत चुके हैं। श्रीकृष्ण हमारे मध्य फिर से परम पूज्यपाद गौरांग महाप्रभु अथवा श्रीचैतन्य महाप्रभु के रूप में अवतार लेकर पधारे थे, अपनी राधामय कंचन काया के साथ।"

और यह वृत्तान्त कहते-कहते वे साधु-महात्मा अत्यन्त द्रवित हो गये। कहने लगे—"जब वे अब से कुछ वर्ष पूर्व वृन्दावन में पधारे, अपने प्रवास के दौरान महाप्रभु जी यहाँ इस टीले पर अक्सर आया करते। उसी गहन विरह को अनुभूत कर इसी वृक्ष के नीचे बैठकर अश्रुपात करते। मेरा तो यह कहना है और कोई माने या न माने इस कलियुग में चैतन्य ही कृष्ण थे और कृष्ण ही चैतन्य। अतः द्वापर युग में श्रीकृष्ण प्रभु को स्वयं से वैराग्य का अनुभव अपने उस चैतन्यी रूप में होता रहा होगा। यहाँ एक और विचित्र बात घटती मैंने देखी है..."

"क्या?—" सुकन्या ने विस्फारित नेत्रों से देखते हुए उच्चारित किया।

"यहाँ चैतन्य महाप्रभु श्रीराधा कृष्ण नाम का संकीर्त्तन कर धारोंसार आँसू बहाते हुए जब भावविभोर हो जाते तब उनका गौरवर्ण कुछ देर को श्यामवर्ण में परिवर्तित

हो जाता। मानो श्रीकृष्ण का दिव्य स्वरूप उनमें एकाकार हो गया हो। मैंने गौरवर्ण के चैतन्यदेव को उस श्याम रूप में परिवर्तित होते अपने इन्हीं नेत्रों से यहाँ स्वयं अनेक बार देखा हुआ है..."

यह कहकर प्रभुदास जी सबके सम्मुख आँसू बहाने लगे। मीराँ जी चैतन्य महाप्रभु से जुड़े इस रहस्य को सुनकर ऐसी भावविह्वल हुईं कि उन्हें रोमांच हो आया और उनकी वहीं समाधि लग गयी। कोई घण्टा भर बाद उन्हें होश आया होगा। तब जाकर मीराँ की सखियों की जान में जान आयी। मीराँ ने उन साधु महाराज को प्रणाम किया और कहा कि कल वह पुनः आकर कृष्णावतार चैतन्यदेव की पूरी कथा उनसे सुनेंगी।

इस पर साधु प्रभुदास ने मीराँबाई से कुछ देर और रुकने का आग्रह किया। यह भी कहा कि उन्होंने मीराँ जी का बड़ा नाम सुना है। बड़े भाग्य जो वे इस पावन इमली टीला पर पधारी हैं, जिसे वह अब चैतन्य टीला कहकर पुकारते हैं। क्या ही अच्छा हो यदि मीराँ जी अपना एक भजन अवश्य यहाँ सुना करके जायें।

अब मीराँ जी को कोई गिरधरगोपाल की प्रशस्ति गाने को कहे और मीराँ उसका अनुपालन न करें ऐसा कहाँ सम्भव था? मीराँ जी के स्वर उस परम पुनीत चैतन्य भूमि में तब गुंजरित हो उठे—

अब नहिं जाने दूँ गिरधारी,
मोहे प्रीत लगी अति भारी।
बाँको मुकट काछनी सुन्दर, ऊपर जरद किनारी।
गल मुतियन की माल बिराजे, कुण्डल की छबि न्यारी।
बाँकी भों कजरारे नैनां, अलकैं छुट रही कारी।
मन्द-मन्द मुरली धुन बाजत, मोहीं ब्रज की नारी।
क्षुद्र घण्टिका कटि पर सोहे, भुज पर बाजू धारी।
कड़ा मरहटी सुघर नेवरी, नूपुर की झुंणकारी।
दुरजन लोग हँसो क्योंने मोसों, दे दे कर करतारी।
मीराँ प्रभु की भई दीवानी, प्रेम मगन मतवारी।

मीराँ का भजन सुन प्रभुदास जी भावमगन हो सिर धुनने लगे। चैतन्य महाप्रभु के बाद भक्तिमती मीराँ के चरणों का स्पर्श पाकर अब इस इमली टीले की भूमि की छटा और भी निराली हो गयी थी। सन्तों को अपने मध्य पाकर प्रकृति भी धन्य हो जाती है। यही हाल वृन्दावन के उस कोने का था उस समय।

वृन्दावन में सुप्रसिद्ध सेवाकुंज और निधिवन के मध्य एक स्थान पर अब भक्तिमती मीराँ जी का निवास था। अगली सुबह मीराँ जी ने गोविन्द घाट पर जाकर

स्नान किया। फिर वह अपने घर आयीं। गिरधर जी को नहला-धुलाकर खिला-पिलाकर उनकी पूजा-आरती की। पुनः चैतन्य टीले पर प्रभुदास जी से भेंट करने गयीं।

आज प्रभुदास जी से उन्होंने चैतन्य महाप्रभु का सम्पूर्ण जीवनवृत्त जानना चाहा। उसी समय प्रभुदास जी के दो युवा शिष्य प्रकट हुए। फलों की टोकरी और एक मिट्टी का मटका लिये हुए। बिलकुल कृष्ण-बलराम-जैसे सुन्दर और सजीले। माथे पर वैष्णव तिलक लगाये। उन्होंने कहा—"गुरुदेव! आपकी आज्ञा से हम गोरस और फलाहार ले आये हैं।"

प्रभुदास जी ने प्रफुल्लित हो कहा—"शाबाश! बहुत समय से आ गये तुम लोग। देखो हमारे अतिथि भी पधार गये हैं। भीतर कुटिया से मिट्टी के वे सकोरे ले आओ।"

मीराँ जी और उनकी सभी सखियों और सैनिकों ने वहाँ बैठकर प्रभुदास जी द्वारा वितरित वह प्रसाद प्रेमपूर्वक पाया। आज सभी को चैतन्यदेव की कथा सुनने की आज्ञा मीराँ जी ने पहले ही दे दी थी। अब से पाँच वर्ष पूर्व ही धन्य धराधाम से अपनी लीला संवरण कर गोलोक को जा चुके चैतन्य महाप्रभु की पावन कथा का श्रवण करने की लालसा प्रायः वहाँ उपस्थित सभी के मन में थी। सन्त मीराँबाई के लिए तो जैसे यह एक विशेष अवसर था।

प्रभुदास जी ने मीराँ जी से चैतन्य महाप्रभु की कथा इस प्रकार कही—

"श्रीचैतन्य महाप्रभु का जन्म संवत् 1542 विक्रमी (सन् 1486 ई.) में बंगाल के नवद्वीप नामक स्थान पर हुआ था।...

वह मैथिल ब्राह्मण थे। उन्होंने 24 वर्ष की युवावस्था में ही गृहत्याग कर संन्यास ग्रहण कर लिया था। परम कृष्णभक्त थे। जीवनभर के लिए कृष्ण-भक्ति के प्रचार में समर्पित हो गये।...

"अपनी समृद्ध प्राकृतिक सम्पदा अर्थात् घने वनों और उनके बीच पर्याप्त मार्गों के अभाव के कारण श्रीकृष्ण और श्रीराधा जी का दिव्य लीलास्थल यह वृन्दावन भी जनसाधारण की पहुँच के लिए अभी तक दुर्गम और अपरिचित-सा बना हुआ था। मथुरा-वृन्दावन के बीच में जहाँ अक्रूर घाट है वहाँ से ही वृन्दावन का दुर्गम वन आरम्भ हो जाता था।...

"यहाँ आनेवाले तीर्थयात्रियों में से बहुत कम लोग इस बीहड़ में प्रवेश करने का साहस जुटा पाते थे। बहुतेरे तो अक्रूर घाट से ही यहाँ की एक झाँकी पाकर ब्रज के अन्य सुगम लीलास्थलों यथा—गोकुल, बरसाने, गोवर्धन आदि का दर्शन करने को चले जाते थे।...

"चैतन्य महाप्रभु जिस समय अपने जन्मस्थान नवद्वीप में निवास करते थे तभी से वह वृन्दावन के दर्शनों हेतु लालायित थे। उनके अनुयायी भी श्रीकृष्ण के इस पुरातन लीलाधाम का दर्शनलाभ करना चाहते थे। परन्तु कृष्णलीला के अधिकांश

स्थान सघन वनों की ओट में छिपे होने के कारण प्रायः अज्ञात और विलुप्त थे।...

"तब सर्वप्रथम चैतन्यदेव की ही इस पावन भूमि पर कृपा हुई। उन्होंने यहाँ के दुर्गम और दुर्लभ लीलास्थलों की खोज के लिए पहले अपने दो अनुयायी वृन्दावन भेजे। इनके शुभ नाम थे लोकनाथ और भूगर्भ। संवत् 1566 में यह दोनों वृन्दावन आये। वृन्दावन के लीलास्थलों की खोज और उनके मार्गों का अन्वेषण इनका प्राथमिक दायित्व था। यह दोनों बंगाली युवक कई महीनों तक ब्रज के बीहड़ों एवं वृन्दावन में भटकते रहे। परन्तु इन्हें बहुत कम ही सफलता प्राप्त हो सकी। फलतः अपने कार्य को अधूरा छोड़ वे ब्रजभूमि से बंगाल वापस चले गये।

"इसके बाद भक्ति रसावतार चैतन्य जी ने स्वयं अपनी चिर प्रतीक्षित ब्रजयात्रा पर प्रस्थान किया। उनके कुछ सेवक और भक्तजन भी उनके साथ चले। चैतन्यदेव पहले झारखण्ड के बीहड़-वनों को पारकर काशी पधारे। कुछ दिन वहाँ संकीर्त्तन और विश्राम कर फिर वह प्रयाग आये। प्रयाग को अपने कीर्त्तन एवं नृत्य द्वारा कृष्णभक्ति में निमग्न कर चैतन्य महाप्रभु वृन्दावन के लिए चल पड़े।...

"मार्ग के निर्जन वनों में उन्हें शेर-चीते, चोर-डाकू और ठग अनेक बार मिले। परन्तु वे महाप्रभु का कुछ भी अहित न कर पाये। उनकी यह यात्रा निर्विघ्न सम्पन्न हुई।...

"जिस समय सं. 1572 वि. (सन् 1515 ई.) में श्रीचैतन्य महाप्रभु मथुरा आये, अत्याचारी सिकन्दर लोदी का राज चल रहा था। उसके मज़हबी जनून और भेदभाव की नीति ने हिन्दुओं में आतंक व्याप्त कर रखा था। चैतन्यदेव ने इसकी तनिक भी परवाह नहीं की। उन्होंने यमुना जी के विश्रामघाट पर जाकर यमुना स्नान किया और अपने सारे धार्मिक कृत्य निर्भयतापूर्वक सम्पन्न किये। उसके बाद कृष्ण-जन्मभूमि पर जाकर वहाँ स्थित केशव मन्दिर के दर्शन किये।

"तब तक वह मन्दिर वहाँ था। अब तो खैर सिकन्दर द्वारा वह ढहाया जा चुका है। एक मस्जिद भी उस जगह तामीर हो चुकी है। चैतन्य जी द्वारा केशव मन्दिर का दर्शन करने के कुछ काल पश्चात् ही वह मन्दिर भूमिसात् कर दिया था उस आततायी सुल्तान ने..."

सुकन्या ने प्रभुदास जी से पूछा—"हमें बताइये महाराज कि महात्मा चैतन्य फिर मथुरा से कहाँ-कहाँ गये?" प्रभुदास जी ने बताया—"सबसे पहले वे वृन्दावन गये। फिर वे गोवर्धन गये। यहाँ उन्होंने राधाकुण्ड तीर्थ का उद्धार किया। उसके बाद वे ब्रज के अन्य लीलास्थलों में गये। चैतन्यदेव जहाँ भी जाते वहाँ की कठिनाइयों को दूर करते और कृष्णभक्ति का उपदेश देकर लोगों को प्रेरित करते कि वे उन तीर्थस्थलों को साफ करने उन्हें दर्शनार्थियों के लिए सुगम बनाने में अपना योगदान करें। यदि विधर्मी हुकूमत जीर्णोद्धार कार्य में धन व्यय न करे तो लोग दान-पुण्य,

चन्दे और श्रमदान के द्वारा विभिन्न कृष्णलीलास्थलों को उजागर करने का काम करें। उनके अनेक शिष्य और अनुयायी उनके इन प्रयासों से प्रभावित हुए और वृन्दावन तथा दूसरे ब्रजक्षेत्रों को सजाने-सँवारने की ओर ध्यान देने लगे।...

"उनके अनुयायियों में श्री सनातन गोस्वामी, श्री रूप गोस्वामी, श्री जीव गोस्वामी और दूसरे अनेक सन्त इस दिशा में आज भी बहुत सक्रिय हैं। कृष्ण का गुणगान, कृष्ण का ध्यान, कृष्ण के परमधाम की गरिमा का उत्थान ही उनके जीवन का चरम लक्ष्य बन चुका है।...

ये सभी गोस्वामी श्रीचैतन्य महाप्रभु की प्रेरणा और उनके निर्देश पर उनके जाने के बाद आये हैं। आज वे ही वृन्दावन की आध्यात्मिक विभूति हैं।..."—मीराँ जी ने नेत्र मूँदकर इन सभी सन्तों को मन-ही-मन प्रणाम किया। फिर साधु प्रभुदास से पूछा—"महाराज जी!...पूज्यपाद चैतन्यदेव कब तक और किस प्रकार वृन्दावन धाम में दिव्य दर्शन देते रहे?"

प्रभुदास बताने लगे—"श्रीचैतन्य महाप्रभु जब वृन्दावन पधारे तो उन्होंने अक्रूर घाट को अपना निवास-स्थल बनाया। यहाँ से वह प्रायः प्रत्येक दिन एक बार यहाँ इस इमली टीला पर अवश्य पधारते। हरे कृष्ण का जाप करते यहाँ बैठकर यमुना जी को निहारते रहते। जब वे वृन्दावन में विभिन्न वनों और स्थलों पर भटकते तो कभी जोर-जोर से हँसते, कभी धाराप्रवाह आँसू बहाने लगते तो कभी अपनी सुध-बुध बिसराकर घण्टों नाचते रहते हरि नाम संकीर्त्तन करते हुए...

"यह महात्मा चैतन्य ही थे जिन्होंने अपने तपबल से घूम-घूमकर यहाँ वृन्दावन के अनेक कृष्णलीलास्थलों को खोज निकाला।...

"वृन्दावन की अपनी इस एकमात्र यात्रा के बाद चैतन्यदेव जगन्नाथपुरी चले गये। यद्यपि उन्होंने कुछ ही माह वृन्दावन को आलोकित किया तथापि अपने अमिट चरणचिह्न हम-जैसे अपने भक्तों के स्मृतिपटल पर अंकित कर दिये और वृन्दावन-धाम की इस पावन रज को अपने माथे से लगाकर जगन्नाथपुरी को चले गये जहाँ वे अपने जीवन के अन्त तक कृष्णभक्ति में आकण्ठ निमग्न होकर नाम संकीर्त्तन करते रहे। सन्त श्रीचैतन्यदेव ने सन् 1534 ई. में 48 वर्ष की अवस्था में शरीर छोड़ा। परन्तु कृष्णभक्ति और वृन्दावनधाम को वह इतना जागृत कर गये जितना उनसे पूर्व अनेक सन्तगण मिलकर नहीं कर पाये थे।"

इस तरह मीराँ जी जब कभी आपने वृन्दावनवास के दौरान अपने स्वयं के पूजन-अर्चन-भक्ति-ध्यान आदि से अवकाश पातीं तो स्वयं भी वृन्दावन में भ्रमण करतीं।

उन्होंने गोवर्धन, राधाकुण्ड और बरसाने में भी पधारकर उन तीर्थस्थलों के पावन दर्शन किये। चैतन्य महाप्रभु की अपेक्षा लम्बा प्रवास था मीराँ जी का। इसलिए वह बहुत आराम से तथा बारम्बार उन तीर्थों का भ्रमण करतीं। जहाँ जातीं वहाँ कुछ दिन

डेरा डालतीं। उनकी सखियाँ उनके लिए भोजन और अन्य दैनिक व्यवस्थाएँ करतीं। उनके इने-गिने सैनिक उनकी अभिरक्षा में रहते। मीराँ यद्यपि परम साधारण थीं, परन्तु असाधारण मान-प्रतिष्ठा से भी संयुक्त थीं। अब वे सही अर्थों में एक आध्यात्मिक सम्राज्ञी थीं।

मीराँ जी को पता चला कि प्राचीन वृन्दावन का विस्तार पहले गोवर्धन तक था और यमुना इसके समीप बहती थी। श्रीकृष्ण-काल में गोवर्धन पर्वत अत्यन्त हरा-भरा एवं रमणीक हुआ करता था और इससे निर्मल जल के झरने झरा करते थे। इसमें अनेक कन्दराएँ थीं। इसके आस-पास ब्रजवासी अपनी गउएँ चराया करते थे। गोवर्धन पर्वत का सर्वाधिक महत्त्व इसलिए है कि श्रीकृष्ण-काल का अब यह एकमात्र प्राचीन और स्थायी अवशेष है, जो प्राकृतिक दृष्टि से अपने स्थान पर आज भी स्थिर है। यहाँ पर श्रीकृष्ण ने वैदिक देवता इन्द्र की पूजा बन्द कर लोकदेवता गोवर्धन की पूजा को प्रचलित किया था।

मीराँबाई को अपने वृन्दावनवास के दिनों में यह जानकारी भी प्राप्त हुई कि श्रीकृष्ण-काल का दूसरा प्राचीन अवशेष यमुना नदी भी है, किन्तु वह गोवर्धन पर्वत के भाँति स्थिर नहीं है। इसका प्रवाह बदलता रहता है। इसलिए यमुना कृष्णकालीन हैं तो परन्तु यह अस्थायी अवशेष है। मीराँ को बताया गया कि आज जो यमुना जी, वृन्दावन के उत्तर में केसीघाट के निकट से बहती हैं, कभी वे वृन्दावन के दक्षिण में स्थित अक्रूरघाट को छूकर बहा करती थीं।

मीराँबाई ने बरसाना की मनोरम पहाड़ी का भी भ्रमण किया। यह पहाड़ी ब्रज के बरसाना नामक गाँव में स्थित है। बरसाना नन्दगाँव से 6-7 किलोमीटर की दूरी पर दक्षिण दिशा में अवस्थित है। श्रीकृष्ण-काल में बरसाना राधा जी के पिता वृषभानु गोप की निवास-स्थली थी। यह राधा जी का पीहर था। उसे देखकर मीराँबाई को अपना पीहर मेड़ता की याद आ गयी और वह बेहद उदास हो गयीं।

मीराँ अपनी सखियों के साथ बरसाने की पहाड़ी चढ़कर गयीं। वहाँ उन्होंने राधारानी के एक पुराने-से मन्दिर को देखा। वृषभानुलली राधा लाड़ली जी की प्रतिमा के दर्शन किये। फिर उनकी शान में यह पद कहा—

भलि जु बनी वृषभान नन्दनी, प्रात समैं रण जीते आवै।
मुख पर स्वेद अलक लर छूटी, मधुरि चाल गजगतिहि लजावै।
मोहन छैल छबीले नागर, सुरत हिंडोरे झूलत गावै।
दोउ सुभट रण खेल महारस, त्रासत मदन ठौर नहिं पावै।
हरि के नख रुचि उदय विराजत, बिन तारावलि हार दिखावै।
मीराँ प्रभु गिरधर छबि निरखत, बदन कोटि रवि जोति लजावै।

बरसाने से लौटकर सुकन्या ने एकान्त में ललिता से एक बात पूछी— "जीजा!...ये मीराँबाई सा को आज क्या हो गया? उन्होंने राधारानी को लेकर जो पद

गाया उसमें कान्हा जी से उनकी कामकेलि का बड़ा खुलकर वर्णन किया। जबकि इनके अन्य पद तो प्रायः बड़े शालीन होते हैं। दास भाव के। सखी भाव के। माधुर्य भाव के। माधुर्य भी होता है तो उसमें रतिक्रीड़ा आदि के लिए कोई स्थान नहीं दिखता। झिरमिट खेलन जाऊँ की उनकी आकांक्षा भले ही कहीं दिख जाये। फिर आज यह..." ललिता ने कहा—"तू नहीं समझेगी। मीराँ राधा जी को परकीया मानती हैं और स्वयं को स्वकीया। वह राधा जी को एक प्रकार से चिढ़ा भी रही थीं और उनकी प्रशंसा भी कर रही थीं कि कृष्ण जी से महारास में तुमने प्रातःकाल में रण जीत ही लिया।"

"माना कि एक विवाहिता होने के बाद भी श्रीकृष्ण से प्रेम रचनेवाली राधा परकीया स्त्री थीं। परन्तु मीराँ जीजा कैसे स्वकीया हुईं? उन्होंने भी तो भोजराज कुँवर सा से विवाह किया था?"—सुकन्या ने तर्क किया।

"अरी पगली!...यह तू किन्तु-परन्तु छोड़। श्रीकृष्ण ही तो उनके पहले पति थे। उनसे तो मीराँ का बचपन में ही ब्याह हो गया था। इसलिए श्रीकृष्ण के लिए तो वह स्वकीया ही हुईं न।...यदि देखा जाये तो भोज जीजू सा के लिए मीराँ दूसरी स्त्री थीं।"

"जीजा! एक बार आपने इस विषय में मीराँबाई सा के किसी पद का भी उल्लेख किया था?"

"हाँ!...एक बार अपने विवाह से एक वर्ष पूर्व श्रीकृष्ण से हुए अपने दिव्य विवाह का यह पद मीराँ जी ने मेरी माँ सा किशोरी देवी को सुनाया था..." कहकर ललिता मीराँ जी का यह पद सुकन्या के समक्ष गाने लगीं—

माई म्हाँणे सुपणा माँ परण्याँ दीनानाथ।
छप्पण कोटाँ जणाँ पधार्‌याँ दूल्हो सिरी ब्रजनाथ।
सुपणा माँ तोरण बँध्यारी सुपणा माँ गह्या हाथ।
सुपणा माँ म्हारे परण गया पायाँ अचल सोहाग।
मीराँ रो गिरधर मिल्यारी पुरब जणम रो भाग।

पद गायन समाप्त कर ललिता ने सुकन्या से कहा—"इसलिए सखि! तू मीराँ की बात छोड़। गिरधर जी ने उन्हें स्पष्ट स्वप्न देकर स्वयं ही वरा था। वे ही उनके अचल सोहाग हैं।...तू तो अपनी फिकर कर और अपने चन्दन सिंह के बारे में ही सोच।"

"आप भी जीजा!...अपनी इस छोटी बहन को चिढ़ाने से कभी बाज नहीं आतीं।"—सुकन्या ने तनिक लजाकर कहा।

और फिर दोनों सखियाँ खुलकर हँस पड़ीं। ललिता का स्वयं का जीवन तो छोटी उम्र से ही नीरस था। परन्तु दूसरों के रसमय जीवन से उसे कभी कोई ईर्ष्या नहीं होती थी। इस दृष्टि से कहें तो ललिता एक अत्यन्त उदारहृदया स्त्री थी। मीराँ की

छाया ललिता पर थी अथवा ललिता की छाया मीराँ पर? कभी-कभी इस बात का भी धोखा हो जाया करता था।

चैतन्य महाप्रभु ने अपने जिन शिष्यों को वृन्दावनधाम में जाकर काम करने और अपने गौड़ीय वैष्णव सम्प्रदाय के अन्तर्गत श्रीकृष्णभक्ति का प्रचार-प्रसार का दायित्व सौंपा था, उनमें वृन्दावन के 'षट् गोस्वामी' प्रसिद्ध हैं—सर्वश्री सनातन गोस्वामी, रूप गोस्वामी, गोपाल भट्ट गोस्वामी, रघुनाथदास गोस्वामी, रघुनाथ भट्ट गोस्वामी और जीव गोस्वामी।

यह सभी गोस्वामी चैतन्य के बाद समय-समय पर वृन्दावन आये और फिर यहीं रहकर उन्होंने अपना सारा जीवन कृष्णभक्ति के प्रचार-प्रसार और आध्यात्मिक ग्रन्थों के लेखन में लगा दिया। इनमें जीव गोस्वामी आयु में सबसे छोटे थे। उनका जन्म सन् 1510 ई. में गौड़ राज्य (बंगाल) की राजधानी रामकेलि में हुआ था। वे रूप और सनातन गोस्वामी के भतीजे थे। बचपन से ही अपनी माता से जीव गोस्वामी ने आध्यात्मिक संस्कार ग्रहण किये थे और वह भी अपने काकाओं रूप और सनातन के मार्ग का अनुसरण करना चाहते थे। श्री रूप गोस्वामी का सन् 1516 ई. में वृन्दावन आगमन हुआ। श्री सनातन गोस्वामी सन् 1517 ई. में और कालान्तर में जीव गोस्वामी सन् 1535 ई. में वृन्दावन आये।

श्री जीव गोस्वामी ने काशी में रहकर संस्कृत की शिक्षा ग्रहण की और शास्त्रों का गहन अध्ययन किया। वह अपनी मेधा और परिश्रम से एक महान् शास्त्रज्ञ एवं दार्शनिक बन चुके थे जब वह वृन्दावन पधारे। यहाँ आकर उन्होंने अपने चाचाओं सनातन गोस्वामी तथा रूप गोस्वामी का आशीर्वाद प्राप्त किया। आध्यात्मिक जगत् में गुरु-शिष्य परम्परा के अन्तर्गत उन्होंने अपने छोटे काका रूप गोस्वामी से गुरुदीक्षा ग्रहण की।

जब सन्त मीराँबाई वृन्दावन प्रवास पर आयीं तो जीव गोस्वामी को मथुरा-वृन्दावन में रहते अभी तीन ही वर्ष गुजरे थे। परन्तु इन तीन वर्षों में ही जीव गोस्वामी जी की कीर्त्ति सारे ब्रजमण्डल में दूर-दूर तक फैल चुकी थी। उसका एक बड़ा कारण भी था।

हुआ यह कि एक दिन एक विद्वान् शास्त्रज्ञ पण्डित जो स्वयं को दिग्विजयी कहता था वृन्दावन में आया। उसने इससे पूर्व देश के विभिन्न भागों में घूमकर अनेक शास्त्रज्ञ विद्वानों को शास्त्रार्थ करने की चुनौती देकर हराया था। अब वह वृन्दावन की तपोभूमि में रूप और सनातन गोस्वामियों की ख्याति सुनकर उन्हें शास्त्रार्थ की चुनौती देने चला आया था।

दिग्विजयी पण्डित ने वृन्दावन आकर रूप गोस्वामी और उनके बड़े भाई सनातन गोस्वामी दोनों को चुनौती दी। परन्तु दोनों ने ही विनम्र भाव से दिग्विजयी से शास्त्रार्थ करने से इन्कार कर दिया। इस पर गर्व से मदमाता दिग्विजयी भड़क गया। उसने रूप गोस्वामी तथा सनातन गोस्वामी-जैसे सिद्ध भक्तों एवं महान् विद्वानों को गालियाँ दीं और बहुत बुरा-भला कहा। यहाँ तक कहा कि वे ढोंगी हैं। उन्हें वेद-पुराणों इत्यादि का कुछ भी ज्ञान नहीं। वे वृन्दावन में भोले-भाले भक्तों को मूर्ख बनाकर जमे हुए हैं। इत्यादि।

रूप गोस्वामी और सनातन गोस्वामी नितान्त निरभिमानी सन्त थे। दिग्विजयी द्वारा इस तरह अपमानित किये जाने पर भी उन्होंने उस पर क्रोध नहीं किया। उन्होंने विनम्र भाव से उस दिग्विजयी पण्डित से कहा कि वे तो सीधे-सादे कृष्णभक्त हैं। श्रीचैतन्यदेव महाप्रभु के अनुयायी हैं। लोगों ने बढ़ा-चढ़ाकर उन्हें विख्यात कर रखा है। वे दिग्विजयी-जैसे महान् शास्त्रज्ञ विद्वान् से वाद-विवाद करने की योग्यता नहीं रखते हैं।

इस पर दिग्विजयी बहुत प्रसन्न हुआ और उसने गोस्वामी बन्धुओं के समक्ष यह माँग रखी कि वे बात लिखकर उसे दें कि उन्हें दिग्विजयी ने शास्त्रार्थ में परास्त कर दिया है। रूप गोस्वामी और सनातन गोस्वामी ने तत्काल बिना किसी हिचक के इस आशय का एक लिखित प्रमाण-पत्र अपने हस्ताक्षरों सहित दिग्विजयी को दे दिया और उसे अपने आश्रम से चलता किया।

परन्तु किसी व्यक्ति ने दिग्विजयी को बताया कि वृन्दावन में अभी एक और परम विद्वान् तो बाकी है। इन्हीं रूप और सनातन का भतीजा जीव गोस्वामी। इस पर वह अहंकारी ब्राह्मण जीव गोस्वामी को परास्त करने चल पड़ा। जाकर जीव गोस्वामी से मिला। उसने रूप गोस्वामी और सनातन गोस्वामी के शास्त्रार्थ में पराजित होने की बात कहकर उनका दिया वह प्रमाण-पत्र जीव गोस्वामी को दिखाया।

युवा, मेधावी, वेद, पुराण, उपनिषद् इत्यादि संस्कृत ग्रन्थों के प्रकाण्ड पण्डित जीव गोस्वामी वह सब देख-सुनकर क्रोधाविष्ट हो उठे। वह यह सोचकर विस्मय और विक्षोभ से भर उठे कि भगवान् श्रीकृष्ण के महान् भक्त, कृष्णावतार चैतन्य महाप्रभु के सच्चे शिष्य, परमपूज्य रूप एवं जीव गोस्वामी-जैसे सन्तप्रवर एवं उच्चकोटि के विद्वान् इस मामूली और मूढ़ व्यक्ति से भला कैसे पराजित हो सकते हैं?

जीव गोस्वामी तुरन्त उस दिग्विजयी पण्डित से शास्त्रार्थ में उलझ पड़े। दोनों के बीच सात दिनों तक लगातार वेद-वेदान्तों पर भयंकर बहस चली। अन्त में जीव गोस्वामी ने दिग्विजयी को पूर्णतः हराकर उससे रूप गोस्वामी एवं सनातन गोस्वामी द्वारा हस्ताक्षरित वह प्रमाण-पत्र वापस ले लिया। उसके पश्चात् वह दिग्विजयी पण्डित लज्जा से आपूरित होकर वृन्दावन से चला गया और उसका कभी कोई अता-पता न चला।

इस बीच उत्साह और प्रसन्नता के आवेश में जीव गोस्वामी अपने काकाओं—रूप तथा सनातन जी के पास भागते हुए गये और उन्होंने शास्त्रार्थ में उस दिग्विजयी पर मिली अपनी विजय की बात उन्हें बतायी। किन्तु यह सुनकर रूप गोस्वामी तथा सनातन गोस्वामी को कोई प्रसन्नता नहीं हुई। बल्कि रूप गोस्वामी को तो अपने दीक्षित युवा शिष्य के उस ज्ञानाभिमान को देखकर हताशा ही हुई। उन्होंने जीव गोस्वामी से कहा कि—"जो व्यक्ति किसी दूसरे की पराजय में आनन्द का अनुभव करे और अपनी श्रेष्ठता को स्थापित करने में संलिप्त हो वह वृन्दावन में निवास करने का अधिकारी नहीं। संन्यास के लिए वह अपरिपक्व है।...मैं अभी इसी क्षण तुम्हें स्वयं से अलग करता हूँ। तुम्हें शीघ्र ही वृन्दावन से चले जाना चाहिए।"

यह सुनकर जीव गोस्वामी पर घड़ों पानी गिर गया। उन्होंने भग्नहृदय हो तत्काल वृन्दावन छोड़ दिया और जाकर मथुरा शहर में रहने लगे। उन्होंने सूक्ष्माहार, सरलतम रहन-सहन और मौनव्रत धारण किया। इस तरह वृन्दावन से दूर—एकान्तवास में रहकर प्रायः एक वर्ष व्यतीत कर दिया।

तब एक दिन बड़े भाई सनातन गोस्वामी अपने छोटे भाई रूप गोस्वामी के पास गये। कहा कि—"अब तो जीव पर दया करो। बहुत दण्ड सह लिया बेचारे ने।" तब जाकर रूप गोस्वामी लचे और उन्होंने जीव गोस्वामी को वृन्दावन वापस आने का आदेश दिया। गुरु आज्ञा पाकर जीव गोस्वामी वृन्दावन वापस लौट आये। अपने पूज्य गुरु द्वारा इस प्रकार जीवनभर के लिए दिये गये महत्त्वपूर्ण सबक के बाद अब जीव गोस्वामी वृन्दावन के और भी वीतरागी सन्त बनकर उभरे हैं। मीराँ जी को ऐसा ज्ञात हुआ।

यह सब जानकर मीराँ जी के मन में उन जीव गोस्वामी से भेंट करने की तीव्र उत्कण्ठा जागृत हुई। परन्तु मीराँ को यह ज्ञात नहीं था कि जीव गोस्वामी ने न केवल आजीवन ब्रह्मचर्य की शपथ ही ले रखी है, वरन् वे एकान्त में किसी स्त्री से भेंट भी नहीं करते हैं। सम्मुख स्त्री दर्शन और सम्भाषण उन्होंने सिद्धान्त रूप में स्वयं के लिए वर्जित कर रखा है।

इन तथ्यों से अनभिज्ञ मीराँबाई अपनी सखी ललिता एवं अन्य कुछ सहयोगी स्त्रियों के साथ जीव गोस्वामी के आश्रम में एक दिन गयीं। उन्होंने बाहर से अपना परिचय देकर जीव गोस्वामी के आश्रम के किसी शिष्य को गोस्वामी जी से भेंट की अपनी इच्छा जतायी। इस व्यक्ति ने कहा कि गुरु जी से भेंट न हो सकेगी। परन्तु मीराँ जी ने कहा कि वह एक बार उनकी ओर से निवेदन तो कर आये कि कृष्णदासी मीराँबाई उनसे मिलने आयी हैं। इस पर वह व्यक्ति भीतर गया और उसने सन्त मीराँबाई का सन्देश जीव गोस्वामी जी से निवेदन किया।

जीव गोस्वामी ने मीराँ जी से मिलने से इन्कार कर दिया और कहलाया कि—"मैं वन में रहता हूँ। किसी भी स्त्री से वार्त्तालाप नहीं करता।"

यह सुनकर मीराँ जी के मन में बड़ा क्षोभ हुआ। उन्होंने फिर जीव गोस्वामी जी के पास कहला भेजा कि—"आज तक मैंने यह बात कहीं सुनी ही नहीं थी कि श्रीधाम वृन्दावन में श्रीकृष्ण प्रभु के अतिरिक्त कोई और भी दूसरा पुरुष रहता है।"

यह कहकर मीराँ जी मुड़ीं और निज निवास की ओर चल दीं। श्री जीव गोस्वामी ने जैसे ही मीराँ जी के यह वचन सुने उनके तो जैसे ज्ञानचक्षु खुल गये। वह उसी क्षण अपने आसन से उठे और—"कहाँ हैं? कहाँ है देवी मीराँ?" कहते हुए बाहर की ओर नंगे पाँव ही दौड़ गये। जाती हुई मीराँबाई को उन्हें दिखाया गया। मुण्डित सिर, श्वेत वस्त्र धारण किये, लम्बे-से दुबले-पतले जीव गोस्वामी उधर ही चल पड़े। गोस्वामी जी चलकर मीराँ जी के सम्मुख पहुँचे। उन्हें प्रणाम निवेदन किया और बोले—"क्षमा करें देवि मीराँ!...मैंने बड़ी भूल की। मैं जीव गोस्वामी हूँ। आप आइये। पधारिये हमारी कुटिया में।"

और इस तरह बड़े सम्मानपूर्वक एक सन्त दूसरे सन्त का विनम्र स्वागत कर उन्हें अपने आश्रम में लिवा ले गया। मीराँ जी ने साथ की दूसरी स्त्रियों के साथ जीव जी के पीछे-पीछे उनकी साधनास्थली में प्रवेश किया।

मीराँबाई जीव गोस्वामी से आयु में लगभग सात वर्ष बड़ी थीं। जिस मठ में महिला का प्रवेश ही वर्जित हो उसमें पहली बार मीराँ जी पूरी धमक के साथ प्रविष्ट हुईं। परन्तु उनके सुन्दर एवं तेजस्वी मुखमण्डल पर कहीं से भी गर्व की कोई छाप नहीं थी। उस क्षणिक आवेश के उपरान्त अनन्त शान्ति, सौम्यता और विनम्रता मीराँबाई के आनन पर पूर्व की भाँति प्रदीप्त हो चली थी। जीव गोस्वामी स्वयं बाहर चलकर मीराँ जी को लेने आये थे। स्वागत और खेद के भाव उन महामनीषी के तेजोमय मुख पर साफ देखे जा सकते थे।

अपने आश्रम में अपने आसन के निकट ही जीव गोस्वामी ने मीराँबाई के लिए आसन बिछवाया। उनके लिए जल मँगवाया। साथ की स्त्रियाँ एक चटाई पर कुछ दूर बैठीं। ललिता के लिए यह आध्यात्मिक शिखर वार्त्ता सर्वाधिक कौतूहल का विषय थी।

गोस्वामी जी से संकोचवश तत्काल कुछ कहते नहीं बना। कुछ देर शान्त रहकर वे बोले—

"अहोभाग्य देवि! जों आज आप इस कुटिया में पधारीं।...अब आप ही कुछ कहें..."

मीराँ जी ने कहा—"महात्मन्! आप तो वृन्दावन की स्वयं शोभा हैं। परम ज्ञानी हैं। मैं आपके सामने क्या कह सकती हूँ?...मुख से कुछ अन्यथा निकल गया हो तो उसे आप क्षमा कर दीजियेगा।"

जीव गोस्वामी बोले—"अरे नहीं-नहीं देवि मीराँ।...आप तो भगवान् श्रीकृष्ण के इतने निकट हैं। उनकी भक्ति की साकार स्वरूपा हैं...इतना मैंने भी नाम सुना है

आपका। मैं ही अज्ञानी हूँ जो आपको आया जानकर भी आपका यथोचित स्वागत नहीं कर सका।...भक्तिस्वरूपा!...कृपया आप मुझे क्षमा करें।"

तब मीराँ जी हँसकर बोलीं—"हे महात्मन्! यहाँ तो वृन्दावन में जिसे देखो राधे-राधे कहता है। सच्चिदानन्द घन मुरलीमनोहर पर यहाँ तो राधा जी ही भारी दिखती हैं। वृन्दावनवासी भी गोपीभाव से ही अविनाशी श्रीकृष्ण को भजते हैं।... क्योंकि सम्पूर्ण ब्रह्माण्ड में परमपुरुष तो केवल एक वे ही हैं। परमब्रह्म परमात्मा। हम सब उनकी आत्माएँ हैं। उनकी चेरियाँ!...रहा प्रश्न इस नश्वर जगत् का। तो न कोई स्त्री बुरी होती है न ही कोई पुरुष बुरा होता है। यदि कुछ बुरा है तो वह है कामभाव। यह एक ऐसा विकार है जो स्त्री-पुरुष दोनों के लिए समान रूप से पतनकारक है। फिर हम जब संन्यास मार्ग पर चलते हैं तो काम पर विजय प्राप्त करना इस मार्ग की प्रथम अनिवार्यता होती है।... पूज्यवर! आज आप जिस आध्यात्मिक ऊँचाई पर विराजमान हैं मुझे नहीं लगता कि इसमें आपको तनिक भी कठिनाई होगी?"

जीव गोस्वामी दोनों हाथ जोड़कर बोले कि—"अरे देवि!...अब आप मुझे और लज्जित न करें। आपने आज मेरी एक बहुत बड़ी दुविधा का सहज निवारण कर दिया है। मैं आपके इस उपदेश को जीवनपर्यन्त याद रखूँगा।...परन्तु आपसे एक विनती है।"

"कहिये भाई जी!—" मीराँ ने जीव गोस्वामी से कहा।

"आपके भजनों की बहुत ख्याति है। क्या ही सौभाग्य हो यदि आप अपने भावामृत से इस आश्रम को भी पवित्र कर दें।" जीव जी बोले।

मीराँ जी ने तब विहँसकर कहा कि—"एक शर्त पर कि आपको भी इस कृष्णदासी को अपने ज्ञान के अपार भण्डार से कुछ मोती-माणिक्य प्रदान करने होंगे।"

"अरे देवि! आप भी क्या?...काशी से मथुरा तक अर्जित ज्ञान ही तो इस जीव को आज तक भरमाता आया है। आपने यहाँ पधारकर वास्तव में मेरे मन की आँखें खोल दी हैं।"

मीराँ जी ने कहा—"तो फिर भाई जी! आज आपके इन्हीं विचारों पर कुछ कहने का यह बहन टूटा-फूटा प्रयास करती है। सुनिये..."

मीराँ जी ने नेत्र मूँदे। एक लम्बा अलाप लिया। आशु कवयित्री तो वह थी हीं। अपने गिरधरनागर से मन की वीणा के तारों को जोड़कर मीराँ जी धीरे-धीरे गाने लगीं। शब्द-शब्द जुड़कर वाक्य बनते। वाक्य संयुक्त होकर विचार बन उभरते। विचार आन्तरिक ज्ञान के संवाहक बन उस सम्पूर्ण वातावरण को झंकृत करने लगते। इस प्रकार मीराँबाई की संगीत-लहरी और जीव गोस्वामी की ज्ञान-गंगा का एक अद्‌भुत संगम वहाँ समुपस्थित हो गया।

जीव गोस्वामी जी की समाधि लग गयी। वह यह अनुभव करने लगे कि मीराँ और उनमें कोई अन्तर नहीं। उनका आत्मज्ञान मीराँ के स्वर से होकर निःसृत हो रहा था। जीव गोस्वामी जैसे मीराँबाई के कण्ठ में बैठकर स्वयं ही गा रहे थे। दोनों सन्त मानो विचारों के धरातल पर एकाकार हो चले थे। श्रीकृष्ण की दिव्य कृपा ने दोनों को उन आनन्दमय क्षणों में अनायास आच्छादित कर लिया था। मीराँ का पद निर्माण हो रहा था और वह साथ-ही-साथ प्रसारित भी हो रहा था–

पानी में मीन पियासी, मोहे सुन-सुन आवत हाँसी।
आत्मज्ञान बिन नर भटकत है, कहाँ मथुरा कहाँ कासी।
भवसागर सब हार भरा है, ढूँढ़त फिरत उदासी।
मीराँ के प्रभु गिरधर नागर, सहज मिले अबिनासी।

जीव गोस्वामी जी को रोमांच हो गया। नेत्रों से अश्रु बह चले। अविनाशी कृष्ण के उन्हें सहज दर्शन होने लगे। भजन समापन के बाद कुटिया में काफी देर सन्नाटा रहा।

"आह! क्या आनन्द! क्या आनन्द!! बहन! आज आपने मेरा जीवन सार्थक कर दिया।"

आनन्द समाधि के बाहर आते ही जीव गोस्वामी जी ने ये शब्द मीराँ जी से कहे। फिर वह उनके आग्रह पर सभी उपस्थित स्त्रियों और अपने शिष्यों के मध्य इस प्रकार प्रवचन करने लगे–

"इस दासानुदास जीव गोस्वामी ने काशी विद्यापीठ में गुरुजन के चरणों में बैठ जितना भी ज्ञान अर्जित किया उसे वृन्दावन में आकर एक दिन अपने अहंकारवश गँवा बैठा। तब मेरे गुरुदेव परमपूज्य श्री रूप गोस्वामी जी ने मुझ हतभाग्य को मेरे पतन का प्रबोध कराया। उनकी कृपा से एक वर्ष मथुरा में रहकर मैं फिर से सच्चे आत्मस्वरूप में लौटने के लिए हाथ-पाँव मारता रहा। भ्रमित रहा। उसी विभ्रम की स्थिति में पूज्य गुरुदेव ने एक दिन उस अन्धकूप से मुझे रस्सी फेंककर अचानक बाहर निकाल लिया।

"मैं अपने अतीत से भयभीत था, वर्तमान से असन्तुष्ट और भविष्य के प्रति आशंकित। ऐसे में न मालूम आज किस प्रारब्धवश बहन मीराँ जी का यहाँ आगमन हुआ है। उनका पावन सत्संग पाकर अनेक समाधान श्री हरि कृपा से हो रहे हैं। ऐसे में यही विचार मन में आ रहे हैं कि–

किं भयमूलमदृष्टं किं शरणं श्रीहरेर्भक्तः।
किं प्रार्थ्यं तद्भक्तिः किं सौख्यं तत्परप्रेम।।

अर्थात् भय का हेतु क्या है? अहंकारपूर्वक किये हुए शुभाशुभ कर्म।
परम आश्रम कौन है? भगवान् श्री हरि का भक्त।...
माँगने योग्य वस्तु क्या है? श्री हरि की भक्ति।...

और...

सुख क्या है? उन्हीं श्री हरि का प्रेम।...

"मेरे परम कृपालु गुरुवर ने मेरे विकारयुक्त चित्त को अपने सच्चे ज्ञान की झाड़ू से बुहारकर साफ कर दिया था। किन्तु आशंका का एक काँटा उसमें अभी भी फँसा हुआ था। आज भक्तिमती मीराँबाई ने अपने पावन दर्शन देकर उसे भी उखाड़ फेंका। यह उनकी अपार कृपा है।..."

"भाई जी! अब आप मुझे लज्जित कर रहे हैं।"

—मीराँ जी ने कहा। इसी के साथ उन्होंने जीव गोस्वामी जी से आग्रह किया कि वे अपने गुरु महात्मा रूप गोस्वामी जी के कुछ उपदेश भी सुनायें। श्री जीव गोस्वामी ने इस पर श्री रूप गोस्वामी का गुणगान कर, अन्त में उनका कहा हुआ यह श्लोक बोला—

तन्नामरूपचरितादि सुकीर्त्तनानु-
स्मृत्योः क्रमेण रसनामनसी नियोज्य।
तिष्ठन् व्रजे तदनुरागिजनानुगामी
कालं नयेदखिलमित्युपदेशसारम्।।

अर्थात् श्रीकृष्ण नाम, रूप, चरितादिकों के कीर्त्तन और स्मरण में क्रम से रसना और मन को लगा दे।—

दूसरे शब्दों में श्रीकृष्ण नाम रटता रहे। मन से उनकी रूप-लीलाओं का स्मरण करता रहे। और...

ब्रज में निवास करते हुए श्रीकृष्ण के अनन्य अनुरागियों का दास बनकर अपने जीवन के सम्पूर्ण काल को व्यतीत करे।...यही सारे उपदेशों का सार है।—ऐसा कहना है मेरे परम पूज्य गुरुदेव का।"

इस पर मीराँ जी ने कहा—"साधु! साधु!! धन्य है आप और धन्य है आपके परम वन्दनीय गुरुदेव। आज इस कृष्णदासी का बड़ा भाग्य है।"

इसके बाद मीराँ जी ने श्री जीव गोस्वामी जी को प्रणाम कर उनके आश्रम से विदा ली। ललिता की दृष्टि में मीराँ जी का आदर आज अनेक गुना और बढ़ गया।

वृन्दावन-प्रवास के दौरान मीराँ जी ने अनेक मन्दिरों, घाटों, कुंजों-निकुंजों के दर्शन किये। उन दिनों मन्दिर छोटे-छोटे हुआ करते थे। आज की तरह वृहद् और विशाल नहीं। पर जैसे भी थे जिस हाल में थे उनमें अपने-अपने सम्प्रदायों की मान्यताओं और आचार्यों के मार्गदर्शन के अन्तर्गत ठाकुर जी की नियमित सेवा, पूजा-अर्चना होती थी।

मीराँ जी ने जिन प्रमुख मन्दिरों के दर्शन किये और जहाँ वे प्रायः जाया करती थीं, वे थे–

गोविन्द देव जी का मन्दिर, मदन मोहन जी का मन्दिर और निधिवन स्थित बाँके बिहारी जी का मन्दिर। मीराँबाई का स्वयं का मन्दिर तो ऐसी जगह पर स्थित था जहाँ से एक ओर कुछ दूर पर निधिवन पड़ता था और कुछ ही दूरी पर दूसरी ओर सेवा कुंज, जहाँ राधा-वल्लभ जी का भी उन दिनों मन्दिर हुआ करता था। मीराँ जी वहाँ भी श्रीकृष्ण के उस स्वरूप का दर्शन करने कभी-कभी जाया करती थीं।

परन्तु मीराँ जी के स्वयं के छोटे-से मन्दिर में विराजे हुए उनके नित्य-सेवित गिरधरगोपाल जी क्या किसी से कम थे? मीराँ जी का अधिकांश समय तो उन्हीं की सेवा-अर्चना में बीतता। वे मीराँ जी के जन्म-जन्म के साथी थे। उन्हें वे भला कहाँ और कैसे बिसरा सकती थीं? वे तो मीराँ जी के निरन्तर साथ चलते। वे मेड़ता से चित्तौड़, चित्तौड़ से पुष्कर, मेड़ता और अजमेर जहाँ-जहाँ भी गयीं उनके गिरधर जी उनके साथ गये। वृन्दावन आयीं तो यहाँ भी साथ आये। उन्हें तो इस धरती पर अन्तिम साँसों तक मीराँ जी के साथ ही निवास करना था...मीराँ जी इस बात को भली-भाँति जानती थीं। वे अपने गिरधरगोपाल की सुबह-दोपहर-शाम-रात अहर्निश सेवा करतीं। उनको सुलाकर सोतीं। उनके जागने से पूर्व जाग जातीं। वह एक कठोर-साध्वी कृष्ण-सेविका थीं।

नित्य प्रातः मीराँ जी का मन्दिर ही नहीं उसके आस-पास का वृन्दावनधाम मीराँ जी की सुमधुर आवाज़ से ही ज़ागता। जमुना जी तो अब उनका यदा-कदा ही जाना होता। बड़े तड़के मीराँबाई जागतीं। नित्यक्रिया के उपरान्त कुएँ के पानी से स्नान कर स्वच्छ वस्त्र धारण करतीं। फिर अपने प्यारे वंशीवाले को जगाने हेतु जुट जातीं–

जागो वंशीवारे लाला, जागो म्हारे प्यारे।
रजनी बीती भोर भयो है, घर-घर खुले किवारे।

गायन करती हुई मीराँ जी के स्वर में ब्रज की लोक संस्कृति स्वाभाविक रूप से महकती...

गोपी दही मथत सुनियत हैं, कँगणा के झणकारे।
उठो लाल जी भोर भयो है, सुर नर ठाढ़े द्वारे।

पड़ोस की धर्मशाला में सोये मीराँ जी के सभी सिपाही जाग जाते। फिर मन्दिर परिसर में सोयी ललिता और सुकन्या सबसे पहले जागतीं। सुकन्या का पति चन्दन सिंह भी जाग जाता। अन्य सखियाँ भी हड़बड़ाकर उठ बैठतीं। "अरी कस्तूरी उठ...बाई सा मन्दिर पहुँच गयीं। तू मरी!...अभी तक सोयी पड़ी है।..."

ग्वाल बाल सब करत कुलाहल, जय-जय सबद उचारे।
माखन रोटी हाथ में लीनी, गउवन के रखवारे।

मीराँ जी का कोई भी भजन चित्रात्मकता से दूर हो ऐसा कम ही मिलता है। कोई-न-कोई बिम्ब सहज रूप से उसे सुनकर उभरता है। जो भी मीराँ जी को गाते सुनता उतनी देर को सहज रूप से कृष्णलोक में पहुँच जाता। मीराँ जी के गिरधरनागर तो दया के सागर हैं। भक्तवत्सल हैं। शरणागत के तारणहार हैं।...

मीराँ के प्रभु गिरधर नागर, सरण आयाँ कूँ तारे।

गिरधर जी की प्रातःकालीन सेवा के पश्चात्, सबको भोग-प्रसाद वितरित कर और स्वयं भी पाकर मीराँ जी वृन्दावन भ्रमण पर निकल पड़तीं। जब से उन्होंने अपने इस आवासीय मन्दिर में निश्चित ठिकाना बनाया था, दल-बल सहित बिचरना बन्द कर दिया था। अब वे ब्रजवासियों की बस्ती में अपने अंगरक्षकों का ताम-झाम लेकर नहीं जाती थीं। केवल ललिता और सुकन्या मीराँ जी के साथ मन्दिर से निकलतीं। पुरुषों में केवल मीराँ जी ने दल नायक प्रताप सिंह अथवा चन्दन सिंह को ही साथ चलने की अनुमति प्रदान की थी। वह भी एकदम सादे वेश में, निःशस्त्र।

मीराँ जी नहीं चाहती थीं कि वह वृन्दावन के मार्गों और वीथियों से होकर गुजरें तो कोई भी व्यक्ति उन्हें किसी विशिष्ट महिला के रूप में जाने। परन्तु मीराँ जी का स्वयं का व्यक्तित्व इतना भव्य और आकर्षक था कि वह जिधर से गुजरतीं सब में अलग ही दिखतीं। मस्तक पर वैष्णव तिलक लगाये, साधारण धोती में तुलसी की माला धारण किये एक असाधारण तेजस्वी स्त्री व्यक्तित्व। नेत्र करुणामय, मुखारविन्द एक अलौकिक दीप्ति से संयुक्त। गरिमापूर्ण चाल-ढाल। उन्हें जो भी भगवद्भक्त देखता एक अज्ञात पवित्रताबोध से भर जाता। चलते हुए अनेक राहगीर मीराँ जी को देखकर ठिठक जाते। जो भी देखता बस देखता ही रह जाता।

मीराँबाई ने रूप गोस्वामी जी के द्वारा स्थापित गोविन्ददेव जी के मन्दिर के कई बार दर्शन किये। वह रूप गोस्वामी जी से भी मिलीं। उनसे सत्संगलाभ किया।

श्रीचैतन्य महाप्रभु की आज्ञा से वृन्दावन आये रूप गोस्वामी ने भी लुप्त तीर्थों के उद्धार का जिम्मा उठाया था। इसी क्रम में श्री रूप गोस्वामी को योगपीठ अथवा गोमाटीला नामक स्थान में 1534 ई. में श्री गोविन्द जी की मूर्ति मिली थी। वहाँ रूप गोस्वामी जी एक मन्दिर बनवाकर उन ठाकुर जी की सेवा-पूजा करने लगे। उत्कल नरेश प्रतापचन्द के पुत्र राजा पुरुषोत्तम ने श्री राधा जी की एक मूर्ति रूप गोस्वामी जी के पास भेज दी। तब वह गोविन्द मन्दिर में युगल मूर्ति की सेवा करने लगे। इस युगल मूर्ति के ही दर्शन मीराँ जी ने भी किये।

भक्तिमती मीराँबाई ने जब पहली बार मन्दिर में जाकर गोविन्ददेव जी का दर्शन किया तब वह श्रीकृष्ण के उस मधुर रूप को देखकर भावविभोर हो गयीं। अपनी परम सखी ललिता को इंगित कर मीराँ जी ने उसी अवसर पर गाया—

आली मोहि लागत बृन्दावन नीको।
घर घर तुलसी ठाकुर पूजा, दर्शन गोविन्द जी को।

निर्मल नीर बहत जमुना को, भोजन दूध दही को।
रत्न सिंघासन आप विराजे, मुकुट धर्‌यो तुलसी को।
कुंजन कुंजन फिरत राधिके, शब्द सुनत मुरली को।
मीराँ के प्रभु गिरधर नागर, भजन बिना नर फीको।

रूप गोस्वामी के अग्रज सनातन गोस्वामी भी चैतन्य महाप्रभु की आज्ञा से वृन्दावन पधारे थे। उन्होंने यहाँ मदन मोहन जी के मन्दिर की स्थापना की थी। श्री मदन मोहन की मूर्ति सनातन गोस्वामी जी को 1533 ई. में आदित्य टोला में मिली थी। माघ मास की द्वितीया तिथि को इस मूर्ति की प्राणप्रतिष्ठा हुई थी। सनातन गोस्वामी जी को प्रणाम कहकर जब मीराँ जी ने मदन मोहन जी के दर्शन किये, तब प्रभु श्रीकृष्ण के उस स्वरूप के लिए यह पद गाया—

निपट बंकट छबि अटके।
म्हांरे नैणा निपट बंकट छबि अटके।
देख्याँ रूप मदन मोहन री, पियत पियूखन मटके।
बारिज भवाँ अलग मतवारी, नेण रूप रस अटके।
टेढ्या कट टेढ़े कर मुरली, टेढ्या पाग लर लटके।
मीराँ प्रभु रे रूप लुभाणी, गिरधर नागर नटके।

इसी प्रकार मीराँ जी ने एक अन्य सुप्रसिद्ध मन्दिर के भी दर्शन किये थे। वृन्दावन में वह अत्यन्त पवित्र स्थान है—निधिवन। करील के कुंजों से आच्छादित यह निधिवन नामक बगीचा राधा-कृष्ण का नित्यलीलाविहारस्थल माना जाता है। इसमें लगी असंख्य झाड़ियाँ दस फीट की ऊँचाई से अधिक की नहीं होंगी। कहते हैं कि यह श्रीकृष्ण और श्रीराधा जी के साथ रात्रिकाल में नित्य रास रचानेवाली गोपिकाओं का प्राकृतिक रूप-समूह है जो कि दिन में यहाँ आनेवाले श्रद्धालुओं को हरी-भरी डालियों से संयुक्त झाड़ियों के रूप में दृष्टिगोचर होता है। दिन में ही अनेक बन्दर, चिड़ियाँ, चींटियाँ आदि मनुष्यों की भाँति गोपिकाओं के इन प्रकृतस्थ स्वरूपों का दर्शन करते हैं। परन्तु रात्रिकाल में निधिवन के हाते में किसी भी स्त्री-पुरुष अथवा जीव-जन्तु का प्रवेश अथवा ठहरना निषिद्ध है। क्योंकि ऐसी मान्यता है कि रात्रि में आज भी श्रीकृष्ण प्रभु अपनी परम स्नेहमयी राधारानी और प्रिय गोपिकाओं के साथ प्रकट होकर यहाँ दिव्य रासलीला करते हैं। इसे छिपकर यदि कोई देख ले तो कहते हैं या तो वह नेत्रहीन हो जाता है या फिर विक्षिप्त।

निधिवन में रंगमहल नामक छोटा-सा मन्दिर है जिसमें मान्यता है कि रासलीला के पश्चात् कुछ देर राधा-कृष्ण यहाँ आकर विश्राम करते हैं। ऐसे ही एक छोटा-सा और मन्दिर है जिसमें मान्यता है कि श्रीकृष्ण प्रभु अपनी प्राणप्रिया राधारानी का अपने हाथों शृंगार करते हैं। दिनभर शृंगार प्रसाधन की जो सामग्री युगल जोड़ी को पूजनस्वरूप भक्तगण अर्पित करते हैं, प्रातः मन्दिर खुलने पर वह वहाँ यत्र-तत्र

बिखरी पायी जाती है। निधिवन दिन के समय जितना मनोरम दिखता है, रात्रिकाल में उतना ही रहस्यमय हो उठता है।

राधारानी का एक अन्य छोटा-सा मन्दिर निधिवन में है जहाँ कहते हैं कि उन्होंने कान्हा जी की मुरली चुराकर रखी थी। राधा जी की स्वयं मुरलीवादन करती मूर्ति अपनी परमप्रिय सखियों ललिता और विशाखा के विग्रहों के साथ विराजमान है।

राधा-कृष्ण के इस नित्य रासलीला धाम की खोज की थी स्वामी हरिदास जी ने, जब वे सन् 1505 के आस-पास 25 वर्ष की युवावस्था में वृन्दावन पधारे। यहाँ आकर वे राधा-कृष्ण की आराधना करते-करते उनकी प्रशंसा में नित्य नवीन पद गाते और उन्हें प्रसन्न करने हेतु नृत्य करते। स्वामी हरिदास शास्त्रीय गायन के परम आचार्य थे। राग-रागिनियाँ उनकी वीणा से यों खेलतीं जैसे कोयल आम्र मंजरियों, तितलियाँ फूलों से और चिड़ियाँ हवाओं से खेला करती हैं। राधा-कृष्ण की भक्ति में आकण्ठ निमग्न स्वामी हरिदास जी स्वयं को राधा जी की 'ललिता सखी' का अवतार मानते थे और श्रीराधा की सन्निकटता की चौबीसों घण्टे अनुभूति किया करते थे। उन्होंने ही वृन्दावन में सखी सम्प्रदाय चलाया। इस सम्प्रदाय की यह मान्यता थी कि परमात्मा एकमात्र पुरुष है, जबकि समस्त आत्माएँ स्त्री रूप हैं। इस दृश्यमान् जगत् में भी परमपुरुष श्रीकृष्ण के अलावा दूसरा कोई पुरुष नहीं। सब स्त्रियाँ हैं। गोपियाँ हैं। सांसारिक स्त्रियाँ तो स्त्री हैं ही। जो पुरुष हैं वे भी श्रीकृष्ण के समक्ष स्त्रियाँ ही हैं। यह मान्यता मीराँ जी के दर्शन के भी काफी निकट थी।

मीराँ जी जब निधिवन पधारतीं तो स्वामी हरिदास की कुटिया में जाकर उनके दर्शन अवश्य करतीं। दोनों सन्तों में घण्टों वार्त्तालाप होता। मीराँ जी स्वामी जी का हरिकीर्त्तन सुनतीं। साथ ही उन्हें अपने भजन भी बहुत चाव से सुनातीं।

उसी क्रम में मीराँ जी के प्रवास के अन्तिम दिनों में सन् 1541 में निधिवन से भगवान् बाँके बिहारी जी का प्राकट्य हुआ। एक स्थल पर, स्वामी हरिदास के निर्देश से उस दिव्य रासलीलाधाम की मिट्टी खोदी गयी। उसमें से काले रंग के बाँके बिहारी जी की प्रतिमा निकली। उस प्रतिमा को एक छोटा-सा मन्दिर निर्माण कराकर निधिवन में ही स्वामी हरिदास जी ने पधराया। बाँके बिहारो जी की प्रतिमा की प्राण-प्रतिष्ठा की। समूचे वृन्दावन में इस दिव्य प्राकट्य का हल्ला मच गया।

कुछ लोगों का दबे स्वर में कहना था कि मूर्ति तो पहले ही निर्माण करायी गयी थी। परन्तु उन्हीं दिनों धर्मान्ध सिकन्दर लोदी सुल्तान ने मूर्ति भंजन और हिन्दू मन्दिरों को ध्वस्त कराने का जो सिलसिला शुरू किया तो बाँके बिहारी जी के इस विग्रह को भी सुरक्षित करने हेतु निधिवन में एक जगह जमीन में गाड़ दिया गया था। जब शान्ति और साम्प्रदायिक सौहार्द का काल आया तब प्रतिमा को पुनः खोदकर जमीन से बाहर निकाला गया।

मीराँ जी की वृन्दावनवास के अन्तिम चरण में यह मूर्ति निधिवन में अपने प्राकट्य स्थल पर स्थापित हुई थी। उस अवसर पर भक्तिमती मीराँ भी बाँके बिहारी

जी के दर्शन एवं प्रशस्तिगान हेतु वहाँ पहुँचीं। मीराँबाई उनकी मोहनी मूरत पर ऐसी रीझीं कि एकत्रित भारी भीड़ के सम्मुख बिना किसी झिझक के नाचने-गाने लगीं—

म्हारो परनाम बाँके बिहारी जी।
मोर मुकुट माथ्याँ तिलक बिराज्याँ,
कुण्डल अलकाँ धारी जी।
अधर मधुर धर वंशी बजावाँ,
रीझ रिझावाँ राधा प्यारी जी।
या छब देख्याँ मोह्याँ मीराँ,
मोहन गिरवरधारी जी।...

निधिवन में ही किसी दिन मीराँ जी को स्वामी हरिदास जी के समकालीन कृष्णभक्त स्वामी हितहरिवंश जी के भी दर्शन हुए। हितहरिवंश जी मीराँबाई के भजन और कृष्णानन्दमय स्वरूप से अत्यन्त प्रभावित हुए। उन्होंने उनसे अपने सेवाकुंज में भी पधारने का अनुरोध किया। मीराँ जी वहाँ भी गयीं और वहाँ हित हरिवंश जी द्वारा सेवित राधावल्लभ जी के पावन दर्शन किये। वहाँ भी मीराँ जी ने मगन हो हरिगुण गाया और नृत्य किया। इस सेवाकुंज में भी राधा-कृष्ण गोपिकाओं के मध्य रोजाना रात्रि के समय महारास होना बताया जाता है।

मीराँ जी को जिस रूप में श्रीकृष्ण की प्रेमाभक्ति करते लोगों ने देखा था किसी स्त्री का कलिकाल में वैसा खुला स्वरूप वृन्दावन के लिए अपूर्व था। फलतः बहुत-से लोग कृष्ण प्रेम दीवानी मीराँ का वह उन्मुक्त नृत्य-गायन देखकर जहाँ एक ओर श्रद्धावनत होते और उन्हें सन्त रूप में नमन करते तो दूसरी ओर कुछ लोग ऐसे भी थे जो उनकी पीठ पीछे निन्दा, आलोचना करते उन्हें गालियाँ देते नहीं अघाते थे। उन्हें चरित्रहीन विधवा, दारी राँड़, छिनाल-जैसे अत्यन्त गर्हित विशेषणों से विभूषित करते।

मीराँ जी की भक्ति की ख्याति उन तीन वर्षों में समूचे ब्रजमण्डल में दूर-दूर तक फैल गयी थी। उनके चित्तौड़गढ़ में विषपान के बाद भी जीवित बच जाने आदि के चमत्कारिक किस्से और अद्‌भुत आध्यात्मिक स्वरूप की चर्चाएँ जनसाधारण में यहाँ-वहाँ होने लगी थीं।

वृन्दावन के मीराँ-मन्दिर में भी भक्तों की अच्छी-खासी भीड़ जमा होने लगी। नित्य सन्ध्या-आरती के समय जब मीराँ जी अपने तानपूरे अथवा इकतारे पर धुन छेड़कर अपने गिरधरगोपाल की शान में कोई भजन गातीं और ब्रज के जनसमुदाय के साथ हरिकीर्त्तन करतीं तो लगता कि वृन्दावन का वह भक्तिमय स्थल चित्तौड़ के उसी कृष्ण-मण्डप में परिवर्तित हो गया है जहाँ मीराँबाई ने कभी अपने संघर्षमय जीवन की सैकड़ों शामें बितायी थीं।

सन्ध्याकालीन इस भक्त-समागम में मीराँ जी केवल भजन-कीर्त्तन ही नहीं करती थीं बल्कि लोक-कल्याण के दृष्टिकोण से मन्दिर में आनेवाले नर-नारियों को सार्थक उपदेश भी देती थीं। मीराँबाई के ये उपदेश जन-जागरण का कार्य करते और मनुष्यों के आत्मिक उत्थान का भी सहज माध्यम बनते थे।

मीराँ जी के उपदेश कुछ इस प्रकार के होते—प्रियजनो!...यह दृश्यमान् संसार प्रभु की माया का खेल है। इसे देखकर भ्रमित मत हों। यह जैसा दिखायी देता है वैसा है नहीं। यह संसार सत्य और शाश्वत जान पड़ता है। परन्तु है यह मिथ्या एवं नाशवान्। जो अज्ञानी व्यक्ति हैं वे इसके नाना प्रकार के आकर्षणों में फँसकर इसके नाशवान् पदार्थों का अधिकाधिक संग्रह करने का लोभ करते हैं और सारा जीवन इधर-उधर भटकते रहते हैं। वे नासमझ मनुष्य अपने आत्मतत्त्व को भूले रहते हैं और आत्मतत्त्व के मूल्यवान् साक्षात्कार को खो बैठते हैं। वे इस भौतिक जगत् में न तो क्षणिक सुखों को सुरक्षित रख पाते हैं न ही आध्यात्मिक आनन्द ही प्राप्त कर पाते हैं।...

घोड़े, हाथी आदि का स्वामी बनकर व्यक्ति अपने मन को मोटा बनाता है, अहंकार करता है कि मैं बड़ा धनवान्, ऐश्वर्यसम्पन्न एवं सामर्थ्यवान् हूँ। किन्तु इनके संग्रह का क्या लाभ है? आखिर आयु पूरी होने पर हाथी-घोड़ों के स्वामी को भी मरना है और निर्धन व्यक्ति को भी मरना है। फिर इन सबका संग्रह करके पाप क्यों कमाया जाये? इनके संग्रह हेतु व्यर्थ का परिश्रम क्यों किया जाये?...याद रहे...इस संसार में रहकर हमारे द्वारा जैसा कर्म और आचरण किया जाता है, परमात्मा के दरबार में वैसा ही फल मिलता है। इसलिए सदैव शुभ कर्म ही करने चाहिए। कुकर्मों से बचना चाहिए। अमर्यादित और अनीतिपूर्ण आचरण करनेवालों को परलोक में दण्ड अवश्य मिलता है। आवागमन का क्रम उस दशा में चलता ही रहता है। फलतः मोक्ष के स्थान पर इस कष्टमय जगत् में जीवात्मा को पुनरागमन करना पड़ता है।...

हमारे शुभ कर्म क्या होते हैं? इसे भी समझना आवश्यक है। संसार में रहकर अधिक-से-अधिक दीन-दुखियों की सेवा करनी चाहिए। परन्तु सेवा निःस्वार्थ भाव की होनी चाहिए। सेवा का अभिमान मन में नहीं आना चाहिए। अभिमान अथवा अहंकार के पीछे कर्त्तापन का भाव प्रबल होता है जो कि बन्धनकारक है। इसके परिणाम फिर रो-रोकर भुगतने पड़ते हैं। अतः निरहंकार तथा निष्काम भाव से कर्म और दूसरों की सेवा करनी चाहिए।

सभी मनुष्यों से प्रेम से बोलना चाहिए। जीवों पर दया करनी चाहिए। क्योंकि वे भी भगवान् की बनायी सृष्टि के अंग हैं। अपने कर्त्तव्यों का निर्वहन सावधान होकर करना चाहिए। दूसरों से अपना व्यवहार उत्तम रखना चाहिए। यदि कोई

प्रतिज्ञा ली हो तो उसको निष्ठा से निभाना चाहिए। कम बोलना चाहिए। सोच-समझकर बोलना चाहिए।...

अपनी सामर्थ्य के अनुसार ही गुजारा करना चाहिए। बन्दा बेचारा क्या कर सकता है? जो परिस्थिति आती है उसे सहन करना पड़ता है। मृत्युलोक के सभी सन्त कहते हैं कि परमात्मा की कृपा से जीव को संसार की सभी विपत्तियो से छुटकाना मिलता है। इसलिए परमात्मा से उसकी कृपा हेतु प्रार्थना करनी चाहिए।...

जो मिल जाये उसे प्रभु प्रसाद समझकर ग्रहण करना चाहिए। जो न प्राप्त हो उसकी चाह नहीं करनी चाहिए। उसका दुःख नहीं मनाना चाहिए। कबीर की भाँति मीराँ द्वारा कहे गये ये वचन आम नर-नारियों को बहुत राहत देनेवाले लगते। उनसे सीख भी मिलती और सन्तोष भी। फलतः मीराँ जी का उनके आश्रम में आकर्षण दिन-ब-दिन प्रबल होता जा रहा था। ये सब भला ढोंगी मठाधीशों और महन्तों को कहाँ रास आता?

अतः बड़े-बड़े आध्यात्मिक केन्द्रों को मीराँ जी के कारण भले ही कोई अन्तर न पड़ा हो, मीराँ जी के मन्दिर में लगनेवाला भक्तों का ताँता छोटे-छोटे मठ-मन्दिरों के पण्डे-पुजारियों के लिए निरन्तर चिन्ता का विषय बनता गया। कुछ असामाजिक तत्त्वों ने आध्यात्मिक जगत् में मीराँ की उस दुर्लभ उपस्थिति को पुरुष वर्चस्व के लिए भी भारी चुनौती माना। 'मुख में राम बगल में छुरी' वाले ऐसे कई असन्त-असाधु जब-तब मीराँ जी को नीचा दिखाने और उन्हें बदनाम करने की मुहिम में जुट गये। कभी-कभी तो राह चलते उन्हें एक क्षण को अकेला पाकर उन पर फब्तियाँ कसने से भी वे दुष्ट चूकते न थे।

कुछ चालाक महन्तों ने उन्हें अपने मठ में शामिल होने और अपने सम्प्रदाय में दीक्षित होने के भी निमन्त्रण और प्रलोभन भिजवाये जिन्हें मीराँ जी ने शालीनता और विनम्रता के साथ अस्वीकार कर दिया। मीराँबाई ने पहले भी किसी सन्त-महन्त से गुरुदीक्षा नहीं ली थी। न ही वे किसी सम्प्रदाय में गयीं और न ही उन्होंने अपना स्वयं का ही कोई सम्प्रदाय स्थापित किया। योगेश्वर श्रीकृष्ण ही उनके गुरु, इष्ट, पति और परमेश्वर थे। उनके सर्वस्व थे। अनेक भक्तों ने मीराँ जी की सहज भक्ति से प्रभावित होकर उन्हें अपना गुरु बनाना चाहा। अर्थात् उनसे गुरुदीक्षा लेनी चाही। परन्तु मीराँ इस बात के लिए भी राजी नहीं हुईं। सभी से सदैव यही बोलीं कि जगद्गुरु योगेश्वर कृष्ण के होते किसी और गुरु के पास क्यों जाना चाहते हो? उन्हीं की शरण गहो। वही मेरे, तुम्हारे, हम सबके गुरु हैं।

मीराँ जी ने धीरे-धीरे यह भी अनुभव किया कि धार्मिक स्थलों में भी बहुत-से ऐसे छिछोरे और व्यभिचारी व्यक्ति होते हैं जो दुर्भाग्यवश साधुवेश में भी धर्म को कलंकित करते हैं। कई पुरुषों को उन्होंने स्वयं पर और साथ की अन्य युवा-स्त्रियों

पर कुदृष्टि डालते वृन्दावन में भी अनुभव किया। स्त्री कहीं भी सुरक्षित नहीं यदि कोई सुरक्षा-कवच उसके साथ न हो। वह तो मेड़ता और चित्तौड़ की राजकन्या एवं कुलवधू होने के नाते उन्हें एक सहज सुरक्षा-कवच एवं आर्थिक आत्मनिर्भरता प्राप्त थी, जिसके कारण वह तीन वर्ष वृन्दावन में अपने दिन सकुशल काट सकीं।

मठ-मन्दिरों की आपसी खींचतान और नाना प्रकार के कटु अनुभवों से खिन्न हो एक दिन मीराँबाई ने यह विचार किया कि यह वृन्दावन अब वह पहले जैसा वृन्दावन नहीं रह गया है, जिसमें कभी यशोदा नन्दन श्रीकृष्ण निवास करते थे। अब तो यह मात्र श्रीराधावास है। श्रीकृष्ण तो इसे छोड़कर कबके मथुरा और फिर अन्ततः द्वारकापुरी चले गये थे।

मेरे भी जीवन का यह उत्तरार्द्ध है। श्रीकृष्ण के बिना यह जीवन व्यर्थ है। अतः वहीं चला जाये जहाँ मेरे प्रियतम अपने अन्तिम लीला समय में गये थे।...वहीं उसी भूमि पर जाकर अन्तिम दिनों में ये प्राण विसर्जित किये जायें।...

चलाँ वाही देस प्रीतम पावाँ, चलाँ वाही देस।
कहो तो कुसूम्बी सारी रँगावाँ, कहो तो भगवाँ भेस।
कहो तो मोतियन माँग भरावाँ, कहो छिटकावाँ केस।
मीराँ के प्रभु गिरधर नागर, सुनियो विरद नरेस।

और फिर भक्तिमति मीराँ ने वृन्दावन को प्रणाम कर, ब्रज की रज को माथे से लगाकर, रमण रेती में जमुना-तट पर लोट-पोट होकर, जमुना जी में अन्तिम बार स्नान कर, अपने गिरधरगोपाल जी और समस्त सखियों-सहेलियों एवं सैनिकों सहित वृन्दावन और ब्रजभूमि से भारी मन से विदा ली। मीराँबाई श्रीकृष्ण की खोज में अब आगे द्वारका की ओर निकल पड़ीं। यह सन् 1541 ई. की बात है।

इससे कुछ ही दिन पूर्व मेवाड़ स्थित उनकी जागीर का कारिन्दा उनके पास इस बार वर्ष भर की आमदनी लेकर उपस्थित हुआ था। साथ ही अनेक खबरें भी लाया था। उनमें से मीराँ जी के ससुराल पक्ष से एक अच्छी खबर यह थी कि महाराणा उदय सिंह का मेवाड़ में शासन सुचारु रूप से चल रहा था। राणा विक्रमादित्य और बनवीर के बाद कुँवर उदय सिंह कुछ स्वामिभक्त राजपूतों की सहायता से चित्तौड़ में सिंहासनारूढ़ हुए थे। बनवीर को वहाँ से मार-पीटकर खदेड़ दिया गया था। जबकि मीराँ जी के पीहर पक्ष में उनके ताऊ सा बीरमदेव और भाई जयमल की राजनीतिक स्थिति अभी भी डाँवाँडोल थी।

16

राय श्री रणछोड़ दीज्यो द्वारका को वास

हे बाँके बिहारी!...यही है आपका वह प्रिय वृन्दावन जिसे तजकर आपकी इस मीराँ को आज जाना पड़ रहा है।...

यही है आपका इस पृथ्वी पर वह परम लीलाधाम जिसके दर्शन को सुर-नर-मुनि इत्यादि सब तरसते हैं। आपकी मीराँ भी बड़े भाग्य से यहाँ तक पहुँची आपकी ही परम कृपा से। फिर आप वृन्दावन में ही अपनी मीराँ से रूठ गये?

आखिर कितनी परीक्षाएँ आप और लेंगे मेरी?...मेरे धैर्य की?...मेरी सहन शक्ति की?...मेरी दृढ़ता की?...मेरे नारीत्व की?...

यह सही है कि आपको भजकर—आपको गाकर—आपको स्मरण कर अब तक मेरा आत्मबल मेरे साथ बना हुआ है। एक यह आत्मबल ही तो है जो बालपन से युवाकाल तक और युवावस्था से इस प्रौढ़ावस्था तक मुझे अब तक सँभाले हुए है। अन्यथा आपने तो अपनी मीराँ के साथ निष्ठुरता की सारी हदें पार कर दी हैं प्रभु! ...आपसे और क्या-क्या कहूँ?

क्या नहीं किया वंशीधर! आपने मेरे साथ?...ज़रा-सी बच्ची थी मैं। खेलते-खेलते मेरे हाथों में आप शालग्राम के रूप में आ गये। फिर एक दिन गिरधरगोपाल जी की प्रतिमा बनकर पधारे। मैंने आपको अपना सम्पूर्ण हृदय देकर अपनाया। अपना सर्वस्व न्योछावर कर दिया आप पर। और आप...?

आपने मेरे लाख मना करने पर भी...आपकी परिणीता होने पर भी...मेरा विवाह राजकुँवर भोजराज से करवा दिया...क्या आवश्यकता थी मेरा लौकिक विवाह सम्बन्ध कराने की?

यह ठीक वही बात हुई कि कोई प्रेमी पहले तो किसी प्रेमिका से प्रेम रचाये। उससे विवाह करे। फिर उसे किसी पर्वत की चोटी पर ले जाकर वहाँ से उस बेचारी को धक्का दे दे।...इतनी हृदयहीनता? इतनी क्रूरता? यह क्या किया था आपने अपनी चरणदासी मीराँ के साथ?...कभी सोचा भी है?...

जब मुझे 13वाँ वर्ष लगा हुआ था तो आपने ही मेरा मेवाड़ के महाराणा के पाटवीपुत्र के साथ गठबन्धन कराकर मुझे एक अज्ञात पथ पर ढकेल दिया।...इस लौकिक विवाह के समय भी हे मेरे साँवरिया!...आपकी मीराँ एक क्षण को भी आपसे अलग न हुई। याद है?...याद है मैंने आपकी प्रतिमा को सीने से लगाकर ही भोजराज के साथ किस प्रकार से भाँवरें ली थीं?...विदाई के समय भी मैंने आपको अपने से अलग नहीं किया था। आपको अपने साथ लिये-लिये ही मैं मेड़ता से चित्तौड़ आयी। ससुराल में मैंने आपकी खातिर किस-किस के ताने और आघात नहीं सहे... कैसी-कैसी उपेक्षाभरी दृष्टियों का सामना किया...यह मैं ही जानती हूँ।...

जानते तो आप भी हैं...परन्तु अपनी मीराँ से कुछ भी अप्रिय कहना नहीं चाहते. ..यह भी मैं भली-भाँति जानती हूँ...परन्तु आप फिर भी करते वही सब-कुछ हैं जो कि आप चाहते हैं...हे कृष्ण! हे माधव!! आपको...अब मैं क्या कहूँ?...

आप अमित असीम पुरुषार्थ से सम्पन्न हैं फिर भी आसानी से अपने भक्तों की खबर नहीं लेते...अगर कोई गिर रहा हो, मर रहा हो तो तत्काल उसकी मदद के लिए नहीं आते...जब तक कि वह स्वयं आर्त्त होकर आपको नहीं पुकारे...

हे मुरलीमनोहर! आप अद्वितीय सौन्दर्य के स्वामी हैं। परम पुरुष हैं। आप जानते हैं कि मीराँ आपकी जनम-जनम की दासी है फिर भी आप अपनी मीराँ से ही पग-पग पर छल करते हैं...

किसकी खातिर? क्या श्रीराधा जी के कहने से? या फिर ब्रज की गोपियों के सिखाने से? या फिर स्वयं अपनी खातिर? पर मैं बेचारी राधा जी और गोपियों को क्यों दोष हूँ? वे भी तो आप ही की सतायी हुई हैं। आप उन्हें भी तो छोड़कर चले गये थे। ऐसे गये कि कभी फिर मुड़कर वापस ही नहीं हुए। अरे जब आप माता यशोदा, श्रीराधा जी, गोप-गोपिकाओं में से किसी के न हुए तो फिर इस बिना हैसियत की दासी मीराँ के क्या होंगे?...

"गिरधर जी! मीराँ को तो आपने इस भवसागर में इस तरह हाथ-पाँव मारने के लिए छोड़ दिया है जैसे कि यह स्त्री कभी थकेगी ही नहीं... कभी टूटेगी ही नहीं ...और यह हाड़-मांस की नहीं आपकी तरह पत्थर की बनी हुई है। क्यों? बोलिये ...उत्तर दीजिये..."

—यह कहते हुए मीराँ ने अपनी बैलगाड़ी में आराम से शयन करती गिरधरगोपाल की प्रतिमा को अचानक अपने हाथों में उठा लिया। उस समय मीराँ जी का चेहरा उत्तेजना के चरम में लालिमा से आपूरित हो उठा था।

मीराँबाई का अपने गिरधरगोपाल से वह एकाकी सम्भाषण जारी रहा। ललिता दोनों ओर से ढकी हुई उस छायादार बैलगाड़ी में एक ओर हटकर बैठी हुई थी। इस समय मीराँ पर क्या गुज़र रही है? इसे वह अच्छी तरह जानती थी। इसलिए पीछे

बाहर की ओर देखती चुप थीं। एकदम मौन। पीछे-पीछे बैलगाड़ियों का एक समूह चला आ रहा था।

ठीक पीछे की बैलगाड़ी में सुकन्या लेटी हुई थी। वह इस समय गर्भवती थी। विवाह के कई वर्ष बाद उसे गर्भ ठहरा था। इस बात की सबको खुशी भी थी। साथ में चिन्ता भी कि सब-कुछ ठीक-ठाक निपट जाये। सात माह का गर्भ था। मीराँ जी ने सुकन्या को मना किया था कि द्वारका जाने की कोई आवश्यकता नहीं। अभी वह वृन्दावन में ही रहे अपने पति के साथ। जब सन्तान को जन्म दे दे तब स्वस्थ हो जाने पर परिवार सहित द्वारका आ जाये। परन्तु सुकन्या ने भी मीराँ जी के साथ जाने की ऐसी ज़िद पकड़ ली थी कि उसके आगे उनको झुकना पड़ा।

इस समय सुकन्या का पति चन्दन सिंह बैलगाड़ी में उसके साथ ही बैठा था। एक सखी कस्तूरी भी साथ बैठी थी। लेटी-बैठी सुकन्या का जितना ध्यान रखा जा सकता था, सब रख रहे थे। पीछे-पीछे छह बैलगाड़ियाँ और थीं। उनमें मीराँ जी के दल की अन्य चार स्त्रियाँ, दो रसोइये, भोजन-सामग्री, माल-असबाब साथ में चल रहा था। दो सैनिक पीछे घोड़ों पर सवार चल रहे थे। चन्दन सिंह का खाली घोड़ा अन्तिम बैलगाड़ी से बँधा-बँधा चला जा रहा था।

मीराँ जी की बैलगाड़ी सबसे आगे थी। उसके आगे प्रताप सिंह अन्य चार घुड़सवार सैनिकों के साथ इस काफिले का नेतृत्व कर रहा था। सभी गाड़ीवानों को मिलाकर मीराँ जी के दल में इस तरह कुछ 26 यात्री थे।

ऊँटों अथवा ऊँटगाड़ियों का वृन्दावन की यात्रा तक ही साथ रहा था। ऊँटवान मीराँ जी के दल को वृन्दावन तक पहुँचाकर तभी वापस राजस्थान लौट चुके थे।

ललिता सखी अपने-आपमें सिमटी हुई मीराँ को लेकर चिन्तित थी। नहीं तो सुकन्या को लेकर भी कम चिन्तित वह नहीं थी। सुकन्या के साथ उसकी बैलगाड़ी में वह बैठना चाहती थी। परन्तु गर्भवती सुकन्या ने अधिक समझदारी का परिचय देकर उसे मना किया। कहा कि—"जीजा को इस समय तुम्हारे साथ की मुझसे अधिक आवश्यकता है। वृन्दावन छोड़ने का दुःख इस समय उन्हें इतना गहरा है कि मेरा यह छोटा-मोटा शारीरिक कष्ट उसके सामने कुछ भी नहीं।"

ललिता मन मसोसकर मान गयी थी। वह मीराँ जी की देखभाल हेतु उनके साथ उनकी बैलगाड़ी में बैठी। चन्दन सिंह को उसकी पत्नी की देखभाल के लिए बिठाया। स्नेहिल स्वभाव की सखी कस्तूरी को भी साथ में बैठने को कहा। चलने के लिए सफ़र लम्बा था। चिन्तन-मनन के लिए भी पर्याप्त अवसर था।

ललिता सोच रही थी—हम किस युग में आज जी रहे हैं? पुरुषों के द्वारा संचालित समाज। ऊपर से यह राजे-रजवाड़े और इनके नियम-कानून जो सब-के-सब इन्हीं की सुविधा के लिए हैं। उनमें हम स्त्रियों के लिए कौन-सी जगह बचती है?...

ज़िन्दगी भर स्त्री पुरुष की गुलामी करती है। बस अच्छे-से-अच्छा गहना गढ़ा लो। रंग-बिरंगे कपड़े पहन लो और सज-सँवरकर इन गलमुच्छड़ों की सेज पर बिछ जाओ।...

इससे पर्दा करो। उससे पर्दा करो। सिर हरदम ढँका ही रहे। पालकी में निकलो तो पर्दा गिराकर। बैलगाड़ी, ऊँटगाड़ी, घोड़ागाड़ी जिसमें भी निकलो तुम औरत हो सब ढक-तोपकर ही निकलो।...

विचित्र संसार है? सारे नियम-कानून औरत के ही वास्ते। मर्द चाहे जहाँ मुँह मारता फिरे उससे एतराज कोई नहीं।...

औरत मरे तो मर्द को कोई फर्क नहीं। जब चाहे दूजा ब्याह कर ले। अरे राजपूतों में तो औरत के जीते-जी दर्जन भर सौतें रखकर मर्द बेचारी औरत की छाती पर मूँग दलते रहे हैं। मरने के बाद कौन-सा पहाड़ ढहनेवाला? हाँ मर्द मर जाये तो भई बीनड़ी का सती हो जाना सबसे अच्छा। जवान औरत के लिए खासकर। नहीं तो खसमखानी, राँड़, कुलटा, छिनाल, छत्तीसी और जाने क्या-क्या नहीं सुनना पड़ता ऐसी को?...

मीराँ ने क्या कम सहा है? पहले तो पर्दा ही नहीं माना उस तरह से जैसे राजपूत लोग चाहते हैं। सिर पर आँचल दिया बड़ों के सामने, पर सात परदों में रहनेवाली प्रथा को नकार दिया। अपने गिरधर जी के सामने नाचना है तो मुँह खोलकर मुँह ढककर नहीं। क्योंकि मीराँ नाचती हैं तो श्यामसुन्दर के लिए, किसी सांसारिक जीव के लिए नहीं। भक्त यदि उनमें श्यामसुन्दर का दर्शन पायें तो ठीक। एक नृत्यांगना का जोबन देखने जो आये उसकी आँख फूटे। उसका चरित्र जाये। उसे पाप पड़े। मीराँ को क्या?...

समझनेवाले समझते हैं। जो समझना ही न चाहें कृष्णार्पिता मीराँ की बला से।...

भोजराज कुँवर सा का स्वर्गवास हुआ तो सती-प्रथा डायन की तरह मुँह खोले खड़ी हो गयी। बड़ी महारानी सा ही मीराँ के पीछे पड़ गयीं। रनिवास की तमाम चमचियाँ भी कैसा सुर-में-सुर मिलाने लगी थीं। पर मीराँबाई ने किसी की एक न सुनीं। वे किसी के आगे न लचीं। आखिर महाराणा हुकुम को खुद आगे आकर हस्तक्षेप करना पड़ा तब उनका सती होना टला। परन्तु धकिया तो रहे ही थे मीराँ को उस ओर उनके ससुरालवाले। यह तो मीराँ का ही कलेजा था जो सती-प्रथा को धता बताकर आज तक गिरधर जी का गुणगान करती जी रही हैं।...

इन्होंने जब ब्रज में निवास करने का निश्चय किया तो यहाँ के सन्तों-महात्माओं, साधकों और भक्तों के लिए कितनी निर्मल भावनाएँ लेकर राजपूताने से चली थीं ये। पर यहाँ आकर अच्छे अनुभवों के साथ-साथ अनेक बहुत बुरे अनुभव भी हुए।

ब्रज में भी लोगों में अनेक ऐसे हैं जिनमें घर-गृहस्थी में चलनेवाले राग-द्वेष और प्रपंच विद्यमान हैं।...

मीराँ कितने उल्लास के साथ वृन्दावन में स्थायी रूप से रमने का निश्चय करके आयी थीं। पर यहाँ आकर वही ढाक के तीन पात। स्त्री हो तो स्त्री की भाँति रहो। पुरुषों के संसार में सिर उठाकर जीने का दुस्साहस मत करो। कामुक दृष्टियाँ, लोलुप इरादे, लांछन, षड्यन्त्र, कटाक्ष, प्रपंच...प्रपंच...और प्रपंच।...कितने दिन टिकती एक साध्वी स्त्री उस विषाक्त एवं पुरुषों की अहम्मन्यतावादी मानसिकता के बीच।...

अपनों के बीच इतने वर्ष रहीं तो अन्त में उन्हें सीधे विष देकर समाप्त करने के भाँति-भाँति के प्रयत्न अपनों ने ही किये। यहाँ परायों के बीच आयीं तो उन्हें प्रारम्भ से पराया ही समझा गया। जितनी जल्दी हो इस स्त्री को भगाओ। या तो यह शोषण के लिए प्रस्तुत हो या फिर वृन्दावन से पलायन करे। स्वयं ही। व्यवस्था के केन्द्र में और उसके उप-केन्द्रों में विराजमान महानुभावों की नीति प्रायः हर जगह एक-सी ही तो है। क्या चित्तौड़? क्या वृन्दावन?...जो भी विभूति अपनी विशिष्ट पहचान कायम करे उसे पराजित करो। हार न माने तो निष्क्रमण के लिए विवश कर दो।...शताब्दियों से यही होता आया है मानव समाज में। अभी भी बहुत-कुछ नहीं बदला है। मनुष्य की संकुचित मनोवृत्ति उसी प्रकार की आज भी वहीं-की-वहीं है।...

अब मीराँ का उनके प्रभु श्रीकृष्ण वास्तव में भला करें। यही प्रार्थना है। द्वारका के बारे में कई तीर्थयात्रियों से सुना है कि वह निरापद स्थान है। वहाँ साधु-सन्तों में परस्पर वैसा राग-द्वेष नहीं है जैसा देश के अन्य भागों में है। कहते हैं कि मठों-मतों और सम्प्रदायों के आपसी झगड़े भी वहाँ नहीं हैं। वहाँ श्रीकृष्ण के द्वारकाधीश रणछोड़ जी के रूप में नित्य पावन दर्शन प्राप्त होते हैं। द्वापर युग में जरासन्ध के अनेक आक्रमणों से अकुलाकर श्रीकृष्ण मथुरा से भागे थे और इसलिए रणछोड़ कहलाये। सागर-तट पर उस परम शान्त एवं एकान्त स्थान को पाकर उन्होंने ही वहाँ द्वारका नगरी बसायी और फिर वहाँ वर्षों राज्य किया था। वहीं उनका अन्तिम समय भी बीता। अब कलियुग में मीराँ भी वहाँ जाना चाहती हैं तो ठीक ही है।...

सुना है कि द्वारका के सुप्रसिद्ध मन्दिर में ब्राह्मणों का बहुत सौम्य व्यवहार है। मन्दिर के बगल में ही गोमती नदी बहती है और वहाँ का वास मन को परम शान्ति प्रदान करता है।...

ललिता अभी यही सब सोच रही थी कि मीराँ जी ने मानो ललिता का ही मन पढ़कर सुमधुर कण्ठ से यह पद गाना शुरू कर दिया। बैलगाड़ी के पहिये और मीराँबाई की स्वर-लहरी अब दोनों साथ-साथ चल रहे थे—

राय श्री रायछोड़ दीज्यो, द्वारका को वास।
संख चक्र गदा पद्म दरसै, मिटै जम की त्रास।
सकल तीरथ गोमती के, रहत नित्त निवास।
संख झालर झाँझ बाजै, सदा सुख की रास।
तज्यो देस रू बेस हूँ तजि, तज्यो राना राज।
दासि मीराँ सरन आवत, तुम्हें अब सब लाज।

इतना तो स्पष्ट था कि ससुराल और पीहर के झमेलों से अब कोसों दूर निकल चुकी थीं मीराँ। घुटन-भरा माहौल उन्हें कहीं भी पसन्द नहीं था। स्वतन्त्रता एवं स्वाभिमान की प्राणवायु का अभाव जब उन्हें वृन्दावन-प्रवास में भी दिखने लगा तो उन्होंने उसे भी प्रणाम किया और द्वारका को चल दीं। मीराँ को न तो अब पारिवारिक जीवन से दोबारा जुड़ने की कोई चाह शेष थी और न ही भवसागर के किसी अन्य बन्धन से जुड़ना उनका लक्ष्य था। सच कहें तो मुक्ति की कामना ही मीराँबाई का परम लक्ष्य था।

अब कहाँ वृन्दावन और कहाँ द्वारका? दो-चार-दस दिन की यात्रा नहीं। पूरे एक महीने से भी ऊपर की लम्बी यात्रा। बैलगाड़ियों और घोड़ों पर। वह भी उस दशा में जबकि एक बैलगाड़ी में एक सात माह की गर्भवती स्त्री भी सहयात्री के रूप में चल रही थी।

वृन्दावन से मथुरा, मथुरा से भरतपुर, भरतपुर से दौसा-चाकसू-दूदू होकर पुष्कर तक। मीराँ जी को पुष्कर तीर्थ में स्नान करना ही था। ब्रह्मा मन्दिर में माथा टेकना ही था। अजमेर से भी बचकर निकलना था। उसके आबादी क्षेत्र से होकर नहीं गुजरना था। क्योंकि अजमेर में उस समय मीराँ जी के ताऊ सा बीरमदेव के परम शत्रु राजा मालदेव का कब्ज़ा था।

पड़ाव-दर-पड़ाव चलकर मीराँबाई का तीर्थयात्री दल दस दिन में वृन्दावन से पुष्कर पहुँच सका। सब लोग इतने थक चुके थे कि सब-के-सब कुछ दिन पुष्कर में ही डेरा-डण्डा डाले पड़े रहे। सुकन्या को भी विश्राम देना परम आवश्यक था। मीराँ जी ने इस अवसर का भरपूर लाभ उठाया। स्नान-दर्शन-पूजन-भजन जी खोलकर पुष्कर में किया। एक दिन वह सुबह से सायं तक के लिए आस-पास के दर्शनीय देव स्थानों के भ्रमण पर भी निकलीं। मीराँ जी से उनकी एक सखी कस्तूरी ने भी भ्रमण पर साथ चलने की इच्छा जतायी। मीराँ जी ने कस्तूरी को अनुमति प्रदान कर दी। सोचा पिछले दस-बारह दिन से यह लगातार गर्भवती सुकन्या की देखभाल में लगी है। इसे आज साथ में ले चला जाये। इस बेचारी का भी दिल बहल जायेगा।

सुकन्या की देखभाल तथा भोजन पकाने के कार्य पर अन्य सखियों को डेरे पर छोड़ा गया। उसके बाद मीराँ, ललिता और कस्तूरी दो सिपाहियों के साथ निकल पड़ीं। साथ में प्रताप सिंह भी गये।

कुछ देव स्थानों के दर्शन के बाद मीराँ जी पुष्कर के बाजार में गयीं। उन्होंने अपना इकतारा जब से भीलवाड़ा की गोमादेवी को दे दिया था, वह अब तक अपने तानपूरे से ही काम चलाती थीं। परन्तु एक हाथ में इकतारा और दूसरे हाथ में करताल लेकर नृत्य करते हुए हरिभजन करने का आनन्द ही कुछ और है।

संयोग से आज पुष्कर के बाजार में उन्हें वाद्ययन्त्रों की एक अच्छी-सी दुकान दिख गयी। वहाँ जाकर देखा तो अनेक वाद्ययन्त्र बिक्री हेतु सजे हुए थे। सारंगी, इकतारा, बाँसुरी, पुंगी, शहनाई, मोरचंग, ढोलक, मृदंग, नगाड़े, नौबत, चंग, खँजरी, मँजीरे, झाँझ और खड़ताल। कौन-से बाजे नहीं थे वहाँ। परन्तु दुकानदार उदास-सा बैठा था।

कस्तूरी ने एक पुंगी उठा ली। पूछा—"भइया यह कौन-सा बाजा है?"

दुकानदार बोला—"इसे पुंगी कहते हैं। इसे कालबेलिये, जोगी और सँपेरे बजाते हैं।"

मीराँ ने हँसकर कहा—"पुंगी की बड़ी बहन को बीन कहते हैं। साँप पकड़नेवाले बीन बजाकर साँप को सम्मोहित कर लेते हैं।"

उसके बाद मीराँ जी ने एक इकतारा और दो जोड़ी खड़तालें और एक ढोलक क्रय की। एक जोड़ी घुँघरू भी खरीदे। वाद्ययन्त्रों के दुकानदार की तो मानो किस्मत खुल गयी। एक साथ इतने वाद्ययन्त्र बिक जायेंगे उसने कल्पना भी नहीं की थी।

मीराँ जी डेरे पर लौटते समय सखी कस्तूरी को इकतारे और खड़ताल की विशेषताएँ बता रही थीं—

इकतारा एक छोटे-से गोल तुम्बे में बाँस की डण्डी फँसाकर बनाया जाता है। तुम्बे का थोड़ा-सा हिस्सा काटकर उसे बकरे की खाल से मढ़ दिया जाता है। बाँस पर देखो...ये दो खूँटियाँ लगी होती हैं और ऊपर-नीचे यह दो तार बँधे होते हैं। इनमें यह नीचे का जो तार है...वह पंचम सुर में और यह ऊपरवाला षड्ज सुर में मिलाया जाता है। तार पर उँगली से ऊपर-नीचे आघात करते हुए इसे बजाया जाता है... ऐसे।"

"हाँ हुकुम!...कितनी बार तो देखे हैं हम आपको—" कस्तूरी ने मासूमियत से कहा। मीराँ और ललिता दोनों जनीं एक साथ हँस पड़ीं।

"हमें यह भी पता है कि इकतारा साधु-संन्यासियों का बाजा है। इसे एक हाथ से बजाते हैं। दूजे हाथ से खड़ताल बजाते हैं। खटाखट्ट-खटाखट्ट।"

इस बार मीराँ और ललिता दुगने जोर से हँसीं। साथ में ताली पीटकर कस्तूरी भी हँस पड़ी। बैलगाड़ी का गाड़ीवान मूँछों-ही-मूँछों में मुस्कराया। साथ चलते घुड़सवार

अंगरक्षक चौंककर इधर-उधर देखने लगे। मीराँ जी की इतनी उन्मुक्त हँसी कितने ही दिनों बाद उन लोगों ने सुनी थी।

हँसी थमने पर ललिता ने कस्तूरी को बताया—"खड़तालें सिर्फ़ खटाखट-खटाखट ही नहीं बजती बल्कि यह झंकृत भी होती है। ये खड़तालें देख...इस वाद्ययन्त्र में लकड़ी के इन दो समानन्तर टुकड़ों के बीच में पीतल की छोटी-छोटी गोल तश्तरियाँ कुछ अन्तर से लगी रहती हैं। लकड़ी की जब ये खड़तालें परस्पर टकराती है तो इन पीतल की तश्तरियों के बजने से, मधुर ध्वनि झनकती हैं।..."

डेरे पर सन्ध्या समय लौटकर मीराँ जी ने अपने गिरधरगोपाल का पूजन-अर्चन किया। फिर उनके दल के सदस्यों ने सूर्यास्त होने से पूर्व भोजन करके अगली सुबह ब्रह्म मुहूर्त्त में उठने हेतु शयन किया।

इस प्रकार मीराँ जी का यात्री दल धीरे-धीरे द्वारका की ओर बढ़ता गया। साँझ ढलने के साथ ही किसी उपयुक्त स्थान पर उनका पड़ाव पड़ता। कहीं धर्मशाला मिल जाती तो बहुत ठीक। अन्यथा किसी सड़क किनारे के बाग में ही वृक्षों के मध्य डेरा जमता। इस क्रम में कभी-कभी तो खुले मैदान में भी आकाश के तारे गिनते हुए रात गुजारनी पड़ती।

पुष्कर से बेवर, बेवर से सोजत, सोजत से पाली और पाली से जब यह यात्री दल जालोर पहुँचा तब किसी राहगीर से उन्हें पता चला कि अभी द्वारका बहुत दूर है। उस राहगीर को दलनायक प्रताप सिंह द्वारा बताया गया कि हमारा यात्री दल वृन्दावन से आ रहा है। तब उस राहगीर ने जो कि एक गुजराती व्यापारी था, बताया कि वह भी मथुरा-वृन्दावन कई बार जा चुका है। जालोर में मीराँबाई के पहुँचने का अर्थ है कि उनकी तीर्थयात्रा का अभी आधा भाग ही पूरा हुआ है। जितनी दूर तक सब लोग आये हैं अभी उतनी ही दूरी उन्हें और जाना है।

जालोर पहुँचकर एक बुरी बात यह हुई कि साथ की स्त्रियों में से दो प्रौढ़ा स्त्रियों की हालत बिगड़ गयी। उन्हें उल्टी-दस्त होने लगे। गर्भवती सुकन्या की भी हालत बहुत अच्छी नहीं कही जा सकती थी। उसे भी कुछ दिन विश्राम की सख़्त जरूरत थी। मार्ग भी इस ओर कुछ ज्यादा ही ऊबड़-खाबड़ था। बैलगाड़ी के पहिये जब किसी बड़े गड्ढे में हच्च से पड़ते तो यात्रियों की कमर हिल जाती। सुकन्या तो लेटे से उठ जाती। यदा-कदा पेट पकड़कर कराहने लगती।

इसलिए मीराँ जी का काफिला जालोर में कई दिन रुका रहा। अस्वस्थ सदस्यों का उपचार किया गया। आस-पास वैद्य खोजकर बुलवाये गये। उन्होंने नब्ज देखकर मरीजों को ओषधियाँ दीं। परन्तु दो सहयात्री स्त्रियों कंकावती और भीमावती की हालत एक बार जो बिगड़ी तो फिर नहीं सँभली। उनका पेट इतना झरा, इतना झरा कि शरीर का सारा पानी निकल गया। वैद्यों की ओषधियाँ काम न आयीं और चार दिन बाद दोनों स्त्रियों का दुःखद निधन हो गया। तब जालोर में ही उन दोनों का

दाह-संस्कार करना पड़ा। मीराँबाई और शेष यात्री दल को इस घटना से भारी सदमा पहुँचा। आखिरकार कई दिन बीतने पर, जब यात्री दल स्वस्थ चित्त हुआ तो मीराँ जी के दल के घोड़ों-बैलगाड़ियों पर सवार नर-नारी फिर से आगे बढ़े।

जालोर से संचोर, थराड़, पलसावा और जामनगर होते हुए द्वारका पहुँचने में अनेक पड़ाव और कष्ट भरे अनुभव मीराँ जी और उनके साथियों ने झेले। कुल मिलाकर वृन्दावन से द्वारका की यह श्रमसाध्य और कष्टसाध्य 1300 किलोमीटर लम्बी यात्रा 45 दिन में पूर्ण हुई। उन दिनों लम्बी यात्राओं में द्रुतगति के साधनों के अभाव में यात्रियों के सत्तर करम हो जाया करते थे। गनीमत की बात यह थी कि सन्त मीराँबाई बाँके बिहारी कान्हा जी की नगरी से रणछोड़ श्रीकृष्ण जी की नगरी में सकुशल आ पहुँची थीं।

"बोलो अनन्त आनन्दधाम श्रीकृष्ण भगवान् की..."

"जय!!!"

—मीराँ जी ने द्वारकापुरी नगर की सीमा में प्रवेश करते ही सभी सहयात्रियों के मध्य उच्च स्वर में पुकारा और उस सामूहिक जयघोष में स्वयं भी सम्मिलित हुईं।

ललिता जो बहुत कम बोलती थी और जल्दी किसी बात में पहल नहीं करती थी अचानक वह इतनी चैतन्य हुई कि अगला जयघोष उसी ने कराया—

"बोलो जगत् को कर्मयोग का ज्ञान देनेवाले द्वारकाधीश जी महाराज की..."

"जय!!!!"—सभी ने और जोर से जयघोष किया।

द्वारका प्रक्षेत्र दूर-दूर तक फैला हुआ था। एकदम हरा-भरा। मार्ग के दोनों ओर अनेक वृक्षों से आच्छादित। जनसंख्या का घनत्व अत्यन्त न्यून। स्वच्छ-शान्त वातावरण। दूर-दूर पर दिखायी देते कुछ छोटे-छोटे भवन, झोंपड़ियाँ, कुछ छोटे-छोटे मन्दिर।

उस प्रस्तर निर्मित राजमार्ग पर मीराँ जी का तीर्थयात्री दल एक जलूस की शक्ल में उत्साहपूर्वक आगे बढ़ रहा था। दिन के तीसरे पहर का समय था। चन्दन सिंह और प्रताप सिंह अपने-अपने श्वेत-श्याम घोड़ों पर सवार छाती ताने आगे-आगे चल रहे थे। चन्दन सिंह तो चित्तौड़ से ही मीराँ जी के साथ था। प्रताप सिंह को मीराँ के चाचा बीरमदेव जी ने मेड़ता और अजमेर छूटने के बाद एक सैनिक टुकड़ी के साथ अपनी भतीजी की अभिरक्षा में भेज दिया था। आयु में दलनायक प्रताप सिंह सबसे बड़े थे। वह मेड़ता के एक अनुभवी और अत्यन्त विश्वस्त सरदार थे। विधुर थे। आगे-पीछे कोई नहीं। परम वैष्णव।...

मीराँ और ललिता प्रथम बैलगाड़ी में गाड़ीवान के पीछे बैठी बड़ी उत्सुकता से द्वारका के मार्ग में दोनों ओर की प्राकृतिक सुषमा को सामने से निहार रही थीं।

पीछे की दूसरी बैलगाड़ी में सुकन्या और कस्तूरी भी जागृत अवस्था में बैठी मार्ग के दृश्यों का आनन्द ले रही थीं। पंक्तिबद्ध अन्य गाड़ियों में चल रहे स्त्री-पुरुष सभी

इस समय सजग थे। छहों सिपाही अपने-अपने घोड़ों पर इस काफ़िले के दोनों ओर चल रहे थे। दूर से ही देखने पर यह किन्हीं विशिष्ट व्यक्तियों का काफ़िला नज़र आता था।

अचानक एक झोंपड़े से निकलकर एक गोरा-गोरा गुजराती किशोर बाहर आया। उसने मीराँ जी के दल के प्रमुख घुड़सवारों प्रताप सिंह और चन्दन सिंह को दोनों हाथ जोड़कर नमस्कार किया। दोनों ने अपने घोड़ों की रासें खींच लीं। घोड़े थम गये। उनके पीछे चली बैलगाड़ियाँ आदि भी ठहर गयीं।

माथे पर वैष्णव तिलक लगाये उस सुन्दर-से किशोर ने कहा—"रणछोड़ जी जा रहे हैं आप?...मैं साथ चलूँ?"

सरदार प्रताप सिंह ने देखा मुश्किल से 15-16 वर्ष की वय का रहा होगा वह लड़का। उन्होंने पूछा—

"मार्गदर्शक हो?"

"जी मोटा भाई!"

"मोटा भाई?...अरे बच्चा! मैं तो एकदम दुबला-पतला आदमी हूँ। तुम्हें मोटा दिख रहा हूँ?"—प्रताप सिंह बोले।

इस पर वह किशोर हँसकर बोला—

"तमे गलत समझो छूँ...गुजराती में मोटा भाई का अर्थ होता है बड़े भाई।"

"ओह!...जरा रुको।"—कहकर सरदार प्रताप सिंह अपने घोड़े सहित पल्टे और मीराँ जी की बैलगाड़ी के पास आये। बोले—

"हुकुम!...क्या आज्ञा है? यह लड़का यहाँ का एक मार्गदर्शक है। इसे द्वारकाधीश जी के दर्शन हेतु साथ ले लें?"

मीराँ जी ने कहा—"अवश्य! इनसे कहिये हमारी गाड़ी में बैठ जायें।"

वह सुदर्शन किशोर मीराँ जी के गाड़ीवान के बराबर आकर बैठ गया। अब मीराँ जी की बैलगाड़ी दल में सबसे आगे हो गयी। क्योंकि प्रताप सिंह और चन्दन सिंह भी अपने घोड़ों पर उनकी बैलगाड़ी के दोनों पार्श्वों में चलने लगे।

"क्या नाम है भइया आपका?"—मीराँबाई ने उस गुजराती किशोर से पूछा—
"रानी जी!...मुझे माधव शरण कहते हैं। आप चाहें तो केवल माधव बुला सकती हैं रानी जी!"

यह सुनकर मीराँ जी प्रसन्न हुईं। बोलीं—"बहुत सुन्दर नाम है आपका! आप तो कान्हा जी के ही नामराशी हैं...परन्तु माधव! आप मुझे रानी जी क्यों कह रहे हैं?"

"रानी जी तो आप हैं। क्योंकि आप दिखती ही रानी-जैसी हैं। कहाँ से पधारी हैं?"

ललिता ने कहा—"वृन्दावन से!"

मीराँ सोचने लगीं कि साधारण सूती वस्त्रों में भी वह किधर से रानी-जैसी दिखती हैं? यह तो बहुत गलत बात है। आखिर द्वारकाधीश जी के दरबार में जा रही है उनकी यह दासी। फिर भी रानी-जैसी ही दिखती है? अब से कुसुम्बी अथवा श्वेत परिधानों को अदल-बदलकर पहनना छोड़ यह कृष्णदासी एक ही रंग की धोती पहनेगी। गेरुआ रंग। वह जो साधुओं का प्रिय रंग होता है। अब तो मीराँ को एक साध्वी की भाँति ही रहना है। रानी-वानी नहीं दिखना है।

"वह देखिये सभी लोग!...सामने पुण्य सलिला गोमती। अब हम रणछोड़ जी के निकट पहुँच रहे हैं।"—माधव शरण ने उत्साह से कहा।

सबने देखा। एक नदी का पुल। उसे पार करते हुए। बायीं ओर वह नदी सामने दूर पर महासागर की ओर मिलने जाती हुई। उस गोमती नदी की श्यामवर्ण की जलराशि पर दूर तक बिखरा सूर्य का झिलमिलाता स्वर्णिम प्रतिबिम्ब। गोमती नदी के दाहिने पार्श्व पर दूर पर उभरा हुआ एक गर्वोन्नत मन्दिर का शिखर। उस पर एक नन्हा-सा गेरुआ विष्णु-ध्वज भी दूर से किंचित् लहराता-सा दिखता था।

"वह रहा द्वारकाधीश रणछोड़ जी का जगत् प्रसिद्ध मन्दिर..."

और मीराँबाई ने कृतार्थभाव से उसी दिशा में दोनों हाथ जोड़कर अपने जीवनाधार एवं सर्वस्व भगवान् श्रीकृष्ण को प्रणाम किया। जुड़े हुए हाथ मीराँ के नतमस्तक को छूते उनके जीवन की चिर प्रतीक्षित अभिलाषा की पूर्ति के साक्षी थे।

गोमती नदी के तट पर द्वारकाधीश मन्दिर से कुछ पहले समस्त यात्री दल रुक गया। आस-पास के लोगों से सरदार प्रताप सिंह धर्मशालाओं के बारे में पूछने लगे। माधव शरण साथ था ही। बोला—

"मोटा भाई! काहे चिन्ता करते हैं? मैं हूँ न। पहले स्नान कर लीजिये। मन्दिर खुलनेवाला है। जब तक रानी जी दर्शन करेंगी मैं धर्मशाला की व्यवस्था भी करा दूँगा।"

सभी यात्री दल ने गोमती के उस घाट पर स्नान किया। स्त्रियों ने अलग और पुरुषों ने अलग थोड़ा हटकर। फिर मीराँ जी सहित सभी ने द्वारकाधीश जी महाराज के पावन दर्शन किये। गाड़ीवान ही मात्र अपनी बैलगाड़ियों के साथ चौकन्ने हो रुके रहे। धर्मशाला में जाकर कुछ देर बाद वे सब भी रणछोड़ जी के दर्शन पानेवाले थे।

मुख्यमन्दिर के गर्भगृह के समीप जाने पर जब श्रीकृष्ण भगवान् की काले प्रस्तर की उस प्रतिमा के प्रथम दर्शन मीराँ जी को हुए तो उन्हें लगा कि आज उनकी जन्म-जन्म की साध पूरी हो गयी।

मीराँ पुनः अपने प्रियतम के उस राजसी स्वरूप के सम्मुख अपनी वही प्रार्थना दोहराने लगीं कि "हे रणछोड़ जी! आप यहाँ गोमती नदी के तट पर नित्य विहार कर रहे हो। मुझे भी अपने इन्हीं चरण-कमलों में स्थायी वास प्रदान करना।"

मीराँ जी मात्र दो दिन ही एक धर्मशाला के कक्ष में टिकी होंगी कि उनके दल के पुरुष सदस्यों ने एक किराये का छोटा-सा आवास गोमती तीरे ही ढूँढ़ निकाला। मीराँ अपनी प्रिय सखी ललिता और कस्तूरीबाई के साथ उसमें निवास करने लगीं। एक बहुत छोटा-सा मन्दिर भी उसी घर के सामने गोमती-तट के सन्निकट मीराँ जी ने निर्मित कराया। अपने गिरधरगोपाल जी की मूर्ति को पधरवाने के वास्ते। मन्दिर निर्माण पूर्ण होते ही मीराँ पूर्व की भाँति वहाँ चारों समय गिरधर जी की नित्य सेवा और पूजा-अर्चना करने लगीं।

गोमती में मुँह अँधेरे स्नान करतीं। द्वारकाधीश जी की मंगला आरती के समय वहाँ नियमित रूप से उपस्थित होतीं। फिर उस विशाल मन्दिर से लौटकर अपने छोटे-से मन्दिर में गिरधर जी को जगातीं। उन्हें स्नान करातीं और उनकी पूजा एवं आरती करतीं। प्रसाद वितरण कर और स्वयं पाने के पश्चात् ही प्रातःकालीन कलेवा करतीं। गिरधर जी की चारों समय की सेवा। द्वारकाधीश की सन्ध्या-आरती और वहाँ कुछ देर सत्संग। फिर वापस आकर अपने गिरधर जी को शयन कराकर उनके पट बन्द करतीं और उसके बाद शयन करने सामने निज निवास में चली जातीं।

दिन-महीने-साल इसी तरह बीतने लगे। इसी बीच सुकन्या ने एक सुन्दर स्वस्थ पुत्र को जन्म दिया। वह शिशु भी मीराँ जी के लिए एक अलग प्रकार के अनिर्वचनीय सुख एवं मनोरंजन का विषय बन गया। जब कभी मीराँ एकान्त में होतीं वे उस शिशु को अपनी गोद में ले लेतीं। उसे चूमतीं, दुलरातीं और उससे तोतली भाषा में बातें करतीं। ऐसा करते हुए सन्तानविहीना मीराँ मानो मातृत्व का भी सुख प्राप्त करने लगी थीं।

मीराँ ने उस नन्हें बालक का नाम रखा था—लड्डूगोपाल। वह उसका सिर सहलातीं। लाड़ से कहतीं—"देखो तो मेरे लड्डूगोपाल को। एकदम गोल मुख है इसका। एकदम पूनम के चन्दा-जैसा।"

तब पास खड़ी उसकी माँ सुकन्या कहती—"हाँ जीजा!...यह बिलकुल मेरे पर गया है। इसकी सूरत बिलकुल अपनी माँ-जैसी है।

इस पर उस सुन्दर सलोने बालक का पिता चन्दन सिंह उससे झगड़ने लगता—"अरे ऐसे कैसे तेरे ऊपर गया है मेरा लाडेसर? वह तो अपने बाप पर गया है।"

सुकन्या कहती—"किसने कहा तुम पर गया है। कभी सूरत देखी है अपनी।"

तब चन्दन सिंह मीराँ जी से शिकायत करता—"हुकुम! देखिये। सुन रही हैं इसकी बात? आप ही बताइये बालक किस पर गया है? यह रोज बकवाद करती है इसी बात पर।"

मीराँ जी पति-पत्नी के इस मीठे झगड़े को शान्त करने के लिए हँसकर कहतीं—"अरे बस-बस। यह लड्डूगोपाल आधा चन्दन पर गया है। आधा सुकन्या

पर। देख लो तुम दोनों। इसका माथा, आँखें और कान अपने पिता-जैसे हैं बाकी इसकी यह छोटी-सी नाक, ओंठ और चिबुक बिलकुल अपनी माँ-जैसी।"

"पर जीजा!...रंग तो न पाया इसने अपनी माँ-जैसा?"—गौरवर्ण की सुकन्या ओंठ मरोड़कर कहती अपने साँवले रंग के पति की ओर देखकर।

"तो क्या हुआ? तेरा यह थाली-जैसा गोल मुखड़ा तो ले लिया इसने।" चन्दन सिंह पत्नी को चिढ़ाकर कहता।

मीराँबाई फिर खुलकर हँस पड़तीं—"बावलो! रंग तो हमारे कान्हा जी का भी श्याम था। बाँके बिहारी, रणछोड़ जी सभी तो श्याम हैं। इसी से तो इस भाग्यवान् का नाम लड्डूगोपाल रखा है मैंने।"

एक शिशु के आ जाने पर सचमुच किसी कुटुम्ब में कितना माधुर्य आ जाता है। द्वारका में यह सभी प्रियजन उनके अपने ही तो थे। सब-के-सब मानो एक कुटुम्ब के सदस्य। अब यह नन्हा बालक इस कुटुम्ब का सबसे नवीन सदस्य था।

मीराँ जी ने अपने गुजरात-प्रवास के दौरान एक वर्ष द्वारका में व्यतीत हो जाने के उपरान्त गुजरात के महत्त्वपूर्ण धार्मिक स्थलों के भ्रमण का निश्चय किया। इस पर्यटन यात्रा में उनका सम्पूर्ण दल-बल भी गुजरात दर्शन हेतु उनके साथ गया।

मीराँ जी जब द्वारका से निकलीं तो सर्वप्रथम वह नरसिंह मेहता की जन्म एवं कर्मस्थली को देखने जूनागढ़ गयीं। वहाँ मीराँ उस पावन स्थल पर गयीं जहाँ उनके पूर्ववर्ती सुप्रसिद्ध कृष्णभक्त महान् गुजराती सन्त नरसिंह मेहता अपने प्रवचन दिया करते थे। यह स्थान नरसिंह मेहता का चौरा कहलाता था। यहाँ प्रायः उनके भक्तों की सभाओं का आयोजन होता था। इन धार्मिक सभाओं में एकत्रित साधुओं और भक्तों को भक्तशिरोमणि नरसिंह मेहता उसी तरह गाकर अपने पद सुनाते और सबको कृष्णभक्ति का सन्देश देते जैसा कार्य भवितगती मीराँ चित्तौड़गढ़ के अपने मन्दिर में करती आयी थीं। मीराँ जी ने जब उन महानू सन्त की यह साधना स्थली देखी तो वे अभिभूत हो गयीं। नरसिंह मेहता के चौरे के निकट गोपीनाथ जी का छोटा-सा एक कृष्ण-मन्दिर भी था। मीराँ ने उस कृष्ण-मन्दिर के भी दर्शन किये और बहुत देर तक वहाँ से हट न सकीं। क्योंकि मीराँ जी की तो वहाँ पहुँचकर सहज-समाधि लग गयी। स्थान-स्थान का असर होता है। पूज्यपाद नरसी मेहता का आशीर्वाद उस धरती के कण-कण में व्याप्त अनुभूत किया मीराँबाई ने। मीराँ जी जब अपनी ध्यानावस्था से बाहर आयीं तो उन्होंने दृष्टि खोलकर एक बार अपने सभी संगी-साथियों को निहारा। फिर ललिता को एक विशेष अनुनय भाव से देखा।

ललिता समझ गयी कि मीराँ जी गोपीनाथ जी के समक्ष कुछ निवेदन करना चाहती हैं। ललिता उनका इकतारा और खड़तालें ले आयी।

भक्त मीराँबाई तब अत्यन्त दीन स्वर में भजन करने लगीं—

साँवलिया म्हारो छाय रह्या परदेस।
म्हारा बिछड़्या फेर न मिल्या, भेज्या णा एक सन्नेस।
रतण आभरण भूखण छाँड़्या, खोर कियाँ सिर केस।
भगवाँ भेख धर्‌याँ थें कारण, ढूँढ्याँ चार्‌याँ देस।
मीराँ रे प्रभु स्याम मिलण विण, जीवनि जनम अनेस।

मीराँ कह रही थीं कि मेरा प्रियतम परदेश में टिक गया है। जब से वह मुझसे बिछुड़ा तब से वह फिर मुझे नहीं मिला और उसने मुझे एक भी सन्देश तक नहीं भेजा। मैंने उसके विरह में रत्न और आभूषण इत्यादि सब त्याग दिये और अपने बालों को कटवा लिया। तुम्हारे कारण मैंने भगवा वस्त्र धारण किये और तुम्हें चारों दिशाओं में ढूँढ़ा।...हे कृष्ण! तुम्हारे मिलन के बिना जीवन और जन्म के प्रति अनिच्छा हो गयी है।

गोपीनाथ मन्दिर के पुजारी ने मीराँ जी का भजन सुनकर उन्हें यह सलाह दी कि यदि वे एक-दो दिन जूनागढ़ में और रुकें तो एक सन्त महात्मा कल यहाँ पधार रहे हैं। वह भक्तशिरोमणि नरसिंह मेहता के भजन और उनके प्रवचन सुबह-शाम इसी सभास्थल पर जनसामान्य के लाभार्थ प्रस्तुत करेंगे। मीराँ जी ने पुजारी जी से कहा कि "आप कृपया परम पूज्य सन्तप्रवर नरसी मेहता जी के विषय में संक्षेप में हमें कुछ बतायें।"

इस पर पुजारी जी ने उन्हें अवगत कराया कि—"सुप्रसिद्ध गुजराती कवि एवं सन्त नरसी मेहता का जन्म सन् 1414 ई. में जूनागढ़ के निकट तलाजा ग्राम में एक नागर ब्राह्मण परिवार में हुआ था। उनके माता-पिता का उनके बालपन में ही निधन हो गया था। इसलिए नरसी मेहता, शुद्ध नाम नरसिंह मेहता, अपने एक चचेरे भाई के साथ रहते थे।

"वह अधिकतर साधु-सन्तों की मण्डलियों के साथ फक्कड़ की तरह घूमा करते थे। उन्हें राह पर लाने के लिए 15-16 वर्ष की आयु में उनके भाई-भाभी ने उनका विवाह कर दिया। परन्तु फिर भी उनकी यायावरी में कोई अन्तर नहीं आया। कोई कामकाज न करने के कारण नरसी मेहता की भाभी अक्सर उन पर कटाक्ष किया करती थी। एक दिन उसकी फटकार से व्यथित होकर वे गोपेश्वर के शिव मन्दिर में जाकर तपस्या करने लगे। सात दिन के बाद उन्हें भगवान् शिव के दर्शन हुए। शिव जी से उन्होंने कृष्णभक्ति और कृष्ण जी की रासलीला के दर्शनों का वरदान माँगा। इस पर शिव जी की प्रेरणा से वह द्वारका के दर्शन हेतु गये। वहाँ द्वारका में नरसिंह मेहता को श्रीकृष्ण प्रभु की दिव्य रासलीला के दर्शन हो गये।

"तब से नरसिंह जी का जीवन पूरी तरह बदल गया। अपने भाई का घर छोड़कर वे जूनागढ़ में अलग रहने लगे। यही वह स्थान है जहाँ नरसी जी निवास करते थे और अपने भक्तों में कृष्णामृत का वितरण किया करते थे। वे हर समय कृष्ण के ध्यान में और उनकी भक्ति में लीन रहते। छुआछूत, ऊँच-नीच इत्यादि को नहीं मानते थे। स्वयं ब्राह्मण होते हुए वे शूद्र जातियों के साथ भी उठते-बैठते और उनके दिये भोजन से भी परहेज नहीं करते थे। इतना ही नहीं, उनकी उपेक्षित बस्तियों में जाकर वे कई-कई दिन पड़े रहते और उनके साथ हरिकीर्त्तन करते। नरसिंह मेहता का ही एक सुप्रसिद्ध भजन है—

वैष्णव जन तो तेने कहिये, जे पीर पराई जाने रे,
पर दुक्खे उपकार करे तोए, मन अभिमान न आने रे।
सकल लोक मा सहुने वन्दे, निन्दा न करे केनी रे,
वाच काछ मन निश्चल राखे, धन धन जननी तेरी रे।
समदृष्टि ने तृष्णा त्यागी, परस्त्री जेने मात रे,
जिहवा थकी असत्य न बोले, परधन नव झाले हाथ रे।
मोह माया व्यापै नहिं जेने, दृढ़ वैराग्य जिन मन मा रे,
राम नाम सूं ताली लागी, सकल तीरथ तेना मन मा रे।
वण लोभी न कपट रहित छे, काम क्रोध निवार्या रे,
भणे नरसैयो तेनुं दरशन करना, कुल एकोत्तरे तारे रे।

पुजारी जी मीराँ जी के सम्मुख यह पद ज्यों-ज्यों गाकर सुनाते गये, पंक्ति-पंक्ति पर मीराँ उत्तरोत्तर रोमांचित होती गयीं। भक्तशिरोमणि नरसिंह मेहता के प्रति उनका सिर झुकता गया। आँखों से गंगा-यमुना बह चलीं। वैष्णव भक्ति की उच्चता जीवन के जिन उदात्त मूल्यों पर आधारित हैं वे साररूप में नरसी जी के इस पद में कितनी सरलता और सूक्ष्मता के अभिव्यक्त हुए हैं। मीराँ यह सुनकर दंग रह गयीं। उनके मन पर इन सिद्ध सन्त को अधिकाधिक जानने की आकांक्षा बलवती हो आयी। इसे उन्होंने बड़ी विनम्रता से गोपीनाथ मन्दिर के पुजारी जी से व्यक्त किया।

पुजारी जी ने कहा कि—"सन्तप्रवर नरसी मेहता को अपने जीवन में कम संघर्ष नहीं करने पड़े। हरिजनों के साथ लोकव्यवहार कायम करने से ब्राह्मण बिरादरी ने उनका बहिष्कार कर दिया परन्तु सन्त नरसिंह अपने मत से डिगे नहीं। इससे अधिक क्या कहूँ? उनके अनेक जीवन-प्रसंग हैं जो सुनने योग्य हैं। कल पधारनेवाले मनीषी अपने प्रवचन में उन पर प्रकाश डालेंगे।"

मीराँ जी को यह भी पता चला कि पूज्यपाद नरसी मेहता जी अनेक वर्षों पूर्व अपना पंचभौतिक शरीर छोड़ चुके हैं। वास्तव में, नरसी मेहता की मृत्यु सन् 1480 ई. में, अर्थात् मीराँबाई के जन्म-वर्ष 1504 ई. से 24 वर्ष पूर्व हो चुकी थी।

मीराँबाई तब तीन-चार दिन जूनागढ़ में ही रुकी रहीं। वहाँ रहकर उन्होंने प्रातः और सायं दोनों वक्त, स्वामी कृष्णकान्ताचार्य नामक विद्वान् कथावाचक के प्रवचनों को सुना। उनसे उन्हें अपने से वरिष्ठ कृष्णभक्त सन्त नरसिंह मेहता के विषय में व्यापक जानकारियाँ प्राप्त हुईं।

स्वामी कृष्णकान्ताचार्य ने अपने विभिन्न कथा-सत्रों में जो कुछ नरसिंह मेहता जी और उनकी लेखनी के बारे में सारगर्भित ढंग से चर्चा की वह कुछ इस प्रकार है—

"भक्तप्रवर नरसिंह मेहता गुजरात के सर्वोच्च सन्त और अपने युग के श्रेष्ठतम कवि थे। उनकी निर्धनता, संसार के प्रति उदासीनता के साथ-साथ अपने साँवले सलोने श्रीकृष्ण के प्रति अनन्य आस्था के अनेक प्रसंग प्रसिद्ध हैं।

"उन्हीं में से एक यह कि उनके पुत्र का विवाह सम्बन्ध बड़े नगर के मन्त्री की पुत्री से तय हो गया। तब अभाव में रहनेवाले नरसिंह मेहता ने द्वारका जाकर श्रीकृष्ण प्रभु को बारात में चलने का निमन्त्रण दिया। श्रीकृष्ण प्रभु अपने समस्त वैभव के साथ श्यामलशाह सेठ के रूप में बारात में गये और तब निर्धन नरसिंह मेहता के बेटे की बारात के वह ठाठ-बाट हुए कि उसे देखकर लोग चकित रह गये।

"इसी प्रकार श्रीकृष्ण अपने परम भक्त नरसिंह जी पर जब-तब अपार कृपा की वर्षा करते रहते थे। हरिजनों के साथ उनके सम्पर्क की बात जब जूनागढ़ के राजा ने सुनी तो उनकी परीक्षा लेनी चाही। इसके लिए उन्हें राजा ने अपने दरबार में बुलवाया।

"राजसभा में जब नरसी पहुँचे तो राजा ने एक हार देकर उनसे कहा कि—"मेरे पास शिकायत आयी है कि आपकी हरिभक्ति झूठी है। आपको अपनी भक्ति की सत्यता सिद्ध करनी होगी। आप जाकर यह हार राधा-दामोदर को पहना दें। यदि कल प्रातःकाल में यह हार भगवान् आपके गले में पहना देंगे तो मैं मान लूँगा कि आपकी भक्ति सच्ची है।"

"राधा-दामोदर के विग्रह को हार पहनाकर नरसी मेहता मन्दिर से बाहर आ गये। मन्दिर के पट राजाज्ञा से बन्द कर दिये गये। उसके बाद नरसिंह मेहता मन्दिर के बाहर बैठकर श्रीकृष्ण के अनेक भजन दीन स्वर में गाते रहे। सुबह हो गयी किन्तु नरसिंह का भजन नहीं रुका। सुबह-सुबह लोगों ने देखा कि भगवान् के गले में पड़ा वही हार किसी अदृश्य शक्ति ने भक्त नरसिंह के गले में पहना दिया था। बात राजा तक पहुँची। राजाज्ञा पुनः हुई। मन्दिर के पट कड़ी सुरक्षा के मध्य पुनः खोले गये। राधा-दामोदर को पिछली रात पहनाया हार उनके गले से गायब था। क्योंकि वही हार तो अब निरन्तर भजन कर रहे भक्तप्रवर नरसिंह जी के गले की शोभा बढ़ा रहा था। उस दिन से राजा ने नरसिंह मेहता की भक्ति का लोहा मान लिया। सारा ब्राह्मण समाज भी नरसिंह मेहता की भक्ति का कायल हो गया। अब वे ही तमाम लोग जो

नरसिंह जी की निन्दा और बहिष्कार किया करते थे उनके अनुयायी बन गये। तब से नरसिंह मेहता को गुजरात के भक्तों का सिरमौर मान लिया गया।

"अनेक प्रसिद्ध प्रसंगों में एक यह भी। उन दिनों हुण्डी का प्रचलन था। व्यापार हेतु सुदूर क्षेत्रों की यात्राएँ निरापद नहीं हुआ करती थीं। मार्ग में चोर-लुटेरों का हमेशा भय रहता था। अतः बड़ी नकद धनराशि लेकर चलना खतरे से खाली नहीं था। लोग यात्राओं के दौरान नकद धन लेकर चलने के बजाय अपने नगर के किसी विश्वस्त और प्रसिद्ध व्यक्ति के पास उतनी धनराशि जमा कराकर, दूसरे शहर के उसके परिचित किसी व्यक्ति के नाम की हुण्डी अर्थात् धनादेश लिखा लेते थे। नरसिंह मेहता की निर्धनता का उपहास उड़ाने और उनकी साख गिराने के उद्देश्य से कुछ शरारती लोगों ने द्वारका जानेवाले किन्हीं तीर्थयात्रियों से नरसिंह मेहता के नाम से उनका धन अपने पास जमा कराकर उन्हें श्यामलशाह सेठ के नाम की हुण्डी लिख दी। परन्तु जब वे यात्री द्वारका पहुँचे तो श्यामलशाह सेठ का रूप धारण करके श्रीकृष्ण भगवान् ने नरसिंह मेहता के नाम पर उन्हें दी गयी हुण्डी का सारा धन उन तीर्थयात्रियों को अदा कर दिया।"

मीराँ जी नरसी मेहता की भक्ति के प्रताप की ऐसी अनेक कथाएँ सुनकर उनके प्रति श्रद्धावनत हो उठीं।

स्वामी कृष्णकान्ताचार्य जी ने नरसी मेहता के जीवनवृत्त के साथ-साथ उनके कृतित्व पर भी प्रकाश डाला। उनके द्वारा रचित ग्रन्थों की चर्चा की और उनके लिखे अनेक पद सुनाये जिनमें भक्ति और दर्शन की पराकाष्ठा का साक्षात्कार होता है।

स्वामी जी का कहना था कि नरसी ने अपने पदों में ब्रह्म के सगुण और निर्गुण दोनों रूपों को माना है—

निगुण नाथ ने, नरखी ते नव शके,
सिरगुण ने सरतेन जाणे।

भक्तों ने भगवान् कृष्ण को ब्रह्म का अवतार माना है। नरसी मेहता ने ब्रह्म के कृष्ण रूप में अवतार लेने पर माता यशोदा के भाग्य की सराहना की। उसके बाद देवताओं, देवांगनाओं, वृक्ष-लताओं आदि का वर्णन किया। नरसिंह अपने इरा पद में कृष्ण के साथ उनकी लकुटी को ब्रह्मा तथा उनकी वंशी को शंकर का रूप मानते हैं और स्वयं को उनके दासानुदास के रूप में प्रस्तुत करते हैं। यह उनकी अद्भुत कल्पनाशीलता का परिचायक है—

धन्य रे धन्य महापुण्य जशोदा तणुँ, पुत्र भावे परिब्रह्म राजे,
नन्दनी नन्द आनन्द थई अवतर्यो, शेष बलिभद्र संगे बिराजे।
अमर आहीर, अरधांग गोपांगना, वृक्ष बेली सर्व ऋषिराणी,
भक्ति ते राधिका, मुक्ति जशोमति, व्रज वैकुण्ठ ते वेदवाणी।
निगम वासुदेव जी, गाय गोपी ऋचा, देवकी ब्रह्म विवाद कहावै,

ब्रह्मा कर लाकड़ी, वेणु महादेव जी, पंचवदन करी गान गावै।
इन्द्र अर्जुन अहंकार दुर्जोधन, देवता सर्वे अवतार लीधो,
धर्म ते राय युधिष्ठिर जाणजो, दासनो दास नरसैंने कीधो।

नरसिंह भगत के भजन उच्चकोटि के दर्शन से संयुक्त हुआ करते थे। वह कृष्ण के विराट् रूप के वर्णन को 'गूँगे के गुड़' के समान अनिर्वचनीय मानते थे। अपने एक भजन में वह कहते हैं कि जो ब्रह्म अखिल ब्रह्माण्ड के अणु-अणु में व्याप्त है, भला उसकी पूजा मैं किस प्रकार करूँ? जो सूर्य के रूप में त्रिभुवन को प्रकाश देता है, चन्द्रमा के रूप में अमृत प्रदान करता है, मेघ रूप में वर्षा करता है, वायु रूप में जीवन देता है, उसकी पूजा किस प्रकार करूँ? उनके लिए तो चन्दन, नैवेद्य आदि सब-कुछ तुच्छ हैं। इसलिए कृष्ण रस जिसने चख लिया वह फिर इस संसार में पुनः माता के गर्भ में नहीं आता। अर्थात् पुनः जन्म लेने नहीं आता।...

अहा! क्या कहा पूज्यवर नरसी जी ने!! मीराँबाई उनके पद सुन-सुनकर मगन हो गयीं। जब प्रवचनस्थल से चलीं तो बार-बार एक ही पंक्ति नरसिंह मेहता की उनके मन में आवृत्तियाँ ले रही थी—

भणे नरसैयो जेने कृष्ण-रस चाखियो,
पुनरपि मातने गर्भ ना आवे।

सन्त मीराँबाई उसके बाद अनेक तीर्थस्थलों पर गयीं। वह डाकोर के कृष्ण-मन्दिर भी गयीं। सोमनाथ के सुप्रसिद्ध शिव-मन्दिर भी जिसे विदेशी आक्रान्ता महमूद गजनवी ने अनेक बार आक्रमण कर ध्वस्त किया और जिसका सनातन आस्थावान् भक्तों ने पुनः-पुनः निर्माण किया था। प्रभास क्षेत्र भी गयीं जहाँ भगवान् श्रीकृष्ण ने महाप्रयाण की अन्तिम लीला की थी। उसके बाद मीराँ जी घूमते-घामते द्वारका वापस पहुँचीं। वहाँ फिर से गोमती नदी में स्नान कर द्वारकाधीश रणछोड़ जी के उन्होंने दर्शन किये। उसके बाद द्वारकापुरी में रणछोड़ जी के नित्य दर्शन और अपने गिरधरगोपाल का भजन-कीर्त्तन का उनका क्रम कई वर्ष जारी रहा।

मीराँ जी अबकी बार जब द्वारका आयीं तो होली का पर्व आ चुका था। द्वारकावासी नर-नारी अबीर-गुलाल के रंगों की होली खेलने और आनन्दोल्लास में व्यस्त हो चुके थे। परन्तु मीराँ के लिए तो द्वारका में रहकर भी आत्मा-परमात्मा का वियोग उनके सम्मुख विद्यमान था। अतः मीराँबाई ने द्वारकाधीश के सम्मुख बैठकर उन्हीं को सुनाकर यह पद गया—

किण सँग खेलूँ होली, पिया तजि गये हैं अकेली।
माणिक मोती हम सब छोड़े, गल में पहनी सेली।
भोजन भवन भलो नहिं लागे, पिया कारण भई गेली।
मुझे दूरी क्यूँ म्हेली।
अब तुम प्रीत अवरु सूँ जोड़ी, हमें क्यूँ करी पहेली।

बहु दिन बीते अजहुँ न आये, जैसे लग ही तालाबेली।
किण बिलगाये हेली।
स्याम बिना जिवड़ो मुरझावे, जैसे जल बिन बेली।
मीराँ कूँ प्रभु दरसण दीज्यो, जनम जनम की चेली।
दरस बिन खड़ी दुहेली।

इन दिनों द्वारकावास में मीराँबाई के पदों में कृष्ण-वियोग का भाव रणछोड़ जी से नित्य साक्षात्कार के अनन्तर भी गहरा होता जाता था। जीवन की निस्सारता का भाव उनके मन में जड़ पकड़ता जाता था। वह इस संसार में होते हुए भी जैसे संसार से विलग थीं। ललिता सखी तो जैसे मीराँ की प्रतिरूप ही थीं।

सुकन्या, कस्तूरी और अन्य दो सखियाँ ही मीराँ की तन्द्रा के बीच-बीच में उन्हें यह अहसास दिलातीं कि वे अभी इसी मृत्युलोक में हैं। कृपया भोजन कर लें...जल ग्रहण कर लें...अब शयन करने चलें या फिर चन्दन सिंह बाहर लड्डूगोपाल को लिये खड़ा है...बालक से खेल लें...थोड़ा सबसे बोल-बतिया लें...

17

पतियाँ मैं कैसे लिखूँ लिखियो न जाये

मीराँ जी के चित्तौड़ छोड़ने के बाद से उनके ससुराल पक्ष के लोगों ने भीषण दुर्दिनों का सामना किया। बहादुरशाह के दूसरे हमले में चित्तौड़ बुरी तरह तबाह हो गया। राणा विक्रमादित्य और उसके छोटे भाई उदय सिंह को आत्मरक्षार्थ चित्तौड़गढ़ से पलायन करना पड़ा। महारानी कर्मावती को सहस्रों राजपूत स्त्रियों के साथ धधकते अग्निकुण्ड में जौहर द्वारा प्राणोत्सर्ग करना पड़ा।

कुछ समय बाद जब चित्तौड़ पर पुनः राणा विक्रमादित्य ने अधिकार पाया तो एक मनहूस रात में दुष्ट बनवीर ने उसकी हत्या कर चित्तौड़ की राजगद्दी हथिया ली। बनवीर महाराणा सांगा के कनिष्ठतम पुत्र और मेवाड़ राज्य के उत्तराधिकारी अल्पवयस्क उदय सिंह को भी मारना चाहता था। परन्तु पन्ना धाय उसे बचाकर ले भागी। उसके बदले पन्ना ने स्वयं के पुत्र का बलिदान दिला दिया।

बनवीर के ही राज्य के दौरान मेवाड़ राज्य में भीषण अकाल पड़ा। जनता त्राहि-त्राहि कर उठी। अकाल के पश्चात् महामारियों का दौर चला। उसका भी खामियाजा प्रजाजन ने भोगा। इस प्रकार लाखों लोग असामयिक एवं दुःखद मौतों के शिकार हुए।

चित्तौड़गढ़ के सामन्तों ने तब एकजुट हो राणा बन बैठे दुष्ट बनवीर का कुशासन उखाड़ फेंकने का संकल्प लिया और उस नामुराद को एक दिन राजदरबारियों ने चित्तौड़ के राजसिंहासन से जबरन घसीट लिया। थोड़े-बहुत संघर्ष के बाद सबने मिलकर हत्यारे बनवीर को चित्तौड़गढ़ से मार भगाया। उसके बाद उदयं सिंह सांगावत को उनके निर्वासित जीवन से बाहर निकालकर चित्तौड़गढ़ में उनका राजतिलक किया और राणा बनाया।

मीराँबाई जब वृन्दावन से द्वारका पधारीं तो राणा उदय सिंह को मेवाड़ पर राज करते दो वर्ष बीत चुके थे। फिर भी उदय सिंह को अभी शान्ति और सुकून प्राप्त नहीं हो पाया था। राज्य में अव्यवस्था फैली हुई थी। अकाल के कारण खेती-पाती चौपट हो जाने से जनसाधारण की आर्थिक स्थिति बहुत खराब हो गयी थी।

अधिकांश कृषक कर चुकाने की स्थिति में नहीं थे। ऊपर से वे महाजनों के कर्जों के बोझ तले दबे जा रहे थे। राजकोष रिक्त हो चला था।

ऐसे बुरे समय में जनता में यह प्रवाद प्रचलित हो गया था कि इन दिनों मेवाड़ पर जो भी विपत्तियाँ आयीं, अराजकता की स्थितियाँ उत्पन्न हुईं उसके पीछे मीराँ-जैसी भक्तिमती और देवी समान स्त्री और सच्ची सन्त आत्मा को जो कष्ट राणा खानदान ने दिये यह उसकी हाय का असर है। मीराँबाई का शाप राणा-कुल को ही नहीं पूरे मेवाड़ को खाये जा रहा है। अतः जब तक मीराँबाई को ससम्मान चित्तौड़गढ़ वापस नहीं बुलाया जायेगा, उनसे उन्हें दिये गये समस्त कष्टों और अपमानों की माफी नहीं माँगी जायेगी, मेवाड़ के संकट दूर होनेवाले नहीं।

सन् 1543 में राव बीरमदेव ने मेड़ता का खोया हुआ राज्य पुनः प्राप्त कर लिया। इसके लिए उन्हें अफगान बादशाह शेरशाह सूरी की सहायता लेनी पड़ी। वह शेरशाह जिसने हुमायूँ को पराभूत कर उत्तर भारत में सन् 1540 ई. में अपनी बादशाहत कायम की थी। राव बीरमदेव के चिर प्रतिद्वन्द्वी राजा मालदेव की महत्त्वाकांक्षाओं को पलीता लगाया अब उसी शेरशाह सूरी ने और उससे उसके साम्राज्य का बड़ा भाग छीन लिया। उसी क्रम में मालदेव के पंजों में दबा मेड़ता राज्य भी बीरमदेव और उनके सुपुत्र जयमल ने पुनः हासिल कर लिया। परन्तु सन् 1543 ई. में ही इस सफलता के दो माह बाद राव बीरमदेव चल बसे और फिर कुँवर जयमल मेड़ता की गद्दी पर बैठे। उन्होंने तब मीराँ जी को मेड़ता बुलाने हेतु अपने कुछ राज-प्रतिनिधि गुजरात भेजे। उनसे मीराँ को अपने ताऊ सा बीरमदेव के निधन और भइया जयमल के मेड़ताधिपति बनने के समाचार मिले।

मीराँ ने राव जयमल को आशीर्वाद सहित अपना शुभकामना सन्देश उन्हीं राजप्रतिनिधियों के माध्यम से भेजा। कहलवाया कि—"भइया खूब अच्छे से प्रजा की सेवा करना। अपने पूर्वजों की कीर्त्ति का मान रखना। रही मैं...तो यह गिरधरगोपाल की चरणदासी यहाँ द्वारका में रणछोड़ जी के मन्दिर के समीप रहती है। गोमती के तट पर नित्य सुबह-शाम उन्हीं पालनहार का भजन करती है।...अब अन्त समय में इस 'हरे कृष्ण हरे राम' के दिव्य संकीर्त्तन को तजकर मैं कहाँ जाऊँगी?" दूसरे शब्दों में मीराँ जी ने अपने पीहर वापस लौटने से विनम्रतापूर्वक इन्कार कर दिया। उन्होंने मेड़ता से आये अभ्यागतों का स्वागत किया। उन्हें भोजन प्रसाद पवाया फिर यह भजन सुनाकर वापस फेर दिया—

हरि बिन कूँण गती मेरी।
तुम मेरे प्रतिपाल कहिये, म्हे रावरी चेरी।
आदि अन्त नित नाँव थारो, हीया में फेरी।
बेरि बेरि पुकारि कहूँ, प्रभु आरति है तेरी।
यौ संसार बिकार सागर, बीच में घेरी।

नाव फाटी प्रभु पाल बाँधो, बूड़त है बेरी।
बिरहिणि पिव की बाट जोवै, राखिल्यौ नेरी।
दासी मीराँ राम रटत है, सरण हूँ तेरी।

इस प्रकार मेड़ता से आये दूतों से भेंट होने पर मीराँ जी यह समझ गयीं कि उनकी भक्तिरूपी नौका का पाल फटने लगा है। यह संसाररूपी सागर में उठता हुआ रिश्ते-नातों के विकार का तूफान उन्हें पुनः घेरने लगा है। रामनाम रटनेवाली मीराँ को अब उनके प्रियतम कृष्ण की शरण ही बचा सकती है।

राव जयमल के दूत जब असफल होकर मेड़ता लौट आये जयमल को अपनी भक्तिमती प्रिय बहन के अत्यन्त साधारण ढंग से जीवनयापन का समाचार पाकर बहुत दुःख पहुँचा। उनके वापस न लौटने के वचनों ने उन्हें और भी मर्माहत किया। सोचा कि बहन मीराँबाई भला उस पीहर में क्यों लौटेंगी जो उन्हें थोड़े दिन भी सुख और सुरक्षा न दे सका?...वैसे भी एक विवाहिता स्त्री का आत्मस्वाभिमान ससुराल के बजाय पीहर में निवास करने से आहत होता है। यह ठीक है कि मीराँ ने घोर दुःख सहकर अपना ससुराल एक दिन छोड़ दिया था, परन्तु तब और बात थी। अब तो चित्तौड़ में परिस्थितियाँ पूरी तरह बदल चुकी हैं। वहाँ जंगलराज समाप्त हो चुका है और राणा उदय सिंह-जैसे न्यायप्रिय एवं सज्जन राजा का शासन है।...जीजा जब यहाँ थीं तो वह उदय सिंह के स्वभाव और व्यवहार की स्वयं भी बड़ी प्रशंसा किया करती थीं। उसके प्रति उन्हें कोई शिकायत न थी।...

यही सब विचार करके एक दिन राव जयमल ने राणा उदय सिंह को यह समाचार भिजवाया कि—"मीराँबाई द्वारका में निवास कर रही हैं। मेवाड़ राज्य की विगत वर्षों में इतनी दुर्दशा मीराँ जी-जैसी सती-साध्वी भगवद्भक्त को सताये जाने के कारण होती आयी है। आगे और न हो इस पर विचार किया जाना चाहिए।...राणा उदय सिंह जी! मीराँ आपके ज्येष्ठ भ्राता स्वर्गीय भोजराज की धर्मपत्नी और आपके कुल की मर्यादा हैं। समूचे राजपूताना का गौरव हैं। आपको उन्हें द्वारका से ससम्मान बुलाकर चित्तौड़ में ही रखने का सत्कार्य करना चाहिए।"

राणा उदय सिंह इस समय अनेक राजनीतिक और पारिवारिक प्रपंचों में फँसे थे। मीराँ जी को चित्तौड़ वापस बुला लेने की सलाह उनके दो-एक दरबारियों ने भी दबे स्वर में शुरू-शुरू में उन्हें दी थी। पर राणा उदय सिंह ने उन पर गम्भीरता से गौर नहीं किया था। इस बीच राणा उदय सिंह को जलोदर रोग हो गया। राजवैद्यों, हकीमों, ओझाओं और तान्त्रिकों तक को दिखाया गया। किसी के भी उपचार अथवा उपाय से राणा को कोई विशेष लाभ न हुआ। उनका जलोदर का रोग बढ़ता ही गया।

तब किसी सलाहकार ने राणा उदय सिंह से निश्चयात्मक ढंग से कहा—"महाराज!...आपको भक्तिमती मीराँबाई सा को मेवाड़ वापस बुलवा लेना चाहिए। लगता है आपका रोग इसीलिए ठीक नहीं हो पा रहा है। आपके बड़े भाई सा राणा

विक्रमादित्य ने मीराँ जी को भारी दुःख दिये थे। वे दुःख-दर्द इतने असहनीय और अपमानजनक थे कि उन्हें चित्तौड़ छोड़कर आज जगह-जगह भटकना पड़ रहा है।...ज़रा सोचिये...वह एक परम-भागवत सन्त स्त्री हैं। गिरधरगोपाल उनके सदा साथ रहते हैं। वह पवित्र और निश्छल हृदय मानवी हैं। उन्होंने मेवाड़ का कभी बुरा नहीं चाहा। परन्तु मेवाड़ से उन्हें दुःख-ही-दुःख मिले।...कम उम्र में ही पति छोड़कर चल बसा। जैसे-तैसे स्वयं को समेट मीराँ हरि भजन में मन लगाने लगीं। दूसरों को भी कृष्णभक्ति का ही प्रसाद बाँटतीं रहीं। उस पूजापाठी स्त्री का किसी से कुछ लेना-देना न था। फिर भी हमारे लोग उसकी जान के दुश्मन बन गये।... मुसीबतों-पर-मुसीबतें खड़ी कर दीं भक्त मीराँबाई के सामने। यद्यपि महाराज!...हम सब जानते हैं कि मीराँ जी के हृदय में रंचमात्र भी प्रतिशोध की भावना नहीं है, तथापि ईश्वर तो सब-कुछ देख रहा है। वह अपने परम भक्तों को पीड़ित और अपमानित करनेवालों को कभी क्षमा नहीं करता। जब तक कि उसका वह परम भक्त ही अपने शत्रुओं को स्वयं क्षमा न कर दे, अथवा उनके लिए वह अभयदान न माँग ले।''

रोगशय्या पर पड़े-पड़े राणा उदय सिंह अपने उस विश्वासपात्र सलाहकार की बातें चुपचाप सुनते रहे। रोग से काफी क्षीणकाय हो चले थे। वह धीरे से खाँसे और बोले–

''चूड़ावत!...तो क्या हम मीराँबाई सा के शत्रु हैं?''

''राणा हुकुम!...आप शत्रु नहीं हैं ऐसा भी तो आपने अभी तक उनके सामने सिद्ध नहीं किया है। खम्मा घणीं आपके जिन सम्बन्धियों ने उनसे शत्रुता की वे बेमौत मारे जा चुके हैं। मीराँबाई पर जुल्म के बाद से मेवाड़ पर एक के बाद एक कर दो बार आक्रमण हुए। वीर ललनाओं के जौहर हुए। षड्यन्त्रकारी बनवीर द्वारा राणा विक्रम की हत्या हुई। फिर वह दुष्ट भी अब न जाने कहाँ मर-खप गया होगा? इस सबके चलते आपको भी कितने कष्ट सहने पड़े...अब हुकुम! हम कोई और अनहोनी नहीं देखना चाहते। इसलिए मेरे विचार से आपको अब राणा कुल की पुत्रवधू भक्तिमती मीराँबाई सा को तत्काल यहाँ बुलवाने का आदेश दे देना चाहिए।''

राणा उदय सिंह ने एक आपात्कालीन सभा बुलवायी और इस विषय पर सबसे विचार-विमर्श किया। मीराँबाई को मेवाड़ पुनः पधारने की प्रार्थना के साथ तब चित्तौड़ से वेदपाठी ब्राह्मणों का एक दल मीराँ जी को लिवाने हेतु द्वारका रवाना किया गया। राणा मेवाड़ द्वारा भेजा गया ब्राह्मणों का यह दल बड़े उत्साह से द्वारका के लिए चला। एक तो राजकीय संसाधनों से संयुक्त द्रुतगति के रथ। दूसरे मोक्षदायिनी पवित्र सप्तपुरियों में से एक द्वारकापुरी की मुफ्त तीर्थयात्रा। भक्तिमती मीराँ को द्वारका से सकुशल ले आने पर राणा मेवाड़ के हाथों भारी दान-दक्षिणा प्राप्ति का प्रलोभन भी।

मेवाड़ के यह वेदपाठी ब्राह्मण शीघ्र-से-शीघ्र गुजरात पहुँच जाना चाहते थे। भाग्यवश उनकी यह विशेष यात्रा कुछ ही दिनों में निर्विघ्न सम्पन्न भी हो गयी। एक दर्जन ब्राह्मणों का यह दल पण्डित बालमुकुन्द पाण्डे के नेतृत्व में आखिरकार द्वारका पहुँच गया।

द्वारका पहुँचकर इन पर्यटक ब्राह्मणों को मीराँ जी का घर खोजने में अधिक कठिनाई नहीं हुई। वे पाँच वर्षों से यहाँ गोमती नदी के तट पर एक किराये के भवन में निवास कर रही थीं। अपने भक्तिमय भजनों और नृत्यमय कीर्त्तन के कारण वह द्वारकाधीश जी के मन्दिर और द्वारका नगर में अब तक अत्यन्त विख्यात हो चुकी थीं। छोटे-छोटे बालकों ने ही ब्राह्मण-दल को मीराँ जी के निवास तक पहुँचा दिया।

मार्ग के एक ओर बहती हुई गोमती नदी। मार्ग के दूसरी ओर एक दूर तक चली गयी छोटे-छोटे मकानों और मन्दिरों की पंक्ति। मीराँ जी के मकान पर पहुँचकर पण्डित बालमुकुन्द ने द्वार की साँकल खटखटायी। उनके अन्य साथी कुछ दूर पर नीचे खड़े रहे।

कुछ क्षण बाद मीराँ जी की गोपिका कस्तूरीबाई ने द्वार खोला। वैष्णव तिलकधारी अनेक पुरुषों को बाहर खड़ा देख वह थोड़ा घबरायी। बोली—"जी!...आप सब लोग कहाँ से आये हैं?"

"हम सभी ब्राह्मण चित्तौड़गढ़ से आये हैं। राणा उदय सिंह जी ने साध्वी मीराँ जी के लिए कुछ सन्देशा भेजवाया है।"

"ओह!...परन्तु मीराँबाई सा तो घर में नहीं हैं।"

"कहाँ हैं वे?"

"वह उधर गोमती घाट पर मिलेंगी आपको।"—कस्तूरी बाई ने तर्जनी से सामने की ओर संकेत किया। पण्डित बालमुकुन्द ने पलटकर देखा। दूर पर दो स्त्रियाँ नदी के किनारे पीठ किये बैठी दिखीं उन्हें।

चित्तौड़ के ब्राह्मणों का यह दल तब उसी ओर चल पड़ा। सन्ध्या का समय निकट आ रहा था। सूर्यदेव दाहिने अस्ताचल की ओर झुक रहे थे। अस्ताचल अर्थात् अरब सागर। जिधर यह गोमती की जलधार अपने अस्तित्व को विलीन करने हेतु अहर्निश अग्रसर थी।

उन ब्राह्मणों के पाँव मीराँ जी और उनकी सखी ललिता के निकट पहुँचने से पूर्व ही ठिठक गये। क्योंकि भगवा वस्त्र पहने मीराँबाई को उन्होंने गाते हुए सुना।—

हरि से गरब किया सोई हारा।
गरब किया रतनागर सागर, जल खारा कर डारा।
गरब किया लंकापति रावण, टूक टूक कर डारा।

बालमुकुन्द जी गहरी सोच में डूब गये। सामने गोमती नदी। उसके सम्मुख सीढ़ियों पर विराजमान भक्तिमती मीराँ। दाहिनी ओर डूबता हुआ सूर्य। उधर सागर

का सुदूर नीलवर्णी विस्तार। सरिता का सागर में मिलन। सच में श्रीहरि के सम्मुख किसी का भी गर्व भला कहाँ टिक पाया है आज तक? चाहे वह रावण हो, कंस हो, हिरण्यकशिपु हो या फिर राणा विक्रमादित्य। सभी का संहार करने में सक्षम हैं श्री हरि। जगत् के पालनकर्त्ता और जगत् के संहारकर्त्ता सब-कुछ वे ही तो हैं...

गरब किया चकवे चकवी ने, रैन बिछोहा डारा।
गरब किया बन की चिरमी ने, मुख कारा कर डारा।

ब्राह्मण दल में एक उतावला सदस्य भी था। पण्डित भालचन्द शास्त्री। उसने आगे बढ़कर दल के मुखिया पण्डित बालमुकुन्द पाण्डे के कानों में कुछ कहना चाहा। उन्होंने अपने ओंठों पर उँगली रखकर उसे चुप रहने का संकेत किया। क्योंकि मीराँबाई अभी भी गा रही थीं—

इन्दर कोप किया ब्रज ऊपर, नख पर गिरवर धारा।
मीराँ के प्रभु गिरधर नागर, जीवन-प्राण हमारा।

बालमुकुन्द जी ने अपने सभी साथियों से हाथ का इशारा किया बैठ जाने को। जो जहाँ था, बिना आवाज़ किये, वहीं बैठ गया।

पण्डित बालमुकुन्द और पण्डित भालचन्द भी चुपचाप अपने स्थान पर बैठ गये।

मीराँबाई की स्वर-लहरी गोमती के बहते जल पर थिरक रही थी। आस-पास के वातावरण को भी तरंगित कर रही थी। हवा एकदम शान्त थी। इसलिए मीराँ के भजन के बोल कुछ दूर तक सुने जा सकते थे। कम-से-कम वह मेवाड़ के ब्राह्मणों को तो अवश्य सुनायी दे रहे थे। एक पण्डित भालचन्द को छोड़कर जो कि कान से बहरे थे। जब तक ज़ोर-ज़ोर से उनसे चिल्लाकर कुछ नहीं कहा जाये भालचन्द सुन नहीं सकते थे।

हरि से गरब किया सोई हारा...
हरि से गरब किया सोई हारा...

भालचन्द शास्त्री के बहरे कान मीराँ जी की चेतावनीपूर्ण इन पंक्तियों को नहीं सुन पा रहे थे। परन्तु चित्तौड़ से आये शेष ब्राह्मण इन्हें सतर्क होकर सुन रहे थे।

थोड़ी देर बाद मीराँ जी ललिता के साथ गोमती-तट से उठीं। उठकर चलने को हुईं तो उन्होंने अपने सामने धवल वस्त्रों से सुसज्जित ब्राह्मणों के उस दल को करबद्ध खड़ा पाया। उनसे उनका परिचय पूछा। जब पता चला कि वे लोग चित्तौड़ से आये हैं तो मीराँ बड़ी प्रसन्न हुईं। उन्हें निज निवास पर लिवा ले गयीं।

घर के सामने चबूतरे पर ललिता और कस्तूरी ने अभ्यागतों के लिए आसन बिछाये। दरियों के ऊपर स्वच्छ चादरें बिछाकर सबके बैठने का प्रबन्ध किया। फिर जल, फल, मिष्टान्न आदि से मीराँ जी ने ब्राह्मणों का स्वागत-सत्कार किया।

खा-पीकर जब सब तृप्त हुए तो बालमुकुन्द जी ने कुछ कहना चाहा। परन्तु वे फिर कुछ सोचकर चुप लगा गये। मीराँ जी ने ही तब वार्त्ता की पहल की—

"कहिये आपकी यात्रा तो ठीक रही? कोई कष्ट तो नहीं हुआ?"

"जी नहीं मीराँबाई सा!...मेवाड़ नरेश राणा उदय सिंह जी बहुत दयालु हैं। हमें रथों और सभी आवश्यक संसाधनों का प्रबन्ध कर यहाँ भेजा है।"—बालमुकुन्द जी ने कहा।

"कैसा है मेरा उदय?..." मीराँ जी ने पूछा।

"राणा सा कुशल से हैं...किन्तु आजकल थोड़े अस्वस्थ चल रहे हैं।"—बालमुकुन्द ने धीमे स्वर से कहा।

"क्या हो गया देवर सा को?"—मीराँ जी चिन्तित हुईं।

"उनकी भूख मर गयी है। उदर में कुछ विकार है।"—बालमुकुन्द बात को टालने के लिहाज से पुनः धीरे से बोले।

बराबर में बैठे भालचन्द कान से सुन न सके। अधीर होकर जोर से अपने दल के मुखिया से बोले—

"बालमुकुन्द जी! क्या पूछ रही हैं भक्तिमती जी?"

बालमुकुन्द जी ने घूमकर उनके कान में ऊँचे स्वर में बताया—"राणा जी के स्वास्थ्य के बार में जानना चाहती हैं।"

इतना सुनना था कि भालचन्द शुरू हो गये—

"हमारे राणा जी जलोदर रोग से पीड़ित हो गये हैं। सरसों के तेल में कुछ अशुद्ध खान-पान कर लिया होगा। बेचारे तभी से रोग ले बैठे हैं। वैद्य-हकीम सब लगे हैं। राणा जी अन्न-भोजन इत्यादि बहुत दिनों से त्यागे बैठे हैं। सही-सही तो ज्ञात नहीं कि उन्हें यह रोग है भी या नहीं अथवा और कोई कारण है?..."

"अरे पण्डित!...तुम चुप भी बैठोगे या?..." पण्डित बालमुकुन्द ने खीझकर पण्डित भालचन्द का मुँह बन्द कराना चाहा।

मीराँ जी ने कहा—"अरे नहीं-नहीं। आप इन्हें बोलने दीजिये। पण्डित जी आपका शुभ नाम?"

इस पर कान से कमजोर भालचन्द ने उलटे मीराँबाई से पूछा—

"क्या कहा? शुभ काम??...अब दो ही शुभ काम से तो आये हैं हम यहाँ।"

"वे दोनों क्या हैं?"—मीराँ जी भालचन्द की श्रवण विकलांगता समझ गयीं। इसलिए वे भी इस बार थोड़ा जोर लगाकर बोलीं।

"भक्तिमती जी! सबसे पहला काम तो है द्वारकाधीश जी के दर्शन। और दूसरा..."

इससे पहले कि भालचन्द आगे कुछ कहते स्थिति सँभालने को दो अन्य समझदार ब्राह्मण एक साथ जोर-जोर से खाँसने लगे। असहाय बालमुकुन्द जी ने

अपने इन साथियों को कृतज्ञता-भरी दृष्टि से देखा और पण्डित भालचन्द की दूसरी बात वहीं-की-वहीं रह गयी।

बालमुकुन्द जी ने भालचन्द का हाथ पकड़कर उन्हें उठाया और खुद भी उठ गये। उनकी देखादेखी सारे ब्राह्मण एक साथ खड़े हो गये।

मीराँ जी भी खड़ी हो गयीं। पण्डित बालमुकुन्द ने मीराँ जी को प्रणाम कर उनसे आज्ञा चाही। कहा कि—"अब हम सब लोग रणछोड़ जी के दर्शन को जाते हैं हमें आज्ञा दीजिये। कल हम पुनः उपस्थित होंगे।"

मीराँ जी ने कहा—"अहोभाग्य! मैं प्रतीक्षा करूँगी।"—कहकर उन्होंने उन समस्त ब्राह्मण देवताओं को हाथ जोड़कर विदा किया।

ललिता और कस्तूरी बर्तन और बिछावन इत्यादि समेटने लगीं। सन्ध्या-आरती का समय हो रहा था। गिरधर जी की आरती कर मीराँ जी के साथ उन्हें भी द्वारकाधीश मन्दिर में नित्य की भाँति दर्शन हेतु जाना था।

चित्तौड़ से आये वे ब्राह्मण जब से मीराँ जी के घर से गये थे उनका मन अशान्त हो उठा था। एक साथ इतने ब्राह्मणों का उनके द्वार पर आना, जो कि यह भी कह रहे थे कि राणा उदय सिंह ने उन्हें अपने संसाधनों के साथ द्वारका भेजा है, अतः इनका आना अकारण तो नहीं हो सकता?...पूरा जत्था था ब्राह्मणों का।

पण्डित बालमुकुन्द बात में कुछ संकोच कर रहे थे। पर वह दूसरे वयोवृद्ध पण्डित जी जो साथ में थे कुछ अधिक मुखर थे। उन्होंने कुछ कहना चाहा तो कैसे अचानक सब-के-सब पण्डित खड़े हो गये।...उदय को जलोदर रोग हो गया है? यह कैसे हो सकता है? अभी उम्र ही क्या है उसकी?...

ललिता सखी चिन्तित मुद्रा में बैठी थी। मीराँ जी ने उससे कहा—"क्या सोच रही हो?...क्या वही जो मैं सोच रही हूँ?"

"हाँ...बिलकुल! ये ब्राह्मण यूँ ही चित्तौड़ से यहाँ नहीं आये हैं। आप तक राणा मेवाड़ द्वारा भेजे गये हैं।"

"ठीक कह रही है तू सखि!...दो बरस पहले जयमल ने मेड़ता से अपने आदमी भेजे थे। अब ये लोग..."

"हाँ मीराँ!...लगता है ये लोग आपको चित्तौड़ वापस लेने के लिए आये हैं। द्वारकाधीश जी के दर्शन का तो सिर्फ बहाना है।"

कस्तूरीबाई ने बाहर से आकर सूचना दी कि—"सरदार प्रताप सिंह और चन्दन सिंह प्रतीक्षा कर रहे हैं।"

घर बन्द कर तीनों जनीं बाहर आयीं। मीराँ ने चन्दन सिंह से कहा—"अरे सुकन्या नहीं आयीं? और मेरा लड्डूगोपाल कहाँ है?"

"हुकुम!...आज उसकी तबीयत कुछ ठीक नहीं।"

"लड्डूगोपाल अस्वस्थ है?"

"नहीं उसकी माँ अस्वस्थ है। कह रही थी कि तीन दिन मन्दिर नहीं जायेगी।"

"ओह!...समझी।"—मीराँ जी ने कहा। कहकर वे घर की सीढ़ियाँ उतरने लगीं।

"चित्तौड़गढ़ से कुछ ब्राह्मण आये हैं। मिले तुम लोग उनसे?"

"नहीं तो...हुकुम! कब आये?"—प्रताप सिंह ने प्रतिप्रश्न किया।

ललिता ने कहा—"अभी कोई दो घड़ी पूर्व ही तो गये हैं यहाँ से।"

"कितने आदमी थे?"

"होंगे कोई दस-बारह जने।"

—चलते-चलते ललिता ने कहा। सबको अब द्वारकाधीश जी तक पहुँचने की जल्दी थी। प्रताप सिंह ने चन्दन सिंह को देखा। प्रश्नवाचक मुद्रा में। चन्दन सिंह ने भी कन्धे उचकाये। कहा—

"हो सकता है किसी आस-पास की धर्मशाला में टिके हों। मुझसे भी नहीं मिला कोई।"

मीराँ जी अब बिलकुल मौन थीं। उनके मन में क्या चल रहा है? इसके बारे में थोड़ा-बहुत अनुमान ललिता सखी ही लगा सकती थी।

मीराँ, ललिता, कस्तूरी, चन्दन सिंह और प्रताप सिंह सब-के-सब द्वारकाधीश जी के विशाल मन्दिर के परिसर में पहुँचे। मीराँ जी ने अपने आँचल की गाँठ खोलकर उसमें से कुछ सिक्के निकाले। फूलवाले से कुछ फूल खरीदे और रणछोड़ जी के लिए एक बड़ी-सी माला। प्रसादवाला स्वयं ही बढ़कर एक दोने में प्रसाद ले आया। मीराँ जी ने उसे भी मूल्य चुकाया। रोज़ का नियम था। फूल-प्रसाद ललिता-कस्तूरी ने थाम लिये। रणछोड़ कृष्ण के लिए क्रीत-माला मीराँबाई स्वयं लेकर मन्दिर के भीतर चलीं।

मन्दिर में आज कुछ अधिक भीड़ थी। सन्ध्या-आरती का समय हो चला था। तीर्थयात्री, स्थानीय दर्शनार्थियों के साथ-साथ चित्तौड़ से आया ब्राह्मण दल भी द्वारकाधीश जी महाराज के दर्शन करने को वहाँ एकत्र था। मीराँ जी को देखते ही पण्डित बालमुकुन्द जी और उनके साथियों ने प्रणाम किया।

मीराँ जी ने भी उनका अभिवादन किया। तब तक मन्दिर के मुख्य पुरोहित ने अपने दो शिष्यों को भेज दिया। उन्होंने भीड़ में मीराँ जी के लिए जगह बनायी। मीराँ जी स्त्रियों के लिए बनायी गयी विशिष्ट दीर्घा में ले जायी गयीं।

रणछोड़ जी के गर्भगृह के रजत मण्डित द्वार पर पीताम्बर सरीखा रेशमी पर्दा पड़ा था। दर्शनार्थियों को प्रतीक्षा थी उनके पावन दर्शनों की। चित्तौड़ से आया वेदपाठी ब्राह्मणों का दल उच्च स्वर में भगवान् विष्णु की स्तुति का सामूहिक वाचन करने लगा—

प्रसन्नवदनाम्भोजं पद्मगर्भारुणेक्षणम्।
नीलोत्पलदलश्यामं शंखचक्रगदाधरम्।।
लसत्पंकजकिंजल्क पीतकौशेयवाससम्।
श्रीवत्सवक्षसं भ्राजत्कौस्तुभामुक्तकन्धरम्।।
मत्तद्विरेफकलया परीतं वनमालया।
परार्ध्यहारवलयकिरीटांगदनूपुरम् ।।
कांचीगुणोल्लसच्छ्रोणिं हृदयाम्भोजविष्टरम्।
दर्शनीयतमं शान्तं मनोनयनवर्धनम्।।...

अर्थात्–

भगवान् का मुखकमल आनन्द से प्रफुल्लित है, नेत्र कमलकोश के समान रतनारे हैं, शरीर नीलकमलदल के समान श्याम है; हाथों में शंख, चक्र, गदा (पद्म) धारण किये हैं।

कमल की केसर के समान पीला रेशमी वस्त्र लहरा रहा है, वक्षःस्थल में श्रीवत्स चिह्न है, गले में कौस्तुभ मणि झिलमिला रही है।

वनमाला चरणों तक लटकी हुई है, जिसके चारों ओर भ्रमर सुगन्ध से मतवाले होकर मधुर गुंजार कर रहे हैं; अंग-प्रत्यंग में महामूल्यवान् हार, कंकण, किरिट, भुजबन्ध और नूपुर आदि आभूषण विद्यमान हैं।

कमर से करधनी की लड़ियाँ शोभा बढ़ा रही हैं। भक्तों के हृदयकमल ही उनके आसन हैं, उनका दर्शनीय श्यामसुन्दर स्वरूप अत्यन्त शान्त एवं मन और नयनों को आनन्दित करनेवाला है।...

तभी मन्दिर के प्रांगण में घण्टे-घड़ियाल-नगाड़े बज उठे। सामने गर्भगृह का परदा हट गया। रणछोड़ श्रीकृष्ण भगवान् के दिव्य दर्शन सम्मुख हुए। आरती प्रारम्भ हो गयी। भक्त समूह जय-जयकार कर उठा–

"बोलो द्वारकाधीश महाराज की..."

"जय!!!!"

देर तक आरती होती रही। भक्तगण खड़े-खड़े भगवान् द्वारकाधीश के श्याम सलोने विग्रह को अपलक निहारते रहे। उनकी दिव्य आरती में दोनों हाथ जोड़े हुए। मुख्य पुजारी बायें हाथ में घण्टिका बजाते दाहिने हाथ में आरती का दीपदान जन-जन के आराध्य के सम्मुख प्रेमपूर्वक घुमाते हुए आनन्द की वर्षा-सी कर रहे थे। वातावरण में रह-रहकर पवित्र शंखध्वनि भी गूँज रही थी।

आरती सम्पन्न कर मुख्य पुजारी जी ने भगवान् का सांकेतिक मुख प्रक्षालन किया। तत्पश्चात् सभी भक्तों पर अमृतमय जल का छिड़काव कर उन्हें धन्य किया। तत्पश्चात् सभी भक्तों तक उनके एक शिष्य आरती लेकर गये। सभी स्त्री-पुरुषों एवं साधुजन ने श्रद्धापूर्वक भगवान् की आरती ली।

भक्तों का फूल, पान, चढ़ावा मन्दिर के अन्य पुजारियों द्वारा पुनः स्वीकार किया जाने लगा। मीराँ जी द्वारा लाया गया पुष्पहार सबसे पहले रणछोड़ जी को भेंट हुआ।

उसके बाद मीराँ जी अपनी सखियों सहित वहाँ से निकल आयीं। अब उनका शरीर थोड़ा शिथिल होने लगा था। अधिक देर तक एक स्थान पर खड़ी नहीं रह पाती थीं। दुबली-पतली मीराँ जी की अवस्था इस समय 43 वर्ष की हो चली थी। आकर रणछोड़ जी के सामने ही थोड़ा पीछे एक चबूतरे पर बैठ गयीं। उनके लिए आसन पहले से बिछा था। पीछे एक अन्य आसन ललिता जी के लिए भी बिछा था। मन्दिर प्रबन्धन को ज्ञात था कि सन्ध्या आरती के बाद मीराँ जी एक-दो पद मन्दिर में अवश्य गाती हैं। अतः दो साजिन्दे भी उस समय उपस्थित रहते थे। एक सारंगीवादक और एक तबलावादक। मीराँ जी जब गायन करतीं तो द्वारकाधीश मन्दिर में ऐसा अद्‌भुत समाँ बँधता कि दर्शनार्थी नर-नारी ही नहीं, उसके सम्मोहन में बँधकर मन्दिर के सारे कर्मचारी भी उन्हें सुनने भागे चले आते। मन्दिर में उपस्थित सारा जनसमुदाय भक्तिमती मीराँबाई के भक्तिरस की सरिता में डूबने-उतराने लगता।

आज मीराँ जी के पीछे तानपूरा सँभाला ललिता ने। उन्हीं के निर्देश पर। मीराँ बहुत उदास थीं आज। नेत्र मूँदकर दोनों हाथ ऊपर उठाये अत्यन्त करुण स्वर में गाने लगीं—

पतियाँ मैं कैसे लिखूँ, लिखियो न जाय।
कलम धरत मेरो कर काँपत है, नयनन हैं झर लाय।
बात कहूँ तो कहत न आवै, जीव रह्यो डर राय।
हमरी बिपत तुम देख चले, ऊधो हरि जी सूँ कहियो जाय।
मीराँ के प्रभु गिरधर नागर, दरसन दीज्यो जाय।

अगले दिन जब मीराँ जी प्रातःकाल गोमती तीरे निज मन्दिर में अपने गिरधरगोपाल को धूप नैवेद्य अर्पित कर उठ ही रही थीं उसी समय पण्डित बालमुकुन्द जी एक वयोवृद्ध महिला के साथ उपस्थित हुए। उनके साथ दो साथी और थे।

"प्रणाम मीराँबाई सा!...इनसे मिलिये। ये मेरी माता जी हैं।"

मीराँ जी ने उठकर उन वृद्ध माता के चरण स्पर्श किये। उन्होंने मीराँ जी को दोनों हाथ उठाकर आशीष दिया—"जुग-जुग जियो बेटी!"—और मीराँ को उन्होंने अपने हृदय से लगा लिया।

मीराँ जी ने पण्डित बालमुकुन्द से कहा—"माई को आप कल द्वारकाधीश मन्दिर नहीं लाये?"

बालमुकुन्द जी सफ़ाई देते-से बोले—

"वह क्या है कि माता जी लम्बी यात्रा में बहुत थक गयी थीं। अतः विश्राम करने लगीं।...आज हम माता जी के साथ मन्दिर से ही आ रहे हैं।"

"हाँ बेटी मीराँ! हम अभी वहीं से आ रहे। कितने सुन्दर दर्शन हुए रणछोड़ जी के। हम तो धन्य हो गये।"

ललिता ने उन वृद्ध माता से कहा–"माई! आपने इतना कष्ट क्यों उठाया? जहाँ ठहरी हैं हमें वहीं बुलवा लिया होता। हम स्वयं आ जातीं।"

"अरे नहीं बिटिया! इसमें कष्ट कैसा? अपने बच्चों से मिलने में कोई कष्ट होता है?"

मीराँ जी के नेत्र सजल हो आये उन माई की उस स्नेहमयी वाणी को सुनकर। कुछ-कुछ उनकी आवाज़ मीराँ जी को अपनी बचपन की धाय माँ किशोरी देवी-जैसी लगी। उन्हें लगा कि जैसे आज इन माई के रूप में बरसों पुरानी उनकी धाय माँ ही एक बार उनसे फिर से मिलने स्वर्ग से द्वारकापुरी में अवतरित हो गयी हों।

तब बड़ा साहस जुटाकर पण्डित बालमुकुन्द जी ने अपनी बात कही–"देवि मीराँबाई सा!...हमारा बड़ा सौभाग्य है कि द्वारका में हमें रणछोड़ जी के साथ-साथ आपके भी पावन दर्शन हुए। वह भी वर्षों बाद। आपके चित्तौड़ से चले जाने के बाद मेवाड़ की धरती सूनी हो चली है। सूनी ही नहीं, अभिशप्त-सी हो चली है।

मेवाड़ ने आपके जाने के बाद एक के बाद एक अनेक संकट झेले हैं। राणा राजकुल से लेकर मेवाड़ की निरीह जनता सभी ने। आक्रमण, दुर्भिक्ष, भुखमरी, आकस्मिक मौतें और जाने क्या-क्या?"

मीराँ चुप रहीं। परन्तु ललिता से नहीं रहा गया। उसने कहा–"अभिशप्त से क्या तात्पर्य है आपका? पण्डित जी!

...कहीं आपका आशय मीराँबाई सा से तो नहीं? हमारी मीराँ तो कभी किसी को शाप नहीं देतीं।"

"अरे नहीं-नहीं...हमारा वह मतलब नहीं है। मेवाड़ की जनता ऐसा सोचती है। अपने कष्टों और संकटों का एक बड़ा कारण जनता मीराँ जी के मेवाड़ से अन्यायपूर्ण निष्क्रमण और अमंगलकारी निर्वासन को मानती है।"

"अच्छा। जनता ऐसा मानती है। और मेवाड़ अधिपति?"

"राणा उदय सिंह भी इसी मत के हैं। वे अत्यन्त लज्जित हैं। भक्तिमती मीराँ जी के लिए दुःखी हैं। उन्होंने ही हमें यहाँ भेजा है अपनी पूज्य भाभी सा मीराँ जी को ससम्मान चित्तौड़ वापस लिवा लाने के लिए। देवि मीराँ!...हम ब्राह्मणों की आपसे करबद्ध प्रार्थना है कृपया आप मेवाड़ को क्षमा कर दें। राणा राजवंश को क्षमा कर दें। हम सभी को क्षमादान प्रदान करें और अब राजी-खुशी चित्तौड़ वापस लौट चलें।"

मीराँ मौन रहीं। वह मुँह फेरकर गोमती की लहरों की ओर देखती रहीं। कुछ देर को वहाँ जैसे मृत्यु-जैसा सन्नाटा छाया रहा। ब्राह्मण दल के मुखिया बालमुकुन्द पुनः बोले–"देवि मीराँ!...आप कुछ तो कहें। आपका इस सम्बन्ध में क्या उत्तर है?"

मीराँ जी ने कहा—"क्या उत्तर चाहते हैं आप एक संन्यासिन से?...मीराँ के गिरधरगोपाल आपके सामने हैं। इनके सामने मीराँ क्या उत्तर दे?...जो कुछ पूछना हो इन्हीं से पूछिये।"

गिरधरगोपाल की मूर्ति की ओर सभी की दृष्टि एक साथ चली गयी। लगा जैसे गिरधर जी कह रहे हों—कहाँ ले जाओगे मेरी मीराँ को? वह अब कहीं नहीं जायेगी। और लोगों ने वास्तव में सुना। मीराँ यही कह रही थीं—"आदरणीय पण्डित जी! मीराँ अब कहीं नहीं जायेगी। अगर मीराँ को कहीं जाना होता तो मीराँ यहाँ अपने गिरधर जी की निर्वाण-स्थली तक पहुँचती ही नहीं। मीराँ द्वारका में ही अपना शेष जीवन बिताने का संकल्प लेकर आयी है।...राणा उदय सिंह और मेवाड़ की जनता को मेरा आशीर्वाद कहियेगा।

"अरे नहीं-नहीं ऐसा न कहिये भक्तिमती जी!..." पण्डित बालमुकुन्द गिड़गिड़ाये—"आपको हमारे साथ चित्तौड़ पधारना ही होगा। हम बड़ी आस लेकर आपके पास आये हैं।"

इस पर उनकी वृद्ध माता जी भी द्रवित भाव से बोलीं—"बेटी! मान जाओ।...तुम सिसोदिया राजवंश की कुलवधू हो। मेवाड़ में तुम्हारी ससुराल है। इस तरह तुम्हारा यहाँ रहना हम सभी के लिए दुःखदायी है।"

—मीराँ कुछ न बोलीं। तब वह वृद्धमाता एक बार फिर बोलीं—"अच्छा बेटी!...तू थोड़ी देर इन सबको छोड़। बहुत प्रशंसा सुनी है तेरे भजनों की। एक भजन अपनी इस माँ को भी सुनायेगी? सुना दे मेरी बच्ची!"

—और मीराँबाई चित्तौड़ से पधारी उन वृद्धा माँ का आग्रह नहीं टाल सकीं। गाने लगीं—गुजरात की धरती पर गाती मीराँ के स्वर में आज यहाँ के दार्शनिक कवि नरसिंह मेहता भी मानो अपना सुर मिला रहे थे। आज मीराँ का पद बहुत-कुछ उन्हीं सन्त की प्रतीकात्मक शैली जैसा था—

नहीं जाऊँ सासरै माई, म्हाँने मिलिया छै सिरजनहार।
सासू हरी सुमरना रे ससुरो परम सन्तोष।
जेठ जुगाँरो राजवी रे पीव रह्यो निरदोष।
देवर के दोइ डीकरी रे दोन्यौं ही राजकुमारी।
एकैं सब जग मोहियौ रे एक रही ब्रह्मचारि।
लख चौरासी चूड़तो रे बाला पहर्यो पिया जी रे काज।
बाँह पकड़ हरि लै चल्या मोहि दीनों छै अविचल राज।
साधाँ मैं म्हारो सासरो रे पीया को बैकुण्ठाँ मैं बास।
फेरि न कल मैं आवस्याँ जी यूँ गावै छै मीराँ दास।

मीराँबाई तो अब पूर्ण वीतरागी सन्त थीं। चित्तौड़-मेड़ता-संसार का कोई भी रिश्ता-नाता अब उन्हें अपनी जकड़बन्दी में नहीं ले सकता था। उनका सम्बन्ध तो

अब अलौकिक जगत् से स्थापित हो चुका था। वे तो कहने भर को पंचभौतिक शरीर में इस धरती पर साँस ले रही थीं। परन्तु उनकी आत्मा का सीधा तादात्य भगवान् श्रीकृष्ण के वैकुण्ठ से हो लिया था।

मीराँ ने इस पद के माध्यम से चित्तौड़ से पधारे सभी आगन्तुकों के सम्मुख यह स्पष्ट घोषणा की और उन वृद्धमाता की ओर उन्मुख होकर कहा कि—हे माँ! मैं (भौतिक) ससुराल नहीं जाऊँगी। मुझे मेरा सिरजनहार (परमात्मा) मिल गया है। मेरे हाथों में जो हरि सुमिरनी (माला) है वह मेरी सास है। परम सन्तोष मेरा ससुर है।

युगों का राजस जेठ है। निर्दोष भाव का मेरा प्रियतम है। देवर के दो पुत्रियाँ हैं। दोनों ही राजकुमारियाँ हैं। एक ने तो सारे जग को मोहित कर रखा है अर्थात् वह माया है और एक ने ब्रह्मचर्य धारण कर रखा है अर्थात् वह भक्ति है।

इस बाला (आत्मा) ने अपने पिया जी (परमात्मा) के कारण चौरासी लाख चूड़ियाँ धारण कीं। अर्थात् प्रभु की माया में गिरधर मैं चौरासी लाख योनियों में भटकती रही। अब मेरी बाँह पकड़कर श्रीहरि ले चले हैं और उन्होंने मुझे (अपने प्रेम का) अविचल राज दे दिया है।

साधुओं के बीच ही मेरी वास्तविक ससुराल है और मेरा प्रियतम वैकुण्ठ में निवास करता है। दासी मीराँ गाते हुए कहती है कि मुझे कल फिर यहाँ नहीं आना है। अर्थात् मेरा पुनर्जन्म नहीं होगा।

इस प्रकार चित्तौड़ से पधारे हुए महानुभावों से, राणा के उन सन्देशवाहक ब्राह्मणों से स्पष्ट रूप से मीराँ ने मेवाड़ वापस जाने से मना कर दिया। परिणामस्वरूप वह ब्राह्मण समुदाय फिर जिस आशा से द्वारका की एक धर्मशाला में टिका हुआ था अब भारी चिन्ता में डूब गया। उन्होंने परस्पर देर तक मन्त्रणा की। यह तय हुआ कि हो सकता है कि मीराँबाई अतिशय भावुकता में वह सब कह गयी हों। उनके पुराने ज़ख़्म हमारे आगमन से सहसा फिर से हरे हो गये हों। यह भी तो सकता है। अतः उन्हें सोचने-विचारने का कुछ और अवसर प्रदान किया जाये।

उस सायंकाल चित्तौड़ के वे सभी चिन्तामग्न पण्डित द्वारकाधीश जी के मन्दिर में बहुत पहले से जाकर डट गये। सोचा कि मीराँ जी तो प्रत्येक सन्ध्या यहाँ दर्शनार्थ आती ही हैं। आज यहीं उनसे पुनः आग्रह किया जाये।

मीराँ जी की पण्डित लोग व्यग्रतापूर्वक मन्दिर प्रांगण में प्रतीक्षा करते रहे। किन्तु उस दिन उनकी जगह उन्हें उनकी सखी ललिता आती दिखीं।

पण्डित भालचन्द लपककर ललिता जी के पास पहुँचे। बोले—

"भक्तिमती जी नहीं आयीं? कहाँ हैं वे?"

ललिता ने शीघ्रता से मन्दिर प्रांगण के भीतर प्रवेश करते हुए कहा—"आज नहीं आ सकीं वे।"

"क्यों भई क्यों?"

"सिर में दर्द है।"

"क्या कहा? सर्द है??"

"सर्द नहीं दर्द है।"

"हाँ-हाँ वही तो कह रहा हूँ। अभी मौसम कहाँ सर्द है? अच्छी खासी तो गर्मी है।"

इस पर दो पण्डितों ने मिलकर पण्डित भालचन्द को एक ओर घसीट लिया। बड़ी मुश्किल से ललिता जी की जान छूटी और वह रणछोड़ जी के दर्शनों के लिए एकत्रित भीड़ में सम्मिलित हो गयीं।

आरती के पश्चात् जब ललिता मन्दिर से निकलकर जाने लगीं तो उनके साथ आये प्रताप सिंह से पण्डित बालमुकुन्द पाण्डे ने बड़ी शालीनता से पूछा–

"क्या मीराँबाई सा अस्वस्थ हैं?"

प्रताप सिंह ने कहा–"थोड़ा सिर में दर्द है। इसी से नहीं आयीं।"

पण्डित बालमुकुन्द ने कहा–"कोई बात नहीं। उन्हें हमारा प्रणाम कहियेगा। आज वे विश्राम करें। हम लोग कल दूसरे पहर उनके दर्शन हेतु वहाँ आयेंगे।"

18

मैं गिरधर के रंग राती

मीराँ जी के लिए यह बड़े धर्मसंकट की घड़ी थी। जीवन का सबसे बड़ा धर्मसंकट। अपने-आपमें यह तीसरा सबसे बड़ा निर्णायक मोड़ भी था उनके लिए।

पहला बड़ा मोड़ मीराँ जी के जीवन में तब आया जब उन्हें भोजराज सांगावत से विवाह के लिए हाँ कहना पड़ा था। मीराँ का अलौकिक वैवाहिक गठबन्धन यद्यपि अजर-अमर अविनाशी परम पुरुष श्रीकृष्ण से बचपन में ही हो गया था तथापि लोकरीतियों के आगे उन्हें अनिच्छापूर्वक झुकना पड़ा था। राज-परिवारों की कूटनीतिक सन्धियों की भेंट चढ़ना पड़ा था। उस समय उनका पीहर मेड़ता छूटा और दुल्हन के रूप में मीराँ चित्तौड़ जा बसीं। उसके आगे की उनकी कृष्ण कहानी स्वयं में सुखमय कम अधिकांशरूपेण एक त्रासद दास्तान ही अधिक रही।

दूसरा बड़ा मोड़ मीराँ के जीवन में स्वतः नहीं आया बलात् लाया गया। मीराँ जैसी थीं जिस दशा में थीं बुरी-से-बुरी परिस्थितियों में भी हरि भजन के सहारे चित्तौड़ में अपने दिन काटती रहीं। हो सकता है कि वैधव्य के बावजूद वह अपनी अन्तिम साँस भी किसी आम भारतीय महिला की भाँति अपने ससुराल में ही लेतीं। परन्तु राणा विक्रमादित्य और उसके परिजनों की क्षुद्रताओं एवं प्रताड़नाओं ने उन्हें उस असम्भव अवस्था में ढकेल दिया जहाँ किसी भी स्वाभिमानी स्त्री को अपनी अस्मिता की रक्षा की खातिर झूठे सामाजिक बन्धनों से मुक्त होना ही श्रेयस्कर होता है। चित्तौड़ छोड़ना मीराँ के लिए कोई कम कष्टकारी निर्णय न था।

और अब यह तीसरा बड़ा मोड़! यह तो जैसे मीराँबाई के जीवन का सर्वाधिक विचलित कर देनेवाला अन्धा मोड़ था। जिस स्थान को वह घोर अपमानजनक स्थितियों में छोड़ आयी थीं अब वहाँ उन्हें ससम्मान फिर से बुलाया जा रहा था। जिस दलदल से निकलकर उन्होंने एक मनचीते जीवनक्रम को चुना था अब उससे पुनः उन्हें वापस घसीटने का प्रयास हो रहा था। उन्हें उजले अध्यात्म जगत् से फिर से अनचाहे मायालोक में ले जाने को आ गये थे कुछ नरक के दूत उजले वस्त्रों में। अब मीराँ करें तो क्या करें? परोपकार के लिए वापस जायें कि आत्म साक्षात्कार के लिए यहीं रुकी रहें? इधर कुआँ उधर खाई। मीराँ बेहद परेशान थीं।

"ललिता अब तू ही बता कि मैं क्या करूँ?–" मीराँ रोते-रोते अपनी सबसे पक्की सहचरी और एकमात्र सलाहकार से कह रही थीं। दो दिन से उन्होंने कुछ विशेष नहीं खाया था। उन पण्डितों ने जिस दिन अपने आने का भेद खोला उस दिन मीराँ एकदम उपवासी रहीं। गिरधरगोपाल के चरणोदक के अतिरिक्त क़ेवल एक-दो बार जल ही ग्रहण किया। द्वारकाधीश मन्दिर दर्शन के लिए भी सायंकाल नहीं गयीं।

आज दूसरा दिन था। केसरबाई जो दूध का पात्र प्रातः उनके सामने रखकर आयीं थीं वह उन्होंने छुआ तक नहीं था। गिरधर जी की सेवा के लिए भी घर से चार कदम वह नहीं निकलीं। ललिता ने मन्दिर खोलकर किसी भाँति गिरधरगोपाल को तैयार कर उन्हें धूप और आरती दिखा दी थी। फिर वह घर में वापस आयीं। एक तुलसी का दल बड़ी मुश्किल से मीराँ के मुख में डाला। उन्हें जल पिलाया।

ललिता ने मीराँ को छत की कड़ियाँ गिनते देखा। आँखों की सूजन और भीगी हुई कोरें मीराँ के हृदय का हाल कहने को पर्याप्त थे। अनुभवी ललिता जान गयी थीं कि अवसदग्रस्त मीराँ जीते-जी संसार से पूरी तरह कट गयी हैं। ललिता रसोई में गयीं। थोड़ी-सी मूँग की खिचड़ी बनाकर लायीं। फिर उसे तश्तरी में डालकर फूँक-फूँककर ठण्डा करने लगीं।

जरा देर बाद खिचड़ी का एक चम्मच मीराँ के ओंठों से लगाया–"खा ले मेरी लाडो!...मीराँ! थोड़ा-सा खा ले।" जैसे किसी छोटी बच्ची को उसकी माँ खिलाये। ललिता ने उस तरह से दो चम्मच खिचड़ी मीराँ के मुँख में पहुँचायी। मोटे-मोटे आँसू फिर से ढनक पड़े उनके गालों पर। मीराँ जी ने फिर वही वाक्य कहा–"तू ही बता सखि! मैं क्या करूँ?"

ललिता ने कहा–"कुछ नहीं करो। जैसे रहती हो यहाँ रहती रहो।...झक मारकर लौट जायेंगे ये मेवाड़ के हरकारे।"

"और जो ये मुझे बिना लिये न गये तो?"

"क्या कर लेंगे। बाँधकर ले जायेंगे तुमको-हमको?"

मीराँ जी ने कहा–"क्या पता?"

इस पर ललिता बिफर गयीं–"इतनी कमजोर कब से हो गयीं तुम मीराँ!...अरे कोई माई का लाल हाथ लगाकर तो देखे। अगर भस्म न कर दिया तो मेरा नाम भी ललिता नहीं। आखिर क्या समझ लिया है इन लोगों ने अपने-आपको? राणा मेवाड़ ने इन्हें भेजा है तो क्या ये देवदूत हो गये? इतने अधिकारसम्पन्न हो गये कि जहाँ से चाहेंगे हमें उठाकर ले जायेंगे?...यह गुजरात है। कोई मेवाड़ राज्य नहीं, जहाँ सिसोदियों की हुकूमत चलती हो।"

तभी घर के मुख्यद्वार की साँकल जोर-जोर से खटखटायी गयी। ललिता ने जाकर दरवाज़ा खोला। खोलते ही वह एक पग पीछे हट गयी। सामने पण्डित बालमुकुन्द खड़े थे हाथ जोड़े।

सीढ़ियों के नीचे दर्जन भर लोग और खड़े थे। सब-के-सब मेवाड़ से आये वही जबरजंग पण्डित। उनके साथ मीराँ जी के यात्री दल के प्रताप सिंह भी सीढ़ियों के नीचे खड़े हुए थे। ललिता ने कहा—"दो क्षण रुकें। मैं खबर करके आती हूँ।"—यह कहकर ललिता ने पण्डित बालमुकुन्द के मुँह के सामने घर का द्वार भड़ाक से बन्द कर लिया।

मीराँ के पास जाकर ललिता बोलीं—"बाहर चबूतरे पर पण्डित बालमुकुन्द खड़े हैं।"

"और कौन-कौन हैं उनके साथ?"—मीराँ जी ने पूछा।

"वही सब त्रिपुण्डधारी चित्तौड़ के बाकी चट्टे-बट्टे।"

"और?"

"और अपने प्रताप सिंह भी हैं।"

"तो उन्हें यहीं ले आ।"

"किनको? क्या सारे ब्राह्मण देवताओं को? यहाँ आपके इस छोटे-से कक्ष में?"

"नहीं रे!...बस तू पण्डित बालमुकुन्द और सरदार प्रताप सिंह को भीतर बुला ले।"

"कोई आवश्यकता नहीं मीराँ!...आपकी तबीयत ठीक नहीं है। आप अभी किसी से नहीं मिलेंगी।"—ललिता ने आदेशात्मक स्वर में कहा।

"नहीं मिलूँगी तो ये सब मेरी छाती पर बने रहेंगे। इनसे छुटकारा पाना भी तो जरूरी है।—" मीराँ ने धीरे से किन्तु निश्चयात्मक स्वर में कहा। इसके बाद दोनों आदमियों को उनके कक्ष में प्रवेश की अनुमति दी गयी।

पण्डित बालमुकुन्द को मीराँ जी ने सरदार प्रताप सिंह के ही सामने भली-भाँति समझा दिया कि वह किसी भी हालत में चित्तौड़ वापस नहीं जायेंगी। इस सिलसिले में उनके प्रयत्न व्यर्थ हैं। साथ में यह भी कि यदि राणा उदय सिंह जलोदर रोग से पीड़ित हैं तो वे अपने खान-पान पर विशेष ध्यान दें। जल उबालकर छानकर पियें। चिकनाईयुक्त भोजन का 2-3 माह परित्याग कर दें। केवल दूध और दही इत्यादि का सेवन करें। सरसों का तेल और मसाला उनके लिए जहर है। अतः उनसे तब तक बचें जब तक पूर्णरूपेण स्वस्थ न हो जायें। सात्त्विक भोजन करें। अपनी प्रजा का एक प्रजावत्सल राजा की भाँति पालन-पोषण करें। प्रजा की हाय ही राजा और राज्य के लिए सबसे बड़ा अभिशाप होती है और उसका आशीर्वाद ही वास्तविक वरदान।

पण्डित बालमुकुन्द ने बाहर जाकर मीराँ जी का निर्णय सभी साथियों को सुनाया। सुनते ही सब-के-सब हत्थे से उखड़ गये। हम राणा उदय सिंह जी के सामने क्या मुँह लेकर जायेंगे? अगर वे कुपित हो गये तो जाने हमारे साथ क्या कर बैठें? वैसे भी गरीब ब्राह्मण हैं हम। राजदण्ड के आगे कोई कर ही क्या सकता है? अरे यह तो अनर्थ हो जायेगा।

सभी मेवाड़ी ब्राह्मणों ने तब मीराँबाई के निर्णय बदलने तक आमरण अनशन और धरने पर बैठने की प्रतिज्ञा की। पण्डित भालचन्द विस्फारित नेत्रों से मीराँ जी के घर के बन्द द्वार की ओर देखते रहे। धूप चटख थी। बोले—"तो फिर यहीं इनके घर के सामने बैठा जाये।...भूखे तो मरना ही है। कम-से-कम पीछे गोमती का जल तो मिलता रहेगा।"

भालचन्द के कान में जोर से एक अन्य पण्डित ने कहा—"अरे! क्या तुम वाकई बिना खाये एक दिन भी रह सकोगे पण्डित?"

भालचन्द बोले—"तुमसे ज्यादा क्षमता है हमारी।"

"कैसी क्षमता? खाने की या भूखे रहने की?"

अन्य पण्डितों को इस प्रहसन में कोई आनन्द नहीं आया। मीराँ जी का हठ अधिक खिंचेगा या उनका उपवास? इसकी चिन्ता सबको थी। पर सब-के-सब कम-से-कम इस बात पर एकमत थे कि मीराँ जी के हठ को तोड़ने का सबसे कारगर उपाय फिलहाल उनसे प्रतिस्पर्द्धावाला महाहठ ही हो सकता है।

भालचन्द ने फिर कहा कि—"धरना मीराँबाई के इस घर के सामने ही दिया जाये। दरी-शामियाना मँगवाया जाये..."

अब तक शान्त भाव से उन सबको सुनते हुए सरदार प्रताप सिंह तैश में आ गये। बोले—

"ऐ पण्डित!...तुम जो भी हो। कान खोलकर सुन लो। मीराँ हुकुम के घर के सामने तो तुम्हारा यह नाटक जरा देर भी नहीं चल सकेगा।"

"क्या करोगे तुम?—" दो-तीन ब्राह्मण इस पर एक साथ बोल पड़े।

"क्या करेंगे हम?...देखना चाहते हो?"

"हाँ-हाँ हिम्मत है तो दिखाओ। हम भी देखें क्या कर लेते हो?"

"पहले तुम लोग यहाँ धरने पर बैठो तो सही। फिर देखना हम क्या करते हैं।...एक सीधी-सादी साधु स्त्री को अपनी धौंस से डराना चाहते हो? स्वयं को ज्ञानी-पण्डित कहते हो? धिक्कार है तुम सबको।"

"क्या है? क्या बात है भाई सा!—" कहता हुआ चन्दन सिंह भी वहाँ आ गया।

बात बढ़ती देखकर ब्राह्मण दल के मुखिया पण्डित बालमुकुन्द ने कहा—"यह सही है कि मीराँ जी के घर के सामने धरना-प्रदर्शन उचित नहीं।...ऐसा करते हैं भाइयों कि हम अपना धरना द्वारकाधीश मन्दिर के बाहर देंगे।..."

भालचन्द ने कहा कि—"हाँ! ठीक है। मीराँ जी वहाँ रोज आती-जाती हैं। हम उन्हें मन्दिर में घुसने नहीं देंगे।"

इस पर किसी अन्य ब्राह्मण ने कहा—"अरे क्या पूरे सिर्री हो पण्डित?...मीराँ जी के आने-जाने से हमें क्या? हम तो अपना शान्तिपूर्वक धरना करेंगे। भूख हड़ताल करेंगे। मीराँ जी जब वहाँ आयेंगी तो उनसे कहेंगे कि या तो वे चित्तौड़ चलें या हमें यहाँ आमरण अनशन पर एक-एक कर मरता हुआ देखें।"

और फिर देखते-ही-देखते द्वारका में मेवाड़ी ब्राह्मणों का धरना और आमरण अनशन शुरू हो गया। मीराँ जी ने भी अपना जी कड़ा किया और नित्य की भाँति सुबह तो नहीं सायंकाल एक समय द्वारकाधीश जी के दर्शन करने जाती रहीं।

मीराँ मन्दिर-परिसर में एक ओर एक सघन वृक्ष के नीचे दरी बिछाकर बैठे-लेटे अनशनकारी ब्राह्मणों को देखकर भी अनदेखा कर जातीं। सीधे मन्दिर के प्रवेश द्वार से भीतर चली जातीं। आरती के समय। आरती समाप्त होने पर बिना कोई भजन-कीर्त्तन किये चुपचाप वापस अपने घर चली जातीं।

चार दिन तक यही क्रम चला। पाँचवें दिन चन्दन सिंह और प्रताप सिंह ने आकर मीराँ जी को बताया कि—"अनशनकारियों में से दो पण्डितों की हालत बिगड़ गयी है।"

अब मीराँबाई को लगा कि यह सब-कुछ ज्यादा ही हो रहा है। उनका मन घबराया यह सोचकर कि यदि वास्तव में ये लोग इसी तरह हठयोग साधते रहे और इनमें किसी या कुछ की मृत्यु हो गयी तो कहीं उन्हें ब्रह्महत्या का पाप न लग जाये। मीराँ तब उसी क्षण उन ब्राह्मणों के पास गयीं।

मीराँ ने उन ब्राह्मणों से मान-मनौती की और कहा कि—"आप सभी मेरे लिये पिता तुल्य हैं। मैं नहीं चाहती कि मेरे कारण आप में से किसी को भी कष्ट अथवा जीवनभय हो। देखिये चित्तौड़-निवास हेतु तो मैं नहीं जा सकती। हाँ कभी तीर्थयात्रा का विचार बना तो कुछेक दिन को चलते-चलाते यदि मार्ग में वहाँ भी रुक लूँ और कुम्भश्याम जी और मुरलीमनोहर जी के मन्दिरों के दर्शनों का एक बार पुनः पुण्यलाभ कर सकूँ तो वह मेरा सौभाग्य होगा। परन्तु आप लोग अब कृपया अपना अनशन त्याग दें और अपनी पुत्री मीराँ के साथ यह अन्याय न करें।"

इस पर पण्डित बालमुकुन्द जी ने सभी साथियों की ओर से दो-टूक शब्दों में कहा—"आपके लिए तो इस संन्यासी जीवन में केवल प्रभु श्रीकृष्ण ही सब-कुछ हैं। उनकी आज्ञा ही आपके लिए अन्तिम है। परन्तु हमारे लिये आकाश में ईश्वर और धरती पर राणा मेवाड़ दोनों ही का शासन प्रभावी है। हम राणा उदय सिंह जी को वचन देकर उनके पास से चले थे कि भक्तिमती मीराँबाई को साथ लेकर ही चित्तौड़ वापस फिरेंगे। अब यदि हम ब्राह्मण यहाँ से खाली हाथ लौटे तो अपने वचन से च्युत होंगे। देवि!...हम क्या करें? मुश्किल तो हमारी है। राणा जी ने मानो हमें क्षमा प्रदान कर भी दी तो ईश्वर हमें दण्ड देंगे। यदि एक बार हम अपने धर्म को भूलकर ईश्वर भय भी त्याग दें तो क्या पता राणा जी ही हमें न छोड़ें। प्राणदण्ड दे बैठें। अतः हमारा यह दृढ़ निश्चय है कि धर्म गँवाकर प्राण देने से अच्छा है कि हम यहाँ द्वारका में ही पड़े-पड़े मर जायें।"

साध्वी मीराँ के हृदय को ब्राह्मण-दल के इन तर्कों को सुनकर भारी आघात लगा। वह समझ गयीं कि पेच फँस गया है। अब इस समस्या का कोई सहज समाधान नहीं है। वह वहाँ से उस दिन चुपचाप सिर झुकाये वापस लौट गयीं।

अगले दिन बड़े सवेरे तड़के मीराँ जी ने ललिता और कस्तूरी को जगाया। फिर जाकर दोनों के साथ सामने बहती गोमती नदी में स्नान किया। वस्त्र बदले। आज मीराँ जी ने गेरुए रंग की एकदम नयी साड़ी पहनी। माथे पर बिंदिया लगायी। माँग में एक चुटकी सिन्दूर भी धारण किया। बक्से से निकालकर सोने की चार-चार चूड़ियाँ, गले में सोने का एक हार भी तुलसी की माला के साथ पहना। एक अत्यन्त सुन्दर और अनुपम स्त्री दिखने लगीं मीराँ, जो एक साथ जोगिन भी थीं और सुहागिन भी।

यह सारा-कुछ शृंगार-सजाव करते समय मीराँबाई के मुख पर एक अद्‌भुत तेज एवं संकल्प का भाव था। उन्होंने अपनी सखियों से कहा—"आज साथ में केवल ललिता जायेगी। कस्तूरी तू यहीं रह। घर और गिरधर जी का ध्यान रखना।"

उसके बाद दोनों सद्यःस्नाता ललिता और कस्तूरी के साथ मीराँ जी ने घर के बाहर स्थित गिरधरगोपाल जी की विधिवत् सेवा और पूजा की। उसके बाद हाथ में इकतारा और खड़ताल लेकर मीराँ जी ने एक मार्मिक पद गाया—

जोगी आ जा आ जा, जोगी पाँइ परूँ मै हौं चेरी तेरी।
प्रेम-भक्ति को पैण्डो न्यारो, हमकूँ गैल बता जा।
अगर चन्दन की चिता बनाऊँ, अपने हाथ जला जा।
जल बल भई भस्म की ढेरी, अपने अंग लगा जा।
मीराँ के प्रभु गिरधर नागर, ज्योति में ज्योति मिला जा।

ललिता ने सोचा कि यह कैसी विडम्बना है कि लोक-कल्याण के लिए जीनेवाली मीराँ आज अपने लिये मृत्यु की कामना कर रही हैं? यह संसार कितना निष्ठुर है जो इन जैसी महान् साध्वी को कहीं भी चैन से जीने नहीं देता? मेड़ता, चित्तौड़, वृन्दावन, द्वारका कहीं भी त्राण नहीं उनकी बचपन की प्रिय सखी के लिए। निर्मोही कृष्ण भी बार-बार इन्हीं की परीक्षा लेते हैं। वे भी इन्हें कभी चैन से दो पल जीने नहीं देते। क्यों जपती हैं फिर अहर्निश ये कृष्णनाम? हे कृष्ण! गिरधरगोपाल!! आप अब तो दया कीजिये...

ललिता बार-बार आँचल से अपनी आँखें पोंछने लगीं। मीराँ का चेहरा किन्तु इस समय पाषाण की तरह कठोर था। उन्होंने आज पद गायन भी एकदम निर्विकार भाव से किया था। कुछ-कुछ यन्त्रवत् होकर।

भोली-भाली कस्तूरीबाई का मन आशंका से तनिक व्याकुल हुआ। गिरधर जी को दण्डवत् कर मीराँबाई ने आज उनकी मूर्ति को दोनों हाथों से स्पर्श किया। फिर एकाएक अपने उस छोटे-से मन्दिर में झुककर गिरधरगोपाल जी को उन्होंने इस तरह चूम लिया जैसे कोई स्त्री अपने पति अथवा पुत्र को बेझिझक चूम लेती है।

मीराँ अपना इकतारा लेकर चल पड़ीं। उनकी खड़ताल ललिता ने अपने हाथों में उठा ली। चलते समय कस्तूरी ने ललिता सखि के कान में कहा—

"जीजा! आज हुकुम का खास खयाल रखना। मुझे अपने हिये में कुछ ठीक नहीं लग रहा।"

मीराँ सबसे पहले न जाने क्यों द्वारकाधीश जी तक जाने से पूर्व उस आवास की ओर गयीं जो चन्दन सिंह, सुकन्या और प्रताप सिंह जी ने अपने रहने के लिए किराये पर ले रखा था। दो मंजिला मकान था छोटा-सा। ऊपर के हिस्से में एक कमरा और छत का विस्तृत खुला भाग था, जिसमें सरदार प्रताप सिंह रहते थे। नीचे के भाग में एक बैठका और एक शयन-कक्ष था। एक छोटा-सा आँगन, एक रसोईघर भी और एक शौचालय। इस निचले भाग में चन्दन सिंह, सुकन्या और उनका एकलौता पुत्र किशन सिंह रहते थे। किशन सिंह, जिसे मीराँ ने जन्म के समय से 'लड्डूगोपाल' नाम दिया हुआ था, अब पाँच वर्ष का हो चला था।

मीराँ जी जाकर अपनी प्रिय सखी सुकन्या से मिलीं। इतने सुबह मीराँ ज़ी को आज बहुत दिनों बाद नयी गेरुई साड़ी और आभूषणों में सज-धजकर निज निवास पर अचानक आया पाकर सुकन्या आश्चर्यचकित रह गयी। चन्दन सिंह भी उठ बैठा था। सभी लोग घर के बैठके में कुछ देर बैठे। फिर चन्दन सिंह भी मीराँ और ललिता जीजा के दूर से चरण स्पर्श कर भीतर जाकर झटपट तैयार हो गया। मीराँ जी ने पूछा-हमारे लड्डूगोपाल कहाँ हैं? सुकन्या ने कहा—अभी सो रहे हैं। वह उसे जगाने जाने लगी। मीराँ ने कहा—रहने दो। वह स्वयं शयन-कक्ष में गयीं। सोते हुए उस बालक का सिर सहलाया। मस्तक चूमा और बाहर आ गयीं।

ऊपरी मंजिल पर सोये प्रताप सिंह को यह मालूम ही नहीं पड़ा कि मीराँ जी कब आयीं? और कब चली गयीं? चन्दन सिंह मीराँ जी और ललिता जीजा के साथ गया।

तीनों जन द्वारकाधीश मन्दिर के परिसर में पहुँचे। पेड़ के नीचे पसरा अनशनकारी ब्राह्मण समाज जाग चुका था। उनमें से कुछ लोग गोमती स्नान भी कर आये थे। पण्डित बालमुकुन्द पाण्डे भी जागृत अवस्था में नहाये-धोये बैठे थे। कुछ क्षीण हो चले ब्राह्मण अभी भी लेटे हुए थे। मीराँ जी को आया देख सभी ब्राह्मण एकाएक उठकर बैठ गये। जो बैठे थें वे और भी चैतन्य हो गये। मीराँबाई ने खड़े-खड़े सबको प्रणाम किया और बोलीं—

"आपकी बातों पर मैंने बहुत गौर किया। मैं भी यह संकल्प लेकर आयी थी कि अब यहाँ द्वारका में ही शेष जीवन निवास करूँगी। रणछोड़ जी को छोड़कर अब कहीं नहीं जाऊँगी। आखिर यह द्वारका और यह गुजरात श्रीकृष्ण की अन्तिम लीला-भूमि है। परन्तु आप सबके इतने पक्के निश्चय के आगे मैं विवश हूँ। दुविधा में भी हूँ। द्वारका छोड़ूँ या न छोड़ूँ? इसलिए आप सभी ब्राह्मण देवता मुझे अनुमति

दीजिये कि मैं भीतर रणछोड़ जी से मिलकर उनकी आज्ञा ले आऊँ। अपने जीवनाधार से मैं भी आग्रह करूँगी कि वे मुझे अब यहाँ से जाने की अनुमति प्रदान कर दें।"

सभी ब्राह्मणों के मुर्झाये मुखकमल यह सुनकर एक साथ खिल उठे। बोले—"हाँ-हाँ क्यों-नहीं क्यों-नहीं? देवि! शीघ्र जाइये। रणछोड़ जी का निर्णय आकर हमें भी सुनाइये।"

इस पर हकबकाये भालचन्द पण्डित ने धीरे से एक-दूसरे पण्डित से कहा—"क्या कहा इन्होंने?" उस पण्डित ने तनिक ऊँची आवाज़ में उनके कान में कहा—"मान गयीं भक्तिमती जी।"

इसे वहाँ से दूर जाती हुई मीराँ और ललिता दोनों ने भी सुना और अनसुना कर दिया। चन्दन सिंह मन्दिर के भीतर व्यवस्था बनाने हेतु पहले ही चल दिया था। प्रातःकालीन मंगला आरती का समय हो रहा था।

विक्रम संवत् 1604 (सन् 1547 ई.) की एक सुबह। द्वारका का सुप्रसिद्ध रणछोड़ श्रीकृष्ण का मन्दिर। देशभर से आनेवाले हिन्दू श्रद्धालुओं की अगाध श्रद्धा और भक्ति का केन्द्र।

प्रातःकाल मंगला-आरती का समय निकट था। मन्दिर के गर्भगृह पर अभी परदा पड़ा हुआ था। भीतर मुख्य पुजारी द्वारकाधीश महाराज को सजा-सँवार रहे थे। उनके शिष्य आरती की तैयारी कर रहे थे। दो-एक शिष्य गर्भगृह के बाहरी बरामदे को झाड़ू द्वारा स्वच्छ कर रहे थे।

बहुत थोड़े-से श्रद्धालु स्त्री-पुरुष मन्दिर प्रांगण में एकत्रित थे। चन्दन सिंह भीतर आया। उसने मन्दिर के एक चौकीदार से कुछ कहा। फिर इधर-उधर घूमकर पूरे प्रांगण का निरीक्षण किया।

कुछ समय पश्चात् मीराँबाई अपनी परम सखी ललिता के साथ भीतर आयीं। आज वह बहुत सुन्दर दिख रही थीं। भगवा धोती, थोड़े से स्वर्ण आभूषण और सादगीयुक्त शृंगार उनके सुरुचिपूर्ण स्त्रीत्व के प्रतीक थे। इस बात के भी परिचायक कि वह अक्षय-सुहागिन- कृष्णप्रिया थीं।

मीराँ जी का प्रिय वाद्य इकतारा उनके दाहिने कर में झूल रहा था ऐसे जैसे कि साधु-संन्यासी कोई लकुटी हाथ में लिये फिरते हैं। मीराँ जी की चाल धीमी थी। परन्तु अभी भी किसी राजकुमारी की-सी गरिमायुक्त थी।

ललिता ने इधर-उधर देखा। मन्दिर के एक कोने में पड़ा एक आसन लेकर मीराँ जी के लिए वहीं बिछा दिया। उनकी खड़ताल वहीं रख दी। तब तक मीराँ जी पूरे मन्दिर प्रांगण की एक परिक्रमा-सी करने लगीं। ऊपर से भले ही कितनी शान्त दिखती हों, परन्तु उनका मन आज अत्यन्त उद्विग्न था।

मीराँबाई उस पिछवाड़े के द्वार के बाहर तक भी एक चक्कर हो आयीं जहाँ से दूर पर सागर दिखता था। मीराँ जी ने अनेक बार सागर दर्शन किये थे। एक बार तो दोपहर में वह अपने घर से निकलकर अकेले ही वहाँ जा पहुँची थीं। बिना किसी को बताये। ललिता और अन्य लोगों ने उस दिन उन्हें बहुत खोजा। पूरे गोमती-तट पर तलाश किया। रणछोड़ जी के मन्दिर में खोजा। द्वारका के बाजारों में खोजा। मीराँ कहीं नहीं मिलीं। उनके शुभचिन्तकों के मध्य कोहराम मच गया। फिर अचानक ललिता को ही कुछ सूझा। वह समुद्र-तट की ओर भागीं। अन्य सभी ने भागती हुई ललिता का अनुसरण किया।

और मीराँ वास्तव में नीलवर्णी सागर के तट पर भरी दोपहरिया में बैठी मिलीं। निपट एकान्त में। रेत में उँगलियों से अपने कृष्ण प्रभु की मुखछवि उकेरतीं। ललिता तब उन पर बहुत तेज़ बिगड़ीं।

इस पर मीराँ ने कहा—"मुझे कुछ हो जाता?...इनके रहते कुछ हो सकता है इनकी मीराँ को?...अरी सखि!...कायर समझ रखा है क्या मुझको?"

मीराँ ने खड़ी होकर तब रुआँसी-सी ललिता को अपने अंक में भेंट लिया था और ललिता सखी फूट-फूटकर रो पड़ी थीं—"फिर से ऐसा कभी न करना मीराँ!!..."

आज मीराँ मन्दिर के पृष्ठभाग से टहलकर जैसे ही लौटीं और अपने आसन पर उन्होंने अपना इकतारा रखा, वैसे ही मन्दिर के घण्टे-घड़ियाल और आरती की घण्टियाँ बज उठीं। मीराँ और ललिता भी जाकर उस छोटे-से दर्शनार्थी समूह में सम्मिलित हो गयीं जो जगन्नियन्ता राजाधिराज द्वारकाधीश महाराज के दुर्लभ दर्शन कर रहा था। अपूर्व छवि थी आज उनकी। हर दिन विविध वर्णों के वस्त्रों में सजे दिखनेवाले रणछोड़ जी आज गुलाबी परिधान में थे। उनका श्याम मुखमण्डल अद्‌भुत तेज से देदीप्यमान् था। मीराँ आरती के मध्य मन-ही-मन अपने बाँके साँवरिया से अनेकानेक वार्त्ताएँ करने लगीं। उन्हें अब तक गाये अनेक भजनों के मुखड़े एक-एक कर याद आने लगे। बीच-बीच में किसी-किसी भजन की पंक्तियों को वह शंखध्वनि और घण्टिकाओं के क्वणन-रणन के बीच गुनगुनाने भी लगतीं। एक आरती सभी भक्तगण प्रत्यक्षतः गा रहे थे और मीराँ जी की सहस्रों आरतियाँ उनके साँवरे के प्रति अप्रत्यक्ष रूप से समर्पित हो रही थीं।

आरती, चरणोदक, प्रसाद पाने के बाद मीराँ जी कृतज्ञ भाव से मन्दिर के अपने उसी कोने में चुपचाप बैठ गयीं। इकतारा उठाकर अपनी गोद में रख लिया। सुखासन में बैठकर नेत्र मूँदकर ध्यान प्रारम्भ किया। ललिता सतर्क भाव से मीराँ जी के पास ही बैठी रहीं।

बहुत देर बाद मीराँ ध्यान-समाधि से बाहर आयीं। सिर घुमाया तो ललिता सखी को अपने पास बैठा पाया। ललिता धीमे से मुस्करायीं। अपनी आँखों से मीराँ के

व्यथित हृदय को सहारा देने का ललिता ने किंचित् प्रयत्न किया। फिर जैसे जान-बूझकर मीराँ से उन्होंने पूछा—"क्या देखा?"

उत्तर में मीराँ भी अपनी सहेली को देखकर अप्रकट तौर पर मुस्करायीं। उन्होंने इकतारा और खड़ताल दोनों करों में थाम लिया। उन्हें धीमे-धीमे बजाने लगीं। और फिर मीराँ जी गाने लगीं। अपने सिर को धीमे-धीमे दाहिने-बायें झुकातीं। तन्मय होकर—

नैनन बनज बसाऊँ री, जो मैं साहिब पाऊँ री।
इन नैनन मेरा साहब बसता, डरती पलक न नाँऊँ री।
त्रिकुटी महल में बना है झरोखा, तहाँ से झाँकी लगाऊँ री।
सुन्न महल में सुरत जमाऊँ, सुख की सेज बिछाऊँ री।
मीराँ के प्रभु गिरधर नागर, बार-बार बलि जाऊँ री।

ललिता के लिए यह समझना कठिन न था कि मीराँ कह रही थीं—

यदि मैं साहब अर्थात् कृष्ण को पा जाऊँ तो उन्हें इन नेत्रों में बसा लूँ। इन नेत्रों में मेरा साहब बसता है, इसी डर से मैं अपनी पलकें झपका नहीं सकती हूँ। त्रिकुटी-अर्थात् इड़ा, पिंगला और सुषुम्ना नाड़ियों का मिलन-स्थल, दोनों भौंहों के बीच का स्थान, जहाँ तिलक लगाया जाता है—उस महल में एक झरोखा बना है, वहीं से मैंने कृष्ण को झाँककर निहारने की जुगत निकाल ली है। शून्य महल अर्थात् सहस्रार चक्र में ध्यान लगाकर सुख की सेज बिछाती हूँ। मैं अपने गिरधरनागर प्रियतम पर बार-बार न्योछावर होती हूँ।

ललिता को पता था कि मीराँ अब तक पूर्ण रूप से सन्तत्व को प्राप्त हो चुकी हैं और उनके भजनों में सन्तों की योग-साधना के शब्दों का समागम इसी बात का द्योतक है। साहब, त्रिकुटी, शून्य, सुरत-जैसे शब्द प्रेम दीवानी मीराँ के सन्त मीराँ में परिवर्तित हो जाने की कहानी अपने-आप कहने लगे हैं। उनकी ललिता सखी यह भलीभाँति जानती थीं।

मीराँ को गाते सुनकर मन्दिर में आनेवाले भक्तजन, स्त्री-पुरुष-बालवृन्द सभी उनकी ओर इस प्रकार आकर्षित हो आस-पास बैठ गये जैसे कभी कान्हा जी की वंशी की मधुर धुन सुनकर गाय-बछड़ों के अतिरिक्त मृग-मयूर-वानर और तोते तक खिंचे चले आते थे। मीराँ जी ने श्रोता समुदाय को देखा तो एक सहज सिखावन का पद गाने लगीं। आख़िर वह एक मार्गदर्शक जगत् मातृस्वरूपा भी तो थीं। मीराँ जी ने खड़ताल के संग इकतारे पर पुनः एक पद गाया—

नित न्हाने से हरि मिलै तो, जल जन्तु होई।
फल-फूल खाके हरी मिलै तो, बाँदर-बाँदरा होई।
तिरन भखन से हरी मिलै तो, बहुत मृगी अजा।
स्नेह छोड़के हरी मिलै तो, बहुत वत्स बाला।
मीराँ कहै बिन प्रेम के, नहीं मिलै नँदलाला।

मीराँ का इकतारा अब लगातार बज रहा था...उनकी खड़ताल मीराँ के इकतारे का निरन्तर साथ दे रही थी...

जितनी देर आशु कवयित्री मीराँ गातीं इकतारा और खड़ताल दोनों एक-दूसरे का साथ देते रहते...

जितनी देर वह चुप रहकर नेत्र मूँदे चिन्तन करतीं उतनी देर भी वे दोनों बजते रहते...

श्रोतागण मीराँ के अधरों से निकलनेवाले प्रबोधक शब्दों की धैर्यपूर्वक प्रतीक्षा करते। यही तो मीराँ जी के भजन-गायन का चमत्कार था। यही उनके भक्तों के लिए उनका परम आनन्द।

इकतारा बजता रहा। टंग-टंग-टंग-टंग-टंग टन...खड़ताल संगत करती रही। खट्‌ट-झन्न-झन-खट्‌ट-झन्न-झन...

मीराँ इस प्रकार अपने इस पद में आडम्बरों का विरोध कर लोगों को बता रही थीं कि—

नित्य नहाने से यदि भगवान् मिल जायें तो जल-जन्तु हुआ जा सकता है क्योंकि वे तो हरदम जल में ही रहते हैं। फल-मूल खाने से यदि ईश्वर मिल जायें तो तो बन्दर-बँदरिया हुआ जा सकता है। तृण खाने से हरि मिल सकते हैं तो बहुत-सारी हिरणियाँ और बकरियाँ संसार में हैं। अगर घी छोड़ने से प्रभु मिल जाते तो ऐसे बहुत-सारे ख्वाजा लोग भी हैं। दूध पीने से यदि भगवान् मिल जाते तो इस धरती पर बहुत-सारे बछड़े और बच्चे हैं। परन्तु क्या भगवान् इन सबको प्राप्त हैं? अतएव मीराँ जी का कहना है कि बिना प्रेम के नन्दलाला अर्थात् कृष्ण नहीं मिलते।

मीराँ अब पूरी तरह अपनी धुन में आ गयी थीं। उनका स्वर भी ऊँचा हो गया था। उसमें अब करुणा का स्थायी भाव समा गया था। वह बैठे-बैठे ही गा रही थीं। उनके शरीर में उठने की उतनी शक्ति भी नहीं थी जितनी शक्ति उनके स्वर में समा गयी थी।

इकतारा और तीव्र हो गया था...खड़ताल और मुखर हो उठी थी—

नेहा समद बिच नाव लगी है,
पाल न लगत बही जात अकेली।

—स्नेह समुद्र के बीच में (मेरी) नाव लगी है। पाल लगता नहीं है, अकेली बही जा रही है।...

लाज को लंगर छूट गयो है,
बही जात बिन दाम की चेरी।

—लाज का लंगर छूट गया है, बिना दाम की दासी (मीराँ) भगवद्भक्ति में बही जा रही है।...

मलहन कर से छाँड़ दई है,
आस बड़ी गोपाल ज्यो तेरी।

—मल्लाहों ने साथ छोड़ दिया है। अर्थात् परिवार के नातेदारों का सहयोग नहीं मिला है, अतः हे गोपाल! तुमसे बड़ी आशा है।...

अब के पार लगायो नातर,
लोग हँसेंगे बजा के हतेरी।

—अब तुम (मेरी नौका) पार लगा दो नहीं तो, लोग (हम पर) ताली बजाकर हँसेंगे।...

मीराँ के प्रभु गिरधर नागर
मेरी सुध लीज्यो प्रभु आँन सवेरी।

—हे मीराँ के प्रभु गिरधरनागर! सवेरे आकर मेरी खबर लीजियेगा।

इसके बाद मीराँ का इकतारा शान्त हो गया। उनकी खड़ताल चुप हो गयी। मीराँ मौन हो गयीं। अपने स्थान पर बैठे-बैठे वे ध्यान में चली गयीं। ललिता जी ने जन-समुदाय के समक्ष अपने दोनों हाथ जोड़े। यह सभी के लिए भजन-गोष्ठी के विसर्जन का संकेत था। जो भी स्त्री-पुरुष मीराँ जी के चबूतरे के सन्निकट आस-पास बैठे या खड़े थे, वे सब चुपचाप वहाँ से धीमे-धीमे चले गये।

मन्दिर में उस दिन बड़े सवेरे नित्य की भाँति मंगला-आरती हो ही चुकी थी। उसके बाद मीराँ जी के गायन के पश्चात् राजभोग आरती हुई। उस समय तक मीराँ ध्यान-समाधि में थीं। मीराँ एक बार जो ध्यान में गयीं तो राजभोग के बाद शृंगार-आरती के समय भी उनका ध्यान नहीं टूटा। वह उसी खम्भे के सहारे पीठ टिकाये नेत्र मूँदे निश्चल ध्यान में डूबी बैठी रहीं। लम्बे समय तक।

चन्दन सिंह ने जब यह देखा तो वह जाकर अपनी पत्नी सुकन्या को बुला लाया। सुकन्या भी मीराँ जी के पास आकर बैठ गयी। चन्दन अपने पुत्र किशन के साथ दूर एक कोने में बैठा रहा। थोड़ी देर में प्रताप सिंह भी मन्दिर में आ गये। भालचन्द पण्डित और उनके साथ के एक-दो अन्य पण्डित भी मीराँ पर नजर रखे हुए थे। हर घड़ी की सूचना वे जाकर अपने मुखिया पण्डित बालमुकुन्द को देते थे।

होते-करते दोपहर को भगवान् द्वारकाधीश के विश्राम की आरती का समय आ गया। तब जाकर मीराँ जी को चेतना आयी। उन्होंने आँख खोलकर अपने संगी-साथियों पर एक कृपा दृष्टि डाली।

सुकन्या ने मीराँ से कहा—"जीजा। थक गयी होंगी आप...घर चलिये। थोड़ा विश्राम कर लीजिये।"

मीराँबाई ने कहा—"नहीं! मैं यहीं ठीक हूँ।"

फिर ललिता से कहा—"सखि! थोड़ा जल पिला दे।" जलपात्र ललिता पास ही लिये बैठी थी। उससे जल लेकर दो घूँट पिया। ऊपर से। फिर पात्र वापस कर दिया। प्रताप सिंह एक दोने में कुछ मिष्टान्न और नमकीन ले आये थे। उन्होंने कहा—"हुकुम!...आरोगिये।"

मीराँ ने सिर हिलाया। कहा—"आज मेरा उपवास है।"

ललिता कुछ न बोलीं। पर सुकन्या चिन्तातुर होकर बोली—

"अरे! ऐसे कैसे काम चलेगा?...जीजा! कितनी कमजोर हो गयी हैं आप। कुछ तो खाना पड़ेगा। अच्छा फल लाती हूँ आपके लिए।"

कहकर जाने को हुई सुकन्या। मीराँ ने कहा—"रहने दे। अभी नहीं।"

"अभी नहीं तो कब?"

मीराँ बोलीं—"रात में जब रणछोड़ जी भोग लगायेंगे। तब उनके साथ।"

अपने इरादों की बड़ी पक्की थीं मीराँ। इसे उनके सभी-अपने भली-भाँति जानते थे। एक बार जो कह दिया सो कह दिया। सुकन्या और उसका परिवार चला गया। अब पहरे का दायित्व सरदार प्रताप सिंह जी ने सँभाल लिया।

दोपहर में द्वारकाधीश मन्दिर में विश्राम-आरती हुई। सभी दर्शनार्थी स्त्री-पुरुषों के साथ मीराँ जी ने भी खड़े होकर भगवान् की आरती देखी। उसके बाद वह रणछोड़ श्रीकृष्ण भगवान् को साष्टांग दण्डवत् कर उठीं और मन्दिर के उसी कोने में जाकर अपने आसन पर पुनः बैठ गयीं। मन्दिर के खम्भे पर उन्होंने अपनी पीठ अर्द्धविश्राम की मुद्रा में पुनः टिका दी।

विश्राम-आरती के पश्चात् मुख्य मन्दिर के पट बन्द हो गये। सभी दर्शनार्थी बाहर चले गये। मन्दिर प्रांगण रिक्तप्राय हो गया। मुख्य पुजारी निज निवास पर दोपहर के भोजन हेतु जाने को हुए। मीराँ और ललिता को मन्दिर में अकेले बैठा पाकर मुख्य पुजारी उनके पास चलकर आये।

"कैसी हैं भगवती मीराँ!"

"प्रणाम महाराज! अच्छी हूँ।"

"आप अभी घर नहीं गयीं? क्या बात है?"—मुख्य पुजारी ने पूछा।

"एक विनती है आपसे..." मीराँ जी क्षीण स्वर में बोलीं।

"कहिये भगवती—" मुख्य पुजारी जी ने उन्हें हाथ जोड़ते हुए कहा।

"मुझे रणछोड़ जी से कुछ बात करनी है।"

"रणछोड़ जी से?" मुख्य पुजारी को कुछ हैरत हुई।

"जी महाराज!...अगर आपकी कृपा हो जाती तो यह दासी उनसे कुछ अरज करना चाहती थी।"

ललिता समझ गयीं। द्वारकाधीश मन्दिर के मुख्य पुजारी से बोलीं—"मीराँ जी रणछोड़ जी के निकट बैठकर एकान्त में उनसे कुछ विनय करना चाहती हैं। किसी समस्या का समाधान..."

"ओह!...समझा। तो इसमें क्या मुश्किल है? साध्वी मीराँ तो जब चाहें मन्दिर के गर्भगृह में पधार सकती हैं। परन्तु अभी तो मन्दिर के पट बन्द हो गये हैं। सन्ध्या समय श्रृंगार-आरती के समय ही पुनः खुलेंगे।"

मीराँ जी बोलीं—"कोई बात नहीं। सन्ध्या-आरती, भोग-आरती, शयन-आरती के पश्चात् कभी भी मैं रणछोड़ जी से अपनी बात कह लूँगी।"

"जी अच्छा।"—यह कहकर मुख्य पुजारी जी मन्दिर से चले गये।

भक्तिमती मीराँ ने ललिता से कहा—"तू भी जा सखि! थोड़ा भोजन विश्राम कर सन्ध्या समय फिर आ जाना।"

ललिता तो मीराँ की अभिन्न सहेली थीं। वह मीराँ को लिये बिना भला कैसे वहाँ से जा सकती थीं? ललिता ने मीराँ जी से भी घर चलने का आग्रह किया।

मीराँ ने कहा—"नहीं। आज मुझे अपने प्रभु से सन्ध्या समय दो-टूक बात करनी है। जब तक आमने-सामने की भेंट नहीं हो जाती आज यहाँ से कहीं नहीं जाऊँगी।"

उस दिन रात्रि में शयन-आरती तक भूखी-प्यासी मीराँबाई मन्दिर के उसी कोने में पड़ी रहीं। द्वारका नगरी में यह प्रथम अवसर था जब मीराँ द्वारकाधीश जी के मन्दिर में प्रातःकालीन मंगला-आरती के समय से रात्रिकालीन शयन-आरती तक निरन्तर बनी रहीं।

बाहर चित्तौड़ के ब्राह्मण अलग धरना दिये पड़े थे। अनशन का दबाव डालकर भक्तिमती मीराँ को झुकाने पर पूरी तरह आमादा। उस स्त्री को जो आज तक कभी भी किसी भी परिस्थिति में न तो झुकी थी और न टूटी थी। आज वह असाधारण स्त्री भी द्वारका के उस सर्वोच्च मन्दिर के भीतर एक प्रकार से जगत्पति के सम्मुख धरना दिये पड़ी थी। पूर्णतः निराहार। उपवासी। क्षीणकाया। यदि ललिता साथ में न होतीं तो मीराँ जल तक ग्रहण न करतीं। स्थिति की गम्भीरता अब तक मीराँ से जुड़े प्रत्येक व्यक्ति पर स्पष्ट हो चुकी थी।

मन्दिर में आने-जानेवाले तीर्थयात्री और अधिकांश स्थानीय नर-नारी भले ही उस बात को न समझ पा रहे हों, परन्तु मीराँ के शुभचिन्तकों, अनशनकारी मेवाड़ी ब्राह्मणों, मन्दिर प्रबन्ध से जुड़े अनेक कर्मचारी और पुजारीगण सब जान चुके थे कि मीराँ जी अस्वस्थ हैं और रणछोड़ जी महाराज से एकान्त में कुछ देर मिलने के लिए संकल्पबद्ध हैं।

मीराँ के सभी संगी-साथी मन्दिर परिसर में एकत्रित थे। सभी तनाव की स्थिति में थे। मीराँ जी अपने मन की व्यथा रणछोड़ जी से कहे बिना इस मन्दिर से आज हिलनेवाली नहीं। कब वह घड़ी आये और हम उन्हें मनाकर किसी भाँति घर ले चलें।...

अनशनकारियों के मुखिया पण्डित बालमुकुन्द पाण्डे मन्दिर प्रांगण में बैठकर अब स्वयं स्थिति का आकलन कर रहे थे। उन्होंने भी मुख्य पुजारी जी से निवेदन

किया था कि एक बार मीराँबाई को रणछोड़ जी के सम्मुख उनके गर्भगृह में 'अपने मन की पीर' कह आने दीजिये। तब वह हमारे साथ राणा उदय सिंह के अनुरोध को स्वीकार कर चित्तौड़गढ़ चली चलेंगी। अन्यथा हम अनशनकारी ब्राह्मणगण भी एक-एक कर इस मन्दिर के बाहर अपने प्राण त्याग देंगे।

रात्रि में शयन-आरती के पश्चात् मीराँ जी को रणछोड़ श्रीकृष्ण से मिलने की अनुमति प्रदान की गयी। मीराँबाई अपने इकतारे और खड़ताल को दोनों करों में ऊँचा उठाये विह्वल दशा में रणछोड़ जी की चौखट के भीतर दाखिल हुईं। मीराँ के साथ केवल ललिता सखी को ही गर्भगृह में प्रवेश का अवसर दिया गया। क्षीणकाय मीराँ को सहारे की आवश्यकता थी। रणछोड़ जी के पट मीराँबाई के प्रवेश के पश्चात् भीतर से बन्द हो गये। कदाचित् मीराँ जी की आज्ञा से ललिता ने ऐसा किया था। उस भव्य मन्दिर के मुख्य पुजारी ने मीराँ जी को भगवत्-साक्षात्कार हेतु कुछ देर के लिए पूर्ण एकान्त प्रदान किया था।

मन्दिर से सारे दर्शनार्थी एवं भक्त मन्दिर प्रांगण से जा चुके थे। पट बन्द होने का यह समय ही था। परन्तु मीराँ जी के बाहर आने की प्रतीक्षा में मन्दिर के प्रबन्धक, प्रधान पुजारी, उनके शिष्य, प्रताप सिंह, चन्दन सिंह, मेवाड़ी अनशनकारियों के नेता बालमुकुन्द एवं सारे मेवाड़ी ब्राह्मण साँस रोके एक ओर खड़े थे।

भीतर एकान्त में, नीरव और निःशब्द एकान्त में, मीराँबाई एकटक खड़ी-खड़ी रणछोड़ जी की मूर्ति की आँखों में देर तक निहारती रहीं। उनकी साँसें उस समय इतनी तीव्रगति से चल रही थीं कि उठती-गिरती साँसों की आवाज़ स्पर्शमात्र की दूरी पर विराजते रणछोड़ जी के मुखारविन्द तक जा रही थी। मीराँ जी से जरा पीछे उनकी अनन्य सखी ललिता अत्यन्त सावधान मुद्रा में उनके पास खड़ी हुई थीं कि कहीं मीराँ लड़खड़ायें तो उन्हें वह फ़ौरन थाम लें।

मीराँ तब अपने प्रियतम से अपनी दुविधा कहने के स्थान पर, उन्हीं की दुविधा समाप्त करने हेतु अपने इकतारे और खड़ताल की धुन और ताल पर अत्यन्त कोमल स्वर में इस प्रकार गाने लगीं—

सैयाँ! मैं गिरधर के रंग राती।...
पचरंग चोला पहर सखी री मैं,
झिरमिट रमवा जाती।
झिरमिट में मोहे मोहन मिलियो,
खोय मिली तन दाती।
सैयाँ! मैं गिरधर के रंग राती...
कोई के पिया परदेस बसत हैं,
लिख लिख भेजे पाती।
मेरे पिया मेरे हिया बसत हैं,

ना कहुँ आती जाती।
सैयाँ! मैं गिरधर के रंग राती...
जाऊँ ना पीहरिये जाऊँ ना ससरिये,
हरि सूँ सैन लगाती।
मीराँ के प्रभु गिरधर नागर,
हरि चरण्याँ चित लाती।...

—और यह कहकर मीराँ झुकीं। घुटनों के बल बैठीं और उन्होंने अपना मस्तक रणछोड़ जी के चरणों में टेक दिया। दोनों हाथों से प्रभु चरणों को पकड़कर। उनका इकतारा और खड़ताल वहीं प्रभु के श्रीचरणों के निकट विश्राम करने लगे।

बहुत देर तक मीराँ उसी मुद्रा में रणछोड़ जी के चरणों में सिर झुकाये पड़ी रहीं। उनके बोल बन्द थे। शरीर स्थिर था। एकदम निष्कम्प। ललिता सखी को पहले तो कुछ समझ में नहीं आया। फिर उन्होंने मीराँ को अपने दोनों हाथों से पकड़कर उठाने की चेष्टा की। पर यह क्या? मीराँ जी तो एक ओर को लुढ़क गयीं। तब उन्होंने जाना कि भक्तिमती मीराँबाई के प्राणकपोत उड़कर कब के रणछोड़ जी में समा गये हैं।

गर्भगृह के पट खोलकर रोती-बिलखती ललिता बाहर आयीं। अनहोनी घटित हो चुकी थी। वहाँ उपस्थित सभी लोगों ने बड़े अविश्वास एवं अचम्भे के साथ जाना कि मीराँ वास्तव में कृष्ण के रंग में रत हो चुकी थीं। ब्रह्मलीन हो गयी थीं।

मीराँ जी के पार्थिव शरीर को चुपचाप मन्दिर प्रांगण के पिछले द्वार से बाहर ले जाया गया और उनका दाह-संस्कार अगले दिन बड़े सवेरे ही गोमती नदी एवं अरब सागर के संगम के निकट बिना किसी धूम-धाम के, अत्यन्त सादगी के साथ, चुपते-चुपाते कर दिया गया। क्योंकि इसमें मन्दिर की मर्यादा का भी प्रश्न था। दाह-संस्कार के पंश्चात् मेवाड़ी ब्राह्मण घोर हताशा के साथ उलटे पाँव चित्तौड़ लौट गये, सारी दुनिया को यह बताने के लिए कि मीराँबाई जीते जी रणछांड़ जी के विग्रह में सशरीर समा गयीं, अन्यथा राणा मेवाड़ सहित वहाँ की बेहाल जनता उनसे हज़ारों प्रश्न पूछती।

ललिता सखी को मीराँ के महाप्रयाण के दो दिन बाद से फिर कभी किसी ने द्वारका में नहीं देखा। बताते हैं कि मीराँ की प्रतिच्छाया-सम ललिता मीराँ जी के बीस वर्षों बाद तक जीवित रहीं और भारत के कोने-कोने में भटककर सन्त मीराँबाई के पदों को गाती फिरीं। बहुतों ने तो ग़लती से उन्हें असली मीराँबाई ही समझ लिया।

●●●

रंग राची

मीराँबाई की संघर्ष-यात्रा

(उपन्यास)